Elisabeth Herrmann • Lilienblut

Foto: © Max Lautenschläger

**DIE AUTORIN**

Elisabeth Herrmann, geboren 1959 in Marburg/Lahn, arbeitet als Journalistin und lebt mit ihrer Tochter in Berlin. Zum Schreiben kam sie erst über Umwege – und hatte dann sofort durchschlagenden Erfolg mit ihrem Thriller »Das Kindermädchen«, der von der Jury der KrimiWelt-Bestenliste als bester deutschsprachiger Krimi 2005 ausgezeichnet wurde und derzeit vom ZDF verfilmt wird. Seitdem macht Elisabeth Herrmann Furore mit ihren Thrillern und Romanen für Erwachsene. »Lilienblut« ist ihr erstes Jugendbuch.

Weitere lieferbare Titel bei cbt:

Schattengrund (30917)
Seifenblasen küsst man nicht (30867)
Seefeuer (31063)
Die Mühle (31192)
Zartbittertod (31324)

Elisabeth Herrmann

# LILIENBLUT

Thriller

cbt

Bei diesem Buch wurden die durch das verwendete Material und die Produktion entstandenen $CO_2$-Emissionen ausgeglichen, indem der cbj-Verlag ein Projekt zur Aufforstung in Brasilien unterstützt. Weitere Informationen zu dem Projekt unter: www.ClimatePartner.com/14044-1912-1001

MIX
Papier aus verantwortungsvollen Quellen
FSC® C014496

Penguin Random House Verlagsgruppe
FSC® N001967

Wir produzieren Klimaneutral
ClimatePartner.com/14044-1912-1001
Druckprodukt



6. Auflage
Erstmals als cbt Taschenbuch Mai 2011

Umschlaggestaltung: Hauptmann & Kompanie,
Werbeagentur, Zürich
Umschlagfoto:
© corbis, Bettmann / shutterstock, crystalfoto
kg · Herstellung: AnG
Satz: KompetenzCenter, Mönchengladbach
Druck und Bindung: GGP Media GmbH, Pößneck
ISBN: 978-3-570-30762-5
Printed in Germany

www.cbj-verlag.de
Dieses Buch ist auch als E-Book erhältlich.

*Für*
*Loni und Friedrich Herrmann,*
*Doris, Richard, Stefan und Shirin,*
*die diese erste Seite mehr als verdient haben*

# Sommer

**Diese tiefe, schwere Stille,** die plötzlich zu atmen schien, als das leise Wispern und Raunen sich von ihr löste und sie flüsternd und raschelnd durchwob.

Er lag ausgestreckt in seiner Koje und starrte an die Decke. Es musste ein heller Mond draußen scheinen. Die zitternde Spiegelung von Wasser und Schilf tanzte über die Wände und tauchte die Kajüte in ein silbrig-fahles Licht. Der Wind knisterte im Röhricht. Ab und zu plätscherte etwas, als würde jemand einen Stein ins Wasser werfen. Das waren die Fische, die von der Sonne träumten.

Er schloss die Augen und versuchte zu schlafen. Das Schiff lag versteckt, niemand würde es finden. Es war eine gute Idee gewesen, an diesen Ort zurückzukehren. Lange hatte er überlegt, ob er es tun sollte. Er wusste nicht, wohin mit sich und dem Kahn, weder stromauf noch stromab konnte er lange an einem Platz bleiben. Er war ein Getriebener. Er war auf der Flucht. Er wusste nicht mehr, wie lange schon, sie kam ihm vor wie eine endlose Odyssee, und es gab keinen Hafen, in dem er Ruhe finden konnte. Schließlich war ihm diese Stelle in den Sinn gekommen.

Er hörte den vielen Stimmen der Stille zu. Manche nannten den Ort verwünscht, das waren die Romantiker. Die sahen die Geister über dem Wasser. Andere nannten ihn verflucht. Das waren die Realisten. Die erinnerten sich an das, was hier geschehen war, und an das Blut, das vom Deck getropft war und sich in schwerelosen Schleiern aufgelöst hatte wie Tinte in einem Glas Wasser. Keiner, weder die Romantiker noch die Realisten und schon gar nicht die, die so schnell vergaßen, würde ihn hier vermuten. Es lag jenseits aller Logik, sich ausgerechnet hier zu verstecken. Und genau deshalb fühlte er sich nach langer Zeit endlich sicher.

Das zitternde Licht störte ihn immer noch. Er stand auf und ging ans Fenster, um die Vorhänge zuzuziehen. Dabei warf er einen Blick hinaus in die Dunkelheit. Das Wasser stand ruhig. In seiner dunklen Oberfläche spiegelten sich die Berge. Der Wald hatte sich über sie gelegt wie ein schweres Tuch. Man konnte die Gipfel und die schroffen Hänge darunter erahnen und wie tief der Fluss sein musste und wie reißend seine Strömung da draußen, wenn er so von den steilen Uferfelsen eingezwängt wurde. Er hatte befürchtet, der alte Kahn würde es nicht mehr bis zu diesem Seitenarm schaffen. Die Fließgeschwindigkeit war selbst am Ufer noch hoch und das steinige Flussbett eine Herausforderung. Unruhig hatte er die Stromkilometer gezählt und sich mehrmals gefragt, ob er sich vielleicht doch geirrt hatte. Vielleicht gab es den Zugang auch gar nicht mehr?

Er war lange nicht mehr hier gewesen. Es war viel geschehen in den letzten Jahren entlang des Rheins. Sandbänke waren Spundwänden gewichen, Häfen geschlossen worden, Ufer begradigt und befestigt. Dörfer wurden Städte. Brücken hatten Fähren ersetzt. Inseln hatten Dämme bekommen und waren längst bebaut. Je näher er an Stromkilometer 614 herangekommen war, desto aufmerksamer hatte er das Ufer beobachtet. Bis er schließlich den fast überwucherten Zugang gefunden hatte.

Wie ein Geist war das Schiff hinter den Wald der Halbinsel geglitten und keine drei Minuten später vom Flussradar verschwunden. Wieder versuchte er sich zu erinnern, wie die Leute diese Ecke genannt hatten. Bis zu jenem schwarzen Tag war es die Namedyer Bucht gewesen. Doch dann hatten sie ihr einen neuen Namen gegeben. Einen Namen, der das Grauen schon beim Flüstern in sich trug; der erinnerte an das, was sich hier abgespielt hatte; den er vergessen hatte, so wie er auch lange Zeit verdrängt hatte, dass das Grauen immer noch in ihm lebte.

Er zog die Vorhänge mit einem Ruck zu und legte sich wieder hin. Es dauerte nicht lange und seine Ohren hatten sich an das Flüstern des Wassers gewöhnt. Ein Baumstamm rieb sich an einem anderen. Eine Rohrdommel schrie im Schlaf. Die Blätter rauschten und das Schilf wisperte. Er dämmerte weg in seine Träume. Bis die Schritte kamen und das Licht durch den Spalt unter der Tür kroch und der Duft ihn weckte. Dieser Hauch einer Erinnerung, wie er in selten betretenen Räumen haften blieb, in Schränken, die man lange nicht geöffnet hatte, oder in Betten, wenn man die Decke hob. Ein Duft, den er geliebt hatte und der nun ein dunkles Entsetzen auslöste; eine Erinnerung, die ihn selbst im Schlaf noch verfolgte; das Nahen der bestürzenden Erkenntnis, einen Schritt vor dem Abgrund zu stehen und die Balance zu verlieren; aus einem Albtraum aufzuwachen und zu merken, dass dies kein Albtraum war; die Sekunde vor dem Schrecklichen, der Moment vor der Tat, der letzte Gedanke im Angesicht des ewigen Nichts, die größte Furcht.

Und die Tür ging auf, und das gleißend helle Licht blendete ihn so sehr, dass er nichts erkennen konnte. Er hörte seinen eigenen keuchenden Atem. Er sah sich den Gang hinuntergehen bis zu jener Tür, die er nicht öffnen durfte, weil sonst das Schlimme geschehen würde. Doch er hielt sich nicht daran. Er sah seine Hand, bleich im Mondlicht, und seine Finger zitterten so stark, als stünde er unter Strom. Der Duft war so intensiv, dass ihm beinahe übel wurde. Schweiß rann über sein Gesicht. Oder waren es Tränen? Er stieß die Tür auf, und dann hörte er die Schreie, sah wirbelnde Schatten und eine Hand, die sich hob und niederfuhr. Wieder und immer wieder, bis etwas Metallisches aufblitzte und die Hilferufe in einem nassen Röcheln erstarben. Das Blut kroch über den Teppich, es fühlte sich warm an, und als er hinuntersah, erkannte er seine bloßen Füße inmitten eines rubinroten Sees und die abgebrochene Blüte einer Lilie, so weiß und unschuldig und tot wie alles in diesem Raum.

Er fuhr hoch. Der heisere Ruf einer Krähe musste ihn geweckt haben. Durch die Vorhänge kroch das fahle Licht des Morgengrauens. Mit einem Stöhnen griff er sich an den Kopf. Er hatte wahnsinnige Schmerzen. Wie immer, wenn er diesen Traum gehabt hatte und die Erinnerung wiederkam.

Der Name. Er hatte ihn nicht vergessen. Der Ort war verflucht. Sie nannten ihn: den *toten Fluss*.

# EINS

Sabrina räkelte sich unter dem Bettlaken und fühlte, wie die Glückseligkeit in ihr wuchs wie ein Heliumballon. Es war der erste Tag der Sommerferien und es war ihr Geburtstag. Mehr konnte es eigentlich gar nicht geben. Sie blinzelte in Richtung Wecker und erkannte, dass sie zur selben Zeit wach geworden war wie immer. Halb sieben. Die Macht der Gewohnheit, die jetzt für sechs endlos lange Wochen unterbrochen war.

Sie schnupperte, aber noch lag kein Hauch von heißer Schokolade in der Luft. Normalerweise hörte sie um diese Uhrzeit ihre Mutter schon unten im Bad rumoren. Irgendwann klapperten die Teller in der Küche, Kaffeeduft zog durchs Haus, und spätestens dann wusste Sabrina, dass die Gnadenfrist abgelaufen war und sie aufstehen musste.

An ihren Geburtstagen aber war alles anders. Es gab Frühstück im Bett, und in jedem Jahr, an das sie sich erinnern konnte, hatte ihre Mutter eine Schale Kakao gekocht. So dick, dass der Löffel beim Umrühren beinahe stehen blieb.

Sabrina wälzte sich auf die andere Seite, aber der Schlaf kam nicht wieder. Sie war hellwach. Gestern Abend hatte Franziska Doberstein ihrer Tochter noch geheimnisvoll zugezwinkert und etwas von einer riesigen Überraschung gemurmelt. So groß, dass sie noch nicht einmal durch die Tür des kleinen Fachwerkhauses passen würde. Vergessen hatte sie den Geburtstag also nicht. Vielleicht verschlafen?

Unsinn. Franziska Doberstein verschlief nie. Sie war die perfekte alleinerziehende Mutter. Gestresst bis zum Umfallen, aber eine Familienlöwin, der Weihnachten, Ostern und Geburtstage heilig waren. Plötzlich strahlte Sabrina, sprang aus dem Bett und lief ans Fenster. Ihr Geschenk würde im Hof stehen, zwischen den alten Weinfässern, der kleinen Sitzgruppe und dem altersschwachen Opel, der alle zwei Jahre mit Gebeten und Schmiergeld doch noch irgendwie über den TÜV gebracht wurde. Vielleicht ein Mofa? Nein. Kein Geld, und den Führerschein könnte sie erst im nächsten Jahr machen. Ein Boot? Zu teuer. Vielleicht …

Sie riss die Vorhänge zur Seite und erstarrte. Die Überraschung war perfekt, aber anders, als Sabrina sie sich vorgestellt hatte. Unten stand ihre Mutter, küsste einen fremden Mann und schien alles um sich herum vergessen zu haben. Sogar, dass sie ein Nachthemd trug. Dazu noch eines von der Sorte, das Sabrina allenfalls an ihrer Großmutter geduldet hätte. Den Mann hatte Sabrina noch nie gesehen. Er war groß und kräftig, hatte strubbelige Haare, die ihm in alle Richtungen abstanden, und sein Hemd hing lose über einer ausgebeulten Jeans. Er schien sich an dem Nachthemd nicht zu stören, im Gegenteil. Wenn Sabrinas verschlafene Augen sie nicht täuschten, streichelte er gerade sehr genießerisch den Po ihrer Mutter. Die schmiegte sich in seine Arme und schien alles um sich herum zu vergessen.

Auch Sabrinas Geburtstag.

Sie warf das offene Fenster zu. Es war ihr egal, ob die beiden da unten mitbekamen, dass sie sie gesehen hatte. Sollten sie. Der Mann hatte doch nicht etwa hier übernachtet? Seit ihr Vater vor sechs Jahren ausgezogen war, war das nicht mehr vorgekommen. Man hätte sie wenigstens vorwarnen können. Eine Sekunde überflutete sie der ganze Schmerz noch einmal, bis sie ihn hinunterschluckte.

Du bist jetzt sechzehn, dachte sie. Du solltest langsam über diesen Dingen stehen.

Aber das Stechen blieb, irgendwo in einer Ecke ihres Herzens. Als sie wenig später hinunter ins Bad ging, hatte es sich schon in eine gesunde Wut auf ihre Mutter verwandelt. Keine Schokolade ans Bett, dafür ein fremder Kerl im Haus. Wenigstens hatte er genug Anstand, vor dem Frühstück zu verschwinden.

»Sabrina?«

Statt eine Antwort zu geben, drehte sie die Dusche auf. Sie stand so lange unter dem heißen Wasser, bis ihre Fingerspitzen ganz schrumpelig waren. Sie wusste, dass ihre Mutter das vor allem morgens nicht sehr gerne sah. Es war Anfang Juli. Die grüne Lese stand an, das Entblättern, der Pflanzenschutz. Die Tage begannen früh und endeten spät. Sommerferien war auch der Weinberg. Zumindest an den Vormittagen. Das war schon so, seit Sabrina denken konnte, und da verschwendete man weder Wasser noch Zeit.

Sie war immer noch enttäuscht und wütend, als sie in ihrem Bademantel, das Handtuch zu einem Turban um die langen, braunen Haare geschlungen, in die Küche tappte. Auf dem Herd brodelte ein Topf mit verführerisch duftender Schokolade.

Franziska Doberstein rührte um und achtete darauf, dass nichts anbrannte. Sie machte die Gasflamme aus, drehte sich um und breitete die Arme aus. »Herzlichen Glückwunsch zum Geburtstag.«

Sie wollte sie an sich drücken, doch Sabrina wich ihr aus und setzte sich an den großen Küchentisch, an dem eigentlich bis zu acht Personen Platz hatten. In dieser hektischen Phase des Jahres, in der der Wein und nicht die Ordnung wichtig war, bedeckten Kataloge, Rechnungen, Prospekte und Preislisten fast die gesamte Tischplatte. Nur eine Ecke war frei, die für zwei gedeckt war. Vor Sabrinas Teller stand eine kleine Vase mit Sommerblumen.

»Wer war das? Etwa meine Überraschung?«

Franziska nahm den Topf vom Herd und goss die dunkle Flüssigkeit in zwei Müslischalen. Vorsichtig, um sich nicht zu verbrennen, balancierte sie sie hinüber zum Tisch. »Michael. Michael Gerber.«

»Sollte ich ihn kennen? Habe ich irgendetwas verpasst?«

Ihre Mutter strich sich verlegen eine Haarsträhne aus dem Gesicht. Es fiel Sabrina schwer, sich vorzustellen, was sich zwischen ihr und diesem Herrn Gerber abgespielt hatte. Franziska Doberstein war eine hübsche Frau Mitte vierzig, und Sabrina hatte von ihr das herzförmige Gesicht mit den leicht schrägen Augen, die so charakteristisch für die Dobersteins waren.

»Meine Elfen«, hatte ihr Vater sie immer genannt. »Ihr habt mich verhext.«

Wenn Sabrina an ihre Eltern dachte, hatte sie immer ein Bild vor Augen: Ihr Vater, wie er ihre Mutter zu sich hinunter in den Sessel zog und sie sich lachend an ihn schmiegte. Ihre dunkelbraunen Locken fielen offen über die Schulter und das Sonnenlicht malte spinnenfeines Kupfer in ihre Haare hinein. Er war ein fast schmaler, blonder Mann, von ihm hatte Sabrina ihre sportliche Figur und die langen, überschlanken Beine. Immer wenn sie ihre Eltern so zusammen gesehen hatte, wollte sie mit hinein in diese Umarmung. Ein Teil dessen sein, was eine Familie miteinander verband.

Vielleicht hatte er sich tatsächlich zu eingeengt gefühlt. Je älter Sabrina wurde, desto mehr versuchte sie zu verstehen, warum ihr Vater gegangen war. An Tagen wie diesen vermisste sie ihn plötzlich wieder so sehr, dass ihr die Tränen in die Augen stiegen.

Ihre Mutter rührte die Schokolade um und pustete hinein. »Ich wollte nicht, dass du etwas davon mitbekommst. Es tut mir leid.«

»Ist es was Ernstes?«

»Ich weiß es nicht.« Ihre Mutter tunkte den Löffel in die Schokolade, hob ihn hoch und beobachtete, wie der dünne Strahl zurück in die Tasse floss.

»Also entschuldige mal bitte«, sagte Sabrina. Sie wusste selbst, wie empört sich ihre Stimme anhörte, aber sie hatte keine Lust, sich zu verstellen. »Ich würde gerne wissen, ob ich Herrn Gerber in Zukunft öfter hier sehe. Dann kann ich mich darauf einrichten. Zum Beispiel im Bad.« Sie nahm einen Schluck und verbrannte sich natürlich die Zunge.

»Es wird nicht mehr vorkommen. Okay? Ist es überhaupt schon einmal vorgekommen? Nein. Aber so alt bin ich nun auch wieder nicht, dass ich die Hoffnung endgültig aufgeben müsste. Oder?«

Da war er wieder, der kleine, verbitterte Zug um Franziskas Mundwinkel. Es war genau diese Regung, die den Ärger in Sabrina augenblicklich verpuffen ließ und in ihr nur den einzigen Wunsch weckte, ihre Mutter in den Arm zu nehmen. Franziska war nicht alt. Sie war nur ziemlich allein.

»Wo hast du ihn denn kennengelernt?«

»Im Internet.«

Auch das noch. Da wurde man täglich vor den Gefahren dieses virtuellen Monsters eindringlich gewarnt: Chatte nie mit Fremden! Suche dir deine Freunde im echten Leben! Verbringe deine Zeit mit etwas Nützlichem! Und dann erfuhr man von seiner eigenen Mutter, dass die sich ihre Lover am Computer aussuchte.

Franziska Doberstein musste die Missbilligung in der Luft gespürt haben. Sie versuchte ein entschuldigendes Lächeln. »Ich habe ja sonst keine Gelegenheit.«

Das war natürlich glatt gelogen. Fast an jedem Wochenende war ihre Mutter auf einem anderen Winzerfest. Natürlich mit ihrem Weinstand, Dobersteins Grauburgunder Mittelrhein, Steillage. Seit 1651 in Familienbesitz. Aber wenn sie spät abends zurückkam, leuchteten ihre Augen nicht wie an diesem Morgen. Dann war sie meistens müde, setzte sich mit sorgenvollem Gesicht über die Bestellungen, kalkulierte und rechnete, bis sie fast über den Büchern eingeschlafen war. Im Grunde genommen war nicht nur ihr Vater gegangen. Er hatte Sabrina auch die Mutter genommen.

»Ist er nett?« Sabrina pustete und trank einen weiteren Schluck.

Ihre Mutter dachte nach. »Ich glaube, ja.«

»Weißt du sonst noch was über ihn?«

»Wird das jetzt ein Verhör? Ich dachte, du willst etwas ganz anderes wissen. Wo dein Geburtstagsgeschenk ist, zum Beispiel.«

»Wo ist es denn?«

Ihre Mutter stellte die Tasse ab. »Zieh dich an und komm mit raus. Dann zeige ich es dir.«

So schnell war Sabrina selten fertig gewesen. Sie hielt sich nicht lange mit Föhnen auf, schlüpfte nur in ihre Jeans und ein knappes T-Shirt und folgte ihrer Mutter auf den Hof. Franziska Doberstein hatte die Zeit genutzt und sich ebenfalls geduscht und angezogen. Sie trug das Gleiche wie immer: ein hochgekrempeltes Hemd, eine ausgeblichene Latzhose und leichte Turnschuhe. Normalerweise wäre Sabrina auch in die Arbeitskluft gestiegen. Aber heute hatte sie frei und gute Chancen, den ganzen Tag in Krippe 8 zu verbringen, *der* Sandbucht am anderen Ufer des Rheins, wo sich alle trafen.

Die schmale Straße führte steil bergauf. An dieser Stelle des Flusses rückten die Berge so nahe an das Ufer heran, dass kaum Platz blieb für mehr als zwei bis drei Häuserreihen hintereinander. Die Bahnschienen lagen fast in den Vorgärten. Was Leutesdorf nicht an Breite schaffte, glich es durch Länge wieder aus. Sabrina hatte des Öfteren überlegt, es als »längstes Dorf Deutschlands« vorzuschlagen. Man lebte wirklich in einem winzigen Nest, aber wenn man vom Bäcker auf der einen zum Supermarkt auf der anderen Seite musste, hatte man eine ordentliche Strecke zu bewältigen. Dafür war man schnell im Weinberg, der lag fast direkt hinter dem Haus. Sabrina und Franziska brauchten keine drei Minuten für den kurzen Aufstieg bis zum Ende des Weges, der in eine kiesbestreute schmale Straße mündete.

Sie führte an Hängen entlang, die große Namen trugen: Salinger, Ebeling, Kreutzfelder. Die Rieslingkönige. Uralte Dynastien großer Gewächse. Und schließlich, ganz am Ende der bewirtschafteten Steilhänge, Doberstein. Vom Rhein aus betrachtet war ihr Hang der letzte auf der rechten Seite. Dahinter begannen die aufgegebenen Weinberge, verwilderte Stöcke, bröckelnde Terrassen. Genau an dieser Stelle blieb Franziska stehen. Mit einem stolzen Lächeln drehte sie sich zu ihrer Tochter um.

Sabrina bekam ein mulmiges Gefühl im Magen. Sie konnte doch nicht … Das würde sie niemals tun!

Aber Franziska griff in die Tasche ihrer Latzhose und holte

ein Schreiben hervor, das sie Sabrina entgegenhielt. »Herzlichen Glückwunsch. Frag mich nicht, was mich das gekostet hat.«

Bei dieser Feststellung ging es nicht um Geld. Seit ewigen Zeiten schwelte ein Streit um den aufgegebenen Steilhang. Martin Kreutzfelder, einer der reichen Bimsbarone aus Andernach und ganz nebenbei auch noch der Besitzer eines der renommiertesten Weingüter der Gegend, hatte sich diesen Hang in den Kopf gesetzt. Genauso lange schon versuchte Franziska Doberstein, den Berg zu bekommen. Er lag direkt neben ihrem Anbaugebiet und vor langer Zeit einmal hatte er auch der Familie gehört. Immer wieder war der Gedanke aufgetaucht, ihn von der Gemeinde zurückzukaufen. Doch neben dem Preis gab es noch ein anderes Problem, das im Raum stand: Wer sollte ihn übernehmen? Franziska war jetzt schon am Rande ihrer Kräfte. Und Sabrina ...

»Ich glaub das einfach nicht«, sagte sie. »Du hast das hinter meinem Rücken entschieden?«

»Es war eine einmalige Gelegenheit«, rechtfertigte sich Franziska. »Kreutzfelder hat sich mit seiner Beteiligung in Rheinhessen übernommen. Er hat sein Angebot zurückgezogen. Das war der Moment, auf den ich gewartet habe.« Mit leuchtenden Augen trat sie einen Schritt näher. »Sabrina, das ist dein Berg. Der Dobersteiner Rosenberg. Ich schenke ihn dir zum Geburtstag. Und du darfst ihm einen Namen geben. Wie wäre es mit Dobersteins Jüngster?«

Wieder hielt sie ihr die Urkunde entgegen.

Doch Sabrina trat einen Schritt zurück und hob abwehrend die Hände. »Ich will das nicht! Du kannst mir doch nicht einfach über meinen Kopf hinweg einen Weinberg kaufen!«

»Pachten«, antwortete ihre Mutter mit tonloser Stimme. Erst jetzt schien sie zu bemerken, dass ihr Geschenk eine andere Wirkung zeigte, als sie wohl erhofft hatte. »Ich habe ihn nur gepachtet. Für dreißig Jahre.«

»Dreißig Jahre!« Sabrina hatte Tränen in den Augen. »Ich bin sechzehn, Mama. Das ist fast doppelt so lange, wie ich auf der Welt bin. Du klaust mir mein Leben, verstehst du das denn nicht?«

Sabrina konnte nicht begreifen, dass all die Diskussionen der letzten Monate nichts genutzt hatten. Die Urkunde war wie ein Gerichtsurteil, gegen das sie noch nicht einmal Berufung einlegen konnte. Ihre Mutter stellte sie einfach vor vollendete Tatsachen und sie wurde noch nicht einmal gefragt.

Franziska Doberstein senkte den Kopf. Sie ging zu der kleinen Mauer aus Feldsteinen, die die Straße zum Hang hin abgrenzte. Dort blieb sie stehen und sah hinauf bis zum Gipfel der schrundigen Lavaberge, zu denen sich die Terrassen der Weinhänge in sanften Wellen hochgegraben hatten. Er war ihr Sehnsuchtsberg. Wenn sonst schon nichts heil war in ihrem Leben, dann sollte wenigstens der Anbau wieder eins sein. Sabrina konnte das verstehen. Aber sie wollte nicht die Sehnsüchte ihrer Mutter ausbaden.

»Ich gehe schwimmen«, sagte sie nur. »Damit ich von meinem Geburtstag wenigstens ein bisschen was habe.«

Ihre Mutter nickte, drehte sich aber nicht um. Verdammt. Musste sie immer diese schreckliche Kümmer-dich-nicht-um-mich-ich-schaff-das-schon-Tour fahren? Damit erreichte sie nur, dass Sabrina sich wie eine Verräterin fühlte. Ein tolles Gefühl für so einen Tag. Aber genau genommen hatte er ja schon ziemlich mies begonnen. Dann musste man ihn wenigstens nicht so enden lassen.

# ZWEI

Krippe 8 befand sich zwischen der Namedyer Werth, einer ehemaligen Flussinsel, und Andernach. Sie lag auf der linken Rheinseite, also genau gegenüber von Leutesdorf. Wenn nicht gerade das Echo der Züge, Autos oder Motorschiffe einen Heidenlärm machte, konnte man sogar über den Rhein hinüberrufen. Früher, als die Winter so kalt waren, dass sogar die Luft knackte, lief man einfach auf die andere Seite. Oder man benutzte die Fähre, die irgendwann eingestellt wurde, weil mittlerweile jeder ein Auto besaß und lieber einen 30 Kilometer langen Umweg über die Brücke von Neuwied in Kauf nahm. Am Wochenende konnte man manchmal auf die Ausflugsdampfer von Andernach zum Geysir aufspringen. Die machten einen Abstecher quer über den Rhein, um Touristen aus Leutesdorf abzuholen. Aber an diesem Tag war kein Wochenende, also nahm Sabrina den Bus. Es war schon erstaunlich, dass man fast eine Stunde unterwegs war, um in eine Stadt zu kommen, die in einer Luftlinie von nicht einmal 300 Metern lag.

Krippe 8 war die letzte der Badebuchten flussaufwärts. Die blumengeschmückten Uferpromenaden von Andernach endeten an den Basalteisbrechern und dem Alten Krahnen, einem runden Turm aus dem 16. Jahrhundert. Dahinter begann das Naturschutzgebiet der Werth, einer Insel, die vor langer Zeit schon zum Festland hin aufgeschüttet worden war. Hier durfte der gezähmte Fluss für ein paar Kilometer wieder wilder werden und formte sich sein Ufer selbst. Die letzte Krippe lag kurz vor der zugewucherten Einmündung eines stillen, fast vergessenen Seitenarms. Ihr sichelförmiger Sandstrand fiel flach in den Rhein. Silberweiden säuselten sanft im Wind, ihre langen Äste hingen herunter wie ein Vorhang von Perlenschnüren.

Die kleine Liegewiese war an diesem Vormittag schon ziemlich voll. Seit man im Rhein wieder schwimmen konnte – auch wenn das gefährlich war und gar nicht gern gesehen wurde –, waren die Krippen im Sommer zu einem beliebten Treffpunkt geworden. Sabrina entdeckte Amelie auf einem bunten Badetuch gleich vorne in der ersten Reihe. Ihre Freundin schaute verträumt auf den Fluss, wo gerade ein über hundert Meter langes Containerschiff hoch Richtung Duisburg oder Rotterdam fuhr.

*Shipspotting*, nannte Amelie das. Im letzten Jahr hatte sie ein Schiffer mitgenommen. Nach drei Tagen war sie wieder da gewesen, doch von der Reise zehrte sie noch heute.

»Hi!« Sabrina ließ sich neben sie auf das Tuch fallen. In der Mitte prangte ein großes Hanfblatt. Obwohl Amelie noch nicht einmal rauchte, ließ sie keine Gelegenheit aus, die Umwelt ein wenig zu provozieren.

Ihre Freundin strahlte sie an. »Happy birthday, meine Kleine!«

»Moment, ich bin jetzt sechzehn!«

»Einmal Küken, immer Küken.«

Amelie rückte zur Seite und deutete auf das Schiff. »Das ist die Maxima. Siehst du die niederländische Flagge? Sie ist eine der wenigen, die die ganze Strecke bis runter zum Schwarzen Meer schafft.«

Sie winkte, doch der Schiffer auf dem Stand war zu weit weg und fuhr unbeirrt weiter. Es war Amelies Traum, eines Tages um die ganze Welt zu reisen. Immer wenn das Fernweh mit ihr durchging, spürte Sabrina einen kleinen Stich im Herzen. Sie hatte das Gefühl, ihre Freundin dann für immer zu verlieren. Amelie war zwar in Andernach geboren, doch sie kam Sabrina vor wie ein Gast auf Durchreise, der immer auf gepackten Koffern saß; bereit, auf und davon zu gehen, sobald sich die Gelegenheit bot. Amelie redete sehr häufig vom Weggehen. Sie hatte keinen Plan, und ihre Ziele wechselten ständig; vielleicht war die Sprunghaftigkeit ihrer Ideen der Grund, weshalb sie immer noch nicht fortgegangen war. Mit ihren knapp achtzehn Jahren sah sie wesentlich älter aus. Das lag nicht nur an ihrer Figur, sondern vor allem an dem leicht spöttischen Zug um ihre vollen Lippen, der mehr Lebenserfahrung versprach, als Amelie eigentlich haben konnte. Sie hatte ein schmales Gesicht mit hohen Wangenknochen und braune Augen, denen ihr geschicktes Make-up etwas Katzenhaftes verlieh. Auch heute drehten sich alle jungen Männer nach der dunkelhaarigen Schönheit in ihrem knappen Bikini um. Und Amelie gab ihnen auch einiges zum Hinsehen, als sie sich auf dem Laken ausstreckte und ihr Oberteil zurechtrückte. Sabrina kam sich neben ihr blass und unscheinbar vor.

»Sorry, ich hab kein Geschenk für dich. Ich geb dir ein Eis aus, ja? Kommst du nachher?«

Amelie hatte einen der begehrten Ferienjobs in einem Eiscafé am Marktplatz ergattert. Der Besitzer wusste, was er tat, denn seit Amelie dort arbeitete, hatte sich der Umsatz verdoppelt. Auch wenn ihre Freundin über die Arbeit stöhnte, sie hatte doch Spaß daran, unter Menschen zu sein und ab und zu ein bisschen zu flirten. Jetzt aber versteckte sie ihre Augen hinter einer großen, schwarzen Sonnenbrille. Nur wer sie so gut kannte wie Sabrina, hörte auch an ihrer Stimme, dass etwas nicht stimmte.

»Klar komme ich. Einen Nougatbecher aufs Haus lasse ich mir nicht entgehen.«

Sabrina sah sich um. Ein paar Gesichter kannte sie aus der Schule, eine Großfamilie weiter unten Richtung Werth und zwei ältere Damen waren Kunden ihrer Mutter. Anders als die großen Betriebe lebten die Dobersteins nicht von Lieferungen an Supermärkte, sondern von kleinen Weinhandlungen, Gastronomen und Privatleuten, die gerne persönlich vorbeischauten. Sabrina nickte ihnen zu und grüßte freundlich, als sie in ihre Richtung sahen.

Amelie bemerkte das und grinste. »Bist du wieder ein braves Mädchen, das seiner Mutter keine Schande macht?«

»Lass mich in Ruhe mit meiner Mutter.«

»Oh-oh. Das hört sich nicht nach einem relaxten Morgen an.«

»Sie hat mir einen Weinberg geschenkt.«

Amelie schob die Sonnenbrille hoch in ihre pechschwarzen, glänzenden Locken, um die Sabrina sie glühend beneidete. Auf den mitleidigen Blick aus Amelies Augen hätte sie aber gerne verzichtet. »Ein Weinberg? Was ist das denn? Hast du ihr nicht gesagt, dass du mit dem ganzen Krempel nichts am Hut hast? Wir wollten doch irgendwann gemeinsam nach Argentinien!«

Argentinien, New York, Australien, Malaysia. Immer mal wieder hatten sie geträumt, auszuwandern. Aber mehr als Träume waren das auch nicht, zumindest keine konkreten Zukunftsperspektiven.

»Ich weiß«, antwortete Sabrina. »Aber bis es so weit ist, muss ich entweder weiter zur Schule gehen oder eine Ausbildung machen.«

Das schnaubende Geräusch aus Amelies Nasenlöchern verriet, was sie von diesen Alternativen hielt. »Bei deiner Mutter. Als Weinbauerin. Na gute Nacht.«

Sie hatten endlos diskutiert. Sabrina wusste, dass sie sich bis Ende der Ferien entscheiden musste. Eine Lehre bei einem anderen Winzer kam gar nicht in Frage. Das ging gegen die Familienehre. »Man kehrt keinen fremden Hof«, hatte ihre Mutter kategorisch erklärt. Ausgebildet wurde im eigenen Betrieb. Natürlich gab es Ausnahmen: Söhne und Töchter, die Önologie studierten und dann in Kalifornien oder Südafrika landeten, in goldenen Tälern, weit weg vom Mittelrhein mit seinen hohen Bergen, die schon am Nachmittag lange Schatten über das Tal und den Fluss warfen.

Doch Sabrinas Schulleistungen waren nicht so, dass sie ein Studium unbedingt nahelegten. Dabei wusste sie genau, dass sie viel mehr schaffen konnte. Aber in den letzten zwei Jahren hatte sie die Lust verloren, sich anzustrengen. Wenn es nichts gab, was man sich erkämpfen musste, wenn der Lebensweg bereits vorgezeichnet war, noch ehe man überhaupt angefangen hatte, darauf Fuß zu fassen – wofür lohnte es sich dann, sich Mühe zu geben? Die Einzige, mit der sie darüber reden konnte, war Amelie. Vielleicht wurde die deshalb so von ihrer Mutter abgelehnt. Franziska Doberstein mochte Amelie Bogner nicht. Viele Leute mochten »das Fräulein Bogner« nicht. Allein schon die Art, wie sie »Fräulein« aussprachen, sagte alles. Sabrina war das egal. Amelie war ihre Freundin, seit sie durch Zufall vor zwei Jahren auf dem Neuwieder Weinfest gemeinsam eine Geisterbahn-Gondel bestiegen hatten. Anschließend bekamen sie lebenslanges Mitfahrverbot. Diese Verrückte war während der Fahrt ausgestiegen und hatte eine Gruppe betrunkener Bayern und zwei Sechstklässler zu Tode erschreckt. Sabrina hatte noch nie in ihrem Leben so viel Spaß auf einem Weinfest gehabt, und das ganz ohne Wein.

»Was soll ich denn jetzt machen?« Sie stieß einen abgrundtiefen Seufzer aus. »Sie hat den Rosenberg für dreißig Jahre gepachtet. Bis dahin bin ich doch scheintot!«

»Das bist du jetzt schon, wenn du so weitermachst.« Amelie setzte sich auf und holte die Sonnenmilch aus ihrer Strandtasche. »Lebe deine Träume! Aber dazu musst du natürlich erst mal welche haben.« Sie rieb sich die Arme und Schultern ein und achtete dabei darauf, dass die Jungs drei Badetücher weiter auch jede ihrer Bewegungen mitbekamen. »Ich habe Ziele. Ich arbeite dafür. Scheiß was auf die Schule. Ich will die Welt sehen! Wenn die Saison vorbei ist, habe ich fast zweitausend Euro auf der hohen Kante. Dann hält mich hier nichts mehr.«

Sabrina seufzte wieder. Ihre Mutter würde nie erlauben, dass sie arbeiten ging. Schon gar nicht in solchen Gelegenheitsjobs, wie Amelie sie hatte.

»Komm mit!«

Die tiefbraunen Augen ihrer Freundin glitzerten vor Abenteuerlust. Doch anders als so viele Male zuvor hatte Sabrina keine Lust, sich von ihr anstecken zu lassen. Ihr Leben kam ihr, verglichen mit dem, das Amelie führte, plötzlich unendlich schwer vor. Es war einfach, allem den Rücken zu kehren, wenn man nichts hatte, für das man sich verantwortlich fühlte.

Wieder spürte Sabrina, dass der Ärger sich in ihr zusammenballte. Ein eigener Weinberg. Noch eine Last, noch eine Verantwortung, die man ihr aufgebürdet hatte, ohne dass man sie überhaupt gefragt hatte. *Ich habe das alles nicht mehr ertragen. Ich wusste nicht, was es heißt, eine Winzerin zu heiraten.* Das war die Antwort, die ihr Vater ihr vor langer Zeit einmal gegeben hatte, als sie ihn nach den Gründen für sein Weggehen gefragt hatte. Damals konnte sie ihn nicht verstehen und hatte Schuldgefühle, weil sie sich als Teil des Unerträglichen gefühlt hatte. In letzter Zeit telefonierten sie wieder öfter miteinander. Er lebte jetzt in Berlin und war Direktor an einer Gesamtschule. Ihr Halbbruder war mittlerweile fünf.

»Hast du mir nicht zugehört?«

Amelies Frage schreckte sie hoch.

»Pack deine Sachen und komm mit. Wir finden schon einen Job. In zwei Tagen sind wir in Rotterdam. Dann nehmen wir uns ein Schiff nach Buenos Aires. Und dann ...«

»Hi Lilly!«

Drei alberne Spätpubertierer schlenderten an Amelies und Sabrinas Badetuch vorbei. Der mittlere blieb kurz stehen. Die beiden anderen platzten beinahe, so lustig fanden sie, dass ihr Anführer sich traute, ein Mädchen anzusprechen. Amelie streifte sie mit einem hochmütigen Blick und drehte sich auf den Rücken.

»Lust auf ein Eis? Oder was anderes?«

Die beiden Jungens, dünn und blass wie Spargel, prusteten los.

»Verschwinde, Michi,« gab Amelie gelangweilt von sich. »Du fällst noch unter den Jugendschutz. Ich will mich doch nicht strafbar machen.«

Michi, der größte von den dreien, war im gleichen Alter wie Sabrina. Andernach war klein, man lief sich immer irgendwo über den Weg. Sabrina hatte das Gefühl, dass sie ihn schon einmal gesehen hatte. Michi ereilte diese Eingebung wohl im gleichen Moment. Er spürte, dass seine Schlappe mehr Zeugen bekam, als er erwartet hatte, und wurde rot bis zum Haaransatz.

»Hey, das war nur nett gemeint. Kein Grund, gleich auszurasten.«

Er reihte sich wieder in die Mitte ein und suchte sich mit seinen Freunden einen Platz außer Sichtweite.

»Was ist denn los mit dir?«, fragte Sabrina. »Das war doch ein netter Versuch.«

Amelie setzte sich wieder auf. »Eben. Und nicht der erste. Warum glaubt eigentlich jeder, ich wäre ein Experimentierkasten? Dich quatscht keiner blöd an.«

Sabrina seufzte. Sie wurde weder blöd noch intelligent, sondern schlicht gar nicht angequatscht.

Amelie schob die Sonnenbrille wieder herunter auf ihre unvergleichliche Nase. Sie war schmal und gerade, genau so, wie ein Klassiker auszusehen hatte. Nicht knubbelig wie eine Waldgnom-Nase, dachte Sabrina verbittert und erinnerte sich an die vielen Male, die sie vorm Spiegel gestanden und versucht hatte, irgendetwas an ihr in Form zu bringen. »Was hast du eigentlich? Ist was mit Lukas?«

Lukas Kreutzfelder, der Sohn des Bimsbarons. Etwas schien zu laufen zwischen den beiden, jedenfalls hatte Amelie verträumt von einigen Treffen berichtet. Das letzte sollte am vergangenen Abend stattgefunden haben. Und es hatte, dem verschlossenen Gesichtsausdruck Amelies nach zu urteilen, nicht das gewünschte Ergebnis gebracht.

»Wie war es denn?«

»Schön«, sagte Amelie. Es klang nach dem genauen Gegenteil.

»Wie schön? Nun sag schon!«

»Er wollte mir an die Wäsche. Aber ich habe keine Lust mehr auf One-Night-Stands. Ich kenne doch das ganze Programm. Erst holen sie dir die Sterne vom Himmel, und wenn sie haben, was sie wollen, siehst du sie nie wieder.« Eine kleine, steile Falte bildete sich auf Amelies Stirn.

Sabrina seufzte. Sie hätte sich so gewünscht, dass Amelie

auch einmal Glück in der Liebe gehabt hätte. Tatsächlich waren fast alle nach kurzer Zeit auf und davon gegangen. Vielleicht lag es daran, dass sie sich immer die Falschen ausgesucht hatte. Immer ein bisschen zu laut, immer mit Auto, Geld und einer schnodderigen Lässigkeit, wie sie nur Kerle hatten, für die das Leben ein Freizeitpark mit endlosen Öffnungszeiten war.

»Und deshalb fahre ich jetzt eine andere Strategie.«

»Ah, eine Strategie? Gibt es die?«

»Ja«, antwortete Amelie zufrieden. »Ich schweige wie ein Grab und halte mich zurück. Wenn er was von mir will, muss er schon ein bisschen mehr investieren als eine Flatrate-SMS.«

Sie holte ihr Handy heraus und zeigte Sabrina den Nachrichteneingang.

*Sehen wir uns heute Abend?*

*Warum meldest du dich nicht?*

*Hey, meine Sonne, wo steckst du?*

Amelie schüttelte den Kopf. »Meine Sonne. pfffff. Wo hat er das denn her?«

Vom Fluss her drang ein brüllendes Röhren. Ein Motorboot schoss wie ein Pfeil in die Strommitte, genau dorthin, wo es verboten war. Der Fahrer wendete und ließ eine breite Fontäne Wasser aufspritzen.

Amelie legte die Hand vor die Augen. »Spinner.«

Auch die anderen wurden aufmerksam. Das Boot vollführte einige waghalsige Manöver, bevor es die Krippen entlang das Ufer abfuhr. Der aufdringliche Lärm kam näher. Immer wieder heulte der Motor auf, bis selbst die Letzten hinter den Silberweiden die Hälse reckten. Nur Amelie tat so, als ob sie mit ihrem Handy im Internet surfen würde. Der Lärm brach ab. Sabrina sah, wie der Bootsführer das Ufer absuchte und sein Blick ausgerechnet an dem Hanfbadetuch hängen blieb.

»Amelie!«

Lukas Kreutzfelder. Er trug eine dieser unerträglichen Kombinationen aus rosa Poloshirt zu weißen Jeans. Um die

Schultern hatte er einen dünnen Pullover geknotet, was wohl ungeheuer lässig aussehen sollte, aber ziemlich schnöselig wirkte. Er war ein im landläufigen Sinne gut aussehender Mann, einen Tick zu füllig, ein bisschen zu blond, mit einem etwas breit wirkenden Gesicht und hellen, blauen Augen. Dafür war Lukas Kreutzfelder eine der besten Partien Andernachs. Heimlich wünschte sich Sabrina, dass Amelie sich unsterblich in ihn verlieben würde. Dann bliebe sie nämlich, würde bei ihren Eltern aus- und in eine schöne Villa am Hügel einziehen und ihre wilden Träume zu hübschen Urlaubsreisen zähmen, von denen sie auch immer wieder zurückkäme. Lukas wäre genau der Richtige, um ihr Sicherheit zu geben. Auch wenn es ihr schwerfiel, sich ihre quirlige Freundin in den Armen eines Mannes vorzustellen, der rosa Polohemden trug.

Sie gab Amelie einen leichten Schubs. »Dein Mond wartet.«

Amelie warf einen Blick über die Schulter. »Soll er. Dann nimmt er wenigstens irgendwann ab.«

»Hey! Amelie! Kommst du mit?«

Sabrina entging nicht, wie neidisch die Jungs vom Badetuch links zu dem Boot starrten. Es musste ein neues und teures Modell sein. Zumindest kam man damit in zwei Minuten von der einen auf die andere Rheinseite.

»He, nun lass mich doch nicht warten vor allen Leuten. Soll ich vielleicht auf die Knie gehen?« Lukas warf einen Blick auf sein Publikum. »Sie will nicht«, erklärte er überdeutlich betrübt. Alle starrten gespannt zu ihm wie auf den Hauptdarsteller eines aus dem Nichts herbeigezauberten Theaterstücks. »Amelie!«

Endlich bequemte sich die Angesprochene, sich umzudrehen. Betont gelangweilt nahm sie die Sonnenbrille ab. Das Boot schaukelte keine fünf Meter vom Ufer entfernt auf den Wellen. Lukas verbeugte sich und ging dann tatsächlich in die Knie. Die Badegäste applaudierten.

Um Amelies Mundwinkel zuckte ein Lächeln. »Okay. Aber nur eine halbe Stunde. Und Sabrina kommt mit.«

»Nein, geh du nur«, sagte Sabrina. Sie wollte auf keinen Fall stören.

»Kommt gar nicht in Frage.« Amelie stand auf und begann, ihre Sachen zusammenzusuchen.

Schließlich erhob sich auch Sabrina.

»Hi, Sabrina!« Lukas grüßte sie freundlich. Zu ihr war er anders. Höflicher, respektvoller. Wahrscheinlich, weil sein Vater und ihre Mutter im gleichen Winzerverband waren.

Er half ihnen ins Boot. Kaum hatten sie sich gesetzt, brauste er los. Die Gischt durchnässte sie in wenigen Sekunden. Amelie kreischte vor Vergnügen, und als das Boot hinausstob auf den breiten Strom und der Wind Sabrinas Haare zerzauste, hatte sie das Gefühl, dass es doch noch etwas werden könnte mit diesem Tag.

# DREI

»Willst du auch mal?«

Lukas drehte sich zu Amelie um. Sie sprang auf und tastete sich über das schwankende Deck nach vorne. Sabrina konnte wegen des lauten Motors nicht verstehen, was er sagte, aber vermutlich erklärte er ihr, wie alles funktionierte. Amelie hatte keinen Bootsführerschein, trotzdem ließ er sie ans Steuer.

Sei doch nicht immer so spießig, schimpfte Sabrina im Stillen mit sich selbst. Es wird schon nichts passieren. Lukas wird schon darauf achten, das Ding ist ja teuer genug.

In diesem Moment machte das Boot einen gewaltigen Satz nach vorne. Sabrina musste sich an der Reling festhalten und hatte in den nächsten Minuten ständig das Gefühl, gleich von Deck gefegt zu werden. Amelie legte den Kopf in den Nacken und lachte. Für sie war das alles ein Riesenspaß. Sie gab noch einmal Gas und wie ein Pfeil schossen sie flussaufwärts. Lukas stand hinter Amelie. Seine Hand wanderte ihren Rücken hinunter bis zu ihrer Bikinihose. Amelie schüttelte sich unwillig, das Boot machte einen gewaltigen Schlenker. Lukas behielt seine Hand ab jetzt bei sich.

Sie hat recht, dachte Sabrina. Er ist es nicht. Er ist auch nur einer von denen, die ein bisschen Spaß haben wollen, bevor sie sich eine Frau suchen, die ihre rosa Polohemden bügelt. Er musste jetzt Anfang zwanzig sein, studierte in Koblenz und würde irgendwann den Betrieb seines Vaters übernehmen. Auch so ein vorgeschriebener Lebenslauf. Aber im Gegensatz zu Sabrina schien Lukas absolut damit einverstanden zu sein. Sie fühlte sich immer noch hintergangen und manipuliert, wenn sie an ihr Geburtstagsgeschenk dachte. Vor ihren Augen mutierte der zufriedene Lukas zum idealen Feindbild. Erstes Auto zum Abi, hübsches Boot von Papa, und den Weinberg haben sie sowieso nur zum Angeben, dachte sie. Immer wenn es ans Arbeiten ging, krochen Polen und Tschechen den Steilhang hoch. Die Kreutzfelders selbst hatte sie jedenfalls noch nie in Latzhosen gesehen.

Amelie drückte das Gaspedal durch. Lukas wurde nervös. Vor ihnen tauchte die *Maxima* auf, das gewaltige, 160 Meter lange Containerschiff, auf dem die Ladung wie riesige, eiserne Bauklötze aufeinandergestapelt war. Vom Wasser aus wirkte es fast noch eindrucksvoller als vom Land. Im Steuerhaus konnte Sabrina einen Mann erkennen. Ein anderer, offenbar ein Leichtmatrose, hangelte gerade backbord die Reling entlang und spritzte dabei mit einem Schlauch Wasser auf die schmale Schanzung.

»Wo ist die Hupe?«, rief Amelie aufgeregt.

»Hey, lass das!«

»Sag schon! Die Hupe! Oder das Horn, oder wie heißt das Ding denn?«

Amelie drückte auf alle erreichbaren Knöpfe. Ein heller Ton erklang, der im Vergleich zu einem so großen Pott wie der *Maxima* eher ein empörtes Quieken war. Amelie drosselte das Tempo, um nicht auf das Heck des Containerschiffes aufzufahren, das sich wie eine riesige, eisengraue Wand vor ihnen aus dem Wasser hob. Sie hupte wieder, aber der Einzige, der reagierte, war der Leichtmatrose. Er zeigte ihr einen Vogel und machte ziemlich obszöne Handbewegungen, die letztendlich den Schluss nahelegten, sich so schnell wie möglich aus der Nähe der Schiffsschraube zu verdrücken.

»Lass mich jetzt wieder.«

Lukas wollte den Steuerknüppel übernehmen, doch Amelie ließ das nicht zu. Sie schob ihn weg, gab Gas und schoss links an der Bordwand vorbei direkt in die Mitte der Fahrrinne. Sabrina konnte sich gerade noch das Spritzwasser aus den Augen wischen, als sie erkannte, auf was sie da gerade zurasten. Ein großer Tanker kam ihnen entgegen. Augenblicklich ging Amelie vom Gas, doch es war zu spät. Das Boot lag direkt auf Kollisionskurs.

»Weg da!«

Lukas gab Amelie einen Stoß und sprang ans Steuer. In letzter Sekunde bekam er das Boot in den Griff, rechts rauschte die *Maxima* vorbei, links der Tanker, in der Mitte ihre winzig kleine Nussschale, hin- und hergeworfen von den aufspritzenden Wellen. Die Bordwände der gewaltigen Transportschiffe hätte Sabrina mit ausgestrecktem Arm berühren können. Lukas' Boot konnte jeden Moment an eine der beiden Stahlwände krachen. Die Motoren der gewaltigen Maschinen zerrissen Sabrina fast das Trommelfell. Das Horn des Tankers dröhnte dazu so laut, dass sogar noch Sabrinas Magen zitterte. Hundert Meter dauerte der Höllenritt, eingezwängt zwischen den beiden riesigen Schiffen, dann war der Tanker vorbei und der Weg steuerbord frei. Lukas riss das Boot nach links und geriet in die gewaltige Bugwelle der *Maxima*. Es war wie eine Fahrt auf der Achterbahn. Sabrina, die von der Seekrankheit bis jetzt verschont geblieben war, wurde schlecht wie noch nie in ihrem Leben. Der Schiffer sandte ihnen noch einen bösen Gruß mit seinem Schiffshorn nach, dann erreichten sie das seichte Ufer, der Motor ging aus, und Lukas ließ sich aufatmend in den Sitz zurücksinken.

Zitternd kam Sabrina auf die Beine. Sie war klitschnass. Ihre Zähne klapperten und ihr Magen rebellierte. Lukas stierte vor sich hin, Amelie kauerte auf dem Boden neben ihm und hatte zum ersten Mal, seit Sabrina sie kannte, einen sehr kleinlauten Gesichtsausdruck.

»Mannomann«, stieß Sabrina aus. Sie beugte sich nach vorne über die Reling, um sich im Falle eines Falles nicht auch noch auf den teuren Walnussboden zu übergeben. »Habt ihr sie noch alle?«

Jedes Kind wusste, dass die Mitte der Fahrrinne ausschließlich für den Schwerlastverkehr reserviert war. Was sie gerade gemacht hatten, war ähnlich witzig wie mit einem Rad in entgegengesetzter Richtung auf der Autobahn herumzugondeln. Wäre die Wasserschutzpolizei in der Nähe gewesen, wäre das Lukas' vorerst letzter Bootsausflug gewesen. Ganz zu schweigen von den Folgen, wenn es tatsächlich zu einer Kollision gekommen wäre.

Aber Amelie hatte schon wieder ganz andere Sorgen. Sie kramte in ihrer Badetasche, holte einen Spiegel heraus und musterte sich kritisch. »Gott sei dank ist meine Wimperntusche wasserfest. Wow, das war doch mal was! Findet ihr nicht?« Sie sprang auf und reckte sich. »Das Ding macht ja richtig Fahrt. Darf ich jetzt wieder?«

»Nein. Nicht jetzt.«

Lukas ließ den Motor an und gab im Leerlauf ein paar Mal Gas. Alles funktionierte. Nichts war passiert. Außer den Schrecksekunden da draußen, die Sabrina in ihrer Todesangst wie Stunden vorgekommen war.

»Der Tank ist fast leer. Rennfahren verbraucht zu viel Sprit.«

Amelie verzog den Mund. »Schade. Dann ein anderes Mal?«

»Heute Abend?« Lukas war wohl gerade auf die Idee gekommen, die eine Gunst mit der anderen zu erkaufen.

»Ich muss arbeiten.«

»Ich hol dich ab.«

»Das kann aber spät werden.«

»Besser spät als nie.«

Er stand auf und versuchte, Amelie in den Arm zu nehmen, was diese halbherzig gestattete. Sabrina drehte sich weg. Sollten sie von ihr aus knutschen ohne Ende, ihr war kalt. Die Übelkeit war fast vorbei, aber sie lagen im Schatten des steilen Ufers, und ein kühler Wind strich über das Wasser. Weit oben, auf hässlichen Betonstelzen, führte die B9 nach Mayen und Köln. Sie konnte den Lärm der vorüberrasenden Autos bis hier unten hören. Dichtes Gestrüpp wucherte bis ans Wasser. Sie waren flussaufwärts, fast an der Spitze der Namedyer Halbinsel, gelandet. Mitten im Naturschutzgebiet.

Sabrina hielt Ausschau, ob sie von jemandem entdeckt werden konnten, doch sie waren die einzigen Menschen weit und breit. Ein paar Meter weiter verschwand der stille Seitenarm des Rheins hinter den Bäumen. Wie nannten ihn die

Leute noch mal? Er hatte einen komischen Namen. Irgendetwas war dort passiert, etwas Schlimmes, das sich herumgesprochen hatte. Ein paar Jahre musste das her sein. Sabrina erinnerte sich an Blaulicht und langsam vorbeifahrende Polizeiwagen. Über Leutesdorf und Andernach hatte plötzlich etwas Böses seine Flügel ausgebreitet, das sich wie ein dunkler Schleier über die Fröhlichkeit dieses Sommers gelegt hatte. Kaum einer lachte. Auf dem Markt standen sie zusammen, schauten über ihre Schultern und flüsterten dann miteinander. Eltern holten ihre Kinder von der Schule ab. Die Spielplätze waren verwaist, die Straßen nachts verlassen. Ihr Vater hatte noch bei ihnen gelebt, und eines Abends, als sie nicht schlafen konnte, war sie hinuntergeschlichen bis zur Küchentür.

*Es war einer von hier,* hatte ihr Vater gesagt. *Hoffentlich finden sie das Schwein.*

Sabrina konnte sich nicht erinnern, um was es gegangen war. Ein Schwein war offenbar gestohlen worden, das hatte sie sich in ihrer kindlichen Fantasie zusammengereimt. Sie hatte ihre Mutter danach gefragt, und die hatte den Diebstahl bestätigt – erleichtert, wie es Sabrina schien, dass sie ihrer Tochter eine Erklärung geben konnte. Später war Sabrina zwar schon klar gewesen, dass es bei all dem nicht nur um ein Schwein gegangen sein konnte. Aber irgendwann hatten die Leute aufgehört zu flüstern. Sie durfte wieder alleine zur Schule gehen und auf den Spielplätzen lachten und schrien die Kinder. Es war, als ob die Sonne nach einem langen Regen die Wolken vertrieben hätte. Fragte noch jemand, woher die Wolken gekommen waren? Wohin sie zogen? Die Erinnerung verblasste, und alles, was blieb, war ein Name.

Der *tote Fluss.*

Plötzlich war ihr, als ob eine kalte Hand über ihren Nacken streifte. Sie fröstelte und schaute wieder nach den beiden anderen, die immer noch miteinander herumkasperten.

»Lass das!«

Amelie klang ziemlich genervt. Lukas hing an ihrem Hals und wollte sie küssen.

»Ich hab gesagt, du sollst das lassen!«

Aber er hörte nicht auf.

Sabrina fand, dass Amelie ihm klar und deutlich gesagt hatte, was sie wollte und was nicht. Sie räusperte sich, dann streckte sie den Arm zum Ufer aus. »Schaut mal! Das ist ja komisch.«

Lukas Aufmerksamkeit war abgelenkt, Amelie schlüpfte aus seiner Umklammerung und stellte sich neben Sabrina.

»Da vorne. Sieht aus, als ob einer mit einem Mähdrescher übers Wasser gefahren wäre.«

Die Büsche links und rechts der Einmündung des Seitenarms waren ziemlich zerrupft. Sogar ein Teil der Böschung war in Mitleidenschaft gezogen. Etwas sehr Breites musste sich durch diesen engen Zugang übers Wasser geschoben haben.

»Oh-oh.« Amelie runzelte die Stirn. »Ist ja krass. Das wird unserem Ranger gar nicht gefallen.«

Der Ranger war der Chef des Naturschutzgebietes und er nahm seine Arbeit ziemlich ernst. Sabrina kannte ihn vom Sehen, wenn er den Touristen auf streng abgegrenzten Pfaden den Weg zum Geysir zeigte, der nicht weit von hier fast hundertsechzig Meter hoch aus der Erde schoss. Es war die älteste und zugleich die neueste Attraktion von Andernach, denn nachdem man den Sprudel aus der Eiszeit vor über dreißig Jahren zubetoniert hatte, war man im letzten Jahr darauf gekommen, ihn doch wieder aus seinem vulkanischen Gefängnis zu befreien. Seitdem erfreuten sich unzählige Schulklassen und Tagestouristen an der schwefeligen Brühe.

Amelie drehte sich zu Lukas um. »Du bist auch ziemlich nah am Ufer. Pass auf, dass du nicht noch einen Strafzettel bekommst.«

»Was kann denn das gewesen sein?«, fragte Sabrina.

»Die Bestie von Andernach«, antwortete Amelie kichernd. »Vielleicht kommt zu unserem Urzeit-Geysir auch noch ein Dinosaurier?«

Lukas warf den Motor an und wendete das Boot. Amelie

und Sabrina setzten sich auf die Rückbank. Der Fahrtwind war so kalt, dass Sabrina wieder anfing zu zittern.

Amelie legte ihr den Arm um die Schulter. »Du kommst mit zu mir nach Hause und ziehst dir was Trockenes an.«

Eng aneinandergeschmiegt erreichten sie den verwaisten Fähranleger. Lukas half ihr von Bord.

»Danke«, sagte Sabrina.

»Bitte sehr. Grüß deine Mutter. Hab gehört, ihr habt jetzt den Weinberg. Herzlichen Glückwunsch und alles Gute damit.«

Wieder wunderte sich Sabrina, wie höflich und zuvorkommend er sein konnte.

Amelies Arm dagegen hielt er fest. »Also was ist nun mit heute Abend?«

»Weiß ich noch nicht«, antwortete sie.

Jeder andere hätte das genau so verstanden, wie es gemeint war: als eine Absage. Aber Lukas war eben nicht wie alle anderen.

»Dann bis später«, sagte er, stieg zurück in sein Boot und brauste davon.

»Er kapiert es nicht«, sagte Amelie und sah ihm hinterher. »Er kapiert es einfach nicht.«

# VIER

Amelies Eltern wohnten im Waldviertel von Andernach, in das sich selten Touristen verirrten. Mehrstöckige, nicht mehr ganz taufrische Mietshäuser prägten das Bild. Dazwischen verdorrten lieblos angelegte Vorgärten, durch die Hunde und Kinder streunten. Die Fürsorge ihnen gegenüber wurde auch genau in dieser Reihenfolge erteilt. An der Ecke befand sich ein Wirtshaus, »Zur Sonne«, aber Sabrina bezweifelte, dass durch die braunen Butzenscheiben und die vergilbten Gardinen jemals auch nur ein Lichtstrahl nach innen gedrungen war. Die Tür stand offen, und an Amelies schnellem Schritt merkte sie, dass sie so schnell wie möglich vorbei wollte, ohne einen Blick hineinzuwerfen. Ihr Vater saß oft schon ab mittags am Tresen.

Amelies Eltern waren nette, aber irgendwie hilflose Leute. Ihr Vater, Wilfried Bogner, war ein schmächtiger Mann mit unruhigen Augen in einem raubvogelhaften Gesicht. Er hatte eine Vorliebe für verschossene Unterhemden und war schon seit Jahren arbeitslos. Immer wenn Sabrina ihn traf, versuchte er sich dafür zu rechtfertigen und fand dabei eine Menge Gründe, warum es mit ihm und gleichzeitig auch mit diesem Land so schieflief, denn beides hing für ihn irgendwie zusammen. Mal waren es die Polen, die den Deutschen die Arbeitsplätze wegnahmen, mal »die da oben«, die sich immer nur die Taschen vollstopften, dann wieder die Bimsbarone auf dem Martinsberg, für die der Tagebau nicht mehr lukrativ genug war, weshalb im Hafen kaum noch Schiffe lagen. Früher hatte er dort gearbeitet, aber auch wenn er sich gerne als ehemaliger Hafenmeister sah – so weit hatte er es nie gebracht.

Amelies Mutter Wanda war unglaublich dick. Sogar ihre Finger sahen aus wie rosige Würstchen. Alles an ihr war rund

und prall wie ein zum Platzen aufgeblasener Luftballon. Die einzige Ähnlichkeit mit ihrer Tochter bestand darin, dass sie die gleichen lockigen Haare hatte. Im Gegensatz zu Amelie, die ihre Mähne sorgfältig hegte, pflegte und auf Überschulterlänge gezüchtet hatte, waren die Haare ihrer Mutter aber kurz und merkwürdig strubbelig. Sabrina glaubte, dass sie sie selbst schnitt, denn Wanda Bogner verließ die Wohnung so gut wie gar nicht. Sie saß schon am frühen Vormittag vor dem Fernseher, ein rosiger, sacht wogender Berg, der alles Wichtige in greifbarer Nähe um sich herum geschichtet hatte. Das Allerwichtigste war die Fernbedienung. Wanda ließ sich von Wiederholungen, Mittagsmagazinen, Gerichtssoaps und Gewinnspielen durch den Tag treiben, schaffte es aber immer auf geheimnisvollen Wegen, genug Essbares im Haus zu haben.

Auch an diesem Tag empfing die beiden Mädchen das hysterische Geschrei eines inszenierten Rechtsstreits schon in dem Moment, in dem sie die kleine Drei-Zimmer-Wohnung betraten.

»Sabrina ist da!«, rief Amelie, ohne wirklich eine Antwort zu erwarten.

Wanda saß im Wohnzimmer, das viel zu klein war für die Polstersitzgruppe und die schwere Anbauwand aus besseren Zeiten. Ein riesiger Bildschirm verzerrte das Gesicht einer jungen Frau, die tränenüberströmt ein Geständnis ablegte, das von dem aufgestachelten Publikum im Gerichtssaal mit niederträchtigem Zischen und Zwischenrufen unterbrochen wurde.

Wanda griff zur Fernbedienung und stellte den Ton leiser. Sie schnaufte ein bisschen wegen der Anstrengung, strahlte aber über ihr ganzes, rundes Gesicht. »Hallo, meine Süße. Sabrina! Schön, dass du mal wieder vorbeischaust. Wie geht es dir?«

»Danke, gut. Endlich Ferien.«

»Wollt ihr was essen? Ich mach euch schnell was.«



Wanda machte Anstalten, sich aus dem Sessel zu wuchten,

aber Amelie schüttelte den Kopf. »Nein, wir ziehen nur schnell andere Klamotten an. Wir waren mit Lukas und seinem Boot unterwegs und sind nass bis auf die Knochen.«

»Ah, Lukas.« Wandas kleine Augen strahlten und verrieten, was sie von der Bekanntschaft ihrer Tochter mit einem Sohn aus bester Familie hielt. Aber sie fragte nicht weiter, denn Amelie war schon aus dem Zimmer geschlüpft.

Sabrina folgte ihr und fragte sich wieder einmal, welches von Wandas Problemen wohl zuerst da gewesen war: das Fernsehen oder ihr Gewicht. Beides hatte jedenfalls miteinander zu tun.

Doch sie behielt ihre Gedanken für sich. Amelie sprach nicht darüber. Sabrina war die Einzige, die sie ab und zu auch einmal zu Hause besuchte. Sabrina hatte den Verdacht, dass Amelie nicht sehr stolz auf ihre Eltern war. Das führte dazu, dass Sabrina immer, wenn sie aus dem Waldviertel zurück nach Leutesdorf kam, das Gefühl hatte, in eine trotz Scheidung heile Welt zu kommen. Sie gab Franziska dann einen besonders schallenden Kuss und spürte, dass es wenige Dinge gab, die wirklich wichtig waren. Sich seiner Eltern nicht zu schämen, war eines davon.

Amelie hakte das Bikinioberteil auf, zog es aus und wühlte in ihrem Kleiderschrank herum. »Das hier?«

Die beiden Mädchen waren trotz des Altersunterschiedes gleich groß. Aber Sabrina hatte eine schlanke, sportliche Figur und zu ihrem heimlichen Kummer nichts, was auch nur annähernd die Anschaffung eines BHs in Körbchengröße B berechtigt hätte. Amelie hingegen war sehr weiblich und hatte einen wunderschönen, vollen Busen, den sie gerne mit tief ausgeschnittenen, eng anliegenden Kleidern betonte.

»Geht gar nicht«, antwortete Sabrina. Sie würde aussehen, als hätte sie zwei leere Einkaufstüten vor der Brust.

Mit einem Schulterzucken hängte Amelie das Kleid wieder auf die Stange. »Ach, guck mal. Aus dem bin ich raus.« Sie hielt Sabrina ein gewagtes Oberteil in Hibiscusrot entgegen.

Die nahm es mit spitzen Fingern vom Bügel und hielt es

hoch. »Das geht auch nicht. Ich hab doch nichts, was da reinpasst.«

»Probier es einfach mal an. Hier, die Jeans. Mit einem Gürtel müsste sie dir passen.« Sie warf die Hose auf ihr Bett und wühlte gleich wieder im Schrank herum, um für sich selbst etwas Passendes zu finden.

Sabrina zog die feuchten Sachen aus und legte sie über die Lehne eines Stuhls, der vor einem unaufgeräumten Schreibtisch am Fenster stand.

Amelies Zimmer war cool. Zumindest kannte Sabrina niemanden, dem man ein solches Chaos hätte durchgehen lassen. Die Wände waren über und über mit Postern behängt. Meist waren es Heavy-Metal-Gruppen oder Filmstars wie Heath Ledger und Johnny Depp in gruseliger Aufmachung. Auf dem Boden neben dem Bett stapelten sich Zeitschriften und auf dem Kleiderschrank hockte ein zerrupfter Teddybär. Sabrina hatte Schwierigkeiten, sich vorzustellen, was ein Lukas Kreutzfelder zu diesem Stil sagen würde. Aber dank Amelies »Strategie« schien Lukas derart Feuer gefangen zu haben, dass ihm auch das wohl egal wäre.

»Seht ihr euch nun heute Abend oder nicht?«

Amelie warf ein weiteres, in Frage kommendes Outfit zu den anderen aufs Bett. »Ich weiß nicht. Er ist nett. Aber …« Nachdenklich setzte sie sich neben den Kleiderhaufen. »Er hat mir richtig weg getan.« Sie deutete auf einen kleinen blauen Fleck an ihrem Oberarm.

»Er wollte dich nur daran hindern, mit siebzig Sachen in ein Containerschiff reinzukrachen.«

»Ja, ich weiß. Aber mit dir hätte er das nicht gemacht.«

Sabrina zog gerade die Jeans an und hopste auf einem Bein auf ihre Freundin zu. »Wie, mit mir nicht?« Sie setzte sich zu Amelie. »Mich hätte er wahrscheinlich direkt über Bord geworfen. – Die ist übrigens zwei Nummern zu groß.«

»Zu dir ist er anders.«

»Quatsch. Weil er in dich verknallt ist und nicht in mich.«

»Nein. Du bist … aus einer anderen Familie.«

Sabrina verdehte die Augen. Das schon wieder. Amelie hatte einen ausgeprägten Minderwertigkeitskomplex, was ihre Herkunft betraf. Zugegeben, Sabrina hielt das Waldviertel auch nicht gerade für die schönste Ecke von Andernach. Und Eltern, von denen der Vater im Pessimismus und die Mutter im Fernsehsessel versank, waren eine echte Herausforderung. Aber Amelie war Amelie, und sie mochte sie nicht wegen ihrer Eltern, sondern weil sie so etwas wie eine große Schwester war. Sie musste ja nicht alles nachmachen, was ihre Freundin vormachte. Oft reichte es schon, Amelies Katerstimmung mit auszubaden. Sabrina hatte daraus zum Beispiel gelernt, dass man seinen Chef nur einmal »du blöder Arsch« nennen durfte; dass man auf Rockkonzerten keine Plätzchen von Unbekannten annehmen sollte, weil man den Rest des Abends zu zugedröhnt war, um überhaupt noch etwas mitzubekommen – Sabrina hatte Amelie hinter Wandas Rücken ins Haus geschmuggelt; und dass es selten die große Liebe wurde, wenn man betrunken mit einem Jungen herumknutschte und am nächsten Morgen nicht mal mehr seinen Namen wusste.

Viel Kummer. Viele Tränen. Aber auch so viel Lachen und Hunger auf das, was Amelie »das Leben« nannte: dieser gewaltige Ozean voller Abenteuer, in dem man entweder ertrank oder lernte zu schwimmen.

Sabrina fühlte sich, als hätte sie noch nicht einmal das Seepferdchen, während Amelie schon den Rettungsschwimmer hatte. Die Dobersteins waren Spätzünder, hatte ihre Mutter einmal gesagt. Es war eines der letzten Gespräche zwischen ihnen gewesen, in denen es um wirkliche, echte Gefühle ging. Sabrina hatte sich in ihren Tanzschulpartner verliebt, er aber nicht in sie. Wie lange war das her? Zwei Jahre schon? Irgendwann hatte sie aufgehört, mit ihrer Mutter über diese Dinge zu reden. Dafür war Amelie in ihr Leben getreten, und mit ihr war alles aufregend, spannend, manchmal auch schrecklich, furchtbar und – siehe heute – beinahe lebensgefährlich geworden. Aber eines nie: langweilig.

»Meine Eltern sind geschieden, wir sind fast bankrott, und

meine Mutter hat vor, mich lebendig unter einem Weinberg zu begraben«, antwortete sie. »Was ist daran denn so toll?«

»Euer Name.« Amelie breitete die Arme aus, als würde sie ein Wappenschild über ihren Kopf halten. »Doberstein. Eure Geschichte. Vierhundertfünfzig Jahre. Das ist ja wie ein Adelsgeschlecht. Martin Kreutzfelder würde vor Freude Eiswein aus dem Marktbrunnen fließen lassen, wenn aus seinem Sohn und dir was werden würde.«

»Wird es aber nicht. Lukas will dich. Nur dich allein.«

Amelie ließ sich auf ein zerknautsches Kopfkissen sinken und starrte an die Decke. »Ich weiß nicht. Ich glaube, er will auch nur mit mir ins Bett.«

»Er ist vor allen Leuten auf die Knie gegangen wegen dir. Schon vergessen?«

Amelie prustete. Die Szene war auch zu komisch gewesen. Dann wurde sie wieder ernst. »Weißt du, was mich stört? Dass keiner danach fragt, was ich will. Du übrigens auch nicht. Alle tun so, als ob Lukas ein Sechser im Lotto wäre und ich Freudentänze aufführen sollte. Aber keinen interessiert es, ob er für mich auch ein Hauptgewinn wäre.«

»Hm.« Sabrina dachte nach. »Ist er das nicht? Ich dachte …«

»Ich weiß es nicht. Vielleicht bin ich ja deshalb so misstrauisch. Ich hab noch nie einen Sechser gehabt.«

»Dann wird es doch mal Zeit, oder?«

Das war das Stichwort. Mit einem erschrockenen Ausruf schaute Amelie auf ihren Wecker. Kurz vor vier. Ihre Schicht begann. Sie streifte sich wahllos das Kleid über, das am nächsten lag, schnappte ihre Schlüssel und riss die Tür auf. Sie musste nichts machen und sah trotzdem aus wie eine Glamour-Queen.

»Such dir was aus. Wir sehen uns nachher.«

Schon war sie weg.

Das war zum Beispiel etwas, was die wenigsten von Amelie dachten: dass sie, wenn es darauf ankam, ziemlich pflichtbewusst war. Fast schon preußisch. Ganz im Gegensatz dazu stand ihr Umgang mit Dingen, auf die es ihrer Meinung nach nicht ankam. Ordnung zum Beispiel. Sabrina starrte auf den vollgestopften Kleiderschrank und entschied, die weite Jeans anzubehalten und das hibiscusrote Oberteil anzuziehen. Sie hatte Angst, der Inhalt des Schrankes würde sie unter sich begraben, wenn sie auch nur eine Socke herausziehen würde.

Als sie fertig war, nahm sie ihre nassen Sachen vom Stuhl. Ihr Blick fiel auf den Schreibtisch. Ein rosafarbenes Buch mit einem glitzernden Einhorn auf dem Einband fiel ihr auf. Es war so kitschig, dass es gar nicht zu Amelie passte. »Tagebuch« stand darauf. Darunter, in krakeliger Kinderschrift: »Amelie Bogner«. So was bekamen Achtjährige zum Geburtstag geschenkt, und wenn sie endlich alt genug waren, um etwas zu erleben, das es wert war, hineingeschrieben zu werden, war die Zeit der glitzernden Einhörner schon längst vorüber.

Sabrina lächelte. In welcher Kiste Amelie das Ding wohl verbuddelt hatte? Sie nahm es in die Hand und rechnete nicht im Leben damit, etwas anderes zu finden als hingekritzelte Buntstiftzeichnungen, mit denen sie Amelie gehörig aufziehen konnte.

Doch die Seiten waren beschrieben. Ziemlich viele sogar, fast bis zu Hälfte. Mit kleiner, ordentlicher Schrift und einem Datum oben auf der zufällig aufgeschlagenen Seite, das keine zwei Wochen her war.

*»… weiß nicht, was ich davon halten soll. Es ist anders als sonst. Wie er mich anschaut, ist es fast schon …«*

Sabrina klappte das Buch zu. Sie spürte, wie ihre Wangen heiß wurden. Schnüffeln war gar nicht ihre Art. Sie schämte sich, dass sie das Buch überhaupt beachtet hatte, und legte es wieder genau so zurück, wie sie es gefunden hatte. Amelie schrieb Tagebuch über ihre geheimsten Gefühle. Dass sie dafür eine kitschige Kleinmädchenkladde benutzte, lag wohl daran, dass sie sich kein neues Buch leisten konnte und dieses Ding wohl noch in irgendeiner Schublade gebunkert hatte. Sabrina schwor sich, nie ein Wort darüber zu verlieren. Sie griff ihre Sachen, stopfte sie in die große Messenger-Bag zu ihrem nassen Bikini, rief Frau Bogner, die bereits bei der nächsten Talkshow gelandet war, noch einen kurzen Abschiedsgruß zu und rannte im Treppenhaus die Stufen so schnell hinunter, als wäre sie es, die befürchten müsste, zu spät zu kommen.

# FÜNF

Um sich die Zeit zu vertreiben, schlenderte Sabrina durch die Altstadt von Andernach. Sie liebte die uralten Häuser, diese stummen Zeugen vergangener Zeiten. Die einen klein und schief, die anderen groß und herrschaftlich. Die Geschäfte rund um den Marktplatz lagen in einer Fußgängerzone, in der an diesem sonnigen Nachmittag ein großes Gedränge herrschte. Vor dem Schaufenster einer Bekleidungs-Ladenkette, die sich auf billige, junge Mode für eine Saison spezialisiert hatte, stand ihre Ex-Klassenkameradin Janine. Wie immer war sie umringt von einer Hand voll Freundinnen, die um sie herumschwirrten wie aufgescheuchte Satelliten, um ja nichts von Janines Urteil über die Kombinationen im Schaufenster zu verpassen. Sabrina bemerkte sie zu spät, um ihr noch auszuweichen. Sie war um die Ecke gebogen und mitten in die Gruppe hineingeplatzt.

»Hi, Sabrina!«, sagte Janine betont lässig. »Hat dich deine Freundin Amelie so auf die Menschheit losgelassen?«

Einige Mädchen kicherten. Sabrina zuckte mit den Schultern und betrachtete interessiert ein besonders schrilles Outfit in der Dekoration.

»Ich würde nie was von der anziehen. Man weiß ja nie, wer das alles schon in den Fingern gehabt hat.«

Janine hielt sich für so etwas wie eine Trendsetterin. Sie war einen halben Kopf größer als Sabrina, etwas kräftiger und hatte ein rundes Gesicht mit einer spitzen Nase, was für sich betrachtet natürlich nichts Schlimmes war. Sie wäre ein hübsches Mädchen gewesen, wenn sie nicht von allem irgendwie *zu viel* gewesen wäre. Eine dicke Schicht Make-up bedeckte ihre Haut, die leicht zu Unreinheiten neigte. Die Lippen waren breit, und sie betonte sie mit einer grellen

Farbe, die ihrem Mund etwas Vulgäres verlieh. Schwerer Lidstrich umrahmte ihre kleinen Augen wie schwarze Balken. Sie hatte die Angewohnheit, sich mit Ketten, Ringen, Armbändern und Reifen zu behängen, dass es klirrte und klimperte, sobald sie sich bewegte. Ihre Jeans war eine Nummer zu eng, eine kleine Speckrolle quoll über dem Bund hervor, und an ihrem Arm trug sie eine nietenbeschlagene, weiße Knautschlacktasche. Es war das Zeug, das in Fußgängerzonen als »Youth Style« oder »Mega Trendy« angeboten wurde.

Amelies Stil und Janines Plastikmode trennten Welten. Sabrina hatte nichts gegen Janine, sie dachte an sie weder im guten noch im bösen Sinne. Janine war einfach jemand, den man im Unterricht ertrug und um den man danach einen Bogen machte, weil aus ihrem Mund sowieso immer nur Blödsinn kam. Aber an diesem Tag schien sie besonders angriffslustig zu sein. Vermutlich lag es daran, dass sie sich außerhalb des Schulgeländes bewegten.

Sabrina, die wusste, dass sie es zumindest verbal jederzeit mit Janine aufnehmen konnte, entschied sich für eine gemäßigte Rückgabe der Beleidigung. »Ich glaube, die Sachen von Amelie wären auch nichts für dich.« Sie warf einen prüfenden Blick auf Janines Taille. »Welche Kleidergröße hast du noch mal?«

Janine lief rot an. »Achtunddreißig«, zischte sie.

»Vor zwei Jahren oder vor vier?«

»Ach«, schnaubte Janine, »wir wollen dich nicht von deiner knappen Freizeit abhalten. Du hast ja jetzt viel zu tun, wie man hört.« Sie drehte sich zu ihren kichernden Freundinnen um, die auch alle nicht viel besser aussahen. »Wenn dir deine Mama da nur kein Ü-Ei ins Geburtstagsnest gelegt hat …«

Sabrina, die schon fast wieder auf dem Weg Richtung Marktplatz war, wandte sich um und machte einen Schritt auf Janine zu. »Wie meinst du das?«

»Ü-Ei? Überraschungsei. Gleich drei Dinge auf einmal. Scheiße, Scheiße und als drittes: Scheiße.«

Mit einem vielsagenden Lächeln wollte Janine durch die

Schiebetür des Geschäfts rauschen, die sich bereitwillig öffnete, aber Sabrina stellte sich vor sie. »Das erklärst du mir bitte genauer.«

»Ach nö. Mein Vater hat gesagt, ist alles noch nicht spruchreif. Aber wenn es so weit ist, dann erfahrt ihr es natürlich zuerst. Ich darf doch? Ich möchte mir was für den Urlaub aussuchen. Wir fahren nach Mallorca. Und ihr?«

Janine schob Sabrina zur Seite und marschierte in den Laden. Ihre Gefolgschaft eilte hinterher.

Auf dem Weg zum Marktplatz überlegte Sabrina, was Janine gemeint haben könnte. Arbeitete deren Vater nicht in der Stadtverwaltung? Etwa da, wo es um Verpachtungen von Weinbergen ging? Und was könnte da noch nicht spruchreif sein?

Der Weinberg interessierte sie nicht. Aber die hämischen Andeutungen könnten auch bedeuten, dass Franziska Doberstein etwas entgangen war, das sie hätte beachten sollen. Und das gefiel Sabrina überhaupt nicht. Egal, welche Reibereien sie in letzter Zeit hatten, über ihre Mutter hatte man sich nicht lustig zu machen. Niemand. Erst recht nicht jemand mit dem Aussehen und der Intelligenz einer Weißwurst auf zwei Beinen.

Luigis Eiscafé war fast bis auf den letzten Platz besetzt. Amelie wieselte zwischen den Tischen herum und balancierte riesige Kalorienbomben auf einem Alutablett.

»Da hinten!«, warf sie ihr zu und deutete mit einem Kopfnicken auf einen freien Stuhl.

Sabrina setzte sich und beobachtete eine Weile das lebhafte Treiben um sie herum. Es war Mittwoch, Markttag. Nicht nur Einheimische, auch viele Touristen besuchten die Stände. Kirschen und Aprikosen aus der Provence, schön wie gemalt, lagen zu hohen Pyramiden aufgetürmt. Dazwischen leuchtend rote Tomaten aus Italien; Äpfel, Erdbeeren, Radieschen aus heimischem Anbau. Der Markt war etwas teurer als die Supermärkte, aber das machte die Qualität mehr als doppelt wett.

Ihr Blick blieb an einem jungen Mann hängen, den sie hier noch nie gesehen hatte. Er war groß und schlank, wirkte sehr sportlich und war, das konnte Sabrina von ihrem Platz aus erkennen, ziemlich braun gebrannt. Er hatte die Ärmel seines Holzfällerhemdes fast bis zu den Ellenbogen aufgekrempelt. Das Hemd steckte ein bisschen nachlässig im Bund einer beigefarbenen Hose, die er wohl auch zum Arbeiten anzog, denn sie sah so aus, als ob sie lange und gerne getragen worden wäre.

Er hatte ihr halb den Rücken zugedreht und nahm eine riesige Aprikose von einer der Pyramiden. Wie er das tat, war einzigartig. Er hielt sie in beiden Händen, hob sie hoch und roch daran, und zwar mit einer solchen Inbrunst, als hätte er das noch nie getan. Seine Haare fielen ihm dabei ins Gesicht. Sie waren ein bisschen durcheinander und halblang, als ob er ein paar Monate nicht beim Friseur gewesen wäre oder sie sich selbst schneiden würde. Die Farbe war ein helles Mittelbraun, das an den Spitzen so ausgeblichen war, dass es schon fast blond wirkte. Als er den Kopf wieder hob, konnte sie sein Profil erkennen. Eine hohe, klare Stirn, die Nase schmal und gerade, auf den Wangen der Hauch eines Dreitagebarts, was ihn noch etwas verwegener aussehen ließ. Unter all den braven Leuten war er eine Ausnahmeerscheinung. Er sah aus, als wäre er viel im Freien und würde sein Abendessen öfter mal mit seinen eigenen Händen erlegen …

Er ließ die Aprikose sinken und behielt sie in der Hand, als ob er ihr Gewicht schätzen würde. Schließlich fragte er den Verkäufer, was sie kostete. Der winkte ab. Eine Aprikose würde ihn wohl auch nicht ärmer machen.

Der junge Mann biss hinein, drehte sich um und sah direkt in Sabrinas Augen. Ihr blieb fast das Herz stehen. Es war absoluter Zufall, dass sie ihn genau in dem Moment beobachtete, in dem er in die Frucht gebissen hatte. Auf seinem Gesicht lag noch die Freude an diesem Genuss, doch im nächsten Moment merkte er schon, dass sie ihn ansah und den Blick nicht abwenden konnte. Die Zeit hielt an, die Welt blieb stehen.

Inmitten der Menschen gab es plötzlich nur noch sie beide. Während um sie herum das Leben tobte, gab es auf einmal diesen stillen, unsichtbaren Tunnel, in dessen Mitte sie sich trafen und nicht mehr voneinander lösen konnten. Eine magische Anziehungskraft ging von ihm aus und brachte sie dazu, etwas zu tun, was sie noch nie getan hatte: Sie lächelte einen Wildfremden an. Und das war ein Fehler. Er zog ärgerlich die Augenbrauen zusammen, wischte sich den Mund mit dem Handrücken ab und ging mit schnellem Schritt weiter.

Sabrina wurde knallrot. Sie sah ihm nach, bis er von der Menge verschluckt wurde. Er ging ein bisschen schwankend, fast als suchte er nach Halt auf dem Boden. Schließlich verschwand sein Rücken in der Menge. Immer noch klopfte ihr Herz schneller. Was war denn das? Hatte er etwa geglaubt, sie wolle ihn anbaggern? Sie hatte noch nie geflirtet. Sie konnte das nicht. Und wenn sie es wie eben ein Mal, nur ein einziges Mal versuchte, ging es komplett daneben. Sollte er doch seine geschenkte Aprikose woanders essen. Das hier war der Marktplatz von Andernach. Da kam es schon mal vor, dass man andere Leute von einem Eiscafé aus beobachtete und sie vielleicht sogar ganz aus Versehen anlächelte.

Sie versuchte, sich an sein Gesicht zu erinnern. Blaue Augen, helle, dichte Brauen, ein schmaler Mund, über den er gefahren war, als wollte er nicht nur den Saft, sondern auch ihren Blick abwischen.

»Hey, war *der* süß!«

Amelie stand hinter ihr, einen riesigen Nuss-Kuss-Eisbecher in der Hand, den sie vor Sabrina abstellte. »Hast du gesehen, wie er mich angeguckt hat?«

»Dich?«, fragte Sabrina. Ihr Magen sackte nach unten, als hätte ein Aufzug zu schnell angehalten.

Aber Amelie beachtete sie gar nicht. Sie stellte sich auf die Zehenspitzen, aber sie hatte den jungen Mann offenbar auch aus den Augen verloren. »Wahrscheinlich ein Schiffer. Einer von der See. Der hatte so was … Salzwasserartiges.«

Was auch immer Amelie mit dieser Bezeichnung gemeint

haben mochte, Sabrina fragte nicht weiter. Sie versenkte den Löffel in den Sahneberg mit Karamellsoße und schob ihn sich in den Mund. »Imafenisnix.«

»Wie bitte?«, fragte Amelie.

Sabrina schluckte. »Im Hafen ist nichts. Nur Möllers Tankschiff. Die sind alle schon am Vormittag wieder raus.«

Von Leutesdorf aus hatte man einen guten Blick auf den Andernacher Hafen. Die Aktivitäten da waren ziemlich überschaubar. Ab Mittags war so gut wie nichts mehr los.

Amelie blieb noch einen Moment an dem Tisch stehen. »Aber er sah genau wie jemand aus, der schon ziemlich lange unterwegs ist. Was sollte er sonst hier machen?«

»Keine Ahnung.« Sabrina arbeitete sich gerade durch Wal- und Haselnüsse hinunter zum Nougateis. Er hatte gar nicht sie angesehen, sondern Amelie. Damit war das Nachdenken über den Unbekannten erledigt. Aber sie war trotzdem enttäuscht. Schon zum zweiten Mal an diesem Tag war etwas, von dem sie glaubte, dass es ihr gehören würde, verloren gegangen. Erst ihre Geburtstagsfreude am Morgen und jetzt der Blick eines Unbekannten, der sie bis ins Mark getroffen hatte.

»Fräulein?«

Amelie huschte an einen anderen Tisch, um zu kassieren. Sabrina war so in ihren Eisbecher vertieft, dass sie gar nicht mitbekam, wie zwei Tische weiter eine gackernde Herde Platz nahm. Erst als jemand »Ach, die schon wieder!« rief, sah sie hoch und erkannte Janine. Sie legte gerade einen Haufen grellbunte Plastiktüten auf den Stuhl neben sich. Ihre Freundinnen ließen sich kichernd neben ihr nieder. Dann tuschelten sie miteinander, nicht ohne ab und zu einen Blick zu Sabrina zu werfen. Amelie kam vorbei und teilte die Eiskarten aus. Alle verstummten. Janine musterte Amelies Erscheinung von oben bis unten und machte eine gehässige Grimasse, als die ihr den Rücken zuwandte, um andere Tische abzuräumen.

Sabrina nahm eine Zeitung, die ein anderer Gast vor ihr liegen gelassen hatte, und blätterte sie durch. Nichts los hier. Am Wochenende war »Rhein in Flammen« in Boppard, aber das Spektakel kannte sie, und es war auch zu weit weg für ihr Taschengeldbudget. Daran würde sich auch nichts ändern, wenn sie nach den Sommerferien weiter auf die Schule gehen würde. Anders sähe die Sache aus, wenn sie die Ausbildung beginnen würde. Fast siebenhundert Euro stünden ihr laut Tarifvertrag zu. Eine Menge Geld, wenn man zu Hause wohnen blieb.

Sie faltete die Zeitung zusammen. Was sie am meisten davon abhielt, diesen Beruf zu wählen, war seine Endgültigkeit. Sie würde eines Tages den Betrieb übernehmen und genauso schuften müssen wie ihre Mutter. Sabrina konnte sich nicht erinnern, wann sie zum letzten Mal in Urlaub gefahren waren. Es lag nicht unbedingt am Geld. Der Sommer war einfach die wichtigste Zeit des Jahres. Die Hege der Weinstöcke, die Lese, dann das Pressen und Keltern, das Abfüllen … Es war schon tiefer Herbst, wenn zum ersten Mal wieder ein freies Wochenende drin war. Im Winter wurde alles Liegengebliebene erledigt. Dann gab es vielleicht ein, zwei Wochen Pause, bevor das Frühjahr begann und mit ihm der ganze Reigen wieder von vorne losging. Jahraus, jahrein. Ein Leben lang. Wollte sie das? Nein.

Also weiter zur Schule. Oder … Sie beobachtete Amelie, die gerade die Bestellung von Janine und ihren Freundinnen aufnahm. Das war auch nichts. Argentinien. Was sollte sie denn da? Sie sprach ja noch nicht einmal Spanisch. Amelie auch nicht, soweit sie wusste. Der Seufzer, der aus Sabrinas Brust hinauswollte, war abgrundtief. Andernach. Leutesdorf. Und als Höhepunkt des Jahres Weinfest in Neuwied und Rhein in Flammen. Das konnte doch nicht alles im Leben sein.

Wieder glitten ihre Gedanken zurück zu dem Jungen mit der Aprikose. Sie hätte schwören können, dass er *sie* angesehen hatte. Aber aus irgendeinem Grund scheute sie sich, das Amelie zu sagen. Sabrina wusste nicht, was sie daran hinderte. Sie hatten doch sonst keine Geheimnisse voreinander … Bis auf das Tagebuch. Gab es Dinge, die Amelie ihr nicht erzählte? Sie rührte noch einmal mit dem Löffel in dem fast geschmolzenen, restlichen Eis herum und ließ ihn dann sinken. Das war doch absolut idiotisch, auf ein Tagebuch eifersüchtig zu sein. Jeder hatte das Recht auf Geheimnisse. Auch Amelie.

Ihre Freundin kam gerade mit einem voll beladenen Tablett zurück, auf dem fünf große Eisbecher standen. Damit trat sie an Janines Tisch. Gerade als sie den ersten – einen riesigen Schokolade-Krokant-Pokal – vor dem Mädchen abstellen wollte, erhob Janine die Stimme. Und zwar so, dass jeder in dem Café es hören konnte.

»Ich hoffe, du hast dir vorher die Hände gewaschen.« Amelie erstarrte. Die Mädchen schauten gespannt auf ihre Anführerin. »Ich will mir ja nichts holen.«

Amelie stellte ganz langsam das Tablett ab. »Wie meinst du das?«

»Genau so, wie ich es gesagt habe. Hast du dir die Hände gewaschen, bevor du uns das hier gebracht hast?«

»Nein! Wieso …«

»Dann kannst du das gleich wieder mitnehmen. Ist ja eklig.«

»Kannst du mir sagen, was daran eklig sein soll?«

Die Mädchen prusteten hinter vorgehaltenen Händen, die nicht so aussahen, als würden sie es mit der Hygiene übertreiben. Die anderen Gäste wurden aufmerksam und darauf schien Janine nur gewartet zu haben.

»Erstens möchte ich nicht von der Bedienung geduzt werden, damit das klar ist. Und außerdem: Weiß ich, was du den ganzen Tag über noch so anfasst? Und wen? – Die kannst du gleich wieder mitnehmen. Uns ist der Appetit vergangen.«

Amelie lief rot an. Die Mädchen suchten nach ihren Einkaufstaschen.

Sabrina schoss eine unbezähmbare Wut ins Herz. Ausgerechnet diese Blase eingebildeter Gänse wagte es, ihre beste Freundin zu beleidigen. Ohne nachzudenken, nahm sie ihren Eisbecher, stand auf und trat direkt hinter Janine. »Das nimmst du zurück.«

Janine sah hoch und riss in gespielter Überraschung die Augen auf. »Was bitte?«

»Du wirst dich bei Amelie entschuldigen.«

»Lass doch, Sabrina.« Ihre Freundin nahm das Tablett vom Tisch. »Das sind sie nicht wert.«

»Sie nicht, aber du. Also los. Hör ich ein ›Entschuldige bitte‹?«

»Niemals«, erwiderte Janine.

Sabrina hob ihren Eisbecher.

Janines kleine Augen flitzten zu den geschmolzenen Resten in dem Glas. »Das wagst du nicht.«

»Oh doch.« Sie kippte die ganze Soße direkt auf Janines Scheitel.

Mit einem Schrei sprang die auf und quiekte, dass der halbe Marktplatz aufmerksam wurde. Ihre Freundinnen rissen die Augen auf, warfen die Hand vor den Mund oder starrten ganz einfach nur auf die Bescherung, die langsam über Janines Haare hinunter auf ihr T-Shirt tropfte.

»Das … Das wirst du mir büßen.« Janine schnappte eine Papierserviette aus dem Ständer und begann, sich abzuwischen. Ihre Hand zitterte vor Wut.

»Mir wird schlecht vor Angst«, erwiderte Sabrina. Sie stellte das Glas ab. Sie kochte immer noch. Aber ein warnender Blick aus Amelies Augen ließ sie verstummen. Luigi, der Chef der Eisdiele, kam angerannt.

»Was ist hier los?«

»Diese Irre!«, kreischte Janine. »Hat ihr Eis über mich gekippt! Und die« – sie deutete auf Amelie – »hat sie auch noch angestachelt!«

»Das ist nicht wahr!«, verteidigte sich Amelie. »Sie haben Eis bestellt und dann alles zurückgehen lassen.«

»Zurückgehen? Warum? Stimmt was nicht mit meinem Eis?«

Der Chef war ein waschechter Italiener. Sein Eis durfte man genauso wenig beleidigen wie seine Mutter. Offenbar ging das jetzt auch Janine auf, die wortlos ihre Tüten zusammenklaubte.

»Was ist mit dem Eis, eh?«, rief er. »Stimmt was nicht damit? Keiner hat sich je über mein Eis beschwert. Bestes Eis, beste Sahne. Frisch jeden Tag. Also? Eh? Was ist das da auf deinem Kopf?«

»Ein Nuss-Kuss-Becher«, antwortete Sabrina.

»Den hat sie über mich gekippt.« Janines Augen loderten vor Wut, aber sie hatte zumindest ihre Stimme wieder in der Gewalt. Offenbar erwartete sie jetzt doch etwas Mitgefühl für ihre Situation.

»Aaah, wie furchtbar!«, rief Luigi aus.

Janine nickte triumphierend und klaubte sich ein Stück karamellisierte Haselnuss aus dem Schläfenansatz.

Luigi wandte sich an Sabrina, offenbar in völliger Verkennung der Umstände. Aber das musste man ihm ja nicht jetzt gerade auf die Nase binden. »Welche Verschwendung! Mein gutes Eis! Hat es dir auch nicht geschmeckt?«

»Doch, doch!«, rief Sabrina schnell. »Aber ich lasse doch nicht meinen Lieblingsitaliener beleidigen.«

»Carissima!« Der Chef lächelte so breit, dass seine Mundwinkel fast am Hinterkopf zusammentrafen. »Amelie! Bring dieser jungen Dame hier« – er deutete auf Sabrina – »noch einen Nuss-Kuss-Becher. Und ihr – weg. Fort. Lasst euch hier nicht mehr blicken!«

Janine warf den Kopf zurück und rempelte Sabrina absichtlich an, als sie an ihr vorbeiging. »Das wird dir noch Leid tun«, zischte sie so leise, dass es keiner außer Sabrina mitbekam. Plötzlich blieb sie stehen und trat so nahe an ihre Attentäterin heran, dass sich fast ihre Nasenspitzen berührten. »Heute Morgen hatte ich ja fast noch Mitleid mit dir.« Sie hob triumphierend die erst ausgezupften und dann mit einem schwarzen Strich nachgezeichneten Augenbrauen. Offenbar war ihr doch noch etwas eingefallen, womit sie anderen Leuten den Tag vergiften konnte.

Sabrina setzte ihre hochmütigste Miene auf und verschränkte die Arme vor der Brust, damit ihr Janine ja nicht noch mal zu nahe käme. »Spar dir das für dich selbst«, erwiderte sie. »Du wirst noch eine Menge davon brauchen.«

»Das Lachen wird euch schon noch vergehen. Dreißig Jahre. Wie kann man nur so blöd sein.«

Etwas klingelte in Sabrinas Kopf. »Was soll das heißen?«

Janines Lächeln war plötzlich genauso süß und klebrig wie die trocknende Eissoße in ihrem Gesicht. »Erosionsgefahr. Steinschlag. Güterverkehr. Ausbau der Bahnstrecke. Einen schönen Tag noch!«

Sie drehte sich um zu ihren Freundinnen, die sie schon sehnlichst erwarteten. Tuschelnd und immer noch empörte Blicke zurückschießend, verschwanden sie hinter den Marktständen. Sabrina kehrte zu ihrem Tisch zurück, auf dem bereits ein neuer Nussbecher auf sie wartete, den sie bestimmt nicht mehr bewältigen konnte. Als Amelie vorbeihuschte und ihr verschwörerisch zuzwinkerte, deutete sie auf das süße Gebirge und schüttelte verzweifelt den Kopf. Schließlich stand sie auf und ging hinein, um es sich in einen Pappbecher umfüllen zu lassen, den sie an der nächsten Straßenecke in einem Mülleimer entsorgte.

Zwei Stunden später hatte Amelie Feierabend. Sabrina hatte sich die Zeit auf der Uferpromenade des Rheins vertrieben. Sie kehrte wieder zum Marktplatz zurück, der nun wesentlich leerer war. Die Stände waren abgebaut, die meisten Geschäfte hatten schon geschlossen. Sie trafen sich am Bäckerjungenbrunnen, dem Wahrzeichen von Andernach, und Amelie ließ sich neben sie auf die Bank fallen.

»Echt Stress. Aber irres Trinkgeld. Sag mal, diese Tussen heute Nachmittag, das waren doch welche von deiner Schule?«

»Ja«, sagte Sabrina. »Wir sind in eine Klasse gegangen. Janine beginnt im August eine Lehre als Verwaltungsfachangestellte.«

Amelie steckte sich den Finger in den Mund und übergab sich symbolisch auf ihre Füße. »Ätzend. Aber Luigi ist ein Schatz. Schade, dass ich bald aufhöre.«

Sie schwiegen, weil dies einer der Sätze war, auf die Sabrina nicht antworten wollte, und weil Amelie verträumt den beiden Bäckerjungen aus Bronze bei ihrem glorreichen Versuch zusah, die Stadt mit Bienenkörben zu verteidigen. Sabrina spürte, wie ihre Laune noch mehr in den Keller sank. Das also war ihr Desaster-Geburtstag. Schlimm begonnen und nicht besser geworden.

»Weißt du was über eine Bahntrasse?«, fragte sie.

Amelie zuckte mit den Schultern. »Nein. Warum?«

»Janine, die Tonne mit dem Nuss-Kuss auf dem Kopf, hat das erwähnt. Sie wusste von dem Weinberg und dass ihn meine Mutter gepachtet hat.«

Amelie grinste. »Und jetzt will sie dir damit Angst machen, dass eine Bahntrasse über einen Steilhang geführt wird? Die hat sie doch nicht mehr alle.«

»Sie sagte was von Erosionsgefahr. Soweit ich weiß, ist das der Grund, weshalb die Berge damals den Winzern von der Stadt abgekauft worden sind. Sie waren zu steil und durch den Bau der Bahnstrecke hätten sich Steinbrocken lösen können.«

»Ja, aber das ist doch jetzt kein Thema mehr. Sonst hätte euch die Stadt den Hang doch nicht zurückgegeben.«

Sabrina runzelte die Stirn. »Mich wundert, dass Kreutzfelder so mir nichts, dir nichts darauf verzichtet hat. – Was ist denn mit dir und Lukas heute Abend?«

Amelie setzte sich auf. »Nichts. Ich hab was Besseres vor. Wir beide, um genau zu sein.«

»Was denn?« Vielleicht ins Kino? Irgendwann musste doch etwas passieren, das diesen Tag noch retten würde.

Aber Amelie schüttelte den Kopf. »Im Hafen liegt kein Schiff, hast du gesagt. Stimmt's?«

Sabrina nickte. Worauf wollte Amelie hinaus?

»Dieser Typ von heute Nachmittag, erinnerst du dich?«

Sofort tanzte in Sabrinas Magen eine Ladung Stecknadeln. Natürlich erinnerte sie sich an ihn. Und an den Blick aus seinen strahlend blauen Augen. Egal, wem er gegolten hatte.

»Ich schwöre, er ist ein Schiffer. Und wenn sein Kahn nicht im Hafen liegt, wo denn dann?«

»Es gibt eine Menge Anlegeplätze. Er könnte Gott weiß wo sein.«

Amelie schüttelte den Kopf. »Wenn er noch einen Liegeplatz hätte suchen müssen, wäre er nicht am späten Nachmittag über den Markt geschlendert, als ob er alle Zeit der Welt hätte. Man geht nur an Land, wenn das Schiff gut liegt. Ich hab die ganze Zeit darüber nachgedacht. Es ist hier in der Nähe.« Triumphierend sah sie Sabrina an. »Und ich weiß auch, wo.«

Sabrinas Herz machte einen Sprung. »Wo?«, fragte sie atemlos.

Amelie stand auf. »Komm mit. Dann zeig ich's dir.«

# SECHS

Hinter Krippe 8 begann der Urwald. Das Naturschutzgebiet war eingezäunt, aber der Maschendraht war biegsam und ließ sich hoch genug anheben, um darunter durchzuschlüpfen. Nachdem ihnen das gelungen war, gingen sie ein paar Schritte durch das kniehohe Dickicht. Unter den hohen Bäumen war es noch dunkler als draußen, wo die Sonne bereits hinter den Bergen verschwunden war und ein dunstiger Schleier sich über das Rheintal gelegt hatte.

Der Wind säuselte durch die hohen Baumkronen. Vögel schrien und verbreiteten die Ankunft der ungebetenen Gäste.

»Autsch! Was ist denn das? Mutanten?« Amelie kratzte sich am Knie und musterte die fast zwei Meter hohen Brennnesseln mit einer Mischung aus Wut und Respekt. »Wenn ich das gewusst hätte … Geh du vor, du hast eine Hose an.«

Sabrina drängte sich vorbei und trat Brennnesseln und kratzende Vogelbeersträucher zur Seite, sodass Amelie ihr einigermaßen unverletzt folgen konnte. Sie musste die Arme heben, damit die Zweige ihr nicht ins Gesicht peitschten. Ihre Badetasche wurde schwerer und schwerer und schlug bei jedem Schritt an ihre Beine. Nach wenigen Minuten war sie schweißgebadet.

»Und du glaubst wirklich, wir kommen von hier zum toten Fluss?«

»Es geht gar nicht anders. Wir *müssen* auf ihn stoßen. Du wirst wahrscheinlich gleich reinfallen.«

Sabrina blieb so plötzlich stehen, dass Amelie beinahe in sie gerannt wäre. »Da!«, flüsterte sie. »Was ist das?«

Ein irisierendes, grünes Augenpaar starrte sie aus nächster Entfernung an. Amelie gab einen Zischlaut von sich. Die Lichtreflexe verschwanden, ein leises Krachen und Knacken im Unterholz verriet, dass ihr Verursacher sich aus dem Staub machte.

»Füchse«, antwortete Amelie. »Max und Moritz heißen sie. Sie sind so etwas wie die Maskottchen der Halbinsel.«

Sabrina nickte und ging weiter. Ihr war nicht wohl bei diesem Abenteuer. Man schlich nicht nach Einbruch der Dunkelheit durch einen Urwald, nur um jemanden zu überraschen, der vielleicht gar nicht entdeckt werden wollte. Aber Amelie hatte recht: Durch die Mündung des Seitenarms musste erst vor Kurzem etwas Großes gefahren sein, sonst wären die Zweige und das Ufer nicht so in Mitleidenschaft gezogen worden. Sie hätte auch selbst darauf kommen können, dass es ein Schiff gewesen sein könnte. Aber anders als Amelie hatte sie ja nicht den ganzen Nachmittag darüber nachgedacht, wie und wo sie den Unbekannten wiedertreffen könnte.

Sie spürte einen Stich. Sie wusste nicht, ob es die Aufregung war oder Eifersucht. Noch nie waren sie sich wegen eines Flirts ins Gehege gekommen.

Weil du noch nie geflirtet hast, dachte Sabrina. Und weil du es auch nie, niemals tun wirst. Der eine Blick heute hatte gereicht. Sabrina war deswegen schon ein Dutzend Mal nachträglich beinahe im Erdboden versunken.

Jemand legte die Hand auf ihre Schulter. Zu Tode erschrocken fuhr sie zusammen.

»Schschsch.« Amelie hielt sie fest und lugte an ihr vorbei in den Wald. Die Bäume lichteten sich und etwas Dunkles blinkte geheimnisvoll durch die Blätter. Der *tote Fluss*. Sabrina schluckte. Schon auf dem Boot hatte sie ein flaues Gefühl gehabt, als sie an ihn gedacht hatte. In diesem Moment hätte sie eine Menge dafür gegeben, einfach kehrtmachen zu können.

»Da ist er«, sagte Amelie leise. »Wir sind genau am Ende des Flussarms. Wenn wir uns ein bisschen weiter rechts halten, kommen wir in der Mitte raus. Da müsste er liegen.«

»Warum heißt er eigentlich der tote Fluss?«

Amelie zuckte leichthin mit den Schultern. »Hier ist mal

ein Mord passiert, glaube ich. Ist aber schon ein paar Jahre her. Ich war selber noch fast ein Kind.«

Da das Unterholz sich allmählich lichtete und sie das Brennnesselfeld hinter sich gelassen hatten, schlüpfte Amelie an Sabrina vorbei und übernahm die Führung. Sabrina folgte ihr, nicht gerade leichten Herzens. Ein Mord. Und Amelie redete darüber, als ob es das Normalste der Welt wäre, hier nachts spazieren zu gehen.

»Wer ist denn … ermordet worden?«

»Weiß ich nicht mehr. Muss aber gruselig gewesen sein. Ich muss schon sagen: Wer sich hier versteckt, der hat Mut.«

Und wer hier nachts herumläuft, ist wahnsinnig, vervollständigte Sabrina den Gedanken. »Ich will nach Hause.«

Amelie blieb stehen und sah sich nach ihr um. »Nicht jetzt. Wir sind doch fast da.«

»Das ist unheimlich hier.«

Als ob der Wald diesen Eindruck noch verstärken wollte, knarrten zwei uralte Bäume direkt neben ihnen. Der eine war von einem Unwetter entwurzelt worden. Er war halb umgekippt und rieb seinen Stamm an einer gewaltigen Kastanie, die unter seinem Gewicht ächzte und stöhnte.

»Wir verschwinden ja gleich. Lass uns doch nur mal gucken. Dann können wir morgen noch mal herkommen.«

»Ich will nicht.«

»Dann gehe ich morgen eben allein. Mach dir keine Sorgen. Das ist Wald und Natur. Das einzig Gewalttätige darin ist immer nur der Mensch.«

»Genau das meine ich ja!«

Amelie stemmte die Hände in die Hüften. Noch immer redeten sie im Flüsterton miteinander. »Es ist nicht mehr weit. Da hinten ist doch schon das Wasser. Wir schleichen eigentlich nur dran vorbei und dann nach rechts zum Rheinufer. In zehn Minuten sind wir wieder an den Krippen. Ich schwör's.«

Sabrina seufzte. Amelie ging geduckt weiter, vorsichtig darauf bedacht, keine lauten Geräusche zu machen. Sabrina folgte ihr. Nicht aus Überzeugung, sondern aus Angst, den einzigen Menschen aus den Augen zu verlieren, der sie hier noch herausbringen konnte. Sie war so konzentriert darauf, nach unten zu sehen und nicht zu stolpern, dass sie Amelies leises Zischen erst gar nicht richtig wahrnahm.

»Pssst!«

Sie stand hinter einer dicken Kastanie. Das Ufer fiel steil, aber nicht tief ab. Vor ihnen lag der stille Flussarm, gleich dahinter erhob sich wieder dichter, dunkler Wald, der den Abhang des Berges bedeckte. Im Wasser lag ein Schiff. Es war groß, bestimmt dreißig Meter lang und acht Meter breit. Es war mit dem Heck voran an diese Stelle geglitten. Am Bug erkannte Sabrina den Aufbau des Steuerhauses und in der Mitte ein tiefes, gähnend schwarzes Loch: den leeren Laderaum.

»Ein altes Lastschiff«, flüsterte Amelie. Plötzlich streckte sie die Hand aus. »Da!«

Ein Mann stand reglos am Bug und starrte ins Wasser. In der Hand hielt er eine Angel. Bei seinem Anblick machte Sabrinas Herz einen Sprung, bevor es ihr in die Kniekehlen rutschte. Er war es. In der Dunkelheit sah seine Silhouette aus wie der Scherenschnitt eines müden Kämpfers. Man konnte die Kraft ahnen, die in seiner schlanken, hoch gewachsenen Gestalt steckte; doch in diesem Moment, in dem er sich unbeobachtet fühlen musste, wirkte er wie jemand, der zu lange nicht geschlafen hatte.

Er hob die Angel und warf sie wieder aus. Dabei streckte sich sein Körper zu einem eleganten Bogen, bevor er die Arme wieder sinken ließ. Der Köder landete mit einem leisen Ploppen im Wasser.

Sabrina hatte nur einen einzigen Wunsch: so schnell wie möglich zu verschwinden. Wenn er sie hier oben bemerken würde? Sie würde vor Scham im Erdboden versinken. Sie tippte Amelie auf die Schulter, doch die machte nur eine unwillige Handbewegung. Der Mann da unten schien auch sie zu faszinieren. Amelie sah aus, als würde sie gleich wie in Trance das Ufer hinunter auf ihn zu laufen.

»Lass uns gehen«, flüsterte Sabrina.

Amelie war immer noch ganz versunken. »Noch nicht.«

»Doch. Wir kommen bei Tag wieder. Dann müssen wir uns auch nicht anschleichen.«

Plötzlich drehte sich der Mann um. Seine Augen suchten die hohe Uferböschung ab. Vielleicht hatte er etwas gehört. Vielleicht ahnte er auch nur, dass jemand ihn beobachtete.

»Lass uns verschwinden!«, bettelte Sabrina. »Wenn er uns hier sieht, ist das nur peinlich.«

Amelie reagierte nicht.

»Schrecklich peinlich!«

Amelie schaute den Mann immer noch unverwandt an.

»Tot-tot-peinlich! Er wird uns auslachen!«

»Du hast recht.« Amelie seufzte, als hätte man einen Eisbecher an ihrer Nase vorbeigetragen.

Der Mann steckte die Angel an der Bordwand fest. Er lief nach steuerbord, zum Ufer, und sah prüfend hinauf, zu ihnen, direkt in ihre Richtung. Ohne zu überlegen, drehte Sabrina sich um, schnappte Amelies Handgelenk und zog sie zurück in den Wald. Sie rannten, als wären Teufel hinter ihnen her. Erst nach ein paar Minuten hielten sie an, um sich zu orientieren und mit klopfendem Herzen zu lauschen, ob ihnen jemand folgte.

Die Wipfel rauschten wie sanfter Sommerregen. Ein Waldkauz stieß einen jämmerlich klagenden Ton aus. Von weit her knarrte ein Baum. Über die B9 fuhr ein Wagen mit ziemlich hohem Tempo. Sonst war es still.

Amelie begann zu kichern. Sie legte ihren Arm um Sabrinas Schultern, und gemeinsam stapften sie durch das Unterholz, bis die Stämme sich lichteten und die Luft feuchter wurde. Wenig später erreichten sie Krippe 8. Der Badeplatz lag wie ausgestorben da. Auf der anderen Seite des Rheins konnte Sabrina das Licht in den Fenstern der Häuser sehen. Sie warf einen Blick auf die phosphoreszierenden Zeiger ihrer Armbanduhr. Halb elf.

Sie stöhnte auf. »Oh Mann. Ich muss den Bus nach Neuwied kriegen.«

»Wann?«

»In zehn Minuten.«

Sie rannten los. Die Uferpromenade zog sich endlos hin. Viel zu spät erreichten sie die ersten Hotels und das steinerne Stadttor mit seinen beiden behäbigen, dickbauchigen Türmen. Sabrina hatte keinen Blick für die Blumenrabatte und die Fähren, die am Ufer vertäut auf das Wochenende und die Touristen warteten. Mit keuchendem Atem ließen sie die Altstadt hinter sich und erreichten die Haltestelle gegenüber vom Hafentor in letzter Sekunde. Der Bus wartete bereits mit laufendem Motor und Sabrina suchte hektisch in ihrer Umhängetasche nach Kleingeld.

Da fragte Amelie: »Glaubst du eigentlich an Liebe auf den ersten Blick?«

Der Busfahrer winkte ungeduldig. Sabrina stieg die Stufen hoch und wusste nicht, was sie antworten sollte.

»Nei … nein«, stammelte sie. Es fehlten ihr zwanzig Cent. Unter dem Zischen der Druckluft schlossen sich die Türen. Sabrina fand das Restgeld, bekam ihr Ticket und lief durch die fast leeren Reihen bis ganz nach hinten. Das Kippfenster war offen. Amelie winkte ihr zu und strahlte sie an.

»Aber ich!«, rief sie.

# SIEBEN

Liebe auf den ersten Blick.

Sabrina hatte keine Ahnung, was das sein sollte. Das Herzklopfen vielleicht und die schweißnassen Hände, als Leon sie damals gefragt hatte, ob sie mit ihm gehen wollte? Die Küsse, das Anfassen, das Hand-in-Hand-Gehen, die Frage schließlich, die sie so gefürchtet hatte: »Willst du mir mir schlafen?« Die Panik, der Druck, unter dem sie plötzlich stand – alle hatten schon, hieß es, nur sie noch nicht … Nein, Liebe war das nicht gewesen. Dann schon eher die Schwärmerei für unerreichbare Götter: Konrad, der zwei Klassen über ihr gewesen war. Oder der Schlagzeuger einer Band aus London, über den sie eine Zeit lang alles gesammelt hatte, was sie in die Finger kriegen konnte.

Aber auch das war etwas anderes. Es war nicht das, was sie sich unter Liebe vorstellte. Liebe war Sehnsucht, die erfüllt wurde. Keine Angst, kein Zweifel, kein Druck. Und schon gar keine Peinlichkeit. Liebe auf den ersten Blick musste so sein, dass man fühlte: der oder keiner. Ein wichtiges Indiz dafür war der Wunsch, zu diesem Menschen zu gelangen und sich in seine weit ausgebreiteten Arme zu werfen. Und keinesfalls, vor ihm davonzulaufen und sich zu verstecken. Das war nämlich der einzige Impuls, den sie verspürte, wenn sie an den Fremden dachte. So viel wusste sie. Und dass ihr Magen sich jedes Mal dabei zusammenzog und dass das ähnlich angenehm war wie im Unterricht plötzlich aufgerufen zu werden und die Antwort nicht zu kennen.

Peinlich, peinlich, peinlich. Das war es gewesen. Definitiv also das absolute Gegenteil von Liebe.

Gerade fuhr der Bus über die Rheinbrücke. Um sich abzulenken, zählte Sabrina noch einmal alles zusammen, was dieser Tag an unangenehmen Überraschungen für sie bereit gehalten hatte. Die schlimmste stand ihr noch bevor. In Neuwied musste sie in den Bus nach Leutesdorf umsteigen und würde erst nach Mitternacht zu Hause sein.

Einen Moment überlegte sie, ihre Mutter anzurufen. Dann ließ sie es bleiben. Franziska hatte sie auch nicht vorgewarnt, dass ein fremder Mann bei ihr übernachtet hatte. Wenn man beides gegeneinander abwog, fand Sabrina ihr eigenes Verhalten überhaupt nicht mehr schlimm. Doch als sie in den Hof kam und das Licht im Küchenfenster bemerkte, wurde ihr doch etwas flau im Magen. Ich bin jetzt sechzehn, dachte sie trotzig. Da kann man ja wohl mal bis Mitternacht wegbleiben, vor allem am Geburtstag.

Aber die Uhr über dem Herd zeigte schon kurz nach halb eins. Franziska lag mit dem Kopf auf dem Tisch und schlief. Vor sich hatte sie wieder einige Rechnungen ausgebreitet. Sabrina trat näher. Vielleicht lag der Pachtvertrag hier herum, auf den würde sie gerne noch einmal einen Blick werfen. Bestimmt gab es ein Rücktrittsrecht, so etwas sollte es bei allen Verträgen geben. Doch um sich die Papiere näher anzusehen, hätte sie Franziska berühren und wecken müssen.

Sabrina betrachtete ihre schlafende Mutter und eine kleine Liebeswelle schwappte über ihr Herz. Sie sollte sich nicht immer so viel Sorgen machen, sondern endlich mal ein bisschen mehr an sich selbst denken. Nicht, dass sie nun jede Nacht einen anderen anschleppen sollte, aber Sabrina wünschte, sie würde vielleicht mal früher ins Bett gehen und darauf vertrauen, dass Schulden nicht weniger wurden, wenn man die Zahlen stundenlang anstarrte. Nicht weniger, aber auch nicht mehr.

»Hmmm?«

Mit einem schlaftrunkenen Laut blinzelte ihre Mutter ins Licht. Dann erkannte sie Sabrina und richtete sich auf. Ihr zweiter Blick fiel auf die Uhr. »Mein Gott. Schon so spät.« Erst jetzt fiel ihr auf, dass Sabrina wohl gerade erst nach Hause gekommen sein musste. »Wo warst du? Hatten wir nicht gesagt, während der grünen Lese bist du um zehn zu Hause?«

Die kleine Liebeswelle strandete am schroffen Ufer der Vorwürfe. »Ich hatte Geburtstag«, antwortete Sabrina eisig.

Sie ging zum Herd und schaute in den einen Topf, der dort noch stand. Rouladen. Wieder zog sich ihr Herz zusammen. Sie liebte Rouladen. Und die hier sahen aus, als hätten sie schon Stunden dort gestanden. Es hatte immer zur Tradition gehört, dass Sabrina an ihrem Geburtstag ihr Lieblingsessen bekam. Jetzt stand es, eingetrocknet, ungenießbar, kalt auf dem Herd und machte Sabrina ein noch schlechteres Gewissen.

»Ich weiß«, sagte ihre Mutter in ihrem Rücken. »Ich habe den ganzen Abend auf dich gewartet.«

»Du hättest anrufen können!«

»Nun, ich dachte: Vertrauen gegen Vertrauen. Mit sechzehn will man ja von der Mutter nicht mehr daran erinnert werden, dass man zum Essen nach Hause kommen soll.« Franziska schwieg einen Moment. »Mit sechzehn«, fuhr sie schließlich fort, »sollte man von allein daran denken.«

Sabrina setzte den Deckel etwas zu laut auf den Topf und drehte sich um. »Es tut mir leid, okay? Das kann man aufwärmen. Ich bin müde. Gute Nacht.«

Sie wollte an ihrer Mutter vorbei, doch die griff nach Sabrinas Arm und zog sie etwas zu sich heran. »Was sind das für Sachen, die du anhast?«

»Die habe ich von Amelie.«

Franziska Doberstein hob die Augenbrauen. Mehr an Gefühlsäußerung erlaubte sie sich dazu nicht. »Dann solltest du sie in die Waschmaschine tun, bevor du sie ihr zurückgibst.«

Sabrina hatte eine wütende Antwort auf den Lippen, sah dann aber an sich herunter und erschrak. Bis zu den Knien war ihre Hose mit der roten, eisenhaltigen Erde des Naturschutzgebietes verschmutzt. Das Oberteil war am linken Ärmel eingerissen.

Franziska hob die Hand und entfernte ein kleines Ästchen aus Sabrinas Haar. »Wo warst du?«

Die Frage klang nach einem Verhör. Sabrina schlug die Augen nieder.

»Warst du auf der Namedyer Werth?«

»Und wenn schon.«

»Nachts?« Franziskas Blick fiel auf die rote Erdkruste an Sabrinas Schuhen, die gerade zu trocknen begann. »Was hast du da zu suchen? Warst du mit Amelie dort?«

Sabrina zuckte mit den Schultern, was alles und nichts heißen konnte. Ihre Mutter kniff die Augen zusammen und musterte sie mit einem versteinerten Gesichtsausdruck, bei dem sich Sabrina offenbar wieder wie ein kleines Mädchen fühlen sollte. Trotzig schob sie die Unterlippe vor. Wenn sie jemals vorgehabt hatte, von diesem Ausflug zu erzählen – spätestens in diesem Moment schwor sie sich, dass niemals ein Wort zu diesem Thema über ihre Lippen käme.

»Ich will nicht, dass du dorthin gehst.«

»Und warum nicht? Da laufen Hunderte jeden Tag hin, um den Geysir zu sehen.«

»Richtig. Jeden *Tag*. Aber nicht nachts. Das ist verboten. Ich will nicht, dass du etwas Verbotenes tust. Hast du mich verstanden?«

Sabrina sah an ihr vorbei und sagte kein Wort.

»Ob du mich verstanden hast?«

»Ja«, knirschte sie. »Darf ich jetzt Zähne putzen, ins Bett gehen und mein Nachtgebet sagen?«

Ihre Mutter öffnete den Mund, überlegte es sich dann aber anders und ging auf Sabrinas spöttische Begegnung nicht weiter ein.

»Gute Nacht«, sagte sie nur.

Auf dem Weg nach oben schien Sabrina, dass ihre Mutter noch etwas anderes hatte sagen wollen. Etwas, dass mit dem *toten Fluss* zu tun hatte, und damit, warum es verboten war, sich dort nachts herumzutreiben. Wieder berührte sie dieses unangenehme Gefühl, das sie jedes Mal beim Gedanken an diesen Namen beschlich. Doch schon beim Zähneputzen hatte sie es vergessen.

Sie beschloss, diesen Tag nicht wie sonst im Bett noch einmal an sich vorbeiziehen zu lassen. Sie wollte ihn einfach vergessen. Doch als sie die Augen geschlossen hatte, tauchte immer wieder ein Bild vor ihr auf: ein junger, müder Kämpfer, der in eine Aprikose biss und sie dabei ansah. *Sie* und nicht Amelie.

Sabrina hatte es nicht anders erwartet: Am nächsten Morgen um sieben war die Nacht vorbei. Franziska rumorte im Bad, wenig später kroch der Kaffeeduft die Treppe hinauf, und um halb acht saßen sie sich am Frühstückstisch gegenüber und beugten sich stumm über die aufgeteilte Zeitung. Der Streit vom Vorabend schwelte immer noch. Die Stimmung wurde auch nicht besser, als sie zusammen zum Weinberg gingen und Franziska ihrer Tochter die Reihen zuteilte, mit denen sie an diesem Tag fertig werden sollte.

Sabrina stöhnte. Sie schwitzte in den Arbeitshandschuhen, der Arm tat ihr weh, und die Sonne stach unbarmherzig vom Himmel. Mit der Zange knipste sie die kleineren Blütenstände weg, aus denen sich bereits winzige Fruchtstände entwickelt hatten, und ließ nur die kräftigen stehen. Das erhöhte die Qualität der restlichen Trauben, weil die Nährstoffe aus dem Boden nun in weniger Früchte stiegen. Das Geheimnis war, nicht zu viel, aber auch nicht zu wenig abzuschneiden. Die goldene Mitte lag irgendwo zwischen einem Drittel und der Hälfte dessen, was ein Weinstock trug. Wenn das Ausdünnen korrekt vorgenommen wurde, konnte der Most dadurch bis zu zehn Grad Öchsle mehr haben – das entscheidende Gewicht, das aus einem normalen Riesling einen Kabinett machen konnte.

Sabrina stand auf. Es war eine schwere Arbeit. Sie konnte froh sein, dass sie nicht einzelne Trauben ausdünnen musste. Das stand vom Aufwand her in keinem Verhältnis mehr zum Ertrag. Der Rücken tat ihr weh, sie streckte sich und dehnte ihre beanspruchten Muskeln. Weiter unten arbeitete Franziska. Hinten auf Kreutzfelders Berg erkannte sie die krummen Rücken einiger älterer Frauen – Polinnen, die jedes Jahr kamen, kaum ein Wort sprachen und von denen keiner wusste, wohin sie abends gingen, wenn alle schon Feierabend gemacht hatten. Von denen es keiner wissen wollte, verbesserte sich Sabrina in Gedanken. Sie hatte ein schlechtes Gewissen den Frauen gegenüber, die so hart arbeiteten und auch morgens in aller Herrgottsfrühe schon damit anfingen.

Sabrina nahm einen Schluck aus der Wasserflasche. Weit unten glitzerte das silberne Band des Rheins im Sonnenlicht. Sie erkannte einige Lastschiffe und Ausflugsboote der Köln-Düsseldorfer Rheinlinie. Die Krippen füllten sich langsam. Es war ein heißer Tag, und sie sehnte sich danach, ins kalte Wasser zu springen.

»Du kannst aufhören!«

Franziska war ein paar Meter zu ihr hochgestiegen. »Du bist ja fast fertig. Ich mache den Rest.«

Offenbar bereute sie ihre harten Worte vom Abend. Aber Sabrina ließ sich nicht auf das Friedensangebot ein. Wortlos packte sie ihre Arbeitsutensilien zusammen und kletterte hinunter. Amelie hatte ihr eine SMS geschickt. *Heute um drei Krippe 8. Kommst du?* Sabrina zog unter Mühen die Arbeitshandschuhe aus. Sie waren feucht vom Schweiß und klebten an ihren Händen.

*Ja,* tippte sie ein und schickte die Nachricht ab. Schon wieder spürte sie, wie ihr Herz schneller pochte. Sie redete sich ein, dass sie ein gewisses Risiko eingingen, wenn sie unter den Augen des Rangers den abgesteckten Pfad zum Geysir verließen und sich einfach so ins Gebüsch schlugen. Doch zwei Stunden später, als Sabrina an der Krippe eintraf, hatte sich ihre Aufregung immer noch nicht gelegt.

Amelie lag an diesem Tag nicht in der ersten Reihe. Sie hatte sich in den Schatten der Silberweidenzweige zurückgezogen und trug auch nicht ihren Bikini, sondern Jeans und eine langärmlige Bluse. Einmal Brennnesselmutanten hatten ihr offenbar gereicht.

»Hi!« Sabrina ließ ihre Messenger-Bag fallen und sich selbst gleich daneben.

Amelie nahm die Sonnenbrille ab und verstaute sie sorgfältig in ihrer Umhängetasche. »Bist du bereit?«

»Hör mal«, begann Sabrina, aber ihre Freundin schnitt ihr sofort das Wort ab.

»Du musst nicht mit. Wirklich nicht.«

»Du weißt ja gar nicht, was ich sagen wollte.«

»Ich sehe es dir an. Tu es nicht, Amelie, das ist verboten, wir kriegen noch Ärger, musst du denn immer so einen Quatsch machen …«

»Eben nicht«, antwortete Sabrina ärgerlich. War sie wirklich so? »Ich wollte nur wissen, was du ihm eigentlich sagen willst, wenn wir urplötzlich vor ihm auftauchen.«

»Er soll verschwinden.« Amelie sah an ihr vorbei durch die tief herabhängenden Zweige. »Ich meine Lukas. Er spioniert mir nach.«

Sabrina drehte sich um. Lukas kam lässig über die Liegewiese direkt auf sie zu.

Amelie verdrehte die Augen. »Der hat mir grade noch gefehlt.«

»Na, ihr beiden?« Lukas hatte sie erreicht und schob den Vorhang aus Weidenzweigen zurück. »Noch Platz für mich und mein Handtuch?«

»Klar«, antwortete Sabrina und rückte ein Stück zur Seite. Sie fand es unfair von Amelie, sich so zu verhalten. Man konnte nicht jemandem das Boot fast zu Schrott fahren und ihn anschließend links liegen lassen.

»Heißer Tag heute.«

Lukas breitete sich aus und Amelie verzog schmollend den Mund. Sie setzte wieder ihre Sonnenbrille auf, drehte sich zur Seite und las weiter in einer Zeitschrift, die sie sich mitgebracht hatte.

»Ja«, antwortete Sabrina, obwohl sie genau wusste, dass Lukas lieber eine Antwort von Amelie gehabt hätte. »Sag mal … Weißt du was von einer neuen Bahntrasse?«

Lukas runzelte die Stirn. »Nö. Keine Ahnung. Soll hier etwa noch mehr Güterverkehr durchbrausen?«

Wie auf Bestellung raste auf der anderen Seite des Flusses ein Zug an Leutesdorf vorbei. Es hörte sich an, als wäre eine Horde Formel-eins-Boliden losgelassen worden.

»Wie kommst du darauf?«

»Janine hat so etwas erzählt.«

»Janine … wer?«

»Janine Diehl. Sie geht … Sie ging mit mir in eine Klasse.«

»Diehl. Ist das die Tochter von Albrecht Diehl? Der bei den Liegenschaften in der Stadtverwaltung sitzt?«

Sabrina zuckte mit den Schultern.

»Ich kann ja mal meinen Vater fragen. Der kennt ihn ganz gut. Soll ich?«

»Das wäre nett. Aber häng es bitte nicht an die große Glocke.«

»Kein Problem. Hat jemand Lust auf eine Abkühlung?« Er richtete die Frage an Amelie, doch die versank nur noch tiefer hinter ihrer Zeitschrift. Lukas stand auf und ging zum Sandstrand hinunter.

Auf diesen Moment hatte Amelie gewartet. Sie sprang hoch und nahm ihre Tasche. »Los.«

»Aber …« Hilflos sah Sabrina auf die Handtücher und die Zeitschrift, die Amelie auf ihr Tuch geworfen hatte, damit es so aussah, als würde sie gleich zurückkommen.

»Du kannst auch gerne hierbleiben und ihn ein bisschen ablenken.«

Amelies Stimme klang ungeduldig und gereizt. Sabrina stand auf und folgte ihr. Was hatte sie bloß? Es hörte sich ja fast so an, als ob sie wirklich alleine zur Werth gehen wollte.

»Wir bleiben ja nicht lange«, sagte Amelie, als sie außer Hör- und Sichtweite kamen. »Ich will einfach nur Guten Tag sagen und wissen, was er da so treibt.«

Sie erreichten den Zaun und die Stelle mit dem hochgebogenen Draht.

»Du weißt, dass es sogar verboten ist, zu Fuß im Naturschutzgebiet herumzulaufen. Und er prescht einfach mit einem

Lastkahn durch. Wahrscheinlich hat der Ranger ihn schon entdeckt und er ist weg.«

Das also war der Grund für Amelies Eile. Sie hatte Angst, zu spät zu kommen. Sabrina musste sich beeilen, um mit ihr Schritt zu halten. Ihr Trampelpfad war nicht mehr zu erkennen, sie mussten sich erneut durch die meterhohen Brennnesseln schlagen. Aber Amelie schien das nichts auszumachen. Im Gegenteil, sie schlängelte sich durch das Dickicht, als wäre sie in der Wildnis groß geworden. Bei Tag war der Wald nicht halb so beängstigend wie bei Nacht. Fast schämte sich Sabrina ein bisschen, als sie an die Stelle mit dem umgefallenen Baum kam und an den Fuchs dachte, der sie so erschreckt hatte.

Im Gegensatz zu ihrem letzten Besuch schlich sich Amelie dieses Mal nicht an. Ihr schien es egal zu sein, ob sie jemand hören konnte. Einen Moment war Sabrina unachtsam und die Rute einer Brennnessel traf sie voll am Oberarm. Sie biss die Zähne zusammen, um den feurigen Schmerz zu ignorieren, und lief noch schneller. Amelie war schon fast am Ufer.

Keuchend erreichte sie ihre Freundin und blieb neben ihr stehen. Der Lastkahn lag noch dort. Nur von seinem Besitzer war weit und breit nichts zu sehen.

»*Désirée*«, las Amelie. »Was heißt das?«

Der Name des Schiffes stand in weißen Lettern auf dem Rumpf. Jemand hatte ihn mit Hand geschrieben, denn die Farbe war an einigen Stellen herabgetropft und hatte weiße Rinnsale auf der rostigen Außenhaut des Schiffes hinterlassen.

»Sehnsucht«, flüsterte Sabrina. »Der Name bedeutet Sehnsucht.« Sie sah sich um. Alles war still. Doch plötzlich kam es ihr vor, als hätte der Wald tausend Augen.

»Sehnsucht«, wiederholte Amelie verträumt. »Was für ein schöner Name für ein Schiff.«

Dann lief sie die steile Böschung hinunter, noch bevor Sabrina sie aufhalten konnte. Wohl oder übel musste Sabrina ihr folgen. Sie bemerkte mit einem Blick, dass kein Steg vorhanden war. Also musste der Besitzer an Bord sein. Amelie war das wohl auch aufgefallen, denn sie stand ratlos bis zu den Knöcheln im Wasser und sah die Bordwand hoch.

»Da!«

Eine rostige Eisenleiter hing am Bug. Amelie stapfte durch die braune Brühe, in der die Blätter der letzten Jahrzehnte vermoderten.

»Was hast du vor?«, fragte Sabrina.

»Ich will mir das Ding mal ansehen.«

Augenblicklich war auch Sabrina im Wasser und watete ihrer Freundin hinterher.

»Bist du verrückt geworden?«, zischte sie. »Das ist Hausfriedensbruch!«

»Und was ist das hier? Naturschutzgebiet. Und mitten drin ein rostiger Kahn, aus dem am Ende noch das Motoröl ausläuft. Es ist ...« – sie griff nach der untersten Stufe der Leiter und zog sich hoch – »geradezu meine staatsbürgerliche Pflicht, hier nach dem Rechten zu sehen.«

Wohl oder übel musste Sabrina ihr folgen, wenn sie nicht bis zu den Knien im Matsch stehen bleiben wollte. Vorsichtig sah sie sich noch einmal um. Der Seitenarm machte einen Knick nach rechts und mündete dann, ein paar Hundert Meter weiter, in den Rhein. Auch wenn Wanderer zum Geysir unterwegs sein würden, bis hierhin würde keiner vordringen. Es war das perfekte Versteck für einen Lastkahn. Und genau das machte Sabrina misstrauisch. Warum wollte sich jemand mit einem Schiff verstecken?

Amelies Gesicht erschien über der rostigen Reling. »Wo bleibst du? Kommst du mit oder willst du unten warten?«

»Ich komme.«

Sie kletterte hoch. Amelie half ihr über das Geländer. Ein bisschen außer Atem blieb Sabrina stehen und schüttelte ihre Füße, bis das Wasser aus ihren Turnschuhen abgeflossen war.

Das Schiff sah aus, als lägen seine besten Tage schon lange hinter ihm. Der dunkle Anstrich blätterte ab, Rost nagte darunter und warf löchrige Blasen, die wie grausame Pockennarben aussahen. Vor ihnen lag der verlassene Führerstand, ein niedriger Aufbau mit vor Schmutz fast blinden Fenstern. Daneben gähnte eine schwarze Luke, an ihr lehnte eine Eisenplatte. Plötzlich ertönte ein schauerlicher Ton. Sabrina fuhr zusammen.

»Das ist das Eisen«, flüsterte Amelie. »Das verzieht sich irgendwie.«

»Es hört sich schrecklich an.« Sabrina hatte Mühe, nicht zu zittern. »Das ist ein Geisterschiff. Lass uns von hier verschwinden.«

»Nein.«

Amelie ging auf die Luke zu. Entsetzt musste Sabrina mit ansehen, wie sie vorsichtig einen Fuß nach dem anderen auf die schmale Stiege setzte und nach unten kletterte. Sie konnte nicht glauben, dass ihre Freundin tatsächlich vorhatte, auf einem fremden, verlassenen Schiff herumzustromern. Es war unheimlich hier. Die Wipfel der Bäume und der steile Abhang des Felsens tauchten den Fluss in schattiges, grünes Dämmerlicht. Plötzlich kam es ihr wieder vor, als ob sie jemand beobachten würde. Mit klopfendem Herzen starrte Sabrina in den Wald, der wie eine Wand vor ihr aufragte. Waren da nicht Schritte zu hören? Ein leises Rascheln im Laub, so als ob jemand schnell hinter einem der Stämme verschwände?

»Ks-ksss.«

Sabrina fuhr zusammen.

Amelies Lockenkopf tauchte wieder aus der Luke auf. »Nun komm schon!«, rief Amelie leise.

Sabrina schlich auf sie zu. Sie war froh, ihre Sneaker zu tragen, mit denen sie sich fast geräuschlos bewegen konnte. Die Stiege war aus Holz und ziemlich eng. Schon auf der Mitte stach ihr ein merkwürdiger Geruch in die Nase. Moder. Brackwasser. Und etwas anderes, das sie nicht definieren konnte. Ein Hauch von … Lilie. Totenblumen.

Ihre Augen mussten sich erst an das Halbdunkel gewöhnen. Sie standen in einer kleinen Küche, in der das absolute

Chaos herrschte. Leere Teller stapelten sich ungespült im Abwaschbecken. Der Tisch war bedeckt mit alten Zeitungen, Vorratsdosen und halb aufgerissenen Verpackungen. Ein Glas lag umgekippt daneben, ein gelblicher Fleck trocknete auf der Tischplatte. Amelie starrte mit weit aufgerissenen Augen auf einen überquellenden Mülleimer. So hatte sie sich die Heimstatt ihres Traumprinzen wohl nicht vorgestellt.

Ein Geräusch ließ die Mädchen zusammenfahren. Jemand kam an Bord.

»Oh Scheiße!«, flüsterte Amelie. Hektisch sah sie sich um. Doch es war zu spät – und der Fußboden zu dreckig, wie Sabrina mit einem Blick bemerkte –, um noch unter den Tisch zu kriechen. Schwere Schritte näherten sich über ihnen, dann stieg jemand die Treppe hinunter. Erst kamen nasse Anglerstiefel ins Blickfeld, dann eine ausgewaschene Arbeitshose, dann ein Wassereimer, dann zwei muskulöse, braun gebrannte Arme, ein T-Shirt und dann – Sabrina wäre am liebsten im Ausguss verschwunden, wenn der nicht auch einen verstopften Eindruck gemacht hätte – der Rest des Unbekannten vom Marktplatz.

Er blieb stehen und sagte kein Wort. Er sah noch besser aus, als Sabrina ihn in Erinnerung hatte. Jetzt, aus der Nähe betrachtet, stellte sie fest, dass er ungefähr Anfang zwanzig sein musste, auch wenn seine Augen älter aussahen und finsterer.

»Besuch?«, sagte er nur.

Er schob sich an den beiden verschreckten Mädchen vorbei in die Küche und stellte den Eimer auf den letzten freien Platz neben der Spüle. Das Wasser spritzte auf, eine Sekunde sah Sabrina einen schwarzen Schatten hinter dem weißen Plastik. Er hatte einen Fisch gefangen. Jetzt zog er ein Messer aus einer Lederscheide an seinem Gürtel und legte es neben dem Eimer ab.

Sabrina und Amelie wechselten einen kurzen Blick. Offenbar hatte er nicht vor, sich auf sie zu stürzen. Amelie fuhr sich nervös durch die Haare in der Hoffnung, die Situation etwas zu entschärfen.

»Wir … Uns ist das Schiff aufgefallen. Da wollten wir mal nachsehen, wer sich hier so versteckt.«

Das letzte Wort ließ ihn herumfahren. Sabrina zuckte zusammen. Er hatte keinen Deut bessere Laune, im Gegenteil. Er funkelte Amelie wütend an. »Verstecken? Wer sagt das?«

»Nun, es sieht jedenfalls so aus.« Amelie schien sich gefasst zu haben. Sie zog einen alterschwachen Schemel unter dem Tisch hervor und setzte sich darauf. Dabei schlug sie die Beine übereinander und strich den Stoff über ihren Knien glatt.

Sabrina stand noch immer am selben Fleck und konnte sich nicht rühren.

»Ich kenne euch.« Der Mann griff in das Regal über der Spüle und holte eine Büchse Ravioli heraus. Offenbar war er kein Gourmet. Die französische Aprikose musste reiner Zufall gewesen sein. »Ihr habt mich auf dem Markt angestarrt. Stimmt's?«

Sabrina spürte, wie ihr Gesicht heiß wurde. Genau das hatte sie befürchtet. Am liebsten wäre sie die Stiege hochgerannt und ins Wasser gesprungen. Amelie hingegen schien es gar nichts auszumachen, dass der Mann sich von ihnen gestört fühlte.

»Naja, ange*starrt* ist vielleicht das falsche Wort«, sagte sie und schenkte ihm ein zauberhaftes Lächeln. »Ange*staunt* trifft es mehr. Man sieht hier selten Leute wie dich.«

»Wie mich?«, fragte er.

»Fremde. Also, keine Touristen. Fremde eben. Geheimnisvolle Fremde.«

Sabrina traute ihren Ohren nicht. Amelie strahlte den Unbekannten an und hatte ihre Stimme eine ganze Oktave nach unten geschraubt. Offenbar war das hier Flirten. Denn der Unbekannte lächelte plötzlich zurück und das hellte sein finsteres Gesicht auf wunderbare Weise auf.

»Also seid ihr einfach nur neugierig.«

»Ja«, antwortete Amelie. »Schrecklich neugierig!«

»So.«



Im Bruchteil einer Sekunde griff er in den Eimer, packte

den Fisch, der wie rasend zappelte. Wasser spritzte bis an die Wand, er schlug den Kopf des Tieres auf die Kante der Spüle, der Fisch erstarrte betäubt, da hatte der Unbekannte auch schon das Messer in der Hand und rammte es in die Kiemen. Ein hässliches, knirschendes Geräusch war zu hören. Der Fisch zuckte noch einmal und Blut floss aus der Wunde in das Becken. Fassungslos starrte Sabrina auf den Mann. Dann auf den toten Fischleib. Dann auf Amelie.

Ihre Freundin war genauso erschrocken wie sie. Doch sie fasste sich und versuchte ein unsicheres Lachen. »Sieht ja echt lecker aus«, murmelte Amelie.

Der junge Mann wusch das Blut weg. Dann wischte er sich die Hände an seiner Hose ab. Und reichte die rechte Amelie. »Ich bin Kilian. Und ihr?«

»Amelie«, flötete sie. Sie berührte seine Hand.

Er wandte sich an Sabrina. »Sabrina.«

Täuschte sie sich oder hielt er ihre Hand ein wenig länger in der seinen? Seine Finger waren kalt, unheimlich kalt. Sie wich seinem Blick aus und betrachtete lieber ihre feuchten Schuhspitzen. Noch immer war sie verstört von der Szene, die sie gerade beobachtet hatte.

»Sabrina«, wiederholte er leise.

Ihr war, als würde jeder einzelne Buchstabe ihres Namens sich in eine Feder verwandeln, die sanft über ihren Rücken strich. Sabrina. Noch nie hatte jemand ihren Namen so ausgesprochen.

»Und was machst du hier?«

Amelies Frage pustete die Federn in alle Windrichtungen davon. Sabrina sah wieder hoch und bemerkte, dass Kilian sich abgewandt hatte. Er begann in aller Seelenruhe, den Fisch auszunehmen.

»Ich bin auf der Durchreise.«

»Und wohin?« Amelie rückte ein Stück zur Seite, als Kilian zwei Teller direkt vor ihr zusammenstellte.

»Das weiß ich nicht.«

»Stromauf- oder stromabwärts?«

»Abwärts, würde ich sagen. Ich bin in Duisburg losgefahren.«

»Also Richtung Süden?«

»Jep.«

»Sehr weit nach Süden?«

Kilian nahm einen Stapel Anziehsachen, die auf der Eckbank gelegen hatten, und machte Sabrina ein Zeichen. »Setz dich.«

»Ich … Kann ich mir mal die Hände waschen?« Sabrina war immer noch flau im Magen. Im Ausguss schlängelten sich grau-rote Innereien. Der Geruch von Fisch und Blut mischte sich mit der abgestandenen Luft in der Küche. Am liebsten hätte sie das Fenster geöffnet. Doch die Scharniere sahen so aus, als ob das seit zwanzig Jahren niemand mehr versucht hätte.

Kilian deutete auf den engen Flur. »Hinten, Tür rechts.«

Sabrina schlüpfte hinaus. Sie fand eine winzige Nasszelle mit Dusche, Toilette und Waschbecken. Alt, abgenutzt, aber sauber. Sie verriegelte die Tür, dann ließ sie sich kaltes Wasser über die Handgelenke laufen und versuchte, klar zu denken. Mein Gott, einen Fisch zu töten, war doch kein Verbrechen. Im Gegenteil: Das arme Tier hatte keine Sekunde gelitten. Der Schlag, der Schnitt, beides war so schnell und präzise gesetzt worden, wie es ein routinierter Angler tat. Er hätte sie vielleicht vorwarnen können. Dann wäre sie jetzt nicht ganz so schockiert.

Sie richtete sich auf und betrachtete ihr blasses Gesicht in einem winzigen Spiegel. Der tote Fisch war es nicht, der sie so beunruhigte. Es war Kilians plötzlicher Wechsel von Gewalt zu Sanftmut. Wie er ihren Namen ausgesprochen hatte, so leise, fast zärtlich. Auch sein Blick war ganz anders gewesen: fast so, als ob er sich gefreut hätte, sie wiederzusehen. Es war eine merkwürdige, ungewohnte Situation. Bisher war es immer Amelie gewesen, die alle Aufmerksamkeit auf sich gezogen hatte, und Sabrina hatte sich in ihrem Schatten auch recht wohl gefühlt. Doch Kilian hatte alles verändert. Am liebsten wäre ihr, wenn Amelie gar nicht mehr da wäre …

Hastig trocknete sie sich die Hände ab. Was für ein absurder Gedanke. Ohne ihre abenteuerlustige Freundin wäre sie noch nicht einmal in die Nähe der *Désirée* gekommen. Sie sollte sich viel lieber Gedanken darüber machen, wie sie hier wegkam. Es war ein unheimliches Schiff, von dem etwas Düsteres ausging, das so gar nicht zu Kilians Lächeln passte.

Sie öffnete die Tür und hörte Amelie lachen. Kilian sagte etwas, und Amelie antwortete mit ihrer fremden Stimme, die irgendwie rau und verführerisch klang. Es war ein anderes Spiel, eine andere Liga, in der die beiden sich die Bälle zuwarfen. Unschlüssig blieb Sabrina stehen. Sie hatte keine Lust, jetzt schon wieder auf die Reservebank zurückzukehren.

Genau gegenüber, hinter der Küche, lag das Schlafzimmer. Sagten sie Koje oder Kajüte dazu? Die Tür stand sperrangelweit offen. Es war ein kleiner Raum mit einem Fenster, durch das man kaum etwas erkennen konnte. Das Bettzeug war zerwühlt, und wie es aussah, schlief Kilian alleine. Auch hier schien er es mit der Ordnung nicht sehr genau zu nehmen. Sie warf nur einen kurzen Blick hinein und wandte sich dann nach rechts. Groß waren diese Schifferwohnungen nicht. Zwei Türen lagen am Ende des kurzen Gangs. Die eine war nur einen Spalt breit geöffnet. Sabrina erkannte eine kleine Sitzgruppe und einen Tisch. An der Wand war ein Röhrenfernseher montiert, daneben stand ein Regal, das seinen Inhalt mit Glasscheiben schützte. Einige Bücher waren darin, schwere Biergläser mit aufgedruckter Werbung von Brauereien, ein paar kitschige Andenken. Wieder fühlte Sabrina, dass etwas nicht stimmte. Sie hätte nur nicht sagen können, was. Vielleicht, dass alles so unberührt aussah und so gar nicht zu Kilian passte? Ein Dornröschenschiff, ging ihr durch den Kopf. Genau. Die Zeit war stehen geblieben.

Sie wandte sich ab und betrachtete die letzte Tür. Sie war nicht aus Holz, sondern aus Eisen. Der Anstrich war alt, aber im Gegensatz zum Rest des Schiffes einigermaßen in Ordnung. Küche, Bad, Wohn- und Schlafzimmer hatte sie gesehen. Was war wohl hinter dieser Tür?

Sie streckte die Hand aus, und in diesem Moment flüsterte jemand hinter ihr: »Nicht.«

Sabrina fühlte sich wie bei etwas Furchtbarem ertappt. Sie fuhr herum und sah direkt in Kilians Augen, die sie mit einem rätselhaften Ausdruck musterten. Auch das noch. Ausgerechnet er erwischte sie dabei, wie sie auf seinem Schiff herumschnüffelte.

»Ich ... ähm ... hab die Küche nicht mehr gefunden.«

»Ja«, sagte er und grinste sie an. »Ist schon ein verdammt großes Schiff.«

Er sah sie immer noch an. Es war wie in der Sekunde auf dem Marktplatz, als sie in seinem Blick gefangen war und sich nicht davon lösen konnte. Doch dieses Mal war er nicht ärgerlich. Obwohl sein Lächeln verschwand, als würde er es plötzlich vergessen, weil etwas anderes an ihrem Anblick wichtiger wurde. Ihr Herz schlug mit einem Mal doppelt so schnell. Sie wagte kaum zu atmen, weil dieser kostbare Moment sonst vielleicht zerstört würde. Seine Augen waren wie ein klarer, kühler See, in den sie eintauchen und versinken wollte, und was immer sich hinter dieser Tür in ihrem Rücken verbergen mochte, es war sein Geheimnis, das sie respektierte.

»Verlauf dich nicht«, sagte er leise und trat zur Seite, um sie durchzulassen. Doch der Gang war so eng, dass sie ihn mit dem Arm streifte. Er folgte ihr zurück in die Küche, und Sabrina spürte seinen Schatten in ihrem Rücken, als ob er eine warme Berührung wäre.

Amelie sah hoch und warf ihr einen ärgerlichen Blick zu.

»Wollt ihr was trinken?«, fragte Kilian, als er hinter Sabrina auftauchte.

»Nein«, sagte Sabrina.

»Ja«, sagte Amelie.

Kilian holte aus dem Kühlschrank eine Flasche Mineralwasser. Er musterte zwei Trinkgläser gegen das trübe Licht, das von draußen hereinfiel, bevor er sie vor seinen Besucherinnen auf den Tisch stellte. Amelie verfolgte jede seiner Bewegungen, als wäre das hier ganz großes Kino. Sabrina räumte einen Stapel Zeitungen zur Seite und glitt auf das Polster. Sie bewunderte ihre Freundin, wie souverän sie die Situation meisterte. Noch mehr bestaunte sie Kilian. Da kamen zwei Unbekannte, machten es sich in seiner Küche bequem, und er schien sich gar nicht viel dabei zu denken. Er erwischte sie beim Schnüffeln und verlor kein Wort darüber. Sie warf einen Blick auf die Zeitungen. Die letzte war über eine Woche alt. »*Antal dooden Filipijnse veerboot opgelopen*« war die Schlagzeile. *De Telegraf*, ein niederländisches Blatt. So viel zu »komme grade aus Duisburg«. Sabrina sah hoch, direkt in Kilians Augen. Keine Sorge, dachte sie, ich werde kein Wort darüber verlieren, dass du in Holland warst und schon ein bisschen länger unterwegs bist. Du lügst und ich schnüffle. Damit wären wir wohl quitt.

Er fuhr sich wieder durch die Haare, die ihm verwegen in die Stirn fielen. »Wart ihr gestern schon mal hier?«

»Nein«, antworteten Amelie und Sabrina wie aus einem Mund.

»Ich dachte, ich hätte was gehört. Ist eine merkwürdige Ecke, nicht?«

»Wieso?«, fragte Amelie.

Kilian schwieg einen Moment. »So still«, antwortete er schließlich. »Still und dunkel.«

Alle lauschten auf die Geräusche, die leicht gedämpft zu ihnen in die Küche drangen. Da gluckste Wasser unter dem Kiel, Vögel schrien, ein Fisch schnalzte in die Luft und fiel mit einem Platschen wieder zurück.

»Du hast recht«, antwortete Amelie schließlich. »Es ist fast so, als ob sich die Natur erinnerte an das, was hier einmal passiert ist.«

Kilian sah sie an, doch Amelie wartete ab, ob er etwas darauf erwidern wollte. Die Stille wurde mit einem Mal bedrückend. Niemand sagte ein Wort. Es war stickig unter Deck, und Sabrina glaubte wieder, den Blumenduft zu riechen. Ihr wurde die Kehle eng.

»Ich muss«, sagte sie.

Amelie zog ihre Augenbrauen eine Winzigkeit zusammen. Das hieß wohl, dass sie gerne noch geblieben wäre und sich ärgerte, jetzt schon aufbrechen zu müssen.

»Wie lange bleibst du noch hier?«, fragte Amelie. »Vielleicht kommen wir noch mal wieder.«

»Bis morgen. Morgen früh.«

»Schade.« Ihre Freundin spielte wieder mit ihren Haarspitzen. »Dann adieu, geheimnisvoller Fremder. Glück auf dem Weg. Grüß das Meer von mir, das ferne, dessen Rauschen die Träume meiner Sehnsucht begleitet …« Amelie hatte neben den gesammelten Werken amerikanischer Gegenwartsliteratur auch eine Menge Schund in ihrem Bücherregal stehen. »Du fährst doch zum Meer?«

Kilian räusperte sich verlegen. »Vielleicht. Ich weiß es noch nicht. Ist ein weiter Weg bis dahin, schätze ich.«

»Er wird weiter mit jedem Tag, den man wartet.«

»Ja«, antwortete er. »Klar. Deshalb ist morgen für mich Aufbruch. Wenn ihr wollt, kommt heute Abend zum Essen. Nichts Besonderes. Den Fisch, den ich heute gefangen habe, über der Tonne gebraten. Habt ihr Lust? So um acht, halb neun?«

»Klar!« Amelie strahlte.

Sabrina nickte. Aber sie war sich nicht sicher, ob sie wirklich in diese Einladung mit eingeschlossen war. Sie hatte das Gefühl, die beiden würden sich viel besser verstehen, wenn sie nicht mit dabei wäre.

Kilian stieg ihnen voraus, wartete oben und half ihnen, aus der Luke an Deck zu klettern. Wieder spürte Sabrina seinen Griff und merkte, wie sie rot wurde. Es war wie verhext. Während Amelie lachte und plauderte und Kilian sie mit einem kleinen Lächeln beobachtete, stand sie steif wie ein Brett in der Gegend herum und hatte feuchte Hände. Und ließ sich außerdem noch von diesem geheimnisvollen Fremden dabei erwischen, wie sie hinter seinem Rücken sein Schiff inspizierte. Du musst noch viel lernen, dachte sie. Und war heilfroh, als sie endlich wieder Land unter den Füßen hatte.

»Bis heute Abend«, rief Kilian ihnen zu, als sie das Ufer erreichten.

Amelie hob die Hand und winkte. »Bis heute Abend! Ich freue mich!«

Den ganzen Weg zurück pfiff und summte Amelie vor sich hin. Als sie den Maschendrahtzaun erreichten, blieb sie erstaunt stehen. Jemand hatte den Draht wieder zurechtgebogen.

Sabrina sah sich um, als ob dieser Jemand sie beobachtete oder sich gleich aus den Büschen auf sie stürzen würde. »Der Ranger war hier.«

Amelie sah hinein in das Dickicht, durch das sie soeben gekommen waren. »Der Ranger? Dann müsste er … Dann hätte er doch … Nee. Dann wäre er auch beim Schiff gewesen.«

Sie bückte sich und bog den Zaun wieder so weit nach oben, dass sie darunter durchkriechen konnten. Schweigend liefen sie das letzte Stück bis zu Krippe 8. Lukas war verschwunden.

»Gott sei dank.«

Amelie klopfte sich die letzten Schmutzreste von der Hose und zog ihre nassen, mit roter Erde verschmierten Schuhe aus. Dann legten sie sich wieder auf die Badetücher und starrten durch den Zweigvorhang hinunter zur Badebucht. Amelie hatte einen leicht abwesenden Glanz in den Augen, Sabrina hingegen fühlte sich gar nicht wohl in ihrer Haut.

»Gehst du heute Abend hin?«, fragte sie.

»Aber klar doch. Fisch und Ravioli. Meine Lieblingskombi.« Sie lachte leise und spielte verträumt mit ihren Haarspitzen. »Und du?«

»Ich weiß nicht. Noch mal da rein? Irgendjemand hat mitbekommen, dass wir da durchgeschlüpft sind. Wenn man uns erwischt?«

»Uns erwischt keiner. Das war Kollege Zufall vom Ordnungsamt, aber nicht der Ranger. Er müsste blind sein, wenn er das Loch im Zaun bemerkt, aber an Kilians Schiff vorbeiläuft. Und der würde nicht so seelenruhig da liegen, wenn er aufgespürt worden wäre.«

»Eben«, antwortete Sabrina. »So groß ist die Werth nicht. Vorne an der Einfahrt, die ganze kaputte Böschung, das sind doch mindestens zehn Anzeichen. Warum fällt die Désirée niemandem auf?«

Aber Amelie hatte auch darauf eine Antwort. »Weil kein Wochenende ist und deshalb auch kein Ausflugsverkehr. Lass mal gut sein. Da wird nichts passieren. Also ich gehe auf jeden Fall. Du kannst es dir ja noch überlegen.«

Genau das tat Sabrina den Rest des Tages. Am Nachmittag fuhr sie wieder zurück nach Leutesdorf, schlich sich in ihr Zimmer und wusste immer noch nicht, wie sie sich entscheiden sollte. Amelie mochte Kilian. Sehr sogar. Während sie Lukas die kalte Schulter zeigte und ihn zappeln ließ, wäre sie am liebsten gleich bei Kilian eingezogen. Ihre ganze Körpersprache verriet, dass sie ihm näher kommen wollte. Liebe auf den ersten Blick …

Sabrina fühlte einen Stich im Herzen. Amelie hatte sich in Kilian verliebt. Eigentlich hätte sie das freuen müssen, doch stattdessen fühlte sie fast schon Neid. Sie wollte sich auch einmal verlieben. Nicht nur schwärmen, nein, richtig verlieben. Vielleicht könnte sie dann einmal ganz anders sein: offen, fröhlich, frech, mit einem unwiderstehlichen Lächeln, das wie bei Amelie ihr ganzes Wesen verzauberte. Jemand, der nicht wegrannte, nicht immer wieder wegrannte …

Sie stand auf und ging zu ihrem kleinen Spiegel, den sie neben dem Fenster an die Wand gehängt hatte. Dort musterte sie sich genau, sah sich tief in die Augen. Was willst du eigentlich?, fragte sie sich. Deiner Freundin ein Gefühl nehmen, vor dem du davonläufst? Kilian sah umwerfend aus, eine Mischung aus Seeräuber, Schiffer und Politologiestudent. Aber er machte sie noch kleiner und unscheinbarer, als sie sich neben Amelie ohnehin schon fühlte. Täppisch und wortkarg war sie gewesen, darüber hinaus geradezu stümperhaft neugierig, während Amelie munter vor sich hingeplaudert hatte. Die beiden waren ein schönes Paar. Was sollte sie dazwischen?

Am liebsten hätte sie Kilians Einladung ausgeschlagen. Vor allem, als ihre Mutter sie schon ziemlich früh zum Abendessen rief und ihr die Reste der Geburtstagsrouladen vorsetzte, die vom Aufwärmen leider nicht besser geworden waren.

Nach drei Bissen ließ Sabrina die Gabel sinken. »Ich muss noch mal weg.«

Wieder sah ihre Mutter beinahe reflexartig auf die Küchenuhr. »Jetzt noch? Es ist gleich sieben. Du weißt, dass wir morgen den oberen Teil rannehmen müssen. Das Wetter schlägt bald um.«

Sabrina graute es jetzt schon. »Ich bin heute früher zu Hause. Versprochen.« Sie gab ihrer Mutter einen flüchtigen Kuss auf die Wange und wollte zur Tür hinaus.

»Siehst du Amelie?«

»Und wenn?«, fragte Sabrina aggressiver, als sie gewollt hatte. »Spricht irgendetwas dagegen?«

»Nein. Ich habe ihre Sachen gewaschen und gebügelt. Du könntest sie ihr zurückgeben.« Ihre Mutter deutete auf den kleinen Stapel auf der Bank im Flur.

»Oh. Danke. Bis später.«

Im Bus drückte Sabrina die Tüte an sich. Ein schwacher Duft von Weichspüler stieg in ihre Nase und erinnerte sie an frisch bezogene Betten, Gute-Nacht-Küsse und innige Umarmungen. Was war eigentlich los zwischen ihr und ihrer Mutter? Sie wusste es nicht. Und sie würde das Rätsel auch an diesem Abend nicht mehr lösen.

Amelie wartete schon vor der Haustür auf sie. Es war kurz nach acht, ihre Schicht war zu Ende, und sie hatte sich gestylt, als würde sie gleich in die Oper gehen und nicht auf allen vieren durch Zäune kriechen. Ihr rotes Kleid leuchtete hell wie eine Flamme, als sie an den grauen Fassaden der Mietskasernen vom Waldviertel entlangschlenderte. Sie hatte eine große Sporttasche dabei, fast so eine wie die, die sie zum Baden mitgenommen hatte. Als Sabrina ihr die Tüte mit den frisch gewaschenen Sachen reichte, stopfte sie die achtlos hinein.

»Was hast du denn da drin?«, fragte Sabrina.

»Ach nichts. Komm schon. Es ist schon fast acht.«

Gemeinsam liefen sie die Straße hinunter, vorbei an der »Sonne«. Die Tür der Kneipe stand wieder sperrangelweit offen, die scheppernde Stimme eines sich vor Aufregung fast überschlagenden Fußballreporters klang bis hinaus auf die Straße.

»He, Willy!«, rief jemand.

Amelie zuckte zusammen und lief schneller.

»Deine Tochter ist schon wieder unterwegs. Steck das Mädel mal zeitig ins Bett, dann kommt sie nicht auf dumme Gedanken!«

Ein meckerndes Lachen ertönte. Im Türrahmen erschien jetzt auch die Gestalt, die dazugehörte. Ein kleiner Mann mit scharfen, von Missgunst und Enttäuschung zerfressenen Zügen.

»Pass lieber auf, dass du mal wieder im richtigen Bett landest!«, rief Amelie über die Schulter zurück.

Der Mann schimpfte etwas Unverständliches. Im Waldviertel durfte man nicht auf den Mund gefallen sein, das fiel Sabrina immer wieder auf.

»Berti ist harmlos«, sagte Amelie.

Sabrina sah sich noch einmal um. Bertis Augen funkelten ihnen böse hinterher. Wahrscheinlich war er das, harmlos. Trotzdem beneidetete sie Amelie nicht gerade darum, jeden Tag an jeder Ecke dumme Sprüche hören zu müssen.

Ein paar Meter weiter machte Amelie halt und deutete auf ein unscheinbares Eckhaus, an dem eine Bronzetafel mit dem Bild eines Mannes angebracht war.

»*Drunk on the dark street of some city, it's night, you're lost, where's your room?*«

»Bukowski«, kommentierte Sabrina das Gedicht. Immer wenn Amelie plötzlich englisch sprach, zitierte sie Andernachs berühmtesten, aber nicht uneingeschränkt beliebtesten Sohn.

Amelie nickte. »Geboren in diesem Haus am sechzehnten August neunzehnhundertzwanzig. Gestorben vierundsiebzig versoffene, verhurte, aber gelebte Jahre später in Los Angeles. Was lernen wir daraus?«

Sabrina zog Amelie bei Dunkelgelb über die Straße. Ihre Freundin ließ sich mitschleifen und sah noch einmal zu dem Gebäude zurück, bevor sie selbst die Antwort gab. »Dass Andernach mal höchstens der Anfang sein kann. Aber nicht das Ende. Verstehst du das?«

»Ich würde mir für meinen Lebensweg nicht unbedingt Bukowski zum Vorbild nehmen.«

»Eben.«

Sabrina blieb stehen. »Was soll das heißen? Eben?«

»Es soll nichts anderes heißen, als dass Charles Bukowski nicht Charles Bukowski geworden wäre, wenn er als Heinrich Karl in Andernach geblieben wäre.«

»Woher willst du das wissen?«

Amelie seufzte und schulterte die Tasche auf die andere Seite. »Das weißt du selbst. Warum wehrst du dich gegen den Weinberg? Weil du auch nicht hier bleiben willst. Weil die Welt noch anderes zu bieten hat als diese Schufterei am Steilhang oder eine Lehrstelle als Verwaltungsangestellte bei der Stadt. Und weil du nicht irgendwann so enden willst wie deine Mutter.«

Sabrina biss sich auf die Lippen, um Amelie nicht an ihre eigene Familie zu erinnern. Es war ein gewaltiger Unterschied zwischen Franziska und Wanda. Franziska schuftete, um zu leben. Wanda lebte, um fernzusehen. Es war nicht fair, die beiden miteinander zu vergleichen. Vielleicht wäre sie auch so ruhelos wie Amelie, wenn sie einen ewig betrunkenen Vater und eine ewig verfressene Mutter hätte. Keiner konnte das sagen. Vielleicht wäre Amelie ganz anders, wenn sie bei den

Dobersteins groß geworden wäre. Zumindest bis zu ihrem zehnten Lebensjahr, denn so lange hatten sie mit der Trennung gewartet. Als ob es danach weniger weh getan hätte.

»Ich weiß genau, was du denkst«, fuhr Amelie fort, und ihr Ton war etwas schärfer geworden. »Aber so verschieden sind unsere Mütter nicht. Beide leben ein Leben, das für uns niemals in Frage käme. Aber vielleicht bist du einfach noch zu jung, um das zu begreifen. Und ich habe leider keine Zeit, dir beim Erwachsenwerden zuzusehen und auf dich zu warten.«

Sie hatten die Uferpromenade erreicht und schlugen sich hinter dem Alten Krahnen in die Büsche. Spaziergänger kamen ihnen entgegen, Jogger mit Hunden und Radfahrer. Ein verliebtes Pärchen saß auf einer Bank und schaute gemeinsam auf den Rhein.

Sabrina trottete Amelie hinterher wie ein geprügelter Hund. Was sollte denn das schon wieder heißen? Ihr beim Erwachsenwerden zusehen? Sie war doch kein Baby mehr!

»Was schleppst du da die ganze Zeit mit dir rum?«, fragte sie unwirsch. »Ich will das jetzt wissen.«

Amelie wartete einen Moment, bis Sabrina neben ihr angekommen war. »Ein paar Sachen zum Übernachten. Man kann ja nie wissen.«

»Du willst heute bei ihm bleiben?«

»Nicht nur heute, wenn du mich fragst. Er ist … einfach umwerfend. Mal sehen, wie der Abend sich so gestaltet.«

Sabrina blieb stehen. »Dann störe ich wohl.«

»Nein«, antwortete Amelie. Aber es klang nicht hundertprozentig ehrlich. »Natürlich nicht. Nur … Falls sich was ergeben sollte, dann wäre es nett, wenn du die Flatter machst …«

Sabrina fühlte sich wie eine Badewanne, aus der man den Stöpsel gezogen hatte. Irgendwie flau und wackelig auf den Beinen. Und ihre beste Freundin starrte sie plötzlich an, als wüchse ihr ein Horn aus der Stirn.

»Nein«, sagte Amelie und trat auf Sabrina zu. »Das … Das tut mir leid. Das habe ich nicht gewusst. Du magst ihn, stimmt's? Ach, meine Kleine!«

Amelie wollte sie in den Arm nehmen, doch Sabrina schüttelte sie ab.

»Oh Mann.« Die schwere Tasche landete auf der Wiese. Hilflos ließ Amelie die Arme hängen. »Du hast da was verwechselt, glaube ich. Er hat mir noch an Bord zugeflüstert, wie sehr er sich heute Abend auf mich freut, auf ein Wiedersehen mit mir. Er hat das gesagt, ich schwöre es dir! Sonst würde ich doch nicht … Ach, Sabrina!«

Dieses Mitgefühl in ihrer Stimme, genau das war es, was Sabrina am allerwenigsten gebrauchen konnte. »Ich glaube, du irrst dich. Er ist mir egal. Und außerdem ist er viel zu alt. Geh schon. Ich wünsche dir alles Gute.«

»Das tust du nicht«, antwortete Amelie leise.

»Doch.« Sabrina wunderte sich, wie normal ihre Stimme klang. Sie wusste nicht, bei welcher Gelegenheit Kilian Amelie etwas hinter ihrem Rücken zugeflüstert haben könnte, aber deutlicher konnte man ihr nicht sagen, dass sie das fünfte Rad am Wagen war. »Ich wünsche dir wirklich einen schönen Abend. Egal, wie er endet.«

Amelie strahlte wieder. Sie hob ihre Tasche auf und stand einen Moment etwas unsicher da. Dann nahm sie ihre Freundin in den Arm. »Danke«, flüsterte sie. »Du bist ein Schatz.«

»Keine Ursache«, antwortete Sabrina.

Sie sah Amelie nach, die hinter den Silberweiden verschwand, und einen Moment hatte sie den Impuls, ihr hinterherzulaufen und sie zurückzuholen. Dann verging dieser Augenblick, und zurück blieb ein vages Gefühl von Verlust, wie sie es immer spürte, wenn ihr etwas aus den Händen geglitten war, für das sie keinen Namen hatte. Sie machte sich auf den Rückweg. Man musste einfach ein bisschen positiver denken. Ihre Mutter würde heute keinen Grund zur Klage haben. Wenn sie sich beeilte, bekam sie noch den Neun-Uhr-Bus.

Obwohl der Himmel noch hell war, flammten die Straßenlaternen auf. Die Schatten der Berge tauchten Andernach in eine samtige Dämmerung. Sie kam an Krippe 8 vorbei und etwas sah nicht so aus wie immer. Sie kniff die Augen zusammen und versuchte, durch die Zweige der Silberweide zu spähen. War dort ein Schatten, der nicht dahingehörte, oder irrte sie sich? Zwei Lichter blitzten auf – Iris, Pupille, schon waren sie verschwunden. Fuchs oder Mensch? Ihre Schritte wurden schneller, sie blickte über die Schulter und sah etwas hinter die Büsche huschen, so schnell, dass sie einen Augenblick später schon an eine Täuschung glaubte. Wer sollte sich auch nach Einbruch der Dunkelheit an den Krippen herumtreiben? Zwanzig Meter weiter sah sie schon das Pärchen auf der Bank sitzen. Sie knutschten jetzt so leidenschaftlich, wie man das nur tat, wenn niemand in der Nähe war.

Sabrina hörte ihren eigenen Atem. Nervös sah sie sich noch einmal um. Da war nichts. Die Dunkelheit hatte ihr einen Streich gespielt. Noch ein Stück weiter vorne waren wieder mehr Leute unterwegs, doch sie konnte erst aufatmen, als sie die Haltestelle erreichte und feststellte, dass sie ihren Bus um genau drei Minuten verpasst hatte. Pechsträhnen hatten die Angewohnheit, kleben zu bleiben. An den großen wie auch an den kleinen Dingen.

In dieser Nacht fand Sabrina lange keinen Schlaf. Immer wieder wälzte sie sich von der einen auf die andere Seite. Sie war ruhelos und wusste nicht, weshalb. Sie sah Amelie in ihrem roten Kleid vor sich, wie sie die Hand hob und ihr ein letztes Mal zuwinkte, bevor die Dunkelheit sie verschluckte. Das Bild verfolgte sie bis in ihre Träume. Sie wollte Amelie folgen, doch immer wieder schob sich ein Maschendrahtzaun zwischen sie, und Amelie stieg auf ein rostiges Schiff, das sie mitnehmen würde in den Süden, weit weit fort, sie und Kilian. Jep.

# ACHT

Der nächste Tag zerfloss in der Gluthitze der Schieferberge. Sie speicherten die Wärme zusätzlich, und Sabrina hatte das Gefühl, in einem Backofen zu arbeiten. Der Himmel hing wie eine graue Glasglocke über ihnen und der Morgendunst aus dem Flusstal verstärkte die Schwüle noch. Ihre Mutter arbeitete drei Reihen weiter. Bei Kreutzfelder schufteten die Polinnen, Emmerich war schon seit letzter Woche mit der grünen Lese fertig.

Nach zwei Stunden machten sie eine erste Pause, und Sabrina versuchte, Amelie auf dem Handy zu erreichen. Niemand meldete sich. Die Namedyer Werth sah von hier oben aus wie ein dicht bewachsener Dschungel. Vom Fähranleger führte ein Pfad bis zum Geysir, der mehrmals am Tag eine zischende Fontäne in die Luft spuckte. Der Weg führte weit am *toten Fluss* vorbei. Es war ein großes Gebiet, aber trotzdem klein genug, um schnell entdeckt zu werden. Heute will er weg, dachte sie. Vielleicht sehe ich ihn ja von hier oben, wenn er rauskommt und sich auf die große Reise macht. Den Rhein runter, dann auf den Main, bei Passau auf die Donau und dann weiter, vielleicht nach Linz oder Bratislava. Vielleicht auch bis ans Schwarze Meer. So wie die *Maxima.* Ob der Kahn das noch schafft? Wie alt das Schiff wohl war? Zwanzig, dreißig, vierzig Jahre? Und ob Amelie …

»Sabrina! Hallo!«

Erschrocken drehte sie sich zu Franziska um. Sie saßen nebeneinander, tranken aus ihren Wasserflaschen, und ihre Mutter wickelte gerade ein Brot aus, das sie Sabrina anbot.

Sie schüttelte den Kopf. »Keinen Hunger.«

»Wie war es denn mit Amelie gestern Abend? Du warst schon so früh wieder zurück.«

Och, ganz okay, dachte Sabrina. Sie hat nur wieder einen Mann kennengelernt und mich in die Wüste geschickt, damit ich nicht störe. Sie hat tatsächlich geglaubt, dass ich mich für diesen Kilian interessiere. Aber das tue ich gar nicht. Ich bin nur ein bisschen durcheinander, wenn er in der Nähe ist. Er ist so ganz anders als die Jungen in meinem Alter. Er hat ein eigenes Schiff. Auch wenn das so ziemlich auf dem letzten Loch pfeift. Und er muss mindestens achtzehn oder zwanzig sein und ein Kapitänspatent für Binnenschifffahrt haben. Also wirklich zu alt für mich. Echt, Mami. Du kannst mir ruhig auch weiter vertrauen. Ich bin brav nach Hause gekommen, wie Kinder das so tun, wenn sie sich mal verlaufen haben. Komisch, dass du mir das offenbar nicht zutraust, so vernünftig zu sein. Wo du doch diejenige bist, die mich erzogen hat.

»Nett«, sagte sie stattdessen.

Ihre Mutter biss in das Brot und begann zu kauen. Dabei schaute sie hinunter auf den Rhein. »Heute Abend kommt Michael.«

Sabrina durchforstete ihr Gedächtnis nach nahestehenden Freunden oder Verwandten, bis ihr einfiel, wen Franziska damit gemeint haben könnte. »Dein Freund?«

»Er ist nicht mein Freund.«

»Was dann? Dein Two-Night-Stand?«

Franziska ließ das Brot sinken und schenkte ihrer Tochter einen Blick, der wohl sagen sollte, dass sie diese Reaktion bereits erwartet hatte. »Er würde dich gerne kennenlernen.«

»Warum, wenn er nicht dein Freund ist?«

»Er könnte es ja vielleicht werden.«

»Ach so. Na dann.« Sabrina hob die Flasche und trank sie in einem Zug fast bis zur Hälfte aus. »Lasst euch von mir nicht stören.« Es klang genauso bitter, wie es gemeint war. Schon wieder war sie im Weg. »Ich übernachte bei Amelie.« Das war gar keine schlechte Idee, denn wenn Kilian bereits auf dem Weg den Rhein runter war, musste irgendjemand ihre Freundin trösten. Genauso leidenschaftlich, wie sie sich verliebte, stürzte sie sich auch in den Kummer, wenn etwas schiefgelaufen war.

Doch Sabrinas Mutter war damit gar nicht einverstanden. »Ich möchte aber, dass du da bist. Er ist wirklich nett. Er wird dir gefallen.«

»Seit wann kommt es darauf an, ob mir jemand gefällt?«

Statt einer Antwort packte ihre Mutter den Rest des Brotes weg. »Hattet ihr Streit? Du und Amelie?«

»Nein. Wie kommst du darauf?«

»Weil du so miesepetrig bist. – Sabrina, glaube mir: Ich habe nichts gegen sie. Aber ihr seid so verschieden. Und dann der Altersunterschied. Zwischen sechzehn und achtzehn liegen Welten. Amelie ist schon eine junge Frau, und du –«

»Ich bin das Baby. Ja? Wolltest du das sagen?« Wütend stand Sabrina auf. Das fehlte noch, jetzt eine Freundschaftsanalyse aus dem Mund ihrer Mutter.

»Nein«, sagte Franziska. »Du bist mein Kind. Ich habe versucht, dich vor der Welt zu beschützen, und bin dabei vielleicht ein bisschen übers Ziel hinausgeschossen. Und dann kommt so ein lebensfrohes junges Geschöpf, das unter ganz anderen Bedingungen groß geworden ist, und setzt dir seine Flausen in den Kopf. Ich kann das ja verstehen. Aber dein Weg und ihr Weg – sind nicht dieselben.«

»Du verstehst gar nichts.«

»Was ich damit meine, ist: Lehne Dinge nicht ab, nur weil du protestieren willst. Prüfe dich ein bisschen mehr und handle nach deinem Sinn, und nicht danach, was andere von dir erwarten. Damit meine ich nicht nur Amelie, sondern auch mich.«

Wenn das eine Weinberg-Entschuldigung sein sollte, kam sie im falschen Moment. Sabrina zog sich wieder die Arbeitshandschuhe an und ging hinüber zu ihrer Reihe. Nach kurzer Zeit schon hatte sie das Gespräch vergessen. Wie in Trance knipste sie die grünen Trauben ab, und jedes Mal, wenn sie mit einem Stock fertig war, tauchte der nächste auf. Es hörte nicht auf. Schnipp. Es würde nie aufhören.

Schnipp. Es war ihr Schicksal. Schnipp. Gefangen in Dobersteins Riesling …

Sie merkte erst, dass etwas anders geworden war, als sie das vertraute Knipsgeräusch von ihrer Mutter nicht mehr hörte. Irritiert richtete sie sich auf und bog den schmerzenden Rücken durch. Franziska Doberstein stand einfach nur da, die Hand schattenspendend über die Augen gelegt, und schaute hinunter ins Tal. Auch die Polinnen hatten aufgehört zu arbeiten. Langsam verließen sie die Reihen und sammelten sich auf einer schmalen Terrasse etwas weiter unterhalb. Das war schon sehr ungewöhnlich. Auch sie wandten den Blick nicht vom Fluss, über dem sich das Grau des Himmels verdichtete.

Und dann hörte Sabrina aus weiter Entfernung vom anderen Ufer her die Sirenen. Polizeiwagen mit Blaulicht jagten die Promenade von Andernach hinunter. Menschen versammelten sich und wurden zurückgedrängt, als offenbar jemand versuchte, das Gelände zwischen Krippe 8 und der Werth zu räumen. Dann jagte mit lautem Jaulen ein Boot der Wasserschutzpolizei heran und machte am Anleger fest. Beamte sprangen heraus und liefen in den Wald. Nicht über den Weg, in den Wald.

Franziska schaute immer noch. »Was ist denn da los?«

Sabrina stolperte die paar Schritte auf sie zu und stellte sich neben sie. Ihr Herz klopfte bis zum Hals. Sie hatten ihn entdeckt. Kilian saß in der Falle. Für einen kurzen Moment wirbelten Schreck und Freude in ihr durcheinander. Schreck, dass er erwischt wurde, und Freude, weil er geblieben war. Er war nicht fort. Und er würde wahrscheinlich auch noch eine Weile in der Gegend bleiben müssen.

»Da ist was passiert«, sagte ihre Mutter, und in die jähe Freude mischte sich plötzlich die Ahnung von etwas Bösem, das nichts mit einem harmlosen Versteckspiel zu tun hatte.

Genau erkennen konnte man aus dieser Entfernung nichts. Sabrina riss sich die Handschuhe herunter und eilte zu dem Holzkorb, den sie am Fuß des Weinberges abgestellt hatten und in dem neben vielen nützlichen Utensilien auch ein Fernglas lag. Sie brauchten es ab und zu, um nachzusehen, ob oben am Ende des Steilhangs alles in Ordnung war. Manchmal riss der Wind den Draht ab, oder einige Stämme waren nach einem Unwetter geknickt. Mit dem Fernglas konnte man prüfen, ob der mühsame Aufstieg wirklich erforderlich war.

Sie fand es und kletterte wieder hoch zu ihrer Mutter. In fieberhafter Eile justierte sie die Entfernung. Sie suchte erst das Ufer ab – die Einfahrt zum Seitenarm lag still und friedlich da – und riss es dann herum zu den Krippen, die mittlerweile geräumt waren. Ein großer, grauer Kastenwagen kam gerade über die Wiese angerollt und traf zeitgleich mit einem Krankenwagen ein. Die Sanitäter sprangen heraus und liefen in den Wald. Vermutlich würden sie das Loch im Zaun nutzen – und tatsächlich verschwanden sie wenig später aus Sabrinas Blickfeld.

Noch einmal schwenkte sie zurück zu dem grauen Wagen. »Was heißt Gerichtsmedizin?«

»Gib mal.«

Sie reichte ihrer Mutter das Glas.

Franziska Doberstein blickte hindurch und ließ es dann sinken. »Offenbar … Vielleicht hat es einen Toten gegeben. Die Gerichtsmedizin kommt nur, wenn der Notarzt nichts mehr machen kann.«

Etwas in Sabrinas Bauch fühlte sich plötzlich an wie ein schwerer, eiskalter Klumpen. Kilian. »Ich muss rüber.«

»Das geht nicht. Alles ist abgesperrt. Sie werden dich nicht ranlassen. Lass sie doch einfach in Ruhe ihre Arbeit tun. Und wir müssen uns beeilen. Da kommt gleich was runter.«

Sabrina nickte. Ihre Knie waren plötzlich so weich, dass sie Angst hatte, an dem steilen Berg ins Rutschen zu kommen. Sie ging in die Hocke und atmete tief durch. Dann holte sie ihr Handy heraus und wählte noch einmal Amelies Nummer. Wieder sprang nur die Mailbox an.

»Amelie, melde dich bitte. Auf der Werth ist was passiert. Alles ist abgesperrt. Hast du von …« Sie brach ab, weil sie bemerkte, dass ihre Mutter sie unverhohlen anstarrte. »Ist alles okay mit dem Aprikoseneis? Also, ich hoffe, es ist, naja, gelungen und hat dir geschmeckt. Nicht, dass du dir den Bauch verkühlt hast.«

Sie steckte das Handy wieder weg. Die Polinnen gingen langsam wieder zurück an die Arbeit. Nur Franziska blieb stehen und murmelte etwas.

»Was?«, fragte Sabrina. »Was hast du gesagt?«

»Nicht schon wieder«, flüsterte Franziska. »Genau dieses Bild habe ich schon einmal von hier oben gesehen. Komm. Lass uns weitermachen, bevor das Gewitter losgeht.«

Tatsächlich war der Himmel nun völlig zugezogen. Von der Eifel her waberten dicke, schwere Wolken heran. Der Wind frischte auf und dicke Regentropfen klatschten auf die ausgetrocknete Erde. Innerhalb von Sekunden verwandelten die Schauer sich in ein ausgewachsenes Gewitter.

»Komm!«, rief Franziska.

Sie eilte bereits den Hang hinunter. Aber Sabrina blieb stehen. Durch die Regenschleier konnte sie kaum erkennen, was sich auf der anderen Seite abspielte. Doch es sah so aus, als ob die Sanitäter zum Rettungswagen zurückkehrten und die Gerichtsmediziner einen großen, länglichen Gegenstand aus ihrem Wagen holten.

Franziska stieg wieder hoch und berührte ihre Tochter am Arm. »Komm mit. Du wirst ja klatschnass. – Was hast du?«

»Das ist ein Sarg.« Sabrina starrte ihre Mutter an. »Es tut mir leid. Aber ich muss wissen, was da passiert ist.«

»Das geht nicht! Komm nach Hause. Wir werden schon früh genug erfahren, was da los ist.«

Sanft wollte Franziska sie mit sich ziehen, aber Sabrina riss sich los. »Ich muss rüber! Salinger. Ich laufe zu Salinger.«

Und schon stolperte sie den Berg hinunter. Der Regen prasselte jetzt mit voller Wucht auf Blätter und Boden. Die Erde weichte auf und wurde glitschig. Beinahe wäre sie auf halbem Weg gestürzt. Weiter unten kamen ihr die Polinnen entgegen, die sich Tücher über den Kopf hielten und im Dauerlauf den Unterstand aufsuchten. Sabrina rannte weiter, an den Fachwerkhäusern vorbei die kleine Straße entlang bis hinunter zum Biergarten am Rheinufer. Die Mehrzahl der Gäste war im Aufbruch und stürzte zu den Autos. Fahrradfahrer und Wanderer drängten sich unter den großen Kastanien zusammen, die noch etwas Schutz boten. Auf den Tischen standen umgestürzte Gläser und halbleere Teller; die Kellner hatten sich im Eingang zum Wirtshaus zusammengedrängt und schauten gespannt auf das Naturschauspiel. Ein Blitz zuckte über den dunklen Himmel. Das Donnergrollen, das umittelbar darauf folgte, vervielfältigte sich durch das Echo über die Berge links und rechts des Flusses. Der Regen war dicht wie ein Vorhang.

Sabrina nahm drei Stufen der Treppe zum Wirtshaus auf einmal und rief: »Wo ist Salinger?«

»Drinnen«, antwortete ein drahtiger Kellner, der die ungeplante Pause nutzte, um sich eine Zigarette anzuzünden.

Sabrina stürmte in die Gaststube. Gerd Salinger, der Wirt, stand hinter dem Tresen und räumte Gläser in die Geschirrspülmaschine.

»Sabrina!«, rief er, als er sie sah. Sie war nass bis auf die Knochen.

»Dein Boot, Salinger.« Sabrina keuchte von dem Lauf. »Ich muss rüber.«

Salingers kleiner Flitzer lag neben der Anlegestelle. Nur in äußersten Notfällen war er bereit, einen Fährdienst zu übernehmen. Schon gar nicht bei so einem Wetter. Doch ein Blick in Sabrinas weit aufgerissene Augen schien ihm zu sagen, dass so ein Notfall wohl gerade vorlag.

»Was ist passiert?«

»Drüben, auf der Werth. Es gibt einen Toten. Und ich … Ich habe …« Außer Atem brach sie ab. Wenn sie es sagte, was sie so fürchtete, würde es vielleicht wahr werden. Sie stützte sich mit beiden Händen auf dem Tresen ab und versuchte, eine Erklärung zu finden, die er verstehen würde und die ihn trotzdem dazu bringen würde, jetzt alles stehen und liegen zu lassen.

»Franziska?« Salinger sah erstaunt zum Eingang.

Sabrina fuhr herum. In der Tür stand ihre Mutter, genauso außer Atem und genauso nass wie sie. Mit drei Schritten war sie an der Theke und riss Sabrina zu sich herum. »Was ist los?«

Sabrina antwortete nicht.

Franziska packte sie an den Schultern. »WAS IST LOS?«

»A-Amelie …«, stammelte Sabrina. »Ich erreiche sie nicht. Sie wollte auf die Werth gestern Abend. Zum … zum toten Fluss.«

Franziska ließ sie los. »Kann ich mal dein Telefon benutzen?«

»Klar.« Salinger, eigentlich ein ruhiger, schwerfälliger Mann, schob ihr erstaunlich flink den Apparat zu.

»Die Nummer?«, fragte sie Sabrina. »Amelies Festnetznummer?«

Sabrina flüsterte sie. Ihre Lippen hatten sich leicht bläulich verfärbt, sie zitterte plötzlich am ganzen Leib.

Franziska wählte, wartete einen Moment und sprach sofort, als abgenommen wurde. »Frau Bogner, ist Amelie bei Ihnen?« Dann wandte sie sich ab. Sie nickte, verabschiedete sich und legte auf.

»Was ist?«

»Sie ist seit gestern nicht nach Hause gekommen.«

»Wir müssen rüber!«, schrie Sabrina. »Salinger! Bitte!«

Salinger riss die Halbschürze ab und kam hinter dem Tresen hervor. Ohne ein Wort nahm er einen Schlüssel von der Wand und eilte noch vor ihnen hinaus. Der Regen peitschte über die Straße, riesige Pfützen kräuselten sich im Wind, als hätten sie Gänsehaut. Am Boot angekommen, riss Salinger die Plane herunter, und alle drei sprangen hinein. Die Überfahrt dauerte keine zehn Minuten, aber sie erschien Sabrina wie eine Ewigkeit. Sie klammerte sich an der Bordwand fest und versuchte verzweifelt zu erkennen, was sich auf der Werth abspielte.


Salinger hielt auf Krippe 8 zu. Die Polizei hatte wohl nicht damit gerechnet, dass sich auch jemand vom Wasser her dem abgesperrten Areal nähern konnte, schon gar nicht bei diesem Wetter. Und so gelang es Sabrina, aus dem Boot zu springen und hoch bis zu den Weiden zu laufen, ehe ein Beamter auf sie aufmerksam wurde.

»He!«, rief schließlich ein Polizist. Als Sabrina nicht anhielt, machte er einen Spurt. »Hallo! Stehen bleiben!«

Doch sie hetzte weiter Richtung Zaun. Zwei Männer in weißen Overalls untersuchten ihn gerade. Sie sahen außerirdisch aus, fremd, alles war plötzlich verändert. In die Idylle war etwas eingebrochen, dem man mit Scheinwerfern und Suchhunden zu Leibe rückte.

Einer der Aliens sprang auf und stellte sich Sabrina entgegen. »Sie können hier nicht durch!«

»Was ist passiert? Was ist da drin passiert?«

»Ruhig. Ganz ruhig.« Der Polizist hatte sie erreicht und hielt sie fest. Es war ein harter Griff und Sabrina begann sich zu wehren.

»Lassen Sie mich los! Was …«

Aus dem Unterholz kamen zwei weitere Beamte. Einer trug eine Tasche. Amelies Tasche. Mit vor Schreck weit aufgerissenen Augen verfolgte Sabrina sie, wie sie an ihr vorübergetragen wurde.

»Amelie …«

Sie schluchzte. Dann sah sie zwei Träger, die mit einer geschlossenen Bahre aus dem Wald herauskamen.

»Wer ist das? Wer liegt da drin?«

Der Polizist ließ sie nicht los. Auch nicht, als sie zusammenbrach und Worte schrie, deren Bedeutung sie selbst nicht verstand, und als die Tränen sich mit dem Regen vermischten und alles ein graues, salziges Meer wurde, in dem Sabrina zu ertrinken glaubte.

»Es ist ja gut.« Eine Frauenstimme sprach zu ihr. »Es ist okay. Können Sie aufstehen? Wir müssen Sie hier wegbringen.«

Sabrina kam auf die Knie, dann sackte sie wieder zusammen. Andere Menschen halfen ihr, Gesichter, die sie nur verschwommen wahrnahm, jemand legte eine Decke über sie, und dann saß sie auf dem Trittbrett eines Krankenwagens, einen heißen Becher Tee in der Hand, und ein besorgter Sanitäter fragte sie, ob sie etwas zur Beruhigung brauchen würde.

Sabrina schüttelte den Kopf.

»Lassen Sie mich durch!«

Von weit her hörte sie die Stimme ihrer Mutter. »Da hinten ist meine Tochter. Lassen Sie mich zu ihr!«

Franziska tauchte auf, nahm sie in den Arm. Sabrina ließ den Teebecher fallen und weinte, wie sie noch nie in ihrem Leben geweint hatte. Sie wollte nie mehr heraus aus dieser dunklen, warmen Umarmung, die wie eine Höhle war, in der sie sich verstecken konnte.

Nach einer Ewigkeit beruhigte sie sich. Immer noch eng umschlungen, setzten Franziska und sie sich hin, und eine Polizeibeamtin nahm ihre Personalien auf.

»Bitte bleiben Sie noch einen Moment. Jemand von der Kriminalpolizei möchte mit Ihnen sprechen.«

»Schaffst du das?«, fragte Franziska.

Sabrina nickte. Der Regen wurde langsam schwächer. Die Schaulustigen hinter der Absperrung hatten sich schon lange verzogen. Der Wagen von der Gerichtsmedizin war fort. Die Aliens in ihren weißen Anzügen liefen mit Plastiktüten in der Hand vorbei und sprachen leise miteinander.

»Scheiß-Regen«, fluchte einer.

Eine pummelige, kleine Frau mit wilder Dauerwelle und flatterndem Mantel kam mit einem Klemmbrett unter dem Arm auf sie zu. Sie nickte Franziska kurz zu, offenbar hatten die beiden schon miteinander gesprochen.

»Sabrina Doberstein?«, fragte sie, und Sabrina nickte. »Ich bin von der Kriminalpolizei Neuwied. Helga Fassbinder ist mein Name. Entschuldigen Sie bitte, dass Sie warten mussten. Ich musste mir erst ein Bild von der Lage machen.«

Ein Polizist brachte einen Klappstuhl. Sie setzte sich, ohne ihn vorher trocken zu wischen.

»Was ist denn die Lage?«, fragte Franziska. »Was ist passiert?«

»Das kann ich jetzt noch nicht sagen. Wir haben eine junge Frau gefunden. Tot. Wir wissen noch nicht, ob es ein Unfall war.«

Sie schwieg vielsagend. Franziska biss sich auf die Lippen. Sie streichelte Sabrinas Kopf und drückte ihr dann einen sanften Kuss auf die Schläfe. Ihre Tochter stierte auf den aufgeweichten Boden.

Die Beamtin beugte sich ein wenig herab, um ihr ins Gesicht zu sehen. »Kann es sein, dass Sie das Mädchen kennen? Amelie Bogner?«

Mit einem Schluchzen drehte sich Sabrina um und verbarg ihr Gesicht wieder an der Schulter ihrer Mutter, die das Antworten übernahm.

»Sie ist ... war die beste Freundin meiner Tochter. Sind Sie sicher, dass es Amelie Bogner ist?«

»Leider ja. Wir haben ihre Papiere in einer Reisetasche gefunden.«

Franziska strich über Sabrinas Arm. »Wissen die Eltern schon Bescheid?«

»Zwei unserer Leute sind zu ihnen gefahren. – Entschuldigen Sie, Sabrina, aber ich muss Sie das fragen: Wann haben Sie Amelie zum letzten Mal gesehen?«

Sabrina fuhr sich mit der Hand über die Nase und sah Frau Fassbinder an. »Gestern Abend. So gegen acht, halb neun.«

»Und wo?«

»Hier.«

Franziska Doberstein zog die Luft ein, sagte aber nichts.

»Und was habt ihr hier gewollt?«

»Wir ... Sie wollte auf ein Schiff.«

»Ein Schiff?« Die Kommissarin sah sich erstaunt um. »Hier? Das ist doch meilenweit entfernt vom Hafen, wenn ich mich nicht täusche.«

»Haben Sie denn kein Schiff gefunden, unten am toten Fluss?«

»Hätten wir denn eines finden sollen?«

Die Frage klang, als hätte Sabrina von einem Ufo erzählt, das sie auf einen Rundflug hatte abholen wollen.

»Sie wollte auf einen Lastkahn, der im Naturschutzgebiet gelegen hat.« Sie deutete auf den Zaun. »Auf einem Seitenarm des Rheins, zwischen der Werth und den Bergen. Den sieht man vom Fluss aus nicht.«

Frau Fassbinder machte sich Notizen. »Einen Lastkahn im Naturschutzgebiet. Okay. Können Sie mir Näheres über das Schiff erzählen? Ein Leichter? Ein Containerschiff?«

»Es war alt. Und nicht sehr groß. Mit einer Ladeluke für Bims oder Kies. Aber der Schiffer ... Der Schiffer war jung. Er heißt Kilian. Vielleicht weiß er etwas und hat etwas gesehen.«

Frau Fassbinder sah nicht von ihrem Blatt hoch. »Kilian weiter?«

»Wie?«

»Kilian. Wie hieß er weiter, sagtest du?«

»Ich weiß es nicht.« Sabrina verstummte.

Frau Fassbinder sah sie prüfend an. »Wir haben kein Schiff gefunden.«

Franziska stand auf. »Ich glaube, meine Tochter muss jetzt erst mal nach Hause. Könnten wir das Gespräch später fortsetzen?«

Die Kommissarin ordnete einen Streifenwagen ab, der die beiden zurück nach Leutesdorf bringen sollte. Salinger war schon längst wieder über den Fluss. Das Gewitter war weitergezogen, und als sie über die Rheinbrücke fuhren und Sabrina flussaufwärts schaute, brach die Sonne durch die Wolken und malte einen gewaltigen Regenbogen, der plötzlich beide Ufer miteinander verband.

»Es tut mir so leid«, flüsterte Franziska und zog sie an sich.

Sabrina weinte wieder, weil dies der schlechteste aller Momente für einen Regenbogen war und er allem widersprach, was geschehen war und wie es in ihr aussah.



Ihre Mutter tippte eine Nummer in ihr Handy und wandte

sich ab. »Ich bin's. Es geht nicht heute Abend ... Ja ... Nein. Es ist etwas passiert. Ich erzähle es dir später.«

Sie sah hoch, weil Sabrina sie kurz berührt hatte. »Er kann ruhig kommen.«

Franziska schüttelte den Kopf. »Ein anderes Mal, okay?« Dann legte sie auf.

»Es macht mir nichts aus«, sagte Sabrina. Merkwürdigerweise war es tatsächlich so. Was für ein erbärmlicher, kleiner Streit das gewesen war im Vergleich zu dem, was gerade geschehen war.

»Aber mir«, antwortete Franziska. »Ich will bei dir sein.«

Sabrina starrte auf den Regenbogen, bis sie die Brücke verließen und er aus ihrem Blickfeld verschwand. Es war ihr egal. Alles war egal geworden. Ihre Augen waren leer geweint. Sie hatte nicht nur Amelie verloren. Auch Kilian. Denn er war vielleicht der Mörder ihrer besten Freundin.

# NEUN

Das Wochenende über ließ die Polizei Sabrina in Ruhe. Franziska lief auf Zehenspitzen durchs Haus und versuchte, ihrer Tochter alle Wünsche von den Augen abzulesen. Das Dumme war nur: Sabrina hatte keine Wünsche. Sie wollte allein sein und starrte dann stundenlang an die Decke. Am Montag ging Franziska wieder zum Weinberg, nicht ohne vorher hundertmal zu fragen, ob sie Sabrina auch alleine lassen könnte.

Ab und zu hatte ihre Mutter versucht, mehr herauszubekommen. Was hatte Amelie auf dem Schiff gewollt? Woher kam es? Wie konnte ein Fremder den toten Fluss kennen? Sabrina antwortete einsilbig, meist saß sie da und zuckte nur mit den Schultern. Sie wusste selbst nicht, was passiert sein konnte. Amelie hatte Kilian getroffen, er war verschwunden, und Amelie war tot. Mehr schreckliche Wahrheit gab es nicht.

Als am Dienstag Frau Fassbinder ihren Besuch ankündigte, schien Franziska aufzuatmen. Vielleicht gelang es ja der Kommissarin, Sabrina zum Reden zu bringen. Doch zunächst sah es nicht danach aus. Sabrina saß im Wohnzimmer auf dem Sofa, Frau Fassbinder und eine Polizistin hatten ihr gegenüber Platz genommen, und Franziska wieselte dauernd in die Küche, um Kaffee, dann Milch, dann Zucker, dann Kekse zu holen. Währenddessen sahen sich die beiden Besucherinnen um.

»Die Medaillen dort, haben Sie die für Ihren Wein bekommen?«

Sabrina nickte.

Franziska, die sich gerade gesetzt hatte, sprang wieder auf. »Möchten Sie ein Glas? Wir hatten letztes Jahr eine fantastische Auslese. Die Jahrgänge werden immer besser. Das macht die Klimakatastrophe, sagen sie hier. Des einen Freud …« Sie brach ab.

»Nein. Danke.« Frau Fassbinder schüttelte den Kopf. Dann holte sie Amelies Tagebuch aus ihrer Aktentasche. Der Anblick war für Sabrina ein Schock.

»Wir haben dieses Buch in Amelie Bogners Reisetasche gefunden.« Sie wendete es einmal auf die Rückseite und begutachtete es. Sabrina konnte sich denken, welche Gedanken im Kopf der Kommissarin herumspukten. Achtzehnjährige, die in Einhorntagebücher schrieben, waren in ihren Augen wohl zurückgeblieben.

»Kennen Sie es?«

Sabrina nickte.

Frau Fassbinder klappte es auf. »Ihre Freundin erwähnt hier mehrfach einen Jungen mit Namen Lukas.«

»Lukas Kreutzfelder«, flüsterte Sabrina.

Die Kommissarin nickte. »Richtig. Wir haben ihn auch schon zu seinem Verhältnis zu Amelie Bogner befragt. Er sagt, sie kannten sich flüchtig.«

In der darauf folgenden Stille wurde Sabrina klar, dass man wohl eine Antwort von ihr erwartete. »Ich glaube, er wollte mehr von ihr als sie von ihm.«

»Wirklich?«, fragte Franziska. »Bist du sicher?«

»Ganz sicher. Der Sohn vom großen Kreutzfelder ist bei Amelie abgeblitzt. Das hättest du nicht gedacht, was?«

»Entschuldige bitte. Aber ich habe noch nicht einmal gewusst, dass die beiden sich kennen.«

Frau Fassbinder blätterte durch das Buch. »Die Eintragungen bestätigen Ihren Eindruck, Sabrina. Allerdings fehlen einige Seiten. Jemand hat sie herausgerissen. Wir nehmen an, dass sie aus dem Zeitraum der letzten beiden Tage vor Frau Bogners Tod stammen.«

Frau Bogners Tod. Sabrina schluckte.

»Haben Sie eine Ahnung, was sie geschrieben haben könnte? Und wo die Seiten jetzt sind?«

»Nein«, flüsterte Sabrina.

Die Polizistin in Uniform nahm mit einem dankbaren Kopfnicken eine Tasse Kaffee entgegen.

Frau Fassbinder steckte das Tagebuch wieder weg. Aber sie war noch nicht fertig. »Dieses geheimnisvolle Schiff, von dem Sie erzählt haben, muss tatsächlich existieren. Es hat die Einfahrt in den Seitenarm ziemlich ramponiert. Allerdings muss der Schiffer danach sehr vorsichtig gewesen sein. Es gibt keine Spur von ihm.«

Sabrina sah auf die Holzmaserung des Couchtisches. Sie verfolgte die Linien und versuchte, alles, was Frau Fassbinder sagte, an sich abprallen zu lassen.

»Kannst du mir ein bisschen mehr über ihn erzählen?«

Er ist kein Mörder, dachte Sabrina. Ich kann doch nicht Herzklopfen bei einem Mörder bekommen haben. Und Amelie erst. Liebe auf den ersten Blick. Das passiert doch nicht bei jemandem, der einen wenig später umbringt. Oder etwa doch?

»Sabrina?«

Sie sah hoch und räusperte sich. »Ich weiß nichts von ihm. Wir haben das Schiff entdeckt und dann sind wir miteinander ins Gespräch gekommen.«

»Du warst mit Amelie auf diesem Schiff?«, entfuhr es Franziska.

Frau Fassbinder unterdrückte ein leises Seufzen. »Bitte, Frau Doberstein.« Dann wandte sie sich wieder an Sabrina. »Ist dir irgendetwas aufgefallen?«

»Nein. Es war ein altes Schiff. Er wollte weiterfahren, in den Süden. Und ich glaube, Amelie wollte mit.«

»Sie wollte abhauen. Aber warum denn mit jemandem, den sie gar nicht kennt?«

Sabrina hob die Schultern und sagte nichts.

»Wie hieß das Schiff? Hatte es einen Namen?«

»Désirée. Sehnsucht.«

Die Polizistin lächelte und machte zum ersten Mal den Mund auf. »Ein schöner Name für ein Schiff.«

Ihre Chefin trank ihren Kaffee aus. »Könnten Sie nach Neuwied kommen und dort eine Phantomzeichnung von diesem Schiffer anleiten?«

»Ich denke schon.«

Offenbar war Frau Fassbinder mit ihren Fragen durch und jetzt schlug endlich die Stunde von Sabrinas Mutter.

»Was ist mit Amelie passiert?«

»Sie wurde erschlagen. Es gab nach dem vorläufigen rechtsmedizinischen Bericht eine tätliche Auseinandersetzung, einen Streit vielleicht. Wir haben die Tatwaffe auch noch nicht gefunden. Todeszeitpunkt war ungefähr Mitternacht, plusminus dreißig Minuten.«

»Wurde … wurde sie …«

»Nein.« Die Kommissarin lächelte schwach. »Sie wurde nicht vergewaltigt. Ende der Woche haben wir unsere Untersuchungen abgeschlossen. Dann kann die Familie die Beerdigung vorbereiten.«

Franziska warf einen besorgten Blick auf ihre Tochter. Sie schien es zu bereuen, so offen gefragt zu haben. Während die beiden Beamtinnen sich verabschiedeten, versuchte Sabrina, die schrecklichen Worte zu verstehen. Erschlagen. Untersuchungen. Beerdigung. Doch sie schien wie unter einer großen Glocke zu sitzen, durch die nichts richtig durchdrang.

Auch in den nächsten Tagen gelang es ihr, die Gedanken zu verdrängen. Dann aber musste sie nach Neuwied, und dieser Termin fiel ihr schwerer, als sie gedacht hatte.

Das Bild von Kilian, das nach ihren Angaben im Computer entstand, weckte die Erinnerungen. Sie sah ihn wieder auf dem Marktplatz, wie er die Früchte ansah und schließlich diese eine Aprikose wählte. Sie hörte Amelies Stimme, wie sie »Ist *der* süß!« sagte. Sie spürte wieder ihr Herz klopfen, als sie unter dem Zaun durchkrochen. Und sie glaubte, noch einmal seine Stimme zu hören, als er ihren Namen wiederholte. *Sabrina.*

»Er ist kein Mörder.«

»Natürlich nicht.« Frau Fassbinder saß neben ihr und reichte ihr ein Taschentuch. »Aber ein wichtiger Zeuge. Wir müssen ihn finden.«

Sabrina nickte. Sie glaubte Frau Fassbinder nicht. Sie glaubte ja noch nicht einmal sich selbst.

Sie fanden Kilian nicht und sie fanden auch das Schiff nicht. Beide schienen wie vom Erdboden verschluckt. Nach ihrer zweiten Vernehmung fuhr Sabrina nicht zurück nach Leutesdorf, sondern ins Waldviertel nach Andernach. Sie konnte kaum glauben, dass sie vor kaum zehn Tagen mit ihrer besten Freundin kichernd die Straße hinuntergelaufen war. *It's night, you're lost, where's your room?*

Willy Bogner schien sein Zuhause in der »Sonne« gefunden zu haben. Sie sah ihn im Vorübergehen am Tresen stehen, vor sich ein halb ausgetrunkenes Glas Bier. Sie drehte sich um und ging hinein. Die Wirtsstube war stockfinster, es roch nach verschüttetem Alkohol und kaltem Rauch. In der Ecke blinkten Glücksspielautomaten. Außer Bogner waren nur noch zwei ältere Männer da. Sie saßen in der Ecke, deprimiert vom Leben oder der Umgebung, in der sie dieses Leben verbrachten – wer konnte das schon sagen? Sie sahen hoch, als Sabrina neben Amelies Vater trat.

»Hallo.«

Bogner stierte mit blutunterlaufenen Augen in sein Glas. Der Schaum war angetrocknet. Vielleicht saß er schon seit Stunden so da.

»Wie geht es Wanda?«

Bogner nahm das Glas, überlegte einen Moment, als ob er eine wichtige Entscheidung fällen müsste, und trank es aus. »Wie soll's schon gehen.«

»Ich wollte nur sagen, wie leid es mir tut. Mir fehlt Amelie so sehr.«

Bogner ließ sich nicht anmerken, ob diese Worte bei ihm angekommen waren. Er hob den Zeigefinger seiner rechten Hand. »Noch eins.«

Sabrina hatte den Wirt gar nicht bemerkt. Es war ein untersetzter Mann mit blassen, ausgezehrten Zügen, die dennoch aufgedunsen wirkten. Er nahm das dreckige Glas, hielt es unter den Zapfhahn und ließ Bier hineinlaufen. Dann stellte er es vor Bogner ab und machte einen Strich auf dessen Deckel.

»Wann ist die Beerdigung? Wissen Sie das schon?«

Bogner rutschte von seinem hohen Stuhl und wankte hinüber zu einer Musicbox. Leicht schwankend kramte er in seiner Hosentasche nach Kleingeld, warf es nach einigen vergeblichen, von leise gemurmelten Flüchen begleiteten Versuchen in den Schlitz und drückte eine Taste. »Macht Wanda«, rief er Sabrina über die Schulter zu.

Die ersten Takte von »Griechischer Wein« klangen durch den Raum. Sabrina nickte dem Wirt zu und ging zur Tür.

»Schlimm mit dem Mädel.«

Der linke der beiden Männer in der Ecke, ein vierschrötiger Kerl mit einem Brustkorb wie ein Bierkasten, nickte ihr zu. Sabrina achtete nicht auf ihn.

»Die Sehnsucht kann ein Fluch sein.«

*Es war schon dunkel, als ich durch Vorstadtstraßen heimwärts ging …*

Sie blieb stehen. »Was sagen Sie da?«

*Da war ein Wirtshaus, aus dem das Licht noch auf den Gehweg schien …*

»Die Sehnsucht.« Er stierte sie an. Sabrina wurde unbehaglich zumute. »Ein Fluch.«

*Ich hatte Zeit, und mir war kalt, drum trat ich ein …*

»Was wissen Sie über die Sehnsucht?«

*Da saßen Männer mit braunen Augen und mit schwarzem Haar …*

»Die Sehnsucht?«, kicherte sein Nebenmann, ein biestiger Gnom mit verkniffenem Gesicht, auf dem sich ein hämisches Grinsen breitmachte. »Alles, wonach der Sehnsucht hat, ist das hier.«

Er hob ein leeres Schnapsglas. Tatsächlich schien der andere Mann vergessen zu haben, was er gesagt hatte. Er brummelte Unverständliches und ließ das Kinn auf die Brust sacken.

»Gib ihm einen aus und er erzählt dir alles.« Der Gnom beugte sich vor und musterte Sabrina mit gierigen Augen. »Alles, wonach du Sehnsucht hast …«

*Griechischer Wein ist so wie das Blut der Erde …*

Sabrina sah sich den Gnom genauer an. »Berti?«

Erschrocken darüber, sein Gift nicht mehr in der schützenden Anonymität des Namenlosen verspritzen zu können, riss er die Augen auf und gab seinem Gesicht einen gewollt harmlosen Eindruck. »Hab's nicht so gemeint.«

»Woher kennt er die Sehnsucht?«

»Keine Ahnung«, nuschelte Berti. »Redet dummes Zeug. Säuft zu viel.«

Der kräftige Mann seufzte abgrundtief. »Schiffe … Schiffe soll man nicht aufhalten.«

»Geh, Mädchen«, sagte der Gnom. Er sah besorgt aus. »Hör nicht auf ihn. Geh. Du hast hier nichts zu suchen. Er kennt keine Sehnsucht. Keiner von uns hier kennt sie mehr. – Geh!«

Das letzte Wort spuckte er ihr fast ins Gesicht. Sabrina floh, raus ins Licht, an die Luft, doch die Klänge der Jukebox verfolgten sie, bis sie ganz außer Atem vor dem Mietshaus stand, das sie so gut kannte. Sie musste mehrmals klingeln, bis sie Wandas dünne Stimme aus dem Lautsprecher hörte und der Türöffner summte. Bisher hatte Amelie immer aufgeschlossen. Frau Bogner empfing sie mit hochrotem Kopf und Sabrina murmelte eine Entschuldigung. Sie hatte ein schlechtes Gewissen, die Frau aus ihrem Sessel hochgejagt zu haben.

»Ist schon gut, ist schon gut«, schnaufte Wanda und ging zurück ins Wohnzimmer. Sie ließ sich in ihre Kuhle fallen, griff zur Fernbedienung und zappte so lange herum, bis Sabrina sie ihr sanft aus der Hand nahm.

»Die Beerdigung«, sagte sie. »Wann ist sie?«

»Montag«, nuschelte Frau Bogner. »St. Georgen, um zehn.« Ihre Augen schwammen in Tränen. Sie griff zu einer Kleenex-Schachtel, riss ein Papier heraus und schneuzte sich heftig. »Kommst du?«

»Natürlich.«

»Ich dachte, ich setze eine Anzeige in die Zeitung. Dann lesen das alle, die sie kennen. Und dann können sie kommen. Ist das gut?«

Sabrina nickte. Sie streichelte Wandas Hand.

»Ich weiß ja nicht, wer ihre Freunde waren. Alle haben sie gemocht. Aber du bist die Einzige, die sie immer mit hergebracht hat.« Sie brach ab. Wieder tropften Tränen aus ihren Augen. Sie wollte nach der Fernbedienung greifen, als ob sie sich daran festhalten wollte, dann ließ sie es bleiben. »Sagst du was? Auf der Beerdigung?«

»Ich?«, fragte Sabrina.

»Ich kann nicht. Und Willy, Willy …«

»Ich hab ihn grade in der ›Sonne‹ gesehen.« Die Erinnerung an die dunkle Wirtsstube machte Sabrina beklommen. Schnell verscheuchte sie alles aus ihrem Kopf, was mit Sehnsucht, Berti und griechischem Wein zu tun hatte.

Frau Bogner nickte. »Gestern haben sie uns ihre Sachen gebracht. Ich hab die Tasche in ihr Zimmer gestellt. Ich kann das noch nicht. Auspacken und wegpacken. Ich kann das nicht.« Sie zupfte gleich einen ganzen Stapel Papiertücher aus der Verpackung und drückte den flauschigen Berg in ihr Gesicht.

»Soll ich das machen? Ich würde auch gerne noch einmal ihr Zimmer sehen.«

»Natürlich, mein Kind. Natürlich.«

Amelies Zimmer sah so aus, wie sie es verlassen hatte. Ein ziemliches Chaos, denn offenbar hatte sie bei der Auswahl der Dinge, die sie mitnehmen wollte, den halben Schrank ausgeräumt und die Sachen einfach aufs Bett geworfen. Als Sabrina die Kleider wiedererkannte, war es mit ihrer Beherrschung vorbei. Sie setzte sich auf die Bettkante und ließ ihren Tränen freien Lauf. Sie achtete darauf, leise zu sein, denn sie wollte Wanda nicht noch mehr belasten. Amelie hatte bunte, fröhliche Farben geliebt. Dass ein Haufen Kleider alles war, was von ihr übrig bleiben würde, war schwer zu begreifen.

Um sich abzulenken, begann Sabrina, die Sachen zusammenzulegen und ordentlich im Schrank zu verstauen. Als sie das geschafft hatte, zog sie die Bettdecke glatt und nahm sich die Reisetasche vor. Als Erstes fiel ihr der Teddy in die Hände, und wenn sie bis jetzt noch einen Zweifel gehabt hatte, ob das richtig war, was sie tat, war er in diesem Moment verflogen. Sie fand die Plastiktüte mit dem T-Shirt und der Jeans, die ihr Amelie geliehen hatte. Noch einmal wollte sie der Schmerz überwältigen, aber sie ließ es nicht zu und arbeitete weiter.

In einer Seitentasche fand sie drei Kondome. Das waren Dinge, die Müttern nicht unbedingt in die Hände fallen sollten. Sie steckte sie ein und wusste, dass ihre Freundin damit einverstanden gewesen wäre. Dann fand sie das Tagebuch.

Sabrina setzte sich hin und hielt es lange in den Händen. Schließlich verstaute sie die leere Tasche unter dem Bett und ging hinüber ins Wohnzimmer. Wanda hatte einen Gewinnspielsender gefunden und sprach stumm einzelne Buchstaben nach.

»Darf ich das behalten?«

Amelies Mutter kniff die Augen zusammen, um den Gegenstand besser erkennen zu können. Dann lächelte sie schwach. »Das hat sie zur Einschulung bekommen. Sie hat es nie benutzt.«

»Ich würde es trotzdem gerne haben. Als Erinnerung.«

»Dann nimm es. Sabrina? Du sagst doch was?«

Sabrina hatte Wandas Bitte schon fast vergessen. Alles in ihr sträubte sich dagegen, auf der Beerdigung das Wort zu ergreifen. Dann sah sie das Flehen in Wandas Augen und sie nickte.

Wanda atmete auf. »Dann bis Montag.«

»Bis Montag«, sagte Sabrina.

Das war nicht mehr viel Zeit. Kaum zu Hause angekommen, verstaute sie das Tagebuch in ihrer Nachttischschublade. Sie hatte keine Ahnung, warum sie ausgerechnet diese Erinnerung an Amelie mitgenommen hatte. Sie würde diese Zeilen niemals lesen, denn die Geheimnisse ihrer Freundin sollten auch nach ihrem Tod Geheimnisse bleiben. Aber seltsamerweise fühlte sie sich mit einem Mal besser. Es war, als ob ein Trost davon ausging, dass ein Teil von Amelie in ihrer Nähe blieb.

Zwei Tage später fand Sabrina die Todesanzeige in der Zeitung. Sie war recht klein geraten, mit einem nichtssagenden Standardtext und dem Termin für die Beisetzung. Franziska Doberstein versprach, Sabrina zu begleiten. Beide vermuteten, dass es wohl ein recht kleiner Kreis sein würde. Als es Montag geworden war und sie in der Kirche eintrafen, waren sie überrascht. Dass er so klein war, damit hatten sie nicht gerechnet.

Erschienen waren Amelies Eltern, ihr Bruder Reinhold, der Berufssoldat bei der Bundeswehr war und immer in Eile schien, Amelies Klassenlehrerin aus der Schule, die auch Sabrina kannte, und die Dobersteins. Den ganzen Weg zum Friedhof hoffte Sabrina, dass doch noch jemand zu ihnen stoßen würde. Luigi vielleicht, der doch immer in höchsten Tönen von ihr geschwärmt hatte. Michi, der so verschossen in sie gewesen war. Ein paar ehemalige Klassenkameradinnen, die Amelie noch von der Mittleren Reife kennen müssten. Vielleicht einer von denen, die doch ein bisschen mehr für sie übrig gehabt hatten als eine Nacht. Doch sie blieben unter sich. Am offenen Grab sprach der Pfarrer noch ein paar Worte. Wanda schluchzte, und Wilfried gab sich Mühe, einigermaßen nüchtern zu erscheinen. Reinhold zupfte an seiner Uniform und sah so aus, als ob er lieber einen Einsatz in Kabul angenommen hätte, als hier zu erscheinen. Franziska hatte einen wunderschönen Strauß weiße Lilien dabei, Amelies Lieblingsblumen, den sie nun in das offene Grab auf den Sarg warf. Es war die kläglichste Beerdigung, die Sabrina sich hätte vorstellen können.

Plötzlich hörte sie schnelle Schritte auf dem Kies. Kilian, schoss es durch Sabrinas Herz. Er hat es gehört. Er kommt hierher und er wird alles aufklären. Hastig drehte sie sich um. Lukas Kreutzfelder eilte auf sie zu.

»Das ist ja eine Überraschung«, murmelte Franziska. Schon hatte Lukas sie erreicht. Er trat auf Wilfried und Wanda zu, schüttelte ihnen die Hand und sagte »Mein Beileid.«

Dann kam er zu Sabrina und Franziska und begrüßte sie

mit einem knappen Nicken. Er war bleich und hatte entzündete, rot geränderte Augen. Die Finger seiner gefalteten Hände zuckten. Er sah aus wie jemand, der zwei Wochen nicht geschlafen hatte. Plötzlich griff er nach Sabrinas Hand. Sabrina erschrak. Er drückte sie so fest, dass sie beinahe aufgeschrien hätte. Seine Finger waren eiskalt.

»Ich …« Er brach ab und schluchzte.

Sabrina wusste nicht, was sie sagen sollte. Nie hätte sie geglaubt, dass Lukas Amelies Tod so nahegehen würde.

»Ich weiß«, flüsterte sie. »Ich weiß.«

Lukas schüttelte den Kopf und weinte. Sie strich mit ihrer freien Hand über seinen Arm.

Plötzlich merkte sie, wie still es war. Alle sahen sie an. Sie löste sich aus Lukas' Griff, trat an das Grab und sah hinunter auf den Sarg, auf die Erdkrumen, den Sand und die drei Blumensträuße. Es war immer noch so unfassbar, dass Amelie dort unten lag, wo es keine Sonne, keine Wärme, kein Lachen und keine Farben gab. Aber das stimmte nicht.

Sabrina hob den Kopf und sah in den Himmel. Es war alles ein Irrtum. Amelie war nicht tot. Sie war über einen Regenbogen gegangen, und einen Moment glaubte Sabrina sogar, sie würde irgendwo in den Bäumen sitzen, heruntersehen und gleich loskichern, weil wirklich ernste Angelegenheiten sie immer zum Lachen gebracht hatten.

Sabrina holte tief Luft und begann zu sprechen:

*»Making love in the sun, the morning sun*
*in a hotel room*
*above the alley*
*where poor man poke for bottles;*
*making love in the sun*
*making love by a carpet redder than our blood*
*making love while the boys selling headlines*
*and cadillacs,*
*making love by a photograph of Paris*
*and an opened pack of chesterfields,*

*making love while other men – poor folks –*
*work.*
*That moment, to this …*
*may be years in the way they measure,*
*but it's only one sentence back in my mind –*
*there are so many days*
*when living stops and pulls up and sits*
*and waits like a train on the rails.*
*I pass the hotel at 8*
*and at 5. There are cats in the alleys*
*and bottles and bumps,*
*and I look up the window and think*
*I no longer know where you are*
*and I walk on and wonder where*
*the living goes*
*when it stops.«*

# *Herbst*

**Hoch über der Donau** erhoben sich die gewaltigen Mauern der Benediktinerabtei Stift Melk. Die Sieben-Schmerzen-Glocke rief zum Gottesdienst. Ihr Klang hallte weit hinab in das Tal der Wachau, über spitzgiebelige, schmale Häuser hinweg, über gewundene Uferwege und breite Strände, den Fluss hinauf fast bis nach Krems; ein mahnender Ruf, die Arbeit ruhen zu lassen und an den zu denken, der diese Welt geschaffen hatte.

Er stand im Steuerhaus, nahm die Mütze ab und ließ das Flusstal an sich vorüberziehen. Solange die Glocken läuteten, hatte er seinen Gedanken Ruhe befohlen. Er versuchte ein Gebet, doch er bekam die Worte nicht mehr richtig zusammen, und nach dem dritten Anlauf gab er es auf. Ein Schwarm dunkler Vögel zerteilte sich über dem Kamm der Hügel. Ihre geheime Choreografie führte sie weiter oben hinter der Biegung mit elegantem Schwung wieder zusammen. Der Rhythmus der Glockenschläge verlangsamte sich, setzte aus, ein letzter Klang, noch einer, ein allerletzter, dann gehörte das Tal wieder der Welt.

Er setzte die Mütze auf und startete den Motor. Es war Sonntag. In den Bäumen entlang des Ufers glühten die letzten Äpfel dunkelrot. Wanderer und Radfahrer grüßten manchmal herüber. Dann hob er den Arm und winkte zurück. Jedes Mal durchfuhr ihn ein eisiger Schreck. Erkannten sie ihn? Sein Schiff? Er musste sich fast mit Gewalt beherrschen, um nicht plötzlich ans Ufer zu steuern, von Bord zu springen und loszulaufen. Planlos, ziellos, nur den eigenen keuchenden Atem im Ohr, Hauptsache rennen, einfach nur weg. Doch er blieb am Steuer stehen, als wäre er dort mit unsichtbaren Ketten festgeschmiedet. Er war eins mit seinem Schiff, egal, wohin sein Weg ihn führen würde.

Hinter Krems, wo die Donau wieder wilder wurde, gab es genug Gelegenheiten, sich zurückzuziehen. Wenn es Abend wurde, hatte er in verträumten Kanälen und an stillen Schleusen einfach den Motor abgestellt und den Anker ausgeworfen. Niemand hatte gefragt. Doch je weiter er Richtung Wien gekommen war, desto schwieriger wurde es, unauffällig zu bleiben.

Er warf einen Blick zurück auf die Benediktinerabtei, die auf der Spitze des Felsens thronte wie ein barockes Raumschiff. Als ob die Erbauer dem Himmel so nah wie möglich kommen wollten, ging es ihm durch den Kopf. Er drosselte die Geschwindigkeit, weil ihm ein Ausflugsschiff entgegenkam. Der Motor tuckerte leise. Er wich fast bis an die Grenze der Fahrrinne aus und hörte eine scheppernde Stimme aus den Lautsprechern des Dampfers. Fröhliche Menschen saßen an Deck und winkten ihm zu. Mechanisch wie eine Marionette hob er den Arm und erwiderte den Gruß.

Wien. Budapest. Vukovar. Belgrad. Bis nach Constanta, dem »Rotterdam am Schwarzen Meer« würde er noch eine Woche brauchen. Dann wäre er in Sicherheit. Die alten Papiere würden genügen, niemand würde nach seinem Woher und Wohin fragen. Und auch er würde keine Fragen stellen. Es gab genug, was transportiert werden musste von Sevastopol nach Jalta, von Varna nach Odessa. In ein paar Jahren würde sich niemand mehr erinnern. Er würde fremde Sprachen sprechen und alles vergessen, alles, und vielleicht würde er eines Tages wieder lernen können, einfach nur zu schlafen.

Plötzlich sah er sie vor sich, hörte ihr Lachen, als sie auf einmal vor ihm gestanden hatte mit ihrer Reisetasche. Ihre Augen hatten gestrahlt in der absoluten Gewissheit, dass niemand ihr eine Bitte abschlagen würde. Schon gar nicht so jemand wie er. War es sein überraschtes Gesicht gewesen, das ihn verraten hatte, oder seine plötzliche Nervosität?

»Mach mir nichts vor«, hatte sie gesagt. »Keiner darf wissen, dass du hier bist. Und ich werde es auch niemandem sagen, wenn du mich ein Stück mitnimmst.«

Sie kam näher, so nahe, dass er ihren Duft riechen konnte. Es war der gleiche Duft wie damals, und das allein hätte schon genügt, ihn um den Verstand zu bringen. Woher wusste sie das alles?



»Es sind deine Augen«, hatte sie geantwortet, noch bevor er ihr eine Frage gestellt hatte. »Ich kann in dich hineinsehen wie auf den Grund eines glasklaren Sees. Du bist ein Wanderer.« Und sie war noch näher gekommen. So nahe, dass er das Pochen ihres Blutes unter der alabasterweißen Haut ihrer Schläfe erkennen konnte.

»Ein Wanderer wie ich. Nimm mich mit. Nur ein Stück. Und ich werde dich nicht verraten.«

Sie stand direkt vor ihm. Er hatte noch immer das Messer in der Hand. Er sah herab und bemerkte, wie einige Tropfen Blut auf die Planken fielen und wie er plötzlich zu zittern begann, weil sie ihre Hand hob und ihm damit sanft über die Haare strich. Er war solche Berührungen nicht gewohnt. Sie erschreckten ihn, er schlug sie weg, die Hand, und sie stolperte vor Überraschung einen Schritt zurück ...

Das Hupen riss ihn brutal heraus aus seinen Gedanken. Nur mit Mühe konnte ihm ein kleines Freizeitboot ausweichen. Er war viel zu weit nach backbord geraten. Er drosselte den Motor und hörte, wie das rostige Eisen des Schiffes ächzte und stöhnte. Aufpassen, sagte er sich. Du musst aufpassen. Darfst dich nicht ablenken lassen. Sei auf der Hut. Immer. Tag und Nacht. Vor allem nachts.

Dürnstein kam in Sicht. Und als ob man nur auf ihn gewartet hätte, schlug die nächste Glocke an.

# ZEHN

Der Sommer glühte aus in einem warmen Herbst. Die Farben wurden milder und die Tage erhoben sich aus zarten Nebelschleiern und dufteten nach reifem Korn und feuchtem Laub.

Sabrina konnte sich nicht erinnern, jemals so viel gearbeitet zu haben. Sie stand frühmorgens auf, ging in den Weinberg und kam erst wieder zurück, wenn es dunkel wurde. Hochbinden, Jäten, Düngen und Harken waren Tätigkeiten, die sie ablenkten und ihr das Gefühl gaben, etwas Sinnvolles zu tun. Der Schmerz über den Verlust von Amelie hatte sich in ihrem Bauch zusammengerollt wie ein kleines, glühendes Knäuel. Im Lauf der Zeit gewöhnte sie sich an das Gefühl wie an ein unsichtbares Haustier, das auf Schritt und Tritt bei ihr war und nur manchmal erwachte und seine spitzen Krallen ausfuhr.

Es war in der ersten Septemberwoche, als Franziska Doberstein die Sprache auf das Thema brachte, das sie bisher weiträumig gemieden hatten.

»Nächste Woche beginnt die Schule wieder.«

Sabrina putzte gerade die Fässer im Anbau. Nicht mehr lange und die Lese würde beginnen. Bis dahin musste alles vorbereitet sein.

»Ich würde gerne wissen, wofür du dich entschieden hast.«

Das kleine Tier regte sich. Wie immer, wenn ein Gedanke gedacht werden musste, der im weitesten Sinne mit Amelie zu tun hatte. Manchmal fragte sich Sabrina, ob sie immer noch hier wäre, wenn Amelie noch leben würde. Oder ob sie tatsächlich nicht schon längst über eine Weide Argentiniens galoppieren, in New York City mit einem Coffee to go über die Madison Avenue hetzen oder in der Arktis Eisbären zähmen würde.

Franziska trat auf sie zu und nahm ihr den Schwamm aus der Hand. Ende der Schonzeit. »Wir haben dich im Frühjahr auf deinen Willen hin angemeldet. Du kannst also hingehen und weitermachen. Du kannst auch immer noch eine Ausbildung beginnen. Beide Türen stehen dir offen. Du hättest die Möglichkeit, in zwei Jahren schon nach Geisenheim auf die Fachhochschule zu gehen, oder du entscheidest dich für ein Studium an einer Universität. Der Berg läuft nicht weg. Aber dein Leben, das musst du jetzt endlich in die Hand nehmen.«

Sabrina hatte es bis jetzt kein einziges Mal übers Herz gebracht, auch nur einen Fuß auf Dobersteins Jüngsten zu setzen. Am liebsten wäre ihr gewesen, man hätte in beiderseitigem Einvernehmen den Pachtvertrag vergessen.

»Irgendetwas musst du wieder anfangen.«

»Ich muss, ich muss!« Sabrina schnappte sich wieder den Schwamm und scheuerte weiter. »Ich will aber nicht müssen.«

Franziska seufzte. »So kommen wir nicht weiter. Ich weiß, dass dich das mit Amelie aus der Bahn …«

»*Das mit Amelie* hat damit nichts zu tun«, fauchte Sabrina. »Ich brauche einfach mehr Zeit.«

»Die hattest du in den letzten Wochen genug.«

Sabrina hatte es versucht, weiß Gott. Wieder und immer wieder. Doch sie konnte keine Entscheidung treffen, solange der Schmerz in ihr kratzte und wühlte, sobald sie auch nur ansetzte, einen winzigen Schritt vorwärts zu gehen. Als ob sie das wegführen würde von der Erinnerung an ihre Freundin und ihr Innerstes sich mit aller Macht dagegen wehrte. Fast sechs Wochen waren vergangen und vom Täter hatte man immer noch keine Spur. Die Fahndung lief, Interpol war eingeschaltet, doch weder in Deutschland noch in den anderen Ländern entlang der Ufer von Rhein und Donau hatte man Kilian gefunden.

Obwohl es nie deutlich ausgesprochen wurde, war er unmerklich vom Zeugen zum Hauptverdächtigen geworden.

Sabrina spürte das an der Art, wie die Kommissarin über ihn redete. Es gab keine Spur, keinen Hinweis auf den Täter. Nur Sabrinas Aussage, die nun, mit Abstand betrachtet, tatsächlich ein anderes Bild auf Kilian warf. Sie fühlte sich wie in zwei Hälften zerrissen. Die eine glaubte nicht an seine Schuld, die andere nicht an seine Unschuld. Es war zum Verzweifeln.

»Ich gehe zur Schule«, sagte sie plötzlich.

Franziskas Gesicht versteinerte. Natürlich hatte sie gehofft, Sabrina doch noch an das Weingut zu binden. Diese Entscheidung war ein Schlag für sie, aber sie hatte ihre Tochter ja selbst vor die Wahl gestellt.

»Gut«, sagte sie kurz. Und dann, als Vorsorge für den Moment, in dem sie ihr Ich-hab-es-ja-schon-damals-gesagt-erinnerst-du-dich?-Gesicht aufsetzen würde: »Da wirst du dich aber ein bisschen mehr anstrengen müssen als bisher.«

Franziska drehte sich um und verließ den Anbau. Sabrina pfefferte den Schwamm in den Eimer und hockte sich auf den Boden. Das eine war so gut wie das andere. Statt im Weinberg würde sie eben über den Schulbüchern schwitzen. Zumindest hatte sie so noch einen Aufschub herausgeholt, bevor sie sich endgültig entscheiden musste. Wenn sie sich vorstellte, wo sie jetzt mit Amelie sein könnte …

Aber diese Gedanken waren sinnlos. Sabrina fühlte sich wie ein Ball auf den Wellen, hin- und hergeworfen zwischen »Was wäre wenn« und »Du musst« und »Ich will nicht«. Am Schlimmsten war das Gefühl, dass Amelie sie verraten und verlassen hatte. Ihre Reisetasche war nicht nur für eine Nacht gepackt worden. Kein Mensch nahm seinen Ausweis, Kreditkarten und Zeugnisse zu einem romantischen Abend mit. Aber all das hatten die Beamten gefunden und Wanda erst viel später zurückgegeben. Amelie hatte vom ersten Moment an die verrückte Idee gehabt, mit Kilian durchzubrennen. Sie hatte gewusst, dass Sabrina sich auf so ein Abenteuer nicht eingelassen hätte. Und wenn doch, wie störend sie an Bord gewesen wäre.



*Er hat mir zugeflüstert, wie sehr er sich heute Abend auf*

*mich freut, auf ein Wiedersehen mit mir. Er hat das gesagt, ich schwöre es dir! Sonst würde ich doch nicht …*

Sonst würde sie doch nicht abhauen? Sich ihm anvertrauen? Sabrina wie ein kleines Kind nach Hause schicken? Immer und immer wieder hörte Sabrina Amelies atemlose Rechtfertigung. Vielleicht wäre ihre Freundin noch am Leben, wenn sie, Sabrina, sich nicht so einfach hätte abwimmeln lassen. Vielleicht – und das waren Augenblicke, in denen der heiße Schmerz in ihrem Bauch sich in eine eiskalte Faust verwandelte – vielleicht wären sie dann beide tot, erschlagen von dem großen Unbekannten am Ufer des *toten Flusses*. Von dem Unbekannten, der in den Augen der Ermittler mehr und mehr Kilians Züge annahm.

»Sabrina?«

Die Stimme schreckte sie aus ihren Gedanken. Draußen im Hof rief jemand nach ihr.

»Hier drinnen!« Sie rappelte sich auf.

Die Tür wurde geöffnet und im Gegenlicht erkannte sie den blonden Haarschopf und die kräftige Gestalt von Lukas. Noch bevor er eintrat, schien ihn etwas aufzuhalten, denn er drehte sich plötzlich in die andere Richtung.

»Herr Kreutzfelder?« Ihre Mutter hatte ihn entdeckt und kam aus dem Haus. Sabrina konnte sie nicht sehen, aber sie hörte ihre Schritte näher kommen.

Lukas trat auf sie zu und reichte ihr höflich die Hand. »Ich wollte Sabrina besuchen, wenn es Ihnen recht ist.«

»Aber natürlich. Wie geht es Ihrem Vater?«

»Gut, danke.«

»Grüßen Sie ihn bitte von mir. Ich lasse euch wieder allein.«

Franziskas Stimme klang ein bisschen gönnerhaft. Aber noch bevor Sabrina sich darüber ärgern konnte, war Lukas auch schon in den Anbau geschlüpft und sah sich interessiert um. An diesem Tag trug er ausnahmsweise kein rosa Polohemd, sondern eine hellbraune Wildlederjacke und eine Jeans mit Bügelfalte, wie Sabrina auf den ersten Blick erkannte.

Lukas konnte anziehen, was er wollte, er sah einfach immer aus wie jemand, dem Mama noch im Hinausgehen das letzte Stäubchen von der Schulter klopfte.

»Na, schon alles vorbereitet für die Lese?«

Sabrina bückte sich und holte den Schwamm wieder aus dem Eimer. »Leider nicht. Ich hab noch zu tun.«

Seit der Beerdigung hatten sie sich nicht mehr gesehen. Lukas fuhr mit der Hand über ein Stahlfass und druckste an etwas herum, mit dem er offenbar nicht so ohne Weiteres herausrücken wollte.

»Was willst du?«, fragte Sabrina, die wieder mit dem Putzen begann.

»Mal nach dem Weinberg schauen. Deinem und unserem.«

Kein guter Einstieg. Sabrina presste die Lippen zusammen und arbeitete stumm weiter.

»Wird ein gutes Jahr. Was meinst du?«

»Kann schon sein.«

»Du bist gar nicht auf deinem Berg. Die Leute sagen, du wärst noch kein einziges Mal oben gewesen.«

»Keine Zeit.«

»Wenn euch das zu viel ist, ich kann euch helfen.«

Sabrina unterbrach ihre Arbeit. »Du uns? Seit wann denn das?«

Er blinzelte, als ob ihn diese Frage ernstlich aus dem Konzept bringen würde. »Warum denn nicht?«, fragte er zurück.

»Weil ich ehrlich gesagt noch nie von einem Kreutzfelder gehört habe, der etwas aus reiner Nächstenliebe tut.«

Sie drehte ihm wieder den Rücken zu. Eigentlich hatte sie erwartet, dass er gehen würde. Aber er blieb. Er kam sogar noch ein paar Schritte auf sie zu und sah ihr interessiert über die Schulter. Wahrscheinlich war er echter Arbeit noch nie so nahe gewesen.

»Ist noch was?«, giftete sie, weil seine Nähe sie nervös machte.

»Du hast mich doch gefragt, ob ich was über eine Bahntrasse weiß.«

»Oh.« Sofort regte sich in Sabrina das schlechte Gewissen. Das hatte sie völlig vergessen. Wie aufmerksam von ihm, extra deshalb vorbeizuschauen. »Hast du was rausgekriegt?«

»Noch nicht so richtig. Es sollen vor einiger Zeit Gutachter da gewesen sein. Aber was sie da oben festgestellt haben, liegt offiziell noch nicht vor.«

»Und inoffiziell?«

Er zuckte mit den Schultern. »Ich bleibe dran. Sobald ich was rausbekomme, melde ich mich, okay?«

Das war ja ein großartiges Rechercheergebnis. »Hast du mal deinen Vater gefragt, warum er auf den Berg verzichtet hat?«

»Nein. Wieso willst du das wissen?«

Sabrina nahm die gelben Gummihandschuhe und streifte sie sich über, bevor sie nach der Flasche mit dem Reinigungsmittel für die Tanks griff. »Immerhin hat er sein Angebot erst in letzter Sekunde zurückgezogen.«

Lukas schwieg einen Moment. »Und du meinst, dass es dafür einen Grund geben müsste?«, fragte er dann.

»Die Kreutzfelders haben für alles einen Grund. Es ist doch seltsam, dass ausgerechnet du der größten Konkurrenz deines Vaters helfen willst.«

Lukas biss sich auf die Lippen. Dann ging er zwei Fässer weiter und starrte in den leeren Tank. »Nicht aus Nächstenliebe«, sagte er leise. Seine Stimme wurde durch den Hohlraum verstärkt zurückgeworfen und klang fremd und verzerrt. »Da hast du recht. Ich habe jemanden verloren und du auch. Ich will dir helfen, weil es uns beiden vielleicht hilft. Nenn es berechnend. Ich nenne es den Versuch, mit all dem weiterzuleben.«

Der Schmerz explodierte. Sie hätte am liebsten laut geschrien vor Wut. Wie konnte er es wagen, einfach hier aufzukreuzen und sich in ihre Trauer einzumischen? Doch dann sah sie ihn da stehen, das Gesicht halb abgewandt, mit hängenden Schultern und irgendwie in sich zusammengefallen, als ob der ganze kräftige Körper nur noch von der Bügelfalte seiner Jeans gestützt wurde, und sein Anblick löste in ihr eine unerwartete Welle von Mitgefühl aus.

»Entschuldige.« Sie hob hilflos die Arme, aber er sah sie nicht und hörte sie vielleicht noch nicht einmal. »Ich hab's nicht so gemeint.«

»Hör mal …« Er drehte sich zu ihr um. »Wollen wir einen Kaffee trinken gehen?«

Sabrina hatte mit allem gerechnet, aber nicht mit dieser Frage.

»Ich muss mal mit jemandem über alles reden. Du und Amelie, ihr wart doch befreundet. Mir geht so vieles im Kopf herum, was ich nicht auf die Reihe kriege.«

»Was denn?«

»Nicht hier. Nicht wenn du ein Fass putzt.«

»Wir haben leider keine Polinnen, die das für uns erledigen.«

Er zuckte zusammen, als hätte sie ihm eine Ohrfeige verpasst.

Sie ärgerte sich über sich selbst. Langsam wurde sie zu einer richtigen Kratzbürste. »Okay. Das war nicht fair. Wenn du so mit mir gesehen werden willst, dann können wir gerne zu Salinger gehen.«

Offenbar war ihm gar nicht aufgefallen, wie sie aussah. Die Haare verstrubbelt und schweißverklebt, die alte Arbeitshose voller Flecken und Weinbergstaub, und an den Stiefeln klebten verkrustete Erdklumpen.

»Mir macht das nichts aus. Aber ich will dich natürlich nicht von der Arbeit abhalten.«

»Nichts lieber als das«, antwortete Sabrina.

Wenig später saßen sie an der Steinmauer unter einer alten Kastanie. Der Weingarten war immer noch gut besucht. Erst jetzt wurde Sabrina bewusst, dass es Sonntag war. Sie hatte in den letzten Wochen völlig das Gefühl für die Wochentage verloren.



Lukas bestellte Kaffee und Kuchen. Etwas anderes gab es

nicht am Nachmittag, wenn der Koch Pause machte. Der Wind säuselte durch die Blätterkrone und ein paar Schritte entfernt fielen Kastanien auf den Kies. Sabrina schaute auf den Rhein. Ein Schiff fuhr vorbei, und in diesem Moment hatte sie das Gefühl, als würde ihr jemand in den Magen treten. Es war die *Maxima*. Der Anblick brachte sie so aus dem Konzept, dass sie Lukas' Frage überhörte.

»Sabrina, ist alles okay?«

»Ja«, antwortete sie mit Verzögerung und versuchte, beim Luftholen so tief wie möglich einzuatmen. »Ja, danke. Was denkst du gerade?«

Ihr fiel auf, wie nervös Lukas seine Hände bewegte. Immer wieder legte er sie aufeinander, zuckte zurück, spielte mit einem Bierdeckel und konnte sie einfach nicht ruhig halten.

»Sie ... Amelie, hat sie irgendetwas über mich gesagt?« Er sah Sabrinas fragenden Blick und räusperte sich. »Hat sie mal über mich gesprochen?«

»Kaum.«

Er nickte und biss sich auf die Lippen. »Aber wenn, wie war das dann?«

Der Kellner brachte zwei Kännchen Kaffee und zwei Teller mit Blechkuchen. Sabrina sah sich um, ob sie jemanden an den Nachbartischen kannte. Langsam konnte sie Amelie verstehen. Heiße Dates sahen anders aus als nachmittags mit brav gescheitelten Erben beim Damengedeck zu sitzen. Sie überlegte, wo er sein Sportboot gelassen hatte und ob er es noch benutzte. Gerade wollte sie den Mund öffnen und ihn fragen, da fiel ihr auf, dass er sie die ganze Zeit angesehen und jede Regung in ihrem Gesicht registriert hatte. Sie versuchte ein halbherziges Lächeln. Er konnte ja nichts dafür, so brav geboren worden zu sein und offenbar nie über die Stränge geschlagen zu haben.

Doch Lukas bohrte weiter. »Ich meine, *wie* hat sie über mich gesprochen?«

Sabrina runzelte die Stirn. »Ich verstehe nicht so ganz ...«

»Klar. Ja.« Er schob sich hastig eine Gabel mit Kuchen in

den Mund und kaute darauf herum. »Naja«, sagte er und schluckte. »Ich wusste nie, woran ich mit ihr war. Mal hatte ich das Gefühl, sie wollte was von mir, und dann war sie wieder so … kalt.«

»Kalt«, wiederholte Sabrina. Sie stocherte in ihrem Kuchen herum und schob den Teller schließlich weg. »Nein, kalt war sie nicht.«

»Ich meine das ja auch nicht so. Versteh mich nicht falsch, aber ich habe viel für sie empfunden. Ich hatte das Gefühl, aus uns würde mal was werden. Manchmal.«

Er blinzelte. Sabrina sah, wie Tränen in seine Augen stiegen. Amelies »Strategie« war wohl aufgegangen. Leider zu spät, denn Kilian war dazwischengeraten und hatte alle Pläne, die Lukas und Amelie betreffen könnten, zunichte gemacht.

Und als ob ihr Gegenüber plötzlich Gedanken lesen könnte, fragte er: »Wer ist er?«

Sabrina schüttelte den Kopf.

Lukas' Hand schnellte über den Tisch und packte so schnell ihren Unterarm, dass sie ihn nicht mehr zurückziehen konnte. »Ist da was gelaufen zwischen diesem Killer und ihr?«

»Du tust mir weh!«

»Entschuldige«, stammelte er und ließ sie los. »Entschuldige bitte. Ich bin nur immer noch so aufgewühlt. Sabrina, erzähl mir, was an dem Abend passiert ist. Ich muss es wissen. Alles.« Er rieb sich mit den Händen über das Gesicht. »Wenn sie sich doch nur mit mir getroffen hätte. Dann wäre das alles nicht passiert. Manchmal denke ich, ich hätte sie einfach abpassen und entführen sollen. Lächerlich, nicht? Ausgerechnet jemand wie Amelie gibt mir einen Korb.«

»Jemand wie Amelie?«, flüsterte Sabrina. »Wie meinst du *das* denn?«

Lukas sah sie um Verständnis bittend an. »Du weißt doch, wie sie war. So unberechenbar. So ganz anders als alle anderen. Einzigartig. Ich kenne keine Frau, die ihr das Wasser reichen konnte. Sorry, wenn ich das so sage …« Er schüttelte gedankenverloren den Kopf und starrte auf das Wasser, in dem sich funkelnd die letzten schrägen Lichtstrahlen brachen, bevor die Sonne hinter den Bergrücken verschwand und lange Schatten über das Tal fielen. »Ich habe so was noch nie für eine Frau empfunden. Ich glaube, ich habe sie geliebt.«

Es war der erste Satz, den Sabrina von Lukas hörte, der ihr wirklich naheging. Unwillkürlich berührte sie mit ihren Fingern seine Hand. Die Hand, die sie eben noch so fest gepackt hatte.

Dankbar senkte er den Kopf. »Es ist ja nie was Richtiges geworden aus uns. Ich werde das schon wuppen. Aber manchmal habe ich das Gefühl, die Erinnerung schnürt mir die Luft ab.«

»Mir geht es genauso«, sagte Sabrina. Lukas' plötzliches Bekenntnis brach etwas in ihr auf, von dem sie geglaubt hatte, sie müsste es allein mit sich herumtragen. Plötzlich spürte sie, dass da noch jemand war, der ihre Freundin geliebt hatte und der genau wie Sabrina ratlos und verletzt zurückgeblieben war.

»Ein Gefühl …«, fuhr er fort. »Wenn nur irgendetwas an diesem Tag eine Winzigkeit anders verlaufen wäre, wenn ich irgendetwas hätte tun können, um das ungeschehen zu machen …« Jetzt weinte er. Eine Träne rollte seine Wange hinunter und tropfte auf den Kuchen.

Sabrina ließ ihn los, zupfte eine Serviette aus dem Ständer und reichte sie ihm. »Mach dir keine Vorwürfe«, antwortete sie, obwohl sie selbst jede Nacht wach lag und genau das Gleiche dachte. Hätte sie Amelie umstimmen sollen? Hätte sie das überhaupt gekonnt? »Niemand konnte sie aufhalten. Sie wollte fort.«

»Ja. Sie wollte fort.«

Zusammen saßen sie da und schwiegen. Zwei Zurückgelassene, dachte Sabrina. Egal, ob sie nach Argentinien oder über einen Regenbogen gegangen ist, sie hat uns zurückgelassen.

Schließlich erhob Lukas noch einmal die Stimme. »Wo ist dieser Kerl?« Lukas schien einen ziemlichen Hass auf den Fremden zu haben, der ihm Amelie genommen hatte. Egal, auf welche Weise das geschehen war. »Wenn ich wüsste, wo er ist, ich würde ihn …« Er ballte eine Faust. »Ich verstehe die Polizei nicht. So ein Schiff kann doch nicht einfach verschwinden! Es muss doch irgendeine Spur geben! Drei Tage hat er am toten Fluss geankert. Und niemandem soll da etwas aufgefallen sein? Verstehst du das?«

Sabrina schüttelte den Kopf. So unwahrscheinlich es klingen mochte, aber Kilian hatte sich wirklich gut vor allen Blicken versteckt. Warum er das getan hatte und wohin er wirklich gewollt hatte, das waren Fragen, die Sabrina seit dieser Nacht keine Ruhe mehr ließen.

»Er hat sich in Luft aufgelöst. Ein Gespenst. Der Fliegende Holländer. Das Totenschiff.«

Nicht das. Nicht diese schrecklichen Worte.

»Das Totenschiff«, wiederholte er leise. »Wie vor acht Jahren.«

Es war, als hätte jemand die Welt eingefroren und die Luft noch dazu. Sabrina sah auf das Wasser und hatte einen Moment die Vision eines bleichen Gespensterschiffs, das sich fahl und durchsichtig aus den Fluten erhob.

»Was war vor acht Jahren?«

»Ach, alte Geschichten. Vergiss es. Ich wollte nicht damit anfangen.«

Lukas stand auf, ohne abzuwarten, ob sie ihm folgen würde. Er lief zu dem Kellner, der gerade mit dem Abräumen eines anderen Tisches beschäftigt war, und zahlte. Sabrina starrte in ihren kalten Kaffee. Als sie wieder hochsah, war Lukas verschwunden.

*Hoffentlich kriegen sie das Schwein.*

Alte Geschichten, mehr verdrängt als vergessen. Sie blieb noch ein paar Minuten sitzen. Die Schatten erreichten den Garten und sie fröstelte. Die Luft roch nach feuchter Erde, und ein paar verfrorene Spatzen hopsten über den Kies auf der Suche nach etwas Essbarem. Sabrina zerkrümelte den Keks, den sie zu ihrem Kaffee bekommen hatte, und warf den Vögeln ein paar Bröckchen zu. Ein Spatz war besonders frech:

Er flog direkt auf ihren Tisch und machte sich über die Kuchenreste her. Sabrina beobachtete ihn, und plötzlich merkte sie, dass sie lächelte. Ein bisschen schief und eingerostet vielleicht, aber immerhin.

# ELF

»Was ist damals am toten Fluss passiert?«

Franziska Doberstein hatte gerade eine Flasche Wein geöffnet und schnupperte interessiert an dem Korken. »Wann?«, fragte sie nebenbei.

»Vor acht Jahren. Ich war noch ein Kind damals und ihr habt mir nichts wirklich gesagt.«

Ihre Mutter legte den Korken in die Spüle und goss etwas Wein in ein Glas. Sie roch daran, schwenkte es und probierte schließlich einen kleinen Schluck.

Sabrina setzte sich an den Küchentisch und wartete, bis ihre Mutter ein erstes Urteil gefällt hatte.

»Gut«, sagte Franziska schließlich. »Sehr gut. Nicht im Geringsten korkig. Die Morlemmers haben eine ganze Kiste zurückgehen lassen. Probiert haben sie allerdings nur zwei Flaschen und beide sollen nicht gut gewesen sein.«

Das gab es immer wieder. Gerade die, die am wenigsten Ahnung von Wein hatten, spielten sich oft als die größten Kenner auf. »Korkig« war ein gern genutztes Argument, wenn Wein zurückgeschickt wurde. Ab und zu wurde es einfach vorgeschoben, damit man sich vor dem Bezahlen drücken konnte. Franziska verzichtete dann zwar auf die Berechnung der Flaschen, aber auch darauf, diese Leute weiter zu beliefern.

»Willst du einen Schluck?«

»Nein danke.« Obwohl Sabrina mit Wein groß geworden war, trank sie ihn nicht. Er schmeckte ihr nicht. Noch ein ziemlich deutlicher Hinweis darauf, dass aus ihr niemals eine Winzerin werden würde. »Erzähl mir die Geschichte vom toten Fluss.«

 Franziska nahm Flasche und Glas und setzte sich zu ihrer

Tochter. Sie schenkte sich noch einmal ein, aber wie sie das tat, sah eher so aus, als ob sie Zeit gewinnen wollte. »Der tote Fluss«, begann sie. »Da wurde vor langer Zeit einmal ein besonders grausamer Mord begangen. Der Täter wurde nie gefasst. Damals war der Hafen von Andernach noch nicht so ausgebaut wie heute. Ab und zu lagen dann Schiffe hinter der Namedyer Werth vor Anker, in diesem verwilderten Seitenarm.«

Sabrina nickte. Ihr Herz klopfte schneller. Genau dort hatte auch die *Désirée* gelegen.

»Wir hier auf der anderen Seite haben nicht so viel davon mitbekommen. Das meiste stand sowieso in den Zeitungen. Eine junge Frau wurde wohl auf bestialische Weise erstochen und ins Wasser geworfen. Der Täter wurde erst viel später gefasst und nur aufgrund von Indizien überführt. Es waren schlimme Wochen.« Franziska hob ihr Glas zum Mund, ließ aber Sabrina keinen Moment aus den Augen. »Und jetzt Amelie«, sagte sie und trank einen Schluck.

»Amelie wurde nicht erstochen«, flüsterte Sabrina. Es war, als ob ihr jemand die Kehle zudrücken würde.

»Eben«, antwortete Franziska. »Deshalb hör nicht auf das, was die Leute sagen.«

Sabrina hatte keine Ahnung, worauf ihre Mutter anspielte. Sie hatte sich in den letzten Wochen so tief in ihre Arbeit und ihre eigenen Gedanken vergraben, dass sie mit niemandem mehr Kontakt gehabt hatte.

»Was sagen die denn?«

»Nicht wichtig. – War es schön?«

»Was?«

»Mit Lukas heute Nachmittag.«

»Ach so.« Sabrina wusste nicht, was ihre Mutter hören wollte. Und schon gar nicht, ob sie das überhaupt etwas anging. »Ja, nein. Weiß ich nicht.«

Franziska hob die Augenbrauen, was so ziemlich alles von »Lass dir doch nicht alles aus der Nase ziehen« bis »Geh vielleicht mal zum Arzt« bedeuten konnte. »Ein netter Junge«, sagte sie stattdessen. »Wie kommt er damit klar?«

»Gar nicht«, antwortete Sabrina. Und komischerweise wusste sie genau, dass es stimmte. »Gar nicht.«

Franziska sah sie lange an. Schließlich nahm sie ihr Glas und stand auf. »Ich leg mich eine Stunde aufs Ohr.«

Das war der einzige Luxus, den sie sich sonntags gestattete. Sabrina nickte ihr zu, und kaum hatte ihre Mutter die Küche verlassen, griff sie nach dem Laptop. Er lag auf der Küchenbank und war ihre einzige Verbindung in die große, weite Welt des Internets. Sabrina wusste nicht mehr, wie oft sie ihre Mutter schon um einen eigenen Computer gebeten hatte. Kein Geld, hieß es immer. Das klassische Argument, mit dem alles und jedes abgebügelt werden konnte. In Wirklichkeit war es wohl eher so, dass Franziska sich damit immer noch eine kleine Kontrollmöglichkeit vorbehielt, was Sabrinas Zugriff aufs Internet betraf. Es war nervig und lästig, aber leider nicht zu ändern. Sabrina horchte in Richtung Flur und Schlafzimmer. Alles still.

Als Erstes googelte sie *toter Fluss*. Die interessanteste Nachricht war, dass vor dem Haus von Jon Bon Jovi am *Fluss* Navesink ein *toter* Delfin gefunden worden war. Und dass es eine Menge Krimis gab, die diese Worte in ihrem Titel führten. Sie versuchte es mit *Mord, Andernach und Naturschutzgebiet*. Bingo. Eine acht Jahre alte Meldung der Andernacher Nachrichten.

17.7. Andernach/Nijmegen. Im Mordfall der erstochenen 22-jährigen Liliane S. wurde der Ehemann des Opfers in den Niederlanden festgenommen. Der Mann konnte noch nicht vernommen werden, weil er einen verwirrten Eindruck machte. Er befand sich auf einem Lastschiff, mit dem er nach eigenen Angaben mehrere Wochen lang unterwegs gewesen war.

Ein Schiff.

Sabrina suchte weiter. Liliane S. hieß die Tote, und mit diesem Hinweis landete sie eine erstaunliche Anzahl an Treffern. Da sie die neuste Meldung zuerst gelesen hatte, arbeitete sie sich nun Schritt für Schritt in die Vergangenheit vor.

24.6. Andernach/Neuwied. Noch immer kein Fahndungserfolg im Fall der Liliane S. Die Polizei sucht nach dem Lastschiff, das zur Tatzeit hinter der Namedyer Werth gelegen haben soll. Die junge Frau war am vergangenen Mittwoch ermordet worden. Anwohner kritisieren schon seit Langem, dass das Gebiet rund um den Seitenarm des Rheins mittlerweile als eine Art »rechtsfreier Raum« gälte. Vandalismus und das Tolerieren von wilden Campern und unangemeldeten Schiffen hätten zu einer Vernachlässigung geführt, die auch weniger harmlose Besucher anziehen würde. »Leider wurde mein Vorschlag, die Namedyer Werth in den Bebauungsplan Andernachs mit einzubeziehen, von der Bürgerversammlung abgelehnt«, so Martin Kreutzfelder, einer der wichtigsten Investoren der Region.

Sabrina spürte, wie ihre Handflächen nass wurden. Ein verschwundenes Schiff, ein Mord, ein wildes Stück Rheinufer, zu dieser Zeit noch weit davon entfernt, Naturschutzgebiet zu werden – jetzt verstand Sabrina, warum damals so viel getuschelt wurde. Sie suchte die nächste Meldung. Und näherte sich damit mehr und mehr dem Tag, an dem der Mord geschehen war.

20.6. Andernach/Neuwied. Die schöne Tote von der Werth – bei der jungen Frau, die gestern am Seitenarm des Rheins gefunden wurde, handelt es sich um die 22-jährige Liliane S. aus Koblenz. Das gab die Kriminalpolizei Neuwied am Abend auf einer Pressekonferenz bekannt. Ein Mitarbeiter der Hafenbehörde habe die Leiche entdeckt, als er Hinweise darauf bekam, dass in dem Seitenarm des Rheins ein nicht angemeldetes Schiff liege. Vor allem kleinere Unternehmer, die auf eigene Rechnung fahren würden, umgingen so die Liegegebühren im Hafen. Bürger von Andernach hatten in den letzten Monaten immer wieder auf die »unhaltbaren Zustände« auf der Werth aufmerksam gemacht. In der Vergangenheit hatte es mehrfach Zusammenstöße zwischen wilden Campern und Anwohnern gegeben.

Sabrina stand auf und holte sich ein Glas Leitungswasser. Während sie neben dem Tisch stand und das Glas leerte, schaute sie auf den bläulich leuchtenden Bildschirm. Offenbar hatte sich zur Tatzeit noch ein ganz anderes Drama abgespielt: der Kampf der Andernacher um ein wertvolles Stück Land, das heute ein Naturschutzgebiet war. Martin Kreutzfelder, Lukas' Vater, hätte die Werth wohl gerne mit hübschen Reihenhäusern bebaut. Sein Vorhaben war gescheitert. Vielleicht war er im Nachhinein sogar froh darüber gewesen – wer wohnte schon gerne am *toten Fluss*?

Sabrina scrollte weiter nach unten.

15.6. Mord auf der Werth. Eine unbekannte junge Frau wurde gestern von einem Mitarbeiter der Hafenbehörde auf dem Ödland unterhalb der B9 gefunden. Die Kriminalpolizei geht davon aus, dass es sich um ein Gewaltverbrechen handelt. Das Opfer ist noch nicht identifiziert. Es wird vermutet, dass es sich bei der jungen Frau um eine Ortsfremde handelt, da die Werth vor allem in den Sommermonaten von Campern und Rucksacktouristen besucht wird. »Oder sie war auf einem der Schiffe, die die Werth als wilden Liegeplatz benutzen«, so Herbert W., der die Tote gefunden hat. »Die Hafenmeisterei erhält öfter Hinweise, denen wir nachgehen. Wir fordern die Schiffer auf, den Seitenarm zu verlassen. Wenn das nicht hilft, informieren wir die Polizei.«

Eine Tür wurde geöffnet. Schnell schaltete Sabrina den Laptop aus und stellte ihn wieder zurück auf die Küchenbank.

Franziska Doberstein tappte in die Küche und stellte die Kaffeemaschine an. Sie warf einen Blick auf die Uhr und seufzte. »Ich kann nicht schlafen. Warum geht ein Sonntag immer so schnell vorbei?«



»Findest du?« Für Sabrina dauerten Sonntage immer viel

zu lange. Vor allem, wenn man mitten in den spannendsten Internet-Recherchen gestört wurde.

»Nächste Woche beginnt die Lese. Meinst du, du schaffst es, an den Nachmittagen dabei zu sein?«

»Ich kann nicht überall sein«, antwortete Sabrina gereizt. »Ich muss auch sehen, dass ich mit der Schule weiterkomme.«

»Die geht natürlich vor. Wir haben zwei Studenten dieses Jahr, die uns helfen. Ich muss noch das Gästezimmer für die beiden vorbereiten.«

»Ich mach schon.«

Sabrina stand auf und ging nach oben in die kleine Dachkammer, die Franziska vor ein paar Jahren liebevoll renoviert hatte. Während sie Bettwäsche aus dem Dielenschrank holte und anschließend die Decken frisch bezog, dachte sie darüber nach, was sie im Internet gelesen hatte. Der Mord am *toten Fluss* hatte ganz Andernach bewegt. Die einen, weil eine junge Frau so tragisch ums Leben gekommen war, die anderen, weil damit wohl endlich ein Problem angegegangen wurde, das schon lange für Unruhe gesorgt hatte. Wochen später hatte man den Täter gefasst.

Sabrina schüttelte die Kopfkissen auf. Aber war er auch verurteilt worden? Darüber hatte sie nichts im Internet gefunden. Sie hätte gezielter suchen müssen, dann wüsste sie jetzt vielleicht mehr! Das kleine Tier in ihrem Bauch begann sich wieder zu regen. Sie hatte etwas gelesen, das wichtig war und vielleicht mit Amelies Tod in Verbindung stand. Aber was? Solange Franziska in der Küche war, brauchte sie gar nicht an den Laptop zu denken. Jedes Mal, wenn sie ins Internet ging, kam ihre Mutter wie unbeabsichtigt an den Tisch, räumte hier etwas beiseite und wischte dort einen Krümel weg, nur um ihrer Tochter kurz über die Schulter zu schauen und einen Kommentar dazu abzugeben, was sie gerade las. Für Franziska Doberstein war das Thema *toter Fluss* erledigt.

Aber nicht für Sabrina.

# ZWÖLF

Der erste Schultag nach den Ferien entsprach ungefähr dem, was Sabrina sich vorgestellt hatte. Einige Mitschüler kannte sie, der Rest machte einen nicht sonderlich aufregenden Eindruck. Erstaunlicherweise war ein Mädchen aus Janines Clique in ihrer Klasse: Beate Seiters, eines dieser kichernden Biester, die sich immer hinter dem Rücken ihrer Anführerin versteckt hatten. Sabrina setzte sich so weit von ihr weg, wie es ging, und landete neben einem völlig verschüchterten, schlaksigen Jungen, Sebastian, der sich den Rest des Vormittags verrenkte, um so weit wie möglich Abstand zu ihr zu halten und ihr so wenig wie möglich ins Gesicht zu sehen.

Umso erstaunter war Sabrina, als in der großen Hofpause ausgerechnet Beate auf sie zukam.

»Hi«, sagte sie.

Sie war etwas größer als Sabrina und hatte dunkelblonde Haare, die sie mit einem Gummiband aus ihrem runden Gesicht zurückhielt. Ein herausgewachsener Pony fiel in kinnlangen Strähnen glatt herunter. Im Gegensatz zu ihren aufgebretzelten Freundinnen sah sie geradezu farblos aus.

Sabrina wollte nicht mit ihr reden. Sie drehte sich weg und ging ein paar Schritte auf das Hoftor zu.

Aber Beate folgte ihr. »Kann ich mal kurz mit dir sprechen?«

»Was gibt's denn?«

Beate wirkte jetzt, wo weit und breit keine Janine da war, die ihr das Lästern abnehmen konnte, fast ein bisschen schüchtern. »Das mit Amelie tut mir leid.«

Sabrina schluckte. Es gab nur wenige Menschen, die mitbekommen hatten, dass sie ihre beste Freundin verloren hatte. Dass ausgerechnet eine von denen dazugehören sollte, die am meisten über Amelie hergezogen waren, verunsicherte – und ärgerte sie. »Ach ja?« Sollte Beate ruhig ein schlechtes Gewissen haben. Sie hatte nicht vor, ihr mit einer Nettigkeit aus dieser Kiste herauszuhelfen.

»Wenn ich gewusst hätte, dass …« Beate brach ab.

»Dass sie gleich danach tot ist, wolltest du das sagen?« Sabrina merkte, wie scharf ihre Stimme klang, doch sie hatte sie nicht unter Kontrolle. »Was wäre denn dann gewesen?«

Beate presste die Lippen zusammen und sah zu Boden. »Ich weiß es nicht«, antwortete sie schließlich. »Sorry. Ich hab nur versucht, was Nettes zu sagen. Ist nicht meine Stärke.«

»Stimmt. Außerdem kommt es ein bisschen spät.«

Beate nickte. Sie wollte noch etwas sagen, überlegte es sich dann anders und ging wieder weg. In Sabrina zog sich etwas schmerzhaft zusammen. Vielleicht hätte sie Beate doch nicht so anfahren sollen? Andererseits – was hatte sie mit diesen Zicken zu tun? Keine von ihnen war auf Amelies Beerdigung aufgetaucht. Dann brauchten sie jetzt auch nicht zu kommen und so zu tun, als ob sie das alles irgendwie berühren würde. Zornig stapfte sie zurück ins Haus. Den Rest des Tages hatte sie schlechte Laune, und Franziskas muntere Aufforderung, sich nach dem Essen den beiden Studenten anzuschließen und bei der Lese mitzuhelfen, trug auch nicht dazu bei, ihre Stimmung zu heben.

Bis Freitag quälte sie sich durch die Woche. Der Schulstoff bestand hauptsächlich aus Wiederholungen, damit die Lehrer sich ein Bild machen konnten, auf welchem Stand ihre Klasse war. Sabrina hatte keinerlei Mühe damit, stellte aber zu ihrem Erstaunen fest, dass Beate in einigen Fächern weitaus besser war als sie. Aber da sie in den Pausen einen weiten Bogen umeinander machten und Beate sie nicht noch einmal angesprochen hatte, vergaß sie das Mädchen allmählich. Was ihr viel mehr zu schaffen machte, war das große allgemeine Schweigen. Das Schweigen der Polizei. Das Schweigen der Öffentlichkeit. Es schien in Amelies Fall einfach nicht voranzugehen.

Und so bog sie, als sie sich Freitagnachmittag auf den Weg zur Bushaltestelle machte, einer plötzlichen Eingebung folgend vom Weg ab und stand wenig später vor der Neuwieder Polizeidirektion. Es war ein modernes Gebäude mit Glastüren und einer überschaubaren Anzahl von Abteilungen. Als sie nach Helga Fassbinder fragte, telefonierte ein netter Pförtner kurz und bat sie dann, auf einem der Stühle im Foyer Platz zu nehmen. Wenige Minuten später hielt ein Fahrstuhl im Erdgeschoss, und die runde, immer ein wenig flatterig wirkende Gestalt der Kriminalbeamtin eilte heraus.

Mit einem offenen Lächeln ging sie auf Sabrina zu. »Frau Doberstein! Das ist ja nett, dass Sie uns einmal besuchen.«

Sabrina stand auf und erwiderte den Händedruck. »Ich wollte wissen, ob es etwas Neues gibt.«

Das Gesicht der Kommissarin verlor sein Lächeln. »So leid es mir tut, nein. Ich wollte Sie schon lange anrufen, aber wir haben hier einfach zu viel zu tun. Wollen Sie nicht in mein Büro kommen? Da können wir uns besser unterhalten.«

Sabrina nickte und Frau Fassbinder fuhr mit ihr in den dritten Stock. *Mordkommission* stand auf dem Wegweiser im Fahrstuhl.

»Hier entlang.«

Es waren helle, freundliche Räume, an denen die Beamtin sie vorüberführte, und das Zimmer, in das sie schließlich eintraten, kannte Sabrina bereits von ihrem ersten Besuch. Damals hatte sie noch geglaubt, ihre Aussage könnte helfen. Mittlerweile war sie nicht mehr davon überzeugt, ob sie wirklich wollte, dass Kilian gefunden würde.

Kilian.

Der Name floss wie heißes Blei durch ihre Adern. Plötzlich verwünschte sie ihre Idee, hierherzukommen. Was konnte sie schon ausrichten? Der Polizei standen alle Möglichkeiten offen. Und noch nicht einmal der schien es zu gelingen, Licht in das Dunkel um Amelies Tod zu bringen.

Frau Fassbinder bot ihr einen Stuhl und etwas zu trinken an. Dann setzte sie sich ihr gegenüber und musterte sie aus ihren haselnussbraunen Augen. »Sie wollen bestimmt wissen, was es Neues gibt. Leider haben unsere Suchanfragen ergeben, dass es ein Schiff unter dem Namen Désirée offiziell nicht gibt. Und da wir von dem Schiffer auch nur den Vornamen hatten, hat uns das nicht sehr weitergeholfen. Die Phantomzeichnung war gut, wirklich, aber … Dieser Kilian ist offenbar untergetaucht.«

Und mit ihm sein Schiff. Sabrina konnte der Frau ansehen, was sie davon hielt, gleich einem doppelten Phantom hinterherzujagen.

»Andernfalls hätten wir uns sofort bei Ihnen gemeldet. Das wissen Sie doch.«

Sabrina nickte. »Ich will eigentlich vielmehr etwas über einen alten Fall erfahren, der ein paar Jahre zurückliegt. Auf der Namedyer Werth hat es schon einmal einen Mord gegeben.«

Für eine Sekunde verengten sich die Augen der Kommissarin und sahen jetzt gar nicht mehr freundlich, mitfühlend und zuvorkommend aus. »Der ist schon lange aufgeklärt und hat mit unserem Fall nichts zu tun.«

»Ja, ich weiß. Trotzdem würde ich gerne einmal die Akte sehen.«

Jetzt lächelte Frau Fassbinder wie der Nikolaus, den man gerade um einen zweiten Stiefel gebeten hatte. Nachsichtig, aber leider absolut machtlos. »Das geht nicht.«

»Warum nicht?«

»Weil sie schon längst nach Koblenz ins Archiv gegangen ist. Ich müsste sie von dort anfordern. Versuchen Sie es am Gericht. Aber Sie müssen schon einen triftigen Grund nennen.«

»Der Mord an meiner Freundin wäre so einer.«

»Sie haben doch nicht etwa vor, auf eigene Faust Nachforschungen anzustellen? Davor muss ich Sie eindringlich warnen. Überlassen Sie das uns.«

»Sie finden ja noch nicht einmal Kilians Schiff.« Sabrina spürte, wie plötzlich Zorn in ihr aufstieg.

»Tja, vielleicht gab es ja gar keinen Kilian.«

Sabrina stieß einen überraschten Laut aus. »Was wollen Sie damit sagen? Dass ich gelogen habe?«

»Aber nein.« Frau Fassbinder hob beschwichtigend die Hände. »Natürlich nicht. Aber vielleicht habt ihr Mädchen da auch eine … etwas lebhafte Fantasie gehabt. Da wird aus einem Boot ein Schiff und aus einem Vagabunden schnell ein Pirat. So was kommt öfter vor, als man denkt.«

Sie lächelte nachsichtig, und genau das brachte Sabrina auf die Palme. »Lebhafte Fantasie? Und die abgeknickten Zweige? Die verwüstete Böschung? Was sagt denn Ihre Spurensicherung dazu?«

»Die sichert Spuren.«

»Dann ist doch klar, dass da ein Schiff gelegen hat.«

Frau Fassbinder nickte, langsam und so zögernd, als ob sie die folgende Information nur ungern weitergeben würde. »Das ist auch in gewisser Weise richtig. Es gibt eine Zeugenaussage, dass an diesem Tag ein Sportboot gesehen wurde. Der Zeuge ist ihm gefolgt, konnte aber den Halter nicht ausfindig machen. Und ein Sportboot ist etwas anderes als ein Lastkahn, nicht wahr? Zumindest ist es nicht halb so romantisch.«

»Wer war dieser Zeuge?«

Frau Fassbinder hob entschuldigend die Hände. »Sie werden verstehen, dass wir zu laufenden Ermittlungen nichts sagen dürfen.«

»Der Ranger? Es war der Ranger. Der Mann lügt. Die Désirée hat drei Tage vor seiner Nase im toten Fluss gelegen. Und dann soll sie auf einmal nur ein Sportboot gewesen sein?«

»Sie haben doch selbst gesagt, es war ein kleines Schiff.«

Die Kommissarin suchte etwas in ihrem Computer. Schließlich hatte sie es gefunden: Sabrinas Phantombild. »Das ist der Mann, den Sie an der Werth gesehen haben?«

Kilians schmales Gesicht. Seine Augen. Das kleine, ein bisschen spöttische Lächeln, das sich in seinen Mundwinkel gegraben hatte. Es traf Sabrina mitten ins Herz.

»Es war ein Lastschiff. Ich bleibe bei meiner Aussage«, sagte sie.

Frau Fassbinder lächelte. »Aber daran zweifelt doch keiner.«

Sabrina sah ihr an, dass sie das genaue Gegenteil dachte.

Draußen auf der Straße überlegte sie, welche Richtung sie einschlagen sollte. Der Weinberg wartete. Die Schulaufgaben. Doch statt in den Bus nach Leutesdorf stieg sie in den nach Andernach. Dreißig Minuten später stand sie am Fähranleger, wo das große Ausflugsschiff auf die Besucher des Geysirs wartete.

Zwei Dutzend Touristen, wetterfest gekleidet, standen bereits am Kai. Das Deck war leer, im Gastraum darunter räumte ein Angestellter gerade das Geschirr ihrer Vorgänger ab. Eine frische Brise wehte über den Fluss und ließ Sabrina frösteln. Es war ein unfreundlicher, früher Herbsttag und der Ausflug würde mit Hin- und Rückfahrt gute zwei Stunden dauern. Am anderen Ufer konnte sie die Arbeiter in den Weinbergen erkennen. Sie hoffte inständig, dass der Ranger noch vor dem Ablegen auftauchen würde. Aber als der Steg freigegeben wurde und die Besucher auf das Schiff gingen, musste sie ihnen wohl oder übel folgen. Er war wohl schon auf der Werth, und wenn sie ihn sprechen wollte, blieb ihr nichts anderes übrig, als mitzufahren.

Der Käptn – ein Schwager von Salinger – kannte sie und nickte sie auch ohne Ticket durch. Sie suchte sich einen Platz unter Deck. Einige Zuspätgekommene wurden noch an Bord gelassen, dann legte das Schiff ab, machte einen schwungvollen Bogen in die Mitte des Rheins und fuhr mit Blick auf die Skyline von Andernach hinüber zur Werth. Die Krippen lagen verwaist und verlassen da, Laub und Treibholz hatten sich am Strand gesammelt. Als sie die letzte Bucht passierten und Sabrina die Silberweide sah, unter der Amelie und sie gelegen hatten, musste sie an den Sommer denken und daran, dass es wohl nie wieder so werden würde, wie es einmal gewesen war. Wenig später erreichten sie den modernen Stahlanleger, und ein freiwilliger Helfer achtete darauf, dass die Besucher nicht vom Weg abkamen, sondern direkt auf den Geysir zumarschierten.

Sabrina ging als Letzte von Bord. Sie schlenderte auf den jungen Mann zu, der gerade die Zahl der Ankommenden in ein kleines Notizbuch schrieb. »Guten Tag. Ich suche Herrn Schraudt. Den Ranger.«

Der junge Mann machte eine kurze Kopfbewegung in Richtung Wald. »Der ist beim Geysir.«

Sabrina bedankte sich und folgte den letzten Nachzüglern, die gerade um die Ecke bogen. Zu ihrer Linken im Unterholz, fast verdeckt von den Blicken, befand sich eine kleine Aufenthaltsbaracke. Dahinter begann das Dickicht, und keine dreihundert Meter weiter lag der *tote Fluss*. Sie widerstand der Versuchung, vor den Augen des Aufsehers den Weg zu verlassen. Das war verboten, und große Hinweisschilder riefen jeden in mehreren Sprachen zu Ordnung, der auch nur ansatzweise daran dachte. Seit dem »Vorfall«, wie Amelies Tod jetzt seit Neuestem umschrieben wurde, achtete man noch genauer auf die Einhaltung der Vorschriften. Unbefugten war das Betreten des Naturschutzgebietes untersagt, und wer erwischt wurde, musste mit einer gnadenlos hohen Geldstrafe rechnen.

Seit diesem »Vorfall« also war Sabrina nicht mehr auf der Werth gewesen. Sie wusste noch nicht einmal, wo genau man Amelie gefunden hatte. Ein Spaziergänger sollte der Täter gewesen sein. Aber wer spazierte schon gerne durch meterhohe Brennnesseln und kratzende Vogelbeeren? Sabrina ärgerte sich, dass sie die Kommissarin nicht danach gefragt hatte. Aber wahrscheinlich hätte sie auch keine Antwort darauf bekommen. Sie wurde ja mehr und mehr behandelt wie eine überspannte, nicht ganz zurechnungsfähige Vollidiotin. Als ob ihr nicht auffallen würde, wie viele Ungereimtheiten es gab. Das Naturschutzgebiet schien am Tag von Amelies Tod ungewöhnlich gut besucht gewesen zu sein: das geheimnisvolle Sportboot, der rätselhafte Wandersmann, Amelie, Sabrina, Kilian – und der Mörder.

Der asphaltierte Weg machte eine Biegung. Schwefelgeruch stieg ihr in die Nase. Eine große Lichtung öffnete sich, in ihrer Mitte türmte sich Vulkangestein. Aus seiner Tiefe würde in wenigen Minuten der Geysir heraufsprudeln. Die Besucher drängelten sich bereits vor der Absperrung. Einige hatten in weiser Voraussicht gelbe Regenjacken übergestreift. Je nachdem, wohin der Wind wehte, war man nach dem Ausbruch relativ trocken oder relativ nass.

Sie entdeckte den Ranger, umringt von einer Traube interessierter Zuhörer, links auf der kleinen Besucherplattform. Gerade hatte er seine Ausführungen beendet, da begann der Boden leise zu vibrieren, und unter gewaltigem Zischen und Dröhnen sprudelte eine über hundert Meter hohe Fontäne aus der Erde. Die Leute starrten nach oben, staunten, fotografierten und schubsten sich gegenseitig begeistert an. Sabrina, die das alles schon zur Genüge kannte, nutzte den Moment, in dem der Ranger allein abseits stand, und ging auf ihn zu.

»Herr Schraudt?«

Rainer Schraudt hatte gerade vorgehabt, eine SMS in sein Handy zu tippen. Er war nur wenig größer als Sabrina, doch seine bullige Statur und der grimmige Blick, mit dem er nun aufschaute und sie musterte, warnte jeden, sich mit ihm anzulegen. Er war bei Wind und Wetter, im Sommer und im Winter hier draußen. Es gab niemanden, der sich auf der Werth so auskannte wie er. Er war ein Mann, den man bei Nordpolexpeditionen und Flugzeugabstürzen gerne in seiner Nähe gehabt hätte, denn mit ihm an der Seite – diesen Eindruck vermittelte er zumindest – glaubte man fest daran, aus jeder Hölle heil wieder herauszukommen. Vorausgesetzt, man beugte sich seinen Anweisungen.

»Du bist doch die … na? Die kleine Weinbauerin von drüben?«

Und man widersprach ihm nicht. Nie.

»Ähm ja. Sabrina Doberstein.«

Er steckte sein Handy weg und reichte ihr eine schwielige Hand. Unter ihrem Druck ging Sabrina fast zu Boden. »Schön, dass auch Einheimische mal vorbeischauen. Was treibt dich her? Vor zwei Stunden war er besser. Hatte mehr Druck.«

Der Wasserstrahl neigte sich an seiner Spitze. Der Wind trieb die Gischt über die Wipfel der Bäume, zum Glück in die andere Richtung.

»Ich wollte mit Ihnen über den Tag reden, an dem Amelie Bogner gefunden wurde.«

Rainer Schraudt hob die Hand, eine Geste, bei der Sabrina unwillkürlich zurückzuckte, denn sie sah ganz so aus, als ob er ihr eine Ohrfeige verpassen wollte. Dann fuhr er sich aber nur durch die kurzen, sonnengebleichten Haare, und sie erkannte, dass das seine Art von Bewegung war: schnell, impulsiv, weit ausholend.

»Amelie? Das Mädchen vom toten Fluss?«

Sabrina schluckte. »Ja. Haben Sie sie gefunden?«

Der Ranger schürzte die Lippen. Sein Gesicht mit den tiefen Falten verzog sich zu einer nachdenklichen Grimasse. »Nein. Ein Spaziergänger.«

»Hier?« Sie sagte das bewusst ungläubig, denn nichts verletzte die Ehre des Rangers mehr als Eindringlinge in sein Gebiet.

»Muss wohl so gewesen sein«, knurrte er.

Er packte Sabrina am Arm und zog sie zwei Meter weit weg von den anderen. Vielleicht, um nicht belauscht zu werden, vielleicht aber auch, um sie vor dem niederprasselnden Schwefelwasser zu schützen, denn der ungestüme Herbstwind hatte seine Richtung geändert und trieb jetzt den Schweif der Fontäne direkt in ihre Richtung. Die Besucher quietschten vor Vergnügen und sprangen wild durcheinander, um der Dusche zu entgehen.

»Hier stromert so mancher durch die Gegend. Hast du eine Ahnung, was nachts manchmal los ist? Grillpartys, Liebespärchen, Schiffe ...«

»Schiffe«, wiederholte Sabrina. »Es hieß ja, ein Lastkahn hätte hier festgemacht. Wie in alten Zeiten.«



Er warf ihr einen Blick aus seinen blitzblauen Augen zu,

den sie nicht deuten konnte. Ärgerte er sich? Oder erinnerte er sich genau wie sie an das, was vor acht Jahren geschehen war? »Da war kein Lastkahn.«

»Aber … Aber wir haben vom Fluss aus gesehen, dass hier etwas gewesen sein muss.«

Schraudts Gesicht kam näher. Er fixierte sie, als ob er sie hypnotisieren wollte. »Was habt ihr gesehen?«

»Die Böschung an der Einfahrt. Sie war kaputt. Wie von einem großen Lastschiff, das nicht richtig manövrieren konnte.«

»Wer ist wir?«

»Freunde.«

»Wer?«

Sabrina antwortete nicht, aber sie hielt dem Blick des Rangers stand. Schließlich trat er einen halben Schritt zurück und musterte den gewaltigen Wasserstrahl, der nun sichtlich an Kraft verlor und bereits um ein Drittel eingefallen war.

»Hab ein Schiff hier gesehen. War aber eher ein Boot. So 'n kleines.«

»Wann?«

»Am Abend. Spät am Abend. Kam zu spät. Da war es schon weg.«

»Es war kein Boot. Es war ein Lastschiff.«

Der Ranger kniff seine Augen zusammen, und man sah ihm an, was er von offenem Widerspruch hielt.

Doch Sabrina gab nicht nach. »Es muss mindestens zwei Tage am toten Fluss gelegen haben. Sie müssen es doch bemerkt haben!«

»Was wird das hier?«, knurrte Schraudt. »Ein Verhör? Ich hab das alles schon der Polizei gesagt. Hier kommt kein Schiff mehr rein, nicht vor meinen Augen. Alles, was ich gehört habe, verstanden?, gehört!, war ein Motorboot. Und der Fahrer muss besoffen gewesen sein, so wie der das Ufer ramponiert hat. Ein Sportboot, irgendwas Teures, mit mächtig viel PS. Hab ich alles der Polizei gesagt. – So, meine Herrschaften! Bitte zurücktreten!«

Er ließ sie einfach stehen und stapfte auf die Absperrung zu. Mit seinen furchteinflößenden Armbewegungen scheuchte er die Besucher zurück. Dann nahm er die Kette und hakte sie wieder vor dem Zugang zur Aussichtsplattform ein. Das Eisen rasselte über den Asphalt, und plötzlich spürte Sabrina, dass sie nass war bis auf die Knochen. Der feine Sprühregen, den sie gar nicht gesehen hatte, war wie ein feuchter Nebel unter ihren Pullover gekrochen.

Sie fröstelte. Langsam machte sie sich auf den Weg. Am Ende der Lichtung drehte sie sich noch einmal um. Der Ranger sah ihr nach. Er hielt noch immer die Kette mit beiden Fäusten umklammert.

»Bitte weitergehen!«

Sie fuhr zusammen.

Der junge Mann trieb die Besucher auf das Schiff zu. Eine Frau verlor ihren Schal und brachte die ganze Choreographie des geordneten Rückzugs durcheinander. Sabrina nutzte den Moment, in dem der Helfer abgelenkt war, und verließ den Weg. Bereits nach wenigen Metern schützte sie das wuchernde Dickicht vor den Blicken der anderen. Es würde nicht auffallen, dass sie verschwunden war. Schließlich hatte der Helfer sie ja auf dem Weg zur Fähre gesehen.

Ein paar Schritte weiter befand sich der kleine Aufenthaltsschuppen. Leise und vorsichtig schlich Sabrina auf ihn zu. In der Luft lag eine Ahnung von frisch gebrühtem Kaffee. Viel Zeit blieb ihr nicht. Der Ranger würde spätestens, wenn das Ausflugsschiff abgelegt hatte, wieder zurückkehren. Die Holzhütte war aus einfachen Brettern zusammengezimmert. Sie streckte die Hand aus und betete, dass nicht abgeschlossen war.

Natürlich nicht. Wer sollte sich auch unter den Augen des Königs von der Werth hier hineinwagen? Schnell öffnete sie die Tür und schlüpfte hinein.

Der einzige Raum war hell, freundlich, aufgeräumt und warm. Auf dem Fensterbrett stand die Kaffeemaschine. Die Glaskanne war voll, was darauf hindeutete, dass Ranger und

Helfer gleich eine Pause machen würden. Auf dem fast leeren Tisch lag ein Stapel Prospekte und Faltblätter, allesamt Lobpreisungen der Naturwunder des Geysirs. Zwei Paar Schuhe standen neben der Tür, eine Jacke hing an einem einfachen Wandhaken.

Ihr Herz klopfte bis zum Hals. Allein hier zu sein, war schon verboten. Das Horn der Fähre hallte über den Fluss. Wenn sie jetzt losrannte … Was suchte sie eigentlich? Einen Hinweis darauf, dass der Ranger gelogen hatte? Ihr Blick schweifte über die Wände – mehrere Poster von einheimischen Vogelarten und Pflanzen, ein länglicher Spiralblockkalender ohne Eintragungen – und blieb dann an einem schmalen Ringordner auf dem kleinen Schreibtisch links neben der Tür hängen. »Dienstpläne« stand darauf. Mit zitternden Fingern hob sie den Deckel. Es waren handschriftliche Übergabeprotokolle, beginnend im Januar dieses Jahres. Sie blätterte, bis sie beim Juli angelangt war, in der Woche von Amelies Tod. Die Buchstaben waren klein und kaum zu entziffern.

Schritte und Stimmen näherten sich. Die beiden kamen direkt auf die Hütte zu, und das schneller, als es Sabrina lieb war. Mit einem Ruck riss sie die Seite heraus, faltete sie in fliegender Hast zusammen und stopfte sie in ihre Hosentasche. Dann hastete sie durch die Tür nach draußen und schaffte es in letzter Sekunde um die Ecke. Mit angehaltenem Atem presste sie sich an die Hüttenwand und lauschte. Sie hörte, wie Ranger und Helfer sich auf der Matte die Schuhe abtraten, dann klapperte Geschirr. Ihr blieb fast das Herz stehen, als sie plötzlich die Stimme des Rangers direkt neben sich hörte.

»Ist sie weg, die kleine Doberstein?«

Er war ans Fenster getreten und schaute hinaus, aber in die andere Richtung direkt zur Anlegestelle. Sabrina wäre am liebsten eins geworden mit der Wand. Wenn er sich nur ein bisschen weiter hinauslehnte und nach links blicken würde, würde er sie sofort entdecken. Sie stand keine Armlänge entfernt.

»Wer soll das gewesen sein?«, fragte die junge Stimme seines Mitarbeiters.

»Ach, du kennst sie also nicht. Ein ziemlich neugieriges Ding. Ich will nicht, dass sie hier auf der Werth rumstromert.«

Der junge Mann musste das als Kritik an seiner Sorgfalt aufgefasst haben. Er beeilte sich, die Bedenken seines Chefs zu zerstreuen. »Ich habe genau gezählt. Es sind alle wieder auf das Schiff zurückgegangen.«

»Gut.« Der Ranger trank geräuschvoll einen Schluck aus seiner Kaffeetasse. »Wie viele waren es heute?«

Er trat vom Fenster zurück in den Raum. Während die beiden sich über die Besucherzahlen unterhielten, wagte Sabrina ein erstes, vorsichtiges Aufatmen. Sie musste hier weg. Das nächste Schiff kam aber erst in zwei Stunden, und den Weg zur Anlegestelle konnte sie nicht nehmen: Er lag für die beiden wie auf einem Präsentierteller. Am besten, sie schlich sich in die entgegengesetzte Richtung, hinein in den Wald. Wenn der Helfer bei der nächsten Abfahrt genauso gut zählen würde wie bei der letzten, könnte sie sich dann ohne Probleme unter die Besuchergruppe mischen. In unendlicher Vorsicht setzte sie einen Fuß vor den anderen und versuchte, so leise wie möglich das Weite zu suchen. Jedes Rascheln, jeder brechende Ast würde dem Ranger verraten, dass sich ein Unbefugter in seiner Nähe herumschlich. Erst als sie so weit geschlichen war, dass sie die Hütte nicht mehr erkennen konnte, lief sie los.

Innerhalb kürzester Zeit hatte sie die Orientierung verloren. Alles um sie herum sah gleich aus: Bäume, Gebüsch, fallendes Laub. Als sie kurz anhielt und sich umsah, ahnte sie mehr, als dass sie wusste, wohin sie gerade lief. Die dichte Blattkrone hielt einen Teil des trüben Tageslichtes fern, es war dunkel und düster hier. Und kalt.

Sie sah sich um, stolperte noch tiefer ins Unterholz. Fast wäre sie gegen eine der dicken Betonstelzen geprallt, die die Straßentrasse weit über ihr stützten. Sie rappelte sich hoch und lauschte auf ihren eigenen, keuchenden Atem. Verdammt. Warum ließ sie sich nur von einem unfreundlichen Ranger so verängstigen?

Weil mehr dahinter steckte. Und weil der Wald von einer alten Geschichte zu wispern schien, die etwas mit einer neuen Geschichte zu tun hatten. Sie stolperte weiter. Weil beide eine Verbindung hatten. Und weil der Ranger entweder log oder …

Sie blieb stehen. Oder was? Gehetzt sah sie sich um. Weil er etwa mit dem Mörder unter einer Decke steckt? Weil er vielleicht sogar der Mörder war?

Der Schrei eines Käuzchens ließ ihr fast das Blut gefrieren. Gespenster, schoss es ihr durch den Kopf. Wohin du siehst, siehst du Gespenster. Das ist doch Blödsinn. Rainer Schraudt ist erst Ranger, seit es das Naturschutzgebiet gibt. Er hatte mit dem Mord vom *toten Fluss* nicht das Geringste zu tun.

Zwischen den dichten Baumstämmen flirrte und blinkte Wasser. Vorsichtig, um keine unnötigen Geräusche zu machen, schlich sie weiter. Schraudt war harmlos. Aber warum hatte er dann nicht die Wahrheit gesagt? Ein Knacken hinter ihr ließ sie erstarren. Fast eine Minute stand sie regungslos da. Erst dann war sie sicher, dass es ein gebrochenes Holz war, das sie selbst niedergetreten haben musste. Nach drei Metern erreichte sie das Ufer des Seitenarms und konnte hinübersehen auf die andere Seite, dorthin, wo sie mit Amelie gestanden und die Sehnsucht entdeckt hatte. Und Kilian. Kilian, der im Licht der letzten, schrägen Sonnenstrahlen die Angel ausgeworfen hatte, um einen Fisch zu fangen, den er vor ihren Augen mit einem einzigen Hieb getötet hatte. Sie ging in die Hocke und lauschte dem Atem des Waldes. Was hast du gesehen?, dachte sie. Wer hat deinen Frieden gestört und dich gleich zweimal mit Blut besudelt?

Wieder ein Knacken. Sabrina fuhr herum, und dann hörte sie einen Laut, der ihr eiskalte Schauer den Rücken hinunterjagte. Von weit her klang ein irres, sich überschlagendes, unmenschliches und dennoch aus einer menschlichen Kehle stammendes Kichern. Es echote an den Steilhängen, mäanderte unter der Betontrasse, schlängelte durch ineinander verwobene Dachkronen und zersplitterte auf der Oberfläche des Wassers. Es schwoll an und wurde leiser. Es kam von links, dann von rechts. Es war direkt über ihr und dann wieder weit weg. Sabrina sprang auf, rutschte aus, konnte sich gerade noch an der schweren, feuchten Erde festkrallen und presste sich dann die Hand vor den Mund, um nicht laut loszuschreien. Wer in Gottes Namen war ihr gefolgt? Welches Ungeheuer amüsierte sich hier, an diesem Ort, mit einem solchen Wahnsinn?

Genauso plötzlich, wie es begonnen hatte, brach das Kichern ab. Sabrina wagte kaum, den Kopf zu heben. Ganz vorsichtig schob sie den Farn beiseite, der ihr die Sicht verdeckte. Und da sah sie ihn. Einen schwarzen, koboldhaften Schatten mit weit ausgebreiteten Schwingen, der mit gewaltigen, fast tierhaften Sprüngen am anderen Ende des Seitenarms, dort, wo das Schiff gelegen hatte, die Böschung hinaufhastete, ja beinahe sprang. Schon war er hinter Büschen verschwunden, die leise zitternd den Weg des Flüchtenden vor Sabrinas Augen verbargen.

Okay.

Tief durchatmen.

Das war keine Hallu. Das war echt.

Sie sah sich um. Selbst wenn es ein Geist gewesen war – übers Wasser schweben konnte er nicht, sonst wäre er schon längst zu ihr hinübergekommen. Diese Kreatur war aus Fleisch und Blut, so viel war sicher.

Mit zitternden Knien kam sie auf die Beine. Sie sah aus wie ein Erdferkel, und sie konnte nur hoffen, dass nicht nur das Zählen, sondern auch das Hinsehen nicht zu den hervorstechendsten Eigenschaften der Naturparkaufseher gehörte.

# DREIZEHN

Wie es ihr gelungen war, ohne Aufsehen auf das Schiff zu kommen, hätte Sabrina hinterher nicht sagen können. Wie von Furien gehetzt war sie durch den Wald gelaufen und hatte sich dann so lange am Ufer versteckt, bis die neu angekommenen Touristen hinter der Biegung Richtung Geysir verschwunden waren. Da der Käptn offenbar anderes zu tun hatte und die Billetts nur einmal kontrolliert wurden, schlich sie sich unter Deck und wartete in der hintersten Ecke des Restaurants darauf, dass die schnatternde Horde endlich wieder zurückkehrte und sie alle Andernach erreichten.

Es war weit nach sechs Uhr abends und schon fast dunkel, als Sabrina endlich zu Hause ankam. Das Haus war leer, alle waren wohl noch oben im Weinberg. Mit klappernden Zähnen stieg sie unter die heiße Dusche und kam erst wieder heraus, als ihre Haut krebsrot war und das Türenschlagen unten signalisierte, dass jetzt auch für ihre Mutter und die beiden Studenten ein langer Arbeitstag zu Ende war.

Wenig später kam sie, ein Handtuch um die noch nassen Haare geschlungen, in die Küche. Franziska Doberstein hob bei ihrem Anblick nur die Augenbrauen. Sabrina, die wusste, dass das Donnerwetter in dem Moment über sie hereinbrechen würde, in dem die beiden Studenten sich auf ihr Zimmer verzogen hätten, half ausgesprochen zuvorkommend beim Tischdecken und schaffte es so, die Zornesfalte auf der Stirn ihrer Mutter wenigstens etwas zu reduzieren.

»Kommst du morgen mit rauf?«, fragte Kjell.

Kjell kam aus einer Kleinstadt in der Nähe von Kopenhagen, einer Gegend, die für vieles berühmt sein mochte, aber nicht gerade für Weinanbau.

Sabrina nickte mit vollem Mund.

»Noch vierzehn Reihen«, fuhr sein Freund Andres fort. Beide waren fröhliche, manchmal ein bisschen zu laute junge Männer, die sich mit Gelegenheitsjobs ihre ausgedehnten Reisen finanzierten.

»Ja, wir haben ordentlich was geschafft.« Franziska stellte eine Flasche Wein auf den Tisch, Kjell und Andres gossen sich jeder ein Glas ein und lobten ihn gebührend. »Und du?«, fragte sie ihre Tochter mit einem feinen Hauch von Missbilligung, den man nur heraushörte, wenn man Franziska sehr gut kannte. »Wie war dein Tag, mein Kind?«

Sabrina zuckte mit den Schultern. »Mathe wird ein ziemlicher Stress. In den nächsten zwei Wochen schreiben wir vier Klausuren. Ich werde viel nachholen müssen.«

»Dann hast du heute also den Nachmittag über deinen Schulbüchern verbracht?«

Sabrina wurde rot. Lügen wollte sie nicht. »Ich war am Geysir.«

»Oh!«, rief Kjell. »Den sehen wir jeden Tag. Wusch, was für eine Fontäne!«

Beide lachten. Nur Franziska nicht. Der Rest des Abendessens verging mit anzüglichen Scherzen über sprudelnde Flüssigkeiten jedweder Art, die die beiden aber netterweise auf Dänisch herausprusteten. Erst als sie sich verabschiedeten und Franziska ihnen die angebrochene Flasche mit aufs Zimmer gab, sah Sabrina eine Gelegenheit, sich aus dem Staub zu machen.

»Sabrina?«

»Ja?« Sie drehte sich um.

Doch die erwartete Standpauke fiel aus. Stattdessen kam Franziska auf sie zu und nahm sie in die Arme. »Ich brauche dich«, flüsterte sie Sabrina ins Ohr. »Und ich will nicht, dass du auf die Werth gehst.« Sie ließ Sabrina los und streichelte ihr zärtlich über die Wange. »Meinst du, du kannst am Wochenende ein paar Stunden mit uns rauf?«

Sabrina nickte. »Klar. Kein Problem.«



»Ich bin ja froh, dass du das mit der Schule ernst nimmst.

Aber ich muss mir auch darüber Gedanken machen, wie es weitergeht.« Franziska drehte sich um und begann, die Geschirrspülmaschine einzuräumen. »Ob es weitergeht«, setzte sie leise hinzu.

»Wie meinst du das?«

Ihre Mutter richtete sich auf und lächelte Sabrina fröhlich an. »Nur so. Hab ich nur so dahingesagt.«

Sabrina schloss die Tür ihres Zimmers und lauschte. Alles war still im Haus, bis auf einige leise Klaviertöne, die nach oben schwebten und verrieten, dass Franziska sich mit Artur Rubinstein einen schönen Abend machte. Kjell und Andres waren vor einer Viertelstunde aufgebrochen. Sie hatten die Hoffnung immer noch nicht aufgegeben, in Leutesdorf so etwas wie Abendunterhaltung zu finden, und würden wahrscheinlich bald wieder ziemlich enttäuscht zurückkommen. Zeit also, tief durchzuatmen. Zeit, die Lupe aus der Schreibtischschublade hervorzukramen und sich den Zettel aus dem Dienstbuch genauer anzusehen.

Sabrina knipste die Tischlampe an. Sie holte das Papier aus der Hosentasche, faltete es auseinander und strich es mehrmals mit der Handkante glatt. Dann beugte sie sich darüber und studierte die Einträge. Sie waren mit Bleistift gemacht worden. An Amelies Todestag hatte der Ranger Dienst gehabt. Die ganze Woche über, so wie es auf den ersten Blick aussah. Sie griff nach der Lupe und studierte den Eintrag genauer. Etwas stimmte nicht. Das Papier war an einer Stelle leicht aufgeraut und auf diesem Untergrund haftete die Schrift besser. Es war nur ein minimaler Unterschied, und er fiel auch nur auf, wenn man ganz genau hinsah. An diesem Tag musste jemand anderer Dienst gehabt haben.

Sie studierte die Einträge der ganzen Seite. Vier Wochen, vier Namen: Schraudt, der Ranger, sowie Höppner, Niendorf, Saletzky. Einer von diesen dreien hatte dort gestanden. Zumindest so lange, bis Schraudt einen Radiergummi genommen, den Namen ausradiert und seinen eigenen hineingeschrieben hatte.

Entnervt warf sie die Lupe auf den Schreibtisch. Das konnte alles und nichts bedeuten. Jemand war krank geworden. Schraudt hatte sich verschrieben (aber verschrieb man sich bei seinem eigenen Namen?), oder sie hatten die Schicht gewechselt. Höppner. Niendorf. Saletzky.

Und wenn einer von den dreien derjenige war, der in dieser Woche Dienst gehabt hatte, und der Ranger im Nachhinein den Eintrag korrigiert hatte? Warum sollte er das tun?

Sabrina stand auf und ging ans Fenster. Leutesdorf lag in tiefer Dunkelheit und stillem Frieden. Von weit her hörte sie das Rauschen des Verkehrs auf der B9. Die Scheinwerfer der Autos sahen aus wie Glühwürmchen, die paarweise nebeneinander ihren Weg über die hohe Straße auf ihren schlanken Betonstelzen hinunterkrochen. Direkt darunter war Amelie gestorben. Plötzlich musste Sabrina an den schwarzen Schatten und sein irres Kichern denken.

*Ich will nicht, dass sie hier auf der Werth herumstromert.*

Hatte Schraudt sie gesehen? Hatte er geahnt, dass sie in der Nähe war? Er konnte ihr nicht gefolgt sein, aber vielleicht wusste er, dass die Werth mehr Geheimnisse verbarg, als er zugeben wollte.

Unten klingelte das Telefon. Sie hörte, wie Franziska an den Apparat ging, ein paar Worte sprach und dann an den Fuß der Treppe kam.

»Sabrina! Lukas will dich sprechen.«

Hastig versteckte sie den Zettel in ihrer Schreibtischschublade. Dann lief sie hinunter und nahm den Hörer entgegen, den ihr ihre Mutter mit einem rätselhaften Lächeln reichte.

»Ja?«

»Hi, ich bin's. Du hast mich doch nach den Nutzungsplänen vom Rosenberg gefragt.«

»Äh … hm ja.« Sabrina warf einen Blick ins Wohnzimmer, wo ihre Mutter die Stereoanlage leiser gestellt hatte und so tat, als würde sie in einer zwei Jahre alten Ausgabe von *In vino veritas* blättern.

»Kannst du reden?«

»Nicht so richtig.«

»Also, ich habe da was rausgefunden. Und ich würde das auch ungern am Telefon besprechen. Wollen wir uns treffen?«

»Ja, okay. Wann denn?«

»Hast du Freitagnachmittag Zeit?«

Sabrina ließ den Hörer sinken. Ihre Mutter sah hoch. »Lukas fragt, ob wir uns Freitagnachmittag treffen könnten. Es wird nicht lange dauern. Meinst du, ich kann mal für zwei Stunden weg?«

Franziska nickte. »Aber selbstverständlich. Sag ihm, er soll seinen Vater grüßen.«

»Ich soll dir sagen, du sollst deinen Vater grüßen.«

Sie hörte, wie er ausatmete. Er machte das sehr nahe am Mikrofon, sodass es klang wie ein prustendes Schnauben. »Mal sehen, ob deine Mutter das auch noch will, wenn sie es weiß. Wir treffen uns am Markt. So gegen drei, wäre dir das recht?«

»Klar.« Sie legte auf.

Franziska verlor schlagartig das Interesse an ausgelesenen Zeitschriften. »Und? Macht ihr was Schönes?«

Sabrina zuckte mit den Schultern. »Mal sehen. Wir wollen nur mal kurz miteinander reden.«

»Kein Problem.«

Sobald ein Kreutzfelder auftauchte, war es offenbar »kein Problem«, mitten in der Lese für zwei Stunden zu verschwinden. Sabrina holte sich noch eine Flasche Mineralwasser aus der Küche und ging wieder nach oben in ihr Zimmer. Lukas hatte also etwas über den Rosenberg herausgefunden, das ihrer Mutter keine Freude bereiten würde. Seinem Vater wohl auch nicht, sonst hätte er nicht so verschwörerisch am Telefon geklungen. Sabrina hoffte inständig, dass es nichts allzu Schlimmes sein würde. Lukas kannte Gott und die Welt. Wenn jemand etwas herausfinden würde, dann er.

Was Amelie wohl dazu sagen würde, dass sie sich jetzt schon zum zweiten Mal mit Lukas traf? Das Bedürfnis, mit ihrer Freundin zu reden, wurde beinahe übermächtig. Wenn du mir doch nur ein Zeichen geben würdest, dachte Sabrina. Irgendetwas, damit ich weiß, dass es richtig ist, was ich hier tue. Ich spioniere dem Ranger nach, ich will wissen, was vor acht Jahren am *toten Fluss* passiert ist, und ich treffe mich mit deinem Ex. Alles Dinge, für die ich wenigstens ein bisschen Unterstützung gebrauchen könnte. Sag doch was! Amelie!

Und plötzlich hatte sie eine Idee.

Neben ihrem Bett stand der alte Nachttisch aus Eichenholz, den Sabrina bei der Aufteilung des elterlichen Schlafzimmers von ihrem Vater geerbt hatte. In seiner Schublade lag Amelies Tagebuch. Sabrina hatte es dort hineingelegt und nie wieder angerührt. Es erinnerte sie an die schwärzesten Stunden ihres Lebens. Noch nicht einmal der Moment, in dem ihre Eltern zum ersten Mal das Wort »Scheidung« erwähnt hatten, kam da heran.

Langsam zog sie die Schublade auf. Das Einhorn glitzerte geheimnisvoll im Halbdunkel. Sabrina erkannte Amelies Kinderschrift und Tränen traten ihr in die Augen. Vorsichtig holte sie das Buch heraus und hielt es eine ganze Weile unentschlossen in den Händen. Jeder Mensch hatte ein Recht darauf, dass man seine Geheimnisse respektierte. Erst recht nach seinem Tod. Aber das hier war das Einzige, was sie jetzt noch mit Amelie verbinden konnte. Wieder wanderten ihre Gedanken zurück zu dem Tag, an dem sie das Buch entdeckt hatte. Ihre Albernheiten und das Gekicher, als sie sich aus den nassen Klamotten gewunden hatten. Das hibiscusrote T-Shirt. Die Begegnung mit Kilian. Amelies Lachen und dieser weiche Glanz in ihrem Blick, wenn sie an den geheimnisvollen Schiffer gedacht hatte …

Sabrina berührte das Einhorn mit den Fingerspitzen. Eine Träne fiel herab, genau auf die erhobenen Vorderhufe. Einen Satz, dachte Sabrina. Gib mir einen Satz.



Sie schloss die Augen, blätterte ziellos in den Seiten, schlug schließlich eine auf, fuhr mit dem Zeigefinger darüber und ließ ihn willkürlich an einer Stelle liegen. Sie öffnete die Augen und las.

*… dann muss man es suchen. Nichts wird mehr so sein wie vorher, doch alles ist besser, als einfach stehen zu bleiben.*

Sabrina klappte das Buch zu und verstaute es wieder in der Schublade. Plötzlich war es ihr, als hätte sie jemand getröstet und ihr den richtigen Weg gewiesen. Ich werde suchen, auch wenn dann nichts mehr so sein wird, wie es war.

Danke, Amelie, dachte sie. Genau das werde ich tun.

# VIERZEHN

Zwei Tage später stand Sabrina vor einem hölzernen Gartentor. Hübsche Villen schmiegten sich an den Fuß des Andernacher Hahnenbergs. Hier hatten einst die Bimsbarone ihre Häuser gebaut und nach und nach war eine Wohngegend von diskretem Wohlstand entstanden. Weit weg vom Waldviertel, weit weg von Kneipen wie der »Sonne«, weit weg auch, so schien es, von allem, was Ärger oder Sorgen verursachte. Als Sabrina den Finger auf den Klingelknopf aus Messing legte, wusste sie, dass sie all das wie in einem unsichtbaren Rucksack mit in das hübsche Haus schleppen würde, das, von Efeu überwuchert, hinter herbstlichen Bäumen verschwand wie ein kleines Dornröschenschloss.

»Ja bitte?«

Die Stimme klang hell und jung. Wahrscheinlich eine Hausangestellte.

»Mein Name ist Sabrina Doberstein. Ich möchte zum Richter.«

Richter Gramann war eine Andernacher Institution. Obwohl seit Jahren im Ruhestand, war er aus dem Andernacher Stadtleben nicht wegzudenken. Das lag daran, dass er Zeit seines Lebens eine Respekt einflößende Gestalt gewesen war. Darüber hinaus hatte er aber nach seiner Pensionierung ein neues Hobby entdeckt: Stadtführungen. Wann immer erschöpfte Touristen mit abwesendem Blick in Gruppen über den Marktplatz taumelten, war der Richter nicht weit. Er lockte seine Opfer mit mildem Lächeln und dem Versprechen, in einer Stunde alles Wissenswerte über Andernach erfahren zu haben. Nach zwei Stunden ahnten sie, dass die Sache sich ziehen würde. Nach drei Stunden gab es erste Flüchtende, die der Richter aber spätestens an der nächsten Häuserecke wohlwollend wieder einfing.

»Sie haben sich wohl verlaufen?«, fragte er dann.

Da war das milde Lächeln zwar immer noch da, aber keiner glaubte ihm mehr, wenn er versicherte, in einer Viertelstunde wären alle wohlbehalten bei Luigi und könnten sich von Turmbesteigungen, Kirchenbesichtigungen und Rheinwanderwegen erholen. Der Richter wusste alles über Andernach. Und er nahm wenig Rücksicht darauf, ob seine Schäfchen auch alles wissen wollten. Da er die Führungen ehrenamtlich übernommen hatte und sich niemand fand, der ihm in Bezug auf Stadtgeschichte und hübsche Anekdoten das Wasser reichen konnte, ließ man ihn gewähren. Stadtführungen machten Touristen sowieso nur ein Mal. Und es sollte keiner sagen, sie hätten nicht ordentlich etwas für ihr Geld bekommen.

»Sabrina?«

Die Stimme aus der Gegensprechanlage klang überrascht. Ein leises Summen ertönte und die Pforte sprang auf. Noch bevor Sabrina sich fragen konnte, woher man sie hier am Krahnenberg kannte, öffnete sich die Tür zum Wohnhaus, und auf den obersten Stufen erschien – Beate.

»Hi! Was machst du denn hier?«

Überrascht blieb Sabrina stehen. »Ich wollte eigentlich zum Richter. Aber wahrscheinlich habe ich mich in der Klingel geirrt.«

»Nein, da bist du richtig. Das ist mein Großvater. Mein Dad ist nicht zu Hause, meine Mutter auch nicht. Willst du eine Nachhilfestunde in Heimatgeschichte?« Sie grinste und machte die Tür frei. »Komm rein.«

Etwas befangen trat Sabrina ein.

Beate schien die Abfuhr auf dem Schulhof vergessen zu haben. Sie lief unbefangen voraus und plapperte dabei fröhlich über die Schulter. »Wir wohnen hier schon in der vierten Generation. Bewahren, bewahren, bewahren. Na, du kennst das ja. Das ist übrigens Kunibert.« In der Ecke stand eine ziemlich echt aussehende Ritterrüstung. Beate blieb daneben stehen. »Eigentlich soll sie ja dem Ritter Gramann von Nickenich gehört haben. Ziemlich kleine Kerle waren das damals, nicht?«

Obwohl Sabrina nur mittelgroß war, überragte sie den Helm der Rüstung fast um Haupteslänge. Die Eingangshalle, in der sie sich befanden, war mit dunklem Holz getäfelt. An den Wänden verbreiteten Gemälde von missmutig dreinblickenden Ahnherren das Gefühl, ständig beobachtet zu werden.

Beate ging auf die Treppe zu. »Komm. Mein Großvater wohnt im zweiten Stock.«

Oben angekommen, ging Beate die Galerie entlang. Ein gewaltiger Kronleuchter aus Bronze hing von der Kassettendecke. Eine Mischung aus Ritterburg und Fantasialand, schoss es Sabrina durch den Kopf.

Beate klopfte an eine schwere Eichentür, und als niemand antwortete, machte sie sie einfach auf. »Hineinspaziert.«

»Ich kann da doch nicht einfach so reingehen!«

Statt einer Antwort rief Beate: »Opi? Besuch für dich!«

»Hier!«, dröhnte eine das Deklamieren gewohnte Stimme. »In der Bibliothek!«

»Geh einfach durch«, sagte Beate und wandte sich zum Gehen. »Wenn du magst, dann komm doch noch kurz bei mir vorbei. Erster Stock, rechts, ganz hinten. Tschüss!« Ohne eine Antwort abzuwarten, hüpfte Beate schon wieder die Treppen hinunter.

»Rein oder raus?«, rief der Richter.

Sabrina zog die Tür hinter sich ins Schloss und lief über einen dicken Teppich zu dem Raum, aus dem sie die Stimme gehört hatte. Die Bibliothek war im Gegensatz zum Treppenhaus ein ziemlich helles Zimmer. Große Sprossenfenster gaben den Blick frei auf die Stadt, die sich an den auslaufenden Hügel des Hahnenberges schmiegte und bis hinunter zum Rhein erstreckte. Die Regale waren aus hellem Holz, und oben auf einer Leiter, ein aufgeschlagenes Buch in der Hand, über das er mit merkwürdig abwesendem Blick gebeugt war, stand der Richter.



»Guten Tag«, sagte Sabrina.

Beates Großvater war ein großer, hagerer Mann mit einer ausgesprochen gesunden Gesichtsfarbe. Man sah ihm an, dass er sich oft im Freien aufhielt. Er klappte das Buch zu, stellte es wieder an seinen Platz zurück und kletterte dann mit schnellen, geschmeidigen Bewegungen hinunter.

»Mein Name ist Sabrina Doberstein.«

»Gramann«, sagte der Richter knapp und reichte ihr die ausgestreckte Hand. »Was führt dich zu mir?«

Der Blick aus seinen trüben Augen verriet ein nur mäßiges Interesse. Vermutlich hatte sie ihn bei einer ungemein spannenden Lektüre über die keltische Besiedelung des Mittelrheins gestört.

»Ich brauche Ihren Rat. Oder besser gesagt, Ihre Hilfe. Sie wissen doch alles über Andernach. Über das, was hier passiert ist, meine ich.«

»Naja, alles ist ein wenig übertrieben.«

Aha, der Richter mochte Schmeicheleien. Sabrina merkte sich das, als sie fortfuhr. »Wenn ich also etwas wissen möchte über die jüngste Vergangenheit der Stadt, dann könnte ich mir niemand anderen vorstellen.«

»Soso. Wollen wir uns nicht setzen?«

Er wies auf zwei hübsche, niedrige Sessel in der linken Ecke neben dem Fenster. Sabrina nickte und folgte ihm.

Als sie sich hingesetzt hatten, legte er die Fingerspitzen aufeinander und neigte den Kopf. »Was interessiert dich denn? Die Siedlungsgeschichte Andernachs umfasst immerhin die letzten 500.000 Jahre. In Miesenheim wurden Steinwerkzeuge aus dem Altpaläolithikum gefunden. Bei der jüngeren Vergangenheit würde ich dann eher auf die Eiszeit tippen. Oder die Römer.«

»Äh, noch jünger«, sagte Sabrina. »Viel jünger. Genauer gesagt, ich möchte etwas über den Mord am toten Fluss erfahren. Den, der dem Seitenarm seinen Namen gegeben hat. Das war vor gut acht Jahren.«

Der Richter kniff die Augen zusammen. Er musterte sie, ohne ein Wort zu sagen. Erst als Sabrina den Mund aufmachte, um ihren letzten Satz zu wiederholen, schnitt er ihr mit einer raschen Handbewegung das Wort ab. »Warum?«

»Weil ... es mich interessiert.«

»Das ist keine Antwort. Warum interessiert es dich?«

Sabrina holte tief Luft. »Amelie Bogner war meine Freundin. Sie ist auch ums Leben gekommen. Aber das ist nicht so lange her. Erst drei Monate. Vielleicht haben Sie davon gehört. Ich habe das Gefühl, auch wenn es lächerlich klingt, dass es Zusammenhänge gibt zwischen ihrem Tod und dem, was vor acht Jahren auf der Werth geschehen ist.«

»Mein Beileid zum Tod deiner Freundin. Die Werth, ja ... Sie zieht immer noch unruhige Geister an. Der alte Seitenarm, die verwilderten Wege, ein ideales Terrain für Leute, die nicht gesehen werden wollen. Ich war immer gegen das Naturschutzgebiet. Wir haben genug Natur. Mir stehen die Menschen näher als die Bäume.«

Sabrina nickte, auch wenn sie anderer Meinung war. »Damals war sie ja wohl noch nicht so bewacht wie heute.«

»Bewacht«, schnaubte der Richter. »Einen Maschendraht haben sie darum gezogen und alles sich selbst überlassen. Und dieser Wildhüter, Ranger nennen sie den, weiß Gott, der Mann kann ja auch kein Auge auf alles haben. Nein, geändert hat sich nichts. Es ist und bleibt ein Stück verwahrlostes Land. Naturschutzgebiet.«

Das letzte Wort stieß er aus, als ob es in seinem Wortschatz nur unter der Abteilung Beleidigungen vorkäme.

»Ich hätte es gemacht, wie der Kreutzfelder vorgeschlagen hat. Häuser drauf, Straßen, Elektrizität, eine zivilisierte Urbanisation. Und dieser Geysir hätte dann meinetwegen zum Springbrunnen werden können. Ordnung und Ruhe. Die wichtigsten Komponenten eines gesitteten gesellschaftlichen Miteinanders.«

Sabrina nickte wieder. Meine Güte, welches Bild bekamen eigentlich die Besucher Andernachs von dieser Stadt, wenn man den Richter ungehemmt reden ließ?



»In Vallendar haben sie einen richtig hübschen Hafen mit

Campingplatz. Das sah da auch mal aus wie Kraut und Rüben. Bis auf diesen Altarm haben sie das alles jetzt bestens im Griff. Und hier? Vorfahrt für Unkraut. Und sich dann wundern, wenn was passiert. Na ich sag's ja.« Er lehnte sich zufrieden zurück.

»Der Mord damals …« Sie versuchte, die Rede wieder auf das eigentliche Thema zu bringen. »Hatten Sie noch etwas mit dem Verfahren zu tun?«

Der Richter neigte seinen Kopf etwas zur Seite. Er sah aus wie ein alter Rabe, als er sie mit verengten Augen anfunkelte. »Das war nach meiner Pensionierung.«

»Aber gehört haben Sie sicher davon.«

Der Richter neigte sein schweres Haupt. »Jeder hat davon gehört. Und jeder hatte seine eigene Meinung davon, was da unten passiert ist.«

»Und was ist Ihrer Meinung nach passiert?«

»Ein junges Ding, so eines von diesen flatterhaften Mädchen. Kam aus Koblenz und hat diesen viel älteren Mann geheiratet. Geht ja nie gut, so was. Mit seinem Kahn sind sie den Rhein auf und ab, von Koblenz über Duisburg nach Rotterdam. Die alte Route. Hatte sich das Leben auf so einem Schrottkahn vermutlich anders vorgestellt. Jedenfalls gab es wohl Spannungen und eines Tages …«

Der Richter runzelte die Stirn. Er starrte an ihr vorbei zum Fenster hinaus. Es war einer dieser Herbsttage, die sich nicht für ein Wetter entscheiden konnten. Am Morgen hatte es noch recht vielversprechend ausgesehen. Nun aber ballten sich wieder schwere Wolken zusammen und schienen sich wie graue, nasse Säcke über den Steilhängen zu stapeln.

»Ich sag's ja. Die Werth. Zieht all das Gesindel an. Damals wie heute.« Sein Blick fiel wieder auf Sabrina, die beinahe zusammenzuckte, so wütend hatte er geklungen. »Es ist und bleibt ein wildes Stück Land am Fluss, wo jeder glaubt, er könnte machen, was er wollte. Dieser Schiffer damals vor acht Jahren … Statt im Hafen geht der Kerl im Seitenarm vor Anker. Er säuft, sie schreit, das Kind haut ab. So ein magerer Bengel war das, ich hab ihn einmal gesehen, wie er unten am Markt rumgestromert ist. Wenn ich das damals gewusst hätte, ich hätte denen schon viel früher die Polizei vorbeigeschickt. Verwahrlost, ja. Dreckig. Und geklaut hat er.«

»Wer?«

»Der Junge. Der Junge vom Schiffer. Nicht von der Frau. Die war zweiundzwanzig.«

Liliane. Der Name fuhr Sabrina wie ein Stromstoß durch die Glieder. Plötzlich glaubte sie, von weit her Stimmen zu hören. Das Poltern und Brüllen eines Betrunkenen, die heisere Stimme einer Frau, die schon zu lange und zu oft geschrien hatte. Das Weinen eines Kindes, das nicht begriff, was geschah.

»Aber irgendjemand hat hier immer ein Auge zugedrückt, wenn dieser Kahn vorbeikam. Ich weiß nicht, wer, ins Gefängnis hätte man den schicken sollen. Einer vom Hafen. Hat sich wahrscheinlich was schwarz in die Tasche gesteckt. Da sieht man, wo das alles endet.«

Seine Stimme triumphierte. Natürlich. Für den Richter war die Sache klar: Der Mord wäre nicht passiert, wenn man den Schiffer vertrieben hätte.

Falsch, korrigierte sich Sabrina. Er wäre nicht in Andernach passiert. Offenbar war der Richter ein glühender Anhänger des Sankt-Florian-Prinzips.

»Wie ist es denn ausgegangen?«

»Tja. Offiziell heißt es, der Mann habe sie erstochen. Im Affekt.«

»Und inoffiziell?«

»Reine Indizien. Er konnte sich an nichts mehr erinnern.«

»Und das Kind?«

»Kam in ein Schifferinternat. Hat nichts gesagt. Kind ist ja wohl übertrieben. Der Knabe war elf und damals schon mit allen Wassern gewaschen.«

 »Elf«, wiederholte Sabrina. »Das ist doch viel zu jung.«

Plötzlich veränderte sich das Gesicht des Richters. Es war, als ob ein Anflug von Milde über seine Züge huschen würde. »Mädchen«, sagte er leise. »Der jüngste Mörder, der vor mir gesessen hat, war genauso alt.«

Sabrina schluckte.

»Wehret den Anfängen«, sagte der Richter, als ob er seine Härte entschuldigen wollte. »Man muss viel früher ansetzen. In dem Alter ist es oft schon zu spät.« Er stand auf. »Unten am Alten Krahnen feiern sie nachts. Überall liegen Scherben herum, Müll und Papier. Keiner unternimmt etwas. Alle schauen weg. Damit fängt es doch an. Wie kann man diese jungen Menschen von der Straße holen? Sag du es mir.«

Sabrina folgte dem alten Mann hinaus in den Flur. »Vielleicht, indem man ihnen ein Zuhause gibt«, antwortete sie leise. Zu leise, als dass es der Richter gehört hätte. Sie räusperte sich. »Eine Frage noch: Erinnern Sie sich an die Namen?«

»Namen? Von diesen Tagedieben, die nie gearbeitet haben und kaputt machen, was Generationen aufgebaut haben?«

»Nein, nein«, beschwichtigte ihn Sabrina. Lieber Himmel, der Richter war aber auch eine wirklich harte Nummer. »Von dem Täter. Oder dem Schiff.«

Der alte Mann schüttelte den Kopf. »Nein. Tut mir leid.«

Er brachte sie noch bis zur Wohnungstür und hielt sie ihr auf. Sabrina wollte sich gerade verabschieden, da legte er plötzlich seinen Zeigefinger an die Stirn.

»Halt. Der Lastkahn. Daran erinnere ich mich. Er hieß … Sehnsucht. Und ich weiß noch, was ich dachte, als ich das zum ersten Mal gehört habe.«

»Ja«, flüsterte Sabrina. »Was für ein schöner Name für ein Schiff.«

Wie betäubt stieg sie die Treppen hinunter. Der letzte Satz des Richters dröhnte in ihrem Kopf wie ein bronzener Glockenschlag. Sehnsucht. Konnte das denn alles Zufall sein? Das gleiche Schiff, der gleiche Mord … Etwa auch der gleiche Täter?

Auf dem Treppenabsatz blieb sie stehen und sah noch einmal nach oben. Der Richter hatte die Tür geschlossen. Er hatte ihr das gesagt, was er wusste. Oder besser: Das, was seine Erinnerung aus diesem Fall gemacht hatte. Ein schreckliches Verbrechen, das in seinen Augen vorhersehbar gewesen war.

Sabrina atmete tief durch, als könnte sie damit die Zentnerlast, die plötzlich auf ihrer Brust ruhte, erträglicher machen. Amelies Tod war nicht vorhersehbar gewesen. Er hatte nichts, aber auch gar nichts mit dem zu tun, was vor acht Jahren passiert war. Und trotzdem …

»Hey, gehst du schon?«

Erschrocken fuhr Sabrina herum. Beate stand am Ende des Flurs, der von der Treppe abging.

»Ja, ich will euch nicht länger stören.«

»Tust du nicht. Komm rein. Ich hab gerade Tee gekocht.«

Beates Zimmer war groß und erkennbar teuer eingerichtet. Dennoch war es ihr gelungen, es mit vielen Schals, Tüchern, Kissen und Postern sehr gemütlich zu machen. Auf einem niedrigen runden Tisch, der wie eine Trommel aussah, stand eine Teekanne. Beate ging zu einem Wandbord und holte zwei Gläser herunter.

»Ich bekomme nicht viel Besuch«, sagte sie. »Wenn sogar schon der eigene Großvater beliebter ist …«

Mit einem Grinsen goss sie die bernsteinfarbene Flüssigkeit in die Gläser. Sabrina sah sich um. Beate musste ein genauso großer Bücherwurm sein wie der Richter. Die ganze Stirnseite der Wand war mit Regalen vollgestellt und bis an die Decke reihte sich ein Band neben dem anderen.

»Du liest wohl viel?«, fragte sie.

Beate nickte. »Ich mag Bücher. Das sind Freunde, die einen nie im Stich lassen.«

»Hm«, machte Sabrina und fragte sich, wie Beate das meinte. Im Sommer, auf dem Marktplatz, hatte sie sich offenbar im Kreis von Janines kicherndem Gefolge sehr wohl gefühlt.

»Ich hab sie eine Weile eingeladen.« Beate stellte eine Zuckerdose auf den Tisch und setzte sich aufs Bett. Sabrina nahm auf einem riesigen, himmelblauen Sitzsack Platz. »Janine und ihre Clique. Ich dachte, ein bisschen Gesellschaft wäre mal ganz gut zur Abwechslung. Mit Geld kriegt man sie immer. Das funktioniert aber nur bei dummen Menschen. Und auf die Dauer gehen die mir auf den Geist.«

Sabrina nahm einen Löffel Zucker und verrührte ihn in ihrem Tee. In eine tolle Familie war sie da geraten. Der eine würde am liebsten schon auf das Wegwerfen von Kaugummipapier Jugendarrest verhängen, die andere bezahlte dafür, nicht immer allein zu sein.

»Und wie machst du das bei Leuten mit Grips?«

»Die kriegen Tee.«

Beate lächelte. Sie war keine Schönheit, trug schlichte Klamotten, die nicht weiter auffielen, und sah, wenn sie nicht gerade den Mund aufmachte, ziemlich langweilig aus. Einen Moment überlegte Sabrina, was Amelie wohl aus diesem Mädchen gemacht hätte. Dann schob sie den Gedanken zur Seite. Amelie hätte jemanden wie Beate wohl gar nicht beachtet.

»Tut mir leid, dass ich dich neulich in der Schule so habe abblitzen lassen.«

»Schon gut.« Beate pustete in ihr Glas. »Ich kann es ja verstehen. Du und Amelie, ihr wart schon das absolute Glamour-Paar von Andernach.«

»Was?«

Glamour war so ziemlich das Letzte, mit dem sich Sabrina identifizieren konnte. Amelie – ja, die schon! Bei ihr hätte sie die Hand dafür ins Feuer gelegt, dass sie eines Tages von den Titelseiten sämtlicher Hochglanzillustrierten herunterlächeln würde. Aber sie, Sabrina?

Beate streifte sich die Hausschuhe ab – zwei Plüschhasen zum Hineinschlüpfen, wie Sabrina erst jetzt bemerkte – und winkelte die Beine an. »Alle haben über euch geredet. Die Doberstein und die Bogner. Wo ihr wart, hat die Luft vibriert. Wirklich.«

Sabrina starrte Beate an. Das war das erste Mal, dass sie etwas über sich aus dem Mund eines anderen, unbeteiligten Beobachters hörte.

»Amelie, die schöne Wilde. Und Sabrina, die Weinkönigin mit Wurzeln so alt wie die Ritterrüstung unten in der Halle. Da ist es doch kein Wunder, wenn so eine Dumpfbacke wie Janine neidisch ist.«

»Auf … Amelie.«

»Nee, auch auf dich. Dass du mit Amelie befreundet warst. Was würde so jemand wie Janine darum geben, von einer Frau wie Amelie überhaupt angesehen zu werden! Auch wenn du mir nicht glaubst, aber ich habe mich da im Eiscafé wirklich geschämt dafür, wie diese Hühner sich aufgeführt haben. Ich fand euch klasse. Das mit dem Eisbecher war großes Kino.«

»Danke«, flüsterte Sabrina. »Es ist verdammt selten, dass ich was Nettes über Amelie höre.«

»Das ist mir klar. Für das Außergewöhnliche kennen die Menschen nur zwei Möglichkeiten des Umgangs: Sie lieben oder sie hassen es.« Sie musterte Sabrina über den Rand ihres Teeglases hinweg. »Ich habe nie eine beste Freundin gehabt. Ich weiß also nicht, wie das ist, sie zu verlieren. Aber wenn es nur annähernd an den Verlust herankommt, den ich mir vorstelle, dann machst du gerade harte Zeiten durch.«

»Kann schon sein.« Viel mehr fiel Sabrina nicht ein. Beate verwirrte sie. Sie wirkte so cool, wenn sie davon sprach, eine Außenseiterin zu sein. Aber auch das konnte ja nicht einfach sein. Offenbar hatte sie sich im Lauf der Zeit ein ziemlich dickes Fell zugelegt.

»Das war es eigentlich, was ich dir sagen wollte. Übrigens nicht, damit es dir besser geht, sondern mir. Du kannst gerne gehen, wenn du keine Zeit mehr hast.«

Sabrina sah auf ihre Armbanduhr. Ihre Mutter würde sie töten. Schon wieder hatte sie den Weinberg geschwänzt. »Also wenn du mir noch eine halbe Stunde Asyl gibst …«

»Aber gerne.« Beate lächelte sie an. »Noch Tee?«

Interessiert sah Sabrina sich um. Beate hatte alles an Weltliteratur im Schrank, was man sich nur vorstellen konnte. Und sie schien alles gelesen zu haben, das verblüffte Sabrina noch viel mehr. Die Zeit verging erstaunlich schnell. Und es stimmte gar nicht, dass Beate so völlig über allen Dingen stand. Wenn sie über ihre Bücher redete, tat sie das so, als hätte sie tatsächlich eine ganz persönliche Bindung an sie.

»Eigentlich mag ich Bulgakow lieber als Dostojewski. Natürlich darf man sie gar nicht miteinander vergleichen. Das ist ja so, als ob man Fontane mit Mann in einen Topf wirft. Was liest du gerne?«

»Bukowski«, antwortete Sabrina, ohne nachzudenken.

»Die Gedichte oder die Prosa? Ich mag seine Kurzgeschichten. Auf die Idee muss einer erst mal kommen, sein Tagebuch ›Den Göttern kommt das große Kotzen‹ zu nennen. Hier. Kennst du das?« Sie zog ein schmales Buch aus dem Regal und setzte eine Brille auf, die so hässlich und altmodisch war, dass sie schon wieder als cool durchgehen könnte. »›Gedichte, die einer schrieb, bevor er im 8. Stock aus dem Fenster sprang‹. Krass.«

»Nein danke.« Sabrina lächelte unsicher. »Ich hab's nicht so mit Tod im Moment.«

»Alles klar.« Beate stellte das Buch wieder zurück und nahm die Brille ab. »Was wolltest du eigentlich von meinem Großvater?«

Sabrina setzte sich wieder und trank den Rest ihres kalt gewordenen Tees aus. Sie kannte Beate nicht. Offenbar hatte niemand näher mit ihr zu tun. Sie war ein ziemlich schräger Vogel, aber das bedeutete nicht, dass sie ihr auch vertrauen konnte. »Ich hatte eine Frage zur Stadtgeschichte.«

»Das glaubst du doch selber nicht. Ich erfahre es so oder so. Er wird es mir sicher beim Abendessen erzählen.«

Sabrina erschrak. Wenn das stimmte und Beate nicht dichthielt, würde innerhalb kürzester Zeit ganz Andernach wissen, dass sie sich für die Vorfälle am *toten Fluss* mehr interessierte, als sie es sollte.

»Hey, keine Sorge. Nichts, was in diesem Haus erzählt wird, dringt nach außen. Wir sind auch in punkto Diskretion die Nummer eins.«

Sabrina atmete auf. »Danke. Ich will nicht darüber reden. Noch nicht. Es hatte was mit Amelie zu tun, und …«

Bevor sie sich um Kopf und Kragen reden konnte, klopfte es an der Tür, und eine junge Frau, kaum älter als Sabrina und Beate, kam herein.

»Ich kann abräumen?«

»Klar. Sabrina, das ist Florence, unser Au-pair.«

Das Mädchen hatte ein Tablett dabei und stellte nun die Kanne und die Gläser darauf.

»Bonjour«, sagte Sabrina.

»Oh, Sie sprechen Französisch?«

»Nur ein bisschen, grade mal so.«

Beate reichte Florence die Zuckerdose. »Vielleicht solltest du mal über einen Schüleraustausch nachdenken. Ich war letztes Jahr in den USA. Das hat meinem Englisch mehr als gut getan.«

Sabrina, die genau wusste, wie Franziska auf diese Frage reagieren würde, schwieg. Als Florence gegangen war, stand sie auf und nahm ihre Tasche. »Danke für den Tee. Ich muss jetzt.«

»Werde bloß nie Au-pair.«

Verwundert sah sie Beate an.

»Ich hatte fünf, bis ich neun war. Dann habe ich mir geschworen, keine einzige mehr zu mögen. Fünfmal jemanden verlieren, den man geliebt hat … Ich glaube, Eltern machen sich darüber falsche Vorstellungen.«

»Oh.« So hatte Sabrina das noch nie gesehen. Ob Beate sich deshalb entschieden hatte, Gesellschaft lieber zu erkaufen statt Gefühle zu investieren?

In der großen Eingangshalle verabschiedeten sie sich.

»Wenn du magst, lade ich dich nächste Woche in Neuwied mal zum Mittagessen ein.«

»Lass mal.« Sabrina lächelte. »Aber komm doch mal zu uns

nach Leutesdorf. Am Wochenende vielleicht. Wir können jede Hand gebrauchen.«

Sie sah, wie Beate einen Moment zögerte. »Sieh es als geldwerte Leistung.«

Beate grinste. »Na dann.«

# FÜNFZEHN

Franziska war an diesem Abend richtig sauer. Solange Kjell und Andres in der Nähe waren, riss sie sich zusammen. Kaum hatten die beiden sich aber zurückgezogen, kam das Donnerwetter.

»Was machst du eigentlich den ganzen Tag? Ich hatte dich gebeten, wenigstens ab und zu mal mitzuhelfen. Es ist die wichtigste Zeit des Jahres und du treibst dich Gott weiß wo herum!«

Sabrina presste die Lippen aufeinander. Das Jahr bestand für ihre Mutter aus einer permanenten Aneinanderreihung wichtigster Zeiten. Sie hatte schon genug geschuftet. Im Moment war Amelie wichtiger. Aber das konnte sie Franziska nicht sagen.

»Wo warst du heute?«

»Beim Richter. Ich hatte eine Frage zur Stadtgeschichte, für die Schule. Und wenn er einmal anfängt zu reden, hört er nicht mehr auf.«

»Beim Richter.« Irgendwie schien Franziska das zu beruhigen. Wahrscheinlich, weil die Gramanns eine genauso wunderbare Familie waren wie die Kreutzfelders, dachte Sabrina verbittert. Da sieht man gerne darüber hinweg, dass ihre Kinder sich Freunde kaufen und dass sie ihr Au-pair öfter sehen als die Eltern. »Beim alten Gramann? Mein Gott, unter dem habe ja ich schon gelitten! Ist er immer noch so schlimm mit seinen Ansichten zu Recht, Ordnung und Sauberkeit?«

»Schlimmer«, antwortete Sabrina. Sie räumte das Geschirr ab. »Und dann habe ich mich noch mit Beate unterhalten. Mit seiner Enkelin. Sie geht jetzt in meine Klasse.«

»Aha.« Franziska wurde freundlicher. Offenbar war sie erleichtert, dass Sabrina langsam wieder die Fühler in Richtung

Außenwelt ausstreckte. »Aber morgen dann. Ich bitte dich. Sonst wächst mir das alles über den Kopf.«

»Morgen ist Freitag.«

»Das weiß ich.« Franziskas Stimme klang schon wieder leicht gereizt.

»Da bin ich mit Lukas verabredet.«

Ihre Mutter holte tief Luft und stieß dann einen ärgerlichen Seufzer aus.

»Ich kann ihm auch absagen.«

»Nein. Schon gut. Zwei Stunden, hast du gesagt? Dann komm aber pünktlich zurück. Wir müssen zeitig fertig werden, ich bin am Abend nicht da.«

Sabrina schloss die Tür des Geschirrspülers. »Was Besonderes?«, fragte sie und versuchte, nicht zu neugierig zu klingen. Wenn Franziska vorhatte, wieder einen zaghaften Schritt in Richtung Liebesleben zu tun, dann wäre jetzt die Gelegenheit, es ausnahmsweise einmal vorher anzukündigen.

Aber ihre Mutter tippte nur eine neue Zahlenkolonne in den Tischrechner. »Die Winzergenossenschaft. Eine außerordentliche Sitzung.«

»Was ist los?«

»Ich weiß es nicht«, antwortete Franziska. »Wahrscheinlich geht es um die Prädikate, keine Ahnung.«

Etwas in ihrer Stimme verriet Sabrina, dass ihre Mutter nur die halbe Wahrheit sagte. Doch sie war froh, dass Franziskas schlechte Stimmung nicht nur damit zu tun hatte, dass ihre Tochter ständig die Lese schwänzte.

»Ich bin um fünf wieder zurück. Versprochen.«

Doch das Versprechen geriet schneller ins Wanken, als Sabrina gedacht hatte.

Am nächsten Tag im Physikunterricht steckte ihr Sebastian, ihr Tischnachbar, einen Zettel zu. Dabei wurde er puterrot und flüsterte: »Ist nicht von mir.«

Was dachte er sich eigentlich? Dass sie ihn fressen würde, wenn er auch nur ein Wort mit ihr wechselte? Sie faltete das

Papier auseinander und las: *Ich muss dich sprechen. Nach der Schule.*

Sabrina hob den Kopf und sah sich um. Fast alle verfolgten mehr oder weniger interessiert die Ausführungen des Klassenlehrers zur Relativitätstheorie. Nur Beate drei Bänke weiter zwinkerte ihr verschwörerisch zu. Sabrina hob die Schultern und verzog den Mund zu einem bedauernden Lächeln. Ich kann nicht, sollte das heißen, doch als die Stunde endlich zu Ende war und alle aus dem Klassenraum stürmten, stellte sich Beate ihr in den Weg.

»Kommst du mit zur Rheinkrone? Die haben einen richtig guten Mittagstisch.«

»Ich kann nicht«, antwortete Sabrina. »Ich muss bei der Lese helfen.«

»Ich weiß vielleicht was.«

Sabrina sah sich um. Alle anderen waren schon weg, sie hörte ihre Schritte und Rufe im Flur leiser werden.

»Was?«

»Nicht hier. Meinem Opa ist noch was eingefallen. Gestern beim Abendessen, als er mir alles über den wahren Grund deines Besuchs verraten hat. Komm mit, dann sag ich's dir.«

Sabrina sah verzweifelt auf ihre Armbanduhr. Wenn sie den Bus verpasste, würde sie Lukas in Andernach verfehlen. »Ich habe wirklich keine Zeit. Morgen vielleicht? Komm doch zu uns in den Weinberg. Wenn du magst, kannst du mithelfen.«

»Echt?«

»'ne dritte Einladung kriegst du nicht.«

Ein überraschtes Lächeln stahl sich in Beates blasses Gesicht. Offenbar wusste sie nicht, was da auf sie zukommen würde. »Ich hab das aber noch nie gemacht.«

Umso besser. »Kein Problem. Wir können jede Hand gebrauchen, egal, wie ungeschickt sie ist.«

»Dann … bis morgen.«

Beate kehrte zu ihrem Tisch zurück und packte ihre Bücher ein. Sabrina hatte plötzlich einen Hauch von schlechtem Gewissen, weil sie sie belogen hatte, und lief doppelt so schnell zum Bus wie sonst. Sie erwischte ihn gerade noch, bevor sich die Türen schlossen und er sich langsam in den Wochenendverkehr Richtung Rheinbrücke einfädelte. Eine halbe Stunde später stieg sie am Alten Krahnen aus und machte sich auf den Weg zum Marktplatz. Lukas wollte sie bei Luigi treffen. Ganz recht war das Sabrina nicht. Noch immer regte sich in ihr ein leiser Groll, wenn sie an den Chef des Eiscafés dachte und daran, dass er nicht auf Amelies Beerdigung gewesen war.

Wieder standen die bunten Stände auf dem Kopfsteinpflaster. Es gab keine Aprikosen mehr, dafür pralle Trauben, gewaltige Kürbisse und leuchtend gelbe Quitten. Langsam schlenderte Sabrina vorüber. Woran Kilian wohl damals gedacht hatte? Und ob sie jemals aufhören würde, sich darüber Gedanken zu machen? Jemand legte von hinten eine Hand auf ihre Schulter. Erschrocken drehte sie sich um.

»Schön, dich zu sehen«, sagte Lukas.

Er legte seinen Arm um sie. Sabrina ließ es einen Moment geschehen, bevor sie wie unabsichtlich ein paar schnelle Schritte voraus ging. Lukas spürte das und hielt Abstand. Zu zweit bummelten sie über den Markt, blieben ab und zu stehen, und schließlich kaufte Sabrina einen Strauß Herbstastern, den sie Franziska zur Entschuldigung für ihr dauerndes Fehlen mitbringen wollte. Endlich erreichten sie das Eiscafé. Luigi hatte Heizstrahler neben die Tische gestellt und bunte Decken über die Stühle verteilt. So konnten sie noch draußen sitzen, obwohl es eigentlich schon viel zu kalt dafür war.

Ein anderes Mädchen trat an ihren Tisch. Sie war älter als Amelie und auch nicht ganz so freundlich. Mit flüchtigen Gesten notierte sie die Bestellung und huschte ohne ein weiteres Wort wieder hinein. Sabrina und Lukas waren die einzigen Gäste.

Sie drehte sich um und versuchte, Luigi in dem Café zu entdecken, aber er war nicht da. »Also, was gibt es Neues?«

Sie hatte nur diese zwei Stunden und wollte auf keinen Fall

wieder zu spät kommen. Lukas nahm eine der Decken, faltete sie auseinander und legte sie Sabrina über die Knie. Es war eine nett gemeinte Geste, und Sabrina nahm sie hin, ohne sich weiter Gedanken darüber zu machen.

»Es gab wohl eine Eingabe beim Liegenschaftsamt. Erosion, bröckelnde Steine und so weiter.«

»Von wem?«

»Keine Ahnung. Jedenfalls waren vor ein paar Wochen irgendwelche Mitarbeiter vom Amt auf dem Rosenberg und haben das geprüft.«

»Mit welchem Ergebnis?«

»Das steht noch aus.«

Die junge Frau brachte zwei heiße Schokoladen mit einem gewaltigen Sahneberg obendrauf. Beide hatten auf einen Eisbecher verzichtet – es war einfach nicht mehr das Wetter dafür.

Nachdenklich löffelte Sabrina Zucker in ihre Tasse und rührte um. »Könnte das Konsequenzen haben?«

»Falls sie was finden? Auf jeden Fall. Es gibt ja immer noch Pläne, die Bahntrasse in Leutesdorf zu verlegen. Im Moment führt sie ja direkt durch die Vorgärten.«

Sabrina nickte. Die Züge waren ein echtes Problem. Die meisten rauschten in einem Affentempo vorbei. Die Dobersteins wohnten glücklicherweise ein Stück weit von der Bahntrasse entfernt. Für die Leute, die weiter unten Richtung Rhein lebten, brauste jedes Mal ein Sturm durchs Gemüsebeet.

»Aber da ist noch lange nichts entschieden.« Lukas trank einen Schluck Kaffee. »Kennst du die da? Die schaut schon die ganze Zeit so komisch.«

Sabrina folgte seinem Blick – und erstarrte. Beate stand auf der anderen Seite des Marktplatzes. Sie tat nichts anderes, als ganz unbeteiligt in ihre Richtung zu sehen. Als ihre Blicke sich kreuzten, drehte sie sich um, ohne eine Miene zu verziehen, und ging weg.



Sabrina fühlte sich, als hätte man sie eben beim Klauen

erwischt. »Na toll. Jetzt hat sie mich gesehen. Ich hab sie angeschwindelt, weil ich mit dir verabredet war.«

Lukas grinste. »Bin ich dir so peinlich, dass du mich lieber geheim hältst?«

»Nei-nein«, stotterte Sabrina. »Es ist nur … Sie wollte mir was Wichtiges sagen. Über Amelie. Und da wollte ich sie nicht vor den Kopf stoßen.«

Das waren die dümmsten aller Lügen: die, die man nur aussprach, um andere nicht zu verletzen.

Lukas sah sie nachdenklich an. Dann griff er nach ihrer Decke, die ein bisschen verrutscht war, und wollte sie richten. Dieses Mal war es Sabrina gar nicht recht. Sie zuckte zusammen in instinktiver Abwehrhaltung und hob die Hände. Am liebsten wäre sie aufgesprungen und Beate hinterhergelaufen.

»Was ist denn mit Amelie?«, fragte Lukas. Er tat, als hätte er Sabrinas Geste gar nicht bemerkt. »Hat sich die Kriminalpolizei gemeldet?«

»Nein. Das ist es ja. Es tut sich nichts. Gar nichts. Ich war diese Woche da, aber sie konnten mir wieder nichts Neues sagen.«

Ungeduldig sah sie sich nach Luigis neuer Servicekraft um. Sie wollte zahlen. Aber das Mädchen stand im Geschäft hinter dem Tresen, blätterte gelangweilt in einer Zeitschrift und achtete nicht mehr auf die wenigen Gäste.

»Wer war sie denn?«

»Beate. Die Enkelin vom Richter.«

»Na, das nenn ich mal ein Schicksal. Aber in Heimatkunde ist sie dann wohl eins a.«

Sabrina konnte mit Lukas' Humor im Moment gar nichts anfangen. Sie sah auf ihre Armbanduhr. Auch ohne Beates plötzliches Auftauchen wäre es Zeit gewesen, zu gehen.

»Und was hat sie mit Amelie zu tun?«

Sabrina wog für einen Moment lang ab, ob sie Lukas einweihen sollte oder nicht. Dann entschied sie sich dagegen. »Unwichtig.«

»Aber sie wollte dir doch was sagen. Was denn?«

»Wenn ich das wüsste, würde ich jetzt wohl mit ihr und nicht mit dir hier sitzen.«

Seine Hand legte sich auf ihren Arm. Wieder fiel Sabrina auf, wie besitzergreifend diese Geste war. »Wenn sie etwas über Amelie weiß, dann interessiert mich das auch.«

Sabrina presste die Lippen aufeinander. Es war schwer zu akzeptieren, dass auch andere ein Recht darauf hatten, um Amelie zu trauern. Komischerweise gestand sie das Willy und Wanda ohne Weiteres zu. Bei Lukas aber war es anders. Etwas in ihr weigerte sich, ihm reinen Wein einzuschenken. War sie etwa eifersüchtig? Sie entzog sich seinem Griff. »Ich versuche nur, ein bisschen mehr über sie zu erfahren.«

»Ihr wart doch Freundinnen. Ziemlich enge sogar.«

»Ja. Aber das heißt ja nicht, dass man sich alles erzählt.«

»Nicht?«

Jetzt sah er so ratlos aus, dass er ihr schon wieder beinahe Leid tat. »Jeder hat seine Geheimnisse. Du doch auch.«

Lukas' Gesicht verschloss sich. Es war, als wäre plötzlich ein dunkler Schatten über seine Züge geglitten. Er sah in die andere Richtung, als ob er Sabrinas Blick ausweichen wollte. »Was meinst du damit?« Das klang zickiger als Franziska bei unter siebzig Grad Öchsle.

»Gar nichts. Überhaupt nichts.«

»Dann schnüffle auch nicht herum.«

»Wie bitte?«

Er drehte sich zu Sabrina und sah sie an. Tief in ihm drin musste ein ziemlich großer Schmerz sitzen, denn in seinen Augen schimmerten Tränen. »Lass ihr doch ihre Geheimnisse. Ich verstehe nicht, warum du auf einmal hinter Amelie herspionierst.«

»Das tue ich doch gar nicht!«

»Ihre Freunde nach ihr ausfragen. Die Polizei. Allen und jedem misstrauen. Nur dieser Schiffer, der hat mit allem natürlich gar nichts zu tun.«



»Das ist nicht wahr!«

Lukas legte einen Schein auf den Tisch. »Lass sie ruhen und die Polizei ihre Arbeit tun. Wenn du über jemanden etwas herausfinden solltest, dann über diesen .. Kilian?«

»Der ist weg«, flüsterte Sabrina. Zum ersten Mal wurde ihr klar, was das bedeutete. Er war weg. Er würde nie mehr wiederkommen. In die Trauer um Amelie mischte sich ein neuer, scharfer Schmerz. Es war nicht der Verlust. Es war der Verlust der Hoffnung.

»Eben.« Die Bedienung schlenderte vorbei, nahm den Schein und vergaß, das Restgeld zurückzugeben. Lukas achtete gar nicht auf sie. »Wenn es einer von hier gewesen wäre, hätten sie ihn doch schon längst. Die haben doch tagelang jeden Stein umgedreht. Nichts! Kein Fußabdruck, keine Spuren. Sie muss oben auf dem Trampelpfad erschlagen worden sein, und der Täter hat sie dann runtergeschubst. Bis auf den Ranger und seine Helfer und ein paar irre Mondanbeter treibt sich da keiner rum. Schon gar nicht nachts.« Er beugte sich vor. Plötzlich war sein Gesicht sehr nahe. Vor jedem anderen wäre Sabrina zurückgewichen. Doch in Lukas' Miene stand nichts anderes geschrieben als Sorge. »Es war dieser Schiffer.«

»Nein!« Ein paar Köpfe drehten sich nach ihr um. »Nein«, fuhr sie etwas leiser fort. Es konnte nicht sein, dass alle Welt Kilian als Verdächtigen brandmarkte, nur weil er fremd war. Nur weil er jetzt nicht aufzufinden war. Irgendjemand musste ihn in Schutz nehmen. »Etwas stimmt nicht mit dem Ranger. Er sagt, er hätte Dienst gehabt. Aber das hatte er nicht.«

»Woher willst du das wissen?«

»Weil ich es eben weiß.«

Lukas musterte sie besorgt. »Du spielst doch nicht etwa Detektivin?«

»Und wenn?«

»Sabrina!« Er beugte sich vor. »Das ist gefährlich!«

»Außerdem treibt sich da ein kichernder Gnom herum, der sich einen Spaß daraus macht, die Leute zu erschrecken. Ich habe ihn gesehen und das war wirklich gruselig. Und dann glaubt die Polizei nicht mehr an ein Lastschiff. Plötzlich soll es ein Boot gewesen sein. Etwas stimmt nicht mit der Werth. Und es hat nichts mit einem Fremden zu tun.«

Sie konnte ihm nicht sagen, wie sehr sie die Gemeinsamkeiten der beiden Morde verwirrten. Es war einfach lächerlich. Dumme Zufälle, wie es sie immer mal wieder gab. Viele Leute hatten Amelie Lilly genannt, aber deshalb hieß sie noch lange nicht Liliane. Und dass die beiden Schiffe ausgerechnet *Sehnsucht* hießen, hatte auch nichts zu bedeuten. Würde sie es zulassen, dass es einen Zusammenhang gab, wäre automatisch wieder Kilian im Kreis der Verdächtigen. Auch wenn ganz hinten in ihrem Herzen hinter seinem Namen immer noch ein großes Fragezeichen stand – eine Verbindung zwischen den beiden Morden hieß nicht automatisch, dass er etwas damit zu tun hatte.

»Natürlich war da ein Schiff«, sagte Lukas leise. »Es muss da gewesen sein. Und auf ihm war der Mörder.«

»Kilian ist kein Mörder.«

»Dann ist er verdächtig! Ich verstehe dich nicht, Sabrina. Sag mir wenigstens, was du vorhast. Damit ich ein bisschen auf dich aufpassen kann.«

Erstaunt sah sie Lukas an. »Warum?«

»Ich will genau wie du, dass Amelies Tod aufgeklärt wird.«

»Dann musst du mir schon glauben.«

»Ich glaube dir. Wirklich. Ich will dich aber nicht allein lassen in dieser Situation. Wenn du einen Plan hast oder irgendeine Idee, dann rede mit mir darüber. Einverstanden?«

»Nicht jetzt.« Sabrina lächelte ihn entschuldigend an. »Ich will erst noch wissen, was dem alten Richter eingefallen ist.«

»Okay. Ruf mich an, wenn du zu ihm gehst. Versprochen? Ich will nicht, dass du dich auch noch in Gefahr bringst.«

Er sah ihr in die Augen. Erstaunlicherweise machte es Sabrina gar nichts aus, diesem Blick standzuhalten. Im Gegenteil: Es war, als wäre ein Teil der Last von ihren Schultern gefallen, die sie die ganze Zeit über gedrückt hatte.

»Danke«, sagte sie. »Du weißt nicht, was es mir bedeutet, dass ich mit dir darüber reden kann.«

Wieder legte er seine Hand auf ihren Arm. Dieses Mal kam die Geste Sabrina nicht besitzergreifend, sondern beschützend vor. »Und mir erst«, antwortete er. »Und mir erst.«

Sabrina schaffte es tatsächlich noch rechtzeitig auf den Weinberg. Als es dunkel wurde und Franziska sich verabschiedete, hatten sie schon fast die Hälfte hinter sich. Andres und Kjell warteten, bis ihre Chefin ganz hinabgestiegen und ins Haus gegangen war, dann holten sie eine Flasche Federweißen aus ihrem Versteck und prosteten sich zu.

»Willst du auch?«

Kjell hielt ihr die Flasche entgegen, doch Sabrina schüttelte nur den Kopf. Federweißer ging schneller ins Blut, als man dachte.

Kjell zuckte mit den Schultern und stapfte zu Andres. Die beiden zogen sich in den Unterstand zurück und waren nicht mehr zu sehen.

Vorsichtig blickte Sabrina sich um. Die Dämmerung hatte das Flusstal schon in tiefe Dunkelheit getaucht. Nur hier oben am Berg war es noch ein bisschen hell. Gerade hell genug, um den Weg zur Edmundshütte zu erkennen. Sie schnappte ihre Tasche und lief, so schnell sie konnte. Die Hütte war eine alte Wegmarke entlang des Rheinsteigs. Der Wanderweg verband die Talberge des Mittelrheins zwischen Koblenz und Bonn. Im Sommer war das kleine Haus mit der atemberaubenden Aussicht ein beliebtes Ausflugsziel. Doch seit einigen Tagen war die Hütte geschlossen, und Sabrina konnte sicher sein, von keinem verirrten Rucksacktouristen gestört zu werden.

Obwohl sie das Klettern gewohnt war, ging ihr bald die Puste aus. Das lag zum einen an dem Tempo, das sie vorlegte, zum anderen an dem Gewicht, das sie mit sich herumschleppte.

Endlich hatte sie die Aussichtsplattform erreicht. Vor ihr breitete sich das Flusspanorama aus. Links unten Leutesdorf, auf der anderen Seite Andernach und rechts daneben die Namedyer Werth. Seitdem Sabrina dem schwarzen Gnom da drüben begegnet war, hatte sie sich vorgenommen, vorsichtiger zu sein. Sie wollte den *toten Fluss* im Auge behalten und dabei am besten nicht gesehen werden.

Aus der Tasche holte sie das Fernrohr ihres Vaters hervor. Sie hatte es auf dem Dachboden gefunden, in einer Kiste mit Pullovern, einem uralten Walkman und ein paar verstaubten Büchern. Franziska hatte die Hoffnung aufgegeben, dass er den alten Kram je abholen würde. Die Kiste geriet langsam, aber sicher in Vergessenheit, und Sabrina hatte nicht den leisesten Anflug von schlechtem Gewissen, sich das Fernrohr für ihre Zwecke auszuleihen.

Sie zog die Beine des Stativs auseinander und probierte so lange, bis es einen sicheren Stand hatte. Dann setzte sie das Fernrohr darauf, schaute hindurch und drehte so lange an den Rädern herum, bis das Bild scharf war. Es war um Längen besser als das Fernglas, das für größere Entfernungen einfach nicht geeignet war. Sie erkannte den Stromhafen mit seinen Umschlag- und Vorratsplätzen, dann die Aussichtsplattform mit der Siegfried-Statue, die sie noch nie so nah und deutlich von vorne gesehen hatte, denn der Held streckte seine steinerne Brust dem Fluss entgegen und drehte Andernach in stoischem Gleichmut den Rücken zu. Rechter Hand entdeckte sie den verwaisten Fähranleger, denn die Fahrt zum Geysir wurde im Herbst nur am Wochenende angeboten. Noch weiter: die Uferpromenade, das Rheintor, den Wehrturm und den Alten Krahnen. Mit klopfendem Herzen schwenkte sie noch mehr nach rechts. Da lag sie, die Werth, still und dunkel. Ein Waldstück, eingeklemmt zwischen Ufer und Berg, durchschnitten von einer Schnellstraße auf hohen Stelzen. Zweimal Tatort, zweimal so viele ungelöste Fragen. Beim ersten Fall hatte ein Indizienprozess zur Verurteilung des Mörders geführt, und ein Junge von elf Jahren hatte alles gesehen und nie ein Wort darüber gesprochen. Was wohl aus ihm geworden war? Und ob er wirklich so unschuldig gewesen war, wie alle glaubten?



Beim zweiten Mal gab es keinen Mörder. Nur einen Verdächtigen, der sich in Luft aufgelöst hatte; einen Ranger, der Dienstpläne manipulierte; einen Richter, der sich zu spät erinnerte; und einen kichernden schwarzen Geist, der verirrte Spaziergänger zu Tode erschreckte. Auch wenn alle sagten, diese beiden Verbrechen hätten nichts miteinander zu tun, so lagen sie doch vor Sabrina wie Teile eines Puzzles, dem aber noch zu viele entscheidende Stücke fehlten, als dass man es hätte zusammenfügen können.

Ein Blitzen. Im Bruchteil einer Sekunde wieder vorbei. Atemlos starrte Sabrina durchs Fernrohr. Da! Schon wieder! Das Licht geisterte wie ein winziges Glühwürmchen durch die Dunkelheit. Jemand war drüben auf der Werth. Um diese Uhrzeit? Sabrina blinzelte, aber es war nichts mehr zu sehen. Fast glaubte sie, sie hätte sich geirrt. Da sah sie es ein drittes Mal. Irrlichternd und schwankend, nur für wenige Augenblicke leuchtete es auf, so als ob sein Träger sich nur vergewissern wollte, dass er auf dem richtigen Weg war.

Jemand war am *toten Fluss*. Zu einer Zeit, zu der sich niemand dort herumtreiben durfte. Es war zu kalt für Liebespärchen und zu ungemütlich für die Jugendlichen, die sich sonst am Alten Krahnen trafen und den Richter zur Weißglut brachten. Aber es war genau der richtige Moment, um ungestört an einem Ort herumzulaufen, an dem zwei Morde geschehen waren.

Schnell packte Sabrina ihre Sachen zusammen und machte sich an den Abstieg. Es war gerade noch hell genug, um den Weg zu erkennen, und als sie die erste Straßenlaterne von Leutesdorf erreicht hatte, merkte sie, dass sie so schnell gelaufen war, dass sie keuchte. Andres und Kjell waren fort. Das Haus war dunkel. Und auf der Bank vor der Tür saß ein Mann.

# SECHZEHN

»Guten Abend«, sagte Sabrina.

Der Mann stand auf und nahm eine Reisetasche, die er zu seinen Füßen abgestellt hatte. »Du bist Franziskas Tochter. Habe ich recht?« Er streckte ihr die Hand entgegen. »Ich bin Michael Gerber.«

Überrascht erwiderte sie seinen Händedruck. Michael Gerber war einen halben Kopf größer als sie, hatte dunkle, verstrubbelte Haare und trug eine randlose Brille. Sie verlieh seinem beinahe jungenhaften Gesicht etwas Ernsthaftes. Sabrina schätzte ihn auf Mitte, Ende Dreißig. Also mindestens fünf Jahre jünger als ihre Mutter.

Er ließ sie los. »Wahrscheinlich hat Franziska vergessen, dass ich heute kommen wollte.«

»Sie … wollen hierbleiben?« Sabrina merkte selbst, dass das so überrascht klang, dass es schon beinahe einer Ausladung gleichkam.

»Also hat sie auch vergessen, dir Bescheid zu sagen. Ich darf dich doch noch duzen? Sechzehn ist dafür, glaube ich, die alleroberste Grenze.« Jetzt lächelte er. »Sag einfach Michael zu mir, wenn es dir nichts ausmacht.«

Erstaunt registrierte Sabrina, dass ihre Empörung sich in Grenzen hielt. Er wirkte nett und unkompliziert. Hauptsache, die beiden würden sich mit ihrer Knutscherei ein bisschen beherrschen. Sie holte die Schlüssel aus der Hosentasche und öffnete die Tür. »Kommen Sie rein.«

In der Küche setzte sie als Erstes Wasser für eine große Kanne Tee auf. Während sie darauf wartete, dass heiß wurde, sah Michael sich um. Er tat das mit genau der richtigen Mischung aus Interesse und Zurückhaltung, ohne neugierig zu wirken. Offenbar war er damals wirklich nicht weiter als bis zu Franziskas Schlafzimmer gekommen. Als er im Wohnzimmer vor den Medaillen stehen blieb, erinnerte sie das an den Besuch der Polizistinnen und dass er an diesem Tag eigentlich hatte kommen wollen. Franziska hatte seinen Namen nie mehr erwähnt. Sabrina hatte wie selbstverständlich angenommen, dass er gar nicht mehr existierte.

»Deine Mutter hat mir erzählt, was passiert ist.« Er kam wieder in die Küche zurück und setzte sich auf die Eckbank.

»So. Hat sie das.« Ihr Herz pochte ein wenig schneller, wie jedes Mal, wenn sie zu plötzlich an Amelie denken musste.

»Es tut mir sehr leid. Es muss ein großer Verlust für dich sein.«

Sie holte Tassen aus dem Regal über dem Kühlschrank und stellte sie auf den Tisch. »Ich möchte nicht darüber reden.« Mit einem Fremden schon gar nicht. Über was hatten die beiden wohl sonst noch gequatscht?

Er musterte sie mit einem nachdenklichen Blick, wechselte dann aber das Thema. »Hat Franziska gesagt, wohin sie wollte?«

»Zu einer Versammlung der Winzergenossenschaft. Das kann spät werden.«

Er nickte. Sie schenkte den Tee ein, blieb aber stehen. Er sollte gar nicht erst glauben, dass sie nun die Rolle der Alleinunterhalterin übernehmen würde.

»Dann nehme ich mir wohl am besten ein Zimmer. Dieses Wirtshaus Salinger, kannst du das empfehlen?«

»Das ist okay«, sagte Sabrina.

Michael Gerber sah in seine Tasse, trank zwei Schlucke und stand auf. »Ich will dich nicht länger aufhalten. Vielen Dank für den Tee. Ich versuche es noch mal auf ihrem Handy. Vielleicht sehen wir uns ja mal wieder. Ich würde mich freuen.«

»Sie wollen nicht bleiben?«

»Nein. Das würde deine Mutter nicht wollen.«

Unsicher zuckte Sabrina mit den Schultern.

»Ich habe auf dem Weg nach Köln einfach nur einen kurzen Zwischenstopp eingelegt«, fuhr er fort. »Wir sind nicht zusammen, falls du das glaubst. Oder befürchtest.« Er lächelte. Ein Kranz feiner Fältchen legte sich um seine Augen. Plötzlich sah er gar nicht mehr so jung aus. Eher ein bisschen traurig.

»Ich befürchte gar nichts«, sagte sie etwas zu hastig. »Ich meine, meine Mutter ist alt genug. Sie kann ihre eigenen Entscheidungen treffen.«

»Ja, das tut sie.« Er nahm seine Tasche und ging in den Flur. »Ich wollte dir übrigens noch meine Hilfe anbieten. Franziska meinte, es wäre keine gute Idee und du würdest mich dafür auf den Mond schießen, aber wenn du mal mit mir reden möchtest, ich bin immer für dich da.«

»Warum? Ich meine, warum wollen Sie mir helfen?«

Michael Gerber holte eine Visitenkarte aus seiner Jackentasche und reichte sie ihr. »Nenn es berufliches Interesse.«

*Diplompsychologe Michael Gerber. Psychotherapie/ Psychoanalyse.* Darunter eine Adresse in Koblenz.

Sabrina runzelte die Stirn. »Ich gehe nicht davon aus, dass ich einen Psychologen brauche.«

»Ich auch nicht. Aber manchmal hilft es. Glaube mir.« Er nickte ihr knapp zu und ging hinaus.

Sabrina starrte ihm hinterher. Was hatte ihre Mutter diesem Mann sonst noch alles erzählt? Und was für einen Eindruck machte sie eigentlich? Es war schon genug, wenn sich die Polizei in Neuwied über sie schlapplachte. Offenbar geisterte sie langsam, aber sicher als melancholische Irre durch Leutesdorf. Wütend zerriss sie die Visitenkarte und warf sie in der Küche in den Mülleimer.

Allerdings hatte sie erst am nächsten Morgen Gelegenheit, mit ihrer Mutter zu sprechen. Michael musste sie doch noch erreicht haben, denn ihre Laune war einfach nur abgrundtief schlecht.

»Ich habe nicht mit ihm über dich geredet«, knurrte Franziska. »Ich habe über Amelie geredet und dass er und ich damals einfach ein verdammt schlechtes Timing hatten. Es war seine Idee, dir Hilfe anzubieten. Nicht meine. Okay?«

Sabrina hatte keine Ahnung, warum plötzlich alle Welt der Meinung war, ihr helfen zu müssen. Und warum diese Hilfe hauptsächlich darin bestand, sie zum Reden bringen zu wollen. »Schon gut. Schwamm drüber. Wenn ich einen Psychologen brauche, melde ich mich. Was ist denn nun mit euch beiden?«

Franziska stieß einen Seufzer aus, der abgrundtiefer war als Emmerichs Weinkeller. Dann fuhr sie sich mit beiden Händen durch ihre schulterlangen Haare. »Keine Ahnung. Ich schaffe es ja noch nicht mal zum Friseur. Ich habe einfach keine Zeit für so was. Komm, wir müssen los.«

Andres und Kjell waren schon oben am Weinberg. Dafür hatten sie früher Feierabend und machten sich am Nachmittag fröhlich pfeifend auf ins Wochenende. Sabrina arbeitete gemeinsam mit ihrer Mutter weiter. Vier Reihen noch, dann hatten sie die Lese geschafft. Es war eine mühselige Arbeit, denn ein Teil der Trauben sollte noch am Stock bleiben und den ersten Frost mitbekommen. Und genau die musste man auswählen, was wesentlich mehr Zeit raubte als einfach alle Reben zu ernten.

Sabrina dachte darüber nach, warum die Antwort ihrer Mutter sie wider Erwarten nicht glücklich machte. Keine Zeit für so was. Hatte Franziska jemals Zeit für etwas anderes als den Weinberg gehabt? In solchen Momenten war Sabrina froh, noch zwei Jahre Aufschub gewonnen zu haben. Dobersteins Jüngster jedenfalls war im Moment kein Thema mehr. Sie richtete sich auf und drückte den Rücken durch. Dann ging sie ein paar Schritte nach rechts und betrachtete den verwilderten Hang.

Meiner, dachte sie. Wie hört sich das eigentlich an? Mein Weinberg. Eigentlich nicht schlecht. Sie legte die Schere in den Korb zu den Trauben und lief den Terrassenweg weiter, bis sie an die Grenze der beiden Hänge kam. Mehr Steillage ging wohl nicht. Man musste definitiv schwindelfrei sein, um da oben zu arbeiten. Aber der Berg bekam dadurch auch am meisten Sonne ab. Das Schiefergestein speicherte die Wärme und ließ die Trauben süßer werden. Nicht sehr ertragreich, dafür aber von hoher bis höchster Qualität, vermutete sie. Sie stieg über den Drahtzaun. Über die Hälfte der Stöcke müsste neu gepflanzt werden. Riesling. Vielleicht zwei Reihen Kerner oder Weißburgunder dazu. Bei unter 60 Hektoliter pro Hektar fast schon eine Garantie für Spitzenqualität. Nicht schlecht. Wirklich nicht schlecht. Natürlich rein theoretisch betrachtet.

»Vorsicht!« Franziskas Stimme gellte zu ihr hinüber. »Sabrina! Pass auf!«

Erschrocken fuhr sie zusammen. Von oben lösten sich Steine, kollerten und prasselten herunter und flogen wie Geschosse an ihr vorbei. Sabrina ließ sich fallen und hob die Arme über den Kopf, um sich zu schützen.

»Sabrina!«

Ein Brocken, groß wie ein Fußball, raste in atemberaubender Geschwindigkeit auf sie zu. Sie warf sich zur Seite, der Stein verfehlte sie nur um Haaresbreite. Aus den Augenwinkeln sah sie eine Bewegung, doch sie krümmte sich instinktiv zusammen, um nicht doch noch getroffen zu werden. Der ganze Spuk dauerte keine fünf Sekunden, dann war er vorbei, und ihre Mutter war bei ihr.

»Mein Gott! Ist dir was passiert?« Franziska beugte sich über sie. »Nur eine Schramme. Gott sei dank. Das haben wir gleich. Ich dachte schon, der ganze Berg kommt runter. Also ist doch was Wahres dran.« Sie drückte ein zerknittertes Papiertaschentuch auf Sabrinas Stirn. »Du musst zum Arzt. Vielleicht muss das genäht werden.«

Vorsichtig tastete Sabrina die Stelle ab. Ein wenig Blut blieb an ihren Fingerspitzen kleben. »Nur ein Kratzer. Alles halb so wild.« Sie stand auf und klopfte sich den Dreck aus den Kleidern. Dann sah sie noch einmal hoch zur Spitze des Berges, die jetzt wieder friedlich und unschuldig aussah. »Woran ist was Wahres?«

Franziska folgte ihrem Blick. »Es wird gemunkelt, dass sie damals, als der Hang terrassiert wurde, gepfuscht haben. Wenn das stimmt ...«

»Dann kommt der Berg irgendwann ins Tal. Man hat dich übers Ohr gehauen.«

»Es sind nur Gerüchte. Gestern Abend habe ich mich mit Kreutzfelder unterhalten. Der sagt, dass der Berg sicher ist.«

»So. Sagt er.«

Etwas an Sabrinas Ton brachte Franziska dazu, sich langsam zu ihrer Tochter umzudrehen und sie ins Visier zu nehmen. »Was weißt du darüber?«

»Ich? Genauso viel wie du. In Andernach heißt es, dass eventuell die Bahntrasse verlegt wird und dafür Gutachten gemacht werden. Aber auch das ist reines Hörensagen. Lukas hat mir gestern davon erzählt.«

»Die Bahntrasse.« Sie sah hinunter ins Tal, wo wie auf Bestellung ein ICE durch Leutesdorf brauste und selbst bis hier oben noch mehr als deutlich zu hören war. »Das wird ja immer besser. Entweder fällt uns der Berg auf den Kopf oder wir werden enteignet. Scheiße!«

Es kam wirklich selten vor, dass Franziska außer sich geriet. Sabrina hatte sie so gut wie nie fluchen gehört. In diesem Moment aber schien ihrer Mutter alles egal zu sein. Sie war wütend. Richtig wütend. Sie holte mit ihrem rechten Bein aus und gab einem kleinen Stein vor ihr einen kräftigen Tritt. Er flog fast fünf Meter weit.

»Das ist dein Berg! Dein Erbe! Egal, ob du es annimmst oder nicht. So geht man nicht um mit den Dobersteins. So nicht!«

Sabrina beobachtete ihre Mutter mit gemischten Gefühlen. Eigentlich war das ja ein Wink des Schicksals. Dobersteins Jüngster würde wahrscheinlich nicht mal mehr den nächsten Frühling erleben. Das Problem war gelöst, ohne dass Sabrina auch nur einen Finger dafür hatte rühren müssen. Aber seltsam: Die richtigen Glücksgefühle wollten sich nicht einstellen. Eben noch hatte sie darüber nachgedacht, was sie hier anpflanzen könnte – rein theoretisch! Und im nächsten Moment sah es ganz danach aus, dass hier nie etwas gedeihen würde.

Noch einmal sah sie hoch. Und für den Bruchteil einer Sekunde erkannte sie wieder eine Bewegung. »Da!« Sie fuhr mit dem Zeigefinger in die Luft und deutete hinauf. »Da ist jemand!«

»Wo?« Franziska legte die Hand über die Augen. »Wo denn?«

»Da war was. Ich hab's doch gesehen! Als die Steine runterkamen, hatte ich schon mal das Gefühl, dass da oben was ist!«

»Da ist nichts.« Franziska schenkte ihr einen müden Blick. »Du hast dich getäuscht. Wer da rumturnt, ist lebensmüde. Lass uns weitermachen, es wird bald dunkel.« Sie ging zu dem Draht und stellte ein Bein darauf, damit Sabrina leichter darübersteigen konnte.

»Ich spinne doch nicht. Ich habe was gesehen!«

»Ein Tier vielleicht.«

»Was denn, etwa eine Gämse? Wir sind doch nicht im Hochgebirge.«

»Okay.« Franziska seufzte resigniert. »Wir schauen morgen mal nach. Morgen. Oder nächste Woche. Heute müssen wir noch arbeiten. Es soll in den nächsten Tagen den ersten Bodenfrost geben.«

Ärgerlich stieg Sabrina über den Draht und ging zurück zu ihrem Korb. Doch bevor sie ihn sich wieder auf den Rücken schnallen konnte, hielt sie überrascht inne. Wie Kai aus der Kiste war eine Gestalt aus den dichten Blättern keine zwei Meter von ihr entfernt aufgetaucht.

»Beate!«

Offenbar hatte sie schon eine Weile gut versteckt hinter den Reben gesessen und auf einen passenden Moment gewartet, Sabrina zu Tode zu erschrecken.

»Hi. Du hast gesagt, ich soll helfen. Da bin ich. – Guten Tag. Sie müssen Frau Doberstein sein. Ich bin Beate Seiters, die Enkelin vom Richter aus Andernach. Ihre Tochter hat mich zur Lese eingeladen.«



Franziska blies sich eine widerspenstige Haarsträhne aus

dem Gesicht und ergriff dann Beates ausgestreckte Hand. »Ich freue mich, dich kennenzulernen. Sabrina hat schon viel von dir erzählt.«

Beate sah sich um. »Diese Eimer zum Anschnallen, soll ich mir auch so einen nehmen?«

»Äh … ja.« Sabrina löste sich aus ihrer Erstarrung. »Warte mal. Kjell hat seinen Korb hier irgendwo liegen gelassen.«

Sie ging hinunter zum Weg, wo der kleine Trecker mit dem Anhänger stand, auf dem die Trauben gesammelt wurden. Die beiden Dänen hatten einfach die letzten vollen Eimer auf die Ladefläche geworfen. Sabrina kletterte hinauf, leerte einen von ihnen aus und brachte ihn Beate. Franziska hatte sich mittlerweile wieder zwei Reihen weiter an die Arbeit gemacht.

»Ich halte meine Versprechen. Immer.« Beate nahm den Korb und schnallte ihn sich auf den Rücken.

Sabrina reichte ihr eine der Spitzscheren. Irgendwie musste sie jetzt etwas sagen, um dieses unglückselige Treffen auf dem Marktplatz nicht für ewig im Raum stehen zu lassen. »Ich wollte dich nicht anlügen.«

»Schon gut. Ein Date geht vor.« Beate nahm die Schere, und dabei verrutschte der Ärmel ihres hochgekrempelten Hemdes. Ihr rechter Ellenbogen war blutig aufgeschürft.

»Was hast du denn da?«

»Ich bin ausgerutscht. Nicht der Rede wert.«

»Lass mich sehen.«

»Nein!« Beate rollte den Ärmel herunter. »Erzähl mir lieber, wie es gelaufen ist.«

Sabrina überließ Beate die angefangene Reihe und nahm sich die nächste vor. Während sie sich langsam nach oben arbeiteten, erzählte sie ihr von Lukas und dem Weinberg. Einen Moment lang zögerte sie, Amelie zu erwähnen. Dann fiel ihr aber ein, dass der Richter ja ohnehin alles über ihre Nachforschungen brühwarm weitererzählt hatte, und sie schloss auch das in ihren Bericht mit ein. Als sie damit fertig war, hatten sie ziemlich zeitgleich das Ende der Reihe erreicht.

»Du willst also wirklich herausfinden, wer deine Freundin umgebracht hat?« Beate wischte sich ihre verklebten Hände an ihrer Hose ab, die bis vor Kurzem noch hellbeige gewesen war. »Da hast du dir ja was vorgenommen. Irgendwo hat dieser Lukas natürlich recht. Du solltest das alles der Polizei überlassen.«

»Die kommt nicht weiter. Kilian ist wie vom Erdboden verschluckt.«

Es war merkwürdig, über ihn zu reden. Aber schön. Ganz anders als mit Lukas. Beate hatte sie nicht unterbrochen und auch nicht für verrückt erklärt.

»Dann hat er falsche Papiere. Und versteckt sich irgendwo.«

»Mit einem Schiff?«

Beate nickte. »Hier ist ihm das doch auch gelungen. Er kann schon Gott weiß wo sein. In Rotterdam. Oder in Wien. Vielleicht sogar schon im Schwarzen Meer. Wohin wollte er?«

»In den Süden.«

»Wenn sie ihn in den ersten drei Tagen nicht gefasst haben, ist er über alle Berge. Es gibt überall Seitenarme und Häfen, in denen nicht so genau hingeguckt wird, falls du verstehst, was ich meine.«

»Ich habe von Häfen ehrlich gesagt keine Ahnung. Ich weiß nicht, was da möglich ist.«

»Dann müsstest du mal meinen Großvater hören. Der hat alles in seinem Berufsleben gesehen.«

»Du hast gesagt, er hätte sich noch an was erinnert?«

Gemeinsam machten sie sich auf den Weg nach unten. Die Körbe waren schwer und die Riemen drückten auf die Schultern. Beate war offenbar gar nichts gewohnt. Ihr sonst so blasses Gesicht war knallrot angelaufen.

»Er hat doch immer diese Führungen durch Andernach. Im Sommer, am Tag, als das mit Amelie passiert ist, ist er mit den Leuten auf den Runden Turm geklettert. Als krönenden Abschluss. Wer bis dahin noch nicht schlapp gemacht hat, kriegt spätestens da oben den Rest. Böse Zungen behaupten, die Malteser wären jeden Samstag von elf bis drei in erhöhter Alarmbereitschaft.«

Der Wehrturm war eines der Wahrzeichen von Andernach. Er war noch aus dem Mittelalter, hatte sämtliche Angriffe der letzten Jahrhunderte fast unbeschadet überstanden und wurde nun von Vereinen genutzt.

»Opa ist also bis ganz nach oben auf die Aussichtsplattform gekraxelt. Klettern kann er ja. Die meisten machen schon auf der ersten Etage schlapp, aber an diesem Tag sind tatsächlich zwei Touristen bis zum Äußersten gegangen.«

Sie erreichten den Trecker und schnallten die Körbe ab. Sabrina kletterte auf die Ladefläche, Beate reichte ihr den ersten Korb hoch.

»Von da oben sieht man kilometerweit. Von Neuwied bis zur Werth, an klaren Tagen fast bis Frankreich. Jedenfalls, während Opa ihnen in epischer Breite die Geschichte der Stadt anhand ihrer Wehrtürme erzählt, sieht er ein Schiff am *toten Fluss* liegen.«

Sabrina hatte den Korb geleert und stellte ihn ab. Das war ja interessant. Es gab also noch einen Zeugen, der Kilians Schiff gesehen hatte.

Beate reichte ihr die nächste Ladung. »Naja, er hat sich tierisch aufgeregt. Das war wohl früher mal so, dass dort Leute unter der Hand anlegen durften. Die vom Hafen jedenfalls haben oft die Augen zugedrückt.«

»Jemand vom Hafen muss also gewusst haben, dass dort ein Schiff liegt?«

»Aber klar. Die sind doch nicht blöd. Das meinte ich mit ›nicht so genau hingucken‹.«

»Aber warum …« Sabrina leerte auch den zweiten Korb. Dann stellte sie ihn umgekehrt ab und setzte sich darauf. »Warum hat keiner was gesagt? Ich stehe ja mittlerweile da wie eine Lügnerin!«

»Vielleicht, weil das jemanden ganz schön in die Bredouille bringen kann. Überleg mal: Funk, Flussradar, Wasserschutzpolizei. Und der Ranger. Mein Großvater vermutet ja eine Massenverschwörung.«

»Das erklärt immer noch nicht, warum keiner auch nur ein Wort zur Polizei gesagt hat.«

»Schmiergeld?«

Sabrina schüttelte den Kopf. »Glaube ich nicht. Nein.«

»Vielleicht kannten sie ihn? So nach dem Motto: Eine Hand wäscht die andere? Hilf mir mal hoch.«

Sabrina griff nach ihrem Arm, aber Beate zuckte mit schmerzverzerrtem Gesicht zusammen.

»Entschuldige. Wir müssen das zu Hause gleich verbinden.«

Beate schaffte es schließlich, irgendwie auf die halbvolle Ladefläche zu kommen. Die sportlichste war sie jedenfalls nicht, stellte Sabrina fest.

»Aber wer auch immer das gestattet oder zumindest toleriert hat, müsste doch dann eine Verbindung zu Kilian haben. Oder?«

»Keine Ahnung. Das könnte man rausfinden. Kennst du jemanden, der da arbeitet?«

Resigniert schüttelte Sabrina den Kopf. »Nein. Das heißt ...«

*Die Sehnsucht kann ein Fluch sein. Schiffe soll man nicht aufhalten.*

»Amelies Vater hat mal da gearbeitet. Aber das ist lange her. Viel zu lange.«

Beate runzelte die Stirn. »Dann kommt er wohl kaum in Frage. Ich kann dir leider auch nicht weiterhelfen. Meine sozialen Kontakte sind beschränkt. Und Hafenarbeiter darf ich nicht zum Mittagessen einladen. Noch nicht.« Sie lächelte, und da sie langsam wieder eine normale Gesichtsfarbe bekam, sah sie mit einem Mal richtig sympathisch aus.

Eine Weile saßen die beiden Mädchen schweigend nebeneinander, bis die Dämmerung aus dem Tal auch zu ihnen hochgekrochen war. Schlagartig wurde es bitterkalt. Franziska kam mit dem letzten Korb, und als der geleert und ordentlich verstaut war, setzte sie sich ans Steuer, und alle zuckelten zusammen hinunter auf den Hof.

Beate verabschiedete sich so höflich von Sabrinas Mutter, dass es schon fast ein bisschen übertrieben wirkte.

Sabrina brachte sie noch bis ans Hoftor. »Danke«, sagte sie.

Beate zuckte verlegen mit den Schultern. »Wofür? Hat Spaß gemacht. Wenn ihr wieder mal Hilfe braucht, sagt Bescheid. Das ist ja eine Höllenarbeit.«

»Wem sagst du das!« Sabrina seufzte. »Meinst du, es hat Sinn, noch einmal mit deinem Großvater zu reden?«

»Damit er dir wieder zwei Stunden lang Vorträge über Recht, Ordnung und Sauberkeit hält? Nein. Mehr als das, was ich dir erzählt habe, wirst du von ihm nicht erfahren. Und zumindest in seinem Fall weiß ich, warum er nicht zur Polizei gegangen ist. Er ist fast blind.«

»Das kann doch nicht sein. Wie ...«

»Wie er dann trotzdem seine stundenlangen Führungen machen kann? Weil er jeden Stein und jede Stufe kennt. Und auf weite Entfernung geht es wohl noch. Deshalb glaube ich ihm auch. Er hat das Schiff von Kilian gesehen. Aber er war lange genug Richter, um zu wissen, was seine Zeugenaussage letzten Endes wert wäre. Und er wird den Teufel tun, sich zu outen. Tut mir leid.«

Sabrina schluckte. Einen Schritt vor, zwei Schritte zurück. Es war einfach zum Verrücktwerden.

»Aber diese Hafensache ...«, fuhr Beate fort. »An der würde ich dranbleiben. Vielleicht hat es da mal einen Vorfall gegeben. Könnte sein, dass er sich auch daran noch erinnert.«

»Dann sollte ich vielleicht doch noch mal ...«

»Nein. Weißt du was? Lass mich das machen. Ich werde mich mal umhören. Er sieht übrigens nett aus, dieser Lukas. Mach's gut! Bis Montag.«

Sie ging. Zum ersten Mal fiel Sabrina auf, dass sie ganz leicht hinkte.

Es war weit nach Mitternacht. Sabrina lag im Bett und konnte nicht schlafen. Zu viele Gedanken schwebten in ihrem Kopf herum. Lose Fäden, die sich nicht miteinander verknüpfen ließen. Kilian, dachte sie. Wo bist du? Welche Geheimnisse schleppst du mit dir herum? Was ist passiert am *toten Fluss*? Was war mit dir und Amelie? Was war mit dir und mir …

Sein Blick, der sie wie ein Pfeil durchbohrt hatte, der Klang seiner Stimme, als er ihren Namen sprach – er hat nicht dich gemeint, flüsterte die Vernunft ihr zu. – Und wenn doch?, fragte der Zweifel, wenn doch? Dann wärst du auf das Schiff gegangen, und dann wärst du vielleicht tot …

Von unten hörte sie leise die sonore Stimme eines Nachrichtensprechers. Franziska war wohl wieder vorm Fernseher eingeschlafen. Mit einem Seufzen stand Sabrina auf und ging leise die Treppe hinunter. Ihre Mutter lag auf der Couch, sie trug immer noch den Arbeitsoverall. Vorsichtig griff Sabrina zur Fernbedienung und schaltete den Apparat aus. Dann nahm sie eine Decke und breitete sie sanft über die Schlafende. Franziska drehte sich mit einem Murmeln auf die andere Seite, wachte aber nicht auf. Ob sie von Michael Gerber träumte? Ob er immer noch bei Salinger auf sie wartete? Sabrina stellte sich vor, wie es wohl wäre, wenn nicht sie, sondern ein anderer nachts ins Wohnzimmer ginge, um nach ihrer Mutter zu sehen und sie zuzudecken. Wahrscheinlich läge sie dann gar nicht hier, dachte sie. Sondern drüben, und es wäre vielleicht gar nicht schlecht, wenn da wer wäre, der sich um sie kümmern würde.

Sabrina löschte das Licht und ging wieder nach oben. Die Schrecksekunde am Berg fiel ihr wieder ein und die deprimierenden Neuigkeiten, dass Dobersteins Jüngster wohl nie wieder Wein tragen würde. Sie war erstaunt, wie traurig sie der Gedanke machte. Manchmal musste man Dinge wohl erst verlieren, um sie zu mögen.

Amelie. Wieder sah sie das Gesicht der Freundin so deutlich vor sich, als wäre sie mit ihr im Zimmer. Was sie wohl davon halten würde, dass sie sich mit Lukas getroffen hatte? Nett, hatte Beate gesagt. Und sie hatte geglaubt, Sabrina bei einem Date erwischt zu haben.

Ein Date mit Lukas. Ohne es zu wollen, musste Sabrina grinsen. Amelie hätte sich vermutlich halb totgelacht darüber. Aber warum eigentlich? Was war so schlimm daran, einfach nur nett zu sein? Zumindest löste er keine Fluchtimpulse bei Sabrina aus. Sie stellte sich vor, wie es wohl wäre, in seinen Armen zu liegen. Angenehm, wahrscheinlich. Sicher und geborgen. Lukas war ein Mann, der Frauen die Türen aufhielt und ihnen aus dem Mantel half. Der sich bei ihnen unterhakte, ohne zu zögern die Rechnung übernahm und der sich Sorgen um sie machte. Aber … reichte das?

Sabrina knipste ihre Nachttischlampe an und kniff die Augen zusammen. Als das Licht nicht mehr blendete, zog sie die Schublade auf und holte Amelies Tagebuch hervor. Sanft strich sie mit den Fingerspitzen über das glitzernde Einhorn. Amelie, sag du es mir. Was soll ich machen?

Sie schaute an die Decke, schlug die Seiten auf und tippte mit dem Zeigefinger auf das Papier.

*Du fühlst es, wenn es richtig ist. Dann gibt es keine Zweifel und kein Zögern. Du fühlst es einfach. Und du weißt, welchen Weg du gehen musst.*

Sabrina schlug das Buch zu. Sie fühlte, dass es richtig war, vor Lukas nicht davonzulaufen.

# SIEBZEHN

Als Sabrina zum zweiten Mal die »Sonne« betrat, war es früher Abend. Irgendein Fernsehsender übertrug die Spiele der Fußballbundesliga. Es waren mehr Leute da als beim letzten Mal, aber die beiden Männer, die so merkwürdige Andeutungen über den Fluss und die Sehnsucht gemacht hatten, fehlten.

Dafür stand Willy am Tresen, ein schales Bier vor sich und die Zigarette in der Hand. Er tat so, als ob er der Sportreportage zusehen würde. In Wirklichkeit aber war sein Blick in weite Ferne gerichtet. Weiter als Fußballstadien, weiter als Tore und jubelnde Fankurven, er verlor sich irgendwo im Unendlichen, und als Sabrina zu ihm trat, fiel ihr auf, wie mager und klein Willy war. Der Tod seiner Tochter schien auch noch den letzten Funken Leben in ihm zum Verlöschen gebracht zu haben. Während sie neben ihm stand und darauf wartete, dass er sie erkennen würde, hatte sie plötzlich unendliches Mitleid mit ihm.

Willy wusste, dass Amelie sich für ihn geschämt hatte. Für ihn und Wanda und das Waldviertel. Er wusste, dass sie nicht hiergeblieben wäre und dass er nun nie mehr erleben würde, wie sie vielleicht anderswo glücklich geworden wäre. Er hatte das Ende der Sackgasse erreicht. Niemand war mehr da, auf den er stolz sein konnte. Niemand, der vielleicht seine Träume eines Tages gelebt hätte.

»Hallo«, sagte Sabrina leise.

Willy reagierte nicht. Er starrte weiter auf die flimmernden bunten Bilder, ohne etwas wahrzunehmen.

»Ich wollte mal fragen, wie es Ihnen so geht. Ihnen und Wanda.«



Willy löste seinen Blick von dem Bildschirm an der Wand,

doch er sah Sabrina nicht an. Er drehte das Bierglas einmal, zweimal um sich selbst. Dann ließ er es wieder stehen. »Wie soll es schon gehen?«

Seine Stimme klang überraschend nüchtern. Viel hatte er also noch nicht getrunken, und das erleichterte Sabrina sehr.

»Brauchen Sie Hilfe? Soll ich mal nach Wanda sehen?«

»Bist ein braves Mädchen. Danke. Wir schaffen das schon.«

»Willy … Herr Bogner …«

»Sag ruhig Willy zu mir. Du warst eine gute Freundin von Amelie. Eine gute.« Er täschelte ihre Hand.

»Hat die Polizei schon etwas herausgefunden? Mir müssen sie nicht alles sagen. Ich bin ja leider keine Angehörige.«

Er schüttelte den Kopf. Der Wirt trat an den Tresen und sah sie auffordernd an.

Sabrina bestellte eine Apfelschorle und deutete in die Ecke neben der Tür. »Beim letzten Mal haben da hinten zwei Männer gesessen. Berti und noch einer. Wo sind die?«

Mühsam, als ob ihn diese Bewegung viel Kraft kosten würde, drehte sich Willy um und schaute in Richtung Tür. »Berti? Hab ich schon seit ein paar Tagen nicht gesehen. – Weißt du, was mit Berti ist?«

Der Wirt stellte Sabrinas Schorle vor ihr ab. »Jetzt, wo du's sagst … Nee, keine Ahnung. Vielleicht isser krank?«

»Vielleicht ist er krank?«, wiederholte Willy. Er sah Sabrina zum ersten Mal an. Seine Augen waren rot und entzündet. Offenbar kam er gar nicht mehr an die Luft. Die Tage in der »Sonne« konnten verdammt dunkel sein.

»Und der andere? So ein kräftiger Bär, der hat neben ihm gesessen.«

»Günni.«

»Ja, Günni. War der in den letzten Tagen hier?«

Der Wirt kniff misstrauisch die Augen zusammen. »Warum willst du das wissen? Was schnüffelst du hier eigentlich herum?«

»Langsam, langsam.« Willy hob beschwichtigend die Hand. »Die Kleine ist in Ordnung. Eine Freundin von Amelie.«

»Ach so. Na dann.« So richtig zufrieden machte diese Antwort den Wirt auch nicht.

»Wo finde ich sie denn? Günni und Berti.«

»Berti wohnt oben im vierten Stock. Direkt über uns. Von Günni hab ich keine Ahnung. Früher mal hat er unten hinter der Stadtmauer gewohnt, in so einem Fünfzigerjahre-Bau. War nah am Hafen. Da hat er gearbeitet. War ein Kumpel. Ja.«

Sabrina trank vorsichtig einen Schluck Apfelschorle. Das Glas klebte, und sie musste sich überwinden, das labberige Zeug nicht gleich wieder auszuspucken. »Was hat er denn gemacht?«

»Das Gleiche wie Berti. Bunkern. Tagelöhner. Hat nie was auf die Reihe gekriegt.« Willy starrte wieder in sein Bier. Er wollte wohl nicht daran erinnert werden, dass Bertis, Günnis und seine Karriere wohl ziemlich ähnlich verlaufen waren. »Was willste denn von denen? Sind doch kein Umgang für dich.«

Sabrina stellte sich noch etwas näher neben Willy. Sie wollte nicht, dass der Wirt etwas von ihrer Unterhaltung mitbekam. »Habt ihr vom Hafen mitgekriegt, wenn ein Schiff am toten Fluss vor Anker gegangen ist?«

Wieder umklammerte seine Hand das Glas, als ob er daran Halt suchen würde. »Nö.«

»Komm schon. Mir kannst du es doch sagen. Es ist eh schon so lange her. Gab es welche, die schwarze Liegeplätze vermietet haben?«

»Schwarze Liegeplätze? Was ist denn das?« Das Erstaunen in Willys Gesicht war zu groß, um echt zu sein.

»Früher, bevor die Werth Naturschutzgebiet wurde, war sie ein illegaler Hafen. Erinnerst du dich noch an den Mord vor acht Jahren?«

Willy schluckte. »Klar. Jeder erinnert sich dran. War eine furchtbare Sache.«

»Als Amelie starb, lag da auch ein Schiff.«

Willys einzige Reaktion war, das lauwarme Bier in einem Zug hinunterzukippen.

»Der Schiffer muss gewusst haben, dass man da für einige Zeit nicht entdeckt wird. Woher?«

Willy tat so, als ob ihn plötzlich ein brennendes Interesse an den Begegnungen der 2. Bundesliga gepackt hätte.

»Willy, was ist damals passiert?«

Er schlug mit der Faust auf den Tresen. Sabrina zuckte zusammen. Gläser klirrten. Alle drehten die Köpfe zu ihnen um.

Der Wirt, der mit verschränkten Armen an der Wand gelehnt hatte, kam auf sie zu. »Kein Ärger, mein Lieber. Verstehen wir uns?«

Willy atmete scharf ein. »Noch ein Bier.«

»Hast du Geld?«

Willy schwieg.

»Ich«, sagte Sabrina. »Ich zahle.«

»Den ganzen Deckel? Er lässt schon seit zwei Wochen anschreiben. Immer ab der Monatsmitte.«

»Ich übernehme das. Kein Problem.«

Der Wirt zog eine Schublade auf und beschäftigte sich mit einem Stapel zerknitterter Zettel.

»Bier hilft da nicht«, sagte Sabrina leise. »Die Polizei auch nicht. Das Einzige, womit du irgendetwas wieder gutmachen kannst, ist jetzt die Wahrheit zu sagen.«

»Was zum Teufel sollte ich wieder gutmachen?«

Dass Amelie nie ein Zuhause hatte. Dass jeder Ort auf der Welt ein schönerer Ort war als das Waldviertel. Dass sie zu oft an der »Sonne« vorbeigehen musste, wo du betrunken am Tresen gestanden hast. Dass du deine Frau alleine lässt in ihrem Fernsehsessel, wo sie sich eine Welt zusammenträumt, die nichts mehr mit der Wirklichkeit zu tun hat. Dass ihr Amelie nichts, aber auch gar nichts geben konntet, was sie gehalten hätte. Sabrina war so wütend, dass sie Willy nur noch anstarren konnte.

Als ob der spürte, welche Gedanken sich hinter ihrer Stirn zusammenballten, sank er plötzlich in sich zusammen. »Berti hat sich immer an der Werth rumgetrieben und hat da geangelt. Er war es, der die Schiffer angesprochen hat und auch das Geld kassiert hat. Das haben wir uns geteilt.«

»Wer?«

»Ich, Günni, Berti und Nobbi.«

Fast hätte Sabrina laut aufgelacht. Erwachsene Männer, die sich gegenseitig anredeten, als ob sie noch mit ihren Spielzeuglastern im Sandkasten spielen würden. »Nobbi, also Norbert. Wer ist das?«

»Der Hafenmeister. Aber von mir hast du das nicht. Nach der Sache da am toten Fluss war eh Ende. Berti hat es am schlimmsten erwischt. Hat ihn alles ziemlich mitgenommen, die Sache mit dem Mädchen damals.«

Etwas Eisiges fasste Sabrina ans Herz. »Berti … wie heißt er weiter?«

»Wennigstedt. Aber lass es bleiben. Der macht dir sowieso nicht auf.«

*Herbert W., der die Tote gefunden hat.*

Sie musste mit ihm reden. Jetzt. Sofort. Er wusste von der *Sehnsucht,* er hatte die Zusammenhänge schon viel früher geahnt als sie. Und er hatte sie gewarnt. *Die Sehnsucht kann ein Fluch sein.* In diesem Moment wusste Sabrina endlich, was er damit gemeint hatte.

Ungeduldig suchte sie in ihrer Hosentasche nach Kleingeld. »Was macht das?«

»Moment.«

Der Wirt rechnete und rechnete.

Sabrina wandte sich noch einmal an Willy. »Ging das so weiter, das mit den illegalen Liegeplätzen?«

»Nein. Das war dann vorbei. Außerdem passt ja heute der Ranger auf, dass keiner seinem Unkraut auch nur ein Hälmchen krümmt.«

»Vierundvierzichdreißich«, brummte der Wirt.

Sabrina schluckte. Das war kein Kleingeld, das waren Scheine. Aber einen Rückzieher konnte sie jetzt auch nicht mehr machen. Damit war sie so gut wie pleite. Sie holte ihr Portemonnaie aus ihrer Umhängetasche und zog einen Fünfzig-Euro-Schein hervor. Ihr Taschengeld bis zum Monatsende. »Stimmt so.«

»Die Firma dankt.«

Ohne eine Miene zu verziehen, versenkte der Wirt den Schein mit den Zetteln in der Schublade.

»Danke, Mädchen«, sagte Willy.

»Bitte. Ich heiße übrigens Sabrina.«

Wennigstedt. Sabrina fand den Namen genau über Bogner. Sabrina ließ es ziemlich lange klingeln, aber niemand öffnete. Sie trat zurück auf den Bürgersteig und schaute die graue Fassade hoch. Aus Wandas Wohnzimmer flimmerte das bläuliche Licht des Fernsehers. Die Wohnung einen Stock höher war dunkel. Sie versuchte es noch mehrmals, aber nichts rührte sich. Resigniert wollte sie sich wieder auf den Rückweg machen, hielt dann aber inne. Wenn sie schon hier war, konnte sie auch kurz nach Amelies Mutter sehen. Vielleicht brauchte sie etwas. Willy schien sich in einer nicht sehr fürsorglichen Phase zu befinden.

Sie klingelte und wartete. Endlich hörte sie Wandas helle, warme Stimme.

»Ich bin's, Sabrina.«

Sofort brummte der Türöffner. Sabrina eilte nach oben und fand Wanda auf halbem Weg im Flur, wo sie sich schnaufend am Rahmen der Wohnzimmertür abstützte.

»Wanda! Ist alles okay?«

»Geht schon, Sabrina, geht schon.«

Wanda winkte ab und schaffte die wenigen Schritte zum Fernsehsessel mit einem unterdrückten Stöhnen.

Sabrina griff ihr unter die Arme und half ihr beim Setzen. »Soll ich einen Arzt rufen?«

Wanda lächelte. »Ach nein, es ist nichts. Wirklich nicht. Was führt dich her? Reinhold war hier und hat das Zimmer gemacht. Jetzt ist die Wohnung viel zu groß für uns.«

Sabrinas Blick fiel durch den Flur hinüber zu Amelies Zimmer. Reinhold, der Soldat, hatte ganze Arbeit geleistet. Es war leer. Die Wände waren weiß gestrichen. Nichts erinnerte mehr an das Chaos, die bunten Kleider, die schrillen Poster … Es war, als ob Amelie nie hier gewesen wäre. Es tat weh, den Raum zu sehen und diesen radikalen Abschied zu akzeptieren.

»Ich bin hier wegen Herbert Wennigstedt. Der wohnt doch über euch, oder?«

Erstaunt riss Wanda die Augen auf. »Berti? Was ist denn mit ihm?«

»Er war schon ein paar Tage nicht mehr in der ›Sonne‹. Willy macht sich Sorgen.« Das war eine so große Lüge, dass sogar Wanda nicht auf sie hereinfiel. Dennoch fuhr Sabrina fort. »Ich wollte einfach mal nach ihm sehen. Und ihn was fragen. Er weiß vielleicht etwas über die Sache mit Amelie.«

»Ach so. Was denn?«

»Über ein Schiff im Naturschutzgebiet. Und über ein anderes, das vor acht Jahren am toten Fluss gelegen hat. Es geht um schwarze Liegeplätze und Kähne, die einfach so verschwinden.«

»Mein Gott.« Wanda schüttelte den Kopf. »Ich wusste es. Die Werth hat uns allen nur Unglück gebracht. Berti war danach nie mehr der Alte. Und Willy hat seine Arbeit verloren. Sie haben es verschwiegen, damals. Es sollte nicht an die große Glocke gehängt werden. Also hat man Willy angeboten, selbst zu kündigen. Das war der Anfang vom Ende … Sabrina, bitte, lass die Finger davon!« Sie schnaufte, aber das kam von einer Aufregung, die Sabrina so noch nie bei Wanda gesehen hatte. Sie suchte ein Taschentuch, und als sie es endlich in der Ritze ihres Sessels gefunden hatte, tupfte sie sich damit die Wangen und den Hals ab.

Sabrina hatte ein schlechtes Gewissen, denn nichts lag ihr ferner, als die wohlgehüteten und fast vergessenen Bognerschen Familiengeheimnisse ans Licht zu zerren. »Ich wollte doch nur …«

»Nein!« Wanda schrie beinahe. »Willy hat damit nichts zu tun!«

»Aber ich –«

»Und Berti auch nicht, hörst du? Geh, Sabrina. Geh und lass die Vergangenheit ruhen.«

Ohne Wanda aus den Augen zu lassen, tastete Sabrina sich zurück zur Tür. »Ich muss mit Berti reden.«

»Hör auf damit, Sabrina. Bitte bitte hör auf.« Wanda weinte. Sabrina brach fast das Herz, als sie Amelies Mutter so sah. Sie schluchzte in ihr Taschentuch und die folgenden Worte waren kaum noch zu verstehen. »Er ist nicht da. Ich habe ihn schon lange nicht mehr gesehen.«

Das hatte nichts zu bedeuten. Wanda war nicht sehr auf dem Laufenden, was die Außenwelt betraf.

»Schon seit Tagen nicht mehr ... Seit sie sich geprügelt haben. Willy und Berti. Letzte Woche sind sie aneinandergeraten. Ich weiß nicht, warum. Willy sagt mir nichts. Aber Amelies Name ist gefallen, und Willy war wütend, so wütend, wie ich ihn noch nie gesehen habe ... Berti war schon lange nicht mehr unten bei uns. Er war ja auch nicht auf der Beerdigung. Aber ich habe ihn immer gehört. Meistens ist er nach Willy nach Hause gekommen. Ein Stuhl fiel um. Oder er ist über was gestolpert. Die Toilettenspülung. Die Fenster. Aber seit letzter Woche ist es still da oben.« Ihre Stimme wurde zu einem Flüstern. »Zu still.«

Sabrina spürte, wie ihre Handflächen feucht wurden. Was machte man in so einer Situation? Den Hausmeister anrufen? Die Polizei?

In diesem Moment steckte jemand von außen einen Schlüssel in die Wohnungstür.

Erschrocken fuhr Wanda zusammen. »Still!«, zischte sie. »Sag ihm nichts davon. Er hat es auch so schon schwer genug.«

Die Tür wurde geöffnet und Willy taumelte herein. Er stutzte, als er Sabrina sah. Dann riss er sich zusammen und ging wortlos an ihr vorüber in die Küche. Er warf die Tür mit einem lauten Knall hinter sich zu.

»Also dann gehe ich mal.«

»Die Schlüssel«, flüsterte Wanda plötzlich. »Wir haben Schlüssel zu seiner Wohnung. Im Flur der Bund ganz links. Wir haben sie nie gebraucht.«

»Wanda?« Willys Stimme klang ärgerlich.

Sabrina huschte in den Flur, fand den Schlüsselbund und rief: »Bis bald! Ich schaue nächste Woche mal wieder vorbei!«

»Mach das, mein Kind. Mach das.«

Wanda klang wieder fast normal. Fast.

Sabrina stieg die Stufen hinauf und hoffte, dass niemand der übrigen Mieter ausgerechnet jetzt auf die Idee kam, nachzusehen, wer sich da im Treppenhaus herumtrieb. Vor Bertis Wohnung prüfte sie vorsichtig, welcher Schlüssel wohl zu dem Schloss passen könnte, und war froh, auf Anhieb den richtigen gefunden zu haben. Bevor sie die Tür öffnete, lauschte sie noch einmal. Bis auf das Ticken der Lichtuhr und die üblichen Wohngeräusche von so vielen Menschen unter einem Dach war alles ruhig. Sie trat ein und zog schnell die Tür wieder hinter sich zu.

»Herr Wennigstedt?«

Ihr Herz klopfte bis zum Hals. Die Luft roch abgestanden. Hier hatte lange keiner mehr die Fenster aufgemacht.

»Sind Sie zu Hause?«

Sie tastete nach dem Schalter und fuhr zusammen, als eine matte Glühbirne über ihrem Kopf aufflammte. Die Wohnung war klein und nur sehr sparsam möbliert. An den Garderobenhaken hing keine Jacke. Offenbar war Berti wirklich nicht da, auch wenn auf einer großen Telefonbank aus altdeutscher Eiche diverse Sweater und Pullover zusammengeknäuelt lagen. In einem Ständer lagen drei Angeln. Alles sah achtlos hingeworfen aus. Am liebsten hätte Sabrina auf der Stelle kehrtgemacht. Aber sie schuldete es Wanda, wenigstens einmal nachzusehen.

Berti nutzte den einzigen Wohnraum gleichzeitig auch zum Schlafen. Der Ordentlichste war er nicht. Hemden und Hosen lagen übereinander auf zwei abgeschabten Sesseln. Sie warf noch einen Blick in die Küche, in der sich verkrustetes Geschirr auf allen ebenen Ablageflächen stapelte. Es stank dumpf und muffig nach verfaulten Essensresten und einem ewig nicht geleerten Mülleimer. Vielleicht sollte sie tatsächlich die Polizei informieren. Berti war nicht der Typ, der spontane Kurzreisen an die Riviera unternahm. Er war ein Mensch, der selten oder nie Besuch bekam. Sonst sähe es hier anders aus. Sie hob den Kopf. Sie war nicht allein. Etwas in dieser Wohnung lebte.

Es war ein Schaben und Kratzen, etwas völlig Undefinierbares. Leise, so leise, dass es ihr erst aufgefallen war, als ihre Ohren sich an die Stille in der Wohnung gewöhnt hatten. Ihre Nackenhaare stellten sich auf. Was konnte das sein? Vorsichtig tastete sie sich zurück in den Flur. Hier irgendwo musste es herkommen. Fingernägel auf Holz kratzten so.

»Herr Wennigstedt?«

Ihr blieb fast die Stimme weg. Was mache ich hier bloß?, dachte sie. Das ist nicht richtig. Das spüre ich ganz genau, Amelie.

Sie schlich sich zur Wohnungstür. Jetzt war das Geräusch in ihrem Rücken. Ein Scharren, dann summte etwas, als ob Fliegen irgendwo eingesperrt wären. Ihre Finger klammerten sich so fest um die Schlüssel, dass die scharfen Kanten sich schmerzhaft in ihr Fleisch gruben. Mit dieser Wohnung stimmte etwas nicht.

Sie lauschte. Ihr Blick fiel auf die Telefonbank. Sie war nicht groß genug, um einen Menschen zu verstecken. Und warum sollte Berti dort hineingekrochen sein? Ihr Magen zog sich zusammen. Sie spürte, wie ihre Kehle eng wurde. Der Geruch, dieses Summen … Sie trat an die Truhe. Mit einem Griff packte sie den Deckel und klappte ihn auf. Eine schwarze Wolke schoss auf sie zu. Sie schrie auf, spuckte, schlug um sich, ein gewaltiger Schwarm Fliegen prasselte auf ihr Gesicht, verfing sich in ihren Haaren, raubte ihr die Sicht. Voller Ekel klappte sie den Deckel mit einem Knall wieder zu. Sie rannte in die Küche und übergab sich auf einen Stapel verkrusteter Teller. Überall flogen sie herum und breiteten sich in der ganzen Wohnung aus. Sabrina stürzte zum Fenster, riss es auf und holte tief Luft. Dann ging sie entschlossen zurück in den Flur, warf die Kleider von der Truhe und öffnete den Deckel ein zweites Mal.

Dicke, fette, weiße Maden ringelten sich durcheinander. Der Anblick hätte gereicht, sofort noch einmal zur Spüle zu stürzen. Doch die Maden waren in einer Schachtel, von der sich der Deckel gelöst hatte, als sie jemand hier hineingeworfen hatte. Sabrina verscheuchte ein paar Fliegen, die als Nachzügler gerade die Freiheit entdeckten. Das war offenbar die Kiste mit den Ködern. Und anstatt dass sie verfüttert worden wären, waren sie hier vergessen worden und hatten sich quasi selbstständig gemacht.

Vorsichtig klappte sie den schweren Deckel wieder zu. In diesem Moment rutschte etwas an der Wand hinter der Truhe entlang und fiel zu Boden. Es musste dahinter eingeklemmt gewesen sein und hatte sich durch die Erschütterung gelöst. Mit aller Kraft gelang es Sabrina, das schwere Möbelstück ein paar Zentimeter vorzuziehen. Ihre Hand fuhr in den schmalen Spalt. Sie ertastete etwas Weiches, Undefinierbares, das nur alte Socken sein konnten. Sie suchte weiter, bis ein brennender Schmerz ihren Arm hochjagte. Blitzschnell zog sie ihn zurück und erkannte Blut an der Kuppe ihres Mittelfingers. Ärgerlich steckte sie ihn in den Mund und zerrte mit der unversehrten Hand die Truhe noch ein Stück weit von der Wand weg. Wieder klirrte es. Sie spähte in den Spalt, dann zog sie den Gegenstand vorsichtig heraus. Es war ein billiger, rahmenloser Bildhalter im Din-A-5-Format. Ein Foto war hinter dem zersprungenen Glas eingeklemmt. Noch im Halbdunkel des Flurs erkannte sie, wer es war. Die junge Frau trug einen Bikini, lag auf ihrer Decke und blätterte in einer Zeitschrift.

Sabrina hatte plötzlich wieder alles vor Augen, jedes Detail, obwohl die Aufnahme unscharf und wohl mit einem älteren Handy gemacht worden war. Sie wusste sogar, welchen Artikel Amelie gerade las, denn es war ein Schnappschuss von Krippe 8, aufgenommen an Sabrinas Geburtstag, kurz bevor sie sich getroffen hatten.

Wer zum Teufel hatte dieses Foto geschossen? Ihre Gedanken flogen zurück zu jenem verhängnisvollen Tag. Sie versuchte, sich an die Leute zu erinnern, die zur gleichen Zeit dort gewesen waren, aber ihr war niemand aufgefallen. Jeder hätte dieses Foto machen können. Aber das erklärte immer noch nicht, wie es in Bertis Hände gelangt war.

Ihr Blick fiel auf die Angeln in dem Ständer. Platz war für vier, aber nur drei Ruten waren da. Das musste nichts heißen. Aber sie konnte nirgendwo Gummistiefel entdecken. Berti war also ohne Köder zum Angeln gegangen und nicht mehr zurückgekommen. Zu Willy und Wanda konnte sie nicht gehen – wie hätte sie die Sache mit den Schlüsseln erklären sollen, ohne Wanda zu verraten? Das Foto konnte sie ihnen erst recht nicht zeigen. Ihr fiel nur ein Mensch ein, der in dieser Situation einen klaren Kopf behalten würde.

# ACHTZEHN

Luigis Eiscafé hatte geschlossen. Die Stühle standen in Stapeln an der Wand, die Kühltruhe war bereits ausgeräumt. Früher waren um diese Jahreszeit immer die Pelzhändler gekommen. Seit einiger Zeit lohnte sich das nicht mehr. Die Leute schafften sich lieber einen neuen Flachbildschirm an. Pelze trugen nur noch ältere Damen, die ihre guten Stücke hegten und pflegten.

Mit einem Seufzer wandte sie sich ab. Auf der anderen Marktseite befand sich eine Reihe guter Restaurants. Sie war nicht zum Essen verabredet, aber als aus dem dunklen Himmel die ersten Tropfen fielen, suchte sie sich das aus, das am gemütlichsten wirkte, und schickte Lukas eine SMS. Er kam wenig später. Der Wind hatte seine blonden Haare zerzaust, noch im Gehen öffnete er den Mantel und warf seine Aktenmappe salopp auf den freien Stuhl neben Sabrina. Dann setzte er sich auf die andere Seite.

Wieder einmal fiel ihr auf, wie bieder er aussah. Irgendwie hatte sie das Gefühl, dass er sie langsam, aber sicher ansteckte mit seiner Wohlanständigkeit. Mit Amelie hätte sie sich nie in so einem Laden verabredet. Oder sie hätten sich kichernd über die dicken, ledergebundenen Speisekarten lustig gemacht und die Reproduktionen alter Ölgemälde, auf denen Lorelei ihr blondes Haar kämmte.

Aber Amelie gab es nicht mehr. Und Lukas war jemand, der ziemlich breite Schultern hatte. Was also zählten da Äußerlichkeiten?

»Hi«, sagte er. »Was gibt's? Das klang ziemlich dringend.«

»Berti ist verschwunden.«

»Berti. Klärst du mich auf, wer das ist?«

Sabrina sah sich um. Die Gaststube war leer, der Kellner

werkelte in der Küche, durch die Schwingtür klang leises Geschirrklappern. »Berti, also Herbert Wennigstedt hat vor acht Jahren die Leiche von Liliane am toten Fluss gefunden. Er hat am Hafen gearbeitet und sich was schwarz dazuverdient, indem er ein Auge zugedrückt hat, wenn dort ein Schiff lag.«

Lukas fuhr sich mit der Hand durch die Haare. »Und wie kommst du auf ihn? Was hat er mit Amelie zu tun?«

»Das hier.« Sie legte das Foto vor Lukas auf den Tisch und wartete auf seine Reaktion.

Lukas sah es lange an, als ob er sich jedes Detail einprägen wollte. Dann strich mit seiner Hand über das Papier. Es sah so aus, als ob er Amelie ein letztes Mal berühren würde. »Woher hast du das?«

»Aus Bertis Wohnung. Ich wollte mit ihm reden und habe von Amelies Mutter die Schlüssel bekommen. Es sieht schrecklich aus da drinnen. Und er ist verschwunden. Schon seit ein paar Tagen. Es sieht nicht danach aus, als ob er verreist wäre.«

Lukas hatte scharf die Luft eingezogen. Sie konnte ihm ansehen, was er von ihren Nachforschungen hielt. »Sabrina, was tust du? Bist du wahnsinnig geworden? Willst du dich absichtlich in Gefahr bringen?«

Die Schwingtür ging auf. Der Kellner bemerkte die neuen Gäste und kam zu ihnen. Lukas und Sabrina bestellten einen Tee.

»Ich bin nicht in Gefahr«, sagte sie und senkte die Stimme. »Ich glaube, Berti ist was passiert. Er ist jemand, der viel trinkt und viel redet. Vielleicht war das sein Verhängnis. Er hat schon direkt nach Amelies Tod so merkwürdige Andeutungen gemacht. Ich habe sie damals nicht ernst genommen, weil das auf alles und jeden hätte passen können. Aber jetzt …«

Lukas gab ihr das Foto zurück. Sabrina steckte es ein.

»Okay. Was sollen wir tun?«

Überrascht sah sie ihn an. Was soll *ich* tun, was soll *ich* machen? Das waren bisher ihre Gedanken gewesen. Plötzlich aber kam jemand an und ersetzte das *ich* durch ein *wir*. Das war neu. Daran musste sie sich erst einmal gewöhnen.

»Zur Polizei?«, fragte sie.

Lukas runzelte die Stirn. »Ich weiß nicht. Wie willst du denen erklären, warum Berti nicht da ist? Hat er sonst keine Angehörigen?«

»Ich glaube nicht. Aber es gibt da noch einen Norbert. Der ist jetzt Hafenmeister. Und einen Günther. Gemeinsam mit Willy Bogner haben sie damals dieses Ding mit den schwarzen Liegeplätzen gedreht. Als Berti die Leiche von Liliane S. entdeckt hat, hat er alles der Polizei gestanden. Willy, Günni und Berti haben deshalb ihre Jobs verloren. Ich muss mit ihnen reden. Vielleicht weiß einer von denen, wo Berti abgeblieben ist.«

Der Kellner brachte zwei dampfende Gläser und ließ sie wieder allein.

Nachdenklich ließ Lukas seinen Teebeutel ins Wasser fallen und zog ihn an der Schnur auf und ab. »Und was soll das bringen?«

»Vielleicht weiß einer von denen, wohin die Désirée wollte.«

Lukas sah hoch. »Vorbestrafte Alkoholiker. Keine guten Zeugen.«

»Es gibt noch jemand, der Kilians Schiff gesehen hat.« Sie wartete einen Moment, bis Lukas seinen Teebeutel auf der Untertasse abgelegt hatte. »Der Richter.«

»Tatsächlich?«

»Er hatte eine Führung und ist auf den Wehrturm geklettert. Von da aus hat man einen guten Blick auf das ganze Naturschutzgebiet. Das war es, was Beate mir neulich sagen wollte.«

»Das ändert natürlich einiges. Wenn so eine Respektsperson aussagt …«

»Das wird er leider nicht tun. Er ist fast blind.«

Mit einem Seufzer lehnte Lukas sich an die Lehne seines Stuhls.

»Glaubst du mir jetzt?«, fragte Sabrina.

Plötzlich war Kilian wieder da. Aus dem Nebel des Vergessens war er wieder aufgetaucht mit seinem Schiff. Auch wenn die Polizei ihr nach wie vor kein Gehör schenken würde – sie hatte mindestens einen Zeugen, der den Kahn außer ihr noch gesehen hatte.

»Ich habe dir immer geglaubt«, antwortete Lukas. »Aber wie sollte jemand wie dieser Berti uns weiterhelfen können?«

*Uns*. Da war es wieder, dieses Versprechen von Gemeinsamkeit.

»Erst mal müssen wir wissen, wo wir ihn finden können. Ich dachte, vielleicht kommst du mit zum Hafen?«

Lukas sah auf seine Uhr. »Da ist doch jetzt keiner mehr. Nobbi von den Glorreichen Vier hat bestimmt schon Feierabend.«

Sabrina lächelte. »Ich will ja auch gar nicht zu ihm.«

Lukas fuhr einen dieser absolut nutzlosen Geländewagen, die außer einem immensen Kraftstoffverbrauch in Sabrinas Augen nichts hatten, was ihre Anschaffung außerhalb von tropischen Regenwäldern und versteppten Savannen gerechtfertigt hätte. Sie wischte die beschlagene Seitenscheibe frei. Es war schon stockdunkel, als sie die Stadtmauer erreicht hatten. Vor dem großen Hafentor waren sie rechts abgebogen in ein Gewerbegebiet. Lieblose Supermärkte, ein Gartencenter und mehrere Imbissbuden hatten sich um einen großen Parkplatz geschart. Dahinter lagen, vergessen und fast aufgegeben, einige flache Mietskasernen.

»Hier?«, fragte Lukas und stellte den Motor ab.

»Das hat Willy jedenfalls gesagt.«

Lukas nickte und stieg aus. Er ging auf die andere Seite des Wagens und öffnete Sabrina die Tür. »Dann mal los.«

Als Erstes steuerten sie auf den Würstchengrill zu. Doch der Mann an der Friteuse konnte mit dem Namen Günni nicht viel anfangen. Das Gartencenter und die Supermärkte ließen sie aus. Zu anonym, hier kannte niemand seine Kunden beim Namen. Als ihnen eine ältere Frau mit schweren Einkaufstüten entgegenkam, sprach Lukas sie an.

»Günni?«, fragte die Dame. »Nein, nie gehört.«

Kopfschüttelnd ging sie weiter. Sabrina stapfte wütend mit dem Fuß auf. »So wird das nichts. Den finden wir nie!«

»He, he.« Lukas berührte ihren Arm. »Ganz ruhig. Wir klingeln jetzt einfach mal. Okay?«

Sabrina nickte. Als sie weitergingen, ließ Lukas seine Hand auf ihrer Schulter liegen. Schwer war sie und warm, selbst durch den Stoff von Sabrinas Jacke hindurch. Irgendwie beruhigend und erwachsen.

Der erste Hauseingang war zugestellt mit Fahrrädern und Kinderwagen. Die Namensschilder waren kaum zu entziffern. Lukas drückte einen Knopf nach dem anderen. Es dauerte nicht lange, bis sich jemand meldete. Auch in diesem Haus war ein Günni nicht bekannt. Aber das hatte nicht viel zu bedeuten. Anders als in Leutesdorf schienen die Menschen hier nicht viel voneinander zu wissen. Lukas zog sie weiter zum nächsten Eingang. Ein junges Paar kam ihnen entgegen.

»Entschuldigung, kennen Sie einen Günther?«

Die Frau sah ihren Freund fragend an. Dann hob sie die Schultern.

»Günni«, sagte Sabrina. »So ein richtiger Bär. Er hat mal im Hafen gearbeitet.«

»Ach so, der!« Der Mann deutete mit dem Zeigefinger auf ein erleuchtetes Fenster im ersten Stock. »Da oben.«

Die beiden zogen weiter. Lukas suchte das Klingelbrett ab.

»Günther Rogge. Das muss er sein.«

Günni hatte wohl nicht mit Besuch gerechnet. Er stand wie der vergessene Bauklotz eines Riesen im Türrahmen und schaute Sabrina verdutzt an, als sie das enge Treppenhaus nach oben gestiegen war.

»Guten Abend. Erkennen Sie mich noch? Das ist übrigens Lukas Kreutzfelder.«

»Guten Abend.« Lukas stellte sich neben sie.



In diesem Moment war Sabrina sehr erleichtert, dass sie

ihn eingeweiht hatte. So ganz allein hätte sie sich wohl nicht hergetraut.

»Keine Ahnung«, antwortete Günni. »Den da kenn ich nicht.«

Er trug einen dicken Pullover und weite, ausgeblichene Jeans. Und er sah nicht so aus, als ob er an diesem Tag bereits die »Sonne« gesehen hätte. Mit dem Fuß schob er zwei Paar Schuhe zusammen, die nachlässig vor der Tür lagen. Er bekam wohl nicht oft unangemeldet Besuch, deshalb sah auch der Flur aus wie Kraut und Rüben. Zwei Einkaufstaschen mit leeren Pfandflaschen, Anglerstiefel für eine Frau oder ein Kind, so klein waren sie, und abgetretene Turnschuhe, in denen man Kahn fahren konnte.

»Ich bin eine Freundin von Amelie Bogner. Sie erinnern sich?«

»Na klar«, knurrte Günni. Er runzelte die Augenbrauen, was seinem Gesicht den Ausdruck eines zerknautschten Pappkartons verlieh. »Und was wollen Sie von mir?«

»Ich möchte gerne mal mit Berti reden.« Sabrina versuchte, an Günnis breiter Gestalt vorbei einen Blick in die Wohnung zu werfen. Doch es gelang ihr nicht.

»Der ist nicht hier.«

»Wissen Sie, wo er sein könnte?«

»Hab ihn schon lange nicht mehr gesehen.«

»Das sagt Willy auch.«

»Tja. Tut mir leid.«

Er wollte die Tür schließen, aber Lukas stellte schnell seinen Fuß in den Rahmen. »Haben Sie im Sommer ein Schiff gesehen?«, fragte er.

»Meine Güte. Ich sehe viele Schiffe. Das ist nicht weit vom Hafen hier. Was soll das?«

»An dem Tag, an dem Amelie Bogner gestorben ist, soll ein Schiff in der Werth gewesen sein.«

»Ich weiß nichts von einem Schiff. Und jetzt nehmen Sie Ihren Fuß aus der Tür, wenn Sie später noch drauf laufen wollen.«

»Schon gut«, sagte Sabrina schnell. »Wir wollten Sie nicht stören. Und Sie haben wirklich keine Ahnung, wo Berti sein könnte?«

»Nein. Geh in die ›Sonne‹. Da sitzt er immer. Ich war schon seit dem Sommer nicht mehr da.«

»Danke.« Sabrina zog Lukas von der Tür weg. »Und entschuldigen Sie bitte die Störung.«

Lukas sah nicht so aus, als ob er sich entschuldigen wollte. Mit finsterem Gesicht stieg er die Treppen hinunter. Günni ging zurück in die Wohnung, wartete aber im Türrahmen, ob die ungebetenen Besucher auch wirklich das Haus verließen.

Auf dem ersten Absatz drehte sich Sabrina noch einmal um. »Warum ist die Sehnsucht ein Fluch?«

Günni schlug die Tür mit einem Knall zu.

»Der lügt doch.«

Sie standen auf der Straße und sahen hoch zu dem Fenster, an dem sich die Gardinen sacht bewegten. Günni musste dahinterstehen und sie beobachten.

»Natürlich lügt er. Aber mehr als das können wir eben im Moment nicht herausfinden.«

Sie liefen zurück zum Wagen. Wieder hielt Lukas ihr die Tür auf. Er wartete, bis Sabrina sich gesetzt hatte, dann erst schlug er die Tür zu und ging auf seine Seite.

»Ich fahr dich nach Hause«, sagte er, als er sich angeschnallt hatte.

Sabrina wollte protestieren, aber dann ließ sie es bleiben. Es war angenehm, einmal nicht im eisigen Wind auf den Bus warten zu müssen. Ein Blick auf ihre Armbanduhr verriet ihr, dass sie so auch nicht zu spät zum Abendessen zurückkommen würde. Die Lese war vorüber. Franziska hatte sich gemeinsam mit Andres und Kjell ans Pressen gemacht. Eine Arbeit, bei der sie nicht unbedingt mithelfen musste.

»Danke«, antwortete sie. »Das ist nett von dir.«

Die Fahrt über schwiegen sie. Sabrina hing ihren Gedanken nach, die erst unterbrochen wurden, als Lukas »nett« sagte.

»Wie bitte?«

»Nett. So hat Amelie mich auch genannt.«

Sabrina vermutete, dass man als Mann dieses Wort nur beschränkt sympathisch fand. Als verliebte Frau würde es ihr auch nicht anders gehen. Wie peinlich, wenn Kilian sie nett finden würde! Aber wahrscheinlich hatte er genau das getan. Wir beiden netten Verlassenen, dachte sie. Da sitzen wir nun nebeneinander und vermissen beide jemanden, der uns gar nicht richtig wahrgenommen hat. Eine Zeile aus einem von Franziskas Lieblingsliedern fiel ihr ein. *Was ich haben will, das krieg ich nicht, und was ich kriegen kann, das gefällt mir nicht ...* Fehlfarben. So hieß die Band. Sie betrachtete Lukas' Profil und stellte fest, dass er eigentlich ganz gut aussah.

»Sie fand dich klasse«, sagte sie. »Sie hatte nur Angst, noch einmal enttäuscht zu werden.«

»Ich hätte sie nicht enttäuscht. Ich bin nicht so.«

Sabrina nickte und schwieg. Der Lukas, den sie kennengelernt hatte, schien ein anderer zu sein als der, über den Amelie gelacht hatte. Lukas war jemand, an dem man sich festhalten konnte. Er kam ihr vor wie ein Baum, in dessen Schatten man geschützt und geborgen war. Plötzlich legte er seine Hand auf ihr Knie. Sie erschrak.

»Sorry«. Er zog die Hand weg. »Ich wollte dir nicht zu nahe treten.«

Sie bereute ihre Reaktion. Was war denn schon dabei? Es wäre schön gewesen, noch einmal seine Arme zu spüren, wie vorhin, als er sie festgehalten hatte. Es war ein gutes Gefühl, ihn zu spüren. Sie berührte sanft seine Schulter.

»Ich hab nicht so viel Erfahrung mit Männern.«

Lukas grinste. »Ich auch nicht.«

Als sie am Dobersteiner Hof ankamen, stand ein Wagen mit Koblenzer Kennzeichen davor. Unwillkürlich seufzte Sabrina auf.

»Ihr habt Besuch?«

»Nicht ich. Meine Mutter.« Lukas hielt ihr wieder die Tür

auf. Da kam ihr ein Gedanke. »Willst du nicht einen Moment mit reinkommen? Dann bleibt die ganze ›gesittete Konversation‹ nicht allein an mir hängen.«

Lukas dachte einen Moment nach und nickte dann. Erleichtert ging Sabrina ins Haus. Michael Gerbers Stimme kam aus der Küche. Sie konnte nicht verstehen, was er gesagt hatte, aber es hatte nicht gerade freundlich geklungen. Franziska saß ihm gegenüber auf der Eckbank und wirkte auch nicht fröhlich. Sie trug immer noch ihre Arbeitsklamotten und ihre Haare sahen keineswegs besser aus. Ihr Gesicht verzog sich zu einem gezwungenen Lächeln, als sie ihre Tochter sah und hinter der Lukas Kreutzfelder auftauchte.

Lukas und Michael stellten sich vor. Franziska bot Wein an, den alle ablehnten.

Als das Schweigen zu ungemütlich wurde, stand Michael auf. »In zwei Wochen ist erster Advent, und in diesem Jahr wird ›Wein im Schloss‹ zum ersten Mal auch im Winter veranstaltet. Wie wär's: Wollt ihr kommen?«

»Ja!«, rief Sabrina, ohne lange zu überlegen. Das kurfürstliche Gemäuer in Koblenz war schon eine Attraktion für sich. Im Advent musste es umwerfend sein.

»Sehr gerne.«

Das war Lukas. Überrascht schaute Sabrina ihn an. Sie hatte nicht damit gerechnet, dass er sich auch angesprochen fühlte. Aber Michael nickte nur freundlich und wartete auf Franziskas Antwort.

»Ich weiß nicht«, sagte sie schließlich. »Ich muss erst in den Kalender schauen. Ich habe im Dezember zwei Weinseminare.«

»Nicht am Sonntag«, sagte Sabrina.

Michael merkte, dass Franziska wohl andere Gründe als einen vollen Terminkalender suchte. »Na ja, das hat ja noch Zeit. Schlimmstenfalls machen wir uns zu dritt einen schönen Tag. Einverstanden?«

»Mir soll's recht sein«, sagte Lukas.



Er verabschiedete sich. Sabrina brachte ihn noch bis zur

Tür. Er beugte sich zu ihr herab und gab ihr einen Kuss auf die Wange. Ganz flüchtig, sehr freundschaftlich und überhaupt nicht besitzergreifend.

»Ich gehe morgen zur Polizei und rede mit ihnen. Du darfst nicht mehr alleine weitermachen.«

Sabrina nickte. Der Gedanke, dass Berti etwas passiert sein konnte, hatte sie die ganze Zeit verfolgt wie ein dunkler Schatten.

»Ich sage denen auch das mit dem Richter. Er ist ein Zeuge. Egal, ob halb blind oder nicht. Sein Wort hat immer noch Gewicht. Dann werden sie dieses Geisterschiff vielleicht endlich mal richtig suchen.«

Sabrinas Herz klopfte schneller. Vielleicht war Kilian nur deshalb auf der Flucht, weil er etwas gesehen hatte.

Aber Lukas schien anderer Meinung zu sein. »Und wenn sie es finden, haben sie auch den Mörder. – Geh rein. Es ist kalt.« Er nahm sie in den Arm und zog sie an sich. »Hör auf«, flüsterte er. »Ich habe Angst um dich.«

Wieder wollte er sie küssen, aber dieses Mal nicht auf die Wange, sondern auf den Mund, Sabrina drehte schnell den Kopf weg. Lukas merkte das, ließ sich aber nichts anmerken.

»Bis bald«, sagte er leise.

Sabrina schloss die Tür. Im dunklen Flur blieb sie so lange stehen, bis seine Schritte auf dem Hof verklungen waren und sie das Auto anspringen hörte. Noch immer pochte das Blut wild in ihren Adern. Der Moment in Lukas Armen hatte einen Strudel von Gefühlen in ihr ausgelöst. Aber nicht für Lukas, sondern hin zu einem Mann, von dem ihr nichts geblieben war als die Erinnerung an ein Phantombild.

Das war doch verrückt. Gerade fuhr Lukas davon, der sich um sie sorgte, der ihr glaubte, der sie beschützte und sogar auf ihrer wahnwitzigen Spurensuche begleitete. Sie lief an der Küche vorbei, warf Michael noch schnell einen Abschiedsgruß zu und stolperte die Treppen hoch in ihr Zimmer. Hektisch riss sie die Nachttischschublade auf und suchte mit zitternden Fingern nach Amelies Tagebuch. Als sie es gefunden hatte, schloss sie die Augen und suchte wieder nach einer beliebigen Stelle. Wenn Beate sie jetzt so sehen könnte, sie würde sich ausschütten vor Lachen. Natürlich wusste Sabrina, wie absolut kindisch das war, was sie hier tat. Aber es gab niemanden, der ihr helfen konnte. Griffen Menschen da nicht zu weitaus dünneren Strohhalmen? Zu Horoskopen, Orakeln, Münzen, einem Pendel?

Sie knipste die kleine Lampe an und las.

*... es ist dunkel und düster. Da, wo keine Sonne scheint, will ich hin und wissen, was hinter dem Schmerz liegt. Weiter und immer weiter. Antworten auf Fragen finden, bei denen ich Angst habe, sie zu stellen.*

# NEUNZEHN

Für Sabrina war die Sache klar: Sie würde dranbleiben. Mochte Lukas sie auch noch so sehr von weiteren Nachforschungen abhalten wollen. Sie würde weitermachen, schlimmstenfalls auch alleine. Als in den nächsten Tagen der Himmel die Farbe wechselte und die Sonne wie durch bleigraues Glas schien, ging sie noch einmal zur Polizei. Helga Fassbinder war nicht da, und so wartete sie im Flur über eine halbe Stunde, bis ein dicker, gemütlich wirkender älterer Kollege sie in Empfang nahm.

»Sie kommen wegen Amelie Bogner.«

Er hatte buschige graue Augenbrauen und schlohweiße Haare, die ihm in einem wirren Durcheinander vom Kopf abstanden. Den Kampf mit der Frisur hatte seine Pomade jedenfalls verloren, denn sie hielt lediglich den Scheitel einigermaßen unter Kontrolle. Er trug einen blassgelben Pullover und bequeme Schuhe mit Gummisohlen. Sabrina schätze ihn auf Mitte sechzig, also kurz vor der Pensionierung. Er sah so gemütlich und freundlich aus, dass sie bei seinem Anblick sofort alle Hoffnung verlor. Jemand wie er würde nicht aufspringen und sofort alles in die Wege leiten, was es zu leiten gab.

»Mein Name ist Jochen Tuch. Wie das Tischtuch. Ich bin Kriminalhauptkommissar, also bei mir sind Sie schon an der richtigen Adresse. Im Prinzip. Den Fall selbst betreut natürlich Frau Fassbinder. Aber die ist in Urlaub.«

Sabrina biss sich auf die Unterlippe. Sie konnte nicht verstehen, wie jemand einfach so Richtung Sonne und Strand düste, während Verbrechen nicht aufgeklärt und Spuren langsam kalt wurden.

Herr Tuch musste ihrem Gesicht ansehen, was sie dachte. Er lächelte sie gütig an. »Sie waren schon einmal hier. Aber wie beim letzten Mal können wir Ihnen auch heute keine andere Auskunft geben. Wir haben keine Spur.« Er hob bedauernd die Schultern. Für einen Sekundenbruchteil flitzte sein Blick über die Tür. Sabrina wusste, dass dort eine große Uhr hing. Wahrscheinlich kostete sie ihn gerade seine Mittagspause.

»Aber Lukas … Ich meine, Herr Kreutzfelder hat doch angerufen und gesagt, dass Herr Wennigstedt vermisst wird? Also, dass wir ihn vermissen.«

»Wer ist das?«

Sabrina holte tief Luft. Offenbar wusste hier der eine nicht, was der andere tat. »Lukas Kreutzfelder ist ein Freund von mir. Und Herbert Wennigstedt ist der Mann, der vor acht Jahren die Leiche von Liliane S. am toten Fluss gefunden hat. Er hat mir gegenüber vor einiger Zeit eine Andeutung gemacht, und als ich ihn nochmal fragen wollte, war er verschwunden. Seine Nachbarn haben ihn seit Tagen nicht gesehen und seine Freunde auch nicht.«

Herr Tuch zog eine Handakte zu sich heran und blätterte darin herum. »Davon weiß ich nichts. An wen hat sich Ihr Bekannter denn gewandt?«

»An Frau Fassbinder.«

»Die ist schon seit zwei Wochen weg. Mit ihr kann er also nicht gesprochen haben. Aber einen Moment.«

Der Kommissar griff zum Telefon und wählte eine dreistellige Nummer im Haus. Offenbar hatte er die richtige Stelle am Apparat, aber auch dort war kein Herbert Wennigstedt als vermisst gemeldet worden.

»Was bringt Sie denn zu der Annahme, dass Herr Wennigstedt nicht einfach auch in Urlaub gefahren ist?«, fragte Herr Tuch, nachdem er aufgelegt hatte.

»Er kann sich das nicht leisten. Er ist seit Jahren arbeitslos. Er ist oft an der Werth zum Fischen. Ich … Ich war in seiner Wohnung. Eine Angel fehlt. Aber die Box mit den Ködern …« Sabrina brach ab, weil die Erinnerung an den Fliegenschwarm und die Maden immer noch einen leichten Würgereiz in ihr auslösten.

Ihr Gegenüber musterte sie mit einer Mischung aus Geduld und Glauben, beides etwas bemüht, aber immerhin. »Wir können ja mal einen Wagen vorbeischicken.«

Herr Tuch notierte sich die Adresse. Dann sah er hoch und schaute sie etwas verwundert an, weil sie immer noch sitzen blieb.

»Ich glaube, ich weiß, wann er das letzte Mal beim Angeln war.« Plötzlich war es ihr eingefallen. Und mit einem Mal bekam die Sache eine ganz neue Brisanz. »Vor sechs Tagen. Ich habe mit dem Fernrohr von der Edmundshütte aus gesehen, dass jemand auf der Werth war. Am Abend, als eigentlich gar keiner mehr da sein durfte.«

»Vielleicht war es ein Aufseher? Dieser … Ranger?« Er blätterte wieder in der Akte.

»Vielleicht, vielleicht auch nicht. Ich würde mir auch die Aussage von Herrn Schraudt noch einmal ansehen. Er hat gesagt, dass am Tag von Amelies Tod ein Sportboot in den Seitenarm gefahren ist. Es war aber kein Sportboot. Es war …«

»Dieser Kilian«, unterbrach sie Herr Tuch. »Sie haben ja eine schöne Zeichnung von ihm anfertigen lassen. Wie gesagt, ich bin mit dem Vorgang vertraut. Aber wir haben von Interpol keine Meldung bekommen, dass ein Schiff mit Namen …« Er beugte sich über das Papier.

»Sehnsucht«, flüsterte Sabrina und hoffte inständig, Herr Tuch würde sich jeden Kommentar zu diesem Namen sparen.

»… Désirée, ja, irgendwo gemeldet ist. Vielleicht hat er falsche Papiere. Frau Fassbinder fragt sich sogar, ob dieser junge Mann überhaupt existiert.« Plötzlich wurden Herrn Tuchs Augen hellwach. Sein Blick schien sie durchbohren zu wollen.

»Er existiert«, antwortete Sabrina eisig. »Und Herbert Wennigstedt ist weg. Und der Ranger lügt. Er sagt, er hätte in dieser Woche Dienst gehabt. Hatte er aber nicht.« Sie griff in ihre Schulmappe und holte den Zettel heraus, den sie aus dem Dienstbuch gerissen hatte. »Jemand hat den Einsatzplan gefälscht. Es war ein anderer, der am Tag von Amelies Tod Dienst hatte. Der Ranger kann gar kein Sportboot gesehen haben.«

Langsam griff Herr Tuch nach dem Papier.

»Und das hier«, sie legte Amelies Foto dazu, »habe ich in Herrn Wennigstedts Wohnung gefunden. Das sind doch Zusammenhänge. Oder irre ich mich da?«

Er nahm das Foto und betrachtete es lange. »Sagen Sie, Frau Doberstein, wie kommen Sie an all diese Informationen?«

»Ich bin eben neugierig.«

»Das ist keine schöne Tugend für ein so junges, hübsches Mädchen.«

»Es ist nicht immer die Tugend, die uns junge, hübsche Mädchen weiterbringt.«

»Nein.« Herr Tuch lächelte. Er legte das Foto in die Aktenmappe. »Aber jede Tugend neigt zur Dummheit. Das ist nicht von mir, sondern von Nietzsche. Mit Dummheit meine ich in diesem Zusammenhang, dass wir hier wissen, was wir tun. Sie nicht. Haben Sie sich schon einmal Gedanken darüber gemacht, dass ein Mörder immer noch frei herumläuft?«

»In jeder freien Minute. Deshalb verstehe ich nicht, warum es nicht den kleinsten Fortschritt gibt.«

»Woher wollen Sie das wissen? Nur weil wir Sie nicht jeden Tag mit einem Bulletin auf dem Laufenden halten? Wir haben Dutzende von Zeugenaussagen überprüft. Wir haben jeden Stein auf der Werth umgedreht. Wir haben die Spuren an der Einfahrt gefunden und daraus gesicherte Erkenntnisse gewonnen.«

»Welche denn?«

»Wir suchen dieses Schiff. Und wir glauben Ihnen. Wenn es diesen Kilian gibt, dann werden wir ihn finden.«

»Ist er dann ein Zeuge oder ein Verdächtiger?«

Herr Tuch schob alle Papiere wieder zusammen und verstaute sie in der Akte. »Das wissen wir nach der Vernehmung. Ich gebe Ihnen einen guten Rat, Frau Doberstein. Hören Sie auf, unsere Arbeit machen zu wollen.«

Sabrina stand auf. »Ich habe Ihnen immerhin ein paar Hinweise geben können, die Sie so noch nicht hatten.«

 Herr Tuch erhob sich ebenfalls und streckte ihr seine Hand

entgegen. »Ich wünsche Ihnen alles Gute. Frau Fassbinder wird sich bei Ihnen melden.«

»Und was ist mit Herrn Wennigstedt? Suchen Sie ihn jetzt?«

»Vermisstenanzeigen nehmen die Kollegen im Erdgeschoss entgegen. Aber vorher schauen Sie bitte noch bei den Kollegen vom Erkennungsdienst vorbei. Wir brauchen Ihre Fingerabdrücke.«

»Wieso?«

»Sie haben das Foto ohne Handschuhe angefasst. Haben Sie sonst noch Spuren in der Wohnung hinterlassen?«

Sabrina dachte an das Spülbecken und legte ein honigsüßes Lächeln auf. »Ich weiß es nicht. In Ermittlungsarbeit kenne ich mich nicht aus.«

Den ganzen Weg hinunter atmete sie tief durch. Eine kleine, wieselflinke Polizeibeamtin begleitete sie und brachte sie zunächst in den Raum, in dem sie erkennungsdienstlich behandelt wurde. Sabrina fühlte sich wie eine Verbrecherin und ärgerte sich maßlos über sich selbst. Sie war dilettantisch gewesen. Man hinterließ weder Fingerabdrücke noch den eigenen Mageninhalt in der Wohnung eines Mannes, der ihr in höchstem Maße verdächtig vorkam. Sie hatte sich aufgeführt wie ein dummes kleines Mädchen, das Detektiv spielen wollte. So sah sie in den Augen von Herrn Tuch aus und genauso hatte sie sich auch benommen.

Im Erdgeschoss durfte sie wieder warten. Als sie endlich an der Reihe war, hatte der Kommissar wohl schon seinen Kollegen erzählt, was Sabrina herausgefunden hatte. Jedenfalls fühlte sie sich, als ob alle hinter ihrem Rücken tuschelten.

»Wir werden der Sache auf jeden Fall nachgehen«, sagte die kleine Polizistin. Sie nickte Sabrina freundlich zu.

»Und was heißt das?«

»Die Kollegen halten die Augen offen. Danke, dass Sie so aufmerksam sind.«

Als Sabrina das Polizeigebäude verließ, hatte sie das Gefühl, sich vollkommen lächerlich gemacht zu haben. Niemand glaubte ihr. Wahrscheinlich hielt man sie für eine Verschwörungstheoretikerin, die an Ufos glaubte und die Werth für einen Treffpunkt von Aliens hielt.

Doch schon ein paar Tage später, als der Raureif das Gras mit seinem glitzernden Zuckerguss überzog, waren diese Gedanken vergessen. Wanda rief an, und was sie erzählte, klang zumindest in einem Punkt beruhigend: Man hatte Sabrina ernst genommen.

»Gestern war die Polizei hier«, sagte sie. »Sie haben nach Berti gefragt und waren sogar in der ›Sonne‹. Dann sind sie auch in die Wohnung gegangen. Der Hausmeister hat aufgemacht.«

»Haben sie etwas rausgekriegt?«

Wanda seufzte. »Nein. Leider nicht.«

Und dabei blieb es. Berti war wie vom Erdboden verschluckt. Die Kälte kam, und die Schritte auf der Straße klangen, als würde man über knirschendes Glas gehen. Franziska holte die Weihnachtskiste aus dem Keller und verwandelte die Küche in ein heilloses Chaos, um letzten Endes steinharte Kekse zu produzieren. Ab und zu schaute Lukas vorbei. Ende November ging Sabrina mit ihm zum Friedhof. Auf Amelies Grab legte sie einen Strauß wunderschöne, schneeweiße Lilienblüten ab. Der Atem stand in dunstigen Wolken vor ihren Gesichtern, und Sabrina fror, weil sie viel zu dünne Schuhe anhatte. Ein schlichtes Holzkreuz steckte in der Erde. Es würde erst im Lauf des nächsten Jahres durch einen Grabstein ersetzt werden.

»So viele Rätsel«, murmelte sie.

Lukas legte wieder seinen Arm um ihre Schulter. »Du wirst sie nicht lösen können. Lass die Polizei das machen. Die haben doch ganz andere Möglichkeiten.«

»Wenn Berti auch etwas passiert ist, dann heißt das …«

Er schnitt ihr einfach das Wort ab, indem er sie küsste. Ganz zart und liebevoll, und plötzlich spürte Sabrina ein warmes kleines Feuer in sich, genau dort, wo vor einigen Wochen noch dieses böse kleine Tier mit den spitzen Krallen in ihr rumort hatte. Er zog sie näher an sich, und sie erwiderte seinen Kuss. Nicht leidenschaftlich, das wäre auf dem Friedhof auch nicht gerade passend gewesen. Aber ziemlich einverstanden mit dem, was er gerade tat.

Er ließ sie los, nahm eine Kerze und zündete sie an. Die Flamme war ganz klein in der Kälte.

»Sie hat nichts dagegen«, sagte er. »Du musst kein schlechtes Gewissen haben. Daran hast du doch gerade gedacht, oder?«

Er stellte die Kerze neben das Kreuz, dann machten sie sich wieder auf den Weg zum Ausgang. Ihre Schritte knirschten auf dem Kies, als sie nebeneinander hergingen. Gemeinsam erreichten sie den Ausgang. Gerade sprangen die Straßenlaternen an. Sabrina drehte sich noch einmal um und betrachtete den Friedhof mit den vielen flackernden Lichtern. Es war bitterkalt. Fröstelnd vergrub sie ihre Hände in den Jackentaschen.

»Komm schon.«

Er lief voraus zum Wagen. Sabrina riss sich von dem Anblick los und folgte ihm. Nein, Amelie hatte nichts dagegen, dass sie Lukas küsste. Sie hatte an etwas ganz anderes gedacht in diesem Moment. Etwas, das sie noch nicht einmal Lukas sagen konnte.

Kilian hatte nichts mit Amelies Tod zu tun. Ebenso wenig wie mit Bertis Verschwinden. Es war einer von hier. Aus dieser Gegend. Und mit einem Mal hatte Sabrina das Gefühl, als würde sie jemand beobachten. Sie griff nach Lukas' Hand und war froh, an seiner Seite zu sein. Er hatte Recht. Sie musste Geduld haben und abwarten, was die Polizei herausfinden würde.

Sie warf einen allerletzten Blick zurück. Das Licht auf Amelies Grab flackerte. Plötzlich spürte Sabrina, wie sich so etwas Ähnliches wie Frieden in ihr ausbreitete. Vielleicht war es wie Aufgeben. Vielleicht aber auch ein endlich den Tatsachen ins Gesicht Sehen.

Lukas zog sie an sich. »Willst du noch mit zu mir kommen?«

Sabrina nickte.

# *Winter*

**Er saß an einem Tisch** in der Nähe des Radiators, doch das half nichts. Jedes Mal, wenn sich die Tür öffnete und ein neuer Gast an der Schwelle stehen blieb, strömte ein Schwall feuchtkalter Luft herein. Sie war gesättigt von Regen und Dieselöl. Alle Männer hier arbeiteten im Hafen. Sie rochen nach Tang und Salz, nach Schweiß und nasser Wolle. Manche auch nach billigem Schnaps, wie er hier ausgeschenkt wurde. Diese Mischung, dazu der Rauch aus filterlosen Zigaretten, legte sich wie Schmieröl auf die Lungen.

Vielleicht wurde er auch nur krank. Kein Wunder, denn das Märchen vom sonnigen Süden galt vielleicht für Italien oder Portugal, aber nicht für Bulgarien im Winter. In den Regen mischten sich winzige Schneeflocken. Wenn der Wind scharf aus dem Osten blies, stachen sie wie Nadeln auf der Haut. Er trug drei Schafwollpullover übereinander, aber er fror immer noch. Das Geld wurde knapp. Er hatte einige kleine Aufträge an Land gezogen. Aber es reichte hinten und vorne nicht. Wenn nicht bald ein Wunder geschah, würde er das Schiff verkaufen und sich zu Fuß auf den Heimweg machen müssen.

Heim.

Er verzog sein Gesicht zu einer Grimasse, die jeder, der ihn nicht näher kannte, für ein Lächeln hielt. Sie nannten ihn dann *mil germanez,* den netten Deutschen. Aber keiner von ihnen wusste, wie es wirklich in ihm aussah. Und obwohl alle im Hafen Heimatlose waren, so hatte doch jeder von ihnen den Namen einer Stadt auf den Lippen, wenn man ihn fragte, woher er kam. Manche trugen Fotos bei sich. Sie waren zerknittert, eingerissen, vergilbt, aber sie zeigten Menschen, an die sie sich von Zeit zu Zeit erinnerten. Nur er, der nette Deutsche, hatte keine Stadt. Und kein Foto. Erst recht kein Heim.

Es hatte einen Moment gegeben, da hatte er daran gedacht. Als er von hinten an sie herangetreten war und ihren Duft eingeatmet hatte, der nach Seife und Blumen roch und nach etwas, das so lange zurücklag, dass er sich gar nicht mehr richtig erinnern konnte. Er hatte die Augen schließen und sich an sie lehnen wollen, doch dann hatte sie sich umgedreht mit diesem Schreck in den Augen, als ob sie geahnt hätte, welche schwere Fracht dieses Schiff geladen hatte. Sein Heim waren zwanzig Quadratmeter Erinnerung, und je länger er unterwegs war, umso fester verwuchs er mit ihnen, umso mehr wurden sie zum Teil seiner selbst. Er würde sie nicht mehr loswerden – egal, ob er das Schiff verkaufen würde oder nicht. Was passiert war, ließ sich nicht mehr ändern. Es hatte sich in seine Seele geritzt wie ein unsichtbares Tattoo. Es war sein Stempel, sein dunkles Mal, sein Weg ohne Umkehr.

Der alte Andrej kam vorbeigehinkt, in der Hand eine halbvolle Flasche Wodka, und schenkte jedem ein, der ihm sein Glas entgegenhielt. Er nickte und Andrej kam der Aufforderung großzügig nach. Er hatte ein Bein verloren, lange war das her. Mal im Krieg, mal auf einem japanischen Walfänger, mit dem er auf den Weltmeeren unterwegs gewesen sein wollte, keiner wusste es mehr so genau. Andrej am wenigsten. Diese Baracke war seine Endstation. Hier war er an Land gespült worden, und während seine schwankende Gestalt davonging und sich wieder anderen Gästen zuwandte, dachte er daran, dass die Ferne sehr schnell ihren Reiz verlor, wenn man sie sich aus der Nähe betrachtete.

»Hier bist du.«

Erschrocken sah er hoch. Vor ihm stand Richard, den alle Rick nannten. Ein Baum von einem Mann, mit kräftigen Schultern in einem durchlöcherten Pullover, ein Grinsen auf den breiten Lippen. Er hatte ein weiches Gesicht mit einem kleinen, hervorspringenden Kinn, das ihm gemeinsam mit seinen strahlend blauen Augen etwas ewig Kindliches verlieh. Seine Hände waren voller Narben und Schwielen. Er war harte Arbeit gewohnt. Und er war es gewohnt dass man ihn unterschätzte. Er kannte alle wichtigen Beleidigungen in mehr als zwanzig Sprachen, und er hatte eine schnelle Auffassungsgabe, denn mehr als einmal sagte man sie ihm nicht. Seine Hände konnten blitzschnell zu Fäusten werden. Und genauso, wie er Eisenstangen biegen konnte, sollte er das auch mit Knochen tun können. Sagte man.

»Setz dich.«

Er zog einen Stuhl heran und Rick ließ sich darauf fallen. Er hatte eines von Andrejs Wassergläsern in der Hand. Der Wodka schwappte über, als er es vor sich auf die abgeschabte Kunststoffplatte des wackeligen Tisches stellte.

»Hab dich den ganzen Tag gesucht.« Ricks Augen wanderten auf der Suche nach Bekannten durch den rauchverhangenen Raum. Er nickte einigen zu, hob das Glas und trank es in einem Zug zur Hälfte aus.

»Warum?«

»Darum.« Rick öffnete den Reißverschluss seines Pullovers und suchte darunter herum, bis er aus der Tasche seines Hemdes eine zusammengefaltete Zeitungsseite herausholte und sie umständlich auf dem Tisch ausbreitete. Er tippte auf einen Artikel. »Bist du das?«

Es war ein Phantombild. Und es sah ihm ähnlich. Verdammt ähnlich. Er zog es näher zu sich heran. »Mord am toten Fluss«. Für einen Moment setzte sein Herzschlag aus. Dann zwang er sich, den Artikel zu lesen. Ein Foto war auch noch dabei. Er sah es lange an. Als er fertig war, stand er auf und ging ohne ein Wort vor die Tür.

Das gelbe Licht der Reklametafel hatte durch den Nebel einen Heiligenschein bekommen. Weit hinten strahlten Tausend-Watt-Lampen die Kais an, die Skelette der Kräne lagen wie Scherenschnitte über den dunklen Gipfeln der Containergebirge. Sirenen heulten, Warnglocken schrillten. Tonnen von Eisen krachten aufeinander. Es war nie still am Hafen, die Lichter gingen einfach nicht aus.

Er lief ein paar Schritte. Sein Atem bildete kleine Wolken und die feuchte Kälte kroch durch die Pullover. Er klapperte mit den Zähnen. Er wurde krank. Bestimmt.

Die Zeitung war Monate alt. Aber drinnen in der Baracke hatte er für einen Moment das Gefühl gehabt, eine eiserne Faust würde ihn packen und aus der Gegenwart zurückwerfen in diese unwirklichen Tage am *toten Fluss*. Mit einem Schlag war alles wieder aus dem Schlick des Vergessens nach oben gekommen. Sie suchten ihn. Er war ihnen, ohne es zu wissen, nur um Haaresbreite entkommen. Wahrscheinlich hatten sie die Fahndung nach ihm schon längst eingestellt. Und wenn nicht? Würde dann alles wieder von vorne losgehen? Mit einem Stöhnen lehnte er sich an die Barackenwand. Mord am *toten Fluss*. Das schöne, tote Mädchen. Alles riss in ihm auf. Die dünne Kruste, die sich über den Narben gebildet hatte, platzte. Schmerz, Wut und Trauer ballten sich zusammen zu einem einzigen wütenden Gedanken: Er würde nie wieder zurückkehren können.

Die Barackentür wurde geöffnet. Laute Stimmen und Gelächter drangen heraus und wurden plötzlich wieder gedämpft, als hätte jemand eine Decke über einen Lautsprecher gelegt. Rick stand auf der oberen Schwelle, die Fäuste in die tiefen Taschen seiner Hose versenkt, in denen er immer ein kleines Klappmesser hatte. Ein Messer, bei dem man nie wusste, ob er es zum Brotschneiden oder als Waffe benutzen würde.

Er stieß einen leisen Pfiff aus. »Kilian?« Rick kam auf ihn zu und blieb neben ihm stehen. Einen Moment sah er das Hafenpanorama an und atmete dann tief ein, als ob er so etwas Fantastisches noch nie in seinem Leben gesehen hätte. »Mach dir keinen Kopf. Wir kriegen das schon hin.«

Kilian versuchte, nicht mit den Zähnen zu klappern. Das hätte nach Angst ausgesehen. Oder nach Verzweiflung. In Wirklichkeit war ihm nur so kalt wie noch nie in seinem ganzen Leben. »Wer, wir?«

»Na, wir eben. Die Jungens. Die, die nach Odessa fahren.«

Vielleicht stand er ja noch unter Schock und brauchte deshalb ein paar Sekunden, um zu begreifen, was Rick da eben gesagt hatte.

Aber schon die nächsten Worte seines Landsmannes zerstreuten jeden Zweifel. »Neue Papiere, für dich und den Kahn. Die kosten natürlich. Aber nach drei, vier Touren hast du das wieder drin.«

Kilians Blick wanderte wieder hinüber zum Hafen. Dort war es hell, dort wollte er hin. Diese Ecke, in der sie gerade standen, war dunkel. Sie lag im Schatten, und die Menschen, die sich hierher verirrten, hatten allen Grund, das Licht zu meiden.



Rick senkte die Stimme. »Baumwolle. Holz. Kohle. Keine Container. Völlig ungefährlich. Ein, zwei Pakete unter der Ladung, kein Mensch wird sie finden. Ich hab mit dem Kirgisen über dich gesprochen. Er ist einverstanden, dass wir dich mal ausprobieren.«

Der Kirgise war ein Mann, den Kilian noch nie gesehen hatte. Dafür hatte er umso mehr über ihn gehört. Es war nichts Gutes, was ihm zu Ohren gekommen war. Wer sich einmal auf ihn einließ, verschrieb sich ihm mit Haut und Haaren. Er sorgte gut für seine Leute. Aber man kam nie wieder von ihm los.

»Mord.« Rick holte eine Packung bulgarische, unverzollte Zigaretten aus seiner Jackentasche und zündete sich eine an. »So ein hübscher Junge wie du. Wie kann das sein?«

»Das geht nicht nach dem Aussehen.« Auch wenn Rick so etwas wie ein Kumpel geworden war, war er weit davon entfernt, ihn ins Vertrauen zu ziehen. »Was sind das für Pakete?«

»Was wohl? Blöde Frage.«

Drogen. Waffen. Was einer normalen Ladung eben untergeschoben wurde.

»Vielen Dank. Ich schaffe das auch so.«

»Hm.« Rick zog an seiner Zigarette. Die Glut an der Spitze erhellte sein Gesicht, und Kilian erkannte, dass der kindliche Ausdruck in Ricks Augen einem gefährlichen Glitzern gewichen war. »Das wird dem Kirgisen aber nicht gefallen, wenn du sein Angebot ausschlägst. Er könnte der Polizei auch einen kleinen Tipp geben. Überleg es dir gut.«

»Danke. Nein.«

Rick zuckte mit den Schultern. Dann warf er seine Zigarette auf den Boden und trat sie aus. »So jung. So hübsch. So tot.«

Er drehte sich um und ging zurück in die Spelunke. Kilian wartete, bis die Tür hinter ihm wieder geschlossen war, dann machte er sich auf den Weg zu seinem Schiff. Es lag weit hinten im alten Teil des Hafens, wo abgewrackte Kähne darauf warteten, verschrottet zu werden. Immer wieder sah er sich um, aber niemand folgte ihm. Er wollte gerade in den Trampelpfad einbiegen, der direkt zu den zersprungenen Kaimauern führte, als zwei Schatten sich aus dem Dunkel lösten und ihm den Weg versperrten. In der Hand des einen blitzte ein Messer.

Sie sagten nichts. Der Bruchteil einer Sekunde, den Kilian brauchte, um die Situation zu erfassen, genügte. Sie kannten den Überraschungsmoment, denn sie redeten nicht, sie handelten. Der eine warf sich auf Kilian, der andere jagte ihm seine Faust in den Magen. Es war, als ob alle Luft aus seinen Lungen gedrückt würde. Er klappte zusammen und spürte im gleichen Moment, wie etwas wie eine glühende Peitsche über sein Gesicht fuhr.

Der Mann ließ ihn los. Kilian fiel auf den Boden. Die beiden verschwanden so schnell und geräuschlos, dass es fast ein Spuk gewesen sein könnte, wenn nicht der glühende Schmerz auf seiner Wange gewesen wäre. Langsam, schwankend und torkelnd wie ein Betrunkener, kam er wieder auf die Beine. Er hatte völlig die Orientierung verloren und brauchte zwei tiefe Atemzüge, bis er wieder wusste, in welche Richtung er gehen musste. Warmes Blut tropfte von seinem Kinn hinunter auf den Pullover. Er sah ständig zurück über die Schulter, ob ihm noch jemand folgte. Erst als er die *Désirée* erreicht hatte, fühlte er sich einigermaßen sicher.

Er stieg die Treppe hinunter und gelangte in das winzig kleine Badezimmer. Es war eiskalt, weil er vergessen hatte zu heizen. Er stützte sich am Türrahmen ab, der Boden tanzte vor seinen Augen in merkwürdigen, fließenden Bewegungen. Wahrscheinlich hatte er auch noch eine Gehirnerschütterung. Kein Wunder nach so einem Überfall.

Aber es war kein Überfall gewesen. Er klopfte seine Taschen ab. Nichts fehlte. Das konnte nur bedeuten, dass die beiden im Auftrag von jemandem gekommen waren und nichts weiter zu tun hatten, als ihn auszuführen. Es war eine Warnung gewesen. Du hast es gewagt, unser Angebot auszuschlagen, obwohl du am Ende bist.

Er stöhnte auf. Der Schmerz in seiner Wange pulsierte. Was sollte er tun? Wieder fliehen? Oder eine kriminelle Karriere am Ende der legalen Welt beginnen, aus der ihn nichts wieder befreien würde? Er machte einen Schritt auf das Waschbecken zu und für einen flüchtigen Moment sah er sein Gesicht im Spiegel. Blutüberströmt, mit eingefallenen Wangen und irre glühenden Augen. Mit zitternden Lippen starrte er sein Gegenüber an. Er hatte dieses Gesicht schon einmal gesehen. Es verfolgte ihn bis in die hintersten Winkel seiner Albträume. Es war das Gesicht eines Mörders, der gerade begreift, dass es kein Zurück mehr gibt.

Ihm wurde schwarz vor Augen, und bevor er zusammenbrach, formten seine Lippen einen Namen. Er hatte ihn fast vergessen. Es war ein Name aus einer anderen Welt, an die er nicht mehr glaubte, weil er den Schlüssel, der die Tür zu ihr öffnen würde, schon längst über Bord geworfen hatte. Trotzdem flüsterte er ihn. Als ob dieser Name ihn beschützen könnte, als ob er ein Wunder geschehen lassen könnte, egal, wie es aussehen würde, als ob dieser Name etwas Heiliges in sich trug, das wie ein Licht auch noch die tiefste Dunkelheit erhellte.

Er schlug auf dem Boden auf. Bevor es Nacht in ihm wurde, flüsterte er ihn noch einmal.

*Sabrina …*

# ZWANZIG

»Kilian!«

Sabrina fuhr hoch. Die rote Leuchtanzeige ihres Weckers sprang auf 00:00. Mitternacht. Sie schlug die Decke zurück und richtete sich auf. Was war das denn? Welchen Alptraum hatte sie gerade geträumt? Sie versuchte sich zu erinnern, aber es gelang ihr nur bei dem letzten, schrecklichsten aller Bilder. Es waren seine Augen, die sie durch einen dunklen Nebel angesehen hatten, und sein Gesicht versank, den Mund geöffnet zu einem Schrei, in einem See aus Blut …

Sie zitterte. Es war kalt im Zimmer, bitterkalt. Obwohl die Heizung lief, hatte der Frost das Haus wie mit einer eisigen Hand umklammert. Sabrina stand auf, schlang die Decke um sich herum und ging zum Fenster. Draußen war es dunkel. Der Schnee reflektierte das Licht der Straßenlampe in Milliarden glitzernden Kristallen. Er musste in den letzten zwei Stunden gefallen sein, in schweren, weichen Flocken, die auch jetzt noch wirbelnd durch die Luft tanzten.

Wie lange hatte sie nicht mehr an ihn gedacht! Was war passiert? War ihm etwas geschehen? Sie zog die Decke noch enger um ihre Schultern. In den letzten zwei Wochen hatte sie so viel mit Lukas unternommen, dass sie kaum noch Gelegenheit hatte, über das Vergangene nachzugrübeln. Wenn sie ehrlich war, war das auch gut so. Es half niemandem, immer nur zurückzusehen. Lukas hatte recht. Sie musste nach vorne schauen. Die Polizei würde sich schon um alles kümmern. Das Rätsel um den schwarzen Schatten auf der Werth war nicht ihr Rätsel. Was der Ranger so trieb, wenn er nicht im Dienstplan stand, war nicht ihr Problem. Wo Berti abgeblieben war, ging sie nichts an. Schließlich war er erwachsen. Er konnte tun und lassen, was er wollte.

Sie kroch wieder zurück in das Bett. Es war noch warm, und als sie sich in die Kissen kuschelte, fühlte sich alles richtig und gut an. Sie war zu Hause, morgen würde sie mit ihrer Mutter und einem netten Jungen nach Koblenz fahren, die Hausaufgaben waren gemacht, die Ernte war eingefahren, jetzt war es Winter, und es ging auf Weihnachten zu. Sie freute sich auf die Lichter und die Kerzen, auf die alten Lieder und die Vorfreude, wenn sie die Geschenke verpackte.

Dann fiel ihr ein, dass sie in diesem Jahr kein Geschenk für Amelie haben würde. Noch bevor die Trauer wieder ihre Krallen ausfahren konnte, machte sie das Licht an und holte Amelies Tagebuch aus der Schublade. Es war mittlerweile zu einem Orakel geworden, das Sabrina immer dann zur Hand nahm, wenn sie das Gefühl hatte, ihre Freundin etwas fragen zu wollen. Aber sie las es nie im Zusammenhang, da war sie immer eisern geblieben. Manchmal schlug sich das Buch von selbst an der Stelle auf, an der die Seiten herausgerissen waren. Sabrina nahm es dann als ein Zeichen, es noch einmal zu versuchen.

Was soll ich dir schenken?

Sie schlug eine beliebige Seite auf und las den Satz, auf den ihr Finger deutete.

*Gib mir die Worte, die ich so liebe. Gib mir einen Gedanken, einen Satz, ein Gedicht. Schenk mir einen Traum von dir, eine Geste, einen flüchtigen Blick im Vorübergehen, der mich streift und mich wärmt, weil ich weiß, dass du mich nicht vergisst.*

Sabrina schlug das Buch zu. Sie legte es zurück, löschte das Licht, und als sie einschlief, hatte sie ein Lächeln auf den Lippen. Amelie hatte noch immer auf alles eine Antwort. Die richtige Antwort.

Das Schloss war vom Widerschein zahlloser Lichter strahlend hell erleuchtet. Es war so kalt geworden, dass der Schnee unter ihren Füßen quietschte. Sabrina hatte sich bei Lukas eingehängt, der natürlich wesentlich robuster für diese Kälte gekleidet war und auch die passenden Schuhe anhatte, während sie, nur um nicht auszusehen wie eine Presswurst auf zwei Beinen, auf die dicke Strumpfhose unter der Jeans verzichtet hatte. Das rächte sich augenblicklich. Sie beschleunigte ihre Schritte, um so schnell wie möglich ins beheizte Schloss zu kommen.

»Schön hier.« Lukas blieb kurz stehen und betrachtete die vielen Holzbuden. Der Schnee lag auf den Dächern wie weiße Mützen. »Willst du einen Glühwein?«

»Nein, ich will ins Warme«, schnatterte sie.

Aber Lukas zog sie schon sanft zu einer der Buden. Unter einem Heizpilz drängten sich die Menschen zusammen, fröhliche Stimmen mischten sich in die obligatorische Weihnachtsmusik, die aus jedem Lautsprecher schallte.

»Zwei Glühwein. Mit Schuss.«

»Ohne«, widersprach Sabrina.

Aber Lukas achtete nicht auf sie oder hatte sie nicht gehört. Er kam mit zwei dampfenden Bechern zurück und schaffte es, ihnen zwei Plätze direkt unter dem glühenden Schirm zu ergattern. Sabrina probierte einen Schluck. Es wärmte eindeutig, aber es schmeckte ihr trotzdem nicht so richtig.

»Wo sind denn die anderen?«

Er sah sich um. Aber bei dem Geschiebe und Gedränge um sie herum war es aussichtslos, Franziska und Michael irgendwo zu entdecken. Sie waren vorausgegangen und so schnell verschwunden, dass Sabrina den Verdacht hatte, die beiden wollten ein paar Minuten unter sich sein.

»Wir treffen sie ja spätestens am Stand von deinem Vater.«

Unbemerkt schüttete sie den Rest von ihrem Glühwein auf den Boden.

Lukas trank währenddessen seinen Becher aus und hatte glänzende Augen, als er ihn wieder abstellte. »Komm mit, ich will dir ein Herz schenken.« Alle Proteste von Sabrina halfen nicht. Er zog sie weiter zu einem Lebkuchenhaus und begann, jeden einzelnen Spruch laut vorzulesen. »Du bist meine Süße.

Schnuckelchen. Schatzilein. Da! Du scheues Reh. Das wär doch was für dich.«

Sabrina, die von der Kälte schon ganz rote Ohren hatte, merkte, wie jetzt auch ihre Wangen anfingen zu glühen. Scheues Reh, dachte sie. Geht's noch? Hoffentlich war niemand unterwegs, der sie kannte. Aber Lukas ließ sich auch durch energische Proteste nicht abhalten, und wenig später baumelte das scheue Reh an einem roten Faden um ihren Hals. Sabrina nahm sich vor, es bei der nächstbesten Gelegenheit abzunehmen und irgendwo liegen zu lassen.

»Dieser Dreck! Jeder lässt alles fallen. Wie Hunde im Straßengraben, so führen sie sich auf!«

Die Stimme war direkt hinter ihr. Sabrina wagte nicht, sich umzudrehen.

»Früher war das noch schön hier. Da haben sie Adventslieder gesungen. Und jetzt? Diese Discomusik. Wie rollige Katzen, und das an Weihnachten!«

»Schon gut, Opa.«

Sabrina hielt den Atem an. Sie ließ Lukas ein paar Schritte weitergehen, weil sie nicht wusste, was schlimmer war: Von einer Klassenkameradin mit einem Du-scheues-Reh-Herz um den Hals erwischt zu werden, oder sich dem Richter zu erkennen zu geben, der sich zweifellos an ihre Fersen heften und ihnen die Verworfenheit der modernen Welt am Beispiel des Koblenzer Weihnachtsmarktes erklären würde. Aber es war schon zu spät, die Entscheidung wurde ihr abgenommen. Genauer gesagt, es gab gar keine. Sie bekam einfach beide Katastrophen gleichzeitig serviert.

»Sabrina! Bist du das?«

Mit einem Lächeln, das gar nicht so einfach auf die kalten Wangen zu zaubern war, drehte sie sich um.

»Beate! Und Herr Gramann. Was verschlägt Sie denn hierher?«

Beates Blick wanderte gerade über die Zuckerschrift auf dem Lebkuchenherz. Sie gab sich sichtlich Mühe, aber dennoch hatte ihr Grinsen etwas leicht Boshaftes. »Wir haben einen alten Kollegen von Opa besucht und dachten, es wäre eine nette Idee, hier mal vorbeizuschauen.«

Die Augenbrauen des Richters zogen sich missbilligend zusammen, damit auch allen klar war, dass seine Erwartungen an nette Zerstreuungen hier um ein Vielfaches unterboten wurden. »Aber es gibt ja nur noch Ramsch und Tinneff. Früher, als der Rhein noch zugefroren ist, da haben sie die Schiffsschaukeln auf das Eis gestellt, und Schlittschuh sind wir gelaufen. Und heute?« Er wartete nicht ernsthaft auf eine Antwort.

Beate verdrehte die Augen, doch dann sprach sie mit sanfter Stimme auf ihn ein. »Ich denke, wir gehen mal ins Schloss. Da ist es warm.«

»Guten Abend, Herr Gramann.«

Die fast blinden Augen des Richters wanderten zu der Stelle, an der er den Redner vermutete. »Kreutzfelder?«, fragte der alte Mann. »Lukas Kreutzfelder?«

»Richtig. Lange nicht gesehen.«

Beate tauschte einen vielsagenden Blick mit Sabrina. »Ich bin übrigens seine Enkelin, wenn ich mich einfach mal so vorstellen darf.«

»Ach so! Das tut mir leid«, entschuldigte sich Sabrina eifrig. »Darf ich vorstellen? Lukas Kreutzfelder, Beate und … naja, den Herrn kennst du ja wohl.«

»Das will ich meinen«, polterte der Richter. »So oft, wie ich dir gerne den Hintern versohlt hätte! Hast deinem Vater nicht immer Ehre gemacht. Nein, nein. Schwimmst heute hoffentlich nicht mehr im Fluss. Oder?«

»Nicht bei diesem Wetter.« Lukas verzog das Gesicht und grinste schief. Offenbar wurde er nicht gerne an seine Kinderstreiche erinnert. »Aber bevor wir hier festfrieren, sollten wir vielleicht tatsächlich reingehen. Herr Richter? Nach Ihnen.« Mit einer formvollendeten Geste ließ er den alten Herrn am Arm seiner Enkelin vor.

Während sie auf das einladend geschmückte Schloss zugingen, stupste Sabrina ihren Begleiter an. »Was, du warst im Rhein?«

Das war eine gefährliche Sache. Nicht wegen der Strömung, die war selten so stark, dass sie die Leute wirklich hinabzog. Der Rhein war zwischen Leutesdorf und Andernach auch nicht wirklich tief. Drei, vier Meter vielleicht. Wenn man auf den Grund kam, musste man sich nur ordentlich abstoßen, dann war man schnell wieder an der Wasseroberfläche. Das Schwimmen war es nicht, was den Fluss unberechenbar machte.

Lukas nickte. »Ich hab Klavier gespielt.«

So nannte man das, wenn man sich an die Kähne hängte und ein paar Kilometer flussauf schleppen ließ. Die Finger tasteten über die Reling wie ein Klavierspieler, bis man festen Halt gefunden hatte. Im besten aller Fälle wurde nur der Schiffshund auf die ungebetenen Gäste gehetzt. Im schlimmsten geriet man in den Sog der Schiffsschraube.

»Echt?« Sabrina wunderte sich. So viel Mut – oder Tollkühnheit – hätte sie Lukas gar nicht zugetraut. Sie erinnerte sich, wie entsetzt er gewesen war, als Amelie das Steuer seines Bootes übernommen und damit einige waghalsige Kapriolen vollführt hatte. Damals hatte er nicht nach jemandem ausgesehen, der auf Rheinschiffen den blinden Passagier machte.

Sie betraten das Schloss, das sie mit der wohligen Wärme eines riesigen Kamins empfing. In ihm brannte ein Feuer, über dem man einen Ochsen hätte braten können. Die große Halle war mit Tannenzweigen und Christbäumen geschmückt. Es duftete nach Lebkuchen und Zimt. Doch die wenigsten hatten ein Auge dafür. Alle strömten weiter in die herrschaftlichen, hohen Räume dahinter, in denen die besten Winzer der Region ihr Angebot aufgebaut hatten.

Lukas stellte sich auf die Zehenspitzen, um den Stand seines Vaters zu entdecken. »Da!« Er deutete auf einen der größten und, wie Sabrina zugeben musste, schönsten im Saal.

Auf alten Weinfässern brannten Kerzen und Kreutzfelder hatte sich eine nostalgische grüne Schürze umgebunden und schenkte gerade den ersten, jungen Wein des Jahres aus. Der leckere Geruch von Bratäpfeln und Flammkuchen stieg

Sabrina in die Nase. Ihr Magen knurrte, und sie war froh, dass Lukas, ohne viel zu fragen, einfach ein ganzes Weinfass für seine Gäste reservierte und wenig später mit einem riesigen Holzbrett voll von hauchdünnen, knusprigen Köstlichkeiten zurückkam, die gemeinsam mit Speck, saurer Sahne und Käse genau das waren, in das Sabrina sich in diesem Moment hätte hineinlegen können.

»Danke!«, rief sie.

Lukas strahlte. »Ich hol noch einen Wein. Wie viele sind wir? Vier? Bin gleich wieder da.«

Beate drückte ihrem Großvater ein Stück Flammkuchen in die Hand und schaute Lukas hinterher. »Das ist ja endlich mal ein Kavalier, du scheues Reh.«

Bestürzt sah Sabrina an sich herab und bemerkte, dass sie immer noch für jeden sichtbar das Lebkuchenherz um den Hals trug. Sie nahm es ab und legte es neben ihren Rucksack. In der Hoffnung, es einfach zu vergessen, wenn sie wieder gehen würde.

Der Richter biss ein Stück von seiner Portion ab und sagte: »Er hat mal einen fast ersäuft.«

Erst wusste Sabrina gar nicht, von wem er sprach. Beate, die auch gerade in ihren Flammkuchen beißen wollte, blieb der Mund offen stehen.

»Weil der was mit seinem Mädchen hatte. Später hieß es, es wär ein Spiel gewesen. Aber er hat ihn fast ersäuft.« Mit tiefer Befriedigung biss der Richter wieder zu und kaute mit vollen Backen.

Beate ließ ihr Stück sinken. »Lukas? Du meinst Lukas?«

»Den Bengel vom Kreutzfelder meine ich. Damals hatte ich noch bessere Augen als heute. Hab es vom Alten Krahnen aus gesehen. Wie sie rausgeschwommen sind und er ihn untergetaucht hat. Das war kein Spiel. Ich hab's genau gesehen.« Mit Zeige- und Mittelfinger deutete er auf seine Augen.

»Was haben Sie gesehen?« Lukas war zurückgekehrt und stellte eine Flasche Wein und vier Gläser auf das Fass.

»Wie du den Jungen damals fast umgebracht hast.«

Mit Genuss schob sich der Richter den letzten Bissen in den Mund. Egal, wie gruselig die Geschichten waren, die er erzählte, den Appetit verdarben sie ihm offenbar nicht.

»Ich hab ihn rausgezogen«, konterte Lukas ruhig und goss dem alten Herrn zuerst ein. »Ich war damals bei der Wasserwacht einer von den Rettungsschwimmern.«

Der Richter tastete nach dem Glas. Beates Hand fuhr vor, schnell hatte sie es ergriffen und ihm gereicht. Niemandem außer Sabrina wäre aufgefallen, dass der Richter danebengezielt hätte.

»Ja ja«, sagte er und kostete einen Schluck. »Das ist wie mit den Weinstöcken. Ein einziger schlechter verdirbt den ganzen Jahrgang.«

»Und?« Lukas wartete mit einem amüsierten Lächeln, was der Richter nach dem ersten Schluck zu sagen hatte.

»Gut. Ganz hervorragend. Das mit dem Wein habt ihr wenigstens im Griff.«

Lukas nickte, als hätte er nichts anderes erwartet. »Wenn ich Sie einen Moment mit den reizenden Damen allein lassen darf? Mein Vater braucht meine Hilfe.«

Tatsächlich standen die Leute mittlerweile Schlange und drängelten sich um die Weinfässer, um noch einen Platz zu finden, an dem sie ihr Glas abstellen konnten. Lukas verabschiedete sich mit einem hastigen Nicken. Der Richter drehte sich um und tat so, als ob er das Geschiebe und Gewimmel um sich herum betrachten würde.

»Sorry«, flüsterte Beate. »Aber wenn man sein ganzes Leben mit Verbrechern zu tun hatte, wird man vielleicht so.«

»Oder mit Unschuldigen.«

»Ja.« Beate schaute betrübt in ihr Weinglas. Sie hatte genau wie Sabrina kaum etwas getrunken. »Wobei ich glaube, dass es wohl doch mehr schwarze Schäfchen waren. Aber natürlich kann er nicht einfach deinen Freund beleidigen.«

»Er ist nicht mein Freund. Nicht so.« Sabrina sah sich nach Lukas um. Er stand hinter der Theke und trug jetzt auch eine dieser grünen Schürzen. »Aber ich glaube, er wäre es gerne. Obwohl ich nicht genau weiß, warum.«

»Na sag mal, ihr beide seid doch sozusagen die Grand Crus von Leutesdorf.«

»Und das macht aus uns automatisch ein Paar?«

Beate zog die Nase kraus. »Es gibt auch weniger gute Gründe, aus denen so was passiert. Gefühle zum Beispiel. Was ist damit?«

Sabrina nahm eine liegen gebliebene Flammkuchenkruste vom Brett. Sie zerbrach sie in zwei Hälften, krümelte etwas damit herum und schob sich dann ein stecknadelkopfgroßes Stück in den Mund. »Weiß nicht«, murmelte sie.

Beate hob die Augenbrauen. »Also ehrlich, ich hab nicht so viel Erfahrung in diesen Sachen. Aber egal ob im Fernsehen oder in Büchern, es geht doch immer um das berühmte Herzflattern. Das soll man angeblich spüren können. Ungefähr da, wo vor fünf Minuten noch dein Lebkuchendings hing. Wo ist es eigentlich?« Gespielt aufgeregt suchte sie über und unter dem Fass. »Ah! Na so was! Hier ist es ja. Nicht, dass du das schöne Teil noch vergisst.« Sie legte das scheue Reh direkt vor Sabrinas Nase.

»Nein, wie süß!«

Franziskas Wuschelkopf tauchte aus der Menge auf. Sie griff nach dem Herz und las laut vor, was darauf geschrieben stand. Sabrina wäre am liebsten im Erdboden versunken. »Von wem hast du das denn?«

»Von mir.«

Lukas kämpfte sich wieder zu ihnen durch, räumte leere Gläser von den Tischen und drückte Sabrina, ehe sie sich versah, einen Kuss auf die Wange. »Ich finde, das passt zu ihr.«

»Ja.« Franziska legte das Herz wieder zurück. »Genau den Eindruck hatte ich während der Lese auch.«

»Mama!«

Langsam wurde Sabrina alles zu viel. Am liebsten wäre sie hinausgestürmt. Erst machte der Richter Andeutungen, die offenbar genauso an den Haaren herbeigezogen waren wie alles andere, was er von sich gab. Dann blamierte sie dieses dämliche Zuckergussding bis auf die Knochen, und letzten Endes amüsierten sich auch noch ihre Mutter und Lukas gemeinsam auf ihre Kosten.

Während Franziska Doberstein Beate und ihren Großvater begrüßte, rückte Sabrina ein paar Schritte von der Gruppe weg. Mit einem Mal fühlte sie sich verloren und allein. Amelie hätte sich niemals so ein Teil um den Hals hängen lassen. Völlig unvorstellbar! Amelie hätte gelacht und geflirtet und vermutlich sämtliche echten und gebackenen Herzen im Umkreis von zweihundert Metern gebrochen.

»Komm, wir gehen ein paar Schritte.«

Michael Gerber stand plötzlich neben ihr. Ohne auf die anderen zu achten, ging er voraus, und Sabrina folgte ihm.

Draußen an der frischen Luft zog er den Reißverschluss seiner Daunenjacke zu und bot Sabrina seinen Arm an. »Ich kann verstehen, dass es manchmal schwer ist, wenn die anderen sich amüsieren«, sagte er. »Dann tut es gut, zu laufen und alles wieder zurechtzurücken.«

Sie nickte und ging neben ihm her. Lachende Menschen kamen ihnen entgegen. Geschickt wich er ihnen immer wieder aus, bis sie an den Rand des Weihnachtsmarktes kamen, wo ein kleiner Wald aus geschlagenen Tannen darauf wartete, Stück für Stück in die Wohnzimmer zu verschwinden. Neben einem Ölfass, in dem glühende Scheite eine wohlige Wärme verbreiteten, stand eine Holzbank. Darauf setzten sie sich.

»Deine Mutter hat mir gesagt, dass du stiller geworden bist.«

Sabrina schwieg. Ihr war das nicht aufgefallen, also konnte sie auch nichts dazu sagen.

»Hast du denn seit damals, als es passiert ist, mal mit jemandem gesprochen?«

»Nein. Also ja. Mit der Polizei. Was passiert ist an dem Tag.«

»Und sonst?«

Sabrina schüttelte den Kopf.

»Ich glaube, du kannst nicht abschließen, solange du nicht weißt, was deiner Freundin passiert ist. Ein halbes Jahr ist das jetzt her. Was ist, wenn sie es nie herausfinden?«

Sabrina zuckte mit den Schultern.

»Irgendwann musst du Abschied nehmen. Erst dann kannst du das Neue wieder in dein Leben lassen. Abschied nehmen bedeutet nicht, jemanden zu vergessen. Ganz im Gegenteil. Wenn man akzeptiert, dass ein geliebter Mensch nie mehr wiederkommt, dann schmerzt es sehr. So sehr, dass man es manchmal kaum ertragen kann. Aber eines Tages wird es besser.«

Sabrina sah auf das Ölfass. Jemand hatte Löcher in die Seiten gebohrt, damit besser Luft an die Flammen kam. Sie konnte die Glut aufstieben sehen, als eines der Scheite zerbrach und nach unten kollerte.

»Eines Tages wirst du an Amelie denken können wie an eine Freundin, die verreist ist. Du musst nicht mit mir darüber reden. Aber vielleicht gibt es ja etwas, das du gerne loswerden möchtest. Du kannst mir alles sagen. Egal, wie verrückt es klingt. Psychologen sind in dieser Hinsicht einiges gewohnt. Und sehr verschwiegen.«

Er sah sie aufmunternd an, aber Sabrina presste die Lippen aufeinander. Wie hätte das denn geklungen, wenn sie ihm erzählen würde, dass Amelie immer noch da war? Dass sie fast jeden Tag in ihr Tagebuch schaute, völlig zusammenhanglos, aber dass die Sätze, die Amelie geschrieben hatte, tatsächlich Antworten auf all die wichtigen und unwichtigen Fragen waren, die sie ihr gerne noch gestellt hätte? Das konnte sie niemandem erzählen. Lukas nicht, Beate nicht, ihrer Mutter nicht, und erst recht keinem Psychologen.

Michael nickte. Er wartete noch einen Moment, ob Sabrina ihr Schweigen doch noch durchbrechen würde. Als das nicht geschah, stand er auf. »Ich wollte Franziska fragen, ob sie nächstes Wochenende mal mit mir wegfahren will. Was meinst du? Habe ich Glück?«

 Sabrina stand auf und folgte ihm. Der Tannenbaumverkäufer schickte ihnen noch einen bedauernden Blick hinterher. Solche Kunden hatte er wohl gerne – nix kaufen, aber warm sitzen.

»Das weiß ich nicht«, antwortete sie wahrheitsgemäß. »Probier es doch einfach.«

»Hättest du denn etwas dagegen?«

Er bot ihr wieder seinen Arm an, und Sabrina hängte sich bei ihm ein.

Sie dachte kurz nach. »Nö. Warum sollte ich?«

Als sie zu den anderen zurückkamen, waren Beate und der Richter gegangen. Franziska unterhielt sich mit Kreutzfelder senior, und es war wohl ein ernstes Gespräch, denn sie sah auf ihre Fußspitzen, nickte, hörte, was er leise sagte, aber sie schaute ihm nicht in die Augen. Lukas eilte zwischendurch immer wieder davon, wenn neue Weinkisten herangeschafft oder die Tische abgeräumt werden mussten. Als er Sabrina sah, nahm er sie im Vorübergehen kurz in die Arme. Ausgerechnet in diesem Moment gab es eine kleine Lücke in dem Gedrängel um sie herum, und sein Vater hatte freie Sicht auf sie und seinen Sohn. Mit einem Lächeln nickte er ihr zu und gab einen, wie es aussah, wohlwollenden Kommentar an Franziskas Adresse ab.

Soso, Kreutzfelder senior hatte also auch nichts gegen den Grand Cru einzuwenden. Ihre Mutter nickte, dann schlüpfte sie wieder hinter dem Tresen hervor und drängelte sich zu Michael durch. Sabrina wollte gerade fragen, was sie denn so Ernstes zu besprechen gehabt hatte, da bemerkte sie, wie Franziska und Michael miteinander tuschelten und verstohlen lachten. Kreutzfelder schien vergessen. In diesem Moment hatten die beiden nur Augen füreinander. Mit einem Seufzen schob sich Sabrina das letzte, kalt gewordene Stück Flammkuchen in den Mund. Lukas war schon wieder am Nebentisch, aber er schaute sich immer wieder nach ihr um.

Michael zog die Autoschlüssel aus der Tasche. »Wir fahren jetzt.«

Schon war Lukas wieder zur Stelle. »Schade. Wartet doch noch eine Minute. Ich will Sabrina was fragen.«

Lukas nahm die Schürze ab, knäulte sie zusammen und warf sie über die Köpfe der anderen hinweg seinem Vater zu. Er zog sie mit sich in die Eingangshalle. Neben dem Kamin stand ein riesiger Weihnachtsbaum, hinter dem er mit ihr verschwand.

»Sabrina, ich bleibe noch. Mein Vater braucht Hilfe. Hast du was dagegen?«

Noch bevor sie antworten konnte, nahm er sie in den Arm und küsste sie. Die Tannenzweige schirmten sie vor den Blicken ab. Wieder fiel ihr auf, wie angenehm es war, in seinen Armen zu liegen. Solange niemand dabei zuschaute. Beschützt und geborgen fühlte sie sich, wie eine Katze, die sich auf der Heizung zusammenrollte. Lukas war einer der Männer, gegen die niemand etwas einzuwenden hatte. Ein bisschen zu nett vielleicht, aber seit wann war das ein Grund, nicht in die engere Auswahl zu kommen?

Seine Hand strich ihren Rücken entlang, dann suchte sie sich einen Weg unter ihren Pullover.

»Ähm …« Sabrina wand sich aus seiner Umarmung. Nur nett war er auch nicht. Er konnte auch frech werden.

Sofort ließ er sie los. Auch das war ein sympathischer Zug an ihm. Nie ging er weiter als bis zu dem Punkt, den Sabrina zulassen wollte.

Sie lächelte ihn entschuldigend an. »Es sind einfach zu viele Leute hier.«

Er zog sie wieder an sich. Diesmal blieben seine Hände an ihrer Taille liegen. »Ich will mit dir allein sein«, flüsterte er.

Etwas in Sabrina zog sich zusammen. Sie wusste nicht, ob es Aufregung, Schreck, Überraschung, Freude oder eine krude Mischung aus allem zusammen war. Er drängte sich noch näher an sie.

»Ich will mit dir zusammen sein. Ich kann warten. Sag mir nur, wie lange.«


Wieder küsste er sie. Ganz behutsam und zärtlich. In

Sabrina regte sich ein Hauch schlechtes Gewissen. Irgendwann würde es so weit sein. Sie war sechzehn, und da wurde es langsam Zeit, die Helden nicht nur als Poster an der Zimmerwand hängen zu haben. Er löste sich von ihr und sah sie erwartungsvoll an.

»Nächstes Wochenende«, sagte sie. Und als sein Gesicht sich in heller Freude verzog, setzte sie ganz schnell ein »Vielleicht« dazu. »Vielleicht. Wenn meine Mutter mit Michael verreist. Dann ginge es. Vielleicht.«

»Okay.«

Gemeinsam suchten sie Michael und Franziska, die schon auf dem Weg zum Wagen waren. Lukas verabschiedete sich und ging wieder ins Schloss. Michael brachte sie zurück nach Leutesdorf. Die Fahrt dauerte fast eine Stunde und Sabrina schlief auf dem Rücksitz ein. Sie träumte, dass sie mit Lukas in einem Sportboot über den Rhein fuhr, und es war Sommer, und Amelie schwamm im Wasser und winkte ihnen zu.

# EINUNDZWANZIG

Der Winter behielt das Land in seinem Würgegriff. Morgens sprangen die Autos nicht mehr an, vor den Gemüse- und Blumengeschäften standen Heizstrahler, damit die Ware nicht erfror, und es schneite ohne Ende. Der Rhein begann, vom Ufer her zuzufrieren. Das war das eigentliche Gesprächsthema in diesen Tagen, und ob es die Alten wohl noch einmal erleben würden, zu Fuß von Leutesdorf nach Andernach zu gelangen.

Der Bus nach Neuwied quälte sich über die heillos verstopften Straßen, weil immer wieder einige Unverbesserliche keine Winterreifen montiert hatten und auf den hügeligen Pisten gefährlich ins Rutschen gerieten. Fünf Tage vor Weihnachten begannen die Ferien. Sabrina hatte nach der dritten Stunde unterrichtsfrei, und als Beate auf sie zukam und sie zum Mittagessen einlud, hatte sie nichts dagegen.

Sie marschierten zügig zur »Rheinkrone«, denn zum Spazierengehen war es eindeutig zu kalt. In der gemütlichen Gaststube fanden sie einen Tisch ganz in der Nähe des Kaminofens. Eine nette Wirtin begrüßte Beate wie eine alte Bekannte und brachte ihnen die Mittagskarten. Dann verschwand sie wieder in der Küche.

»Du bist öfter hier?« Sabrina kannte das traditionsreiche Gasthaus nur an hohen Feiertagen.

»Hm-hmm …«, bejahte Beate. »Fast jeden Tag.«

Verblüfft ließ Sabrina die Karte sinken. »Das ist aber auf Dauer ziemlich teuer.«

»Wir haben eine Art Flatrate ausgemacht. Ich bin keine Köchin. Gäbe es die Rheinkrone nicht, wäre ich längst verhungert. Nimm das Rehgulasch. Kommt zwar aus der Tiefkühltruhe, ist aber lecker.«

Das Rehgulasch war das teuerste Gericht auf der Karte.

Obwohl Beate ihre Einladung sicher ernst meinte, war sie für Sabrina etwas ganz und gar Ungewöhnliches. Unter der Woche essen gehen, dazu noch mittags, und dann gleich ein Hauptgericht …

»Zwei Mal Rehgulasch«, bestellte Beate, denn die Wirtin war gerade zurückgekommen. »Eine Flasche Mineralwasser – du auch?«

Sabrina nickte. Sie wartete, bis die Frau wieder verschwunden war, dann beugte sie sich vor und fragte leise: »Kocht denn bei euch zu Hause niemand?«

»Doch, mein Großvater. Aber das ist ungenießbar. Vertrau einem Blinden mal einen Pfannkuchen an. Ich habe es meistens hinter seinem Rücken in den Abfalleimer geschmissen.«

»Und deine Eltern?«

Beate wandte den Blick ab und schaute hinaus durch das kleine Guckloch in der Fensterscheibe, das die Eisblumen noch frei gelassen hatten. »Sind viel unterwegs«, sagte sie knapp. Dann wandte sie sich wieder an Sabrina. »Der Kahn von diesem Kilian. Wie hieß der noch mal?«

»Désirée. Sehnsucht. Aber ich will jetzt nicht so gerne darüber reden.«

»Warst du mal am Hafen und hast gefragt?«

Sabrina schüttelte den Kopf. Sie nahm ihre Serviette vom Teller und faltete sie umständlich auseinander. Ihr Elan war in den letzten Wochen ziemlich eingeschlafen. Vielleicht war sie damit sogar auf dem richtigen Weg. Langsam, ganz langsam kam das Normale wieder zurück in ihr Leben. Was sie am meisten bewegte, war die Frage, ob sie nun am Wochenende mit Lukas oder ob sie nicht. Denn irgendwie hatte Michael Franziska herumgekriegt und sie würde das Haus für sich alleine haben. Noch hatte sie Lukas kein grünes Licht gegeben, denn sie war sich immer noch nicht im Klaren, ob er dafür auch der Richtige war. Es war so banal im Vergleich zu dem, was im Sommer passiert war. Aber es war das Leben und Sabrina wollte sich dieses Leben nicht für immer von einem unbekannten Mörder zerstören lassen.

»Das Thema ist erst mal durch. Ich habe das Gefühl, ich komme nicht weiter. Überall, wo ich gefragt habe, bin ich ratloser weggegangen, als ich gekommen bin.«

Die Wirtin kam, brachte die Getränke, arrangierte das Besteck und stellte einen Korb mit frisch gebackenem Brot vor ihnen ab. Aus der Küche drang ein appetitlicher Duft.

»Du lässt jetzt also alles die anderen machen.«

Wütend hob Sabrina den Kopf und blitzte Beate an. »Ich würde sagen, ich halte mich jetzt einfach mal ein bisschen raus. Es hat nichts gebracht. Im Gegenteil. Ich hatte sogar das Gefühl, es wird gefährlich. Oder läufst du gerne abends an der Werth rum und wirst von einem kichernden schwarzen Schatten verfolgt? Was würdest du davon halten, wenn du jemanden suchst und in seiner Wohnung nur haufenweise eklige Maden und Fliegen findest? Oder wenn Typen, die doppelt so breit sind, wie du groß bist, die Ärmel hochkrempeln und dir sagen, du sollst dich nie mehr blicken lassen?«

»Krass cool«, hauchte Beate. »Also das mit den Maden und Fliegen ...«

Genau passend zu diesem Gesprächsthema kam das Rehgulasch.

»Außerdem ...« Sabrina spießte ein Stück Fleisch auf und ließ die Gabel dann doch wieder sinken. »Außerdem will er mit mir schlafen.«

»Der Typ mit den hochgekrempelten Ärmeln? Oder das Madenmonster?«

Sabrina hatte gerade den Mund voll und schüttelte nur den Kopf.

»Lukas? Geil. 'tschuldigung. Interessant, meine ich. Und du?«

»Ich weiß es nicht.« Sabrina schluckte. »Amelie sagt, man spürt, wenn etwas richtig ist.«

»Nicht immer.« Beate nahm das Salzfass und würzte nach. »Die größten Dämlichkeiten passieren doch genau deshalb. Frag mal meinen Großvater. – Nein, lieber nicht«, setzte sie hinzu, als sie Sabrinas Gesicht sah. »Und? Ist es richtig?«

Sabrina seufzte.

»Wann hat Amelie das denn gesagt?«

»Neulich.«

Beate musterte sie mit einem unergründlichen Blick. »Du redest mit ihr? Obwohl sie tot ist?«

Sabrina bemerkte gerade noch rechtzeitig, dass sie schon wieder gefährlich nahe an dem Etikett »harmlos, aber irre« entlangschrammte. »Ich denke an sie und daran, was sie in solchen Situationen gemacht hätte.«

»Und was hätte sie mit Lukas gemacht?«

Jetzt schaute Sabrina aus dem Fenster, aber sie saß Beate gegenüber und hatte nur den Blick auf die Rheinbrücke, auf der sich der Verkehr wieder einmal staute. »Sie kam mit ihm nicht klar.«

»Ach so. Und was Amelie nicht mochte, darfst du auch nicht mögen. Ist es das?«

»Quatsch.«

Sabrina beschloss, das Essen nicht kalt werden zu lassen. So etwas Leckeres gab es höchstens mal sonntagsmittags. Sie schaufelte Gulasch, Klöße und Rotkraut in sich hinein, um nicht weiter auf die bissigen Kommentare eingehen zu müssen.

Aber Beate hörte nicht auf. Sie hatte ihren Teller nur halb leer gegessen und schob ihn zur Seite. »Du bist Sabrina und nicht Amelie. Du triffst deine eigenen Entscheidungen. Du hast deinen eigenen Geschmack. Ich finde, du steigerst dich da ein bisschen zu sehr rein in diese Ich-rede-mit-ihr-Sache.«

»Es ist keine Sache. Es ist wirklich so. Tut mir leid, wenn du keine engen Bindungen in deinem Leben hast und das nicht verstehen kannst. Aber ich hatte sie.«

Die Worte waren Sabrina herausgeschlüpft, ehe sie darüber nachdenken konnte. Im gleichen Moment tat es ihr leid. Beate presste die Lippen zusammen und starrte aus dem Fenster an ihr vorbei auf einen Punkt in weiter Ferne.

Hilflos versuchte Sabrina, dem Gesagten die Spitze zu nehmen. »Ich meine natürlich, wenn du keine beste Freundin hattest. Klar hast du Leute, die du gern hast. Deine Eltern. Deinen Großvater.« Sie brach ab.

Die Wirtin räumte die Teller ab. »Na Mäuschen, wie war die Mathearbeit?«, fragte sie.

Beate lächelte etwas gezwungen. »Ganz gut, danke. Jetzt sind erst mal Ferien. Ich komme Anfang Januar wieder.«

»Grüß den Richter von mir.«

»Mach ich.«

Die Frau verschwand mit den Tellern.

Beate strich über die Tischdecke, aber das war völlig unnötig, denn sie lag glatt und faltenlos da. »Sie weiß mehr über mich als meine Eltern. Mein Vater ist Ingenieur auf einer Bohrinsel in der Nordsee. Sagt er wenigstens. Vielleicht sitzt er auch in Puerto Rico im Knast, ich habe ihn jedenfalls seit über einem Jahr nicht mehr gesehen. Meine Mutter arbeitet als Anwältin in Bonn. Sagt sie. Sie könnte auch Astronautin sein oder Polarforscherin. Sie geht morgens um sechs aus dem Haus und kommt nach Mitternacht zurück. Am Wochenende vielleicht etwas früher. Ich bin ihr vor zwei Wochen zum letzten Mal begegnet. Und mein Großvater ist ein harter Knochen. Er meckert über alles. Die Politik, die Amerikaner, die Russen, die Rente. Eben alles, was so herrlich weit weg ist, damit man sich über das, was in direkter Nähe ist, nicht den Kopf zerbrechen muss. Über mich zum Beispiel. Ich war im Internat, bis ich zwölf war. Dann dachte ich, es wäre gut, wieder zu Hause zu sein. Jetzt bin ich hier. Ich kann mir alles kaufen, was ich will. Aber so funktioniert es nicht.« Sie sah Sabrina an. »Es funktioniert nicht«, wiederholte sie.

Sabrina schluckte. Das war ja noch schlimmer, als sie gedacht hatte.

»Geld zu haben, ohne etwas dafürzukönnen, nehmen dir die meisten übel«, fuhr Beate fort. »Aber ich kann es ja nicht verhindern. Es stimmt, ich habe keine Bindungen. Aber vielleicht liegt es ja nicht nur an mir, sondern auch ein bisschen an denen, die mich nur aufs Geld reduzieren.«

»Das tue ich nicht.«



»Dann unterstell mir doch nicht, dass ich mit allem falsch

liege, nur weil ich nicht das Gleiche erlebt habe wie du. Ich sehe ganz genau, was mit dir los ist. Du weißt nicht, wer du bist.«

»Das weiß ich sehr genau.«

»Und was ist dann mit Lukas?«

»Das! Weiß! Ich! Nicht!« Sabrina lehnte sich zurück und verschränkte die Arme vor der Brust. »Ich bin nicht auf dem Amelie-Trip, falls du das glaubst. Amelie mochte Lukas nicht. Ich mag ihn. Ich will ihm eine Chance geben, aber … Vielleicht ist das alles noch zu früh.«

»Okay.« Beate stand auf und zog ihren Mantel an. Dabei beugte sie sich noch einmal an das Guckloch im Fenster. »Och, jetzt ist es weg.«

»Was denn?«

»Das Schiff, das Sehnsucht heißt.«

Sabrina rannte den Weg zum Rhein hinunter, wie sie noch nie gerannt war. Mehrmals wäre sie auf den eisigen Wegen fast ausgerutscht. Als sie endlich den Kai erreicht hatte, keuchte sie weißen Dampf aus. Sie hielt sich den Schal vor den Mund, um die kalte Luft nicht ungeschützt einzuatmen. Dann spähte sie flussauf und flussab. Nichts war zu sehen. Nur die Eisschollen am Ufer, die sich höher und höher türmten, und in der Mitte der dunkle, schwarze Fluss.

Beate kam hinterhergelaufen. Auch sie keuchte.

Wütend drehte sich Sabrina um. »Warum hast du das nicht früher gesagt?«

»Ich wusste ja nicht, dass der Kahn dich so sehr interessiert. Du hast gesagt, du willst nicht drüber reden und du bist durch mit dem Thema.«

Sabrina hätte vor Verzweiflung am liebsten mit dem Fuß aufgestampft. Das konnte doch nicht wahr sein! Immer wenn dieses Schiff auftauchte, löste es sich unmittelbar danach in Luft auf. »In welche Richtung ist er denn gefahren?«

»Das weiß ich nicht. Aufwärts, würde ich sagen.«

Sabrina schaute in Richtung Andernach, aber schon nach

wenigen hundert Metern hatte der eisige Nebel alles verschluckt. »Wie sah er denn aus?«

»Alt. Irgendwie verrostet. Einer von der Sorte, die man schon längst hätte aus dem Verkehr ziehen sollen.«

Mutlos machte sich Sabrina auf den Rückweg. Beate trottete hinter ihr her. Sie hatte die Kapuze ihres Daunenparkas übergestreift und die Hände tief in den Taschen vergraben.

»Ich kann mich auch getäuscht haben. Vielleicht hieß er ja gar nicht Désirée. Sondern Dosenöffner. Oder Daisy. Desiderata. Desdemona.«

Sabrina stapfte weiter und drehte sich nicht um. Sie war wütend. Beate hätte ihr sagen sollen, dass das Schiff gerade in dem Moment an der Rheinkrone vorbeifuhr, in der sie im Warmen saß und sich ausgerechnet über die Luxusprobleme anderer Leute den Kopf zerbrach.

»Ich trage eigentlich eine Brille. Aber ich hab sie irgendwo verloren.«

Abrupt blieb Sabrina stehen. So plötzlich, dass Beate beinahe in sie hineingerannt wäre. »Du hättest es mir sagen müssen. Das erwarte ich von jemandem, der vielleicht so was Ähnliches wie Freundschaft anfangen will. Aber du hast es vermasselt. Du kriegst es nicht gebacken. Du hast keine Ahnung, wie man mit anderen Menschen umgeht. Ich habe dir alles erzählt, alles. Von dem Schiff, von Amelie, von Kilian. Und du lässt ihn vorbeifahren! Ohne ein Wort! Hast du sie eigentlich noch alle?«

Beate machte den Mund auf, aber Sabrina hob die Hand.

»Es reicht. Ich bin kein zwischenmenschliches Versuchskaninchen. Du machst es dir verdammt einfach, indem du alles aufs Geld schiebst, was bei dir schiefläuft. Aber es liegt an dir. An dir allein.«

Das reichte. Ein Blick in Beates Augen genügte, um zu wissen, dass sie ihr nicht mehr folgen würde. Dampfend vor Wut lief Sabrina den Uferweg wieder hoch. Sogar im Bus konnte sie sich nicht abregen. Sie saß am Fenster, starrte hinaus auf den Rhein, wann immer er ins Blickfeld kam, und warf Beate stumm sämtliche Schimpfworte an den Kopf, die ihr einfielen. In Leutesdorf fuhr sie bis zur Endhaltestelle und lief hinunter zu Salingers Weingarten, der still und verträumt, wie mit Zuckerguss verziert, Winterschlaf hielt. Die alten Kastanien hatten schon lange keine Blätter mehr. Ein Schwarm Krähen hatte sich in den kahlen Kronen niedergelassen. Mit empörtem Schreien stoben sie auf, als Sabrina durch den kniehohen, unberührten Schnee an die Ufermauer stapfte.

Kilian.

Die Tränen schossen ihr in die Augen. Es gab ihn, er war wieder unterwegs auf dem Rhein, und er hatte nicht angehalten. Das war bitter.

Zwei vergessene Weingläser standen auf der Balustrade. Der Schnee vom Vortag war auch in sie gefallen und hatte sie bis zur Hälfte mit weißem Flaum gefüllt. Vor Sabrina tauchte das Bild eines glücklichen Paares auf, das, ganz in die Romantik dieses Wintergartens versunken, Hand in Hand hier gestanden haben musste. Das war zu viel. Sie nahm ein Glas und warf es an die Steinmauer. Es zersprang mit einem leisen Klirren.

Du blöde Kuh, dachte sie im gleichen Moment. Oben in den Wohnräumen über Salingers Gastwirtschaft bewegte sich eine Gardine. Wahrscheinlich wollte jemand nachsehen, wer denn da im Garten randalierte. Du könntest jederzeit mit Lukas hier stehen. Niemand hindert dich daran. Im Gegenteil: Er wäre von der Idee wahrscheinlich begeistert.

Aber sie wollte nicht mit Lukas hier stehen. Sie wollte etwas anderes. Sie fühlte sich genau so wie an dem heißen Sommertag in Andernach, als Kilian sie angesehen und in Wirklichkeit Amelie gemeint hatte. Übergangen. Ignoriert. Enttäuscht. Wenn Beate wirklich die *Désirée* gesehen hatte, dann gab es keinen Grund, Kilian auch nur eine Träne nachzuweinen. Denn er war weitergefahren. Einfach so, als hätte es sie und Amelie nie gegeben.

Sie wischte sich über die Augen und machte sich auf den Weg nach Hause. Wenn Beate das Schiff gesehen hatte … Wenn der Richter sich nicht getäuscht hatte … Wenn Lukas nicht bei den Rettungsschwimmern gewesen war … Ein bisschen viele Wenns, die da zusammenkamen, sobald sie an den schrägen Richter und seine durchgeknallte Enkelin dachte. Vielleicht war Beate genauso konfus wie ihr Großvater? Oder blind? Oder sie hatte einfach nur Spaß daran, ihre Mitmenschen zu verwirren? Vielleicht hatte sie sich getäuscht und es war wirklich nur ein Schiff mit dem dämlichen Namen Dosenöffner gewesen.

Nein. Beate log nicht. Sie musste Kilian vergessen. Und der Tatsache ins Auge sehen, dass es einen Grund hatte, wenn er einfach so an Andernach und der Werth vorüberschlich und verschwand.

Die Werth.

Wie vom Donner gerührt blieb Sabrina stehen. Es gab nur einen Ort, an dem ein Schiff sich verstecken konnte. Langsam drehte sie sich um und warf dem Rheinufer einen letzten Blick zu. Es wurde schon dunkel und die Straßenlampen auf der anderen Seite des Flusses flammten gerade auf. So nah und doch so weit weg. Sie sah auf ihre Armbanduhr. Es war viel zu spät, um jetzt noch hinüberzufahren.

Ihr Entschluss stand fest. Sie würde am nächsten Tag nachsehen, ob sich jemand dort versteckte. Wenn ja, dann würde sie ihn finden und ihm nur eine einzige Frage stellen: Bist du Amelies Mörder?

Sabrinas Wangen waren von der Kälte feuerrot, als sie ins Wohnzimmer kam und von einer swingenden und singenden Franziska empfangen wurde, die Bing Crosbys Weihnachts-CD aufgelegt hatte und einen Stapel Klamotten zu ihrem Koffer auf dem Couchtisch balancierte.

»Ich dachte, du bist nur ein Wochenende weg?«

Vor den beiden Sesseln standen mindestens zehn Paar Schuhe und darauf lagen Franziskas einziges langes Kleid und jede Menge Tücher, Schals, Handtaschen und Blusen. Ihre Mutter legte den Stapel ab und sah sich die vorgezogene Bescherung etwas ratlos an.

»Ja. Stimmt. Aber ich weiß doch nicht, was er vorhat. Vielleicht gehen wir in die Oper oder ins Theater. Oder er lädt mich zum Essen ein. Kann natürlich auch sein, dass wir auf eine Langlaufloipe gehen, dann brauche ich die Skisachen. Vielleicht ist es aber auch ein Wellness-Hotel, dann muss ich den Bademantel und den Bikini einpacken. Und für tagsüber eine Jeans und eine schwarze Hose, einen Blazer, aber für Blusen ist es zu kalt, obwohl, wenn man einen Pullunder drüberzieht?«

»Wohin wollt ihr denn?«

»Keine Ahnung. Er hat eigentlich nur gesagt, dass er gerne das Wochenende mit mir verbringen möchte.«

»Dann kann er doch auch genauso gut herkommen.«

»Hierher?« Ihre Mutter nahm nicht eine, sondern vier Paar Jeans und versuchte, sie auch noch in den Koffer zu quetschen.

»Ja. Dann könnten wir uns ein bisschen besser kennenlernen.«

Sabrina wusste ganz genau, dass es jetzt sehr auf einen offenen, freundlichen, wirklich großzügigen und herzlichen Gesichtsausdruck ankam. Sie gab sich alle Mühe und das Ergebnis musste ziemlich überzeugend wirken.

»Ich dachte, du magst ihn nicht.«

»Ich mag es nicht, wenn man mir Sachen verheimlicht. Das ist alles. Ich finde ihn jedenfalls sehr sympathisch.«

Was sogar stimmte. Nicht gerade »sehr«, aber unsympathisch war er nun auch wieder nicht. Außerdem gab es keine bessere Ausrede, sich vor einem Wochenende mit Lukas zu drücken und den Rücken freizuhalten. Statt sturmfreier Bude volles Haus, was klang einleuchtender?

Die Wahrheit, flüsterte eine leise Stimme in ihrem Hinterkopf. Aber die war im Moment einfach zu anstrengend. Was die meisten Leute unterschätzten, war nämlich nicht, die Wahrheit zu sagen. Das ging ganz einfach. Viel schwieriger war es, mit den Konsequenzen zu leben. Sie wollte Lukas nicht vor den Kopf stoßen. Außerdem bereute sie bereits, dass sie Beate so angemacht hatte. Die brauchte sich, wenn sie die Wahrheit sagte, ja auch nicht um die Folgen zu kümmern. Wer keine Freunde hatte, konnte sie auch nicht verprellen.

»Also …« Franziska betrachtete das Chaos um sie herum. »Irgendwie finde ich die Idee gar nicht schlecht. Aber er kriegt das Gästezimmer.«

Andres und Kjell waren schon lange weitergezogen, dem ewigen Frühling hinterher. Das dürfte also kein Problem sein. Schwieriger war es natürlich, leise und unbemerkt aus diesem Zimmer raus und runter in Franziskas Bett zu kommen. Sabrina feixte fast bei dem Gedanken, wer da wohl nachts zu wem auf Zehenspitzen schlich.

»Und er bleibt da auch«, setzte Franziska hinzu, der das stille Vergnügen im Gesicht ihrer Tochter nicht entgangen war. »Ich rufe ihn an und frage ihn.«

Wenig später kam sie zurück und strahlte vor Freude. »Er macht es. Er hat nichts dagegen. Und du auch nicht? Wirklich nicht?«

Sabrina schüttelte den Kopf.

Franziska ging auf sie zu und nahm sie in die Arme. »Du kannst es mir ruhig sagen, wenn dir das alles zu schnell geht. Wir packen unsere Koffer und sind weg.«

»Tolle Alternative.«

Sabrina lächelte, als sie sich aus der Umarmung löste. Es war egal, aus welchen Gründen sie die beiden gerne im Haus hatte. So wie es aussah, waren alle Beteiligten glücklich darüber. Sie wartete noch eine Stunde, bis Franziska begann, in der Küche die Vorbereitungen für das Abendessen zu treffen. Dann erst rief sie Lukas an und versuchte, dabei so traurig wie möglich zu klingen.

Mit dem Ergebnis, dass dieser Mann sie auch noch tröstete und absolutes Verständnis für ihre Lage zeigte. Als Sabrina auflegte, hatte sie wirklich ein schlechtes Gewissen. Lukas war einfach zu gut für diese Welt. Er hatte es nicht verdient, dass man ihn belog. Hoffentlich findet er es nie heraus, dachte sie auf dem Weg nach oben. Er müsste ja sonst langsam wirklich an den Frauen zweifeln.

Sie stellte sich an das Fernrohr, das sie vor ihrem Fenster aufgebaut hatte. Es war auf die Werth gerichtet, aber so gründlich sie auch das Ufer absuchte, sie konnte nichts erkennen außer tiefschwarzer Dunkelheit. Sie spürte, wie neue Energie durch ihren Körper flutete. Schon die Möglichkeit, dass Kilian sich ganz in ihrer Nähe aufhalten könnte, schürte ihre Nervosität. Sie fühlte sich so wach wie schon lange nicht mehr. Gleichzeitig wurde ihr bewusst, was sie eigentlich vorhatte. Was würde sie tun, wenn Kilian ihre Frage mit Ja beantworten würde? Oder andersherum betrachtet: Was würde er anschließend tun?

Unruhig begann sie, im Zimmer auf und ab zu gehen. Vielleicht sollte sie die Polizei anrufen. Aber ob man ihr glauben würde? Die misstrauten ihr doch sowieso. Von wegen lebhafte Fantasie und so. Außerdem hätte sie dann keine Gelegenheit, selbst mit ihm zu sprechen. Sie wollte ihm in die Augen sehen. Sie wollte es von ihm hören. Ja, ich war es. Oder: Nein, ich war es nicht.

Verdammt, es blieb eine gefährliche Sache. Die Zweifel wuchsen, je mehr sie darüber nachdachte. Was, wenn er sie auch umbringen würde?

Sie ließ sich aufs Bett fallen. Das tut er nicht, dachte sie. Das würde er niemals tun. Er hat meinen Namen gesagt. Und so, wie er ihn ausgesprochen hat, war es fast wie eine Zauberformel gewesen, die mich schützen wird.

Vor ihm, aber nicht vor der Wahrheit. Beates Worte kamen ihr wieder in den Sinn: Dass man auch falsch liegen konnte, selbst wenn sich alles richtig anfühlte. Verdammt, verdammt, verdammt. Bei jedem Wort hieb sie mit der Faust in ihr Kissen. Dann riss sie die Schublade auf und griff nach Amelies Tagebuch. Mit zitternden Fingern blätterte sie es durch, die Augen fest geschlossen. Hier. Jetzt. Amelie. Wer ist Kilian?

*Er ist der Mann, der mich töten wird.*

# ZWEIUNDZWANZIG

Am nächsten Tag kam Michael. Er begrüßte Sabrina, als würden sie sich schon Jahre kennen. Dann schleppte er seine Reisetasche nach oben, in die er die Ausrüstung für eine Himalaja-Tour, ein Wüstenzelt und mindestens drei Ersatzräder gepackt haben musste, so schwer war sie. Franziska und Sabrina sahen ihm hinterher, wie er sich abmühte, und konnten nur mit Mühe ein Prusten unterdrücken.

»Wie soll das eigentlich gehen, wenn ihr mal wirklich in Urlaub wollt?«

»Dann bestellen wir eine Umzugsspedition.«

Franziska ging zurück in die Küche, aus der sie kaum noch herauszukriegen war. In zwei Tagen war Heiligabend. Das ganze Haus duftete schon nach Plätzchen und Marzipan. Für den Nachmittag hatten sie verabredet, die letzten Einkäufe in Neuwied zu erledigen.

Sabrina hatte ihre Geschenke schon längst besorgt: einen wunderschönen Bildband über Israel und seine Weine. Ihre Mutter hatte schon lange vorgehabt, dort einmal hinzureisen. Das Päckchen für ihren Vater hatte ihr mehr Kopfzerbrechen bereitet. Sie wusste wenig über ihn, und das fiel ihr immer in der Weihnachtszeit besonders auf. Schließlich hatte sie gegoogelt und drei Eintrittskarten für die Kinderrevue im Friedrichstadtpalast übers Internet gekauft. Ihrem kleinen Halbbruder würde das bestimmt Spaß machen. Und Eltern hatten sich, daran erinnerte sie sich noch sehr gut, dem Spaß ihrer Kinder zumindest während der Feiertage bedingungslos unterzuordnen. Die Tickets hatte sie letzte Woche zusammen mit einer Karte zur Post gebracht. Damit waren ihre Weihnachtspflichten erledigt. Was noch auf der Liste stand, waren Kleinigkeiten und die Lebensmittel für die Feiertage. Sabrina fragte sich, ob Michael so lange bei ihnen bleiben würde. Die Rede war vom Wochenende gewesen, darüber hinaus hatte noch niemand gedacht. Heiligabend mit einem Mann im heiratsfähigen Alter unterm Weihnachtsbaum, das hatte es seit dem Auszug ihres Vaters nicht mehr gegeben.

Franziska war zumindest bester Laune, als sie am späten Vormittag in Michaels Jeep stiegen und die kurze Fahrt in die große kleine Stadt unternahmen. Es hatte fast aufgehört zu schneien, nur trockene, winzige Eiskristalle schwebten noch durch die Luft und hinterließen auf den geräumten Bürgersteigen und den vom Straßendreck grauen Bergen am Fahrbahnrand einen Hauch von frischem Weiß. Franziska hatte aufgeschrieben, was noch fehlte. Um möglichst wenig Zeit zu verlieren und anschließend noch in die »Rheinkrone« gehen zu können, wollten sie sich die Besorgungen aufteilen. Auch Sabrina bekam einen Zettel. Maronen, Kalbfleischwürstchen, drei Becher Sahne, Rouladennadeln und Tesafilm. Sie murmelte etwas von »Überraschung besorgen« und verabredete sich mit den beiden zwei Stunden später in dem alten Wirtshaus. So, wie Michael und Franziska Hand in Hand davoneilten, musste sie sich wohl keine Gedanken um sie machen.

Eine halbe Stunde später stand Sabrina aber nicht beim Metzger in Neuwied in der Schlange, sondern stieg an der Endhaltestelle in Andernach aus dem Bus und machte sich eilig auf den Weg zur Werth. Nur einige ganz verwegene Spaziergänger kamen ihr entgegen. Die Geschäfte hatten auch hier an diesem Samstag vor Weihnachten länger geöffnet. Sabrina nahm sich vor, ihre Einkäufe nach ihrer Rückkehr in Windeseile zu erledigen. Aber der Besuch am *toten Fluss* ging vor. Wenn Kilian wirklich wieder da war …

Sie eilte an den Krippen vorbei. Die Pfützen auf dem schmalen Weg hinter dem Alten Krahnen waren zu milchweißen Platten gefroren. Wenn sie darüberging, knisterte das Eis. Sie versuchte, ruhig und gleichmäßig zu atmen, aber ihr Herz klopfte wie ein Presslufthammer in ihrer Brust. Ob es davon kam, dass sie gleich etwas Verbotenes tun würde, oder davon, dass sich fünfhundert Meter weiter vielleicht der Mann befand, der ihr etwas über Amelies letzte Stunden sagen konnte – sie wollte es gar nicht wissen. Als sie an der Silberweide angekommen war und die Zweige auseinanderschob, an denen gefrorener Regen wie Kristallperlen hing, blieb sie einen Moment stehen.

An dieser Stelle, im Schutz des Baumes, hatte damals jemand gesessen und sie beobachtet. Hatte er auch gesehen, dass zwei in den Wald gegangen waren und nur eine zurückkehrte? Wer war es gewesen und warum hatte er geschwiegen? Das kleine, verharschte Stück Wiese leuchtete im Licht eines frühen Mondes. Die Dämmerung sank herab. Sinnlos, darüber nachzudenken. Jetzt oder nie.

Sabrina schlenderte, als ob sie alle Zeit der Welt hätte und sie am liebsten in eiskalter Dunkelheit spazieren ging, über die freie Fläche auf den Zaun zu. Bevor sie über den Draht stieg, warf sie noch einmal einen Blick zurück. Sie war allein. Niemand war ihr gefolgt. Sie nahm all ihren Mut zusammen und lief los.

Die Brennnesseln waren in sich zusammengesunken. Ihre mächtigen Triebe bildeten dort, wo sie umgeknickt waren, bizarre Dreiecke. Die verdorrten Äste des Dornengestrüpps hatten ihre sommerliche Biegsamkeit verloren, sie schlugen in Sabrinas Gesicht wie kleine Peitschen. Sie war froh, die Lederhandschuhe und einen glatten Anorak zu tragen. Strick und Wolle hätten sie gar nicht erst durch dieses Dickicht gelangen lassen, das sich an sie zu kletten schien, sie aufhalten wollte, sich ihr in den Weg stellte, ihr immer wieder wie mit Ruten ins Gesicht schlug. Plötzlich wurde ihr bewusst, was für einen Heidenlärm sie gerade machte. Das Holz knackte unter ihren Füßen, manchmal riss sie ganze Lianen von wilden Brombeerranken aus dem Boden, dazu keuchte sie wie ein Walross. Sie blieb stehen, bis sich ihr Atem wieder beruhigt hatte. Weit konnte es nicht mehr sein.

Und da sah sie ihn, den *toten Fluss*. Und auf ihm lag, fast eingeschlossen vom Treibeis und verhüllt vom aufsteigenden

Nebel des Wassers, die *Désirée*, noch geisterhafter, als sie sie in Erinnerung hatte. Nichts regte sich, kein Rauch, kein Geräusch. Es war totenstill.

Mit einem Mal verließ sie der Mut. Sie zog die Handschuhe aus und holte mit fast erstarrten Fingern ihr Handy aus der Tasche. Doch als sie es aufklappte und das Licht des Displays sie gelbgrün blendete, besann sie sich anders und steckte es wieder weg. Man würde sie meilenweit sehen können, und genau das wollte sie vermeiden. Langsam und vorsichtig setzte sie einen Fuß vor den anderen. Das trockene Laub raschelte, während sie die Böschung hinunterkletterte und darum betete, nicht auszurutschen. Das Eis am Ufer war zu dünn, es würde sie nicht tragen. Und wenn man bei dieser Kälte im Rhein landete, half auch kein Rettungsschwimmer mehr.

Einen Moment lang dachte sie an Lukas. Hätte sie ihm sagen sollen, wohin sie ging? Sie verwarf diesen Gedanken augenblicklich. Spätestens hier hätte er sie an den Haaren von der Werth weggezerrt und so lange die Polizei belagert, bis die Kilian in Handschellen abgeführt hätten. Nein, sie war auf sich selbst gestellt. Sie wollte es wissen, jetzt oder nie.

Endlich hatte sie das Ufer erreicht. Keine zwei Meter entfernt erhob sich die Außenwand des Kahns. Sie konnte erkennen, dass am Heck jemand die alten Buchstaben übertüncht hatte. Nachlässig und nicht sehr professionell, denn sie schimmerten noch durch die dunkelblaue Farbe, auf der jetzt in großen Lettern *Désirée* stand. Die verblichenen Lettern waren mehr zu ahnen als zu lesen: *Sehnsucht*. Sabrinas Magen verkrampfte sich. Sie konnte sehen, wie die weiße Atemluft stoßweise aus ihren Lungen wich, und eine halbe Ewigkeit hatte sie Angst, keine Luft mehr zu bekommen.

Es war das Totenschiff. Der alte Name war durch einen neuen ersetzt worden, doch der Lastkahn war der gleiche geblieben: Schauplatz eines grausamen Mordes. Und Kilian musste davon gewusst haben.

Kein Vogel schrie. Kein Blatt fiel vom Baum. Es war, als ob die Zeit in ihrer Grabeskälte stehen geblieben wäre. Er hätte mich hören müssen, hämmerte es in ihrem Kopf. Vielleicht liegt er schon auf der Lauer und wartet hinter dem nächsten Baum auf mich …

Plötzlich wurde ihr der Wahnsinn bewusst, der sie hierher getrieben hatte. Und gleichzeitig erfasste sie eine ungeheure Neugier. Vielleicht war er auch einfach nicht da? Auch er musste für die Feiertage einkaufen. Wahrscheinlich trieb er sich gerade unerkannt in Andernach herum, während sie sich hier in der freien Natur fast in die Hosen machte. Das sind nur Bäume, Wasser und ein verlassenes Schiff, redete sie sich gut zu. Amelie in ihrer unbeschwerten Leichtsinnigkeit hatte ihr damals die Angst genommen. Wald und Natur, das einzig Gewalttätige darin ist immer der Mensch. Wie Amelie ihr fehlte!

Außer ihr war kein Mensch zu sehen. Wenn Kilian das Schiff verlassen hatte, musste irgendwo ein Steg sein. Noch einmal über die eisernen Stiegen würde sie nicht nach oben klettern. Dazu müsste sie durch Wasser und Eis, und das war einfach ausgeschlossen. Sie stapfte ein paar Meter weiter, und als sie um das Heck herumgegangen war, atmete sie auf. Ein langes, leicht durchgebogenes Holzbrett mit Querstreben verband das Ufer mit der Schanzung. Jeder, der an Bord war und ungebetenen Besuch vermeiden wollte, hätte es eingezogen. Das konnte nur eins bedeuten: Es war niemand zu Hause.

Ein Schiff, zwei Tote. Und Kilian der Fliegende Holländer. Noch konnte sie umkehren und ihn ziehen lassen, diesen unruhigen, bleichen Geist, der durch ihre Träume wanderte. Sie hatte recht gehabt mit ihrer Vermutung. Sie war nicht verrückt. Sie konnte auf der Stelle umdrehen, nach Hause gehen und zufrieden sein mit dem, was sie herausgefunden hatte.

Kehr um, dachte sie. Geh und vergiss, was du gesehen hast. Und lebe damit, dass du nie erfahren wirst, wer er wirklich ist.

Doch dann setzte sie den Fuß auf den Steg. Das Holz war schlüpfrig und vereist, aber ihre schweren Weinbergstiefel gaben ihr genügend Halt, um hinüberzukommen. Sie ging weiter, und mit jedem Schritt wurde das »Kehr um« in ihrem

Kopf lauter. An Deck angekommen, blieb sie stehen wie jemand, der sich in der Hausnummer geirrt hatte.

»Kilian?«

Ihre Stimme war nur ein heiseres Flüstern. Aber es genügte, um einen Vogel aufzuschrecken, der mit hektischen Flügelschlägen über das Wasser davon schoss. Spätestens jetzt hätte er merken müssen, dass Besuch da war, dachte sie. Das machte ihr Eindringen nicht weniger illegal, aber er wäre gewarnt und würde sich zeigen.

»Kilian!«

Das klang schon etwas mutiger. Wenn er wirklich nicht da war, hatte sie auch nichts zu befürchten. Sie ging auf die Luke zu und hob den Deckel. Etwas knackte hinter ihr. Sie fuhr herum, aber es musste ein altes Stück Holz gewesen sein, denn die Schatten blieben an ihrem Platz. Dafür sah sie etwas anderes, das ihr das Blut in den Adern gefrieren ließ. Kilian musste das Deck geschrubbt haben, bevor er gegangen war. Der Neuschnee war wie Puderzucker auf die Planken gefallen, vom Wind in sanften Wellen zusammengetrieben. Mitten durch dieses unschuldsweiße Gemälde führten ihre Fußspuren.

Sabrina unterdrückte einen Fluch. Sie schlug mit den Schuhspitzen gegen das Holz, um den Schnee abzuschütteln. Wenigstens wollte sie sich nicht den Vorwurf gefallen lassen müssen, auch noch die Fußböden zu versauen. Sie stieg die Treppe hinunter und stand in dem engen, dunklen Flur. Links lag die Küche. Sie schaute kurz hinein und ein Stich jagte ihr durchs Herz. Hier hatte er ihren Namen gesagt, und für ein paar Sekunden hatte sie sich gefühlt, als ob sie all dem, was seine Stimme versprochen hatte, auch vertrauen könnte.

Sie schüttelte die Erinnerung ab und ging weiter. Es war stockdunkel. Was machte sie hier eigentlich? Ihr Plan war doch gewesen, ihn zu überraschen und ihn nach Amelie zu befragen. Stattdessen schlich sie nun wie ein Einbrecher durch ein Schiff, auf dem definitiv ein Mord geschehen war. Sie erinnerte sich an die Tür am Ende des Ganges und wie er sie davon abgehalten hatte, sie zu öffnen. Etwas zog sie genau in diese Richtung. Sie holte ihr Handy heraus und ließ das grüne Licht über die Wände tanzen. Da.

Sie stand vor derselben Tür, und sie sah, wie ihre Hand sich ausstreckte, um sie zu öffnen. Alles kam ihr vor wie in einem Film, der eine Fremde zeigte, eine Fremde, die gerade im Begriff war, in Kilians dunkelste Geheimnisse einzudringen. Sie drückte die Klinke herunter. Mit einem Klagelaut, einem Stöhnen, das Sabrina eine Gänsehaut den Rücken hinunterjagte, öffnete sie sich. Es ist nur Eisen, betete sie sich vor. Nur altes, rostiges Eisen …

Das grüne Licht fiel auf einen Tisch, drei Holzstühle, auf benutztes Geschirr und die Spuren einer Hand, die über die Platte hinunter auf die Sitzfläche und dann auf den Boden geglitten war. Mit angehaltenem Atem ließ sie den zitternden Lichtschein dieser Spur folgen, die aussah, als hätte die Hand in schwarze Farbe gegriffen und alles, den Tisch, das Geschirr, die Stühle, sogar die Wand beschmiert und bespritzt, und als ob der Eimer schließlich auf dem Boden umgekippt wäre und eine große, eingetrocknete Lache hinterlassen hätte. Aber es war kein Eimer auf der Erde, es war auch keine Farbe. Es war Blut.

Blaubarts Zimmer. Sie hatte Kilians Geheimnis entdeckt, und in diesem Moment begriff sie, dass es Türen auf dieser Welt gab, die man einfach nicht öffnen durfte.

Das fahle Licht ihres Handys verfolgte die grauenhafte Spur vom Boden zurück zum Tisch. Dort musste sie gesessen haben, als der Angriff kam. Von hinten? War sie aufgesprungen und hatte sie geschrien? Konnte sie sich noch wehren oder war schon nach dem ersten Stich alles zu spät? Sie musste sich gewehrt haben, anders waren die Spuren nicht zu erklären. Es hatte ein Handgemenge gegeben, in dem der Täter wie rasend zugestochen haben musste. Wieder und immer wieder, so lange, bis sein Opfer am Boden lag.

Hatte Amelie an der gleichen Stelle gestanden? Hatte sie denselben Schmerz, die gleiche Angst gespürt? War es etwa Amelies Blut, das überall zu sehen war?

Direkt über ihrem Kopf scharrte etwas. Sabrina hielt die Luft an. Dann hörte sie das leise Klopfen von Holz auf Eisen. Tapp tapp tapp. Jemand kam aufs Schiff.

Sie klappte das Handy zu und wollte es in ihre Tasche stecken, doch es glitt ihr aus den Fingern und landete irgendwo auf dem Boden. Tapp tapp. Tapp. Jemand hatte das Deck erreicht, blieb stehen und sah ihre Spuren. Mit angehaltenem Atem und unendlich langsam, ganz, ganz langsam, damit das eiserne Stöhnen nicht wieder anfing, schloss Sabrina die Tür. Dann rutschte sie an der Wand entlang hinunter und blieb in der Hocke sitzen. Tapptapptapptapptapp. Jemand stieg die Treppe hinunter, kam in den Gang, sah sich um. Sabrinas Hand wollte nach dem Handy tasten. Aber als sie den Boden berührte, fiel ihr das Blut wieder ein. Die Angst würgte in ihrer Kehle, ihre Lunge drohte zu platzen, so lange hielt sie den Atem an.

»Sabrina?«

Der Schreck peitschte durch ihre Adern, noch bevor ihr Hirn realisierte, wer da gerade gesprochen hatte.

»Sabrina, bist du hier? Hallo!«

Pfeifend schoss der Atem aus ihr heraus. Sie holte tief Luft, kam schwankend auf die Beine und riss die Tür auf.

»Herrgott! Bist du das?«

»Ja«, krächzte Sabrina. Sie wusste nicht, ob sie lachen oder einen Wutanfall bekommen sollte. Eine Taschenlampe flammte auf und blendete sie. Reflexartig hob sie die Hände, um ihre Augen zu schützen.

»Oh, sorry.« Beate ließ die Lampe sinken. »Meine Güte, das ist ja ein Horrorkahn! Der sieht ja schon von außen aus, als ob ihn nur die Farbe zusammenhält. – Was ist los? Ist was passiert?« Sie kam durch den engen Gang auf Sabrina zu. »Du siehst aus wie … Sag doch was!«

Sabrina schüttelte den Kopf. Dann ging sie zur Seite und ließ Beate durch.

Mit einem merkwürdigen Blick auf ihre Freundin hob Beate die Lampe und leuchtete in den Raum. Dann, als sie erkannte, was sich da abgespielt haben musste, stieß sie einen entsetzten Laut aus. Sabrina lehnte an der Wand und atmete keuchend ein und aus. »Holy shit.« Beate drehte sich wieder zu ihr um. »Was zum Teufel ist das?«

Sabrina nahm alle Kräfte zusammen, um zu antworten. »Das ist das Zimmer, in dem ein Mord geschah.«

»Welcher?«

»Ich weiß es nicht!«

Beate sah zum ersten Mal, seit sie sich kannten, alles andere als cool aus.

Plötzlich begann Sabrina zu schluchzen. Sie konnte nichts dafür, es kam einfach aus ihr heraus und wollte und wollte nicht aufhören.

»Komm komm komm.« Beate streichelte ihr ein bisschen ungeübt über den Arm. Dabei sah sie selbst aus wie jemand, der dringend aus der Gefahrenzone gebracht werden wollte. »Bist du allein?«

Sabrina nickte. »A-Aber ich weiß nicht, wann er zurückkommt. Wenn er uns hier findet und sieht, dass wir das entdeckt haben …«

Beate nickte. »Wir sollten so schnell wie möglich verschwinden.«

»Was hat das zu bedeuten?« Sabrina sah verzweifelt auf das schwarze Blut. »Was ist hier passiert? … Er hat Amelie umgebracht! Hier! Und sie hat sich gewehrt, sie hat sich so gewehrt …« Sabrina rutschte die Wand hinunter und blieb in der Hocke. Sie hätte schreien können vor Schmerz. All die Wut und die Trauer kamen noch einmal hoch. »Er hat sie umgebracht«, flüsterte sie. Es zerriss ihr fast das Herz bei diesen Worten.

»Mit an Sicherheit grenzender Wahrscheinlichkeit: Nein!« Beate leuchtete wieder in den Raum und musterte den Verlauf der Blutspuren. Dabei drehte sie sich immer wieder besorgt zu Sabrina um. »Deine Freundin ist im Wald erschlagen aufgefunden worden. Das hier sieht aus wie Blutspritzer. Und dann der Fleck auf dem Boden. Da hat jemand eine Schlagader getroffen. Das geht eigentlich nur mit einem Messer. Oder einer Schere oder so was Ähnlichem.«

Beate tastete an der Wand nach einem Lichtschalter. Sie fand ihn, und das trübe Licht einer 15-Watt-Glühbirne erhellte den Raum und ließ ihn noch trostloser und schrecklicher erscheinen, als er schon war.

»Es sieht alles unglaublich alt aus.«

Staub lag fast fingerdick auf dem Tisch. Die Gardinen vor dem fast blinden Fenster waren grau und verschossen. In den Ecken klebten Spinnweben und hingen als bleiche Gespinste von der Decke. An der Tür hafteten noch schwarze Graphit-Spuren. Auch der Tisch und die Tassen waren kriminaltechnisch untersucht worden. Das Blut war schon lange getrocknet und an manchen Stellen rissig wie alte Ölfarbe. Der ganze Raum sah aus, als hätte ein wahnwitziger Bühnenbildner die Dekoration für einen Gespensterfilm der Vierzigerjahre ein bisschen übertrieben.

»Und es ist echt«, fuhr Beate fort. »Hier ist wirklich etwas Schreckliches passiert. Aber nicht der Mord an Amelie. Das hier muss schon Jahre her sein.«

»Acht«, flüsterte Sabrina. Sie rappelte sich auf. Obwohl ihr die Knie zitterten, gelang es ihr, am Türrahmen stehen zu bleiben. »Der Mord an Liliane S. auf einem Schiff, das Sehnsucht hieß.«

»Der Mord am toten Fluss.« Beate stieß einen Pfiff aus, der in jeder anderen Situation durchaus etwas Bewunderndes gehabt hätte. Sie nahm eine umgefallene Tasse und schaute hinein. »Hier klebt sogar noch ein Kaffeerest. Die Teller hat er auch nicht abgespült, dein Kilian. Wie alt ist er eigentlich?«

»Er war damals elf oder zwölf. Das meint zumindest dein Großvater.«

Sabrina spürte, wie ihre Kehle eng wurde. War doch etwas dran an dem, was der Richter gesagt hatte? Ein Kind war damals Zeuge des Schrecklichen gewesen. Ein Kind, das selbst im Verdacht gestanden hatte, der Täter zu sein. Dieses Kind war heute ein erwachsener Mann, der neben einem blutbesudelten Zimmer schlief. Kilian, das Schiff und der Tatort. Sie gehörten zusammen. Als Sabrina das erkannte, hätte sie sich am liebsten übergeben.

Beate inspizierte immer noch das Museum eines Mordes. Sie fuhr mit den Fingerspitzen über die Tischplatte und schüttelte dann die Staubflocken ab, die hängen geblieben waren. Sie war blass, aber eindeutig nicht so aufgewühlt wie Sabrina. »Und … Wer war der Killer damals?«

»Sein Vater. Sagt man.«

»Sagt man«, wiederholte Beate. »Wir sollten abhauen. Und zwar schnell. Man kann unsere Spuren vom Ufer aus sehen. Ich will nicht von ihm überrascht werden, weder hier noch im Wald.«

Sabrina knipste das Licht aus. »Wie hast du mich eigentlich gefunden?«

Beate schlängelte sich an ihr vorbei in den Flur und ließ wieder ihr Handy leuchten.

»Mir war klar, dass du die erste Gelegenheit nutzen würdest, um nach diesem Typen zu suchen. So neu ist die Idee mit dem toten Fluss nun auch wieder nicht. Das war eins. Noch eins war, dass heute Nachmittag bei Dobersteins niemand ans Telefon ging …«

»Ich habe auch ein Handy.«

»Schon möglich. Aber die Nummer gibst du nicht jedem, stimmt's? Also eins und eins zusammengezählt ergibt: Sabrina auf Schiff am toten Fluss.«

»Ich bin so froh, dass du hier bist.«

Beate lächelte flüchtig. Sie blieb am Eingang zur Küche noch einmal kurz stehen. »Was willst du von ihm? Der Mann ist gefährlich. Und du spazierst hier einfach so rum.«

»Du doch auch.«

»Na, das hatte ja wohl einen Grund!«

Sabrina drückte sich an Beate vorbei in die enge Kombüse. Ihre Augen mussten sich erst an die Dunkelheit gewöhnen, dann erkannte sie die Sitzecke und die Spüle wieder, an der er gestanden und den Fisch getötet hatte. »Ich wollte wissen, ob er was mit dem Mord an Amelie zu tun hat.«

»Und du glaubst, das sagt er dir so einfach?«

»Ja. Bis eben noch habe ich das geglaubt.«

Sabrina sah Amelie in der Ecke sitzen. Sie lachte und ihre Augen verfolgten jede von Kilians Bewegungen. Sie strich sich das Haar hinter die Ohren und sie sah so unglaublich schön und lebenslustig aus. Sabrina schluckte. Ein einziges Fingerschnippen, ein bisschen Drehen an der großen Uhr, die man Leben nannte, und sie säße wieder hier, an einem unglaublich heißen Sommernachmittag, und hörte die Fische springen und das Rauschen der Baumwipfel und das Flüstern der Blätter, die sich Geschichten vom *toten Fluss* zuwisperten.

Es war dunkel. Es war still. Es war ein trügerischer Frieden. Auch Beate musste ihn spüren. Obwohl sie immer wieder nervös zur Treppe schaute, ließ sie Sabrina diesen Moment des Abschieds von einer Illusion.

»Wie ist er denn so?«

»Kilian? Du stellst Fragen.« Sie tastete sich zur Bank und erwartete, eine Zeitung zur Seite schieben zu müssen, doch sie war frei. Sie setzte sich und hatte das Gefühl, in einen Zeittunnel geraten zu sein und alles noch einmal zu erleben. »Er hat blaue Augen, die älter aussehen, als er eigentlich ist. Er tötet einen Fisch mit einem einzigen Schlag, ohne mit der Wimper zu zucken. Er lächelt so gut wie nie, aber wenn er es macht, ist es so, als ob … als ob er dich wärmt damit.« Sie brach ab.

Beate seufzte. »Ich meinte eher, ob über einsachtzig, schlank, durchtrainiert und in der Lage ist, uns mit einer Hand über Bord zu werfen.«

»Könnte sein. Warum?«

»Weil er gerade an Bord kommt.«

Durch das dürre Schilf am Ufer leuchtete das Licht einer Taschenlampe. Der Strahl glitt über das Schiff, blitzte auch kurz in die Küche und heftete sich dann auf den Steg. Sabrina duckte sich, aber es war ihr klar, dass es dazu zu spät war. Sie hörte, wie jemand über das Brett lief, verharrte und dann vorsichtig weiterging. Er hatte die Spuren entdeckt.

»Shit!« Beate ging weg von der Tür in die Küche. Aber die bot auch keine Deckung. Sie saßen in der Falle. »Ich hab doch gesagt, wir müssen hier weg!«

Das Licht seiner Lampe war eher da als er. Mit polternden Schritten kam er die Treppe herunter.

Wenigstens sind wir zu zweit, dachte Sabrina. Er wird uns nichts tun. Dann fiel ihr siedend heiß ein, dass sie die Tür zum Tatort offen gelassen hatten. Er würde mit einem Blick erkennen, dass sie alles wüssten. Alles.

Licht flammte auf. Sabrina kniff die Augen zusammen. Ein Schwall frische, kalte Luft drang in den Raum und mit ihm der Duft von Wasser, Wald und Moos. Er war da. Und er würde schrecklich wütend sein …

»Guten Abend.«

Es war seine Stimme, die Sabrina aus der eisigen Erstarrung erwachen ließ. Erneut spürte sie sie wie eine Berührung.

»Schon wieder Besuch. So eine Überraschung.«

»Guten Abend«, antwortete Beate. »Wir wollten eigentlich nur …«

Aber Kilian drängte sich an ihr vorbei auf Sabrina zu, die wie ein Häufchen Elend im Erdboden versunken war. »Du?«

Er sah schlecht aus. Er war dünner geworden und dunkle Schatten lagen unter seinen Augen. Er trug einen Anorak, Jeans und schwere, getalgte Schuhe. Die Taschenlampe, die er immer noch umklammert hielt wie eine Waffe, leuchtete ihr direkt ins Gesicht. Dann machte er sie aus.

»Und wer ist das da?« Er deutete auf Beate. Die hob hilflos die Arme, machte den Mund auf und klappte ihn wieder zu.

»Sie ist meine Freundin«, sagte Sabrina. Beate schaute sie überrascht an. »Sie hat nichts damit zu tun. Sie wollte mich nur nicht allein lassen.«

»So.« Kilian legte die Lampe auf den Tisch und öffnete den Reißverschluss seines Anoraks. Darunter trug er einen dick gestrickten Seemannspullover. Er sah stark und verletzlich zugleich aus, eine Mischung, die Sabrina bisher noch nie bei einem Mann aufgefallen war und die sie in diesem Moment geradezu schachmatt setzte. Sie konnte nichts sagen, denn alles hätte in ihren Ohren einfach nur albern geklungen. »Und was gibt dir das Recht, schon wieder auf meinem Schiff herumzuschnüffeln?«

Beate warf ihr einen warnenden Blick zu.

Sabrina holte tief Luft. Es musste heraus. Jetzt. Sonst war alles umsonst. »Hast du … Hast du Amelie getötet?«

»Ob ich was?«

»Amelie. Du erinnerst dich doch noch an sie?«

Kilian starrte sie an, als hätte er ein Gespenst vor sich. Dann schüttelte er den Kopf und fuhr sich mit den Händen durch die Haare. Er hatte schöne Hände, die nicht zu einem Schiffer passten. Eher zu einem Maler. Einem Pianisten. Einem Mann, der die Dinge behutsam anfasste, weil er wusste, dass manche sehr zerbrechlich waren.

»Wir haben im Sommer hier zusammen gesessen. Und dann kam sie noch mal zurück.«

»Ja.« Er ließ die Hände sinken und setzte sich. »Sie kam noch mal zurück.«

Er sah ihr in die Augen, und Sabrina vergaß, dass sie jemals in der Lage gewesen war, zusammenhängende Sätze zu formulieren. So lange war sein Gesicht nur in den groben Strichen einer Phantomzeichnung dagewesen. Nun saß er hier, keinen halben Meter von ihr entfernt, und wieder spürte sie den Impuls, davonzulaufen. Sich vor diesem Blick zu verstecken, der alles in ihr zu sehen schien – die Angst, den Zweifel, die Trauer, die Enttäuschung, und dem sie trotzdem standhielt. Plötzlich war es, als ob die Uhren aufgehört hätten zu ticken und als ob das Leben für einen kurzen Augenblick Pause machte.

Beate räusperte sich. Sabrina zuckte zurück in die Gegenwart. Kilians Gesicht verschloss sich.

»Und dann?«, flüsterte Sabrina.

»Dann ist sie fort.« Er stand auf, schob Beate zur Seite und ging in den Flur.

Sabrina folgte ihm. »Wie, fort? Wann ist sie fort? Rede mit mir! Bist du hinter ihr hergelaufen in den Wald und hast sie umgebracht?«

Beate fasste sie am Ärmel und machte leise »Schschsch.« Aber Sabrina achtete nicht auf sie und riss sich los. Kilian wollte gerade im Bad verschwinden, sah die geöffnete Tür zu dem verbotenen Zimmer und blieb, immer noch mit dem Rücken zu seinen ungebetenen Besuchern, stehen.

»Ich muss das wissen! Sie war meine Freundin, verstehst du? Ich muss wissen, was mit ihr passiert ist. Du hast sie als Letzter gesehen. Bist du ihr gefolgt? Hast du sie getötet? Kilian!«

Beate griff wieder zu und diesmal mit aller Kraft. Sie zog Sabrina zurück, denn in diesem Moment drehte Kilian sich um. Langsam, ganz langsam, mit der Geschmeidigkeit eines Panthers und einem raubtierartigen Schimmer in seinen Augen.

»Ihr wart hier drin?«

Beate stolperte mit Sabrina im Schlepptau hinterrücks Richtung Treppe. »Nettes Schiff«, sagte sie. Ihre Stimme war kurz vorm Kippen. Sie hatte Angst. Als Sabrina das spürte, wurde ihr auch ganz anders zumute. Angst und Beate passten nicht zusammen. Wenn doch, dann war es ernst. »Echt. Fast schon ein Oldtimer, nicht? Aber wir müssen jetzt gehen.«

Sie kletterte rückwärts die erste Stufe hoch, Sabrina immer noch fest an sich geklammert.

»Auch wenn du's mit dem Staubwischen nicht so genau nimmst. Falls du mal eine Putzfrau brauchst, wir haben da ein nettes Au-pair …«

Noch eine Stufe.

»… die sich gerne was dazuverdient. Ruf einfach an.«

Die nächste.

»War schön, dich kennengelernt zu haben. Wir müssen jetzt leider … los!«

Sie drehte sich um und rannte die Treppe hoch.

Sabrina folgte ihr, doch schon auf halben Weg hatte Kilian sie am Bein gepackt und zog sie unbarmherzig herunter.

»Lass mich!«, schrie Sabrina.

Als er nicht losließ, trat sie nach ihm und strampelte, aber er war einfach zu stark. Sie strauchelte und schrammte sich die Schienbeine auf. Beate hatte das Deck erreicht, warf sich auf den Bauch und griff nach ihren Armen, aber zu spät. Sie konnte Kilians eisenhartem Griff nicht entkommen. Ein Ruck, und sie fiel die restlichen Stufen hinunter, schlug mit dem Kopf an die Wand und blieb zusammengekauert und benommen liegen. Er wollte nach ihr greifen und ihr aufhelfen, doch instinktiv schlug Sabrina seine Hand weg und krümmte sich zusammen. Ihre Beine schmerzten höllisch, sie konnte nur mit Mühe einen Aufschrei unterdrücken.

»Lass sie gehen, du Vollidiot!«

Beate polterte herunter, doch Kilian stellte sich ihr in den Weg.

»Raus«, sagte er leise.

»Nur wenn sie mitkommt.«

»Seid froh, wenn ich euch nicht …«

»Erschlage?«, fragte Beate. Sie war bleich wie der Schnee auf den Schiffsplanken. Ihre Stimme bebte vor Furcht, aber sie ließ sich nicht einschüchtern.

»Aber nein«, antwortete Kilian leise. »Euch doch nicht. So netten Besuch, der nichts anrührt und sich nach freundlichen Worten höflich wieder verabschiedet. Niemals würde ich das. Geh einfach schon mal vor.«

»Träum weiter. Ich rufe die Polizei, da kannst du sicher sein!«

Beate hatte noch nicht ihr Handy gezückt, da hatte es Kilian schon in der Hand und an ihr vorbei die Treppe hoch aufs Deck geworfen. Es schlitterte ein paar Meter weit und dudelte eine Melodie, die Sabrina an den Ententanz erinnerte.

Aber Beate gab nicht auf. »Tolle Nummer, du Killer. Dann erleg mich doch. Aber wir sind zu zweit. So einfach wie mit Amelie wird das diesmal nicht!«

Er trat noch einen Schritt näher. »Geh!« Seine Stimme war leise und jagte Sabrina einen Schauer den Rücken hinunter. Sie wollte schreien, aber kein Laut kam über ihre Lippen.

»Ich lasse Sabrina nicht alleine hier, verstanden? Eher werde ich … eher werde ich –« Beate verstummte. Sie musste etwas in Kilians Gesicht gesehen haben, das die Wut und die Angst mit einem Mal verpuffen ließ. Sabrina wusste nicht was, denn sie lag immer noch hinter seinem Rücken und versuchte, auf die Beine zu kommen.

»Sie kommt gleich nach. Ich will kurz mit ihr reden.«

Beate nickte. Sie atmete tief durch. »Okay. Ich warte oben.«

Sabrina zog sich an der Wand entlang nach oben. Dann drehte sie ihren Kopf. Es knackte ein bisschen in den Nackenwirbeln, aber offenbar war sie nicht ernstlich verletzt.

Kilian musterte sie besorgt. »Alles in Ordnung mit dir?«

»Natürlich nicht!«

Sie war immer noch verwirrt und benommen. Das kam von dem Sturz, aber da war noch etwas anderes, das sie schwindelig machte, und es ging von ihm aus. Er roch nach frischer Luft und Schnee, nach Teer und Tang, nach Salzwasser und Dieselöl, er roch nach allem, was gut und richtig war in dieser Welt, und trotzdem gab es etwas, keine zwei Meter von ihr entfernt, das so schrecklich war, dass man es kaum beschreiben konnte.

Er kam näher. Sabrina fühlte sich, als wäre eine Falle zugeschnappt. Ihr Herz begann zu rasen. Sie wünschte sich, sie wäre Beate gefolgt, die oben an Deck angekommen war und ungeduldig auf und ab marschierte. Er blieb vor ihr stehen, keine Handbreit entfernt, und versperrte jeden Fluchtweg.

»Komm nie wieder«, flüsterte er.

Sabrina verstand nicht.

»Ich will dich nie wiedersehen. Hast du mich verstanden?«

Er war so nahe, dass eine Strähne seines Haares über ihre Wange strich. Sabrina zitterte am ganzen Körper. Nicht aus Angst, sondern weil sie gerade begriff, was er zu ihr sagte.

»Diese Tür darf nur von mir geöffnet werden. Ich werde

vergessen, dass du es getan hast. wenn du vergisst, was du gesehen hast. Ich werde noch heute Nacht diesen Ort verlassen und nie mehr wiederkommen.«

»Kilian …« Ihre Stimme war nur noch ein heiseres Flüstern. Sie wollte die Hand heben und ihn berühren, doch sie stand da wie gelähmt. Und plötzlich küsste er sie.

Er küsste sie, wie sie noch nie in ihrem Leben geküsst worden war. Er umarmte sie nicht, er berührte sie nicht, und seine Lippen ließen alles, was Sabrina jemals über die friedliche Zärtlichkeit von Küssen geträumt hatten, in einem aufgewühlten Meer von Sehnsucht ertrinken. Er hörte nicht auf, und Sabrina vergaß alles um sie herum und erwiderte diesen Kuss so leidenschaftlich, wie sie sich noch nie erlebt hatte. Sie wollte, dass die Zeit noch einmal stehen blieb und sie in diesem Gefühl versinken könnte für immer und ewig.

Schritte näherten sich von Deck.

»Brauchst du Hilfe? – Hallo?«

Kilian löste sich von ihr. Sabrina stöhnte leise auf, weil jetzt ein anderer Schmerz kam als der an ihrem Kopf. Einer, der tiefer saß.

»Geh«, flüsterte er. »Ich habe Amelie weggeschickt. Und ich bereue es, jeden Tag und jede Nacht.«

Beinahe hätte Sabrina aufgeschrien. Sie hatte Tränen in den Augen und war froh, dass er sie im Halbschatten nicht sehen konnte. Sie presste die Faust an die Lippen, schob sich an ihm vorbei und stürmte die Treppe hoch, als wären Furien hinter ihr her.

Beate erwartete sie am Steg. Nacheinander kletterten sie hinüber, und als sie endlich wieder festen Boden unter den Füßen hatten, rannten sie los.

# DREIUNDZWANZIG

Es war keine Stunde vergangen, seit sie in Andernach aus dem Bus gestiegen war. Beate saß neben ihr im Wartehäuschen. Der nächste fuhr erst in zwanzig Minuten. Sabrina steckte die Hände in die Jackentaschen und fühlte einen Zettel. Eine Sekunde lang flatterte die irrwitzige Hoffnung in ihr auf, es sei eine Nachricht von Kilian. Dann las sie: Rouladennadeln, Kalbfleischwürstchen, Tesafilm …

»Shit.«

Beate schaute ihr über die Schulter, warf einen Blick darauf und lehnte sich wieder mäßig interessiert zurück. »Willkommen im Diesseits«, sagte sie nur.

Eine Weile schwiegen sie. Sabrina konnte immer noch nicht fassen, dass Kilian sie geküsst und direkt danach seine Liebe zu Amelie – oder den Mord an ihr? – gestanden hatte. Mit allem hatte sie gerechnet. Aber nicht, dass es jemandem gelingen würde, ihr so den Boden unter den Füßen wegzuziehen.

»Und?« Beate dauerte die Stille zu lange. Ein Mann mit Hund gesellte sich zu ihnen und nahm umständlich zwei Sitze weiter Platz. »War er's nun oder war er's nicht?«

»Ich weiß es nicht.«

Sie rückte näher zu Beate, obwohl der Mann sie nicht beachtete. Dafür spitzte der Hund, eine betagte Promenadenmischung, neugierig die Ohren.

»Er hat gesagt, er bereut es, dass er Amelie damals weggeschickt hat.« Ein Messer fuhr ihr ins Herz und schnitt es in der Mitte auseinander. Wie konnte er ihr so etwas sagen? Und das nach diesem Kuss?

»Das heißt, er ist unschuldig«, sagte Beate.

Sabrina schenkte dem Hund einen grimmigen Blick. Der legte den Kopf schief und begann, lauthals zu hecheln. »Das kann alles heißen. Er redet viel, wenn der Tag lang ist. Aber meine Frage hat er nicht wirklich beantwortet.«

»Weil er gerade festgestellt hat, dass wir in sein Allerheiligstes eingedrungen sind. Mannomann. Der Typ ist echt heftig. Was war das denn? Ein Gruselkabinett?«

»Das war das, was andere Kindheitserinnerungen nennen.«

»Den Kahn würde ich doch versenken, wenn ich das erlebt hätte. Nie mehr einen Fuß draufsetzen. Und er lebt in einem Tatort! Welcher normale Mensch lässt denn dieses Schlachtfeld so, wie es ist? Und das über Jahre! Schläft, isst, trinkt und macht Gott weiß was keine zwei Meter daneben. Das ist echt krank.« Beate schüttelte den Kopf. Der Hund schenkte ihr einen mitfühlenden Blick. »Aber ob ihn das schon zum Mörder macht, weiß ich nicht. Willst du zur Polizei?«

»Warum das denn?«

»Naja, immerhin suchen sie ihn ja als Zeugen.«

Sabrinas Lippen brannten immer noch von diesem einen, unvergesslichen Kuss. Allein der Gedanke daran jagte einen Feuerstoß in ihren Bauch. Niemals durfte irgendjemand erfahren, dass sie dort gewesen waren. »Meine Mutter glaubt, ich wäre in Neuwied beim Metzger. Wenn sie erfährt, dass ich ausgebüxt bin, und dann auch noch bei Dunkelheit auf die Werth, wird sie irre. Kein Wort, okay?«

Beate nickte. »Kein Wort. Ist wahrscheinlich auch besser so. Wenn er uns hätte killen wollen, hätte er es schon längst getan.«

*Er ist der Mann, der mich töten wird …*

»Amelie sagt, er war es.«

Beate setzte sich betont langsam auf. Sie sah Sabrina tief in die Augen. Erst dann war sie sicher, dass ihr Gegenüber nicht im Fieberwahn sprach. »Die von mir hochgeschätzte Verblichene hat posthum eine Aussage gemacht?«

Der Hund gab es auf. Er legte frustriert seinen Kopf auf die Vorderpfoten und ignorierte die beiden fortan.

»Nicht sie …«, flüsterte Sabrina. »Du weißt schon. Ihr Tagebuch. Sie hat geschrieben, dass er sie umbringen wird.«

»Kilian? Eindeutig?«

»Naja. Fast. Also nicht mit Namen.«

»Ich will das Teil sehen.«

»Nein.«

»Doch. Du gibst es mir. Ich werde es lesen, als wäre es von Kafka und keinerlei persönliche Schlüsse ziehen.«

»Nie im Leben«, zischte Sabrina. »Es ist geheim. Es sind ihre ganz persönlichen Gedanken –«

»In denen du herumschnüffelst und aus denen du dir dein persönliches Tageshoroskop zusammenreimst. Das ist doch auch nicht normal! Wenn Amelies Aufzeichnungen einen Hinweis auf ihren Mörder enthalten, musst du sie der Polizei übergeben.«

»Die hatte sie schon. Und jetzt hab ich sie.«

»Ihr passt zueinander.«

»Was?«

»Du und Kilian. Ihr seid beide nicht von diesem Stern.«

Sabrina wollte etwas erwidern. Doch da kam der Bus um die Ecke und hielt an der Endhaltestelle.

Sie warteten, bis die letzten Fahrgäste ausgestiegen waren, dann begleitete Beate Sabrina noch bis zum Einstieg. »Hast du das eigentlich ernst gemeint vorhin?«

Sabrina suchte gerade verzweifelt ihre Monatskarte und betete, dass sie sie nicht mitsamt ihrem Geldbeutel auf der Werth verloren hatte.

»Was?«, fragte sie zerstreut.

»Das mit der Freundin.«

»Klar«, antwortete sie. Sie unterbrach ihre Suche und sah Beate an. »Und du?«

»Was?«

»Dass du mich nicht alleine gelassen hättest.«

»Klar.«

Sabrina nickte. »Dann sind wir das wohl jetzt auch.«

Beate grinste schief. »Sieht fast so aus. Tut mir echt leid, wie es dich immer trifft.«



Der Busfahrer beugte sich vor, um die beiden unentschlossenen Damen vor seiner Tür genauer in Augenschein zu nehmen.

Sabrina gab die Suche auf. »Also, Freundin, leih mir zwanzig Euro. Ich habe mein Portemonnaie verloren.«

Beate blieb stehen, bis der Bus ächzend und schnaufend losfuhr. Sabrina sah ihr durch die beschlagene Scheibe nach. Beate war die schrägste Freundin, die man sich vorstellen konnte. Warum hatte sie eigentlich immer so seltsame und ausgefallene Beziehungen? Konnte sie sich nicht einfach mit den normalen Mädchen gut verstehen? Mit denen, die bei allen beliebt waren, freundlich gegrüßt wurden und für die das Anstrengendste die Entscheidung war, in welchen Film man am Wochenende gehen würde?

Während die Lichter Andernachs langsam hinter ihr versanken, dachte Sabrina noch einmal an die *Désirée*. Beate war ihr gefolgt. Nicht aus Neugier, sondern weil sie sich Sorgen gemacht hatte. Sie hatte sich mutig gegen Kilian gestellt, einen Mann, von dem keiner wusste, wozu er fähig war. Sie erdete Sabrinas Fantasien. Sie beschäftigte sich mit dem, was Sabrina bewegte. Sie hatte eine komische Art, Dinge auf den Punkt zu bringen. Aber sie war jemand, der diese Dinge von ihr wissen wollte, egal, wie absurd sie waren. Amelie hatte sich wenig für das interessiert, was Sabrina gemacht und gedacht hatte.

Wieder meldete sich der Schmerz. Er tat weh wie ein Abschied. War Amelie vielleicht gar nicht die Freundin gewesen, die sie sich immer gewünscht hatte? Sabrina hatte sie bewundert, vergöttert, hatte sich im Glanz dieser flirrenden Wunderfrau wichtig gefühlt, anerkannt und akzeptiert. Sie hatte alles von ihr gewusst. Aber sie war sich nicht mehr sicher, ob es umgekehrt genauso gewesen war. Hatte Amelie einfach nur jemanden gebraucht, der sie ohne Wenn und Aber anhimmelte?

Ohne dass sie es wollte, musste sie weinen. Um nicht aufzufallen, wendete sie ihr Gesicht der Scheibe zu. Die Tränen liefen ihr über die Wangen und sie wischte sie nicht weg. Eigentlich wusste sie gar nicht, warum sie heulte. Es war einfach so viel zusammengekommen. Das Schlimmste von allem war das, was Kilian zu ihr gesagt hatte. Dass er sie weggeschickt hatte. Dass er es bereute, Amelie nicht mitgenommen zu haben. Und dass er nie wiederkommen würde, nie mehr.

In Neuwied waren die Tränen getrocknet. Sabrina hastete zu einem Kaufhaus in der Fußgängerzone und hatte, bis auf die Rouladennadeln, in einer knappen Viertelstunde alles zusammen. Es war kurz vor Ladenschluss und das Gedränge war mörderisch. Sie beschloss, dass es zur Not auch Zahnstocher tun würden, und setzte sich in Richtung Rheinufer in Bewegung. Sie würde gnadenlos zu spät kommen, aber es war kurz vor Weihnachten. Da war ein geheimnisvolles Verschwinden schon mal erlaubt.

Franziska und Michael waren gerade beim Dessert angekommen.

Ihre Mutter entdeckte sie als Erste in der bis auf den letzten Platz besetzten Gaststube. »Kind, was ist denn passiert?«

Sabrina zog ihre Jacke aus und versuchte, ein erstauntes Gesicht zu machen.

»Du siehst ja schrecklich aus. Völlig durchfroren. Setz dich!«

Sabrina nahm den beiden gegenüber auf der Bank Platz. Sie saß genau dort, wo Beate vor ein paar Tagen gesessen hatte.

»Willst du noch was essen? Wo warst du denn so lange?«

»Einkaufen«, antwortete sie und deutete auf die Plastiktüte, die sie neben sich hingelegt hatte. »Ich bin von Pontius zu Pilatus gerannt.«

»Aber das kriegt man doch alles in der Mittelstraße!«

Michael kratzte den letzten Löffel Mousse au Chocolat aus seiner Glasschale. »Lass doch mal gut sein.«

Sabrina warf ihm einen dankbaren Blick zu. Sie bestellte bei einer vorbeihastenden Kellnerin ein Glas Tee.

»Bleibst du eigentlich Heiligabend?«

»Nein«, antwortete er. »Ich bin bei meiner Mutter. Aber wenn ihr nichts dagegen habt, würde ich vielleicht später noch vorbeischauen.«

»Ich hab nichts dagegen«, antwortete Sabrina schnell. Je mehr die beiden miteinander zu tun hatten, desto besser wurde es.

Franziska sah sie nachdenklich an. »Ist auch wirklich alles in Ordnung mit dir?«

»Aber ja. Frag doch nicht dauernd. Sonst denke ich mir ein paar Katastrophen aus, nur damit du beruhigt bist.«

»Bitte nicht. Ein Glück, dass du mir wenigstens keine Sorgen machst.«

Etwas im Unterton ihrer Mutter machte Sabrina hellhörig. »Du hast Sorgen? Ich meine, ist es das Übliche oder etwas, von dem ich noch nichts weiß?«

»Nicht jetzt«, sagte Franziska. »Jetzt ist Weihnachten.«

Kaum zu Hause angekommen, stürmte Sabrina in ihr Zimmer. Ihre Sehnsucht, mit Amelie zu sprechen, war so groß, dass sie gar nicht erst ihre Jacke auszog, Sie setzte sich aufs Bett und holte das Tagebuch heraus. Dann erst fiel ihr ein, dass sie vielleicht eine bestimmte Frage stellen sollte, wenn sie schon eine Antwort haben wollte.

Warum ist Kilian zurückgekehrt?

Was verbindet ihn mit diesem schrecklichen Zimmer auf der *Désirée*?

Was, und das war die schwerste Frage, ist da gelaufen zwischen euch?

*… Ich will ihm folgen in den dunklen Garten seiner Seele. Ich will ihn so sehr, denn er ist wie ich. Niemand kann das verstehen, auch Sabrina nicht. Sie begreift nicht, wie peinlich und kindisch sie ist …*

Ganz langsam klappte sie das Tagebuch zu. Sie fühlte sich, als hätte ihr jemand eine schallende Ohrfeige verpasst.

Das also hatten die beiden über sie gedacht. Wenn sie den Nachmittag in diesem Licht an sich vorüberziehen ließ, dann war es ein Wunder, dass Kilian sie nicht gleich über Bord geworfen hatte. Wahrscheinlich hielt er sie für eine spätpubertierende Schiff-Stalkerin. Der Kuss, dieser bodenlose Fall in ein Gefühl, war für ihn bedeutungslos. Ein Scherz. Ein Spaß. Dem peinlichen Kind mal einen Schrecken einjagen und ihm zeigen, wie die großen Jungens spielen. Die romantischen Flausen aus dem Kopf treiben. Es zum Schweigen bringen. Seine Zweifel zerstreuen. Ihm eine Ahnung davon geben, dass es etwas jenseits der Romantik gab, das es nie erleben würde: den dunklen Garten seiner Seele.

Amelie hatte recht: Es war peinlich, das nicht zu merken. Es war kindisch, überhaupt noch einen Gedanken an Kilian zu verschwenden. Sie streifte Jacke und Schuhe ab und kroch, wie sie war, unter die Decke. Es war Zeit, erwachsen zu werden.

# VIERUNDZWANZIG

Die Tage bis zum Fest verliefen still und friedlich. Michael und Franziska machten viele ausgedehnte Spaziergänge und benahmen sich ansonsten in Sabrinas Gegenwart wie gute Freunde. Es war schon fast zu viel der Harmonie, und als Michael am Sonntagnachmittag wieder fuhr, war es für ein paar Stunden tatsächlich so, als ob jemand fehlte. Sabrina erkannte erstaunt, dass sie mit der neuen Situation klarkam.

Vielleicht lag diese Erkenntnis aber auch an dem Dämpfer, den ihr Amelies Tagebuch versetzt hatte. Der Entschluss, erwachsen zu werden, förderte also die Vernunft und die Einsicht, dass es eines Tages so oder so gekommen wäre und Franziska auch viel schlimmer hätte danebengreifen können. Michael war okay, solange er nicht den Psychologen herauskehrte und Sabrina zum Reden bringen wollte.

Zum Glück hatte sich Franziska nach dem Weinberg-Desaster auf praktischere Geschenke verlegt. Sabrina konnte sich über eine neue Messenger-Bag freuen, dazu einen Download-Gutschein für Musik und einen Pullover mit Peace-Zeichen auf dem Rücken, den sie sich schon ewig ersehnt, aber nie offiziell gewünscht hatte, weil er einfach zu teuer war. Sie freute sich riesig, und ihre Mutter war begeistert von dem, was Sabrina für sie ausgesucht hatte. Von ihrem Vater bekam sie eine Weihnachtskarte mit hundert Euro. Franziska regte sich ein bisschen über diese Lieblosigkeit auf, aber Sabrina verteidigte das Geschenk. Sie hatte aus den Erfahrungen der letzten Feste gelernt. Väter schenkten ihren Töchtern grundsätzlich Dinge, die Jahre zu spät kamen. Vor zwei Jahren noch hatte eine Barbiepuppe unter dem Weihnachtsbaum gelegen. Geld vermied Enttäuschungen auf beiden Seiten. Das hätte durchaus auch eine Beate-Einsicht sein können, aber Sabrina war das egal, als sie den Schein höchst zufrieden in ihre Hosentasche steckte.

Später am Abend kam Michael zurück. Sie spielten Malefiz, tranken heiße Schokolade und gingen dann zu Fuß durch den Schnee in die Mariä-Himmelfahrt-Kirche, um die Weihnachtsgeschichte zu hören und die alten Lieder zu singen. Gegen elf Uhr waren sie zu Hause. Zehn Minuten später klingelte es Sturm an der Tür.

Franziska schaute erst Sabrina, dann Michael fragend an. »Erwartet ihr jemanden?«

Beide schüttelten den Kopf. Franziska ging zur Tür und kam wenig später mit Helga Fassbinder zurück. Die Kommissarin lächelte nicht, sondern steuerte sofort auf Sabrina zu.

»Ich muss Sie bitten, sich etwas überzuziehen und mit uns zu kommen.«

Sabrina, die gerade an einer steinharten Kokosmakrone nagte, verlor augenblicklich den Appetit. »Warum?«

»Entschuldigen Sie bitte«, sagte Franziska, »aber es ist Heiligabend und es geht auf Mitternacht zu. Was soll das?«

»Gehört das hier Ihnen?«

Frau Fassbinder ließ Sabrina nicht aus den Augen. Sie hatte einen Gegenstand in einer Plastiktüte in der Hand, den sie hochhob. Es war Sabrinas Portemonnaie.

Michael legte Sabrina die Hand auf den Arm. »Du musst nichts sagen. Gar nichts.«

Doch Sabrina nickte. »Das ist meins. Da ist meine Monatskarte nach Neuwied drin und der Schülerausweis. Woher haben Sie das?«

»Das ist eine interessante Frage. Die wollen wir aber nicht hier erörtern. Ziehen Sie sich bitte etwas an? Es ist ziemlich kalt draußen.«

An der Tür wurden zwei Polizeibeamte sichtbar. Sie grüßten sehr höflich.

Aber Franziska hatte in diesem Moment keinen Nerv, sich auch noch mit Benimmregeln auseinanderzusetzen. »Sie erklären uns jetzt auf der Stelle, was das soll. Und warum meine Tochter mit Ihnen mitkommen muss!«

Frau Fassbinder steckte die Tüte mit einem schwer zu deutenden Gesichtsausdruck ein. »Wenn man in der Wohnung eines Toten ihre Fingerabdrücke und weitere eindeutige Hinterlassenschaften findet und kurz darauf ihr Portemonnaie bei der Leiche, dann reicht das mindestens für eine Vernehmung. Ihre Tochter ist in zwei Stunden wieder zu Hause. Aber wir brauchen ihre Aussage.«

»Tot«, flüsterte Sabrina, und sie sah sich durchs Schiff gehen, die Klinke zu dem verbotenen Zimmer berühren, den Tisch, die Wand, die Tasse … Wie in Zeitlupe liefen die Bilder vor ihr ab. »Wer ist denn tot?«

»Sie haben zuletzt mit meinem Kollegen über ihn gesprochen. Es ist der Herr, der seit einiger Zeit vermisst wird. Wir haben ihn am Alten Krahnen gefunden.«

»Kilian?«, flüsterte sie. Ihre Kehle musste ein Reibeisen sein, so rau klang ihre Stimme.

Frau Fassbinder musterte sie mit einem rätselhaften Blick. »Nein. Herbert Wennigstedt.«

Natürlich kam Franziska mit. Michael versprach, so lange das Haus zu hüten, bis beide wieder unversehrt zurück wären. Die Fahrt im Auto verlief schweigend. Aber Sabrina konnte es geradezu hinter der Stirn ihrer Mutter rumoren hören. Natürlich zerbrach die sich jetzt den Kopf darüber, wie das Portemonnaie ihrer Tochter direkt neben einem Toten landen konnte.

Ich war nicht am Alten Krahnen, dachte Sabrina. Ich bin daran vorbeigelaufen zu den Krippen. Ich habe unter der Silberweide gestanden und mich daran erinnert, dass da im Sommer etwas gewesen war. Aber das ist auch schon so lange her. Und jetzt ist Berti tot. Berti. Wie Wanda das wohl aufnehmen wird. Sie hat so etwas geahnt, sonst hätte sie mir doch nicht den Schlüssel zu seiner Wohnung gegeben.

Der Schlüssel. Mein Gott, wenn sie eine Hausdurchsuchung starteten und ihn bei ihr fanden? Sie hatte bis jetzt keine Zeit gehabt, ihn wieder zurückzugeben. Machte sie das verdächtig? Als sie die Uferstraße nach Neuwied entlangfuhren, konnte Sabrina auf der anderen Rheinseite Lichter erkennen, rote und blaue. Polizei und Feuerwehr. Also war da drüben tatsächlich etwas passiert. Die letzten Minuten waren wie in Trance an ihr vorübergezogen, doch beim Anblick dieser gar nicht weihnachtlichen Beleuchtung war es ihr, als ob sie langsam aus einem bösen Traum aufwachen würde. Die Wirklichkeit allerdings sah auch nicht gerade besser aus.

In Frau Fassbinders Büro bekam sie einen heißen Tee. Es war merkwürdig, dieses Haus so dunkel, leer und verlassen zu sehen. Alle waren natürlich zu Hause bei ihren Familien. Nur die nicht, die sich jetzt um einen Toten kümmern mussten.

»Was ist denn passiert mit Herrn Wennigstedt?«, fragte Sabrina.

Frau Fassbinder hatte gerade ihren Computer hochgefahren. Die beiden Beamten saßen hinter ihnen an der Tür. »Das wollte ich eigentlich von Ihnen erfahren.«

Es klopfte. Ohne eine Antwort abzuwarten, kam Herr Tuch herein. Er sah aus, als hätte man ihn gerade von einem gemütlichen Wirtshaustisch weggeholt. Die Krawatte gelockert, die Wangen gerötet, versuchte er etwas umständlich, seine Anzugsjacke zuzuknöpfen. Sabrina erkannte auf seinem gelben Pullunder einen Fleck, der verdächtig nach Rotwein aussah.

»Frau Doberstein!« Freundlich kam er auf sie zu und gab ihr die Hand. »Und Sie sind bestimmt die Mutter. Oder die Schwester? Wie auch immer …« Er brach seine plötzliche Charmeattacke ab und ließ sich auf den letzten freien Stuhl plumpsen.

Franziska hob nur leicht die Augenbrauen. Es war das einzige Zeichen von Missbilligung, das sie sich in dieser Situation erlauben würde.

Frau Fassbinder hatte nun alles mit ihrem Computer im Griff, zog Papier und Bleistift heran und sah Sabrina aufmunternd an. »Also. Fassen wir einmal zusammen Herbert Wennigstedt wurde heute Abend am Alten Krahnen tot aufgefunden. Wir ermitteln noch, ob es sich um ein Gewaltverbrechen handelt. Im Moment sieht es danach aus, als wäre er am Ufer gestolpert und zwischen die Eisschollen gerutscht.«

»Wer hat ihn gefunden?«, fragte Sabrina, doch Frau Fassbinder ging gar nicht auf diese Frage ein.

»Er hat zwei Tage tot im Rhein gelegen. Vom Uferweg aus nicht zu sehen. Es war reiner Zufall, dass die Leiche entdeckt wurde. In seiner Jackentasche fanden wir das.« Sie hob die Plastiktüte mit Sabrinas Portemonnaie hoch. Dabei ließ sie sich nicht das kleinste Wimpernzucken ihrer Verdächtigen entgehen. »Wir wären schlechte Polizisten, wenn wir da nicht wenigstens nachfragen würden, oder?«

Franziska blähte die Nasenflügel und stieß einen schnaubenden Laut aus. »Sie glauben doch nicht etwa, dass meine Tochter etwas mit dem Tod dieses Mannes zu tun hat? Ihm ihren Geldbeutel gibt und ihn anschließend ins Wasser schubst?«

»Frau Doberstein, Ihre Tochter ist sechzehn. Wir können Sie auch getrennt voneinander befragen. Aber da wir Sie beide jetzt so schön beisammen haben, sagen Sie uns doch, wie Sie den heutigen Tag verbracht haben.«

»Wie man ihn an Heiligabend so verbringt«, erwiderte Franziska. »Mit letzten Vorbereitungen zum Fest, essen, Bescherung, Messe, Geschenke auspacken.«

»Sie waren die ganze Zeit zusammen? Richtiges Familienleben halt?«

»Ja.«

»Und wie war das am Samstag?«

Etwas verwirrt sahen sich Mutter und Tochter an. Dann fiel Franziska ein, was sie an diesem Tag gemacht hatten. »Meine Tochter hat ihr Zimmer aufgeräumt und ich habe die letzten Rechnungen geschrieben.«

»Sie waren also den ganzen Tag zu Hause?«

»Nein. Wir waren noch einkaufen.«

»In Andernach?«

»Nein! In Neuwied natürlich. Dahin sind wir gefahren.«

»Mit dem Bus?«

»Dem Auto. Hören Sie, was soll das? Warum wollen Sie wissen, was wir vor zwei Tagen gemacht haben? Wir sind mit Sicherheit nicht losgezogen und haben jemanden umgebracht. Wir sind müde. Hat das nicht alles bis morgen Zeit?«

Frau Fassbinder seufzte und warf einen Blick auf die große Wanduhr. Man konnte ihr ansehen, dass sie jetzt auch lieber zu Hause im Warmen gesessen hätte. »Leider nein.« Sie nahm eine zweite, wesentlich kleinere Tüte und hielt sie Franziska vor die Nase. Als Sabrina erkannte, was in ihr war, rutschte ihr das Herz in die Hose. »Das ist ein Busfahrschein. Vom 22. Dezember. Neuwied–Andernach, fünfzehn Uhr zwölf gestempelt. Der Todeszeitpunkt von Herrn Wennigstedt liegt im Moment zwischen fünfzehn und zwanzig Uhr. Gehen wir mal davon aus, dass jemand, der im Bus einen Fahrschein kauft, ihn auch benutzt. Und nehmen wir außerdem an, dass benutzte Busfahrscheine nur selten an andere weitergegeben werden. Dann sind Sie, Sabrina Doberstein, vor zwei Tagen in Andernach gewesen und könnten Herrn Wennigstedt theoretisch begegnet sein.« Frau Fassbinder legte die Tüte mit einem strengen Blick auf ihr Gegenüber wieder zu den Akten.

Sabrina hielt die Luft an. Das war nicht schlimm, das war katastrophal.

Genau diesen Gedanken schien ihre Mutter auch zu haben. »Könntest du mir erklären, was das zu bedeuten hat?«, fragte sie leise.

Sabrina wäre es lieber gewesen, wenn sie geschrien hätte. Eine leise Franziska in dieser Situation war nach einem verräterischen Busticket so ziemlich das Zweitschlimmste.

Herr Tuch war nun endlich am obersten Knopf seiner Jacke angekommen. Er beugte sich vor, um Sabrinas Antwort besser zu verstehen.

»Ich war nicht in der Mittelstraße«, flüsterte sie.

»Bitte?«, fragte Frau Fassbinder. »Ich kann sie nicht verstehen.«

Sabrina räusperte sich. »Ich war nicht in der Mittelstraße. Also, ich bin erst später einkaufen gegangen. Ich habe mich vorher noch mit Beate getroffen. Deshalb bin ich nach Andernach gefahren. Meine Mutter wusste das nicht. Wir hatten uns getrennt, um schneller mit dem Einkaufen fertig zu sein.«

»Beate wer?

»Beate Seiters, die Enkelin von Richter Gramann.«

Frau Fassbinder und Herr Tuch wechselten einen Blick. Offenbar hatte der Richter auch bei den nachfolgenden Generationen einen Ruf wie Donnerhall.

»Am Alten Krahnen?« Die Kriminalkommissarin notierte sich den Namen. »Was habt ihr da gemacht?«

Sabrina senkte den Kopf. Mit etwas gutem Willen konnte man das als Zustimmung und bedingungslose Kapitulation deuten. Herr Tuch gab einem der beiden Polizisten an der Tür einen Wink. Der stand auf und verließ den Raum.

»Nichts.« Sabrina betrachtete ihre Schuhspitzen. Ein bisschen roter Dreck klebte noch daran. Wahrscheinlich musste sie sie jetzt ausziehen. Ihre ganzen Klamotten würden kriminaltechnisch untersucht. Sie würde Gefängniskleidung bekommen und die Nacht in der Zelle verbringen müssen. Sie wagte nicht, den Kopf zu heben.

Franziska saß neben ihr, wie zur Salzsäule erstarrt.

»Wart ihr allein?«

Sabrina hörte, wie ihre Mutter scharf einatmete. Es war furchtbar, das alles ausgerechnet vor ihren Ohren zuzugeben. Dass sie sie belogen hatte, während sie zum ersten Mal seit langer Zeit endlich wieder für ein paar Stunden glücklich schien. Sie presste die Lippen aufeinander und schwieg. Irgendwann würde das alles hier vorbei sein. Sie konnte nur hoffen, dass das Irgendwann irgendwann ein Bald wurde.

Frau Fassbinder seufzte. »So, jetzt aber mal ein bisschen zügig. Wir alle wollen nach Hause. Sie werden gleich noch von einer Kollegin untersucht werden.«

»Was erlauben Sie sich!«, rief Franziska.

Aber der Einwurf prallte an der Beamtin ab. Sie sah nur

müde von einer zur anderen. »Das, was die Routine erfordert. Ich muss jetzt wissen, was Ihre Tochter am Samstag gemacht hat. Jede Einzelheit. Wem Sie, Sabrina, begegnet sind, was Beate Seiters und Sie gemacht haben, ob noch jemand mit dabei war, wer euch wo und wann gesehen hat. Fünfzehn Uhr zwölf. Wann kam der Bus in Andernach an?«

»Halb vier, zwanzig vor.«

»Und dann?«

Sabrina presste die Lippen aufeinander. In ihrem Kopf waberte eine große Seifenblase. Absolute Leere. Nichts. Natürlich konnte sie sich an jede noch so kleine Einzelheit erinnern. Wie sie das Schiff entdeckt hatte, das verbotene Zimmer, wie Beate dazugekommen war und Kilian sie überrascht hatte. Sie erinnerte sich an seine Enttäuschung über ihr heimliches Eindringen, seinen Ärger, den sie verstehen konnte, und den Kuss. Vor allem den Kuss. Den verstand sie nicht. Sie würde ihn nie begreifen können. Sie war eben doch kindisch und peinlich.

Und aus genau diesem Grund schwieg sie. Vor der Kommissarin, die sie mit ihrem Blick geradezu röntgen wollte, vor Herrn Tuch, der gerade etwas umständlich ein Bein über das andere schlug, und nicht zuletzt vor ihrer Mutter, die enttäuscht und entsetzt neben ihr saß.

»Dann bin ich zur Krippe.«

»Nicht zum Alten Krahnen?«

»Nein. Zur Krippe.«

»Und was wollten Sie da?«

Es war der kürzeste Weg zur Werth. Und es war die Erinnerung an diesen letzten Sommer, als die Tage lang und warm waren und Sabrina noch nicht das Gefühl hatte, sich für immer und ewig verkriechen zu müssen.

Sie spürte, wie Franziskas Hand nach ihrer tastete. »Das war doch eure Krippe, oder? Hast du an sie denken müssen und bist deshalb rüber?«

Jetzt konnte Sabrina die Tränen kaum noch zurückhalten. Ihre Mutter baute ihr eine goldene Brücke. Doch jedes Nicken, jedes Wort der Zustimmung hätte bedeutet, sie weiter zu belügen.

»Franziska Doberstein, das ist nicht Ihre Vernehmung. Sie verlassen gleich den Raum«, sagte die Kommissarin, und ihre Stimme klang scharf wie eine Rasierklinge. »Sabrina Doberstein, Sie waren also an Krippe acht? Ist Ihnen auf dem Weg dahin etwas aufgefallen? Sind Sie jemandem begegnet?«

»Nein«, flüsterte Sabrina.

»Wann waren Sie wieder in Neuwied?«

»Gegen halb sechs.«

»Ich habe noch die Quittung von dem Tesafilm.« Franziska schaltete sich wieder ein und erntete einen ebenso gnadenlosen wie ungeduldigen Blick. »Sie hat eingekauft für uns. Und anschließend waren wir in der Rheinkrone essen. Dafür gibt es Zeugen. Danach sind wir mit meinem … mit einem Freund nach Hause gefahren. Sie haben ihn vorhin kennengelernt, Herrn Gerber. Um zwanzig Uhr …«

»Herr Kollege? Frau Doberstein möchte gerne draußen warten, bis ihre Tochter fertig ist.«

Der zurückgebliebene Beamte an der Tür sprang auf.

Franziska hob beschwichtigend die Hände. »Schon gut, schon gut. Ich sage nichts mehr.«

Frau Fassbinder dachte kurz nach. Dann nickte sie und der Polizist ging zurück zu seinem Stuhl.

»Sie kommen also um halb vier in Andernach an. Sie gehen runter ans Rheinufer. Viertel vor vier. Sie treffen sich mit ihrer Freundin. Vier. Sie nehmen den Bus zurück nach Neuwied um fünf, sind um halb sechs wieder mit Ihrer Mutter und deren Freund zusammen. Habe ich das richtig verstanden?«

Sabrina nickte.

»Nun, mein Kind. Was ist in der Stunde zwischen vier und fünf passiert?«

Meine Welt ist zusammengebrochen. Ich habe Dinge gesehen, die ich nie hätte sehen dürfen. Ich habe einen Mann geküsst, der ein Mörder sein könnte, und hinter dem Interpol her ist und der sich rheinauf, rheinab versteckt, weil ihn so viele decken, die ebenfalls Dreck am Stecken haben. Das würde Franziska nie verstehen. Das konnte sie ja selbst kaum begreifen.

»Sabrina? Ich muss wissen, was in dieser Stunde geschehen ist. Wenn Sie es mir nicht sagen, dann klingeln wir Frau Seiters aus dem Bett. Wir haben keine Probleme, das zu tun und auch heute Nacht noch eine Gegenüberstellung zu arrangieren. Wo waren Sie?«

Sabrina schüttelte den Kopf. Sie wollte weg, einfach nur weg.

»Was ist in dieser Stunde geschehen? Was haben Sie getan?«

Die Tür wurde aufgestoßen. Blitzartig drehten sich alle um. Herein segelte, mit offenem Mantel und wehendem Schal, ein großer schlanker Mann Anfang fünfzig mit einem tief gebräunten Raubvogelgesicht, das in dieser Jahreszeit entweder auf Adventsferien in der Karibik oder eine Flatrate im Sonnenstudio schließen ließ. Hinter ihm tauchte Lukas auf.

»Dr. Dr. Johannes Wilkhahn, wir kennen uns.« Er eilte auf Frau Fassbinder zu und schüttelte der völlig überraschten Kommissarin die Hand. Dann wandte er sich an Sabrina.

»Und Sie sind Fräulein Doberstein. Gestatten, ich bin Ihr Anwalt. – Ach, Herr Tuch, auch hier um diese Uhrzeit? Es tut mir leid, Sie an Heiligabend beim Tee zu stören. Aber liegt gegen meine Mandantin ein Haftbefehl vor? Haben wir Grund zur Annahme, sie hätte sich eines nach Paragraph hundertzwölf Absatz drei schwerwiegenden Verbrechens schuldig gemacht? Gibt es Verdunkelungs- oder Fluchtgefahr?« Er drehte sich ein bisschen zu theatralisch um. »Nein? Höre ich Einspruch? Dann würde ich die junge Dame jetzt gerne entführen. Akteneinsicht hat wohl noch Zeit bis nach den Feiertagen. – Frau Doberstein, Fräulein Doberstein, darf ich bitten?«

Lukas war in der Tür stehen geblieben. Noch nie in ihrem Leben war Sabrina so erleichtert, ihn zu sehen. Am liebsten hätte sie sich ihm gleich an den Hals geworfen. Das war Rettung in letzter Sekunde. Obwohl ihr Franziskas Gesichtsausdruck reichte, um zu wissen, dass das Verhör für heute Nacht noch nicht vorüber war. Unsicher stand sie auf und ging auf ihn zu. Er legte ihr den Arm um die Schulter, und sofort hatte Sabrina das Gefühl, dass ihr nichts mehr passieren könnte.

»Lass mich bitte nicht mit ihr allein«, flüsterte sie.

Lukas lächelte und zog sie noch etwas näher an sich. Wie hatte sie jemals denken können, er wäre besitzergreifend und grob? Er hatte sie hier herausgeholt und das würde sie ihm nie vergessen.

»Nicht so schnell.« Auch Frau Fassbinders säuerliche Miene sprach Bände. »Die Kollegen vom Erkennungsdienst haben heute Abend extra die Bescherung ausfallen lassen. Die wollen wir doch nicht enttäuschen.«

Dr. Dr. Wilkhahn hob bedauernd die Schultern. »Niemand wird Ihre polizeiliche Ermittlungsarbeit behindern. Warum muss Fräulein Doberstein das aber ausgerechnet jetzt über sich ergehen lassen?«

»Weil ein Gegenstand aus ihrem persönlichen Besitz neben einer Leiche gefunden wurde und wir zudem auch noch ihre Fingerabdrücke in der Wohnung des Toten gefunden haben.«

Sabrina holte tief Luft, aber Herr Doktor Doktor schnitt ihr das Wort ab. »Selbstverständlich. Wir warten unten auf Sie.«

Damit segelte er an ihr vorbei hinaus in den Flur.

Herr Tuch stand auf. »Den Weg kennen Sie ja.«

Der Polizist führte Sabrina wieder zur KTU. Dort wurde sie auf Kratzer und Wunden oder andere Hinweise eines Kampfes untersucht. Die kaum verheilten Schürfwunden am Schienbein wurden besonders sorgfältig fotografiert. Als sie die Prozedur hinter sich hatte, warteten alle, einschließlich der Kommissarin, schon unten auf sie. Frau Fassbinder hatte noch eine gute Nachricht.

»Ihre Freundin hat im Großen und Ganzen den Ablauf des Nachmittags bestätigt. Aber natürlich müssen Sie noch einmal wiederkommen. Gerne auch im Beisein von Herrn Wilkhahn.«

Den doppelten Doktor hatte sie weggelassen, wahrscheinlich mit Absicht.

Erst draußen vor der Tür fragte Sabrina Lukas, wie er sie denn gefunden hatte.

»Ich wollte dir eigentlich frohe Weihnachten wünschen«, sagte er. »Aber am Telefon war nur Herr Gerber. Der hat mir gesagt, was passiert ist.«

»Danke, Lukas.« Franziska sah sich ratlos um. »Tausend Dank für alles. Wie kommen wir denn jetzt nach Hause?«

»Mit mir natürlich.« Lukas holte die Autoschlüssel aus der Anoraktasche.

Dr. Dr. Wilkhahn sah nicht so aus, als ob er Wert auf lange Abschiedsworte legte. »Bis übermorgen habe Sie Ruhe. Entweder stellt sich bis dahin heraus, dass es ein Unfall war, oder der Täter ist bis dahin gefasst. Sie müssen nicht, aber Sie können dann natürlich eine Aussage machen. Die sollten Sie vorher unbedingt mit mir absprechen. Ich möchte auch dabei sein. Keine Alleingänge, bitte. Ein frohes Fest und besinnliche Feiertage.«

Er eilte die Treppen hinunter auf eine schwarze Limousine zu, die beinahe quer zur Straße im absoluten Halteverbot geparkt war. Sabrina sah ihm hinterher, bis er mit quietschenden Reifen um die Ecke gebogen war. Das böse Tier, das so lange Ruhe gegeben hatte, fing wieder an, sich zu regen.

Berti. Die Werth. Der schwarze Schatten. Kilian. Alles hing miteinander zusammen. Es gab eine Verbindung und die führte direkt zu Amelie. Die Krallen fuhren aus und sie spürte den spitzen Schmerz in ihrem Bauch.

»Kommst du?«

Auf Franziskas Stirn stand eine steile Falte. Sabrina unterdrückte einen Seufzer. Dann trottete sie hinter ihrer Mutter und Lukas her. Als sie ein letztes Mal die Fassade hochsah, waren nur noch zwei Fenster erleuchtet. Und an einem erkannte sie die Silhouetten von Frau Fassbinder und Herrn Tuch. Sie standen nebeneinander und sahen ihr nach, so lange, bis sie in Lukas Wagen gestiegen und aus ihren Blicken verschwunden war.

# FÜNFUNDZWANZIG

Michael hatte Glühwein gemacht. Dass er dazu die teuerste Flasche aus dem Regal erwischt hatte, war Franziska noch nicht einmal ein Schulterzucken wert. Sabrina bekam eine heiße Schokolade, und Lukas, der noch Autofahren musste, ließ sich nur ein halbes Glas einschenken. Dann setzten sich alle um den Küchentisch.

»Herbert Wennigstedt«, begann Franziska. »Wer ist das? Woher kanntest du ihn? Was hattest du in seiner Wohnung zu suchen?«

»Ich bin ihm nur einmal begegnet. Er ist ein Freund von Amelies Eltern. Er wohnt über den Bogners.« Sabrina schauderte, als sie an seine Wohnung dachte. »Ich habe vor ein paar Tagen nachgesehen, ob alles in Ordnung ist bei ihm. Wanda und Willy hatten schon eine Weile nichts von ihm gehört.«

»Wir haben dann ein bisschen herumgefragt«, fuhr Lukas fort. Er ignorierte, dass Franziska bei diesem »Wir« zusammenzuckte. Wahrscheinlich hatte sie nicht damit gerechnet, dass auch ein Kreutzfelder mit in dem ganzen Schlamassel steckte. Wieder flutete eine Welle von Dankbarkeit Sabrinas Herz. Lukas ließ sie nicht hängen, und als er weitersprach, versuchte er genau wie sie, das Ganze als eine Art Nachbarschaftshilfe zu erklären.

»Wennigstedt hat damals nach Amelies Tod Andeutungen gemacht. Wie sich herausstellte, hat er vor acht Jahren im Hafen gearbeitet und dort mit ein paar Kumpels die Namedyer Werth als schwarze Liegeplätze für kleinere Schiffe vermietet. Ihre Tochter hatte das Gefühl, dass er vielleicht etwas gesehen hat. Schließlich geht er immer noch angeln in der Gegend.«

»Er war der Mann, der mich am toten Fluss verfolgt hat.

Ich war vor ein paar Wochen schon mal da. Beim Ranger, weil ich wissen wollte, was er der Polizei gesagt hat. Angeblich soll dort kein Schiff, sondern nur ein Sportboot gewesen sein. Aber Amelie und ich haben dieses Schiff gesehen.«

»Und den Schiffer«, setzte Lukas grimmig hinzu.

Franziska hatte ihre Hände gefaltet und vor sich auf die Tischplatte gelegt. Michael Gerber streichelte sie beruhigend.

»Amelie wollte abhauen«, antwortete Sabrina. »Sie wollte Kilian fragen, ob er sie mitnimmt. Irgendwohin. In den Süden, glaube ich.«

»Kilian ist dieser Kerl, von dem Sabrina eine Phantomzeichnung angefertigt hat. Aber keiner auf der Polizei hat ihr geglaubt, weil das Schiff samt Schiffer verschwunden war. Und die Aussage des Rangers stand gegen ihre.«

»Als Berti verschwunden war, bin ich zum Geysir. Mir hat das keine Ruhe gelassen, warum der Ranger etwas anderes erzählt als das, was Amelie und ich gesehen hatten. Dort habe ich in dem Häuschen für die Aufseher das Dienstbuch gefunden. In der Woche von Amelies Tod hat jemand die Schichten gefälscht und den Ranger erst nachträglich eingetragen. Ich hab die Seite rausgerissen. Da kam der Ranger um die Ecke und ich bin zum toten Fluss gerannt.«

»Zum toten Fluss«, flüsterte Franziska.

»Und da hüpfte ein Mann am Ufer herum. Ganz merkwürdig. Er war klein und hatte einen dunklen Umhang an.«

»Vielleicht ein Anglercape?«, wollte Michael wissen.

Dankbar lächelte ihn Sabrina an. »Ja, das kann sein. Wenn das Berti war, dann hat er auf jeden Fall auch nach seinem Verschwinden noch gelebt. Man müsste herausfinden, wo er untergekrochen ist, wer ihm dabei geholfen hat.«

Franziska nahm einen Schluck Glühwein. »Sehr richtig. Man. Aber nicht du. Erzähl weiter. Was ist am Samstag passiert, als ich noch dachte, mit Rouladennadeln rechnen zu können?«

Es war schon ein Uhr morgens. Ihre Mutter sah müde aus. Sabrina hätte viel dafür gegeben, wenn dieser bittere Zug um ihren Mund einfach nur Erschöpfung und nicht diese tiefe, stille Enttäuschung gewesen wäre. Egal, welche Folgen ihr Geständnis haben würde, in diesem Moment ging es nur noch um die Wahrheit. Sabrina nahm sich vor, nichts mehr zu verschweigen.

»Beate hat die Désirée gesehen. Fast ein halbes Jahr später ist sie wieder aufgetaucht.«

»Wer ist das?«, fragte Franziska.

Auch Lukas sah verblüfft hoch und runzelte die Stirn. »Das ist doch das Schiff von diesem Rumtreiber?«

Etwas in Sabrina weigerte sich, Lukas' Verachtung zu teilen. Auch wenn Kilian irgendetwas mit all den Rätseln zu tun hatte, so gab es keinen Grund, ihn ständig zum Hauptverdächtigen zu machen. Selbst wenn alles, aber auch alles gegen ihn sprach.

»Désirée«, wiederholte Michael. »Klingt ja eigentlich ganz hübsch.«

Sabrina merkte, wie geschickt der Psychologe immer wieder die Spannungen im Raum durch kleine Bemerkungen erträglicher machte. Vielleicht hätte ich doch mal mit ihm reden sollen, dachte sie. In diesem Moment sah Michael sie an und nickte ihr aufmunternd zu.

»Dieses Schiff ist also nach Amelies Tod verschwunden«, sagte er. »Und deine Freundin Beate hat es dann wiedergesehen?«

»Am Freitag nach der Schule. Wir haben uns gestritten deshalb. Am Samstag wollte ich einfach nachschauen, ob es da war oder nicht.«

Lukas drehte den Kopf weg. Sabrina spürte, dass er verletzt war, aber sie hatte keine Ahnung, warum.

Franziska setzte ihren Becher so heftig ab, dass etwas Glühwein über den Rand schwappte. »Aber weshalb denn, um Gotteswillen?«

»Ich wollte wissen, ob er Amelies Mörder ist.«

Lukas sprang auf. Sein Stuhl kippte um. Er lief ein paar Schritte auf und ab, fuhr sich mit beiden Händen durch die Haare und hob ihn dann wieder auf.

Franziska schüttelte den Kopf. »Du bist ja wahnsinnig, so etwas zu tun. Was, wenn er dich auch noch … Hast du denn keinen Moment daran gedacht, dass dieser Mann gefährlich sein könnte?« Sie war ganz blass geworden.

Lukas stöhnte auf. »Ich verstehe dich nicht. Wirklich. Da kommt ein Killer zurück und du hast nichts Besseres zu tun als sofort allein auf die Werth zu rennen?«

»Beate kam doch noch mit.« Es klang sehr kleinlaut und die ganze Wahrheit war es auch nicht. Aber im Großen und Ganzen entsprach es den Tatsachen. Sabrina hätte nie geglaubt, dass ihr Ausflug so ein Entsetzen auslösen würde.

Der Einzige, der die Ruhe selbst blieb, war Michael. »Und, war er da?«, fragte er.

Sabrina nickte. Plötzlich waren alle still. Es dauerte einen Moment, bis sie begriff, worauf sie warteten.

»Ja, und ich habe mit ihm gesprochen. Er hat …« Sie brach ab. Er hat ein Albtraum-Zimmer auf seinem Schiff, wollte sie sagen. Ein absolutes Horror-Kabinett. Doch das hätte alles noch schlimmer gemacht. »Er hat gesagt, dass Amelie da war, aber sie wäre wieder gegangen.«

»Und das glaubst du ihm?« Lukas sah richtig wütend aus. »Dieser Typ ist gefährlich! Der hätte alles mit euch machen können!«

»Hat er aber nicht«, antwortete Sabrina ruhig. »Er war stinksauer, dass wir bei ihm eingebrochen sind. Aber er hat uns nichts getan.«

Franziska trank den Rest ihres Glühweins in einem Zug aus. »Wo ist er jetzt?«

»Weg.«

Lukas griff zu seinem Handy. »Ich rufe die Polizei an. Die sollen sich den toten Fluss mal genauer ansehen. Vielleicht finden sie diesen Irren jetzt endlich. Weit kann er ja noch nicht sein.«

»In zwei Tagen?«, gab Michael zu bedenken. »Da kann er schon in Rotterdam sein.«

»Egal.«

Lukas stand auf und verließ die Küche. Sabrina hörte seine Stimme im Flur. Sie konnte nicht verstehen, was er sagte, denn Franziska hatte wohl beschlossen, ihre Autorität aus der Schublade zu holen und dem ganzen Spuk um Sabrina, Kilian, Berti und wer sonst noch alles in diese Sache verwickelt war, ein Ende zu setzen.

»Das hört auf. Sofort. Du gehst da nicht mehr hin. Und damit du dir das merkst, hast du die Winterferien über Hausarrest.«

»Ich bin sechzehn!«

»Dann benimm dich nicht, als wärst du sechs! Ich kann nicht fassen, was du hinter meinem Rücken getan hast! Und das Schlimmste ist: Du hast mich angelogen. Wie soll ich dir jemals wieder vertrauen können?«

»Langsam, langsam, Franziska.«

Aber Michael Gerber hatte auch schlechte Karten. Wenn ihre Mutter sauer war, dann gründlich. »Dieser Schiffer ist vielleicht ein Mörder. Ist dir das eigentlich klar?«

»Nein.« Sabrina stand auf und umrundete den Tisch. Am liebsten hätte sie vor Wut noch gegen die Tür getreten. »Während Beate und ich bei ihm waren, hat er jedenfalls niemanden umgebracht!«

»Du gehst nicht mehr dahin.«

»Natürlich nicht.« Sabrina stand schon in der Tür. »Er kommt ja nie mehr wieder.«

Die Feiertage über blieb Sabrina meistens in ihrem Zimmer. Nur zu den Mahlzeiten ließ sie sich kurz blicken. Sie sagte nicht viel und ließ eher ihr Schweigen sprechen. Am dritten Tag spürte sie, dass Franziska der Hausarrest schon Leid tat. Aber sie ignorierte die kleinen Annäherungen ihrer Mutter geflissentlich. Als die Zeitungen wieder erschienen, verschlang Sabrina alles, was über den rätselhaften Tod von Berti Wennigstedt berichtet wurde.

Berti war Opfer eines rätselhaften Unfalls geworden. Wer und was ihn an den Alten Krahnen getrieben hatte – keiner wusste es. Wo er gesteckt hatte, dass es eine Vermisstenanzeige gegeben hatte, das wurde mit keinem Wort erwähnt. Die Polizei tappte im Dunkeln. Parallelen zu Amelies Tod wurden nicht gezogen. Ihr Portemonnaie wurde nirgendwo erwähnt. Als der Dr. Dr. sich meldete und ihnen die gute Nachricht mitteilte, dass jeder Verdacht gegen Sabrina ausgeräumt war, schien sich die düstere Stimmung wenigstens etwas zu lösen.

Da Franziska Besuch genehmigte, kam zwei Tage vor Silvester Beate vorbei. Sie hatte ebenfalls alle Zeitungen dabei und ließ sich Sabrinas Vernehmung bis ins Detail schildern.

»Das raff ich nicht«, sagte sie und deutete auf die Schlagzeile im Andernacher Tageblatt. *Rätselhafter Tod am Alten Krahnen.* »Wie du auch immer in so was reinrutschst. Ich muss Opa mal fragen. Vielleicht hatte er am Wochenende eine Führung und es ist ihm was aufgefallen.«

»Ich glaube nicht so richtig an einen Unfall. Berti stromerte immer wieder auf der Werth herum. Er kannte jeden Quadratmeter Ufer zwischen Hafen und Geysir. Vielleicht hat er damals was gesehen, als das mit Amelie passiert ist? Und wollte den Mörder erpressen? Zwischendurch findet er mein Portemonnaie und …«

Sie brach ab. Nichts fügte sich. Kein Wunder, dass Frau Fassbinder so gereizt gewesen war.

Beate setzte sich auf ihr Bett und kreuzte die Beine.

»Könnte sein. Das wäre dann Version eins. Version zwei ist: Bertis Mörder hat es gefunden und absichtlich in die Jacke seines Opfers gesteckt. Niemand wird im Ernst annehmen, dass du nach Andernach stiefelst, um Berti Wennigstedt umzulegen.«

»Es ist eine Nachricht«, flüsterte Sabrina. In diesem Moment war ihr der Gedanke gekommen, und er war nicht sehr angenehm.

Beate riss die Augen auf. »Ja natürlich. Wie konnten wir nur so doof sein? Es ist eine klare, deutliche Message an deine Adresse. Schau mal, was ich alles kann. Ich mach dir die Hölle heiß, ich bring dich in Teufels Küche. Ich dreh dich durch den Fleischwolf, wenn's sein muss. Sie ist klar und eindeutig: Halt dich da raus. Sonst geht es dir wie Berti.«

Sabrina schluckte. Vor ein paar Tagen war das alles noch ein Abenteuer gewesen. Natürlich deshalb, weil Kilian darin eine Rolle gespielt hatte. Die Sorge ihrer Mutter hatte sie leichtfertig mit einer Handbewegung vom Tisch gewischt und war sogar ziemlich sauer gewesen, für ihre Alleingänge mit Hausarrest bestraft zu werden. Ein *Halt dich da raus* von einem Mörder klang schon etwas anders.

Beate nahm sich einen Dominostein von der Schale neben Sabrinas Bett und stopfte ihn sich in den Mund.

»Der Hafen«, nuschelte sie. »Vielleicht sollte man da noch mal ansetzen. Wer hat Berti versteckt? Und vor wem oder was hatte er Angst?«

»Ich weiß nicht.« Sabrina betrachtete nachdenklich, wie unbekümmert Beate sich über den Rest der Süßigkeiten hermachte. »Halt dich da raus. Das klingt ziemlich ernst.«

»Für mich wäre das eher eine Aufforderung, weiterzumachen – aber deutlich mehr aufzupassen. Du bist jemandem ganz schön auf die Füße getreten. Ich wüsste gerne, wem.«

»Denkst du, ich nicht? Aber was hat das alles gebracht? Nichts. Ich bin keinen Schritt weitergekommen. Im Gegenteil: Das alles hat mir auch noch eine Runde Hausarrest eingebracht. Ich dachte, so was hätte ich hinter mir.«

»So was hab ich nie gehabt.« Beate pulte einen Schokoweihnachtsmann aus seiner Stanniolverpackung. »Und ich wäre sogar froh darüber gewesen. Hausarrest ist der Beweis, dass jemand Notiz davon nimmt, was du eigentlich machst. Wenn es danach geht, was jemand verdient, dürfte ich gar nicht mehr vor die Tür.«

»Dann kann ich dir gerne ein bisschen von meinen erzieherischen Maßnahmen abgeben. Geteiltes Leid soll halbes Leid sein.«

»Schönen Dank. Lieber nicht. Ich hab nämlich noch was vor. Was machst du Silvester?«

»Was wohl. Bleigießen und *Dinner for one* gucken. Meine Mutter ist in Koblenz, bei ihrem neuen Lover.« Und würde wahrscheinlich vorher Haus und Hof verrammeln und die Schlüssel in den Dorfbrunnen werfen. »Und du?«

»Keine Ahnung«, sagte Beate. »Mich lädt keiner ein. Deshalb habe ich mir überlegt –«

»Sabrina? Kommst du mal runter? Besuch für dich.«

Beate sprang auf. »Ich wollte sowieso gerade gehen. Krieg ich die Marzipankartoffeln?«

Gemeinsam gingen sie die Treppe hinunter. Unten stand Lukas, das Gesicht von der Kälte gerötet und sichtlich überrascht, hinter Sabrina eine zweite Gestalt auftauchen zu sehen.

Beate grinste. »Ah! Der Retter in der Not. Weißt du, dass Sabrina dich immer so nennt?«

Sabrina wurde knallrot. Nie hatte sie Lukas so genannt. Dem schien das Kompliment aber nichts auszumachen, im Gegenteil.

»Halb so wild. Bis jetzt konnte ich sie ja immer noch überall raushauen.«

»Jaja.« Beate zog sich ihren Wintermantel an. »Sie ist schon ein Wildfang, unser scheues kleines Reh.«

Den ironischen Unterton konnten nur Eingeweihte wahrnehmen. Lukas jedenfalls nickte zustimmend und half Beate, die sich heillos in den Ärmeln verheddert hatte.

»Aber ein Glück, dass du immer zur Stelle bist, wenn es ernst wird.«

Hinter Lukas' Rücken warf Sabrina ihrer Freundin einen fragenden Blick zu. Ihr war nicht klar, ob Beate sich über ihn lustig machte oder ob das einfach nur ihre Art war, mit Männern umzugehen. Wenn ja, dürfte sie es beim anderen Geschlecht wohl noch nicht sehr weit gebracht haben. Sie wandte sich an Lukas. »Willst du nicht reinkommen?«

»Nein, keine Zeit. Ich bin nur kurz vorbeigekommen, um dich was zu fragen. Oder besser gesagt deine Mutter. Wo steckt sie denn?«

»In der Küche.«

Lukas nickte den beiden zu und ging.

Sabrina wandte sich an Beate. »Was sind das denn für Andeutungen?«, zischte sie.

Beate legte sich gerade den Schal um den Hals. »Ach, ich finde ihn sehr sehr nett. Aber auch ein bisschen … naja.«

»Was soll das denn heißen?«

»Hast du dir noch nie Gedanken darüber gemacht, dass immer –«

Sabrina sollte nicht erfahren, was Beate gemeint hatte, denn Lukas kam schon wieder zurück. »Alles gebongt!« Er grinste. »Silvester ist gerettet.«

»Ach ja?«

Sabrina hatte keine Ahnung, was er damit meinte.

»Ich komme zu dir, falls du nichts dagegen hast. Ich bringe ein paar DVDs mit und wir machen es uns so richtig gemütlich.«

Sabrina wusste nicht, was sie sagen sollte. Es sich mit Lukas richtig gemütlich machen, konnte viel heißen. Vielleicht hatte er sogar vor, dort weiterzumachen, wo sie vor Weihnachten aufgehört hatten. Ihr wäre lieber gewesen, ihre Mutter würde die Grenzen des Hausarrests nicht ganz nach Belieben ziehen. Lukas hatte sie wohl eben ohne Probleme um den Finger gewickelt.

»Cool«, sagte Beate. »Hört sich gut an. Ich stifte das Buffet. Wie ist Salinger? Liefert der auch ins Haus?«

Erwartungsvoll schaute sie von einem zum anderen. Lukas runzelte die Stirn. Beate passte sichtlich nicht in sein Silvester-Konzept.

»Null Ahnung«, antwortete Sabrina. Sie lächelte ihrer Freundin dankbar zu. Mit keinem Wort hatte sie erwähnt, dass ihr die Geschichte mit Lukas zu schnell ging. Beate musste es geahnt haben, anders konnte sie sich dieses Angebot nicht erklären.

»Dann teste ich ihn mal auf dem Nachhauseweg. Für die Ferien habe ich eine *Wildcard.*« Sie zwinkerte Lukas zu, der immer noch damit zu tun hatte, dass ihm gerade jemand klassisch in die Parade gefahren war. »Das heißt, ich kann essen, wo ich will. Hat jemand Lust mitzukommen? Ach so, geht ja nicht. Du musst ja noch deine Reststrafe absitzen. Ganz zu Recht übrigens.« Sie hob mahnend den Zeigefinger, brach dann aber in Lachen aus. »Also dann – ich freue mich!«

»Ich mich auch!«, rief Sabrina.

Lukas schwieg. Er wartete, bis Beate gegangen war.

»Das meint sie doch nicht ernst, oder?«

Sabrina grinste. »O doch. Sie meint alles ernst, was sie sagt.«

»Du willst wirklich mit dieser Verrückten Silvester feiern?«

»Sie ist meine Freundin. Wir haben das eben gerade abgemacht.«

»Okay, von mir aus. Dann muss ich mir aber mit den Filmen was anderes überlegen. Ich hatte da an was Romantisches gedacht für uns beide.«

Er nahm sie in die Arme und wollte sie küssen, doch Sabrina schielte zur Küchentür und flüsterte: »Nicht, meine Mutter.«

Seufzend ließ er sie los. »Ist irgendwas?«

»Was soll denn sein?«

»Du bist so komisch, seit du am Fluss warst. Ich dachte, mit uns beiden wäre alles klar. Dass du und ich ... Dass aus uns was werden könnte. Ich verstehe ja, dass es eine schwierige Situation ist. Vielleicht hast du auch ein schlechtes Gewissen wegen Amelie, aber das Leben muss doch weitergehen.«

Endlich einmal tauchte Franziska genau im richtigen Moment auf. Aus der Küche drang der Geruch von frisch gebackenem Hefeteig, geschmolzenem Käse und Salami.

»Es gibt Pizza!«, verkündete sie fröhlich. »Willst du zum Essen bleiben, Lukas?«

»Nein. Danke.«

Er war sauer. Mindestens genauso gekränkt wie neulich nachts, als sie von ihren Ausflügen an die Werth erzählt hatte. Er machte sich Gedanken um sie, passte auf sie auf, und sie konnte sich einfach nicht entscheiden. Natürlich war das für jemanden wie Lukas Kreutzfelder schwer zu akzeptieren.

Um es nicht noch komplizierter zu machen, lächelte Sabrina ihn an. »Aber wir würden uns sehr freuen. Bleib doch noch.«

Der ärgerliche Ausdruck in seinem Gesicht verschwand. Er schaute auf seine Armbanduhr. »Sehr nett, wirklich. Aber ich muss jetzt los. Wir sehen uns Silvester. Ich such dann mal ein paar nette Komödien raus.«

Mit einem bemühten Lächeln verabschiedete er sich. Wenigstens blieb Franziskas gute Laune. Sie war so vergnügt, dass Sabrina fast um eine Amnestie gebeten hätte.

Sie wollte gerade den Mund aufmachen, da kam ihre Mutter ihr zuvor. »Also wenn du Silvester gerne ausgehen möchtest, ich habe nichts dagegen.« Sie biss in ein Stück Pizza und bekleckerte sich natürlich prompt mit Tomatensoße.

»Zu spät. Ich mache es mir hier gemütlich.«

»Mit Lukas.« Ihre Mutter lächelte.

»Und Beate.«

»Ah ja.« Franziska zupfte eine Serviette aus dem Ständer und versuchte zu retten, was zu retten war. Aber viel konnte sie auf dem weißen Sweatshirt nicht ausrichten. »Beate war auch mit auf der Werth. Was sagen denn ihre Eltern dazu?«

Sabrina glaubte nicht, dass irgendjemand im Hause Gramann wusste, was Beate den ganzen Tag über so trieb. »Das sieht man da nicht so eng.«

»Du denkst, ich bin eine Glucke?«

Sabrina schüttelte den Kopf. »Nein. Aber ich denke, dass ich kein kleines Kind mehr bin.«

»Natürlich nicht. Deshalb ist dein Hausarrest mit sofortiger Wirkung aufgehoben. Ich will nur nicht, dass du dich in Gefahr begibst. Versprich mir, nie wieder an den *toten Fluss* zu gehen.«

»Versprochen«, sagte Sabrina.

Kilian war weg. Es gab keinen Grund, da jemals wieder aufzutauchen. Sie würde nie wieder einen Fuß auf die Werth setzen, weil sie sonst bis an ihr Lebensende daran denken müsste, wie Kilian sie geküsst hatte. Und dass er nicht sie, sondern eine andere damit gemeint hatte.

Sabrina schob das Stück Pizza, das sie in der Hand hatte, wieder auf ihren Teller. Der Appetit war ihr vergangen.

# SECHSUNDZWANZIG

Es blieb bitterkalt. Jedes Mal, wenn man vor die Tür wollte, musste man sich ausstaffieren wie zu einer Nordpol-Expedition. Franziska traf es besonders hart. Michael hatte Karten für eine Silvestergala auf einem Rheinschiff besorgt. Der Dresscode war eindeutig Abendkleid. Mit einem besorgten Blick auf das immer tiefer fallende Thermometer entschloss sie sich, das Abendkleid samt Schuhen in eine Tasche zu packen und lieber im Skianzug die Reise anzutreten. Umziehen konnte sie sich hoffentlich an Bord, aber wie die Frisur bis dahin zu retten war, bereitete ihr einiges Kopfzerbrechen.

Sabrina beobachtete die Vorbereitungen mit Humor. Sie hatte sich in ihre bequemsten Klamotten geworfen und betont, für eine DVD-Party wäre das genau das Richtige. Als Michael wenig später klingelte und über eine halbe Stunde gemeinsam mit ihr auf den Auftritt der Diva im Wohnzimmer wartete, war es schon kurz vor sieben.

»Na endlich!«

Franziska kam aus dem Bad. Sie sah umwerfend aus. So kannte Sabrina ihre Mutter gar nicht. Sie hatte sich für einen schlichten Nackenknoten entschieden und endlich einmal Make-up aufgelegt.

»Wow!«, entfuhr es Sabrina.

Auch Michael war hingerissen. Als Franziska noch einmal ins Schlafzimmer ging, um sich doch noch für eine andere Abendtasche zu entscheiden, zog er Sabrina kurz zur Seite. »Sag mal, wäre das schlimm, wenn wir erst morgen wiederkämen?«

Sabrina hob die Augenbrauen. »Das wird mit Hausarrest nicht unter zwei Wochen bestraft.«

»Komm, ich hab dir beigestanden. Aber gegen den Sturkopf deiner Mutter kommt keiner an.«

»Wem sagst du das.« Sie legte den Kopf zur Seite und tat so, als ob sie intensiv nachdenken würde. »Ist okay. Ihr seid erwachsen.«

»Wirklich?«

»Wirklich.«

Michael war nett. Seit es ihn gab, war Franziska anders. Sie kümmerte sich endlich mal wieder um sich selbst und das tat ihr sichtlich gut.

Michael schien sich aufrichtig über Sabrinas Reaktion zu freuen. »Und du machst es dir heute Abend gemütlich. Ich finde das sehr großzügig von euch, dass ihr Beate mit eingeladen habt.«

Wer hier wen eingeladen hatte, wollte Sabrina nicht unbedingt breittreten. Genau in diesem Moment klingelte es. Sie entschuldigte sich und ging zur Tür. Auf der Straße stand ein Lieferwagen, und Salinger persönlich kam, auf jeder Hand eine gewaltige Platte balancierend, gerade durch die Einfahrt.

»Lieferung!«, trompetete er. »Es kommt noch was nach! Ich stelle das einfach mal in der Küche ab.«

Mit offenem Mund ließ Sabrina ihn vorbei. Fassungslos beobachtete sie, wie Salinger dreimal zu seinem Wagen ging und jedes Mal schwer beladen zurückkam.

Mittlerweile hatte auch Franziska ihre Abendausstattung vervollständigt. Sie stand in der Küche und beobachtete mit gerunzelter Stirn die Bescherung. »Was ist das?«

Vier silberne Platten, belegt mit Lachs, Schinken, Salaten, Roastbeef, Schweinebraten, Würstchen, Gemüse und anderen Köstlichkeiten. Gerade ächzte Salinger mit einem gewaltigen Brotkorb herein, dazu brachte er ein Fass Butter und eine weitere Aufschnittplatte.

»Na, das wird ja eine Party heute!«

»Sabrina?« Franziskas Stimme klang schon wieder beängstigend schrill. »Was hat das zu bedeuteten?«

»Ich vermute, das ist Beates Beitrag zu unserem kleinen Fest.«

»Ihr seid doch nur drei. Oder habe ich da was falsch verstanden?«

»Nein. Absolut richtig.«

Salinger verabschiedete sich. Er hatte gar nicht richtig zugehört, denn an diesem Abend ging es auch in seinem Wirtshaus hoch her. Michael kam dazu und staunte nicht schlecht. Er wollte gerade eine Weintraube stehlen, als Franziska seine Hand wegzog.

»Das geht wieder zurück. Das muss ein Irrtum sein. Dieses Mädchen kann doch nicht einfach für zwanzig Leute ein kaltes Buffet bestellen!«

»Oh, doch.«

Alle fuhren herum.

Dieses Mädchen kam herein und strahlte sie an. »Die Tür war offen. Das sieht ja gut aus! Ich habe ihm gesagt, er soll mal zeigen, was er kann.«

»Beate!« Franziska lächelte hilflos. »Das ist ja lieb gemeint, aber wer soll das denn essen? – Und bezahlen?«, setzte sie, noch hilfloser, hinzu.

»Kein Problem. Die Rechnung geht an mich. Ich denke, wir werden satt heute Abend, und den Rest kann man einfrieren. Ist Lukas schon da?«

»Nein«, antwortete Sabrina. Und zu Franziska gewandt, sagte sie: »Mach dir keine Sorgen. So ist sie eben.«

»Ja, so bin ich.« Beate sah sehr zufrieden aus.

Doch Franziska ließ nicht locker. »Das ist sicher nett gemeint. Aber du bist nicht geschäftsfähig. Das können wir nicht annehmen. Und ich weiß auch nicht, was deine Eltern dazu sagen werden.«

»Och, sie haben mir viele Grüße an Sie aufgetragen und sich sehr gefreut, dass ich Silvester nicht alleine zu Hause rumsitze. Wir schaffen das schon. Ich habe jedenfalls einen Riesen-Hunger.«

»Sie ist so«, sagte Sabrina. »Ich erkläre dir das später.«

Michael sah auf die Uhr. »Wir sollten uns jetzt langsam auf den Weg machen. Ich weiß nicht, in welchem Zustand die Straßen heute Abend sind.«

Restlos überzeugt war Franziska nicht. Aber sie sah ein, dass der Zeitpunkt für weitere Diskussionen nicht sehr günstig gewählt war.

Als die beiden gegangen waren, schälte sich Beate aus ihrer Winterjacke und ließ sich auf einen Küchenstuhl fallen. »Salinger macht auch das Catering für die Party bei uns zu Hause. Das hier ist quasi mein Doggy-Bag.«

»Ihr feiert bei euch?«

»Hundertzwanzig Gäste. Bürgermeister, Stadtrat, dazu das halbe Landgericht, alte Kollegen von meinem Großvater.«

»Aber … Warum hast du denn nichts gesagt? Musst du heute Abend nicht da sein?«

»Warum sollte ich? Ist doch langweilig, wo es so viele andere tolle Partys gibt. Vielleicht gehen wir ja nachher noch zu einer. Wann wollte Lukas denn kommen?«

»Um acht.« Sabrina betrachtete die Bescherung. »Was denn für andere Partys?«

»Im Hafen zum Beispiel.« Beate nahm sich ein Würstchen. »Nichts Offizielles, nur für Freunde und Mitarbeiter. Und die Ehemaligen. Ich fang schon mal an.« Sie biss ein Stück ab und kaute genüsslich. Dabei beobachtete sie Sabrina, um zu sehen, wie ihre Worte auf sie wirken würden.

»Ich darf nicht. Ich habe versprochen, nicht mehr herumzuschnüffeln.«

»Hat irgendjemand dieses böse Wort erwähnt? Es ist Silvester. Und die Party am Hafen ist die angesagteste von allen.«

»Wir sind doch gar nicht eingeladen.«

»Das bin ich nie. Aber ich komme trotzdem überall rein.«

Sabrina schüttelte den Kopf. »Das geht nicht. Lukas würde mich umbringen.«

Beate schwieg. Es war, als ob die Worte unsichtbar über ihren Köpfen schwebten.

Bevor die Stille unangenehm werden konnte, holte Sabrina tief Luft. »Ich meine, er hätte da bestimmt was dagegen.«

»Natürlich. Und du tust, was Lukas dir sagt.«

»Nein!«, brauste Sabrina auf. »Aber er hat in diesem Fall einfach recht.«

»Okay.« Beate stand auf. »Wo ist der Fernseher? Ich dachte, hier gibt's eine Party?«

Lukas kam pünktlich um acht. Er hatte zwei Filme aus der Videothek dabei, eine Liebesromanze und eine Vampir-Romanze, und der Abend verging wie im Flug. Dennoch hing eine Menge Unausgesprochenes im Raum. Sabrina spürte, dass Lukas etwas von ihr erwartete, und Beate hatte schon viel mehr von ihrer Unsicherheit mitbekommen, als ihr lieb war.

Es war kurz vor elf, und Sabrina brachte gerade die Silbertabletts in die Küche, als es klingelte. Mit einem unguten Gefühl ging sie zur Tür. Das letzte Mal um diese Uhrzeit hatte sie Frau Fassbinder überrascht. Später Besuch ohne Voranmeldung war nie gut. Nicht so richtig, jedenfalls, dachte sie, als sie öffnete und in das Gesicht von Kreutzfelder senior starrte.

»Hallo, kleine Sonne!«

Seine Wangen waren gerötet, doch der verräterische Glanz in seinen Augen ließ darauf schließen, dass das nicht nur von der Kälte kam.

»Ich hab von meinem Sohn gehört, dass hier die große Party läuft. Und da wollte ich doch mit Franziska gleich mal anstoßen! Wo isse denn?«

Ohne eine Antwort abzuwarten, stolperte er an Sabrina vorbei ins Haus. Da es zu kalt war, um die Tür sperrangelweit aufstehen zu lassen, machte Sabrina sie zähneknirschend zu und folgte dem ungebetenen Gast. Der blieb im Wohnzimmer stehen und schaute sich überrascht um.

»Is aber überschaubar.«

Lukas stand auf. Die Bestürzung in seinem Gesicht war absolut echt. »Was machst du denn hier?«

»Ich wollte zu Franziska. Unseren Deal feiern. – Franziska?«

»Sie ist nicht da. Wollen Sie vielleicht einen Kaffee?«

Betrübt sichtete Kreutzfelder senior die Wasser- und Limonadeflaschen. Sogar das Bier war alkoholfrei. »Also für'n Winzerhaus is' das aber 'ne traurige Veranstaltung.«

»Erst seit Sie da sind.« Sabrinas Stimme klang eisig. Es tat ihr unendlich leid für Lukas, der doch sonst so stolz auf seinen Vater war.

Beate blieb auf dem Sofa sitzen. Das war ein Auftritt nach ihrem Geschmack. Sie deutete auf die letzte Aufschnittplatte. »Wir hätten noch ein paar Häppchen, wenn Sie mögen. Setzen Sie sich doch!«

Sabrina warf ihr einen bösen Blick zu.

Der Winzer zuckte unschlüssig mit den Schultern. Offenbar ging ihm gerade auf, dass er auf der falschen Veranstaltung gelandet war. »Och nö. Ich will nicht stören. Ich mach mich mal weiter.«

»Du bist hoffentlich mit dem Taxi hier?«

Der Vater musterte seinen Sohn, als hätte der ihm gerade lebenslang Traubensaft verordnet. »Im Gegensatz zu dir vertrag ich was. Meine Damen?« Er machte einen formvollendeten Diener und schwankte hinaus.

Lukas folgte ihm. »Tut mir leid. Aber ich kann ihn so nicht mehr ans Steuer lassen.«

Beate sprang auf. »Das ist unsere Chance!«, flüsterte sie Sabrina zu. »Wir fahren mit. Und dann ab zum Hafen. Los! Zieh dir was an!«

Sabrina überlegte. Mit Lukas zusammen war das etwas ganz anderes. Niemand konnte ihr unterstellen, mit einem Kreutzfelder an der Seite etwas Unrechtes zu tun. Mit etwas Glück und einem Taxi wäre sie in zwei Stunden wieder zu Hause – für Silvester ein geradezu phänomenal braves Ausgehverhalten.

»Ich zieh mir was an.«

Lukas war hocherfreut, als er hörte, dass sie ihn jetzt keinesfalls alleine lassen wollten. Er verfrachtete seinen Vater auf den Beifahrersitz und gemeinsam machten sie sich auf den Weg. Kreutzfelder senior genehmigte sich zur Erleichterung aller ein Nickerchen, Lukas schaltete das Autoradio ein.

Als sie in Neuwied die Rheinbrücke überquert hatten und das Gewerbegebiet von Andernach in Sicht kam, stupste Beate Sabrina an. »Wollen wir nicht hier schon aussteigen?«

»Gute Idee.«

Sabrina tippte Lukas auf die Schulter. »Du kannst uns da vorne an der Ecke rauslassen. Beate und ich gehen noch auf die Hafenparty.«

Lukas setzte den Blinker und fuhr rechts an den Straßenrand.

Als er an die Bordsteinkante kam, wachte sein Vater auf. »Sind wir schon da?« Verwirrt sah er sich um.

»Nein. Ich muss nur kurz etwas besprechen. – Wohin wollt ihr?«

Beate schickte einen ungeduldigen Blick Richtung Himmel, den Lukas nicht sehen konnte, weil sie direkt hinter ihm saß.

»Auf die Hafenparty«, antwortete Sabrina geduldig.

»Klingt gut!«, trompetete Kreutzfelder senior.

Sabrina tastete nach dem Türgriff. Ein Klick, und alle Schlösser waren verriegelt.

»He, was soll das?«

»Ich habe die Verantwortung für dich. Ich kann dich nicht einfach mitten in der Nacht deinem Schicksal überlassen.«

Eine lachende Clique überquerte gerade die Straße. Weiter hinten war das Hafenbüro hell erleuchtet. Sabrinas Schicksal würde sich hier weitaus amüsanter gestalten als mit Lukas im Auto.

»Meine Mutter hat den Hausarrest aufgehoben. Und die Hafenparty ist doch nicht Sodom und Gomorrha!«

»Nicht Sodom und Gomorrha«, wiederholte Kreutzfelder senior, der ebenfalls versuchte, die Beifahrertür zu öffnen. »Ich komme mit!«

Beate und Sabrina wechselten einen halb belustigten, halb verzweifelten Blick.

»Nein«, widersprach Lukas seinem Vater. »Wir gehen da nicht hin. Ich bringe dich jetzt nach Hause. Du hast wirklich genug.«

»Nix da! Seit wann entscheidet der Sohn, was der Vater macht? Wenn schon nicht mit Franziska, dann mit Sabrina. Wir wollen doch feiern mit dem Mädchen, oder? Auf den Rosenberg!«

Lukas startete den Motor, doch sein Vater hatte endlich den Schalter für die Zentralverriegelung gefunden. Die Türknöpfe sprangen hoch. Er löste seinen Gurt und öffnete das Handschuhfach. Triumphierend hielt er eine Pistole in der Hand. »Ein bisschen was zum Ballern!«

Sabrina packte Beate am Arm. Beide sahen entsetzt, wie Kreutzfelder auf den Rückspiegel zielte. »Was machen Sie denn da?«

»Is' doch nur Schreckschuss. Mein Sohn hat was gegen scharfe Waffen.« Mit einem blöden Grinsen fuchtelte er weiter herum.

Lukas griff zu, schnappte das Ding und warf es zurück ins Handschuhfach. »Aus gutem Grund. Nach Hause, Vater!«

»Nach Hause!«, grölte Kreutzfelder. »Nach Hause gehen wir nicht ...«

Gelenkiger, als Sabrina es ihm je zugetraut hätte, sprang Kreutzfelder auf die Straße. Dann öffnete er Sabrinas Tür und half ihr galant auf die Straße. Beate rutschte über die Rückbank und kletterte ebenfalls hinaus. Sie waren immer noch sprachlos über das, was ihnen Kreutzfelder gerade geboten hatte.

»Dann wartet wenigstens, bis ich geparkt habe!«, rief Lukas.

Aber sein Vater achtete nicht auf ihn. Gegenseitige Rücksichtnahme schien kein Kreutzfelder'scher Charakterzug zu sein. Er wollte sich bei Beate und Sabrina unterhaken, doch sie waren schneller und erreichten vor ihm das weit geöffnete Hafentor, an dem einige bunte Luftballons sacht in der eisigen Nachtluft schaukelten.

Gelächter und Musik kam ihnen entgegen. Überall waren Ölfässer mit brennenden Holzscheiten aufgestellt, die den Weg wiesen. Offiziell durfte es diese Party gar nicht geben. Sie war vor ein paar Jahren einfach so entstanden. Ein paar junge Hafenarbeiter hatten gefragt, ob sie in einem leeren Container feiern dürften. Daraus hatte sich durch Mund-zu-Mund-Propaganda die geheimste, aber auch beliebteste Party Andernachs entwickelt. Als Sabrina sah, dass wohl über hundert Leute gekommen waren, fragte sie sich, wie lange das noch gut gehen würde.

»Parole?«

Ein schlaksiger Junge saß auf einem Barhocker neben einem Ölfass und sah die drei neuen Gäste durchdringend an.

»Ich-will-nie-wieder-im-Supermarkt-Zigaretten-klauen«, antwortete Beate.

Der Junge riss die Augen auf, aber Beate sah ihn nur vielsagend an.

»Okay.« Er nickte.

Keine fünf Meter weiter flüsterte sie Sabrina zu: »Richter-Stammtisch, jeden Monat einmal. Was denkst du, was man da so alles mitkriegt.«

Sie liefen auf das Hafengebäude zu. Die meisten Besucher standen zwar draußen, aber man hatte es geöffnet, um Zugang zu den Waschräumen zu haben und damit sich die Gäste ab und zu aufwärmen konnten. Unter der Eingangstreppe war die improvisierte Bar: Bier- und Weinkisten, Limonade, Wasser, Cola, jeder nahm sich, was er wollte, und legte das Geld in einen kleinen Kasten, der ab und zu von einem der Organisatoren geleert wurde. Sie waren schon fast an der Tür, als es hinter ihnen schepperte und klirrte. Kreutzfelder senior hatte auf der Suche nach Trinkbarem einen Kastenturm umgestoßen.

»Ist ja gut!«, rief er schwankend. »Ich zahl das ja!«

Er wedelte mit zwei Hundertern herum. Sabrina und Beate wechselten einen genervten Blick. Die Jungens an der Bar waren ziemlich sauer. Beate nahm das Geld, drückte es einem von ihnen in die Hand, und gemeinsam bugsierten sie Kreutzfelder aus dem Schussfeld. Der ließ alles mit sich machen, fing aber auf der Treppe an zu schwächeln.

Er setzte sich ächzend auf eine Stufe. Um ihn herum brandete das Gewimmel von heraus- und hereinströmenden Menschen. »Wo issen nu die Party? Geht ja zu wie auf dem Bahnhof!«

»Hier warten Sie jetzt auf Lukas«, bestimmte Beate. »Wenn er kommt, wir sind oben!«

Kreutzfelder senior nickte.

Während sie hinaufgingen, sah Sabrina sich noch einmal um. »Es wird ihm doch nichts passieren?«

»Sitzen wird er ja wohl noch können. Über kurz oder lang läuft Lukas ihm direkt in die Arme. Die Zeit müssen wir nutzen. Wir haben nur ein paar Minuten.«

Sie hatten das Hafenbüro erreicht. Noch verbreitete die glitzernde Weihnachtsdekoration anheimelnde Gemütlichkeit, auch wenn sie ihr Verfallsdatum langsam überschritten hatte. Auf dem Tresen, der die Besucher von den Arbeitsplätzen trennte, stand ein kleiner, geschmückter Tannenbaum. An den Wänden hingen alte Schwarz-Weiß-Fotografien aus längst vergangenen Tagen, als die Schleppkähne und Lastschiffe noch in Dreier- und Viererreihen fast bis zur Strommitte nebeneinandergelegen hatten. Steingut, Basalt, Lava, Bims – die große Zeit des Stromhafens war vorüber, als die Steinbrüche sich nicht mehr lohnten. Ein neues Hafenbecken mit einem modernen Containerterminal war entstanden, doch mit dem Betrieb im letzten Jahrhundert konnte es nicht konkurrieren.

Sabrina war ganz vertieft in die Bilder. Im Alten Krahnen, heute ein gepflegtes Baudenkmal, hatten Männer die Lasten von den Schiffen gehoben, indem sie wie Esel auf hölzernen Treträdern den Flaschenzug bewegten. Das war keine vier Generationen her. Eine mühselige Arbeit, genau wie im Hafen. Entladen und bunkern, war es besser, dass modernde Maschinen das heute taten? Mit Sicherheit. Aber was wurde aus den

Menschen, die auf einmal niemand mehr brauchte? Willy, Berti, Nobbi … Sie alle hatten keinen Job mehr gefunden. Nicht im Hafen, nicht woanders.

»Da!«

Beate wies mit dem Kopf auf einen älteren Herrn, der wie die Ruhe selbst an einem Schreibtisch vorm Fenster saß und eine Zeitung las. »Das ist der Hafendisponent. Komm!«

Ohne auf eine Antwort zu warten, zog sie sie mit sich.

»Guten Abend.«

Der Herr ließ langsam die Zeitung sinken und sah sie über den Rand seiner Lesebrille hin an.

»Toiletten hinten rechts. Und wehe, es sieht morgen früh anders aus als heute!«

Beate zog sich einen leeren Schreibtischstuhl heran und setzte sich.

»Eigentlich wollte ich was ganz anderes fragen.«

Sie warf Sabrina einen aufmunternden Blick zu. Die machte es ihr nach und setzte sich auf die andere Seite des Herrn.

Der fühlte sich jetzt doch etwas belagert und legte die Zeitung weg. »Was gibt's?«

»Wir suchen Kilian.«

Der Mann runzelte die Stirn. »Kenn ich nicht. Fragt Benno am Einlass.«

»Kilian ist nicht auf dieser Party.«

»Dann kann ich euch nicht helfen.«

Er wollte wieder die Zeitung aufnehmen, doch jetzt schaltete sich Sabrina ein. »Ich denke schon. Sein Schiff heißt Désirée. Früher hieß es mal Sehnsucht. Das war bis vor acht Jahren. Bis der Mord am toten Fluss geschah.«

»Ich kenne keinen Kilian.«

»Dann verschwindet die Sehnsucht. Und taucht eine Ewigkeit später wieder als Désirée auf. Noch ein Mord geschieht. Und sie versteckt sich irgendwo entlang des Rheins. Ohne Hilfe geht das nicht. Berti, Nobbi und Willy machen ja nicht mehr mit. Wer ist es heute?«

»Ich weiß nicht, wovon du redest.« Das nervöse Zucken

um seinen Mund verriet, dass Sabrinas Worte wohl doch etwas in ihm zum Klingen brachten.

Beate rollte mit ihrem Stuhl noch ein Stück näher an ihn heran. »Wer gibt denn die Tipps, wenn wieder mal einer an der Werth festmacht? Der Ranger?«

Sabrina hielt den Atem an. Aus dieser Sicht hatte sie das alles noch gar nicht betrachtet.

»Oder immer noch Berti, um sich was dazuzuverdienen? Aber stellen Sie sich mal vor: Berti ist auch tot.«

Der Disponent schnaubte. »Ja. Weil er mit seinem Döskopp nachts nicht wusste, wo er hintritt.«

»Das sagen Sie«, erwiderte Sabrina. »Ich glaube, dass es anders war.«

»Ganz ganz anders«, raunte Beate und stocherte dabei mit wissendem Gesichtsausdruck genauso im Nebel wie Sabrina. »Ich finde das ja cool. Schiffe verstecken. Klingt wie ein neues Gesellschaftsspiel.«

»Ihr seid ja völlig verrückt! Das geht doch gar nicht. Die Wasserschutzpolizei würde sofort dahinterkommen. Hier wird alles gemeldet.«

»Aber der Hafen ist doch so groß.« Sabrina erinnerte sich an die Fotos an der Wand. Vor allem an die neueren Datums, die den Hafen nach seinem Neubau aus der Vogelperspektive zeigten. »Da kann es doch mal passieren, dass ein kleiner Kahn nicht entdeckt wird.«

Der Mann drückte auf die Tastatur seines Computers. Sofort teilte sich der Bildschirm in mehrere Fenster. Jedes einzelne zeigte live via Webcam einen anderen Teil des Hafens. Die einzelnen Becken, das Containerterminal, die Kräne, die Schienen.

»Hier wird alles überwacht. Niemand kann sich hier verstecken.«

»Und am toten Fluss?«, fragte Sabrina. »Wer hält da die Augen offen?«

Der Mann rückte mit seinem Stuhl vom Tisch ab und stand auf. Er ging zu einer Kaffeemaschine, die auf einem kleinen

Kühlschrank in der Ecke stand. »Ich würde euch raten, mit diesem Detektivspiel aufzuhören. Der Hafen ist sauber. Und mit der Werth haben wir nichts zu tun. Das sind ganz alte Geschichten, lange vorbei, und sie haben damals ja auch einige Köpfe rollen lassen. So sehr eure Fantasie auch Purzelbäume schlägt, ihr seid hier auf dem falschen Dampfer. Warum interessiert euch das überhaupt?« Er schenkte sich einen Becher Kaffee ein.

»Amelie Bogner war meine beste Freundin.«

Der Hafendisponent nickte. Mit langsamen Schritten, als ob er Angst hätte, auf dem glatten Boden auszurutschen, kam er zu ihr und legte seine Hand auf ihre Schulter. Sie war warm und irgendwie tröstlich. »Das tut mir sehr leid. Ich würde dir gerne helfen.« Er nahm ächzend Platz. Den Becher stellte er auf die Zeitung. »Die Polizei war auch schon hier. Mit denselben Fragen übrigens. Keiner von meinen Jungens hat damit was zu tun. Für die lege ich die Hand ins Feuer.«

Sabrina schluckte. »Okay«, sagte sie. »Vielen Dank. Es war wenigstens einen Versuch wert.«

»Geht runter und feiert ein bisschen. Ihr seid doch noch jung.«

»Gut, dass mich jemand ab und zu daran erinnert.« Beate sah zur Tür, und ihre Miene verzog sich. »Für dich war es das wohl. Ende der Schonzeit, scheues Reh.«

Lukas kam mit grimmigem Gesicht auf sie zu. Vom Senior war weit und breit nichts zu sehen. Von Silvesterstimmung bei ihm auch nichts.

»Hier seid ihr also! Ich habe euch überall gesucht.« Er nickte dem Hafendisponenten kurz zu.

Beate hatte eine scharfe Antwort auf der Zunge, behielt sie dann aber für sich. Unruhe kam auf, außer ihnen machten sich auch noch viele andere auf den Weg nach unten.

»Es ist gleich zwölf!«

Beate rannte voraus und war verschwunden. Sabrina stieg ohne sie neben einem muffeligen Lukas die Treppen hinunter. Schöne Freundin, dachte sie.

»Du kannst nicht einfach so abhauen«, fing er an. Aber er kam nicht weit.

»Ach so. Und warum nicht? Weil du andere Pläne hast? Weil jeder tun muss, was du sagst? Vielleicht liegt es ja an dir, wenn alle vor dir weglaufen.«

»Ich denke doch nur an dein Bestes.«

»Tut er, der Junge, tut er.« Wie aus dem Nichts tauchte das Gesicht von Kreutzfelder senior in der Menge auf. Es war ihm gelungen, einen Becher Wein zu organisieren. Mit dem stand er etwas hilflos jedem im Weg. »Wollte doch noch mit dir anstoßen, Sabrina.«

Lukas nahm ihm den Becher sanft aus der Hand. »Nicht jetzt, bitte.«

»Hast sie überzeugt, nicht? Gut gemacht, mein Sohn.« Er wollte wieder nach dem Becher greifen.

Auf Lukas' Stirn bildete sich eine ärgerliche Falte. »Du hast genug. Wir sollten nach Hause. Da können wir das alles nachholen. Kommst du mit?« Die letzte Frage war an Sabrina gerichtet und eher eine Aufforderung.

»Nein. Wovon redet dein Vater eigentlich die ganze Zeit? Was will er mit meiner Mutter feiern? Und wozu hast du mich rumgekriegt?«

»Später. Jetzt würde ich gerne erst mal –«

»Anstoßen!« Kreutzfelder senior schaute sehnsüchtig den Leuten hinterher, die hinaus zum Hafenbecken liefen. »Gleich ist Mitternacht! Das muss gefeiert werden!« Er schnappte sich den Becher aus Lukas' Hand. Zwar verschüttete er dabei fast den ganzen Inhalt, aber der Rest reichte noch, um ihn zumindest symbolisch zu erheben. »Auf Dobersteins Jüngsten. Jaja, ihr hattet ja schon einen Namen. Aber daraus wird jetzt eben Kreutzfelders Bester. Zum Wohl!«

Sabrina starrte ihn an und verstand kein einziges Wort. Lukas war nicht nur der ganze Auftritt seines Vaters, sondern wohl auch diese letzte Eröffnung ziemlich peinlich.

»Dobersteins Jüngster wird Kreutzfelders Bester?« Sie wandte sich an Lukas, aber der wich ihrem Blick aus.

»Und du hast mich überzeugt? Wann denn? Und womit denn?«

»Bitte, das hört sich jetzt alles ganz anders an, als es war. Ich wollte euch helfen. Die Bahntrasse, das alles hätte euch doch nur das Genick gebrochen.«

»Die Bahntrasse«, kicherte sein Vater. »Die Bahntrasse.«

»Dann war das Gerücht also wirklich nur ein Gerücht? Und dein Vater hat dich auf mich angesetzt? Ist das so?«

»Nein! Ich mag dich, Sabrina, wirklich. Das weißt du doch …«

Er wollte mit seiner Hand über ihr Gesicht streichen, aber sie schob sie weg. Das war ja wohl das Allerletzte, was sie hier auf der Treppe serviert bekam. »Meine Mutter hat den Berg verkauft.« Wie betäubt stand sie da. Noch vor gar nicht langer Zeit hätte sie gejubelt. Aber nun fühlte sie sich gleich von zwei Seiten hintergangen. Franziska hätte ihr sagen sollen, was sie vorhatte. Und Lukas ebenfalls.

»Sabrina …«

Lukas stellte sich ihr in den Weg, aber schon war sie rechts an ihm vorbei und in einer Gruppe lachender Menschen auf dem Weg nach draußen untergetaucht. Sie hatte Tränen in den Augen und wäre fast gestürzt. Ihre Hand fand das Geländer an der Wand. Sie hielt sich fest.

»Sabrina!«

Wie von Furien gehetzt rannte sie los und mischte sich unter die Menge, die sich langsam zu den Kais in Bewegung setzte. Erste Raketen schossen hoch und breiteten am dunklen Nachthimmel einen Mantel aus funkelnden Lichtkaskaden aus. Ahs und Ohs ertönten von überall her. Einige hatten Wunderkerzen dabei. Sie funkelten und strahlten mit den Gesichtern ringsherum um die Wette. Sabrina stolperte weiter und konnte keinen klaren Gedanken fassen. Alle lachten, alle waren fröhlich. In dem Lärm um sie herum fühlte sie sich wie eine Ertrinkende. Der Berg war weg. Und Lukas hatte sie verraten und belogen. Kilian würde nie mehr wiederkommen. Sie fühlte sich unter den vielen Menschen so allein wie nie zuvor.

Sie wischte sich die Tränen aus den Augen. In den schlimmsten Momenten des Lebens war man immer allein. Da half kein Tagebuch und keine Freundin. Das Einzige, womit man gegen einen ausgewachsenen Blues auftrumpfen konnte, war das eigene Selbstbewusstsein. Das hatte zwar in den letzten Monaten gehörig gelitten, aber es war höchste Zeit, einen Neuanfang zu wagen. Wann, wenn nicht in einer Nacht wie dieser?

Sie sah sich um. Beate war nirgendwo zu entdecken. Wahrscheinlich war sie mit den anderen am Rhein. Ausflugsschiffe zogen langsam und majestätisch vorüber. Mit ihrer Festbeleuchtung sahen sie aus wie Ozeanliner. Auf einem von ihnen tanzte ihre Mutter jetzt gerade ins neue Jahr. Sie sah, dass die Siegfriedstatue schon von einem guten Dutzend Kletterer erklommen worden war. Unten, auf dem Sockel, flackerten die Flammen von kleineren Feuern. Der Richter würde morgen jedenfalls eine Menge Stoff zum Aufregen haben, so viel stand jetzt schon einmal fest.

Jemand rannte an ihr vorbei und schubste sie dabei unabsichtlich.

»Sorry!«

Der Junge drehte sich flüchtig um. Im Halbschatten sah sie sein Gesicht. Es kam ihr bekannt vor, und sie hatte schon fast die Hand gehoben, um ihn zu grüßen, als ihr einfiel, dass sie nicht wusste, woher sie den kennen sollte. Wieder sah sie sich suchend um. Keine Beate.

Sie fröstelte. Alle um sie herum hatten jemanden dabei, dem sie in wenigen Minuten ein frohes neues Jahr wünschen konnten. Kein Selbstmitleid, dachte sie. Bloß nicht wieder damit anfangen. Das hättest du alles haben können, wenn du deinen Mund gehalten und brav gemacht hättest, was der wunderbare Lukas von dir erwartet hat. Du willst aber keinen wunderbaren Lukas. Du willst …

Verdammt! Sie stieß ein paar Kiesel mit der Stiefelspitze weg. Du willst jemanden, der eine andere wollte und den die Sehnsucht zerfrisst und der dich nie, nie wiedersehen will.

Tolle Voraussetzungen für ein glückliches neues Jahr. Wieder wurde sie gestoßen, zwei weitere junge Männer keilten sich durch die Menge, ohne nach links und rechts zu sehen. Wütend drehte sie sich nach ihnen um. Doch der freche Spruch, den sie schon auf den Lippen hatte, blieb ungesagt. Auch diese beiden kannte sie. Woher bloß, woher?

»Vorsicht, Mädchen!«

Eine Frau zog sie zwei Schritte vom Kai weg. Erschrocken sah Sabrina in die Tiefe. Die Spundwände fielen mehrere Meter tief hinab. Sie waren glatt und steil. Unten schimmerte das Wasser wie schwarzer Teer. Eine Rakete schoss hoch und explodierte in einem roten Leuchtregen. Der Widerschein spiegelte sich auf den kleinen Wellen und tanzte auf ihnen, als hätten auch die Rheingeister heute Nacht etwas zu feiern.

Sabrina fröstelte. Sie schaute auf ihre Armbanduhr. Noch drei Minuten. Ob noch Busse nach Neuwied fuhren? Von da aus könnte sie sich ein Taxi nehmen, das war nicht so teuer. Und dann würde sie in aller Ruhe darüber nachdenken, was an diesem Abend wirklich passiert war. Sie ließ sich einfach von der Menge weiterschieben.

»Zurücktreten, bitte!«

Die Stimme wurde durch ein Megafon verstärkt. Ein Boot der Wasserschutzpolizei war am Siegfried aufgetaucht. »Zurücktreten, die Herrschaften!«

In dem allgemeinen Aufruhr wurde Sabrina wieder gefährlich nahe an die Kaimauer gedrängt. Sie verlor die Balance und griff nach dem nächstbesten Arm – es war der Junge, der als Erster an ihr vorbeigerannt war.

»Aber hallo!« Er grinste. »Nur zu, an meine Heldenbrust!«

Sabrina hatte sich gefangen. Verlegen ließ sie ihn los. »Wir kennen uns.«

Der Junge kniff die Augen zusammen. »Die Anmache eben war besser. Fehlt nur noch die Frage, ob ich öfter hier bin.«

»Und?«

»Bei dem Wetter? Bist du irre?«

Seine zwei Kumpel tauchten auf. Mit übertrieben wissendem Blick checkten sie die Szene.

»Haste nicht noch 'ne Freundin dabei? Oder gleich zwei?«

»Bedaure.«

Die nächsten Raketen explodierten. Dazu krachten Chinaböller, die irgendein Witzbold in eines der Ölfässer geworfen hatte. Ein Heidenlärm ging los.

»Zehn! Neun! Acht!«

»Komm, Michi!«

Die drei hatten entschieden, dass der Abend Vielversprechenderes zu bieten hatte als Sabrina.

»Sieben! Sechs! Fünf!«

»Michi?«

Doch er war schon längst wieder in der Menge untergetaucht.

»Vier! Drei! Zwei! Eins!«

»Frohes neues Jahr!«

Die Schiffshörner tuteten, alle jubelten und schrien. Die Raketen und Feuerwerkskörper schossen im Stakkato nach oben. Eine Rauchwolke legte sich über die Szenerie, durch die die Flammen in den Ölfässern leuchtete wie ein Bengalisches Feuer.

Sabrina lief in die Richtung, in die die drei verschwunden waren. Michi und seine beiden Spargelfreunde. Sie hatten Amelie »Lilly« genannt. Woher hatten sie diesen außergewöhnlichen Namen? Ihr fiel ein, dass Michi ihr schon damals irgendwie bekannt vorgekommen war. Er war eines der vielen Gesichter unten an den Krippen, die man jeden Tag sah und an denen man immer achtlos vorüberging.

Endlich fand sie sie. Sie standen um ein Fass und warfen gerade eine ziegelsteingroße Ladung Böller hinein.

»Deckung!«, brüllte Michi, sprang zurück und landete direkt neben Sabrina.

»Warum hast du Amelie Lilly genannt?«

»Wen?«



Er gab sich größte Mühe, so dämlich wie möglich auszusehen. Das passte aber so gut zu seinem Allgemeineindruck, dass er sich diese Mühe eigentlich hätte sparen können.

»Amelie. A-ME-LIE!«, schrie sie.

Der Lärm war infernalisch. Ein Mann in dunkelblauer Uniform tauchte auf, kippte die Tonne um und trat das Feuer aus.

»Höppner, du Vollidiot! Da drüben liegt ein Tankschiff!«

Michi verzog sein schmales Gesicht zu einer Grimasse. »War ich nicht«, murmelte er.

Der Beamte der Wasserschutzpolizei kam näher. »Ich hab es aber genau gesehen. Ausweise!«

Die beiden anderen waren schon längst über alle Berge. Seufzend holte Sabrina ihren Reisepass heraus, den sie so lange mit sich herumtrug, bis sie ihr Portemonnaie von der Polizei wiederbekommen würde.

»Sabrina Doberstein, na so was. Die Kleine vom Weinberg.«

»Kennen wir uns?«

»Noch nicht«, blaffte der Polizist. »Kann aber schnell werden. Du Knalltüte bist ja stadtbekannt.«

Michi steckte mit einem hilflosen Schulterzucken seinen Ausweis wieder ein.

»Macht, dass ihr vom Acker kommt. Herrschaften! Die Veranstaltung ist beendet!«

Doch seine Worte hatten keine Wirkung. Im Gegenteil, das Geschiebe und Gedränge wurde sogar noch schlimmer.

»He, Michi, nicht so schnell!« Gerade wollte er sich verdrücken, aber Sabrina sprang ihm nach. »Spuck's aus. Warum hast du zu Amelie Lilly gesagt?«

»Mann, is das jetzt schon 'ne Beleidigung? Du hast sie ja nicht mehr alle!«

Als hätten sie die ganze Zeit in Mäuselöchern gesteckt, standen wie aus dem Boden gewachsen seine beiden Freunde wieder da.

»Ärger mit der Alten?«, fragte der Kleinere und spuckte aus.

»Warum Lilly?«

»Lilly? Hat wohl mal einer so gesagt. Keine Ahnung.«

»Wer? Wo?«

Michi drehte seinen Kopf zu dem Beamten, der mit wenig Erfolg versuchte, eine Art geordneten Rückzug zu organisieren. Sabrina wunderte sich, warum er allein hier oben war und wieso ihm nicht jemand vom Boot aus zu Hilfe kam.

»Frag doch die Wasserschutzpolizei. Vielleicht stand sie ja auf Uniformen.«

»So ein Quatsch!«

Sie hatte Michi keine zwei Sekunden aus den Augen gelassen und er war verschwunden. Mit einem Fluch auf den Lippen versuchte Sabrina, von den Kaimauern wegzukommen. Das Feuerwerk lief gerade zur Höchstform auf. Bis zur Festung Ehrenbreitstein flackerte der Himmel in bunten Farben. Die fallenden Lichter veränderten die Schatten, sie wirbelten um sie herum, zuckten, wurden riesig, fielen in sich zusammen. Sabrina blieb hilflos stehen.

Plötzlich tauchte in der Menge ein Kopf auf.

»Beate!«, schrie Sabrina.

Doch ihre Stimme ging unter in ohrenbetäubendem Krachen.

»Beate!«

Dann spürte sie nur noch einen heftigen Stoß. Sie schrie, doch niemand hörte sie, niemand sah, wie sie die Balance verlor und hinunterfiel, in das nasse Schwarze mit den tausend tanzenden, bunten Lichtern.

# SIEBENUNDZWANZIG

Etwas klirrte. Eine Schere auf einem Metalltablett vielleicht. Jedenfalls störte es beim Schlafen, genau wie das helle Licht. Sabrina blinzelte. Sie lag in einem weißen Zimmer. Mühsam richtete sie sich auf und stieß mit dem Kopf an einen Bügel. Sie lag in einem Krankenbett. Auf dem Nachttisch stand ein Strauß weißer Rosen. Am Fußende des Bettes lag ihr Schlafanzug. Erst jetzt fiel ihr auf, dass sie ein Krankenhaushemd trug, das nur im Nacken mit einer Schleife zusammengehalten wurde. Ihr war unglaublich kalt. Vorsichtig schlug sie die Decke zurück und bemerkte erstaunt, dass ihre Hand zitterte.

Sie versuchte aufzustehen, aber sofort begann alles sich vor ihren Augen wie in einem Karussell zu drehen. Sie bemerkte den Klingelknopf an dem Bügel und drückte ihn. Wenig später kam eine fröhliche, junge Krankenschwester herein.

»Frau Doberstein? Das ist ja schön, dass Sie wach sind. Sie möchten sich bestimmt Ihre Sachen anziehen. Warten Sie, ich helfe Ihnen.«

Sabrina klapperte vor Kälte mit den Zähnen. War hier denn nicht geheizt? Die Schwester trug einen dünnen Kittel und darunter ein weißes T-Shirt. Ihr schien überhaupt nicht kalt zu sein.

»Was ist denn passiert?«

»Sie sind Silvester ins Wasser gefallen. Ihr Freund ist Ihnen hinterhergesprungen und hat Sie in letzter Minute gerettet. Die Blumen sind von ihm.«

»Mein Freund?«

Sabrina schlüpfte in das Schlafanzugoberteil. Die Schwester half ihr mit der Hose, denn Sabrina schwankte immer noch, als wäre sie seekrank.

»Ein netter junger Mann. Aber auch ein bisschen anstrengend. Jede Stunde ruft er an, um zu wissen, wie es Ihnen geht und ob Sie endlich aufgewacht sind. Keine Angst, Ihnen ist nichts passiert. Sie haben nur eine schwere Unterkühlung und sollten deshalb zur Beobachtung noch ein paar Tage bei uns bleiben.«

Sabrina nickte.

»Wollen Sie vielleicht etwas essen? Ich bin gleich wieder da.«

Die Schwester eilte hinaus. Sabrina deckte sich zu und versuchte, sich an Silvester zu erinnern. Wann war das? Wie lange war sie schon hier? Sie hatte mit Lukas und Beate gefeiert. Dann war Lukas' Vater aufgekreuzt und sie hatten ihn nach Andernach gebracht. Der Hafen, die Ölfässer, die tanzenden Flammen und explodierenden Lichter am Himmel ... Bildfetzen tauchten vor ihrem Auge auf, aber an den Rest des Abends konnte sie sich nicht erinnern. Sie hatte einen vollkommenen Blackout.

Die Schwester kam mit einem Tablett zurück. Ein Teller mit Spaghetti stand darauf und ein Nachtisch. Erst jetzt merkte Sabrina, wie hungrig sie war. Ihr Magen knurrte, als hätte sie seit Wochen nichts mehr gegessen.

»Welcher Tag ist heute?«

»Der erste Januar. Neujahr. Sie haben einfach nur sechzehn Stunden am Stück geschlafen. Schauen Sie, es wird bald wieder dunkel.«

Vor dem Fenster war es schon fast schwarz. Sabrina entdeckte ihre Armbanduhr in einem offenen Fach ihres Nachttisches. Wasser hatte sich unter dem beschlagenen Glas gesammelt. Sie war genau eine Minute nach Mitternacht stehengeblieben.

»Ihre Mutter wollte vorbeikommen. Soll ich sie anrufen?«

Sabrina nickte. Dann machte sie sich mit großem Appetit über ihre Spaghetti Bolognese her. Zwischen zwei Bissen stand sie auf und machte Bestandsaufnahme. Ihre Kleider lagen immer noch feucht im Schrank. Hoffentlich dachte Franziska daran, ihr etwas zum Anziehen mitzubringen. Die

Stiefel sahen aus, als hätten sie drei Jahre im Wasser gelegen. Das Handy war genauso im Eimer wie die Uhr. Quittungen, Fahrscheine und ein alter Einkaufszettel hatten sich in eine Art graue Pampe verwandelt. Ihr Reispass sah aus, als könnte man Kresse darauf züchten. Eine Handtasche fand sie nicht. Hatte sie überhaupt eine dabeigehabt? Wenn schon. Nachts im Rhein hatte Lukas wohl an anderes gedacht als daran, ihre Tasche zu retten.

Lukas … Etwas war geschehen, was dem Gedanken an ihn die Unbefangenheit nahm. Vielleicht hatten sie sich gestritten. Genau! Sie hörte wieder das klackende Geräusch der Zentralverriegelung. Er wollte sie nicht zu dem Fest gehen lassen und hatte einfach die Autotüren zugesperrt. Vollidiot.

Und Lebensretter. Zwei ziemliche Extreme, mit denen sie da zu tun hatte. Sie wickelte eine neue Gabel Spaghetti auf und schob sie sich in den Mund. So blöd konnte auch nur sie sein, Silvester ins Wasser zu fallen. Hoffentlich stand sie morgen nicht auf Seite eins im Andernacher Tageblatt.

Sie kletterte zurück ins Bett und vertilgte den Rest. Dann machte sie sich über den Nachtisch her. Als sie das Puddingschälchen bis auf den letzten Rest ausgekratzt hatte, fühlte sie sich besser. Sie lebte, war satt, langsam war ihr auch nicht mehr so kalt, und alles Weitere würde sich klären. Wenn Lukas sie aus dem Rhein gezogen hatte, würde er wohl auch wissen, wie sie hineingeraten war.

Sie hätte gerne Beate angerufen, aber noch stand kein Telefon in ihrem Zimmer. Sie döste weg, bis es leise an ihre Tür klopfte und Franziskas Wuschelkopf auftauchte.

»Mama!«

»Oh mein Gott!

Damit war es mit Franziskas Beherrschung vorbei. Sie stürzte auf Sabrina zu, küsste sie immer wieder und heulte Rotz und Wasser.

»Ist ja gut«, sagte Sabrina in beruhigendem Ton. »Ist ja nichts passiert.«

»Nichts passiert? Du hättest tot sein können! Um halb eins

rief mich Lukas an. Frag mich nicht, wie und wo wir von diesem Schiff heruntergekommen sind. Michael hat die Notbremse gezogen, falls es da so was gibt. Sabrina! Wie konnte das passieren?« Ihre Mutter holte ein Taschentuch hervor und presste es gegen ihre tränenfeuchten Augen.

»Ich weiß es nicht. Keine Ahnung. Wir waren auf der Hafenparty und da ist es irgendwie passiert. Was hat Lukas denn gesagt?«

»Er war gar nicht bei dir, als du gefallen bist. Er hörte nur die Schreie der Leute und hat jemanden unten im Wasser zappeln sehen. Er hat nicht lange überlegt und ist reingesprungen. Gott sei dank war das Boot der Wasserschutzpolizei ganz in der Nähe.«

»Er war mal bei den Rettungsschwimmern.«

»Dein Glück. Ach Kind, ich mache mir solche Vorwürfe!«

Darauf war Sabrina nun gar nicht gefasst gewesen. »Warum denn das?«

»Ich hätte deinen Hausarrest nicht aufheben dürfen. Dann wärst du daheim geblieben und alles wäre nicht passiert.«

Vielleicht, vielleicht aber auch nicht. Sabrina würde ihre Hand nicht dafür ins Feuer legen, ob sie der Versuchung abzuhauen widerstanden hätte. Im Moment aber war es zweifellos besser, verständnisvoll zu nicken. »Es war ein Unfall. So was kann passieren.«

»Versprich mir, dass das aufhört. Diese komischen Sachen mit der Werth und deine Nachforschungen. Ich habe so ein schlechtes Gefühl dabei.«

»Amelie war meine Freundin.«

»Ich weiß, ich weiß.« Franziska nickte. Mit hektischen Bewegungen steckte sie das Taschentuch weg. »Aber es passieren zu viele schreckliche Dinge in letzter Zeit. Ich will nicht, dass du dich in Gefahr bringst. Und glaube mir, Amelie hätte das auch nicht gewollt. Hör auf damit, Sabrina. Das bringt nichts. Die Polizei tut ihr Bestes. Und dieser Kilian …« Sie brach ab, weil sie bei der Erwähnung etwas in Sabrinas Augen entdeckt haben musste, dass nicht so schnell versteckt werden konnte. Ihre Stimme wurde plötzlich sehr mitfühlend. »Bei manchen Männern ist es besser, wenn wir ihnen nur in unseren Träumen begegnen.«

Sabrina wandte den Kopf ab und sah an die weiße Wand. Sie wollte nicht, dass ihre Mutter diesen Namen erwähnte. Sie wollte ihn vergessen, und das so schnell wie möglich.

»Weißt du, warum ich dich Sabrina genannt habe?«

Sabrina versuchte ein schwaches Lächeln. »Damit ich nie meinen Chef heirate und es mir nicht so ergeht wie Audrey Hepburn.«

»Auch, ja. Aber eigentlich war es ein Gedicht von John Milton. *Sabrina fair, listen where thou are sitting, under the glassy cool translucent wave* … Ich habe Milton geliebt. Aber als ich hörte, was dir passiert ist, habe ich einen Moment geglaubt, dass es dein Name sein könnte, der dieses Unglück angezogen hat.«

Franziska hatte noch nie von ihrer Liebe zu Gedichten erzählt. Es musste lange her sein, dass sie sie gelesen hatte, denn Sabrina war das nie aufgefallen. Es war erstaunlich, an der eigenen Mutter einen Wesenszug zu erkennen, den man bei seiner Freundin als ziemlich cool bewundert hatte.

»Ich war sechzehn Jahre jünger und sehr, sehr romantisch«, sagte Franziska, als ob sie sich dafür entschuldigen wollte. »Sabrina war der Legende nach eine Königstochter, die in Wales ertrunken ist und sich in eine Nymphe verwandelte. Das Wort geht zurück auf die Kelten und bedeutet Fluss. Ich fand den Namen damals wunderschön. Aber seit gestern macht er mir Angst.« Der Griff ihrer Hand wurde fester. »Lass es los, Sabrina. Lass Amelie gehen. Und Kilian auch. Schau in die Zukunft. Leb dein Leben. Vergiss nicht, aber verliere dich auch nicht.«

Sabrina nickte kaum merklich mit dem Kopf. Sie hörte, wie Franziska leise aufatmete.

»Was gab's denn zu essen?«, fragte sie und ließ ihre Hand los.

»Spaghetti Bolognese.«

»Ich weiß gar nicht, wohin mit Beates Buffet. Eigentlich wollte ich dich heute Abend zum Essen einladen. Aber daraus wird wohl nichts. Du sollst noch ein paar Tage hierbleiben, und die Reste eurer legendären Silvesterparty reichen noch Monate.«

Sie zupfte an der Bettdecke herum. Da war noch etwas, das herauswollte.

»Warum wolltest du mich einladen?«

Franziska holte tief Luft. »Ich habe ein Angebot bekommen. Für den Weinberg. Kreutzfelder will ihn kaufen. Vielleicht sollten wir das tun?«

Etwas klingelte in Sabrinas Kopf. Sie sah sich auf einer Treppe stehen und Lukas wütend anschreien. Aber sie konnte sich nicht erinnern, was sie ihm an den Kopf geworfen hatte. Voller Zorn war sie gewesen. Hatte das etwas mit Dobersteins Jüngstem zu tun?

»Noch nicht«, antwortete sie. »Weißt du, im Herbst bei der Lese, als die Steine von oben runterkamen, da war ich doch dort. Ich würde gerne das Gutachten abwarten.«

Franziska sah sie nachdenklich an. »Heißt das, du würdest dich mit ihm anfreunden können?«

Etwas schmerzte in Sabrinas Herz. Doch es war nicht mehr so schlimm wie im Sommer. Damals waren Amelies Träume auch ihre gewesen. Jetzt, ein halbes Jahr später, war alles anders. Vielleicht war es ja gar nicht so schlecht, zu wissen, wohin man gehörte. Vielleicht war es sogar gut, viel besser, als herumzuvagabundieren ohne Heimat und Ruhe, nur um einfach unterwegs zu sein. Nicht der Weg war das Ziel. Das Ziel hatte einen Weg, und den musste man irgendwann einschlagen.

»Ich weiß es nicht«, flüsterte sie. »Lass mir Zeit.«

Franziska beugte sich vor und gab ihr einen Kuss auf die Stirn. »Soviel du willst.«

Zwei Tage später wurde Sabrina entlassen. Als sie zurück in ihr Zimmer kam, fühlte sie sich, als ob sie Jahre weggewesen wäre. Die Erinnerung an die Silvesternacht verblasste mehr und mehr. Lukas hatte öfter angerufen. Er klang fast schüchtern am Telefon. Als er bestätigte, dass sie sich gestritten und kurz vor dem Unfall getrennt hatten, heulte er fast.

»Ich hätte dich nicht gehen lassen dürfen!«, sagte er. »Dieser dämliche Streit. Es tut mir so leid!«

»Worum ging es eigentlich?«

Lukas schwieg einen Moment. »Weißt du das wirklich nicht mehr?«, fragte er schließlich.

»Nein. Ich kann mich an alles erinnern bis zu dem Moment auf der Treppe. Dann ist mein Hirn leer wie eine taube Nuss.«

»Euer Weinberg. Mein Vater hat es so hingestellt, als ob er mich auf dich angesetzt hätte. Ich könnte dich jetzt anlügen und dir alles Mögliche erzählen. Aber eines Tages wirst du dich erinnern und dann will ich nicht als Lügner dastehen.«

»Und?«, hatte Sabrina gefragt. »War es so?«

»Nein. Es war nicht so. Ich liebe dich.«

Sabrina war nach diesem Telefonat sehr nachdenklich. Noch nie hatte jemand diese drei Worte zu ihr gesagt. Sie klangen ernst und aufrichtig. Er hatte ihr das Leben gerettet. Er hatte sie bei der Polizei herausgepaukt. Er hatte ihr immer und immer wieder geholfen. Was, zum Teufel, hielt sie davon ab, sich in ihn zu verlieben?

Sie schlich um ihren Nachttisch und seine Schublade wie ein Wolf um die Falle. Endlich entschloss sie sich, ein letztes Mal Amelies Orakel zu befragen. Danach, das schwor sie sich, würde sie nur noch ihre eigenen Entscheidungen treffen. Mit kalten Händen schlug sie das Tagebuch auf und las:

*… verlass dich auf nichts, nichts anderes als dein Herz.*

Unten hupte jemand. Wie ertappt klappte Sabrina das Buch zu und warf es in die Schublade. Sie lief zum Fenster und sah Lukas' Wagen vor der Einfahrt stehen. Er sprang heraus und kam in großen Schritten durch den Hof auf das Haus zu. Plötzlich spürte Sabrina, dass sie sich freute, ihn zu sehen. Sie rannte die Stufen hinunter und erreichte die Haustür ein paar Sekunden vor Franziska. Sie riss die Tür auf und sah in Lukas' überraschtes Gesicht, auf das sich plötzlich ein unsicheres Lächeln stahl. Er breitete die Arme aus und Sabrina flog hinein. Er war so stark, so gut, so beschützend. An seiner Seite konnte ihr gar nichts passieren. Sich zu entscheiden, war gar nicht so schwer, wenn man wusste, dass danach alle Ängste und Sorgen ausgestanden waren und ein Frieden kommen würde, nach dem sie sich so lange gesehnt hatte.

»Ich dich auch«, flüsterte sie. »Ich dich auch.«

Zwei Wochen später, an Amelies Geburtstag, gingen sie gemeinsam zum Friedhof. Sabrina hatte einen kleinen Spaten, eine frostresistente Grünpflanze und eine Plastiktüte dabei. Lukas nahm ihr den Spaten ab und grub ein rundes, nicht sehr tiefes Loch in das spärlich bepflanzte Grab. Dann trat er erwartungsvoll zur Seite und staunte nicht schlecht, als Sabrina Amelies Tagebuch aus der Tüte holte. Sie legte es in die Kuhle, streute etwas Erde darüber und setzte die Pflanze darauf. Dann klopfte sie alles fest, stand auf und trat einen Schritt zurück, um ihr Werk zu betrachten.

Lukas räusperte sich. »Darf ich fragen …«

»Nein, darfst du nicht. Das ist eine Sache zwischen Amelie und mir.« Sie faltete die Hände. »Ich habe damals ihr Weihnachtsgeschenk vergessen.«

Sie schloss die Augen. Danke, dachte sie. Danke für deine Hilfe. Danke für deine Ehrlichkeit. Danke, dass du da warst und dass ich dich kennenlernen durfte. Du wirst immer in meinem Herzen sein, und ich werde mit dir reden, als ob du neben mir sitzen würdest. Ich werde dich nie vergessen. Aber ich glaube, ich bin jetzt so weit, dass ich meinen eigenen Weg gehen kann.

»Wir können«, sagte sie.

Gemeinsam, Arm in Arm, verließen sie den Friedhof.

# Frühling

**Der Köder tanzte auf dem Wasser.** Ein buntes Ding, das aussah wie ein Spielzeug. Harmlos und selbstvergessen tänzelnd, doch für den, der sich davon anlocken und täuschen ließ, der Tod.

Er saß auf einer umgedrehten Kiste, den leeren Eimer neben sich, die Angel in der Hand, und ließ sich vom flirrenden Licht der Sonne über dem Wasser verführen. Einen Augenblick die Augen schließen, die erste Wärme auf den Wangen spüren, das leise Rascheln des Röhrichts im Rücken, über das ein sachter Wind fuhr, der die biegsamen Halme wie mit einer Riesenhand streichelte – Frieden. Er wollte nicht an das Morgen denken, sondern diesen Moment einfach festhalten.

Aus der Stille löste sich ein Geräusch. Kaum wahrnehmbar zunächst, dann wurde es lauter und störender. Ein Auto fuhr auf der Straße hinter dem Deich. In der Ferne konnte man die Kirchtürme erkennen, doch das Städtchen lag zu weit entfernt, um an einen harmlosen Ausflügler zu glauben. Wer sich dieser Stelle näherte, hatte ein Ziel.

Er richtete sich auf und nahm die Beine von der Reling. Seine Nerven virbrierten. Alles in ihm schlug Alarm. Das Auto stoppte, nahm Anlauf und arbeitete sich den Weg über die Böschung hoch. Erst als er den uralten Corsa erkannte, der sich wippend wie eine Schiffsschaukel auf der durchlöcherten Piste näherte, atmete er auf. Das Auto verschwand hinter dem Wald. Wenig später kam der Ranger mit weit ausholenden Schritten auf die *Désirée* zu.

Kilian legte den Steg über die Reling und wartete, bis der Besuch an Deck gekommen war.

Der Ranger klopfte ihm flüchtig auf die Schulter und sah sich um. »Bist du allein?«

»Was für eine Frage.«

»Lass uns runtergehen.«

Der Ranger kannte sich aus. Er stieg die Stufen als Erster hinunter und betrat die Küche. Ohne zu fragen, schob er einen Packen Zeitungen zur Seite und setzte sich. Er wartete, bis Kilian ihm gegenüber Platz genommen hatte. Dann holte er mehrere Geldscheine aus der Hosentasche und schob sie über den Tisch.

»Du kannst hier nicht bleiben.«

Kilian sah das Geld, machte aber keine Anstalten, es einzustecken. »Warum nicht? Du hast gesagt, der Platz ist sicher.«

»Für eine Nacht, ja. Aber du bist jetzt schon zwei Tage hier. Sie suchen dich. Schon wieder, immer noch – jedenfalls musst du weg.«

»Wer? Die Polizei?«

Der Ranger wich seinem Blick aus. »Du hättest davonkommen können, wenn du da geblieben wärst, wo der Pfeffer wächst. Seit der Sache mit Silvester ist alles wieder hochgekocht.«

»Wie geht es ihr?«, fragte er. Seine Stimme klang ruhig wie immer. Der Ranger hatte ihm von den beiden erzählt. Von ihren Fragen, von der eisigen Silvesternacht, und von Sabrina, die fast ums Leben gekommen war auf der Suche nach ihm. Er hatte mit keinem Wort erwähnt, dass er die beiden kannte.

Der Ranger beugte sich vor. »Ich halte nicht noch mal meinen Kopf für dich hin. Und mehr als diesen einen Unfall wird dir das Schicksal nicht gönnen. Verschwinde von hier.«

Langsam hob Kilian die Hand und legte sie auf die Scheine. Dann schob er sie dem Ranger entgegen. »Ich brauche dein Geld nicht.«

»Junge, wir sitzen beide im selben Boot. Wenn sie rauskriegen, wo du bist, bin ich geliefert.«

»Was hast du denn getan? Du hast doch nicht etwa was damit zu tun?«

»Ich?« Der Ranger hob beide Hände. »Gar nichts. Die Kleine ist ins Wasser gefallen. Kann immer mal passieren an Silvester.« Der Ranger schüttelte den Kopf. »Im Moment gibt sie auch Ruhe. Aber sie wird nicht aufhören, dich zu suchen. Eines Tages taucht sie hier auf. Und dann ist es besser, wenn du nicht mehr da bist.«

»Ich bleibe. Du kannst mich ja verpfeifen.«



Der Ranger hieb mit der Faust auf den Tisch. Kilian zuckte

zusammen, doch er erwiderte ruhig den wütenden Blick seines Gegenübers. »Du hast nicht mehr viel Zeit. Geh. Das ist mein letztes Wort.«

Langsam und kaum merklich schüttelte Kilian den Kopf.

Der Ranger seufzte und stand auf. In der Tür drehte er sich noch einmal um. »Du willst gefunden werden. Ist es das?«

Kilian gab keine Antwort. Auf dem Tisch lag das Geld. Er hörte, wie der Ranger die Stufen hochstieg und das Schiff verließ. Als der Motor ansprang und wütend aufheulte, stand er auf und ging ans Fenster.

Ja, dachte er. Ich will, dass sie mich findet. Sonst bin ich verloren.

# ACHTUNDZWANZIG

Erst Mitte März begann das Eis zu schmelzen. Die verharschten Schneeberge am Wegesrand wurden von Tag zu Tag kleiner. Als das Thermometer ein paar Tage über null anzeigte und die Sonne zum ersten Mal einen Hauch von Frühlingswärme verbreitete, machte sich Sabrina an einem frühen Sonntagmorgen auf den Weg zum Weinberg. Die kahlen, verdorrten Äste der Rebstöcke klammerten sich an die Stäbe und sahen für ungeübte Blicke ziemlich tot aus. Aber schon in wenigen Wochen würden sie ausschlagen und grün werden, so wie die ganze Natur, die zögernd aus dem Winterschlaf erwachte.

Auf halber Höhe blieb Sabrina stehen und warf einen Blick hinüber zu Dobersteins Jüngstem. Jetzt wäre die Zeit, dort nach dem Rechten zu sehen. Viel Arbeit, viel mühsame Plackerei, aber für jemanden, der Spaß daran hatte, bei null anzufangen, eine echte Herausforderung.

Franziska hatte die Verhandlungen im letzten Moment gestoppt. Kreutzfelder senior war nicht sehr erbaut davon gewesen. Sein Grummeln und seine spitzen Bemerkungen, wann immer ihm Sabrina über den Weg lief, nervten gewaltig. Aber Sabrina war mit ihrer Mutter übereingekommen, dieses Jahr noch abzuwarten. Tatsächlich war ein Gutachten von der Gemeinde bestellt worden. Ein bisschen mulmig war Sabrina schon bei dem Gedanken: Wenn sie jetzt den Pachtvertrag an Kreutzfelder geben würden, bekämen sie wenigstens ein bisschen Geld. Wenn das Gutachten bestätigte, dass da oben nichts mehr zu machen war, säßen sie auf einem unbrauchbaren Weinberg. Wenn es aber grünes Licht für den Anbau gab … Dann könnte dieser Weinberg eine Goldgrube sein. Wenn die Querterrassen ausgebaut würden, könnte man sogar mit Drehwerk und Traubenwagen durch. Das war zwar viel Arbeit am Anfang, würde sich aber ab dem ersten Jahr schon mehr als lohnen.

Neben Sabrina schlängelte sich eine schmale Terrasse nach links. Ein kaum erkennbarer, überwucherter Weg führte nach oben auf den Bergkamm. Hinter der Spitze, wieder ein Stück runter Richtung Neuwied, zog sich eine wenig befahrene, buckelige Piste hin zur Edmundshütte. Im Sommer belieferten wendige kleine Transporter das Ausflugsziel mit Getränken. Für Weinbauern war sie zu weit weg vom Schuss, sie hätten immer über den Gipfel klettern müssen. Dobersteins Jüngster war und blieb eine Plackerei.

Langsam stieg Sabrina hoch. Jedes Mal, wenn sie sich umdrehte, lag Leutesdorf noch ein Stück weiter unten. Ein paar Steine lösten sich und kollerten ins Tal. Genauso musste das damals passiert sein, als sie fast von den herunterfallenden Brocken getroffen worden war. Irgendjemand hatte sie hier oben losgetreten. Vielleicht ein verirrter Wanderer? Sie erreichte den Gipfel. Die Aussicht war atemberaubend. Unten glitzerte der Rhein, hier oben schien die Sonne, und der Himmel war weit und blau. Das enge Tal war ganz weit weg. Sabrina breitete die Arme aus und hatte einen Moment das Gefühl, fliegen zu können, einfach auf und davon, der Sonne folgen, nur dem eigenen Gefühl, vielleicht hinauf bis nach Rotterdam, oder hinunter bis Odessa … Sie ließ die Arme sinken, weil diese Träume plötzlich wehtaten, sie an jemanden erinnerten, den sie vergessen wollte, und trat einen Schritt zurück.

Etwas knirschte unter ihren schweren Stiefeln. Sie war auf eine Brille getreten. Sie musste den ganzen Winter hier oben gelegen haben, so verdreckt war sie. Wahrscheinlich noch länger, denn sie sah nicht so aus, als würde sich heutzutage jemand damit noch auf die Straße trauen. Sabrina bückte sich, betrachtete sie genauer und rieb dann mit den Fingern den Schmutz vom Glas. Falsch. Sie war wie neu. Und sie sah richtig teuer aus. Auf der Innenseite des Hornbügels war der Name eines italienischen Designers eingelasert. Sabrina wusste, dass solche Gestelle schnell ein paar hundert Euro kosteten. Wahrscheinlich vermisste sie jemand und hatte in einer der Touristeninformationen danach gefragt. Sie steckte sie ein und beschloss, sie bei der nächsten Gelegenheit abzugeben.

Wenn sie den Wanderweg noch zwei Kilometer weiterlief, wäre sie an der Hütte. Sabrina erinnerte sich an ihren letzten Besuch im Herbst, wie sie das Fernrohr ihres Vaters hochgeschleppt und entdeckt hatte, dass abends auf der Werth jemand herumstromerte. Berti fiel ihr wieder ein. Die Polizei war zu dem Schluss gekommen, dass er ausgerutscht und in den Fluss gefallen sein musste. Die Wassertemperatur war so niedrig, dass man innerhalb kürzester Zeit das Bewusstsein verlor. Sabrina schauderte bei dem Gedanken, was geschehen wäre, wenn Lukas sie an Silvester nicht rechtzeitig gerettet hätte.

Noch immer fehlte ihr jede Erinnerung an diese letzten Minuten des alten Jahres. Die würde wiederkommen, hatten ihr die Ärzte versichert. Sie wäre jung und robust, in diesem Alter steckte man das ohne Probleme weg. Und doch war ihr Verlustgefühl so real, als hätte sie ihr Portemonnaie ein zweites Mal verloren. Schlimmer noch, eine innere Stimme sagte ihr, dass die Lösung direkt vor ihren Augen lag. Sie musste nur hinsehen, erkennen, danach greifen, darüber stolpern, einmal mit den Fingern schnippen, und schon wäre alles wieder da. War sie ausgerutscht? Hatte sie jemand gestoßen? Absichtlich vielleicht? Oder war es wirklich nur ein blöder Unfall gewesen, wie er zu Dutzenden in dieser Nacht vorkam? Sich betrunken auf Zuggleise legen, mit Silvesterböllern spielen, kopfüber in den Rhein springen – die Möglichkeiten, sich auf dämliche Art und Weise aus dem Leben zu verabschieden, waren grenzenlos. Sie sollte dankbar sein, dass nichts Schlimmes passiert war und sie jemanden an ihrer Seite hatte, der auf sie achtgab.

Gedankenverloren machte sie sich an den Abstieg. Es war so viel geschehen im letzten Jahr, da war der Winter mit seiner Ruhe eine richtige Zäsur gewesen. Sie hatte sich sehr zurückgezogen. Das lag nur zum Teil an der klirrenden Kälte, die einen lieber mit einem heißen Tee zu Hause sitzen als vor die Tür gehen ließ. Es lag auch daran, dass sie manchmal daran dachte, wie schnell das Leben zu Ende sein konnte und wie wenig dann eigentlich davon übrig blieb.

Jetzt aber, wo die Macht des Winters gebrochen schien und sich die Natur bereit machte, beim ersten warmen Tag zu explodieren, spürte auch Sabrina, dass ihre Kräfte langsam zurückkehrten. Es war Zeit für den Weinberg. Zeit, dieses Leben zu spüren, das jedes Jahr aufs Neue hier oben und unten im Tal erwachte und irgendwie auch in den Menschen, die plötzlich freundlicher wurden, weniger anhatten und sich die Zeit nahmen, auf der Straße stehenzubleiben und miteinander zu reden.

Sabrina warf einen letzten Blick hinauf zum Gipfel. Dieses Gefühl, fliegen zu wollen, das hatte sie lange nicht mehr gehabt. Das musste der Frühling sein, der einen ganz verrückt machte mit seinem lockenden Versprechen, dass alles, dieses Jahr, endlich anders werden würde. Ein Versprechen, dass dann spätestens vom Sommer, vom Herbst oder vom Winter gebrochen wurde. Nichts würde sich ändern. Fast fünfhundert Jahre Weinbaugeschichte wollten um ein weiteres Kapitel fortgeschrieben werden. Wenn nicht von ihr, dann von jemand anderem. So einfach war das.

»Und? Wie sieht es aus? Ist viel zu tun?«

Franziska Doberstein begutachtete im Anbau die Gerätschaften. Mehrere eingerissene Eimer hatte sie schon aussortiert. Gerade legte sie eine verkrustete Spitzschere zu den anderen in einen Korb. Sie würde sie in den nächsten Tagen zum Schleifen bringen. Ihre Arbeitskluft war frisch gewaschen und gebügelt – ein Luxus, den sie sich immer zum Saisonstart gönnte.

»Normale Härte.«

Sabrina betrachtete das Chaos um sie herum mit gemischten Gefühlen. Jeden Herbst nahmen sie sich vor, die Sachen nicht einfach wie Kraut und Rüben liegen zu lassen. Und jedes Frühjahr stellten sie fest, dass die guten Vorsätze allein nicht reichten.

»Das Aufheften dürfte nicht so schlimm werden.« Franziska nahm den Korb und trug ihn vor die Tür. »Vielleicht leiht mir Salinger dieses Jahr seinen Rollfix.«

Die Neuanschaffung hatte schnell die Runde gemacht. Vor zwei Wochen war Sabrina zum ersten Mal bei einem Treffen der Winzer dabei gewesen. Ihr Erscheinen war wohlwollend zur Kenntnis genommen worden und der Stolz in Franziskas Augen war nicht zu übersehen gewesen.

Sabrina folgte ihr in den Hof. Über Leutesdorf lag die schläfrige Feiertagsruhe vor dem ersten Ansturm der Tagestouristen.

»Guten Morgen! Ihr seid ja früh wach!«

Michael stand in der Haustür. Er trug einen warmen Bademantel und sah trotzdem etwas verfroren und unausgeschlafen aus.

Franziska ging auf ihn zu und nahm ihn in den Arm. »So ist das bei Winzern. Morgens früh raus, abends früh rein.«

Michael gab ihr einen Kuss. »Das habe ich aber von gestern etwas anders in Erinnerung.«

Beide verschwanden im Haus. Aus dem geöffneten Küchenfenster hörte Sabrina Geschirrklappern und Lachen. Es klang gut. Glücklich, um genau zu sein. Franziska hatte ihr Leben im Griff. Sie war genau da, wo sie sein wollte. Und sie hatte sogar noch jemanden gefunden, der das akzeptierte. Ob Michaels Elan den Sommer über anhalten würde, würde sich zeigen.

Und was war mit ihr, Sabrina? Sie sah auf ihre Armbanduhr. In zwei Stunden würde Lukas sie abholen. Sie wollten eine Tour auf den Hahnenberg machen, die erste in diesem noch so jungen Frühling. Die Flagge auf dem Gipfel war bereits gehisst, weithin konnte man das Andernacher Schwarz-Rot erkennen. Es war ein schöner Aufstieg und zur Belohnung wartete ein traumhafter Blick auf das Rheintal bis hin zum Westerwald. Das Café oben hatte geöffnet. Man konnte sich auf die Terrasse setzen und die ersten Sonnenstrahlen genießen.

Klang gut. Klang schön. Klang nach Kaffeefahrt.

Sabrina seufzte. Irgendwie ging es nicht richtig voran mit ihnen. Vielleicht lag es daran, dass sie jedes Mal, wenn Lukas etwas von ihr wollte, einen Rückzieher machte. Sie waren jetzt drei Monate richtig zusammen. Verabredeten sich, gingen ins Kino, manchmal nach Neuwied zum Tanzen, er hatte sie offiziell seinen Eltern vorgestellt, und sogar Franziska fiel nichts ein, was sie gegen Lukas vorbringen konnte. Alles war so angenehm, ruhig, friedlich … Warum also sollte *Das Eine* nicht auch so sein? Woher ihre Ablehnung, die Ausreden, das Drumherumreden und -denken? Sie wurde siebzehn in diesem Jahr. Wahrscheinlich würde sie die einzige Siebzehnjährige weit und breit sein, die noch als Jungfrau herumlief.

Wie auf Bestellung klingelte ihr Handy, und die zweite Jungfrau war am Apparat.

»Hi«, meldete sich Beate. »Du bist schon wach?«

»Die Saison geht los.«

»Verstehe. Wenn ihr Hilfe braucht, ich hab Zeit.«

»Lieb von dir. Aber ich war nur mal kurz oben im Wein. Ich denke, in vier Wochen bekommst du Gelegenheit, dein Angebot zu bereuen.«

»Was machst du heute?«

»Ich gehe mit Lukas auf den Hahnenberg.«

»Dann kommt doch danach bei mir vorbei. Liegt fast auf dem Weg. Ich langweile mich zu Tode und Opa hat eine Erkältung. Das macht ihn noch unausstehlicher.«

Sabrina lachte. »Klingt nach einem richtig spannenden Tag. Okay. Ich frage Lukas mal.«

Wieder das winzige Zögern am anderen Ende der Leitung.

»Hey, Beate. Er ist mein Freund. Wir machen Dinge nun mal gemeinsam. Ich würde dich doch auch fragen, wenn ich noch jemanden mitbringen würde.«

»Schon gut. War was?«

Beate legte auf.

Sabrina hatte es sich längst abgewöhnt, sich bei Beate über irgendetwas zu wundern. Die Art, wie sie Telefongespräche beendete oder urplötzlich aufsprang, verschwand und erst nach einer halben Stunde wiederkam. Sie hatte x-mal versucht, ihr etwas über den Silvesterabend aus der Nase zu ziehen. Aber mehr als ein ›Ich musste mal aufs Klo und da warst du weg‹ war nicht aus ihr herauszubekommen. Auf der anderen Seite kümmerte sich Beate seitdem rührend um sie. Rief ein halbes Dutzend Mal am Tag an, begleitete sie nach der Schule fast immer zum Bus und nahm sehr viel Anteil an ihrem Leben.

»Wenn mir selbst schon nichts Spannendes passiert, dann will ich es wenigstens von anderen erzählt bekommen«, hatte sie einmal gesagt.

Sabrina fand ihr Leben nicht sonderlich spannend. Eigentlich trudelte es gerade ganz gemächlich hin in Richtung Langweile. Fast war sie froh, dass der Weinberg sie jetzt wieder in die Pflicht nahm. Sie fing an, die Scheren abzuspülen, und als sie die Brille in ihrer Jackentasche bemerkte, hielt sie sie auch unters fließende Wasser. Anschließend trocknete sie sie ab und polierte sie auf Hochglanz. Sie sah tatsächlich aus wie neu. Als Lukas wenig später kam, steckte sie den Fund in ihre Tasche und beschloss, bei nächster Gelegenheit die Tourismusinformation von Andernach zu besuchen. Mal schauen, was es Neues gab. Vielleicht lief sie bei dieser Gelegenheit auch ganz zufällig dem Ranger über den Weg …

»Nein.« Lukas glatte, hohe Stirn verfinsterte sich. »Das machst du nicht. Schon vergessen, was du deiner Mutter versprochen hast?«

Sie saßen nebeneinander im Wagen und fuhren gerade über den Rhein. Über dem strahlend blauen Himmel zogen sich einige Wolken zusammen. Das Spiel von Sonne und Schatten tauchte mal das eine, mal das andere Ufer in gleißendes Licht.

»Und mir.«

Er legte seine Hand auf ihr Knie. Dann musste er schalten und zog sie wieder weg.

»Ich hatte nicht vor, ihn auszufragen. Aber mich interessiert einfach, ob er von Berti und den schwarzen Liegeplätzen gewusst hat.«

»Natürlich. Die wissen doch alles. Du kannst ganz beruhigt sein. Irgendwas läuft da immer. Aber was, werden sie dir natürlich nicht auf die Nase binden.«

»Ist dein Vater immer noch sauer, dass er damals die Werth nicht als Baugebiet bekommen hat?«

Lukas fädelte sich in die Uferstraße ein und konzentrierte sich auf den Verkehr.

»Schnee von gestern«, sagte er. »Er ist im Gegensatz zu mir ein guter Verlierer.«

»Das mit dem Weinberg nimmt er mir aber immer noch übel.«

Lukas schwieg. Erst als sie den Ortseingang von Andernach erreichten und das Wohngebiet vor dem Hafen, nahm er den Faden wieder auf. »Und du, was ist mit dir?«

»Mit mir?« Sabrina sah ihn erstaunt an.

»Dass er wollte, dass ich mich an dich heranmache. Ich habe das Gefühl, dass du mir das auch noch nicht verziehen hast. Es steht immer noch zwischen uns.«

Sabrina seufzte. Sie hatten diese Diskussion schon ein Dutzend Mal geführt. Aber ihre Zurückhaltung lag nicht an dem perfiden Plan, den der Vater seinem Sohn aufgedrückt hatte. Sie dachte wieder daran, was Lukas damals gesagt hatte, als sie im Krankenhaus lag. Er war ehrlich zu ihr gewesen, in jeder Beziehung. Er hatte ihr alles gestanden und gesagt, dass er sie lieben würde.

»Doch, das hab ich«, sagte sie leise.

Aber tief in ihr drin spürte sie einen kleinen Widerstand gegen diese Worte. So richtig, ganz und uneingeschränkt wollte das alles nicht mehr heraus aus ihr. Es war, als ob sie wieder auseinanderdriften würden, langsam und unmerklich, und sie hoffte nur, dass Lukas nicht das Gleiche dachte. Es war ihr Fehler, dass etwas nicht stimmte mit ihnen. Sie fühlte sich schuldig, nicht so empfinden zu können, wie er das vielleicht von ihr erwartete.

Sie hielten an einer Ampel, was eigentlich völlig unnötig war, denn weit und breit war niemand außer ihnen unterwegs. Nur ein Spaziergänger marschierte gerade auf die Kreuzung zu. Etwas an seiner Gestalt kam Sabrina bekannt vor. Sie sah genauer hin – und erkannte Günni. Der stoppte gerade seine schlenkernden, kniekehligen Schritte, weil die Fußgängerampel von Grün auf Rot sprang.

»Moment.« Sie legte Lukas die Hand auf den Arm. »Bin gleich wieder da.«

Noch bevor er etwas sagen konnte, war sie aus dem Auto gesprungen. Sie lief auf Günni zu, der sie erst irritiert ansah und dann, als er in seinem Gedächtnis gekramt und die passende Erinnerung gefunden hatte, vor Schreck einen Schritt zurückstolperte.

»Hi, Günni. Wie geht's denn so?«

Der große Mann ließ die Arme hängen. Sein Gesicht verschloss sich. »Gut«, brummte er.

Lukas hupte.

»Hast du das von Berti gehört?«

»Mja.« Er setzte sich in Bewegung.

Sabrina folgte ihm. »Und?«

»Was und?«

»Wo ist er die ganze Zeit gewesen?«

»Schnauze.«

»He, was –«

Abrupt blieb er mitten auf der Straße stehen. Sabrina erkannte Lukas hinter der Windschutzscheibe seines Landrovers, wie er halb belustigt, halb ärgerlich die Hände in einer fragenden Geste vom Steuer hob.

Günni baute sich vor ihr auf. »Hat das kein Ende?« Er wollte bedrohlich wirken, aber weil alles an ihm so aussah wie ein zu großes Gorillababy, gelang ihm das nicht wirklich.

»Schnüffelst du immer noch rum? Lass das bleiben. Ist nicht gut für dich.«

Günni trug einen grob gestrickten Pullover, eine ausgeblichene Jeans und offene Turnschuhe. Von einem hatten sich die Schnürsenkel gelöst. Sabrina wollte ihn gerade darauf hinweisen, als ein Bild in ihr aufblitzte. Zwei Paar Schuhe. Ein großes. Ein kleines. Eines, das zu ihm passte, und eines, das anders war. Anglerstiefel. Kleine Anglerstiefel.

»Er war bei dir.«

Günni wandte sich ab und schlurfte weiter.

Als Lukas sah, dass Sabrina ihm folgte, hupte er. Aber sie achtete nicht auf das Signal.

»Ich weiß es. Gib's doch zu! Warum hast du ihn versteckt?«

»Blödsinn«, knurrte er. »Lass mich in Ruhe.«

»Er war in der Wohnung, als wir bei dir waren. Mein Gott Günni, warum hast du mir das nicht gesagt! Ich hätte vielleicht mit ihm reden können …«

Blitzschnell drehte sich Günni zu ihr um und packte sie am Kragen. »Was hätte das geändert? Nichts! Gar nichts! Du! Mit ihm reden! Er hatte Angst!«

»Vor was?«

Jemand riss ihn zurück.

Lukas stand wutschnaubend hinter ihnen. »Fass sie nicht noch mal an, Freundchen.«

Günni drehte sich langsam – wie in Zeitlupe – zu Lukas um und legte alle Verachtung, zu der er fähig war, in eine einzige Silbe. »Ach.«

Dann stapfte er davon.

Sabrina wollte ihm folgen, aber Lukas hielt sie zurück. »Es reicht. Steig ein.«

Wortlos ging er zurück zum Wagen. Sabrina krabbelte auf ihren Sitz. Sie spürte, wie wütend Lukas war und dass er recht hatte. Sie sollte sich nicht mehr einmischen. Aber Günni war ein Mensch, der niemandem etwas zuleide tat. Im Gegenteil. Die Angst, die Berti gehabt haben musste, war auch in ihm. Sie hatte sie gesehen und gespürt.

Lukas fuhr, als hätte er einen Maserati unter dem Hintern. Mit siebzig Sachen bog er in die Uferpromenade ein. Gerade huschte eine Großfamilie über den Zebrastreifen Richtung Schiffsanlegestelle. Lukas machte eine Vollbremsung, der Vater zeigte ihm einen Vogel, und Sabrina schnallte sich mit zitternden Fingern an.

»Entschuldige bitte«, sagte sie.

Aber Lukas fiel ihr sofort ins Wort. »Du redest nicht mehr mit ihm.«

»Aber er hat gerade gesagt, dass Berti sich bei ihm versteckt hat!«

»Still!« Lukas schrie beinahe. »Ich kann es nicht mehr hören. Kapierst du eigentlich nicht? Muss man dir alles zehnmal sagen? Musst du erst tot sein, bevor du es verstehst? Du machst mich krank! Und weiß du warum? Weil du selber krank bist!«

Er fuhr an den Straßenrand und hielt an. In diesem Ton hatte er noch nie mit Sabrina gesprochen. Ihr wurde klar, dass noch niemand das bisher getan hatte. Sie saß da mit offenem Mund und wusste nicht, wie ihr geschah.

»Geh nie wieder auf die Werth.«

»Lukas …«

»Halt dich raus. Tu, was ich dir sage.«

»Sonst?«

Er legte einen Arm auf das Steuer und sah an ihr vorbei.

»Sonst ist es aus zwischen uns?«

Er sagte nichts. Sabrina presste die Lippen aufeinander. Gut, wenn er es unbedingt so haben wollte …

»Ich halte das nicht mehr aus«, sagte er leise. Etwas in seinem Ton zog Sabrina das Herz zusammen. »Ich kann das nicht mehr. Du machst mich fertig.«

Sie wollte etwas sagen, aber ihr fielen die richtigen Worte nicht ein. Es gab auch keine. In solchen Situationen war es besser, klärende Gespräche auf einen späteren Zeitpunkt zu verschieben.



»Ich glaube, ich geh dann mal.«

Er nickte. »Wir sollten uns eine Auszeit nehmen. Wir beide.«

Eine Auszeit. Was hatte das denn zu bedeuten? Sabrina öffnete den Mund, um ihn das zu fragen, aber er schaute nur durch die Frontscheibe auf die Straße und sagte kein Wort. Sie stieg aus und warf die Tür zu. Er startete und fuhr davon. Wie betäubt starrte sie den Rücklichtern hinterher, bis er weit oben am Alten Krahnen den Blinker setzte und abbog.

Was war das denn? Hatte er eben Schluss gemacht? Sie lief los, ohne darauf zu achten, wohin. Er hielt es nicht mehr aus mit ihr. Er konnte nicht mehr. Das klang, als hätte sie ihn an den Rand eines Nervenzusammenbruchs getrieben. Als wäre sie das Schlimmste, was einem Mann passieren konnte.

Eigentlich war es nicht der Verlust, der sie so sauer machte. Es waren Wut und Enttäuschung, dass jemand, der sie angeblich liebte, sie so mir nichts, dir nichts mit ein paar üblen Sätzen gehen ließ. Du machst mich fertig. Das war doch lächerlich! Amelies Verlust hatte ihn genauso getroffen wie Sabrina. Er musste doch mindestens das gleiche Interesse an einer Aufklärung haben wie sie! Natürlich würde sie nicht mehr nachts auf der Werth herumstromern. Und in die Nähe eines ungesicherten Uferkais würden sie keine zehn Pferde mehr bringen. Aber am helllichten Tag jemanden auf der Straße ansprechen, der vielleicht einen entscheidenden Hinweis geben konnte, was war denn schon dabei? Sie fühlte sich gegängelt wie ein kleines Kind, ungerecht behandelt und dann auch noch von oben herab abgekanzelt. Vor einer Stunde noch hatte sie fliegen wollen, und jetzt war es Lukas mit ein paar Sätzen gelungen, sie auf dem Boden zu zerschmettern.

Als sie wenig später an Beates Haustür klingelte, hoffte sie inständig, nicht dem Richter über den Weg zu laufen. Doch ausgerechnet der stand oben auf der Treppe und sah ihr grimmig entgegen, als sie über den Gartenweg auf das Haus zugelaufen kam.

»Reichlich früh am Sonntag. Von Anmelden halten sie wohl nichts, die jungen Leute?«

Wie so oft, wenn er was zu meckern hatte, tat er das nicht, indem er seine Opfer direkt ansprach. Er suchte sich den Umweg über die dritte Person, was die Sache umso ärgerlicher machte. Sabrina stapfte grußlos an ihm vorbei.

»Guten Morgen!«, trompetete er ihr hinterher und schnäuzte anschließend lautstark in ein Papiertaschentuch.

Sabrina durchquerte die große Empfangshalle und lief direkt in Richtung Küche. Um diese Uhrzeit saß Beate meistens beim Frühstück. Sie und ihr Großvater teilten sich die Sonntagszeitung, er, indem er das Tagesgeschehen bissig kommentierte, sie, indem sie versuchte, diese Kommentare zu überhören.

Ähnlich war es auch an diesem Vormittag, allerdings saß Beate allein am Tisch, und eine hyperdünne, nervöse Frau im Kostüm stand neben ihr. In der einen Hand hielt sie ein Handy, in der anderen einen trockenen Vollkorntoast. Beate schaufelte sich gerade einen Löffel Müsli in den Mund. Die Frau lächelte sie an, was einige tiefe Falten in ihre Wangen grub.

»Du musst Sabrina sein, Beates Freundin.«

Die Frau reichte ihr eine Hand, die sich anfühlte wie ein Bündel Reisig. Alles an ihr war knochig. Allerdings hatte sie sich gut geschminkt, und die halblangen Haare fielen in glänzenden, sehr gepflegten Wellen auf die Schulter. Sie hatte dieselben hellen Augen wie Beate, und auch wenn der magere Richter neben ihr aussah wie ein wohlgenährter Buddha, war die Ähnlichkeit unverkennbar.

»Und Sie sind Frau Seiters«, antwortete Sabrina.

»Ich freue mich. Beate hat viel von dir erzählt. Tut mir leid, aber ich habe heute Großkampftag. Ich organisiere eine Konferenz, die am Montag beginnt, und muss deshalb noch mal nach Bonn.«

Sie drückte ihrer Tochter einen Kuss auf die Stirn, von dem ein roter Lippenstiftabdruck übrig blieb. Mit energischen Bewegungen versuchte sie, ihn abzureiben, aber Beate wandte unwillig den Kopf weg.

»Schon gut, Mama.«

Frau Seiters eilte hinaus.

Beate zupfte eine Serviette aus dem Ständer und wischte sich die Stirn ab. Dabei ließ sie Sabrina nicht aus den Augen. »Was ist los?«

»Er hat mit mir Schluss gemacht.« Sie plumpste ohne zu fragen auf einen Stuhl und holte tief Luft. »Eben. Vor zehn Minuten. Aus heiterem Himmel.«

Es war immer noch so unfassbar. Absurd geradezu. Fast hätte Sabrina gelacht, wenn ihr nicht immer noch die Tränen in den Augen stehen würden. Beate kaute langsam mit vollen Backen und sah sie dabei an wie ein Versuchsobjekt unter dem Mikroskop.

»Ich habe Günni getroffen. Unten am Hafen. Und er hat mir gesagt, dass er Berti versteckt hat.«

Beate kaute weiter.

»Günni wurde wütend, Lukas ist dazwischen, und anschließend sagte er, das gehe nicht mehr so weiter mit mir, ich wäre krank und alles nicht zum Aushalten, er käme nicht mehr klar.«

Beate schluckte und spülte den Rest mit einem großen Schluck Milch hinunter. »Mit dir«, sagte sie.

Der Richter kam herein. Über Hemd und Hose hatte er einen weiten Hausmantel geworfen, der ihm gemeinsam mit den samtenen Pantoffeln etwas Britisch-Hochnäsiges verlieh. »Ich bin beruhigt, dass deine Freundin ihr Sprachvermögen wiedererlangt hat«, sagte er über Sabrinas Kopf hinweg. »Etwas Kaffee?«

»Ja, gerne. Entschuldigen Sie bitte. Guten Morgen.«

Beate sprang auf und holte eine Tasse aus dem Küchenschrank. Der Richter nahm seine Zeitung und verzog sich grummelnd hinter das verwerfliche Treiben der Weltpolitik. Er trug eine Brille mit Gläsern so dick wie Flaschenböden. Sabrina hatte das Gefühl, er las gar nicht. Was er an Allgemeinplätzen von sich gab, passte auf alles und nichts.

»Wir gehen nach oben, Opi.«

»Früher nahm man noch gemeinsam die Mahlzeiten ein.« Mit einer Handbewegung schlug er die Seiten glatt, dass es knallte. »Da sprang nicht jeder auf und weg und Besuch hat sich angekündigt.«

»Bis später.« Beate achtete gar nicht auf seine Granteleien. Sie drückte ihrem Großvater einen schmatzenden Kuss auf die faltige Wange, nahm die beiden Kaffeebecher und warf Sabrina einen aufmunternden Blick zu.

Die erhob sich. »Äh ja. Entschuldigen Sie bitte. Aber unvorhergesehene Ereignisse …«

Der Richter ließ die Zeitung sinken. »Ist alles in Ordnung? Du klingst ein wenig aufgeregt, mein Kind.«

Sabrina fühlte sich ertappt. Nur weil der alte Mann fast blind war, hatte sie geglaubt, er würde nichts bemerken.

»Ist es das Schiff?«

Beate und Sabrina wechselten einen Blick. Fast unmerklich schüttelte Beate den Kopf. Sie wollte nicht, dass der Richter mehr erfuhr als unbedingt nötig und sich am Ende noch Sorgen machte.

»Das hat sich erledigt«, sagte Sabrina schnell. »Da gibt es keine Zusammenhänge mit der Sache vor acht Jahren. Ich habe mich geirrt.«

Der Richter nahm seine Lektüre wieder hoch. »Dann ist es ja gut. Sonst hätte dir Beate im Archiv etwas heraussuchen können. Das war zu der Zeit, in der ich zum ehrenamtlichen Schiedsmann für Jugendstrafsachen berufen wurde.«

»Ach wirklich?« Sabrina setzte sich wieder.

Beate seufzte und gesellte sich zu ihnen. Das Gesicht des Richters war hinter den Andernacher Nachrichten verschwunden. Sanft legte Sabrina die Hand auf die Zeitungsseiten und schob sie nach unten.

Die Augen des Richters, groß wie Tennisbälle, hefteten sich auf sie. »Nach meiner Pensionierung war das. Man will ja die erworbenen Fähigkeiten weiterhin in den Dienst der Allgemeinheit stellen. Und gerade der Jugend gehörte immer meine erhöhte Aufmerksamkeit.«

Was die Jugend, nach Beates Gesichtsausdruck zu schließen, nicht immer mit entsprechender Gegenliebe zur Kenntnis nahm.

»Und da passierte der Mord am toten Fluss?«

»Genau da. Aber wenn sich das erledigt hat …«

»Also, um ehrlich zu sein, ich würde es schon ganz gerne lesen. Ihre Fähigkeiten und so …«

Aber die Zeitung war schon wieder zwischen ihnen. Beate ging zur Tür. Sabrina bedankte sich und folgte ihr.

In ihrem Zimmer stellte Beate die beiden Kaffeetassen auf den Tisch. »Ulkig. Manchmal blitzt was auf bei ihm, und er kann sich an Sachen erinnern, da staune ich bloß.«

»Wo sind denn diese Zeitungen?« Sabrina hatte zwar ein schlechtes Gewissen, aber gegen das Lesen konnte ja wohl niemand etwas einwenden.

»In seiner Bibliothek. Irgendwelche Justiz-Nachrichtenblättchen. Gib mir ein paar Tage Zeit. Er hat zwar alles geordnet, aber das System ist mir bis heute nicht klar.« Sie setzte sich aufs Bett. »Lukas hat also mit dir Schluss gemacht.«

»Ja.« Sabrina nahm neben ihr Platz. »Aber vielleicht ist es ja besser so. Es lief irgendwie nicht rund. Obwohl ich ihn sehr gerne mag und alle begeistert davon sind, wie gut wir zusammenpassen.«

Beate hob die Augenbrauen. Damit kommentierte sie, dass sie sich nicht zu allen zählte.

»Ja ja, ich weiß. Du hast ja schon immer was gegen ihn gehabt.«

»Stimmt nicht. Ich fand ihn nett. Am Anfang zumindest. Dann aber hat er sich für meine Begriffe ein bisschen zu sehr als dein großer Held und Beschützer aufgespielt. Er war ja immer um dich rum und hat dich immer mehr abgeschottet.«

»So war das doch gar nicht!«

»Dir ist es vielleicht nicht aufgefallen. Aber mir.«

Sabrina schüttelte den Kopf. Vielleicht stand sie ja immer noch unter Schock. In ihrer Brust kämpften zwei Seelen miteinander: Die eine war froh, dass es zu Ende war, die andere bedauerte es zutiefst. »Bin ich wirklich so verbohrt?«

Beate musterte sie mit zusammengekniffenen Augen. Dann senkte sie den Kopf zu einem bedächtigen Nicken. »Schlimmer.«

Sie prustete los. Sabrina boxte ihr in die Seite und im nächsten Moment warfen sie sich lachend zurück aufs Bett.

»Ihr passt nicht zusammen.« Beate betrachtete ihre Deckenlampe, als sähe sie sie zum ersten Mal. »Entschuldige, wenn ich das so offen sage, aber er ist ein Macho. Er braucht jemanden, der ihm Paroli bieten kann.«

»Das stimmt nicht. Er hält dir die Tür auf, bezahlt immer, ist unglaublich rücksichtsvoll ...«

»Hm ja. Klar. Genauso stelle ich mir meinen Traummann vor. – Wie ist er denn ... Habt ihr eigentlich jemals? Du weißt schon.«

»Nein. Er wollte, ich nicht.«

»Vielleicht ist das ja der Grund. Es gibt Typen, die ertragen es nicht, wenn man ihren göttlichen Körper von der Bettkante stößt.«

Sabrina setzte sich auf. »Glaube ich nicht. Ich vermute eher, er hat einfach Angst um mich.«

»Und deshalb schickt er dich in die Wüste?«

Sabrina zuckte ratlos mit den Schultern. Es war das erste Mal, dass ihr so etwas passiert war. Liebeskummer hatte sie sich immer anders vorgestellt. Viel tiefer und melancholischer, mit einem dunkel-romantischen Soundtrack im Herzen, der alles mit schicksalhaften Moll-Tönen untermalte. Im Moment war sie eigentlich nur sauer, weil Lukas sie so schnell aufgegeben hatte. Die Trennung war gar nicht so schlimm. Also war die Liebe wohl auch nicht so groß gewesen. Das war es eigentlich, was sie traurig machte. Sie hatte der Sache eine Chance geben wollen, aber es hatte wohl auf beiden Seiten nicht zu mehr gelangt.

»Er will eine Auszeit. Keine Ahnung, was das zu bedeuten hat.«

»Du gehst mir auf den Keks. Ich will es dir nicht offen ins Gesicht sagen, aber du bist es einfach nicht. Lass uns Freunde bleiben.« Beate sagte das staubtrocken. Sabrina brauchte eine Sekunde, bis sie begriff, dass ihre Freundin nur versucht hatte, Lukas' komplizierte Gedankengänge ins Einfache zu übersetzen. »Wie geht es dir damit?«

»Beschissen, aber okay«, antwortete Sabrina wahrheitsgemäß.

Sabrina stand auf und griff nach ihrer Tasche. Die fiel kopfüber vom Bett, und ein Sammelsurium aus Kleingeld, Taschentüchern, benutzten Busfahrscheinen, Lipgloss, Kugelschreibern, Büroklammern und Krümeln längst vergessener Kekse fiel auf den Boden.

»Mist.« Sabrina ging in die Knie, um alles einzusammeln.

»Hey, wie kommst du denn an meine Brille?« Beate griff nach dem Gestell und betrachtete es von allen Seiten. Dann setzte sie es sich auf die Nase. »Hab ich die mal bei euch liegen gelassen? Danke. Ich dachte schon, jetzt geht die Rennerei zum Optiker wieder los.« Beate lächelte sie vergnügt an.

Sabrina sagte kein Wort. Sie wich aber ihrem Blick aus und versuchte, sich nichts anmerken zu lassen. Als sie alles wieder verstaut hatte, stand sie auf und verabschiedete sich. Am Montag würden sie sich in der Schule sehen. Beate brachte sie noch bis zur Haustür und versprach, bei der nächsten Gelegenheit nach der alten Zeitung zu suchen. Dann stand Sabrina auf der Straße und machte sich auf den Heimweg.

Die Brille musste Beate oben auf dem Berg verloren haben. Sie hatte Kratzer und blutige Abschürfungen gehabt. Steine waren losgetreten worden, einige hatten Sabrina nur um Haaresbreite verfehlt. Natürlich glaubte sie nicht, dass Beate ernsthaft vorhatte, ihr etwas anzutun. Aber was zum Teufel hatte sie oben auf dem Berg gemacht?

Die ganze Fahrt zurück dachte sie darüber nach. Natürlich hätte sie Beate direkt fragen können. Aber eine innere Stimme sagte Sabrina, dass es besser war, ab jetzt den Mund zu halten.

Sie hatte sich schon viel zu weit aus dem Fenster gelehnt. Sie hatte Lukas verloren, und es sah ganz so aus, als ob auch ihre neue Freundin Geheimnisse vor ihr hatte.

Die Sehnsucht nach Amelie schnürte ihr beinahe das Herz ab. Plötzlich bereute sie es, dass sie das Tagebuch begraben hatte. Einen Moment lang jagte der wilde Gedanke durch ihren Kopf, es sich einfach wiederzuholen. Dann verwarf sie ihn. Das wäre der komplette Irrsinn: Sie am Grab, mit loderndem Wahn im Blick nach dem vergrabenen Schatz suchend. Das war absolut reif für die Anstalt. Amelie war tot. Sie konnte Sabrina nicht mehr helfen.

Plötzlich hatte sie das Gefühl, jemand würde sich neben sie setzen. Erschrocken sah sie hoch. Der Platz war frei. Außer ihr waren nur noch eine Hand voll Leute im Bus und die saßen schon seit Andernach an derselben Stelle. Halluzinierte sie schon? Sie lehnte sich zurück und schloss die Augen. Amelie, dachte sie. Bist du noch da oder hast du uns ganz und gar verlassen? Willst du, dass ich weitermache? Ich bin so mutlos. Ich bin allein. Ich bin traurig, weil ich nicht weiß, was ich will, und jemanden damit sehr verletzt habe. Ich suche meinen Weg und finde ihn nicht. Amelie, ich wollte fliegen heute Morgen und dann habe ich mir sogar den Gedanken daran verboten. Und jedes Mal, wenn ich in meinem Kopf ein Wort mit K benutze, zucke ich zusammen, weil ich Angst habe, dass aus diesem Buchstaben ein Name wird. Ein Name, den ich nicht vergessen kann. Was ist bloß passiert mit mir?

Ein leichter, kaum spürbarer Hauch streifte ihr Gesicht. Sabrina spürte ein Kribbeln, wie von einem Vorübergehenden, der sie mit der zarten Spitze eines Seidentuchs unabsichtlich berührte. Sie blinzelte. Gerade bog der Bus auf den großen Parkplatz am Rheinufer von Leutesdorf ein. Er war nun voll besetzt, nur der eine Platz neben ihr war immer noch frei. Sie fröstelte, weil es bis eben warm gewesen war. Als ob jemand neben ihr gesessen hätte, der gerade aufgestanden und gegangen war.

# NEUNUNDZWANZIG

Sebastian, Sabrinas Banknachbar, war mittlerweile zahm und zutraulich geworden. Nachdem Sabrina wochenlang mit sanfter Stimme jeden Morgen einen aufmunternden Gruß gemurmelt hatte, war es ihm nach den Winterferien tatsächlich gelungen, wieder den Mund aufzumachen.

»Dein Stuhl steht auf meiner Jacke.«

Damit hatte sich sein Redeschwall erst mal wieder erschöpft, aber immerhin nickte er ihr jetzt öfters zu. Sabrina nahm das als gutes Zeichen, dass man manchen Dingen einfach Zeit geben musste. Im letzten Sommer war sie zornig und ungeduldig gewesen und hatte eine Menge Fehler gemacht. Sie würde jetzt vorsichtiger sein und vor allem darauf achten, niemanden mehr ins Vertrauen zu ziehen. Doch das war leichter gesagt als getan, denn Beate war so wie immer, als sie am nächsten Tag in der Pause auf sie zukam und fragte, ob sie mit ihr zum Mittagessen gehen würde.

»Ich habe keine Zeit«, redete sich Sabrina heraus. »Schularbeiten, und dann geht es am Rosenberg los.«

»Hat sich da mittlerweile mit der Bahntrasse was getan?«

Sabrina schlenderte zu einer Bank, die in der Sonne stand. Im Schatten war es immer noch empfindlich kalt. »Wir warten aufs Gutachten.«

»Ich könnte ja mal meine Kontakte spielen lassen und Janine treffen.«

Sabrina musste lachen, ohne dass sie es wollte. »So weit würdest du gehen?«

Und Beate machte es ihr noch schwerer, Distanz zu wahren. Zwei Wochen später stand sie frühmorgens vor der Haustür und eröffnete einer entgeisterten Franziska, dass sie mit in den Weinberg wollte. Sabrina beschloss, ihr Misstrauen erst einmal in eine hintere Ecke ihres Herzens zu verbannen. Miteinander zu arbeiten war immerhin etwas anderes als sich gegenseitig die größten Geheimnisse zu erzählen.

»Hat Lukas sich mal gemeldet?«, fragte Beate während des komplizierten Versuchs, sich mit der Drahtschere nicht die Finger zu amputieren.

»Nein. Er ist wie vom Erdboden verschluckt.« Sabrina dachte einen Moment nach. »Er hat mal erzählt, dass er eine Menge fürs Studium tun muss. Er hat in Koblenz eine kleine Studentenbude, wahrscheinlich ist er da erst mal hin.«

»Komisch.«

»Was ist komisch?«

Beate brachte es gerade zustande, den Draht derart zu verknoten, dass man die ganze Spule wegwerfen konnte.

»Ich hab gehört, er hängt in den Kneipen rum und lässt sich volllaufen. Wie ist das eigentlich mit Winzern und Alkohol? Seid ihr alle irgendwie gefährdet?«

»Nicht mehr und nicht weniger als andere auch. Wein ist ein Kulturgut. Zumindest der, den wir anbauen. Man genießt ihn, aber man besäuft sich nicht. Das ist in etwa der Unterschied zwischen der ›Rheinkrone‹ und einer Hamburgerbude. Bei dem einen genießt man, bei dem anderen stopft man wild alles in sich hinein.«

»Gut, dass du's sagst. Ich esse Hamburger zwischendurch nämlich ganz gerne.«

Es klang ein bisschen angepiekt. Vielleicht spürte Beate, dass Sabrina nicht mehr ganz so unbefangen war. Sogar bei einer harmlosen Unterhaltung.

Ein Kleinbus hielt auf dem Schotterweg zu den Weinbergen. Die Seitentür öffnete sich und ein halbes Dutzend fröhliche Frauen stieg lächend und schwatzend aus.

»Kreutzfelders Polinnen.«

Sabrina zog die Stirn kraus. Saisonarbeiter waren etwas ganz Normales. Aber es war schon komisch, wenn man den Chef das ganze Jahr hier oben nicht zu sehen bekam. Die Frauen schwärmten aus und machten sich an die Arbeit.

Sabrina warf einen Blick auf Dobersteins Jüngsten. Sollten sie dort anfangen oder nicht? Aus Franziska war dazu kein klares Wort herauszubekommen.

»Guck mal, das erste Schiff.«

Beate deutete hinunter auf die andere Seite des Rheins. Tatsächlich setzte sich gerade gemächlich eine Fähre in Bewegung und hielt auf Leutesdorf zu. Unten auf dem Parkplatz neben Salingers Wirtschaft hatte sich ein Pulk Ausflügler versammelt und wartete auf den Weitertransport. Beim Gedanken an die Werth hatte Sabrina ein Gefühl wie bei nicht gemachten Hausaufgaben. Verdrängt, aber nicht vergessen. Wahrscheinlich war der Ranger auch schon bei der Arbeit. Alles ging weiter, als wäre nichts geschehen. Es war schon deprimierend, wie wenig sich die Welt um all die großen und kleinen Katastrophen scherte, die jeden Tag passierten.

»Lass uns aufhören.« Sabrina warf die Drahtzange in den Korb mit den Arbeitsgeräten.

Beate betrachtete eingehend ihr Werk, das eher an moderne Kunst erinnerte als an einen fachmännisch aufgebundenen Weinstock. »Gute Idee. Wir könnten mal zum Geysir fahren.« Sie zog die Arbeitshandschuhe aus. »Wenn wir uns beeilen, kriegen wir den Dampfer noch.«

»Ich darf nicht.« Sabrina kaute unentschlossen auf ihrer Unterlippe.

»Zum Geysir? Das ist doch höhere Heimatkunde. Da kann doch keiner was dagegen haben. Ist deine Mutter da?«

Sabrina kniff die Augen gegen die Sonne zusammen und blinzelte hinunter zum Hof. Michaels Wagen war verschwunden. Die beiden hatten vorgehabt, den Samstag für Einkäufe zu nutzen.

»Ich glaube nicht.«

»Na dann los!«

Beate begann eilig mit dem Abstieg. Einen Moment lang zögerte Sabrina. Es stand so viel zwischen ihnen. Beate tat so, als ob nichts passiert wäre, dabei musste sie spüren, dass Sabrina auf Abstand gegangen war. Doch als sich ihre Freundin ungeduldig nach ihr umdrehte, zog auch Sabrina die Handschuhe aus und rannte hinter ihr her.

Sie erreichten keuchend und außer Atem das Schiff kurz vor dem Ablegen. Auf dem Wasser wehte ein eisiger Wind. Sie suchten sich zwei Plätze unter Deck am Fenster.

Beate fröstelte, sie bestellte bei einem nicht sehr ausgeschlafen wirkenden Kellner zwei Tee und warf einen Blick hinaus aufs Wasser. »Wir sind in einer Stunde wieder zurück. Niemand merkt was.«

Beate tat so, als wäre das ein harmloser Ausflug. Aber sie hatte auch nicht ihrer Mutter auf dem Krankenbett versprechen müssen, nie wieder etwas Unüberlegtes zu tun. Diese Aktion war weder überlegt noch geplant. Beate schien das gar nichts auszumachen. Die hatte ja auch niemanden zu Hause, der ihr die Hölle heiß machen könnte.

»Hast du eigentlich jemals Amelies Tagebuch ganz gelesen?«

»Nein.« Sabrina schüttelte den Kopf. »Das waren ihre Geheimnisse. Die gingen mich nichts an. Für mich war es ein Orakel. Und nur so habe ich es benutzt.«

»Schade. Also, mir hätte es schon in den Fingern gekribbelt. Vielleicht hat sie ja was reingeschrieben, was wichtig wäre. Etwas über ihren Mörder vielleicht.«

»Das hat jemand rausgerissen. Es fehlen vier Seiten in der Mitte. Die Polizei hat sie nicht gefunden. Eigentlich hat sie gar nichts gefunden.«

Der Kellner brachte den Tee und kümmerte sich dann um eine Gruppe verwirrter Radfahrer, die gerade erfahren hatten, dass sie ihre Räder nicht mit auf die Halbinsel nehmen durften.

»Wo ist es jetzt?«

»Ich habe es vergraben.«

Beate warf ihr einen zweifelnden Blick zu.

Sabrina umklammerte das Teeglas, um sich ein bisschen zu wärmen. »Auf dem Friedhof. Ich habe es ihr zurückgegeben. Ich fand, dass es an der Zeit war, von diesen Sachen Abschied zu nehmen und erwachsen zu werden.«

»Du setzt also Erwachsenwerden mit Aufgeben gleich.«

»Blödsinn. Es war einfach eine wichtige Geste für mich. Ich habe es ihr quasi ins Grab gelegt. Nicht rein natürlich. Ich habe es nur in der Erde darüber vergraben und Blumen draufgepflanzt. Es gehört ihr. Eine Weile hat es mir geholfen, was sie geschrieben hat. Aber ich muss jetzt meine eigenen Erfahrungen machen und selbst damit zurechtkommen.«

»Bist du deshalb so komisch?«

Sabrina trank Tee, um Zeit zu gewinnen. »Ich bin nicht komisch«, sagte sie schließlich. »Aber mein Freund hat mit mir Schluss gemacht, weil ich mich von manchen Dingen eben nicht so leicht abbringen lasse. Ich bin fast ertrunken an Silvester. Und Günni sagt, er hat Angst. Und wenn so ein Bär von einem Mann das sagt, dann nehme ich das ernst. Dann beschäftigt mich das. Mehr nicht.«

»Okay.«

Beate beobachtete, wie das Schiff sich langsam dem Anlegesteg der Werth näherte. Draußen stand schon ein Helfer bereit, um die Taue in Empfang zu nehmen. »Dann interessiert dich das hier wohl auch nicht mehr.« Sie legte ein Zeitungsblatt auf den Tisch. Auf der Vorderseite prangte die Überschrift: »Neue Schöffen vereidigt.«

Sabrina wollte danach greifen.

Aber schon lag Beates Hand darauf. »Lesen oder nicht lesen? Weitermachen oder ignorieren? Treue oder Verrat?«

»Ich glaube nicht, dass ich jemanden verrate, nur weil ich vorsichtig geworden bin«, entgegnete Sabrina eisig.

Langsam zog Beate die Hand zurück. »Ich sagte nicht, dass wir uns in Gefahr begeben sollten. Aber wenn du meine Freundin wärst …« Sie stockte.

Sabrina sah sie fragend an. Waren sie das nicht mehr? Nein, gab sie sich selbst die Antwort. Etwas stand zwischen ihnen und Beate wusste das. Vielleicht haben wir uns auch nur etwas vorgemacht, dachte Sabrina. Genau wie Lukas und ich. Aber so was geht nicht gut. Wenn man sich zu ähnlich ist mit dem, was man braucht, frisst man den anderen vielleicht auf.

»Du *bist* meine Freundin«, sagte Beate. »Auch wenn ich nicht weiß, was gerade mit dir los ist. Aber dass du unglücklich bist, das weiß ich.«

»Jetzt redest du schon wie Michael.« Der Trotz in ihrer Stimme war unüberhörbar und fiel ihr selbst auf. »Der Freund meiner Mutter. Er ist Psychologe.«

»Offenbar kein schlechter«, konterte Beate. Sie lehnte sich zurück und ließ Sabrina freie Bahn.

Im Text unter der Schlagzeile waren einige Stellen mit einem gelben Marker angestrichen, aber es waren nur die, in denen der Richter erwähnt wurde. Ratlos betrachtete Sabrina den Ausriss, drehte ihn um und stieß einen überraschten Laut aus.

Kilian. Ihr Herz raste plötzlich. Aber nein, das war nicht Kilian. Es war das Foto von jemandem, der ihm unglaublich ähnlich war. »Lebenslänglich für Mord auf der Namedyer Werth«. Sabrina überflog den Artikel und achtete gar nicht mehr auf Beate, die währenddessen zahlte und ihre Siebensachen zusammensuchte.

*Das Landgericht Koblenz verurteilte heute den 32-jährigen Kilian S. zu einer lebenslangen Haftstrafe. Er wurde auf Grund von Indizien für schuldig befunden, im Juli vergangenen Jahres die 22-jährige Liliane S. erstochen zu haben. Als erschwerenden Umstand wertete das Gericht, dass er seinen elfjährigen Sohn beschuldigte, die Tat begangen zu haben. Dieser verweigerte die Aussage. Der Mord hatte sich auf einem Schiff zugetragen, das auf einem Seitenarm des Rheins tagelang vor Anker lag. Der Anwalt des Täters kündigte Revision gegen das Urteil an.*

»Kilian?« Sabrina ließ die Zeitung sinken. »Kilian senior sagt, sein Sohn …« Der Dampfer legte an. Die wenigen Gäste sammelten sich am Ausstieg. »Darf ich die behalten?«

»Nur, wenn Opa sie gebügelt wiederkriegt.«



An Land schlossen sie sich den Ausflüglern an und liefen

Richtung Geysir. Vom Ranger war weit und breit nichts zu sehen. Zwischen den Bäumen leuchtete das sanfte Weiß der ersten Anemonen. Vor ihnen gabelte sich der Weg, und Sabrina erinnerte sich mit Schaudern daran, wie sie nach links statt nach rechts abgebogen war, um in der Hütte nach Beweisen dafür zu suchen, dass etwas mit der Aussage des Rangers nicht stimmte.

»Hallo? Kommt ihr noch?«

Ein junger Aufseher spähte um die Ecke. Etwas an seiner Gestalt kam Sabrina bekannt vor. Dem Mann musste es ähnlich gehen, denn als er Sabrina sah, wandte er sich um und verschwand so plötzlich, dass es fast nach Flucht aussah.

»Das …« Sabrina packte Beates Arm. »Das ist Michi! Was macht der denn hier?«

»Michi heißt er? Ich habe dieses Pickelgesicht an Silvester ganz in deiner Nähe gesehen. Und als ich heute Morgen zum Bus gegangen bin, stand er schon aufgeblasen am Fähranleger und tat so, als wäre er Käptn Cook persönlich.« Beate hatte wieder dieses zufriedene Lächeln in den Mundwinkeln.

»Du wusstest, dass er hier arbeitet? Du machst mich wahnsinnig! Warum sagst du denn nichts?«

»Wenn mich keiner fragt?«

Sie setzten sich in Bewegung. Am Geysir hatte sich die kleine Gruppe im Halbkreis aufgestellt. Michi ignorierte die beiden Nachzügler und begann, die auswendig gelernten Fakten herunterzuleiern. Der Boden zitterte und keine zwei Minuten später brach der Geysir aus. Während alle nach oben auf die Spitze starrten, schlichen sich Beate und Sabrina von hinten an ihn heran. Sie warteten, bis die Aufmerksamkeit sich voll auf das Naturwunder konzentrierte, dann stellte sich Sabrina direkt hinter Michi.

»Hallöchen«, säuselte Sabrina. Der Junge drehte sich um und starrte sie finster an. »Lange nicht gesehen, Michi.«

»Tickets?«, blaffte er.

Beate schob die Hände in die Jackentaschen. »Brauchen wir

nicht. Wir sind quasi undercover hier. Was war das an Silvester? Hast du Sabrina ins Wasser gestoßen?«

Michis Gesicht verzog sich zu einem unangenehmen Lächeln. »Ach, stimmt ja«, sagte er gedehnt. »Da wollte jemand schwimmen gehen. Tut mir Leid, aber ich habe nichts damit zu tun.«

»Ich habe dich aber gesehen. Um nicht zu sagen, ich habe dich fast erwischt.«

Michi wurde blass. »Das könnt ihr mir nicht anhängen. Macht, dass ihr wegkommt!«

Einer der Radfahrer ohne Rad drehte sich zu ihnen um. Beate lächelte ihn zuvorkommend an. Sabrina tat so, als ob das sprudelnde Wasser ihre gesamte Anbetung in Anspruch nähme. Der Mann widmete sich wieder der Betrachtung des Naturwunders.

»Wir gehen nicht eher, als bis du uns die Wahrheit gesagt hast«, zischte Sabrina. Ihr Blick fiel auf das kleine Schildchen an seinem Revers. »Sonst gibt es Ärger, Herr Höppner.«

»Ihr seid ja völlig plemplem.«

»Hattest du in der Woche von Amelies Tod Dienst?«

Michi trat einen Schritt zurück. Sein längliches Gesicht verzog sich zu einer wütenden Grimasse. Aus seiner Gürteltasche holte er ein Walkie-Talkie hervor. »Herr Schraudt? Hier sind zwei Schwarzgucker.«

Es knackte. Dann schepperte die Stimme des Rangers aus dem Apparat. »Ich komme.«

»U-huu, jetzt krieg ich aber Angst«, höhnte Beate. »Jetzt holt uns der böse Ranger, weil wir den armen kleinen Michi bedroht haben.«

Sabrina wurde mulmig, wie immer, wenn Beate frech wurde. Sie wollte nicht schon wieder Ärger und zupfte Beate am Ärmel. »Komm.«

»Also ich erinnere mich ganz deutlich, wie er dich geschubst hat.«

»Du lügst!«, rief Michi.

Der Geysir begann von der Spitze her, in sich zusammenzufallen. Die Besucher machten sich auf den Rückweg.

Aber Beate rührte sich nicht von der Stelle. »Hattest du Dienst oder nicht?«

Michis Augen flitzten über den Waldrand. Nirgendwo war Hilfe zu sehen. Er hob das Funkgerät wieder hoch. »Herr Schraudt?«

»Ja, wo ist er denn, dein Herr und Gebieter? Keiner da, der Michi hilft, wenn zwei große böse Mädchen ihm unangenehme Fragen stellen?«

Sabrina, die bis eben noch nicht wusste, was sie von Michi zu halten hatte, war nun restlos überzeugt. Irgendwas stimmte nicht mit ihm. Der Junge schwitzte ja geradezu vor Angst und schlechtem Gewissen.

»Schwimmengehen an Silvester ist eine Sache. Aber meine Freundin Amelie umbringen eine ganz andere. Du hattest damals Dienst. Und der Ranger hat dich beschützt, als er deinen Namen im Dienstplan ausradiert hat und seinen eigenen reinschrieb. Was ist passiert? Was hast du gesehen?«

Michi stolperte zwei Schritte zurück. Er hob die Arme, als hätten sie ihn gerade mit der Waffe bedroht. »Da war nichts!«, rief er zornig. »Nichts!«

»Du lügst!«, schrie Sabrina. »Amelie ist ermordet worden! Quasi vor deinen Augen! Und du willst nichts mitbekommen haben?«

Michis Lippen verzogen sich zu einem hässlichen Grinsen. »Wer so rumläuft, braucht sich nicht zu wundern.«

Sabrina sah rot. Mit einem Schrei stürzte sie sich auf den Jungen und wollte ihn ohrfeigen. In dem Moment rissen sie zwei starke Arme zurück. Sie schrie und schlug um sich, aber ihr Gegner verfügte über Bärenkräfte. Als sie endlich schwer atmend erkennen konnte, wer sie da im Schwitzkasten hatte, ließ der Ranger sie los.

»Was soll das?«, brüllte er.

Sabrina hatte Schraudt noch nie so wütend gesehen. Sein

Kopf war knallrot und er schnaubte wie ein Stier durch weit geblähte Nasenlöcher.

Sie taumelte zurück, bis sie neben Beate stand, die schützend den Arm um sie legte. »Er hat Amelie beleidigt«, flüsterte Sabrina.

»Was?«, schrie der Ranger.

Die Fontäne platschte und gurgelte und strömte.

»Er hat Amelie beleidigt! Und er hatte Dienst an dem Tag, an dem sie ermordet wurde!«

Der Wasserstrahl sprudelte noch einmal heftig auf und fiel dann in sich zusammen. Plötzlich war es totenstill. Der Ranger sah sie an, als würde ihm aus der Stirn gleich ein Horn wachsen, mit dem er sie aufspießen wollte. Gleichzeitig merkte Sabrina, dass sie keine Angst vor ihm haben musste. Was er genauso dampfend und zischend ausspuckte wie der Geysir, war nichts als Wut.

Langsam drehte er sich zu Michi um, der so aussah, als ob er auch am liebsten in dem roten Erdloch verschwinden würde.

»Du blöder Depp.«

Michi ließ die Schultern hängen.

Der Ranger hob die Hand, und dieses Mal sah es tatsächlich so aus, als ob er dem Jungen eine scheuern wollte. »Hab ich dir nicht gesagt, du sollst das Maul halten?«

»Hab ich doch«, jammerte Michi. »Die kamen plötzlich und erzählten so eine Scheiße. Von wegen ich hätte die da« – er wies mit ausgestrecktem Zeigefinger auf Sabrina – »an Silvester ins Wasser gestoßen.«

»Hat er auch.« Beate hob triumphierend den Kopf. Sabrina wollte gerade den Mund aufmachen, da trat Beate ihr auf den Fuß. »Ich hab's genau gesehen. Das gibt mindestens zwei Jahre ohne Bewährung. Es sei denn, du bist noch nicht achtzehn. Dann musst du nur in den Jugendknast.«

Michi heulte auf. »Du elende Lügnerin! Ich lass mir doch von dir nicht so eine Scheiße anhängen!«

»Dann sag die Wahrheit!«, rief Sabrina.

Michi presste die Lippen zusammen, sah zu Boden und sagte kein Wort. Der Ranger schaute von einem zum anderen.

»Im Schach nennt man das Matt.«

»Patt«, korrigierte Beate. »Aber macht nichts. Ich glaube, wir sollten uns mal alle miteinander unterhalten.«

Die kleine Hütte war eiskalt. Als sie eintraten, stellte der Ranger einen Heizlüfter an. Innerhalb kürzester Zeit war die Bude warm. Sabrina und Beate setzten sich auf die Fensterbank. Michi lehnte sich an die Wand, der Ranger nahm auf dem Schreibtischstuhl Platz.

»Also«, begann er. »Was wollt ihr?«

Sabrina war immer noch zu wütend, um ein vernünftiges Wort herauszubringen.

Beate setzte ein zuckersüßes Lächeln auf. »Wer von Ihnen beiden hatte damals Dienst?«

»Ich«, sagte der Ranger. Er griff zu dem Ordner.

»Das können Sie sich sparen«, sagte Sabrina. »Ich habe die Seite der Polizei gegeben.«

Schraudt runzelte die Stirn. »Ach, so ist das. Hier rumspionieren und die Bullen auf uns hetzen.«

»Ich habe Ihre Aussage nie geglaubt. Sie haben gesagt, Sie hätten ein Sportboot gesehen. Es lag aber ein Lastschiff am toten Fluss.«

»Kann mich nicht erinnern«, brummte er. Es klang nicht sehr überzeugend.

Sabrina holte ihr Handy aus der Tasche. »Okay, Michi. Wenn er sich nicht erinnert, dann ist das jetzt deine große Chance. Sonst sind die nächsten Silvesterpartys für dich gestorben.« Sie wählte die 110.

Michi wechselte einen schnellen Blick mit dem Ranger. »*Ich* hatte Dienst«, presste er aus fast geschlossenem Mund heraus.

Sabrina unterbrach die Verbindung. Ihre Hand zitterte, und sie hoffte, dass keinem der beiden das auffiel. Die Situation war alles andere als leicht unter Kontrolle zu bringen, auch wenn sie sich hoffentlich nichts anmerken ließ. »Und? Warum hast du das nicht ausgesagt?«

»Weil …«

»Weil er ein Idiot ist.« Der Ranger stand auf und holte aus. Michi zuckte zusammen, aber auch dieses Mal kam er um eine Schelle herum, denn der Ranger steckte lediglich auf seine raumgreifende Art die Hände in die Hosentaschen. »Weil er mit Berti gemeinsame Sache gemacht hat. Immer wenn ich dienstfrei hatte, durften die Schiffe hier rein und raus wie auf dem Bahnhof. Als ob das hier ein Campingplatz wäre und ich der Trottel vom Dienst, dem nichts auffällt. Er, Berti und noch einer von der Wasserschutzpolizei. Mal ein Fuffi hier, mal ein Hunni da. Nicht viel, aber es läppert sich. Idiot!«

Unter dem letzten Wort klappte Michi noch mehr zusammen.

»Wäre aufgeflogen, wenn das die Polizei wüsste. Der Junge ist achtzehn und hat nichts gelernt. Das hier ist das erste Mal, dass er eine Chance hat.«

»Gut genutzt«, murmelte Beate.

»Ich hab doch nichts genommen«, jammerte Michi. »Berti und der andere haben gesagt, wenn ich nicht mitmache, verpfeifen sie mich beim Ranger.«

»Hätten sie das bloß getan! Nach der Sache am toten Fluss kam er zu mir und hat alles gestanden«, sagte Schraudt. »Es war besser, ihn da rauszuhalten.«

Sabrina sprang auf. »Du dämlicher Vollidiot!«, schrie sie Michi an. »Und dafür stehe ich vor der Polizei wie eine Irre da? Weil du Angst um deinen Job hattest? – Was ist passiert? Rede endlich!«

Michi taumelte zu dem frei gewordenen Stuhl und ließ sich fallen.

»Da kam eines Tages einer. Er sagte, das sei der Platz, an dem das Schiff schon immer gelegen hätte. Er sah aus wie jemand, dem ich nicht im Dunkeln begegnen möchte. Berti war bei ihm. Er hat gesagt, das ist in Ordnung. Wir sollen ihn in Ruhe lassen. In drei Tagen ist er wieder weg. Es war was Komisches an dem Schiff und dem Typ. Man hält lieber die Klappe und macht, dass man verschwindet.«

Sabrina lauschte mit angehaltenem Atem. Zum ersten Mal erfuhr sie etwas über Kilian. Man kannte das Schiff. Er musste nichts zahlen. Warum nicht?

»Warum musste er nichts zahlen?«, sagte sie laut. »Was hatte er, was andere nicht haben?«

»Ich weiß nicht«, flüsterte Michi. »Was Unheimliches. Düsteres. An dem Tag, an dem deine Freundin starb, bin ich erst gar nicht zum toten Fluss. Hier vorne war die Hölle los. Sommerferien, volle Schiffe, das ganze Programm eben. Erst um zehn waren die letzten Ausflügler weg. Ich hab die Abrechnung gemacht und bin zur Anlegestelle, weil mich da wie jeden Abend die letzte Fähre aufpickt. Und da hab ich es gesehen.« Er starrte vor sich auf den Fußboden.

Um zehn Uhr abends – das war die ungefähre Tatzeit. Sabrina glaubte, ihr Herz würde zerspringen. Konnte es sein, dass hier der einzige Zeuge vor ihnen saß? »Was hast du gesehen?«

Michi schwieg. Eine Träne rollte über seine Wange. Aus seiner Nase lief ein dünner Faden Rotz, den er mit einem nassen Schnauben wieder hochzog.

»Das Schiff kam raus aus dem Seitenarm. Es war unheimlich. Ganz still und fast dunkel. Es fuhr so nahe an mir vorbei, dass ich hätte aufspringen können. Aber es war keiner drauf.« Er schauderte.

Beate warf Sabrina einen vielsagenden Blick zu. »Keiner drauf kann ja wohl nicht sein.«

»Wenn ich es sage! Alles war dunkel. Das war ja das Unheimliche! Und dann …« Er brach ab.

Sabrina stöhnte auf vor Ungeduld. Am liebsten hätte sie diesen blassen Spargel vor sich gehörig durchgeschüttelt. »Was dann?«

Wieder wechselte Michi einen Blick mit dem Ranger. Der nickte mit seinem Bullenkopf, und Michi, als hätte er gerade die Absolution erhalten, fuhr fort. »Dann kam das Sportboot. Ich weiß nicht, ob es am Fluss irgendwo auf der Lauer gelegen hat. Es kam herausgeschossen und fuhr wie irre ein paar Mal um den Kahn herum. Dann drehte es ab und raste in den Seitenarm, als würde es von einem Besoffenen gesteuert.«

»Wer saß drin?«

»Konnte ich nicht erkennen. Dann kam ja auch schon die Fähre und ich bin rauf und weg.«

Er zog noch einmal die Nase hoch und fuhr sich mit dem Handrücken übers Gesicht, um auch noch den Rest gleichmäßig zu verteilen.

Angewidert wandte sich Sabrina an den Ranger. »Und Sie haben ihn gedeckt?«

Schraudt nickte bedächtig. »Ich habe ihn mir zur Brust genommen und eins zu eins alles der Polizei erzählt, als hätte ich es mit eigenen Augen gesehen.«

»Das mit dem Lastkahn nicht.«

Einen Moment lang flackerte Unsicherheit in den Augen des Wildhüters. Dann hatte er sich schon wieder in der Gewalt. »Das tat ja auch nichts zur Sache.«

Beate verdrehte die Augen in Richtung Decke, als säßen dort Dummheit und Einfalt auf dem Dachbalken und hielten Händchen. »Nichts zur Sache? Sie haben einen Mörder gedeckt.« Wütend drehte sich Sabrina zu ihr um, doch Beate hob abwehrend die Hand. »Sabrina, es ist klar, dass es entweder der geheimnisvolle Unbekannte auf dem Sportboot gewesen ist oder der mindestens genauso sagenumwobene Lastkahnschiffer. Einer von beiden, mehr Auswahl gibt es nicht. Es sei denn, wir zählen den da noch dazu.« Sie wies mit der Schuhspitze auf Michi.

»Mädchen«, schaltete sich der Ranger ein. »Ich weiß nicht, was das hier wird. Aber eins ist klar: Der Junge hat mit der Sache nichts zu tun. Er wurde erpresst, bei etwas mitzumachen, und hat mir die Sache gestanden. Für mich gab es keinen Grund, ihn tiefer reinzureiten. Und für euch doch wohl auch nicht, oder? Also, was wird das hier dann?«

Sabrina warf dem rotzenden Elend auf dem Stuhl einen verächtlichen Blick zu.

»Ich hab dich nicht geschubst«, beteuerte Michi. »Ehrlich nicht! Ich weiß auch nicht, wer es gewesen sein könnte. Ich hab doch gar nichts gegen dich. Im Gegenteil.«

Er sah auf. In seinem Gesicht stand die ganze Unsicherheit eines abgelehnten Jungen, der nie bei den Mädchen landen konnte, die er gerne gehabt hätte. Und der es jetzt auf Biegen und Brechen mit der zweiten Garnitur versucht, dachte Sabrina grimmig. Und da ging ihr ein Kronleuchter auf.

»Du …«. Sie trat drohend einen Schritt auf ihn zu. »Du warst es!«

Er hob die Arme, um sein Gesicht zu schützen. »Nein!«

»Du hast die Fotos gemacht!«

»Welche Fotos?«, fragten Beate und der Ranger gleichzeitig.

Sabrina wandte sich an Beate. »Halt mich fest, sonst bring ich ihn um! – Er hat die Spannerfotos von Amelie gemacht und an Berti verkauft! Heimliche Aufnahmen an den Krippen. Ich habe eine in Bertis Wohnung gefunden und mich immer gefragt, wie er da rangekommen ist.«

»Das war doch nichts«, wiegelte Michi ab. Aber seine Stimme klang ängstlich. »Ja, ich hab mal Fotos von ihr gemacht und sie Berti gezeigt. Der war ja ganz verrückt nach Amelie. Hat immer von ihr erzählt und war völlig besessen von ihr. Er hat mir Leid getan. Es war ein ganz harmloses Foto, Amelie im Bikini auf dem Badehandtuch. Er hat mir Geld dafür gegeben, dass ich es ihm vergrößere.«

Der Ranger sah auf Michi, als sähe er ihn zum ersten Mal. »Ist das wahr?«

Michi nickte und schaute seinen Chef nicht an.

Der stieß schnaubend die Luft durch seine Nasenlöcher. »Ihr könnt jetzt gehen. Verschwindet.« Es klang wie ein Befehl, dem man sich besser nicht widersetzte. Beate und Sabrina gingen zur Tür. Michi sprang auf und wollte ihnen folgen, aber der Ranger hielt ihn zurück. »Du nicht.«

Mutlos ließ Michi sich auf den Stuhl fallen. Das Letzte, was Sabrina von ihm sah, war sein langes, leeres Gesicht, die Ohren schon längst auf Durchzug geschaltet in der fatalen Gewissheit, es wieder mal im Leben so richtig verbockt zu haben.

Es war schon Mittag, als sie Andernach erreichten und Beate vorschlug, zum Markt zu gehen und nachzusehen, ob Luigi schon auf hatte.

Aber Sabrina schüttelte den Kopf. »Lieber nicht. Dafür, dass ich versprochen habe, nichts mehr zu unternehmen, was andere auf die Palme bringt, war das heute eine ganze Menge.«

Sie schlenderten noch ein paar Schritte die Uferpromenade entlang, bis sie zur Bushaltestelle kamen.

»Was wirst du jetzt machen?«, fragte Beate. »Gehst du zur Polizei?«

Sabrina zuckte mit den Schultern. »Ich weiß es nicht. Mit den beiden Verdächtigen vorhin hast du Kilian und Lukas gemeint, stimmt's?«

Beate nickte. Sie sah nicht sehr fröhlich aus. Stirnrunzelnd betrachtete sie ihre Schuhspitzen. »Lukas fährt das schnellste und teuerste Teil und er stand auf Amelie. Sorry, wenn ich dich daran erinnere. Aber nach allem, was Michi erzählt hat, sieht mir das sehr nach Eifersucht aus.«

»Aber du glaubst doch nicht im Ernst, dass ausgerechnet Lukas etwas mit dem Mord zu tun hat?«

»Ich?« Verwundert riss Beate die Augen auf. »Niemals nicht. Es gibt immer noch den großen Unbekannten bei der Wasserschutzpolizei. Und Berti ist nach allem, was wir mittlerweile über ihn wissen, auch nicht das Unschuldslamm gewesen. Vielleicht war der's?«

»Das würde erklären, warum Günni Angst hatte.«

»Hätte ich auch, wenn ich mit einem Mörder unter einem Dach leben müsste. Also, überleg es dir. Wenn du mich brauchst, ich bin da. Wenn nicht, kann ich damit leben.«

Beate drehte sich um und ging davon. Langsam lief Sabrina auf die Haltestelle zu. Der Busfahrer machte noch Pause und hielt die Türen verschlossen. Sie setzte sich auf die Bank und dachte daran, wie sie im Herbst mit Beate an der gleichen Stelle gesessen und über Kilian geredet hatten. Beate hatte einen Instinkt dafür, das Echte vom Falschen zu unterscheiden. Sie hatte sie nie im Stich gelassen. Sogar jetzt blieb sie an ihrer Seite und ermunterte Sabrina, die Suche nach der Wahrheit nicht aufzugeben.

Ich hätte sie einfach nach der Brille fragen sollen, dachte Sabrina. Was ist denn schon dabei? Sicher hat sie eine ganz einfache Erklärung dafür, und ich müsste nicht ständig das Gefühl haben, ihr etwas zu verschweigen.

Sie stand auf und lief los. Weit konnte Beate noch nicht sein. Doch als sie das Stadttor erreichte, war bis auf eine Gruppe Touristen niemand zu sehen.

»Das Rheintor ist die älteste Doppeltoranlage Deutschlands«, trompetete eine durchdringende Stimme. »Die beiden Figuren stammen noch aus der Merowingerzeit und sind entgegen der landläufigen Meinung, es würde sich um die Andernacher Bäckerjungen handeln …«

»Herr Gramann?«

Der Richter trat aus dem Schatten des Tores hervor. Sabrina fiel zum ersten Mal auf, dass er einen Stock bei sich hatte, dessen Spitze er fast unbemerkt über den Boden tasten ließ. Er sah sich irritiert um.

Sabrina stellte sich ihm mitten in den Weg und hob die Stimme, damit er sie auch erkannte. »Einen schönen Gruß von meiner Mutter, Franziska Doberstein, soll ich ausrichten.«

Ein flüchtiges Lächeln huschte über den dünnen, scharf gezeichneten Mund. »Haben Sie Beate gesehen?«

»Sie ist zum Markt. Eis essen. Bei dieser Kälte!«

Empört sah er sich nach seinen Schäfchen um, die geduldig und frierend im dunklen Torbogen ausharrten.

Sabrina erinnerte sich, dass das Stadttor zum Anfang der

Führung gehörte. Wenn sie um elf begonnen hatte … Ein flüchtiger Blick auf ihre Armbanduhr sagte ihr, dass der Richter für die zweihundert Meter vom Treffpunkt bis zur Stadtmauer stolze eineinhalb Stunden gebraucht hatte.

»Danke!« Sie nickte ihm zu und lief weiter.

Hinter ihrem Rücken hörte sie, wie er seine unterbrochenen Ausführungen genau an dem Punkt fortsetzte, an dem er aufgehört hatte. Es war nicht weit bis zum Marktplatz, und als sie ihn endlich erreichte und bemerkte, dass Luigi schon die Stühle in die Sonne gestellt hatte, hüpfte ihr Herz. Und dann sah sie Beate, die mit einer Eistüte in der Hand hinaus in die Sonne trat und blinzelte. Sabrina winkte ihr zu, doch im gleichen Moment drehte sich Beate zu jemandem um, der ihr hinaus ins Freie folgte.

Lukas.

Sabrina erstarrte zur Salzsäule. Lukas trat neben Beate und legte den Arm um sie und die ließ es ohne Widerspruch geschehen. Sie suchten sich ein warmes Plätzchen, setzten sich, aßen ihr Eis, und plötzlich sagte Beate etwas, und Lukas fing an zu lachen. Er legte seine Hand auf ihr Knie und Beate schob sie nicht weg. Im Gegenteil. Sie rückte noch näher an ihn heran.

Sabrina hatte das Gefühl, einen Schlag ins Gesicht zu bekommen. Schnell machte sie eine Kehrtwendung und verschwand hinter einem Eckschaufenster. Hoffentlich hatten die beiden sie nicht gesehen. Sie starrte in die Auslage – neonfarbene Sommerkleidchen und billige Plastikschuhe – und erinnerte sich daran, dass sie im letzten Sommer vor diesem Schaufenster gestanden hatte und direkt Janine in die Arme gelaufen war.

Vorsichtig sah sie sich um. Das fehlte noch. Immerhin waren Beate und Janine befreundet. Oder das, was Beate darunter verstand. Sabrina lugte vorsichtig um die Ecke. Jetzt hatte Lukas wieder seinen Arm um Beate gelegt. Beide sahen aus wie ein Liebespaar. Was zum Teufel ging da ab? Lukas kannte auch Janine, sehr gut sogar. Kreise, die sich überschnitten …

Plötzlich hatte Sabrina das Gefühl, in einem Kinofilm gelandet zu sein, in dem jeder die Story kannte, nur sie nicht.

Beate hatte sie einmal überrascht auf dem Marktplatz, als sie mit Lukas fast genau an der gleichen Stelle gesessen hatte. Damals hatte sie geglaubt, Beate wäre sauer, weil sie sie angelogen hatte. Vielleicht aber … Wieder schob sich Sabrina ein paar Zentimeter vor und betrachtete das Paar. *Er braucht jemanden, der ihm Paroli bieten kann.* Das waren Beates Worte gewesen. Hatte sie damit vielleicht sogar sich selbst gemeint? Waren Beate und Lukas schon länger zusammen? Oder hatte Beate nur auf einen günstigen Zeitpunkt gewartet? Vielleicht log hier jeder jeden an, und sie, Sabrina, war die Einzige, die ganz naiv noch an Liebe und Freundschaft glaubte.

Tränen stiegen ihr in die Augen. Jetzt holte Beate tatsächlich die Brille aus der Tasche und zeigte sie Lukas. Sie konnte nicht sehen, wie er reagierte. Er stand auf, Beate auch. Sofort zuckte Sabrina zurück. Wenn sie jetzt hierherkamen und sie entdeckten?

Sie rannte wie von Furien gehetzt das Kopfsteinpflaster hinunter. Richtung Stadttor ging es steil bergab und um ein Haar wäre sie ausgerutscht und hingefallen. Unten lief sie fast dem Richter in die Arme, der seine Ausführungen irritiert unterbrach und ihr etwas von rücksichtlosen Irren hinterherrief. Sie rannte, bis sie außer Atem von Weitem den Bus an der Haltestelle erkannte und betete, dass sie ihn noch erwischen würde.

Sie schaffte es mit Müh und Not. Als sie endlich die letzte Reihe erreicht hatte und sich auf die Polster fallen ließ, kamen die Tränen. Sabrina ließ ihnen freien Lauf, denn sie wusste, wenn das Weinen aufhörte, würde die Wut kommen. Und die Kälte. Und die Klarheit. Und danach vielleicht ein weiterer dünner Panzer, der sich um sie legen und sie schützen würde vor allem, was sie verletzen könnte und noch kommen würde.

# DREISSIG

Der Zeitungssausschnitt fiel Sabrina erst ein, als Franziska die Waschmaschine ausräumte und einen Tobsuchtsanfall bekam. Alle schwarzen Klamotten waren mit weißen Fusseln übersät.

»Was ist das denn?«, schrie sie wütend, als Sabrina gerade von der Schule nach Hause kam und entsetzt erkannte, was ihre Mutter da mit spitzen Fingern als Beweisstück aus einer hinteren Hosentasche pulte. »Ich habe dir hundertmal gesagt: Leer die Taschen aus, bevor die Sachen in die Wäsche kommen! Schau dir das an!«

Fassunglos betrachtete Sabrina den Rest Papier, der aufgeweicht und als solcher kaum noch zu erkennen war. »Tut mir leid«, murmelte sie.

»Tut mir leid, tut mir leid. Immer erst hinterher. Jetzt kann ich alles noch mal waschen.«

Sie drückte Sabrina das *corpus delicti* in die Hand und machte sich grummelnd daran, die Waschmaschine neu zu füllen. Sabrina nahm das graue Knäuel mit nach oben. In ihrem Zimmer versuchte sie vorsichtig, es auseinanderzufalten, aber es war verlorene Liebesmüh. Das Archiv des Richters war um einen Beweis seiner Größe ärmer geworden. Vielleicht war noch etwas vom Inhalt zu retten, wenn man es vorsichtig trocknen ließ.

Drei Tage waren vergangen seit ihrem Ausflug auf die Werth. In dieser Zeit war Sabrina in der Schule Beate aus dem Weg gegangen, soweit das möglich war. Ein paar Mal hatte Beate versucht, sie anzusprechen, aber Sabrina hatte nicht geantwortet. Es gab nichts zu reden zwischen ihnen, die Beweislage war eindeutig. Beate hatte sie angelogen und das mehr als einmal. Sie war oben auf dem Rosenberg gewesen und sie hatte etwas mit Lukas. Was, wollte Sabrina gar nicht wissen. Es reichte, dass sie sich von beiden hinters Licht geführt fühlte.

Sabrina breitete die Zeitungsseite vorsichtig auf dem Tisch aus. Das Foto von Kilians Vater war vollkommen hinüber. Ein großer Teil des Artikels war unlesbar geworden. Hatte Beate ihr nicht geraten, ihn sich genauer anzusehen? Das konnte sie sich jetzt schenken. Trotzdem beugte sie sich darüber. Landgericht Koblenz … lebenslänglich … Sohn beschuldigte, die Tat … Mord … Schiff …

Sabrina lauschte. Von unten drang gedämpft das monotone Geräusch der Waschmaschine hoch. Franziska saß in der Küche und schrieb Mahnungen an alle, die immer noch nicht ihre Lieferungen bezahlt hatten. Vorsichtig schlich Sabrina hinunter in den Flur, nahm das schnurlose Telefon und huschte wieder die Treppen hoch. Sie schloss ihre Tür hinter sich ab und wartete noch einen Moment, ob Franziska etwas bemerkt hatte. Dann suchte sie die Telefonnummer vom Polizeirevier Neuwied heraus und hatte auch sofort Frau Fassbinder am Apparat.

»Hier ist Sabrina Doberstein. Ich wollte Sie fragen, ob Sie mittlerweile die Akten über den alten Mordfall am toten Fluss da haben?«

Die Kommissarin musste kurz nachdenken, dann fiel ihr ein, was Sabrina eigentlich meinte. »Was wollen Sie denn wissen?«, fragte sie ausweichend.

Sabrina blickte auf den fast unkenntlichen Artikel. »Kilian S. hat damals seinen Sohn beschuldigt, den Mord begangen zu haben. Ist da was Wahres dran?«

»Das weiß ich doch nicht! Aber der Vater wurde, soweit ich weiß, eindeutig überführt.«

»Wo lebt er jetzt?«

Die Kommissarin schwieg. Sabrina hörte das Rascheln von Papier. Offenbar hatte Frau Fassbinder etwas vor sich liegen, das mit diesem Fall im Zusammenhang stand.

»Er ist tot«, antwortete sie schließlich. »Er hat sich im Gefängnis das Leben genommen, kurz nachdem die Revision abgelehnt worden war.«

»Oh.« Das war ja schrecklich. Sabrinas Knie begannen zu zittern. Sie setzte sich vorsichtig auf ihr Bett. »Wissen Sie mittlerweile, wo sich sein Sohn aufhält?«

»Nein. Es gibt Anhaltspunkte, dass er in Bulgarien gesehen wurde. Die Polizei ist informiert, aber so weit reichen unsere Befugnisse leider nicht. Wir müssen davon ausgehen, dass er so schnell nicht wieder hier vorbeikommen wird. Es tut mir leid, ich würde Ihnen gerne weiterhelfen.«

»Schon gut.«

Sabrina schluckte.

»Frau Doberstein?«

»Ja?«

»Wir haben den Fall Herbert Wennigstedt zu den Akten gelegt. Es war eine natürliche Todesursache, soweit man das vom Ertrinken im Rhein behaupten kann. Trotzdem: Wollen Sie mir noch etwas sagen?«

Sabrina atmete tief durch. »Nein.«

»Wirklich nicht? Wir haben unsere Vernehmung damals nicht fortgesetzt. Aber wenn Sie wieder in Neuwied sind und Zeit haben, würde ich gerne einmal einen Kaffee mit Ihnen trinken.«

»In Ordnung.«

Sabrina legte auf. Bulgarien, dröhnte es in ihrem Kopf. Er wird so schnell nicht wieder vorbeikommen.

Nie mehr. Das waren seine Worte. Und er hatte recht damit. So viel Furchtbares war geschehen: der Mord auf der *Sehnsucht*, der Tod des Vaters. Und eine tiefe, dunkle Schuld fuhr mit ihm auf dem Schiff und begleitete ihn durch eine nicht enden wollende Nacht.

Und all das hatte mit dem *toten Fluss* zu tun und den Gestalten, die dort herumschlichen und ihren ganz eigenen Geschäften nachgingen. Berti, der gemeinsame Sache mit den Hafenarbeitern gemacht hatte und Michi erpresste, damit er beide Augen zudrückte. Ein Sportbootfahrer, der Lukas gewesen sein könnte. Ein Beamter der Wasserschutzpolizei, der ebenfalls mit drinsteckte. Und natürlich Kilian, der zurückgekommen war an den Ort eines alten Verbrechens, das ein neues nach sich gezogen hatte.

Aber standen beide Mädchenmorde wirklich in einem Zusammenhang? Dann wäre die erste Tat ja die Voraussetzung für die zweite. Die Zeit dazwischen musste eine große Rolle spielen. Jene acht Jahre, die Kilian in einem Schifferinternat und danach vielleicht in Rotterdam oder Antwerpen verbracht hatte, um sein Patent zu machen. Er war elf, als er sein Zuhause und seinen Vater verlor. Mit neunzehn hatte er zumindest das Schiff wiedergeholt. Wo war die *Sehnsucht* in der Zwischenzeit gewesen, bevor sie zur *Désirée* wurde?

Eine fieberhafte Nervosität krabbelte durch Sabrinas Körper. Natürlich! Der Schlüssel zu Kilians Geheimnis war nicht die Gegenwart oder die Zukunft, sondern die Vergangenheit. Und er lag entlang des Rheins an einer geheimen, versteckten Stelle. Denn wenn der Sohn das Schiff vom Vater geerbt hatte, musste es acht Jahre irgendwo vor Anker gelegen haben. Eine lange Zeit, in der es weder verschrottet noch aufgegeben worden war. Irgendjemand hatte sich darum gekümmert. Dorthin war Kilian zurückgekehrt. Sie, Sabrina, musste nur herausfinden, wo das war.

Ein paar Tage später war die Gelegenheit günstig. Sabrina hatte nicht nur die verhunzte Wäsche aufgehängt und gebügelt, sondern auch brav jeden Nachmittag den Kanister mit dem Dünger auf den Rücken geschnallt und die Weinstöcke sorgfältig besprüht.

Franziska war zu beschäftigt, um nach den Gründen für den plötzlichen Fleiß zu fragen. Als Sabrina eines Morgens im April erwähnte, am Nachmittag nach Andernach zu wollen, um Beate zu besuchen, nickte sie nur beiläufig. »Sie war ja lange nicht mehr hier. Wie geht es dem Richter?«

»Gut«, antwortete Sabrina. »Er macht auch dieses Jahr die Stadtführungen.«

»Bewundernswert. In diesem Alter!« Damit beugte sie sich wieder über lange Listen mit Bestellungen, die abgearbeitet werden mussten.

Am nächsten Tag saß Sabrina im Bus und rechnete im Leben nicht damit, dass Beate auf ihren Besuch in der »Rheinkrone« verzichten würde. Umso überraschter war sie, als ihre Schulkameradin sich kurz vor der Abfahrt noch durch die Tür quetschte, die Reihen abscannte und dann direkt auf Sabrina zumarschierte.

»Ist hier noch frei?« Sie wartete keine Antwort ab, sondern ließ sich direkt neben Sabrina plumpsen.

Eine Weile schauten sie schweigend in verschiedene Richtungen.

»Hab ich dir irgendwas getan?«, fragte Beate schließlich.

Sabrina antwortete nicht. Es war klar, dass Beate das Unschuldslamm spielte. Sie wollte sich gar nicht erst auf so ein Gespräch einlassen.

»Du redest nicht mit mir, du gehst mir aus dem Weg, und alles, seit Lukas mit dir Schluss gemacht hat. Wenn du deinen Frust an mir auslassen willst, dann solltest du mir wenigstens ein paar böse Dinge an den Kopf werfen. Du darfst anfangen.«

Sabrina presste die Lippen aufeinander und sah aus dem Fenster.

»Na komm schon«, stichelte Beate. »Bis einer weint.«

Die nächste Haltestelle war am Fuß der Rheinbrücke. Der Bus bog nach rechts in die Haltebucht ein und zwei streng aussehende Herren kamen an Bord.

»Fahrscheinkontrolle. Ihre Fahrausweise bitte!«

Beate stöhnte. »Shit.«

Sabrina klaubte ihre Monatskarte aus der Hosentasche und hielt sie den Kontrolleuren hin. Beate saß steif neben ihr.

»Und Sie, junge Dame?«

»Ich hab keinen.«

»Sie haben Ihre Schülerkarte vergessen?«



»Nein, ich hab keine.«

Die beiden Männer sahen sich an. Einer zückte ein schwarzes Klemmbrett.

»Ausweis?«

Beate hob die Schultern und ließ sie resigniert sinken. Sabrina ließ ihren verletzten Stolz fahren und warf einen verblüfften Blick auf ihre Sitznachbarin.

»Dann müssen wir Sie bitten, mit uns auszusteigen.«

Vor den neugierigen Augen der anderen Fahrgäste trottete Beate durch die Reihen nach vorne, dicht gefolgt von den beiden Kontrolleuren. Sie stiegen aus, der Fahrer setzte den Blinker, und in diesem Moment sprang Sabrina auf.

»Halt! Ich will auch noch raus!«

Mit einem zischenden Laut ging die Tür wieder auf. Beate stand am Bushäuschen und diktierte den beiden gerade ihre Personalien.

»Das wird teuer«, drohte der eine. Er wusste nicht, dass das das Letzte war, womit er Beate beeindrucken konnte. »Wenn Sie keinen Ausweis dabei haben, müssen wir die Polizei rufen.«

Beate starrte an ihnen vorbei. »Wenn es der Wahrheitsfindung dient?«

Die beiden Kontrolleure warfen sich einen vielsagenden Blick zu. Solche Früchtchen hatten sie offensichtlich gerne.

»Beate Seiters. Sie wohnt in Andernach und ist die Enkelin von Richter Gramann.« Sabrina stellte sich dazu und zeigte den Männern ihren Ausweis. »Ich verbürge mich für sie.«

Beide notierten eifrig und waren wohl froh, die Sache ohne größeren Zeitverlust hinter sich zu bringen. Zum Schluss ermahnten sie Beate in eindringlichem Ton und gingen ein paar Meter weiter, um auf den nächsten Bus zu warten.

»Schwarzfahrerin«, sagte Sabrina.

»Verräterin«, antwortete Beate.

»Lügnerin!« schrie Sabrina.

»Wieso nennst du mich Lügnerin?«, fauchte Beate.

»Weil ich deine Brille oben am Berg gefunden habe. Wolltest du mich umbringen?«

»Zu diesem Zeitpunkt nicht, nein.« Beate schürzte die Lippen und warf einen misstrauischen Blick auf die wartenden Männer, die aber weit genug entfernt standen, um nichts mitzubekommen. »Das ist es also.«

»Ja.« Sabrina schaute auf ihre Armbanduhr. Der nächste Bus kam erst in einer halben Stunde. So lange war sie hier noch mit Beate zusammengeschmiedet. »Was hattest du da oben zu suchen?«

»Ich wollte mir ein eigenes Bild von den Schäden machen. Aber ich habe ehrlich gesagt keine gefunden. Für mich ist Kreutzfelders Coup eine riesige Luftblase.«

»Warum hast du mir das nicht gesagt?«

»Weil du mich nicht –«

»... gefragt hast. Danke. Die Ausrede kenne ich schon.« Sabrina verschränkte die Arme. Es war verdammt schwer, mit jemandem wie Beate eine normale Freundschaft zu führen. Eigentlich unmöglich. »Ich habe euch gesehen.«

Beate drehte sich um. Weit und breit war außer den Kontrolleuren niemand in Sicht.

»Dich und Lukas. In Andernach. Arm in Arm.«

Beate presste die Lippen zusammen. Für Sabrina sah das nach einem eindeutigen Schuldbekenntnis aus.

»Direkt nachdem wir uns getrennt hatten. Bist du zu ihm gerannt und hast ihm brühwarm erzählt, was ich herausgefunden habe?«

»Wir«, korrigierte Beate.

Aber Sabrina hatte für diese Entgegnung nur ein wütendes Schnauben übrig. »Weiß ich, warum du dich wieder an mich gedockt hast? Hat Lukas das gewollt?«

»Du hast sie ja nicht mehr alle.«

»Hat er sich an dich rangemacht?«

Beate riss die Augen auf. »Sag mal, dir hat man wohl ins Hirn ... Also wenn ich dich nicht besser kennen würde, würde ich sagen, du bist eifersüchtig.«

»Eifersüchtig?«, wiederholte Sabrina. »Nicht die Bohne.«



»Dazu gibt es auch keinen Grund. Er ist nicht mein Typ.«

Beate sah nun auch auf ihre Armbanduhr. »Wir sind uns zufällig über den Weg gelaufen.«

»Wer's glaubt.«

»Ich wollte ein Eis essen und da ist er aufgetaucht und hat mich nach dir ausgefragt. Ich finde seine Art sowieso grenzwertig. Dieses ganze Packen und Anfassen und Tätscheln und so. Er wollte dauernd wissen, was du machst und ob du immer noch … besessen wärst.«

»Besessen?« Das wurde ja immer schöner. Irgendwann würden Kinder bei ihrem Anblick schreiend die Straßenseite wechseln und »Hexe, Hexe!« rufen.

»Ja«, bestätigte Beate. »Ich meine, du hast eine ziemlich schräge Art, wie du mit dem Tod von Amelie umgehst. Aber ich würde dich nie in die Pfanne hauen. Schon gar nicht bei einem Typ, der mit dir Schluss gemacht hat, weil er offenbar ein Problem mit der Trauer hat.« Beate drehte sich zu Sabrina um und sah ihr direkt ins Gesicht. »Hör mal, es gibt da was, das du wissen musst.«

»Nein!« Sabrina sprang auf. »Ich will nichts hören!«

»He! Ist ja gut. Ist doch alles okay.« Beate griff nach Sabrinas Arm und wollte sie wieder zu sich herunterziehen. »Du magst ihn? Immer noch?«

Sabrina schüttelte den Kopf, aber Beate hielt jetzt wenigstens den Mund. Eine Weile ließen sie den Nachmittagsverkehr der vierspurigen Straße an sich vorüberziehen.

Dann fragte Beate: »Was willst du in Andernach?«

»Noch mal zum Hafen. Vielleicht können die mir sagen, wo die Désirée die letzten acht Jahre gelegen hat.«

Beate stieß einen leisen Pfiff aus. »Gute Idee. Und dann?«

»Dann fahre ich hin.«

»Das tust du nicht.«

Sabrina stieß einen verächtlichen Laut aus. Wenn Beate ihr das verbieten wollte, hatte sie wirklich schlechte Karten.

»Das tust du nicht«, wiederholte Beate. »Wenigstens nicht allein.«

Es war gut, Beate aufs Neue an der Seite zu haben. Auch wenn tief in Sabrina immer noch Zweifel nagten, so glaubte sie doch, was Beate ihr erzählt hatte. Die Enkelin eines Richters hatte nie gelernt zu lügen. Sie hätte das schon sehr geschickt und überzeugend machen müssen, und das traute Sabrina Beate nicht zu. Sie war zwar noch immer nicht ganz mit ihr versöhnt, aber als sie das Hafengelände zum ersten Mal wieder betrat, war sie froh, das in Begleitung tun zu können. Hier wäre sie vor ein paar Wochen fast ums Leben gekommen, wenn Lukas sie nicht gerettet hätte. Ein kleiner Stich bohrte sich in ihr Herz. Sie vermisste ihn, aber sie war auch verletzt, dass er sie einfach so im Stich gelassen hatte.

»Wo warst du, als es passiert ist?«, fragte sie.

Beate deutete in Richtung zweites Hafenbecken und schlenderte ein paar Schritte in diese Richtung. »Da drüben. Man konnte das Feuerwerk dort am besten sehen. Und du?«

»Ich habe hier irgendwo ziemlich nahe am Kai gestanden.«

»Mit wem hast du zuletzt gesprochen?«

»Mit Lukas, Michi und einem Typen von der Wasserschutzpolizei.«

Beide gingen nebeneinander auf das Hafengebäude zu.

»Meinst du, sie kennen die Beamten alle?«, fragte Sabrina.

Beate wollte gerade antworten, da preschten zwei Autos durch das große Tor und schnitten ihnen den Weg ab. Ein grüner Polizeiwagen und eine dunkle Limousine. Frau Fassbinder und Herr Tuch stiegen aus, ohne nach links und rechts zu sehen, und eilten die Stufen hoch. Sabrina und Beate sahen sich an.

»Scheint, als ob uns jemand zuvorgekommen ist«, meinte Beate trocken.

Die Polizisten gingen an der breiten Treppe in Hab-Acht-Stellung.

»Mist.« Sabrina zog Beate hinter einen großen Abfallcontainer. »Ich würde zu gerne wissen, was die Fassbinder da oben zu suchen hat.«

Beate lugte um die Ecke, doch ihre resignierte Miene ließ darauf schließen, dass es an den beiden kein Vorbeikommen gab. Plötzlich hellte sich ihr Blick auf. »Ich muss mal für kleine Mädchen.«

»Jetzt?« Hilflos sah Sabrina sich um.

»Unbedingt. Sonst gibt's ein Unglück.« Beate lief los, direkt auf das Hauptgebäude zu.

Wohl oder übel musste Sabrina ihr folgen. Der Polizeibeamte rechts behielt sie scharf im Auge, bis ihm klar war, wohin die beiden Mädchen wollten.

»Einen Moment bitte.«

»Ich muss mal«, piepste Beate. »Unsere Toilette ist kaputt.« Sie sah hinüber zu einem Containerschiff, das weiter hinten im neuen Teil des Hafens entladen wurde.

»Ihr könnt da jetzt nicht hinein.«

»Und warum nicht?« Beate presste die Beine zusammen und sah den Mann flehend an. »Es ist wirklich wirklich dringend.«

»Wirklich!«, fiel auch Sabrina ein. Sie konnte Beate jetzt nicht allein lassen.

Der Polizist überlegte. Sein Kollege kam dazu, erkannte die offensichtlich verzweifelte Lage und nickte. »Ihr könnt durch. Aber beeilt euch.«

»Danke!«

Schon liefen sie die Treppen hoch. Im ersten Stock wandte sich Beate erwartungsgemäß nicht nach links, sondern schlich rechts den Gang hinunter zum Büro. Sabrina folgte ihr. Die Tür war selbstverständlich verschlossen. Ganz vorsichtig drückte Beate die Klinke herunter und öffnete sie einen winzigen Spalt. Sabrina lugte ihr über die Schulter und erkannte den Hafendisponenten an seinem Schreibtisch. Ihm gegenüber saß Herr Tuch. Wie immer wirkte er sehr gelassen, während die flatterige Kommissarin auf und ab ging.

»Herr Ebeling, wenn Sie nicht wissen, wo er ist, müssen wir eine Fahndung herausgeben.«

Der Disponent mit dem Namen Ebeling seufzte. »Ich habe Schraudt vor zwei Tagen zum letzten Mal gesehen. Er kam wie immer vom Geysir zurück und ist dann auf seine Parzelle.«

»Und wo ist die?«

»Kann ich nicht sagen. Ich habe nicht so einen Draht zur Kleingärtnerei.«

Frau Fassbinder trat an eine große Wandkarte. Sie betrachtete sie genau und deutete dann mit dem Finger auf eine Stelle. »Kann es das hier sein? Kolonie Sonnenschein?«

»Möglich.« Der Hafendisponent reckte den Hals. »Ich glaube, er hat mal so was erwähnt.«

Kriminalkommissar Tuch stand auf. »Sollte sich der Ranger melden, dann sagen Sie ihm, dass wir ihn suchen. Er soll sich sofort mit uns in Verbindung setzen.«

Beide verabschiedeten sich.

Beate zog hastig die Tür zu. Dann eilten Sabrina und Beate den Gang zurück und bogen in letzter Sekunde ab nach rechts. Beate lief auf die Toilette zu, zog Sabrina hinein und blieb abwartend stehen. Schritte kamen näher und verschwanden dann Richtung Treppe.

Sabrina atmete auf. »Was wollen die denn vom Ranger?«, flüsterte sie.

»Keine Ahnung.« Beate drehte sich zu ihr um.

»Aber in der Kolonie Sonnenglück werden sie ihn auf keinen Fall finden. Komm.«

Sie wollten gerade die Tür öffnen, da hörten sie die Stimme des Disponenten. Er musste das Büro mit seinem Handy verlassen haben, denn er kam den Flur hinunter und blieb genau zwischen der Treppe und den Toiletten stehen.

»Sie sind weg«, sagte er. »Aber es ist nur eine Frage der Zeit, bis sie dich haben. Und den Jungen auch.«

Sabrina stieß die Tür auf. Zu Tode erschrocken drehte der Mann sich um. Als er die beiden Mädchen erkannte, steckte er mit einem ärgerlichen Gesichtsausdruck das Handy weg.

»Ich kenne euch doch. Ihr wart Silvester hier. Was wollt ihr denn schon wieder?«

Sabrina ging auf ihn zu. »Mit wem haben Sie gerade telefoniert?«

»Was geht dich denn das an? Was soll das?« Er wollte zurück in sein Büro.

»Das war der Ranger«, sagte sie.

Ebeling blieb stehen.

»Wo ist er? Und warum wird er von der Polizei gesucht?«

»Wendet euch an die Kommissare.«

Beate drängte sich an ihr vorbei. »Aber gerne doch«, sagte sie. »Falschaussage ist zwar nur ein Kavaliersdelikt, kann aber auch mitschuldig an einem Verbrechen machen. Eben haben Sie den Ordnungsorganen gegenüber noch behauptet, nicht zu wissen, wo der Ranger steckt, und ihn zudem noch zu Verschleierung angestiftet. Das ist nach Paragraph 153 und Paragraph 159 der Strafgesetzordnung ein Tatbestand, der mit Freiheitsentzug …«

»Verdammt noch mal! Schon gut!« Der Disponent sah sich um, ob auch niemand mitbekam, was sich gerade auf diesem Flur abspielte. »Was soll das werden? Wer bist du eigentlich?«

»Sie ist die Enkelin von Richter Gramann«, sagte Sabrina nicht ohne Stolz. Sie zwinkerte Beate zu. Sechzehn Jahre am Frühstückstisch mit einem verbiesterten Juristen zahlten sich gerade aus.

Beate nickte. »Und deshalb weiß ich nicht nur, wovon ich rede. Ich würde Ihnen auch dringend zur Kooperation raten.«

»Mit der Polizei?«

»Mit uns.«

Der Disponent riss verwundert die Augen auf. »Ihr seid ja noch nicht mal trocken hinter den Ohren. Was soll das hier werden? Ein Verhör? Geht nach Hause und spielt mit euren Barbies.« Er trat zur Seite und machte den Weg zur Treppe frei.

Beate zuckte lakonisch mit den Schultern. »Ich denke mal, achtzehn Monate bis zweieinhalb Jahre. Es geht hier schließlich um Mord und Schiffeverstecken und Täter decken. Das gilt dann leider als Vorstrafe. – Komm, Sabrina. Vielleicht erwischen wir die Kommissare noch. Und falls der Ranger etwas mit Amelies Tod zu tun hat, hängt er auch mit drin. Aber er hat es ja so gewollt …« Sie ging an Ebeling vorbei.

»Hat er nicht«, knurrte der. »Der Ranger, meine ich. Er hat nichts mit den Morden zu tun. Er war es, der das Schiff von dem Jungen versteckt hat. Mehr nicht.«

Sabrinas Puls schnellte im Bruchteil einer Sekunde ins Stakkato. »Wo?«

»Tut mir leid. Ich habe versprochen, nichts zu sagen.«

Ein Blick in seine eisgrauen Augen genügte: Aus ihm würden sie nichts herausbekommen. Trotzdem war er ein Mann, mit dem man reden konnte. Sabrina spürte das.

»Warum hat er es versteckt?«, fragte Sabrina. »Was hat Rainer Schraudt mit der Désirée zu tun?«

Der Mann kaute auf seiner Unterlippe.

»Vielleicht auch drei Jahre«, säuselte Beate.

Sabrina warf ihr einen scharfen Blick zu. Mit Drohungen konnte man ihm jetzt nicht kommen.

»Bitte, sagen Sie mir, warum. Es ist wichtig. Hat Kilian etwas mit dem Mord zu tun?«

Der Mann nickte. »Ist ja kein Geheimnis. Er hat sie umgebracht.«

Es war, als ob Sabrinas Herz in Eiswasser gefallen wäre. Sie hatte das Gefühl, keine Luft mehr zu bekommen. Mit weit aufgerissenen Augen starrte sie den Disponenten an, als ob ihr Entsetzen noch etwas ändern könnte an dem, was er eben gesagt hatte.

»Er hat gestanden?«, flüsterte sie.

»Ja. Und es hat ihm leid getan, dass er seinen Sohn da mit reingezogen hat. War völlig versoffen, der Alte. Erst im Knast hat er wieder einen klaren Kopf bekommen.«

Sabrina griff nach Beates Arm, weil der Boden vor ihren Augen tanzte. Nicht Kilian, von seinem Vater war die Rede!

»Und …« Sabrina musste sich jedes einzelne Wort ins Gedächtnis rufen, als ob sie die Sprache ganz neu gelernt hätte. »… Und wo bitte ist die Verbindung zum Ranger?«

»Rainer Schraudt, Kilian Schraudt. Brüder.«

»Was?« Sabrina ließ Beate los. Dann schrie sie: »Wo ist der Ranger?«

»Keine Ahnung.«

»Aber Sie haben doch eben noch mit ihm telefoniert?«

Der Disponent schüttelte den Kopf. »Geht nach Hause. Mischt euch da nicht ein. Ich habe lange genug beide Augen zugedrückt. Das konnte nicht gutgehen, dieses Hin und Her mit dem alten Kahn. Acht Jahre ist das Ding vor sich hingerostet. Keiner durfte was anrühren, das hat der Junge so gewollt. Wollte selber herausfinden, ob er mit der Sache klarkommen würde. Dann ist er eines Tages da, kaum volljährig, die Tinte auf dem Patent noch nicht trocken, und düst los. Alle haben ihn gedeckt, den ganzen Rhein rauf und runter, weil alle wussten, was er mitgemacht hat. Aber ich habe immer meine Zweifel gehabt. Der Ranger hat gesagt: Lass den Jungen ziehen. Er braucht Zeit. Ich hätte ihn in eine Anstalt gesteckt.«

Sabrina nahm noch einmal alle Kräfte zusammen. »Wo ist er?«

»Kein Wort«, antwortete der Mann. »Ihr erfahrt kein Wort von mir.«

Als Sabrina und Beate das Hafengebäude verließen, waren die Polizeiwagen verschwunden. Während Beate schon hinaus Richtung Straße lief, setzte Sabrina sich auf die untere Treppenstufe. Noch zwei Schritte und sie würde ohnmächtig.

Alles fügte sich zusammen wie bei einem Puzzle: Schraudt war der Bruder von Kilian S., dem Mörder, der in seinem Wahn die eigene Frau erstochen hatte. Und Kilian, der Elfjährige, hatte diesen Mord mitbekommen. Das grausige Zimmer auf dem Schiff, sein ruheloses Umherziehen – all das waren Folgen eines nicht verarbeiteten Traumas. Hatte Amelie davon gewusst? Hatte sie aus Versehen die Büchse der Pandora geöffnet? Das Verlangen, mit Kilian zu reden, wurde beinahe übermächtig. Er konnte, er durfte kein Mörder sein. Doch so viel sprach gegen ihn, nicht zuletzt seine Flucht. Wenn die Polizei ihn erwischen würde …

Sie sprang auf und lief Beate hinterher. »Wo hat er sich versteckt?«, fragte sie verzweifelt.

Beate drückte auf den Knopf der Fußgängerampel. »Da, wo der Ranger sein Gärtchen hat. Ich könnte mich ja totlachen. Mutter Natur und Wildwuchs ohne Ende, um dann nach Feierabend die Rabatte zu harken.«

»Und wo harkt er?« Die Ampel sprang um, beide liefen über die Straße. Ungeduldig eilte Sabrina voraus. »Und nimm bitte zur Kenntnis, dass ich dich das jetzt frage. Also?«

Sie kamen am Imbisswagen vorbei und an der Wohnsiedlung, in der Berti bei Günni Unterschlupf gesucht hatte. Aber Sabrina hatte keinen Blick dafür. Beate sah nicht so aus, als ob sie die Antwort wüsste.

»Ich hab da so einen Verdacht«, antwortete Beate schließlich. »Aber ich muss meinen Großvater fragen. Kommst du mit?«

»Natürlich.«

In schnellen Schritten hielten sie auf die Uferpromenade und das Stadttor zu. Er ist unschuldig, trommelten die Gedanken in Sabrinas Kopf. Er will auf seine Art mit all dem Schlimmen umgehen, das damals passiert ist. Deshalb das Zimmer und dieses Verstecken, deshalb auch die Rückkehr an den *toten Fluss* ... Der Mörder ist einer von hier und er hat mit der Werth und Berti zu tun. Sonst hätte Berti doch keine Angst gehabt, und er wäre nicht Hals über Kopf geflohen, mit Angel und Gummistiefeln ... Wem ist er auf der Werth begegnet? Wer hat ihm einen solchen Schreck eingejagt?

Mit quietschenden Reifen hielt ein Wagen und stellte sich fast quer über den Bürgersteig. Es war Lukas. Die Seitenscheibe glitt herunter, er beugte sich zum Beifahrerfenster.

»Sabrina! Gott sei Dank! Deine Mutter hat mir gesagt, dass du in Andernach bist. Steig ein. Wir müssen reden. Bitte.«

»Klingt nach Aussprache«, flüsterte Beate und blieb stehen.

Sabrina schüttelte den Kopf. »Ich kann nicht. Ich hab keine Zeit. Wir müssen ...«

»Zu meinem Großvater. Das ist aber nett, dass du uns fährst!« Ohne Sabrinas Proteste abzuwarten, enterte Beate den Rücksitz des Wagens.

Wohl oder übel stieg Sabrina vorne ein. Sie schnallte sich an, während Lukas sich mit Blick in den Rückspiegel wieder in den Verkehr einfädelte.

»Habe ich noch eine Chance?«, fragte er so leise, dass Beate es hoffentlich nicht mitbekam.

»Ich weiß nicht«, antwortete Sabrina.

Eben noch war Kilian in ihrem Herzen gewesen. Wohin sollte sie da mit Lukas? Für mehr als einen war kein Platz, zumindest nicht gleichzeitig. Das war alles zu plötzlich mit seinem Auftauchen. Sie musste Kilian warnen. Die Polizei war ihm auf den Fersen und er durfte wirklich nie wieder hierher zurückkommen. Lukas' plötzliches Auftauchen passte jetzt ganz und gar nicht.

Lukas musste spüren, dass ihre Gedanken irgendwo anders waren, denn sein Blick wurde düster, und er verzog ärgerlich den Mund. »Ich habe Mist gebaut. Ich gebe es zu. Aber … Warum kann nicht einfach wieder alles so sein wie früher?«

Wovon redete er bloß? Früher. Früher war Sommer, waren die Krippen und die Schiffe auf dem Rhein, waren spargeldürre Jungens, über die sie kicherten, war Bukowsky an einem lauen Abend, war alles wie ein riesengroßes, wunderschönes Bild in Zartblau und Rosa, über das eines Tages das Schicksal mit einem bluttriefenden Pinsel einen dicken Strich gemalt hatte.

»Ich … Ich weiß es nicht.«

Es würde nie mehr wie früher werden. Aber anders, vielleicht, wenn all das hier vorbei war und die Dinge sich wieder zurechtgerückt hatten. Es gab Tage, an denen sich das Erwachsenwerden gar nicht so schlecht anfühlte. Und es gab Tage, an denen wollte man nur noch unter eine Decke kriechen. Sie konnte das nicht erklären. Nicht jetzt. Nicht ihm. Vielleicht nie.

Sie sah Lukas an. »Ich brauche Zeit.«

Lukas wollte etwas antworten, doch dann nickte er nur.

Beate streckte ihren Kopf über die beiden Vordersitze. »Aber nicht zu viel. Wenn es ein bisschen schneller ginge?«

Lukas gab Gas und fuhr bei Dunkelgelb über die Ampel. »Was ist los?«

»Nichts«, sagte Sabrina schnell.

Aber so einfach ließ er sich nicht abspeisen. »Die Polizei war am Hafen. Ich habe sie wegfahren sehen. Was wollten die denn da?«

»Keine Ahnung.« Sabrina versuchte, ihr schlechtes Gewissen zu ignorieren. Lukas hatte ihr immer beigestanden. Sogar einen Anwalt hatte er geschickt. Die Rechnung hatten sie bis heute nicht bekommen. Wahrscheinlich stand er sogar dafür gerade. Es tat ihr unendlich leid, ihm nicht die Wahrheit sagen zu können, und wären sie alleine gewesen, Sabrina hätte nicht die Hand dafür ins Feuer gelegt, dass sie den Mund halten würde. Aber Beate saß direkt hinter ihr und schickte ihr einen warnenden Blick über den Rückspiegel.

»Sie haben eine Spur.« In Lukas' Stimme lag ein unüberhörbarer Triumph. »Am Hafen. Na endlich. Hoffentlich haben sie ihn bald.«

Lukas bog ab in Richtung Krahnenberg. Die Vorgärten wurden größer, die Häuser auch. Gleich um die Ecke wohnten die Kreutzfelders.

»Wollt ihr vielleicht noch kurz zu mir?«

Sabrina schüttelte den Kopf. »Es geht nicht. Ein anderes Mal.«

»Später? Ich weiß ja nicht, was ihr so Dringendes vorhabt.«

Sie sah auf ihre Armbanduhr und stellte fest, dass schon volle zwanzig Minuten verstrichen waren. Wie lange brauchte die Polizei, um eine Kleingartenkolonie abzusuchen? Nicht lange. Wenn ihnen auch nur ein auskunftsfreudiger Hobbygärtner über den Weg lief, wüssten sie jetzt schon, dass der Ranger dort nicht zu finden war. Wenn nicht dort, wo dann? Hoffentlich hatte Beate recht und ihr Großvater erinnerte sich.

»Hausaufgaben«, erwiderte Beate. »Ganz wichtig.«

»Und das könnt ihr nicht verschieben?«

»Nein«, antworteten Beate und Sabrina wie aus einem Mund.

Lukas fuhr langsamer. Es machte Sabrina rasend, wie er plötzlich im Schritttempo über die Straße schlich. »Ihr wisst was«, sagte er.

Er hielt wieder an einer roten Ampel und Sabrina nahm die Bewegung nur aus den Augenwinkeln wahr. Im Bruchteil einer Sekunde löste sie den Gurt und riss die Tür auf.

»Tschüss!« rief sie.

Beate kletterte verdutzt auf die Straße und bedankte sich bei dem sichtlich verdatterten Lukas. Ein Auto hupte, Bremsen quietschten. Sie wären beinahe einem Kombi vor die Kühlerhaube gelaufen. Hastig erreichten sie den Bürgersteig. Lukas stand immer noch an der Kreuzung und sah ihnen nach. Erst als die Wagen hinter ihm lautstark anfingen zu hupen, gab er Gas. Er brauste geradeaus davon, während die beiden Flüchtlinge sich im Laufschritt nach rechts in eine kleine Seitenstraße schlugen.

»Was war das denn?«, fragte Beate keuchend, denn die Sportlichste war sie immer noch nicht.

»Er hatte schon wieder die Hand an der Zentralverriegelung.«

»Irgendjemand sollte ihm mal sagen … dass man … Menschen nicht einsperren … ich krieg Seitenstechen.« Es ging bergauf, und das war sie natürlich – im Gegensatz zu Sabrina – überhaupt nicht gewohnt. Sie blieb stehen und beugte sich nach vorne. Als sie sich wieder aufrichtete, ging es ihr besser. »Er war auch am Berg.«

Sabrina, die ein paar Schritte vorgelaufen war, blieb abwartend stehen. »Lukas? Warum nicht? Den Kreutzfelders gehört doch der Anbau gleich nebenan.«

»Damals, als ich meine Brille verloren habe.« Beate lief jetzt langsamer. »Das wollte ich dir eigentlich die ganze Zeit sagen. Ich habe sein Auto gesehen. Ich bin über den Wanderweg gegangen und habe es entdeckt. Gerade als ich nach ihm suchen will, kommt er wie der Teufel über den Kamm gewetzt. Er sah aus, als wären ihm Himmel und Hölle auf den Fersen. Ich konnte mich in letzter Sekunde verstecken und hab mir dabei den Arm und das Knie aufgeschürft. Ich habe es ihm erzählt, als wir uns durch Zufall auf dem Marktplatz begegnet sind. Er sagte, er war nicht oben. Aber ich weiß doch, was ich gesehen habe.«

»Dann war er es also, der die Steine losgetreten hat?«

»Ich will mal zu seinen Gunsten annehmen, dass er das nicht mit Absicht getan hat.«

Sie erreichten das Gartentor und liefen ohne Umschweife aufs Haus zu.

Beate öffnete die Tür. »Opa?«

Keine Antwort. Sabrina sah auf die Uhr. Dreißig Minuten. Sie folgte Beate in die große Halle. Es roch nach karamellisiertem Zucker und angebranntem Kuchen.

»Er ist in der Küche.«

Und tatsächlich: Richter Gramann öffnete gerade die Backofentür, aus der eine schwarze Rauchwolke quoll. In drei Schritten war Beate bei ihm, schloss die Klappe und stellte den Ofen aus.

»Da muss was schiefgelaufen sein.« Richter Gramann raufte sein spärliches Haar. »Dabei habe ich alles genau wie immer gemacht. Beate, deine Mutter kommt heute früher nach Hause. Ich wollte … Wer ist das?« Sein flackernder Blick heftete sich auf Sabrina.

»Ich bin Sabrina, die Freundin von Beate«, sagte sie. »Herr Gramann, wir wollten eigentlich nur wissen, wo der Ranger seinen Kleingarten hat. Herr Schraudt. Rainer Schraudt.«

Der Richter tastete nach einem Stuhl und setzte sich. »Der von der Werth?«

»Ja.«

Der alte Mann dachte nach. Dann schüttelte er den Kopf. »Das weiß ich nicht. Es gab da diese Klage wegen der Gemeindereform, aber das war in den Siebzigern. Sonnenglück? Meint ihr diese Kolonie?«

»Eben nicht.« Sabrina versuchte, die aufglimmende Verzweiflung zu unterdrücken. Der Richter war ihre letzte Chance. Dreiunddreißig Minuten.

»Dann ist er in Vallendar. In der Kolonie hinter dem Campingplatz am alten Hafen.«

Sabrina und Beate sahen sich an.

»Vallendar?«

»Ja. Die Schraudts wollten immer ans Wasser. Weiß der Teufel. Ist ihnen nie gut bekommen.«

Sabrina beugte sich hinunter. Sie hoffte, der Richter könnte sie erkennen. »Warum haben Sie mir damals nicht gleich gesagt, dass der Ranger und Lilianes Mörder Brüder waren?«

Er zuckte mit den mageren Schultern. »Hat mich ja keiner gefragt.«

»Vallendar. Das schaffen wir nie.«

Nervös tigerte Sabrina durch die Eingangshalle. Die kleine Stadt war rund zwanzig Kilometer entfernt. Kein Bus, keine Fähre würde es schaffen, vor der Polizei da zu sein. Beate setzte sich auf eine schmale, unbequeme Holzbank, die aussah, als hätte sie früher in einer Kirche gestanden und eine Menge Sünder zum Büßen gebracht.

»Warum willst du eigentlich unbedingt mit ihm reden? Wenn dein Kilian Amelies Mörder ist, ist es besser, wenn die Polizei als Erstes auftaucht.«

»Und wenn nicht?«

»Dann werden die das schnell herauskriegen.«

»Bist du sicher?« Sabrina glaubte nicht, dass das die beste aller Lösungen wäre.

Beate sah sie nachdenklich an. »Und du? Glaubst du denn wirklich an ihn?«

Blöde Frage. Das Einzige, das für ihn sprach, war ein kurzer, gemeinsamer Moment im Bauch eines rostenden Schiffes. Dieser Augenblick, keine drei Atemzüge lang, in denen Sabrina etwas gefühlt hatte, das so stark war, dass es allen Zweifeln des Verstandes entgegenwirkte. Was war es? Wie konnte es solche Macht haben? Ihr zweites Wiedersehen war viel widersprüchlicher gewesen. Tiefer, intensiver, aber geendet hatte es mit der abgrundtiefen Enttäuschung, dass Amelie zwischen ihnen stand.... Um Klarheit zu bekommen, musste sie ihn einfach noch einmal sehen.

»*Ich* würde es gerne herauskriegen«, sagte sie leise.

In der Küche fiel etwas scheppernd zu Boden. Der Richter stieß einen lauten, nicht salonfähigen Fluch aus.

»Ich will mit ihm reden. Ich glaube nicht, dass er Amelie auf dem Gewissen hat. Und wenn, soll er es gestehen.«

»Das hast du doch schon mal versucht.«

»Ja, aber ... Da warst du mit dabei.«

Beate hob die Augenbrauen. »Und deshalb konnte er dir nicht die Wahrheit sagen?«

Beate wusste nichts von dem Kuss, weil er gestohlen war. Von Amelie, die ihn eigentlich hätte bekommen sollen und an die Kilian gedacht hatte, als er so plötzlich und ohne Vorwarnung Sabrina in einen Strudel von Empfindungen gestürzt hatte. So viel Sehnsucht, so viel Gefühl, und alles für eine andere, die nie wiederkommen würde.

»Es ist sowieso alles sinnlos.« Sie setzte sich neben Beate und fühlte eine unendliche Leere in sich. Die Zweifel kamen wieder, aber sie wollte ihnen keine neue Chance geben. »Er ist es nicht. Und wir sitzen hier und lassen ihn ins offene Messer laufen.«

»Bist du dir sicher?«

Sabrina nickte.

Beate stand auf und ging zu einem unauffälligen Wandkästchen. Sie öffnete es und holte einen Schlüsselbund heraus, den sie am ausgestreckten Zeigefinger baumeln ließ. »Dann komm.«

# EINUNDDREISSIG

In der Tiefgarage war Platz für drei Autos. Doch es stand nur ein einziges darin: ein blitzendes, blinkendes, cremeweißes Mercedes Cabriolet.

»Erstzulassung neunzehnhundertsechzig, Kilometerstand Fünfundachtzigtausend.« Beate beugte sich über die Fahrertür, sah hinein und grinste. »Automatik. Damit komme ich klar.«

»Nein.« Sabrina trat einen Schritt zurück. Sie wusste nicht, was so ein Auto kostete. Das war auch unter diesen Umständen nicht wichtig. »Du hast keinen Führerschein!«

»Aber ich nehme seit drei Monaten Fahrstunden. Im Juni werde ich siebzehn, und wenn ich die Prüfung bestehe, darf ich begleitet fahren.« Sie öffnete die Tür. »Also? Willst du deinen Kilian jetzt retten oder nicht?«

Sabrinas Schuhe verwandelten sich gerade in Blei. Sie konnte nicht den kleinsten Schritt machen. »Ich steige doch nicht mit dir in dieses Auto!«

»Ehrlich gesagt, ich sehe kein anderes.«

»Deine Mutter bringt uns um! Wenn du das nicht vorher tust. Kannst du denn überhaupt fahren?«

Statt eine Antwort zu geben, schwang sich Beate auf den roten Ledersitz, steckte den Zündschlüssel ins Schloss, startete und ließ den Motor im Leerlauf aufheulen. »Jetzt oder nie!«

»Beate! Du bist die Enkelin des Richters!«

Mit einem breiten Grinsen ließ Beate den Wagen einen halben Meter vorrollen. Eine automatische Lichtschranke öffnete langsam das Garagentor. »Eben«, antwortete sie. »Und das hat mir noch immer den Hals gerettet.«

Sabrina gab es auf. Sie hastete auf die andere Seite und stieg ein. Das war mit Abstand das Abenteuerlichste, Gesetzloseste, Waghalsigste, auf das sie sich jemals eingelassen hatte.

»Warum tust du das?«

Das Tor war offen.

Beate gab vorsichtig Gas, und der Wagen rollte hinaus auf eine gepflasterte Doppelspur, die über den zart ergrünenden Rasen hinunter zur Straße führte. »Weil ich im Leben noch nie so viel Spaß hatte.«

Beate fuhr wie der Henker. Das Auto war so niedrig, dass jedes Schlagloch zu einer Herausforderung wurde. Sie mieden das Nadelöhr, das die Altstadt für den Durchgangsverkehr bildete, und machten sich direkt durch die Neubauviertel auf den Weg zur B9 Richtung Koblenz. Der Fahrtwind war so kalt, dass Sabrina nach drei Minuten fühlte, wie ihre Wangen taub wurden. Beate fädelte sich mühelos auf der Schnellstraße ein. Sie missachtete dabei sämtliche Geschwindigkeitsbeschränkungen, hielt sich aber weitestgehend an die Verkehrsschilder.

»Du bist absolut wahnsinnig!«, brüllte Sabrina.

»Nicht weniger als du! Du bist verknallt in einen Mörder!«

»Ich bin nicht verknallt! Und ein Mörder ist er auch nicht!«

»Ja ja!«

Beate setzte den Blinker und zog in einem waghalsigen Überholmanöver rechts an einem LKW vorbei.

»Wer hat dir denn beigebracht, so zu fahren?«

»Der alte Meißner«, schrie Beate zurück. »Bevor er die Fahrschule eröffnet hat, war er mal Rennfahrer. Lang lang ist's her. Er verbucht das unter Autobahnnachtfahrten. Dreißig haben wir schon. Macht doch Spaß, oder?«

Sie scherte viel zu früh vor dem LKW ein, der das mit einem lang gezogenen Hupen quittierte. Sabrina nickte nur. Dieser Wagen hatte noch nicht einmal Sicherheitsgurte.

»Wenn der mich jetzt sehen könnte!«

Beate war in ihrem Element. Sie fuhren hundertzwanzig, und erst als sie die Abfahrt Neuwied hinter sich gelassen hatten, ging sie herunter vom Gas. In diesem Moment klingelte ein Handy.

Beate griff in ihre Jackentasche und warf stirnrunzelnd einen Blick auf das Display. »Shit. Meine Mutter. Nimmst du mal?« Sie reichte Sabrina das Handy.

»J … ja? Doberstein, am Apparat von Seiters.«

»Bist du es, Sabrina? Ist Beate in der Nähe?«

»Ja«, antwortete Sabrina. »Aber sie kann jetzt nicht. Soll ich ihr was ausrichten?«

»Unser Cabrio ist weg! Hat sie da ihre Finger im Spiel?«

Sabrina wandte sich an Beate, doch die legte nur den Finger auf den Mund und schüttelte wie wild den Kopf.

»Äh … Frau Seiters?«

»Sabrina? Wo ist Beate?«

»Sie kommt gleich. Kann sie Sie zurückrufen?«

»Ich will wissen, wo das Auto ist. Sonst rufe ich die Polizei!«

Sabrina reichte Beate das Handy, doch die weigerte sich, es anzunehmen.

»Ich bin gleich wieder da!«, schrie sie in den Fahrtwind.

Sabrina hob den Apparat wieder ans Ohr.

»Ich gebe dir zehn Minuten! Beate! Wenn du dann nicht wieder hier bist, setzt es was! Beate?«

»Frau Seiters?« Sabrina hielt das Handy auf Armlänge weg von sich. »Ich kann Sie kaum verstehen! Hallo? Hallo!« Sie beendete die Verbindung. »Deine Mutter ruft die Bullen.«

»Das sagt sie jedes Mal.« Ungerührt trat Beate aufs Gas. Der Wagen schoss vor, die Ausfahrt Vallendar kam in Sicht. »Und dann bringt sie es doch nicht übers Herz. Alte Juristenfamilie. Polizei ist tabu bei uns. Das wird anders geregelt.«

Sie bremste und bog ab. Die Ausfahrt machte einen weiten Bogen, dann kamen sie an eine Kreuzung, an der die Altstadt, das Gewerbegebiet und ein Campingplatz ausgeschildert waren. Beates Handy klingelte wieder.

»Willst du nicht rangehen?«

»Bloß nicht. Campingplatz, hat Opa gesagt. Dann mal los.«

Die Straße führte schnurgerade und frisch asphaltiert durch einen spärlichen, von Brachflächen durchzogenen Wald. Rechts konnte Sabrina ab und zu einen Blick auf Häuser und Lagerhallen erhaschen, dann schoben sich die Stämme wieder näher zusammen, und bald verengte sich auch der Weg. Die Piste wurde holperig, und als sie eine weitere Kreuzung erreichten, klingelte das Handy wieder.

»Geh ran«, bat Sabrina eindringlich.

Mit einem Seufzer meldete sich Beate. »Ja? … Nein, ich bin – … Woher? Mama! Das ist nicht dein Ernst! … Ich verspreche dir … Hallo? Hallo! – Mist, verdammter!« Sie steckte das Handy ein. »Sie hat mich über *Track your kid* geortet. *Track your kid*! Damit fängt man Vierjährige ein, die sich auf dem Spielplatz verlaufen haben!«

Sabrina hatte einen Spruch auf den Lippen, in dem Beate, Vierjährige und ein Topf zum Hineinwerfen vorkamen, ließ es dann aber bleiben.

Beate trommelte nervös mit den Fingern aufs Lenkrad und spähte in Richtung Campingplatz. »Ich habe die Wahl. Entweder zurück oder sie schickt die Bullen.«

»Hierher?«, schrie Sabrina. »Da hätten wir ihnen ja gleich sagen können, wo Kilian steckt!«

»Eben. Steig aus.«

Sabrina schüttelte den Kopf. »Nein. Ich bleibe bei dir und stehe das mit deiner Mutter mit durch.«

»Das tust du nicht. Wofür der ganze Ärger, wenn nichts dabei herauskommt? Du gehst alleine zu ihm. Aber wenn du dich in einer halben Stunde nicht meldest, rücke ich hier mit einer ganzen Kompanie an.«

Plötzlich sah Beate sie sehr ernst an. »Du hast gesagt, du glaubst an ihn.«

»Das tue ich.«

»Dann mach dich auf die Socken.«

Sabrina wog in Windeseile das Für und Wider ab. »Okay. Alles Gute.«



»Dir auch«, antwortete Beate. »Pass auf dich auf. Und bring

ihn dazu, sich zu stellen. Das ist immer das Beste, glaube mir. Alte Richterweisheit.«

Sabrina stieg aus. Beate wendete den Wagen, der inzwischen nicht mehr ganz so sauber aussah, sondern mit Matsch und Straßendreck bespritzt war, und fuhr zurück. Mit einem Seufzer machte sich Sabrina auf den Weg. Bis zum Campingplatz war es eine gute Viertelstunde Fußmarsch, auf dem sie keinem Menschen begegnete. Als sie das umzäunte Areal erreichte, wusste sie auch warum: Er öffnete erst wieder im Mai.

Es war ein hübscher Platz, weitläufig, mit Tischtennisplatten und einem Beachvolleyballfeld unten am Wasser, wo einsame Bootsstege auf Stelzen hinein in den stillen Fluss ragten. Das musste der äußerste Zipfel des alten Hafens sein, eine dieser kleinen, längst aufgegebenen Anlagen, die aus dem neunzehnten Jahrhundert stammten und höchstens noch Liegeplätze für ein paar Sportboote hatten.

Sie folgte dem Zaun nach links. Als sie das Gelände des Campingplatzes passiert hatte, tauchten die Kleingärten auf. Die meisten lagen noch im Winterschlaf. Nur auf einer Parzelle bearbeitete gerade eine ältere Frau in Gummistiefeln ihren Komposthaufen. Neugierig sah sie auf, als Sabrina zu ihr an den Zaun kam.

»Guten Tag. Ich suche Herrn Schraudt. Rainer Schraudt.«

»Der ist ganz hinten.« Sie deutete mit der Harke weiter in die Richtung, in die Sabrina gelaufen war. »Ich habe ihn aber heute noch nicht gesehen.«

Die unausgesprochene Frage »Was wollen Sie denn von ihm?« hing in der Luft, und Sabrina bedankte sich rasch, um ihr zu entgehen.

»Ach, und das Schiff? Die Désirée?«

Die Frau unterbrach ihre Arbeit wieder. Sie stützte beide Arme auf den Stiel und war mit einem Mal das Misstrauen in Person. »Welches Schiff?«

»Das Schiff von Kilian.«

Der Blick der alten Frau schien Sabrina durchbohren zu

wollen. »Ich kenne kein Schiff und keinen Kilian.« Sie warf die Harke auf den Komposthaufen, drehte sich um und ging davon.

Sabrina steckte die Hände in die Jackentaschen und stapfte weiter. Es war kalt, diesige Schleier am Himmel verdichteten sich zu lichtgrauen Wolken. Sie lief schneller, um sich durch die Bewegung aufzuwärmen. Als sie das Ende der Kleingartenanlage erreicht hatte, sah sie sich ratlos um. Weit und breit war niemand zu sehen. Die letzte Parzelle war nicht ganz so aufgeräumt wie die anderen, sie ging beinahe übergangslos in den angrenzenden Wald über. Efeuranken überwucherten den niedrigen Zaun, jemand hatte nachlässig Reisig und Tannenzweige auf die Beete geworfen. Die niedrige Hütte war ganz aus Holz, allerdings in einer Art Patchwork aus den unterschiedlichsten Teilen zusammengesetzt.

»Hallo?«, rief Sabrina.

Sie überlegte nicht lange und ging auf die Hütte zu. Sie war verschlossen. Durch die fast blinden Fensterscheiben konnte sie kaum etwas erkennen. Ein Stuhl, ein ungemachtes Bett … Hier war niemand. Alles sah aus, als ob es noch in tiefstem Winterschlaf läge.

Vorsichtig umrundete sie die Hütte und entdeckte auf der Rückseite einen schmalen Trampelpfad. Das Laub vom Vorjahr hatte sich zu einer dichten Schicht zusammengeklebt und dämpfte ihre Schritte. Sie folgte dem Pfad, der sich in Windungen hinunter zum Wasser schlängelte und dann am Ufer weiterführte, um schließlich in einer Biegung hinter den Bäumen zu verschwinden.

Plötzlich fühlte sich Sabrina so schwach wie nach einem Tausend-Meter-Lauf. Ihre Knie begannen zu zittern. Sie wusste nicht, was hinter dieser Biegung auf sie wartete, doch sie ahnte es. Ihre Schritte wurden langsamer. Noch zehn Meter, noch fünf … Sie ging hinter einem dicken Baum in Deckung und lehnte sich mit dem Rücken an den Stamm. Tief durchatmen, dachte sie. Entweder ist er hier oder ich gebe endgültig auf. Dies ist deine letzte Chance, von mir gefunden zu werden. Und meine, herauszufinden, was ich wirklich fühle.

Jetzt.

Sie schob sich hinter dem Stamm hervor und da sah sie ihn.

Er stand am Ufer und schnitzte eine Gerte. Er war so in sein Tun vertieft, dass er sie gar nicht bemerkte. Die Haare waren dunkler, nicht mehr so ausgeblichen wie im Sommer. Sie fielen ihm in die Stirn, als er sich über den Ast beugte und ihn von seinen Blättern befreite. Das Messer glitt über das Holz, schwungvoll und mit einem weiten Auswerfen von beherrschter Kraft. Hinter ihm am Ufer lag die *Désirée*. Dunkel, rostend, Totenschiff und Heimat zugleich für seinen geheimnisvollen Kapitän. Sabrina prägte sich jedes Detail ein, als ob sie vor einem Gemälde stehen würde, das sich jeden Moment in Luft auflösen könnte.

Sie musste ein Geräusch gemacht haben oder der Wind hatte einen fremden Geruch hinübergetragen. Kilian hob den Kopf, ließ das Messer sinken und drehte sich langsam um.

Er sagte kein Wort. Sein fein gezeichnetes Gesicht war winterblass, auf den Wangen lagen die Schatten eines Dreitagebartes. Er trug einen dicken Rollkragenpullover, weite Cordhosen und grüne Anglerstiefel. Sabrina blieb fast das Herz stehen. Er würde immer der attraktivste Mann bleiben, den sie je gesehen hatte. Sie stand bewegungslos da und ließ sich von seinem Blick verbrennen, der über ihre Gestalt wanderte und schließlich wieder an ihren Augen hängen blieb. Endlich, nach einer Ewigkeit, ließ er die Gerte fallen, steckte das Messer sorgfältig in ein Futteral am Gürtel und kam auf sie zu.

»Du?«, fragte er nur.

Sabrina nickte. Hatte sie jemals ein Hirn besessen? Einen Mund, der sprechen konnte? Das Einzige, was in ihrem Inneren existierte, war ihr Herz, das wild klopfte. Sie wollte etwas sagen, aber sie brachte keinen Ton über die Lippen. Kilian, dachte sie. Mein Gott, ich habe solche Angst um dich.

Er war direkt vor ihr. Noch immer sah er sie an, als ob er kaum glauben könnte, dass sie hier, in dieser Wildnis, vor ihm aufgetaucht war. Sie konnte noch nicht einmal die Hand heben, um ihn zu berühren, sie stand einfach da wie gelähmt und wusste nicht mehr weiter.

»Kilian …«

Das Wort hatte sich in ein Flüstern verwandelt. Noch bevor es ganz ausgesprochen war, riss er sie in seine Arme und küsste sie. Und dieses Mal blieb sie nicht wie angewurzelt stehen. Sie schmiegte sich in seine Umarmung und tauchte tief hinein in diesen Kuss, so tief, so leidenschaftlich, dass sie glaubte, ihre Seelen würden sich berührten. Er presste sie an sich, als ob er sie nie wieder loslassen wollte, fuhr mit seinen Händen durch ihre Haare, berührte ihre Wangen, ihre Augen, ihren Hals mit seinen Lippen, küsste sie wieder, bis sie nach Atem ringend ihren Kopf zurückbog und in seine unglaublichen, blauen Augen sah.

»Komm«, sagte er.

Er nahm ihre Hand und sie stolperte hinter ihm her die Böschung hinunter bis zum Steg. Als sie das Deck erreicht hatte, ließ er sie vorgehen und warf einen Blick über die Schulter zurück zum Ufer. Alles war still und ruhig. Niemand war zu sehen.

Als Erstes roch Sabrina frische Farbe. Aber die Küche sah aus wie immer, nur dass das Geschirr jetzt abgewaschen im Regal stand und die Sitzbank endlich einmal freigeräumt war. Kilian kam nach ihr herein, umarmte sie im Vorübergehen und zog sie neben sich auf die Bank.

»Wie hast du mich gefunden?«

»Der Richter«, antwortete sie. »Er hat mir von deinem Vater erzählt und vom Garten des Rangers, und dann hat der Hafenmeister eine Andeutung gemacht – nein, nicht, was du denkst!«

Seine Augen hatten sich für einen Sekundenbruchteil verengt.

»Niemand hat dich verraten. Aber wer mit allen gesprochen hat, kann sich zusammenreimen, wo du bist.«

Er hob die Hand und berührte mit einer unendlich zärtlichen Geste ihr Gesicht. Dann lächelte er sie an. »Ich habe geglaubt, du würdest mich nie finden.«

»Und ich habe geglaubt, du würdest das gar nicht wollen.«

»Warum das denn?«

Sie konnte sich nicht sattsehen an ihm. Die feine, gerade Nase, die hohe Stirn, die feinen, fast verletzlichen Züge, die fast völlig hinter seiner rauen Schale verschwanden. »Ich dachte, dass du und Amelie ...« Sie brach ab. War das der Moment, über so etwas zu reden? Sie hätte sich am liebsten auf die Zunge gebissen, um diese letzten Worte wieder zurücknehmen zu können.

»Amelie ...« Er lehnte sich zurück.

Sabrina berührte seine Hand. Sie war warm und trocken, kräftig und schwere Arbeit gewohnt, hatte aber lange, fast sensible Finger. »Ich weiß, dass ihr beide ... dass ihr miteinander weg wolltet. Sie hat mir gesagt, dass du das Gleiche für sie empfunden hast wie sie für dich.«

Er ergriff ihre Hand, führte sie an seinen Mund und küsste sie. Noch nie in ihrem Leben hatte jemand Sabrina die Hand geküsst. Es war eine Geste voller Demut und Zärtlichkeit, die ihr fast das Herz zerriss.

»Amelie ...« Er ließ ihre Hand sinken. »Amelie war ein wunderschönes Mädchen. So voller Lebenslust und ohne jede Angst, aber sie hat sich und dir etwas vorgemacht. Es war nicht so. Es war anders. Deine Freundin muss etwas missverstanden haben. Ich habe nie etwas zu ihr gesagt, das irgendwelche Hoffnungen wecken könnte. Als sie an diesem schrecklichen Abend vor mir stand ...« Er machte eine Pause.

Sabrina konnte kaum glauben, was er ihr gerade gesagt hatte. Amelie hatte sich etwas vorgemacht? Atemlos wartete sie darauf, dass er den Satz zu Ende bringen würde. »Ja?«, fragte sie. »Was ist da geschehen? Kilian, egal was passiert ist, du musst es mir jetzt sagen!«

»Du glaubst, ich hätte sie getötet?« Er ließ ihre Hand los.

Das war schlimmer als eine Ohrfeige. Aber es war einfach 

an der Zeit, es auszusprechen. Sie musste es tun, damit die Zweifel endlich, endlich beseitigt werden konnten. »Ich weiß es nicht. Du hast sie zuletzt gesehen. Die letzten Seiten, die sie in ihrem Tagebuch beschrieben hatte, fehlen. Du bist abgehauen, genau zum Tatzeitpunkt. Und ... Du hast schon einmal etwas Schreckliches erlebt.«

Kilian stand auf und schob wütend einen Stuhl zur Seite. »Ach ja? Und das alles macht mich schon zum Mörder?«

»Was ist passiert? Kilian!« Sabrina schrie fast. »Ich wäre doch nicht hier, wenn ich dir nicht trauen würde!«

»Amelie hat mir ja schließlich auch vertraut. Und sie ist tot. Wer sagt denn, dass du nicht die Nächste bist?« Er legte beide Hände auf die Tischplatte und beugte sich zu ihr. »So ganz allein, keiner, der dich hört oder sieht ...« Seine Augen funkelten vor Wut und Enttäuschung. »Oder bist du nur hier, weil du dich sicher fühlst? Wartet die Polizei schon draußen? Hast du sie gleich mitgebracht?«

»Nein. Hör mir doch zu!« Sie wäre am liebsten aufgestanden und hätte das Gespräch mit einer Umarmung ungeschehen gemacht, aber sie traute sich nicht. Sie saß da wie erstarrt und konnte nur hoffen, dass er ihr glaubte. »Ich will doch nur die Wahrheit wissen.«

»Die Wahrheit? Willst du das wirklich?« Er packte sie und zog sie hoch. »Bist du sicher? Ja? Dann komm. Ich zeige dir die Wahrheit.«

Er schob sie vor sich her in den engen Flur. Die Tür am Ende war verschlossen. Plötzlich begann Sabrina zu zittern. Sie wollte nicht noch einmal in dieses schreckliche Zimmer.

»Nein!« Sie blieb stehen.

Kilian drängte an ihr vorbei und riss die Tür auf. Der Farbgeruch schlug ihr entgegen. Sie sah in einen weißen Raum, so weiß nach dem Dämmerdunkel unter Deck, dass er strahlte, als würde dort eine Neonlampe brennen.

»Was ist das?« Staunend trat sie ein.

Die Wände waren frisch gestrichen. Jemand hatte den Fußboden geschrubbt und die Fenster geputzt. Von der schrecklichen Blutspur war nichts mehr zu sehen. Die Kajüte war leer, hell, freundlich und unschuldig.

»Hast du das gemacht? Wann denn?«

»In den letzten Tagen. Ich habe viel zu lange damit gewartet.« Er setzte sich auf den Fußboden. Altes, ausgetretenes Linoleum, aber blitzsauber.

Sabrina ging zu ihm. »Warum hast du gewartet? Erzähle es mir.«

Er rieb mit dem Finger über die Fußbodenleiste. Ein Hauch weißer Farbe blieb an der Kuppe haften und er zerrieb sie nachdenklich. »Ich wusste nicht mehr, was Albtraum war und was Wirklichkeit. Ich wollte mit niemandem darüber sprechen, was passiert war. Ich war fast noch ein Kind, als ich Zeuge wurde, wie mein Vater seine Frau umgebracht hat, und ich habe danach zwei Jahre lang kein Wort gesagt. Mein Vater hatte einen gerissenen Anwalt, der Publicity wollte. Er hat alles versucht, um mich in die Enge zu treiben. Das Zimmer hier wurde versiegelt und die Sehnsucht lag so lange in Koblenz im Hafen. Als mein Vater sich in der Zelle erhängt hat, habe ich sie geerbt. Danach habe ich wieder angefangen zu sprechen. Aber viel war es nicht gerade.«

Sabrina setzte sich neben ihn. Sie fragte sich, wie er reagieren würde, wenn sie ihren Kopf an seine Schulter lehnte. Dann machte sie es einfach.

Er gab ihr einen Kuss auf die Schläfe.

»Und deine Mutter?«

»Als ich drei war, ist sie in Rotterdam auf ein anderes Schiff. Ich habe nie wieder etwas von ihr gehört.«

Sie schwieg. Sie fühlte so sehr mit ihm, dass sie fast in Tränen ausgebrochen wäre. Schließlich fragte sie: »Und wie wurde aus der Sehnsucht die Désirée?«

»Ich kam in ein Schifferinternat. Der Ranger hat sich um das Schiff gekümmert. Mein Onkel, wenn du so willst. Er war mein Vormund, aber wir haben nie viel miteinander zu tun gehabt. Immerhin hat er es in Koblenz abgeholt und zur Werth gebracht. Es war ja das Einzige, was ich noch hatte.

Später, als es dort nicht mehr liegen konnte, hat er es hierher überführt. Irgendwann wollte er es mal verschrotten, aber ich habe es ihm verboten. Ich wollte, dass alles so bleibt, wie es ist. Ich musste herausfinden, was mit meiner Erinnerung los ist. Jahrelang hat man versucht, mir einzureden, dass ich Schuld an allem hätte. Ich wäre eifersüchtig auf die neue Frau und schon immer jähzornig und aggressiv gewesen. Ein Gutachten nach dem anderen wurde erstellt. Fragen, Antworten, alles prasselte auf mich ein. So lange, bis ich fast selbst daran geglaubt habe. So ganz traue ich mir immer noch nicht.«

Vor dem Fenster schreckte ein Vogel hoch. Mit einem lauten Schrei flatterte er auf und flog davon. Kilians Blick wanderte traumverloren hinaus.

»Ich wäre nicht verurteilt worden, weil ich zu jung war. Manchmal frage ich mich, ob alles anders geworden wäre, wenn ich gelogen und einen Mord gestanden hätte, den ich nicht begangen habe. Vielleicht wäre mein Vater dann noch am Leben.«

»Vielleicht. Aber es hätte dein Leben für immer zerstört.« Sabrina strich ihm zart eine Haarsträhne aus dem Gesicht. »Das also ist die Geschichte vom toten Fluss.«

Kilian nickte. »Ich habe mein Binnenschifferpatent gemacht. Dann bin ich mit der Désirée losgefahren. Einmal den Rhein rauf und wieder zurück. Mein Onkel hat dafür gesorgt, dass ich nicht auffiel. Die Menschen am Fluss kennen sich. Sie mögen sich nicht immer, aber es waren viele Augen, die weggesehen haben, wenn ich vorüberkam. Es gibt überall kleine Buchten und Seitenarme, in denen man für ein paar Tage vor Anker gehen kann. Ich brauchte diese Zeit, um herauszufinden, ob ich meine Vergangenheit annehme oder ob ich sie vernichte.«

Sabrina hob den Kopf und schaute auf die weißen Wände. »Sieht ganz so aus, als ob du anfängst, mit ihr klarzukommen.«

»Ja. Das dachte ich auch, bis zu dem Tag, an dem ich dich gesehen habe.«

Sabrinas Herz machte einen völlig unvernünftigen Sprung. »Auf dem Markt?«

»Auf dem Markt.«

Also doch. Sein Blick hatte ihr gegolten, und Amelie, die direkt hinter ihr gestanden hatte, hatte ihn auf sich bezogen. Sabrina konnte es ihr nicht übel nehmen. Amelie hatte von allem erwartet, dass es ihr galt.

»Ich habe geglaubt, ich hätte eine Erscheinung, als ihr beide plötzlich an Bord aufgekreuzt seid«, fuhr er fort. »Und als du im Flur gestanden hast, so nah bei mir, da war etwas … Ich wollte dich beschützen, vom ersten Moment an. Vor diesem Raum, vor allem, was darin passiert ist, und vor mir.« Er nahm sie in die Arme und küsste sie. Sabrina saß immer noch mit geschlossenen Augen da, als er sie zärtlich losließ und weitererzählte. »Ich war ziemlich enttäuscht, als Amelie am Abend alleine wiederkam. Sie sagte, du wärst bei deinem Freund.«

»Was?« Sabrina riss die Augen auf. »Ich habe gar keinen Freund.« Nicht mehr, dachte sie. Aber diese komplizierte Geschichte wollte sie Kilian jetzt nicht näherbringen. »Und mir sagte sie, du hättest *ihr* gesagt, du würdest sie gerne alleine sehen.«

Kilian lächelte. »Kein schlechter Versuch. Aber glaube mir, jemand wie Amelie hätte dieses Schiff nach drei Tagen schreiend verlassen. Sie wollte das Abenteuer, die große weite Welt, und so ein Typ bin ich nicht.«

Sabrina wusste nicht, warum es sie so glücklich machte, das zu hören.

»Ich war enttäuscht, denn ich hatte das Gefühl gehabt, dass etwas zwischen dir und mir passiert ist. Was sollte ich mit einer Frau wie Amelie, die nett war, hübsch, deine Freundin und der ich wirklich nichts Böses nachsagen kann, die mich aber überhaupt nicht interessiert hat? Sie ist gegangen. Und für mich war klar, dass es Zeit war, die Segel zu streichen. Ich habe die Werth noch am selben Abend verlassen.«

Sabrina strahlte ihn an. Plötzlich war alles so einfach. Sie konnte ihn küssen, ohne sich zu fragen, ob das auch das Richtige war. Es war das Richtige. *Du fühlst es, wenn es richtig ist.* Doch dann legte sich ein Schatten auf ihre Gedanken. »Wenn sie nicht gegangen wäre …« Sabrina brach ab.

»Dann wäre sie vielleicht noch am Leben. Ich weiß.« Kilian legte die Hand über die Augen, vielleicht weil er seine eigene Traurigkeit vor Sabrina verbergen wollte. »Irgendwie scheint dieses ›Wenn – dann‹ mein Schicksal zu sein. Das meinte ich damit, dass ich es bereue. Ich habe sie weggeschickt. Sie ist ihrem Mörder direkt in die Arme gelaufen. Wenn ich das gewusst hätte … Ich habe erst viel später erfahren, was passiert ist.«

Er wandte sich ab. Sabrina kannte diese Schuldgefühle. Sie hatte sich genau diese Fragen oft genug selbst gestellt. Das Einzige, was blieb, war die Gewissheit, dass es keine Antwort gab und nichts auf dieser Welt, was es leichter machen würde.

Plötzlich hob Kilian den Kopf. Er sah zur Tür und sprang auf. Noch bevor Sabrina sich ebenfalls aufrappeln konnte, hörte sie Schritte an Deck.

»Wer ist das?«, fragte Kilian. Seine Augen waren gerötet, er fuhr sich nervös mit beiden Händen durch die Haare. »Wer weiß, dass ich hier bin?«

»Niemand«, flüsterte sie.

Die Schritte näherten sich der Treppe.

»Hallo? Ist jemand an Bord?«

Sabrina versteckte sich hinter Kilians Rücken. Ein Mann kam langsam und vorsichtig die Treppe herunter. Er trug derbe Stiefel und den dunkelblauen Overall der Wasserschutzpolizei. Der Lichtkegel seiner Taschenlampe wanderte über die Wände, bis er Kilian und Sabrina erreichte. Sie hob die Hand, um sich gegen das blendende Licht zu schützen. War Kilians Flucht vorbei? War das das Ende?

»Hier bist du.«

Sie kannten sich. Die Situation sah nicht nach einer Festnahme aus, eher nach einem misstrauischen Besuch, ob auch alles noch mit rechten Dingen zuging.

Kilian beugte sich an ihr Ohr. »Ich bin gleich wieder da«, flüsterte er.

Er ging dem Mann entgegen. Beide zogen sich in die Küche zurück. Sabrina wartete, bis ihr Herzschlag sich einigermaßen normalisiert hatte, dann schlich sie in den Gang. Kilian murmelte etwas, worauf der Polizist die Stimme hob.

»Sie suchen den ganzen Rhein nach dir ab. Der Ranger ist erst mal untergetaucht. Es gibt nicht mehr viele, die an deine Unschuld glauben. Was hast du vor?«

»Ich weiß nicht. Soll das alles wieder von vorne losgehen?«

»Sie werden das Schiff auseinandernehmen, und wenn sie irgendetwas finden …«

»Sie finden nichts.«

»Und der Raum? Du hast das Zimmer gestrichen. Manche könnten das als Vernichten von Beweisen sehen.«

»Nach so langer Zeit?«

Oben an Deck fiel etwas um und kollerte die Planken entlang. Wahrscheinlich stand da ein zweiter Beamter und achtete darauf, dass niemand fliehen konnte.

»Das ist lächerlich«, sagte Kilian. »Der alte Fall ist zu den Akten gelegt. Und mit dem, was im letzten Jahr am toten Fluss passiert ist, habe ich nichts zu tun.«

Sabrina ging in das kleine Wohnzimmer und holte ihr Handy hervor. Sie ließ es mehrmals klingeln, dann meldete sich Beates Anrufbeantworter.

»Ich bin noch auf dem Schiff«, flüsterte sie. »Mir geht es gut. Es ist alles in Ordnung. Ein Polizist ist an Bord. Ich weiß nicht, was hier gleich passiert, aber sag um Himmels willen meiner Mutter nichts davon.«

Dann schickte sie Franziska eine SMS. »Bin bei Beate.«

Nachdem das erledigt war, ging sie wieder in den Flur.

»Ich kann dir nicht länger den Rücken freihalten.« Der Beamte schien Kilian gut zu kennen, denn er sprach fast beruhigend auf ihn ein. »Du hast keine Chance. Wenn du unschuldig bist, wird die Polizei das herausfinden.«

»Gib mir eine Nacht.«

»Das geht nicht.«

»Eine Nacht. Dann stelle ich mich. Versprochen.«

Sabrina schloss die Augen. Tu es nicht, dachte sie. Bring es jetzt zu Ende und kläre alles auf. Dann ist es ausgestanden, und du kannst endlich gehen, wohin du willst.

»Ist es wegen dem Mädchen?«

Kilian schwieg. Die *Désirée* schaukelte kaum merklich, dann öffnete sich die Tür. Der Polizist sah Sabrina. Er betrachtete sie, und was er sah, musste ihm wohl gefallen, denn er nickte ihr unwillig, aber nicht böse zu.

»Willst du nicht wenigstens runter vom Schiff?«, brummte er.

»Nein. Ich bleibe.«

Der Polizist legte ihr kurz die Hand auf die Schulter. »Pass gut auf ihn auf«, sagte er. »Ich fahre jetzt erst mal weiter und gebe durch, dass ich hier nichts gesehen habe. Aber lange geht das nicht gut. Höchstens bis zum Morgengrauen. Dann wird der ganze Apparat eingeschaltet. Dann haben sie euch.«

Er schüttelte den Kopf, dann stieg er die Treppen hoch. Kilian folgte ihm.

»Danke!«, rief Sabrina. Sie bekam keine Antwort. »Danke«, flüsterte sie.

Den Geräuschen nach zu schließen, holte Kilian den schmalen Steg ein. Wer jetzt auf die *Désirée* wollte, musste durchs Wasser waten und über die Außenleiter nach oben klettern. Sie wären auf jeden Fall gewarnt.

Als Kilian wieder zurückkam, zog er sie an sich. »Warum?«, flüsterte er. »Warum tust du das?«

Weil ich dich liebe, dachte sie. Aber sie war noch nicht so weit, dieses Gefühl in Worte zu verwandeln. Sie wusste nur, das seine Arme der Ort waren, an dem sie sich endlich zu Hause fühlte. Als er sie wieder küsste und mit sich zog in die kleine Kabine, als sie auf sein frisch bezogenes Bett fielen und sich immer wilder küssten, wusste sie, dass sie bereit war, ihm alles zu geben.



»Nein«, sagte er heiser.

Er schob sie ein Stückchen von sich weg.

»Glaube mir, ich würde nichts lieber …«

Er sah zum Fenster, vor dem die schweren Gardinen zugezogen waren.

»Aber?« Sie pustete sich eine Strähne aus ihrem erhitzten Gesicht. Alles in ihr war ein einziges Sehnen, Fühlen und Wollen.

Er lächelte sie an. »Deine Augen glänzen wie zwei Sterne.«

»Das machst du. Du ganz allein.«

Hatte sie sich jemals so frei und glücklich gefühlt? Die *Désirée* war ihr schützendes Zuhause. Und wenn ihnen nur diese eine Nacht blieb, dann wollte sie sie nutzen. Er war wie ein Magnet, der sie auf magische Weise anzog. Sie küsste ihn und entdeckte immer neue Stellen an seinem Körper, die sie mit ihren Händen berühren wollte. Er war der schönste Mann, den sie jemals gesehen hatte, und sie konnte kaum glauben, in seinen Augen die gleiche Sehnsucht zu entdecken, die sie selbst spürte. Sie fühlte seine Kraft, als er sie in die Arme nahm, und sie wollte, dass er sie nie wieder loslassen würde.

Doch genau das tat er. Er schob sie wieder sanft von sich weg und stützte den Kopf auf seinen angewinkelten Arm. »Sie können jede Sekunde hier sein. Und ich will nicht, dass meine Erinnerung an dich von polternden Polizisten zerstört wird.«

Sabrina holte tief Luft und nickte. »Ich auch nicht. Aber wir haben ja Zeit. Sie werden herausfinden, dass du unschuldig bist. Und dann …«

»Was dann?«, fragte er und fuhr mit der Hand zärtlich über ihren Bauch. »Dann gibst du alles auf und kommst mit auf den Fluss?«

»Ja«, flüsterte sie. »Nein. Ich weiß nicht. Es war Amelies Traum. Nicht meiner. Aber er war schön, und ich habe ihn eine Weile mitgeträumt. Jetzt weiß ich nicht mehr, was ich träumen soll. Die Wirklichkeit ist da. Du bist da. Mit dir zusammen kann ich mir alles vorstellen.«

»Der Fluss ist nicht das, wofür du ihn hältst. Wer nur vom Weglaufen träumt, wird niemals ankommen. Hast du kein Zuhause hier? Niemand, der an dich denkt?«

»Doch. Meine Mutter. Und ich habe einen Weinberg. Dobersteins Jüngster heißt er, aber keiner weiß, ob er jemals wieder Früchte tragen wird.«

»Ein Weinberg«, sagte Kilian versonnen. »Davon habe ich immer geträumt. Ein eigenes Stück Land, und von dem leben, was es hergibt. Und wenn man in den Keller steigt und eine alte Flasche holt, dann erinnert man sich an den Jahrgang und daran, ob es ein gutes Jahr war oder ein schlechtes. Ein Jahr, in dem Kinder geboren wurden oder der große Hagel kam, oder eines von den vielen, von denen man glaubt, sie wären nichts Besonderes gewesen. Dann trinkt man den Wein und weiß, dass das nicht stimmt. Er selbst ist vielleicht nur Durchschnitt. Aber das Jahr nicht. Jedes Jahr ist etwas Besonderes, weil man es erleben durfte.«

»Ich liebe dich«, sagte Sabrina. Es waren die selbstverständlichsten Worte der Welt.

Kilian beugte sich über sie. »Denk an mich, wenn dieses Jahr vorüber ist.«

Sabrina lag in der Dunkelheit und lauschte auf Kilians regelmäßige Atemzüge. Etwas hatte sie geweckt. Sie schlug die Decke zurück, schlüpfte in ihre Stiefel und ging in die Küche, um ein Glas Wasser zu trinken. Dann stieg sie an Deck und wartete darauf, dass der Tag anbrach, der sie von Kilian trennen würde.

Die Morgendämmerung war schon am Himmel zu ahnen. Im Osten leuchtete ein fahler Horizont. Der dunkle Wald lag still und einsam und das Wasser plätscherte leise an den Rumpf der *Désirée*. Die Luft war feucht und kalt. Das Frösteln war genauso schlimm wie die Müdigkeit. Sie setzte sich auf eine Anglerkiste und beobachtete das Flackern der letzten Sterne am Himmel. Vielleicht würden sie eines Tages zu zweit hier oben sitzen und sehen, wie das Ufer an ihnen vorüberglitt auf ihrer Reise in den Süden.

Oder … Ein anderes Bild schob sich dazwischen. Kilian auf dem Weinberg, wie er die Reben auf den LKW lud und voller Stolz die Ernte begutachtete. Ging das denn? Die *Désirée* und Dobersteins Jüngster? Seufzend lehnte sie sich an die Bordwand. Zwei große blaue Müllsäcke, einer halb geöffnet, hockten da und warteten darauf, dass Kilian sie entsorgte. Zusammengeknüllte Abdeckplanen und Kreppband lugten heraus. Daneben standen die Farbeimer, auf ihnen lagen Pinsel und ein Roller. Es war gut, dass er sein Leben entrümpelte. Was immer an Schrecklichem passiert war, es wurde Zeit, dass man es über Bord warf.

Sie blinzelte. Etwas war merkwürdig an dem einen Sack. Halb verdeckt von den Abfällen schimmerten ein paar zerknüllte Fetzen Papier, die eine Erinnerung in ihr auslösten. Zartrosa, einhornrosa, rosa wie die Träume kleiner Mädchen, die noch an Wunder glaubten. Sie beugte sich vor und schlug das blaue Plastik zurück. Dann holte sie die Papierknäuel heraus, eines nach dem anderen, und strich sie mit zitternden Fingern auf den Knien glatt.

Vor ihr lagen die fehlenden Seiten aus Amelies Tagebuch. Es war gerade hell genug, dass Sabrina einzelne Sätze entziffern konnte.

*Er wird mich mitnehmen … ist ein Versprechen, das er mir gibt, das nicht gelöst werden kann, nur durch den Tod … er liebt mich … Kilian, der Korsar mit seinem dunklen Schiff, und ich werde seine Königin sein … Er nimmt mich mit!*

Die letzten Worte waren mehrfach unterstrichen. Sabrina starrte auf den Jubel, der jetzt noch durch die Zeilen schimmerte, und dann begriff sie.

In ihr explodierte eine dunkle Wolke aus Schmerz. Ihr Verstand weigerte sich zu begreifen, was sie da in den Händen hielt. Aber ihr Herz sackte irgendwohin ins Bodenlose, wo es zerschmettert liegen blieb.

Es gab nur eine Erklärung, wie die Blätter in den Sack gekommen waren. Kilian hatte sie die ganze Zeit auf der *Désirée* versteckt. Egal, wie er in ihren Besitz gekommen war, er hatte sie belogen. Warum?, schrie alles in ihr. Warum hast du das getan?

»Sabrina?«

Sie fuhr herum. Kilians Kopf tauchte an der Luke auf, die Haare vom Schlaf ganz zerstrubbelt, sein Blick auf der Suche nach ihr. Dann entdeckte er sie. Und dann sah er, was sie in den Händen hielt.

»Was zum Teufel –«

»Woher hast du das?« Sabrina sprang auf. Die Angst peitschte ihren Puls in die Höhe. »Das ist aus Amelies Tagebuch. Es beweist, dass sie geblieben ist. Hörst du? Sie ist geblieben!«

Seine Augen verengten sich. Ganz langsam stieg er die letzten Stufen der Treppe hinauf, und erst jetzt sah sie, dass er sein Messer in der Hand hatte.

»Ganz ruhig«, sagte er. »Ganz ruhig. Wir können über alles reden.«

Er legte das Messer auf dem Boden ab, und diesen Moment der Unaufmerksamkeit nutzte sie. Sie kletterte über die Bordwand und sprang hinunter. Sie hörte noch seinen Schrei, und dann stach das Wasser auf ihren Körper ein wie mit tausend glühenden Nadeln.

»Sabrina! Komm zurück!«

Sie geriet in Panik. Silvester. Raketen. Ein Stoß. Fremde, erschrockene Gesichter. Lukas … Lukas! Er hatte sie im Griff und gerettet, doch in dieser Sekunde war keiner da, der ihr die Hand reichen konnte. Sie schlug um sich, strampelte, bekam festen Boden unter die Füße und stellte instinktiv fest, dass das Wasser ihr gerade bis zu den Hüften reichte. Sie pflügte durch die seichte Uferströmung und jagte dann die Böschung hoch. Hinter sich hörte sie Kilian.

»Sabrina! Sabrina!«

Entsetzen packte sie. Endlich hatte sie den Trampelpfad erreicht und jagte auf die Biegung zu. Das Wasser in ihren Schuhen platschte bei jedem Schritt, die nasse Kleidung hing schwer wie ein Kettenhemd an ihr. Sie klapperte vor Kälte mit den Zähnen. Als sie sich kurz umdrehte, holte Kilian gerade den Steg und legte ihn an. Er würde ihr folgen. Sie sah auf das nasse Papier in ihren Händen. Amelie. Auch sie war vor ihrem Mörder davongerannt. Hinein in den Wald, völlig kopflos, getrieben von der Angst vor ihm … vor ihm …

Sabrina rannte weiter. Die Kälte war wie ein zäher Sirup, durch den sie sich kämpfen musste. Ihre Beine wurden immer schwerer, Äste peitschen ihr ins Gesicht. Es konnte doch nicht so weit sein bis zur Kleingartenkolonie? Irgendjemand würde da sein, würde ihre Hilferufe hören … Sie hielt kurz an, aber ihr Keuchen war zu laut, als dass sie etwas hätte wahrnehmen können. Ihr Blick irrte über die Stämme, die dicht an dicht um sie herumstanden. Ein Schatten … Sie kniff die Augen zusammen und riss sie wieder auf. Hinter ihr knackte dürres Holz. Blitzschnell drehte sie sich um, aber da war nichts. Sie hastete weiter, und endlich sah sie ein Licht durch die Bäume geistern. Es kam von der Straße. Sie musste in ihrer Panik in die falsche Richtung gelaufen sein und hatte die Kleingartenkolonie links liegen gelassen.

Ein Auto fuhr mit aufgeblendeten Scheinwerfern über die Buckelpiste. Sabrina rannte darauf zu und breitete die Arme aus. Es war ihr egal, wem sie da vor die Kühlerhaube lief. Hauptsache, sie kam weg. Geblendet schloss sie die Augen. Der Wagen hupte, hupte noch einmal, dann quietschen Bremsen.

»Sabrina?«

Sie öffnete die Augen.

Lukas riss die Fahrertür auf und sprang auf die Straße. »Mein Gott! Was ist denn mit dir passiert?«

»Lukas!« Sie fiel in seine ausgebreiteten Arme. Die Beine knickten ihr weg. Halb trug, halb schob er sie zum Auto und bugsierte sie auf den Beifahrersitz. Ihre Finger waren zu steif, um sich anzuschnallen. Sie zitterte am ganzen Körper. Noch immer tropfte Wasser aus ihren Haaren.

»Fahr los!«, schrie sie. Tränen liefen ihr übers Gesicht. Sie sah in den Rückspiegel, aber Kilian war ihr nicht gefolgt.

»Alles okay?«

Langsam ruckelte der Wagen los. Sabrina nickte. Ihre Nase lief und ihre Hände waren völlig zerkratzt. Sie wollte nicht wissen, wie sie sonst noch aussah, denn jedes Mal, wenn Lukas sie mit einem kurzen Seitenblick streifte, lag eine Mischung aus Entsetzen und Angst in seinem Blick.

Sie drehte sich um und sah noch einmal zurück. Lukas kam viel zu langsam voran.

»Was machst du denn hier?«, fragte sie.

»Beate hat mir gesagt, wo du bist.«

»Beate?«

Sie setzte sich wieder hin und schaute nach vorne. Dann klaubte sie ihr neues Handy aus der Hosentasche. Ein Blick auf das Display bestätigte ihr, dass es den Sprung ins Wasser nicht überlebt hatte.

»Ja«, sagte er. »Sie war außer sich vor Sorge. Ich auch. Wie kannst du nur so wahnsinnig sein und zu diesem Mörder aufs Schiff gehen? Er hätte dich umbringen können!«

Sabrina fielen die Tagebuchblätter ein. Panisch tastete sie die Taschen ihrer Jacke ab und fand sie – aufgeweicht, aber immer noch lesbar.

»Was ist das?«

»Blätter aus Amelies Tagebuch.«

Lukas' Augen glitzerten vor Triumph. »Sag bloß, du hast sie auf dem Schiff gefunden? Wir müssen damit zur Polizei. Sofort. Ich rufe an, sobald wir hier raus sind.«

Schlagloch reihte sich an Schlagloch. Wieder schaute Sabrina zurück. Ihr Herz raste noch immer. Was, wenn sie hier liegen blieben? Wenn Kilian plötzlich wieder auftauchte, das Messer in der Hand? Ihre Zähne klapperten so laut, dass es sogar Lukas auffiel.

»Du bist ja klatschnass! Nimm meine Jacke. Sie liegt auf dem Rücksitz.« Er stellte die Heizung noch etwas höher und wischte mit dem Handrücken über die beschlagene Frontscheibe. »Endlich haben sie ihn. Nach fast einem Jahr! Das muss man sich mal überlegen. Die Polizei ist blind, und du setzt dein Leben aufs Spiel, um diesen Mörder dingfest zu machen!«

Sabrina wickelte sich in die Jacke ein und versuchte, ihr Zittern unter Kontrolle zu bringen. Sie stand unter Schock, das war ihr selbst klar, genau wie an Silvester.

»Aber jetzt bist du in Sicherheit. Ich lasse dich nicht mehr aus den Augen, versprochen. Es tut mir wirklich leid, wie ich mich benommen habe. Kannst du mir verzeihen? Sabrina?«

Sie wandte den Kopf ab. Konnte er sie nicht in Ruhe lassen? Sie wollte nicht über Lukas nachdenken. Sie musste erst einmal begreifen, was gerade geschehen war. Ihr war so kalt, so unendlich kalt … Sie zog Lukas' Jacke noch enger um sich. Ein Ärmel hing herab, an ihm befand sich ein winziger weißer Fleck. Sie sah genauer hin. Es waren Farbspuren.

Die Erkenntnis sickerte wie glühendes Blei in ihre eiskalten Glieder.

»Du …«

Sie drehte sich zu ihm hin. Lukas trug eine Jeans. Sie war feucht bis zu den Oberschenkeln.

»Du warst auf dem Schiff.«

Seine Hände umklammerten das Lenkrad so fest, dass die Knöchel weiß hervortraten. In Sabrinas Kopf begannen sich langsam die Gedanken zu drehen. Wie uralte verrostete Zahnräder griff der eine in den anderen: Kein zweiter Beamter der Wasserschutzpolizei, sondern Lukas war da oben herumgeschlichen.

»Was wolltest du?«

Lukas mahlte mit dem Unterkiefer.

»War es das?« Sie hielt ihm das feuchte Papierknäuel unter die Nase.

Lukas trat so fest auf die Bremse, dass sie fast an die Windschutzscheibe geschleudert wurde. Er drehte sich zu ihr um. »Raus.«

»Wie bitte?«

»Raus!«

Er zog den Zündschlüssel ab, sprang aus dem Wagen und

lief auf Sabrinas Seite. Er machte die Tür auf und zerrte sie auf die Straße. Sabrina riss sich los, der Zündschlüssel flog in hohem Bogen irgendwo in eine Pfütze.

»Bist du jetzt völlig verrückt geworden?«, schrie sie.

»Ich?« Lukas griff wieder nach ihr, aber Sabrina konnte hinter die Wagentür ausweichen. In seinen Augen lag ein kalter, gefährlicher Glanz. »Ich bin doch nur der Trottel vom Dienst. Heute so, morgen so. Eben noch Retter, dann der Mörder. Und zwischendurch mal Chauffeur, der euch zu euren Kerlen bringen darf.« Er ging an der Tür vorbei und schlug sie zu. Es klang wie ein Pistolenschuss.

Ohne ihn aus den Augen zu lassen, stolperte Sabrina zwei Schritte zurück. »Das ist nicht wahr. Du hast mir viel bedeutet.«

»Viel bedeutet!«, höhnte er. »Das hat deine Freundin Amelie ein bisschen anders ausgedrückt. Zum Angeben hat es gereicht. Ein schönes Boot, ein toller Wagen, und immer der, der die Rechnung zahlt. Aber wenn man haben will, wofür man zahlt, dann heißt es: ›Geh nach Hause, Lukas. Geh nach Hause!‹« Seine Stimme zitterte vor mühsam unterdrückter Wut.

»Hast du sie deshalb umgebracht?« Sabrina wusste nicht, woher sie den Mut nahm, diese Frage zu stellen. Keine Menschenseele war zu sehen. Hinter ihr lag der Wald, und erst viel weiter vorne mündete die Piste in die Straße. Von ferne hörte sie ein Auto vorüberrauschen – zu weit, um Hilfe zu holen, zu rufen oder sich aus dieser schrecklichen Situation zu retten.

»Amelie wollte immer nur haben.« Lukas kam noch näher. »Aber nie geben. Ist dir das mal aufgefallen?«

»Aber das ist doch kein Grund, jemanden zu töten!«

»Ich habe sie nicht getötet!« So schnell, dass sie nicht mehr reagieren konnte, hatte er sie gepackt. »Er war es! Er hat ihr den Kopf verdreht mit diesem Irrsinn, abzuhauen. Sie hat mich stehen gelassen und ist vorbeimarschiert mit ihrer Reisetasche. Er war es! Er!«

»Lass mich gehen«, wimmerte Sabrina. »Bitte lass mich gehen!«

Sein Gesicht war so nah, dass sie seinen Atem auf ihren Wangen spürte. Seine Hände wanderten an ihren Hals. »Ja«, flüsterte er. »Das hat sie auch gesagt, deine Freundin Amelie.« Er hielt sie fest. Seine Finger waren eiskalt und schnürten ihr die Luft ab.

»Lass sie los.«

Lukas' Hände lockerten sich. Wie ein Stier, den man an den Hörnern packte, drehte er sich um. Kilian stand da, keine zehn Meter entfernt, in der Hand das Messer. Er musste gerannt sein, um sie einzuholen, denn er atmete schwer wie ein Marathonläufer.

Sabrina tastete nach ihrer Kehle und holte röchelnd Luft.

Mit einer theatralischen Geste riss Lukas sich das Hemd auf.

»Ah! Willst du mich auch töten? Mach dich nicht lächerlich. Die Polizei ist schon alarmiert.«

»Ich weiß.« Kilian ließ das Messer sinken, aber nur so weit, dass er es jederzeit wieder als Waffe einsetzen konnte. »Die Frist läuft ab. Sie sind schon unterwegs und werden einen von uns holen.«

Sabrina taumelte zwei Schritte zurück und tastete nach der Motorhaube, um sich abzustützen. Ihre Beine trugen sie nicht mehr so richtig. *Einen von uns …* Sie stand genau in der Mitte zwischen den beiden Männern.

Kilian steckte das Messer weg und hielt ihr die Hand entgegen. »Komm zu mir, Sabrina.«

»Tu es nicht! Er hat Amelie getötet!«

Sabrina sah von einem zum anderen. Dann holte sie tief Luft und sprintete los. Über die Straße, hinein in den Wald, immer weiter, immer schneller.

»Sabrina!«, schrie Kilian.

In diesem Moment peitschte ein Schuss. Sabrina sprang über einen kleinen Graben, kam mit dem rechten Bein auf und hörte ein Knirschen. Dann jagte ein fürchterlicher Schmerz in ihren Knöchel, sie stürzte, rollte eine Böschung hinab und blieb halb ohnmächtig liegen. Ihr Bein sah merkwürdig verdreht aus. Sie versuchte es zu bewegen, aber die Schmerzen raubten ihr fast den Verstand. Sie lag in einer Kuhle, die sie von oben nicht gesehen hatte. Die Straße musste ganz in der Nähe sein, aber sie konnte sie nicht erreichen. Tränen der Wut stiegen ihr in die Augen. Sie versuchte, wenigstens auf die Knie zu kommen, da hörte sie es.

Schritte. Jemand kam näher. Laub und kleine Zweige raschelten. Sabrina hielt den Atem an. Wer von den beiden es auch war, ihre Chancen standen fünfzig zu fünfzig, gleich ihrem eigenen Mörder zu begegnen.

»Sabrina?«

Der Ruf war leise, fast flüsternd. Sie duckte sich instinktiv wie ein gehetztes Wild, wenn die Häscher es stellten. Über ihr tauchte eine dunkle Gestalt auf und blieb am Rand der Senke stehen. Es war Lukas. Blutspritzer bedeckten sein aufgerissenes Hemd. In der rechten Hand hielt er eine Pistole. Es musste die Waffe sein, die sie Silvester im Handschuhfach gesehen hatte.

»Lukas!« Vorsichtig versuchte sie sich zu bewegen, sank aber mit einem Schmerzenslaut wieder zurück. Es ist doch nur eine Schreckschusspistole, dachte sie. Aber woher kam dann das ganze Blut?

»Ich hab das nicht gewollt. Glaub mir, ich hab es nicht gewollt!«

Sein Arm zitterte, als er auf Sabrina zielte.

»Du?«

»Sie hat mich ausgelacht. Sie kam vom Schiff, weil dieser Arsch ihr einen Korb gegeben hat. Und sie lacht mich aus! Ich wollte ihr nichts tun. Wirklich nicht. Ich wollte sie nur festhalten, und da hat sie sich gewehrt und ist hingefallen und mit dem Kopf auf einen Stein ...«

Das Blut rauschte in Sabrinas Ohren. Keine zwei Meter entfernt ging Lukas in die Hocke, die Pistole immer noch im Anschlag. Ein bleicher Morgen brach an, und aus dem zähen

Nebel traten die verwischten Konturen der kahlen Wipfel über ihr hervor wie schwarze Gerippe. Sie war verloren. Sie sah Lukas und konnte nicht glauben, dass er es war, der sie töten würde. Lukas, der sie unter Einsatz seines Lebens gerettet hatte … Lukas … im Wasser … sie fiel … sah ihn oben stehen, die Hand immer noch erhoben nach dem Stoß …

»Du hast mich an Silvester ins Wasser geworfen! Du hast gewusst, dass wir dir auf der Spur sind!«

»Ich wollte das nicht! Es war ein Versehen!«

»Und Berti?« Ihre Stimme war fremd. Ganz hohl und leer, als ob ihre Stimmbänder aus Papier wären. »Berti war wohl auch nur ein Missgeschick? Ein Ausrutscher?«

»Berti hat mich erpresst. Er hat gesehen, wie das mit Amelie passiert ist, weil er ihr die ganze Zeit nachgestellt hat. Er hat zwanzigtausend gekriegt und ist untergetaucht. Aber nach ein paar Wochen wollte er mehr. Und da wusste ich, dass er nie aufhören würde. Ich habe mich mit ihm am Alten Krahnen getroffen. Ich bin von hinten an ihn ran und habe ihn unter Wasser gehalten. So lange, bis er aufgehört hat, sich zu wehren. Es sollte nur ein Denkzettel sein.«

»Lukas …«

»Ich will das nicht«, schluchzte er. Er zielte. Die kleine schwarze Mündung war genau auf ihren Oberkörper gerichtet. »Ich will dir nicht weh tun. Aber du bist genau wie Amelie. Wir hätten so glücklich sein können. So glücklich …«

»Was ist mit Kilian?«

Er spannte den Hahn. »Das ist alles, was dich interessiert, ja? Dieser Dahergelaufende, dieser kranke Irre! Er ist tot. Und man wird ihn mit dieser Waffe in den Händen finden!«

Ob es weh tat, erschossen zu werden? Kilian, dachte sie. Du musst leben. Du musst den anderen sagen, wie es war. Meiner Mutter vor allem. Sag ihr, dass ich den richtigen geliebt habe … Gleich würde es vorbei sein. Sie schloss die Augen. Ihr Körper verkrampfte sich wie vor einem schrecklichen Aufprall. Dann hörte sie ein Zischen und einen Schrei. Sie wartete auf den Einschlag der Kugel, aber als nichts geschah, riss sie die Augen wieder auf und sah Lukas, der sich aufbäumte und die Arme in den Himmel reckte. Er warf den Kopf in den Nacken, und der Schrei ging in ein Röcheln über. Die Pistole fiel aus seiner Hand. Unendlich langsam kippte er nach vorne, fiel auf den Bauch und rutschte in die Senke. Einen Meter vor ihr blieb er liegen. In seinem Rücken steckte ein Messer.

Noch bevor Sabrina schreien konnte, stand Kilian am Rand der Böschung. Er hob die Pistole auf und kam langsam zu ihr herunter. Vor Sabrinas Augen tanzten glühende rote Punkte. Sie versuchte, die Beine anzuziehen, denn Lukas bewegte sich und stöhnte, und sie wollte ihn auf keinen Fall berühren.

»Hilfe«, wimmerte er.

Kilian beugte sich zu ihm herab. »Kommt gleich. Die Polizei ist in ein paar Minuten hier.«

Dann kam er endlich zu Sabrina. Mit einem Blick erkannte er, was mit ihrem Bein los war. Er sicherte die Waffe und schob sie sich vorne in den Hosenbund. Dann beugte er sich herab und nahm sie vorsichtig in die Arme.

»Mein Gott. Was hast du durchgemacht. Ist alles okay? Das Bein ist nur gebrochen.«

»Nur ist gut.« Mit einem tiefen Seufzen lehnte sich Sabrina an seine Brust. »Ich hatte so eine Angst um dich. Die ganze Zeit schon. Ich wollte nicht wegrennen, da eben gerade, aber es war der einzige Ausweg, damit ihr euch nicht gegenseitig umbringt. Lukas hat alles gestanden. Er hat nicht nur Amelie, sondern auch Berti umgebracht. Und dich auch noch, beinahe. Was ist denn passiert? Kilian?« Sie hob den Kopf und sah ihn an.

Er hatte die Augen geschlossen. Sein Gesicht war so blass, dass es aussah wie aus Marmor gemeißelt.

»Kilian?« Sie biss die Zähne zusammen und versuchte, näher zu rücken. Sie legte den Arm um seine Schulter und schüttelte ihn sanft. »Kilian, mach die Augen auf! Bitte!«

Sie fuhr mit der Hand unter seine Jacke, um seinen Herzschlag zu spüren. Erschrocken zog sie sie wieder zurück. Sie war nass von Blut.

Hunde bellten. Rufe drangen von weit her.

»Kilian«, flüsterte Sabrina. Fassungslos starrte sie auf den dunklen, roten Fleck, der sich auf seiner Brust ausbreitete. »Lass mich nicht allein. Nicht jetzt, wo alles gut ist. Kilian!«

Sie legte ihren Kopf auf seine Brust und schluchzte hemmungslos. Sie dachte an den Weinberg und an dieses Jahr, und dass es vielleicht das erste wäre, in dem Dobersteins Jüngster nach so langer Zeit wieder tragen würde. Und dass Kilian leben musste, weil es doch ein Jahrgang wäre, der vielleicht gar nichts Besonderes sein würde. An den sie sich aber ihr Leben lang erinnern würden.

# ZWEIUNDDREISSIG

Die nächsten Stunden zogen an Sabrina vorbei wie ein Film. Die Spürhunde waren die ersten. Ihnen folgten die Polizisten und die Sanitäter. Sie gaben Lukas ein Betäubungsmittel, dann zogen sie das Messer aus der Wunde, legten einen Druckverband an und hievten ihn auf eine Trage.

Ein Notarzt kümmerte sich währenddessen um Kilian. Er legte eine Transfusion und machte ein sorgenvolles Gesicht. »Enormer Blutverlust«, murmelte er. Dann schlug er Sabrina auf die Schulter, als wäre sie ein Mann. Sie jaulte auf vor Schmerz. »Aber er wird es schaffen. – Dann lass mal dein Bein sehen. Ist ja Großkampftag heute.«

Mit zusammengebissenen Zähnen ließ Sabrina die Untersuchung über sich ergeben. Sie bekam ebenfalls eine Spritze, die die Schmerzen etwas linderte, dann wurde auch sie vorsichtig auf eine Trage gelegt.

Mittlerweile waren Frau Fassbinder und Herr Tuch eingetroffen. In ihrem Gefolge befand sich der Ranger. Schraudt blickte schuldbewusst zu Boden, als Kilian an ihm vorbeigetragen wurde. Kilian war noch immer ohne Bewusstsein.

»Das hätte gar nicht so weit kommen dürfen!« Die Kommissarin warf einen wütenden Blick auf Sabrina, der sie wohl die Verantwortung für die ganze fatale Situation zuschob. »Wenn Sie uns informiert hätten, wo die Désirée liegt, wären wir schon viel früher gekommen.«

»Sie hätten den Falschen verhaftet«, murmelte Sabrina.

Das Schmerzmittel begann zu wirken. Sie wurde müde. Mit letzter Kraft holte sie das Papierknäuel aus ihrer Tasche und drückte es der verblüfften Kommissarin in die Hand.

»Was … was ist das?«

Aber Sabrina war schon eingeschlafen.

Es dauerte Wochen, bis Sabrina wenigstens humpeln konnte. Das Bein blieb noch eine Weile länger in Gips, und so erlebte sie zum ersten Mal, seit sie denken konnte, einen Frühsommer ohne Weinberg. Dass sie trotzdem wusste, wie es oben in den Reben aussah, verdankte sie Beate. Fast jeden Tag kam ihre Freundin vorbei und kraxelte hinauf auf Dobersteins Jüngsten. Unter Franziskas Anleitung pflanzte sie Kerner, Scheurebe und Riesling. Es war nicht zu erwarten, dass in diesem Jahr schon eine nennenswerte Ernte zustande kommen würde. Aber selbst wenn sie nur zehn Trauben zusammenbekämen – sie würden sie auspressen und daraus Wein keltern.

Lukas erholte sich erstaunlich schnell. Das Messer war durch die Rippen gedrungen und hatte glücklicherweise Lunge und Herz verfehlt. Lukas kam direkt aus dem Krankenhaus in Untersuchungshaft. Den Mord an Amelie hatte er gestanden, wenn auch sein Anwalt ihn sofort in einen Unfall mit Todesfolge ummünzte und ihm verbot, auch nur ein weiteres Wort zu sagen. Kreutzfelder senior hatte über Nacht graue Haare bekommen. Er trank keinen einzigen Tropfen mehr. Beate erzählte, dass sie ihn schon ein paar Mal oben am Berg getroffen hatte. Er hatte sie nicht erkannt. Er war ein gebrochener Mann. Das Gutachten der Gemeinde hatte ergeben, dass eine Verlegung der Bahntrasse nicht infrage kam. Der Rosenberg war nicht stabil genug für den Güterfernverkehr, aber für den Weinanbau allemal. Das Thema war vom Tisch. Kreutzfelder erwähnte den Weinberg nie mehr.

Die Polizei hatte Lukas' Konten überprüft und festgestellt, dass 20.000 Euro zu dem fraglichen Zeitpunkt abgehoben worden waren. Sabrinas Aussage war der Eckpfeiler, auf den die Staatsanwaltschaft eine weitere Mordanklage bauen konnte. Ob Bertis Tod aber jemals gesühnt wurde, kam darauf an, ob weitere Indizien gefunden werden konnten. Richter Gramann erzählte jedem, ob er es hören wollte oder nicht, dass die Polizei auch nicht mehr das war, was sie mal war. Er ließ sich die weiteren Entwicklungen von Beate vorlesen, die ansonsten den Mund hielt und von einem Monat Hausarrest ganze drei Tage absaß, ohne zu klagen.

»Danke noch mal, dass du mich da rausgehalten hast«, sagte sie eines Nachmittags, als sie nebeneinander auf der Bank vor dem Haus saßen. Sabrina legte ihr Gipsbein stöhnend auf einem Hocker ab. »Du weißt ja, wir und Polizei …«

Sie brach ab, denn gerade kam Franziska mit einem Tablett aus dem Haus, auf dem ein Berg Muffins und Donuts lag. Sie stellte es auf dem Holztisch ab. »Brauchst du noch was?«

Sabrina schüttelte den Kopf. Franziska beugte sich herab und drückte ihr einen Kuss auf die Wange, der ihrer Tochter ein bisschen peinlich war. Franziska herzte und küsste sie neuerdings in einer Tour. Sie entschuldigte das mit der Todesangst, die sie ausgestanden hatte. Selbst jetzt, Wochen nach den schrecklichen Ereignissen, überkamen sie immer wieder zärtliche Impulse.

»Mein Mädchen.« Franziska strich ihr über den Kopf und setzte sich neben sie. Sie legte die Hände in den Schoß und schaute durch das offene Hoftor hinaus auf die Straße. »Wann kommt er denn?«

»Um drei«, antworteten Sabrina und Beate wie aus der Pistole geschossen.

Franziska nickte. So ganz angefreundet hatte sie sich noch nicht mit dem Gedanken, gleich den Mann kennenzulernen, der ihre Tochter in Lebensgefahr gebracht hatte. Sabrina versuchte zwar jedes Mal, ihre Befürchtungen mit dem Hinweis darauf zu entkräften, dass er sie schließlich auch gerettet hatte. Aber ihre Argumente prallten ab an Franziskas mütterlicher Logik. Wäre Kilian nicht aufgetaucht, wäre das alles nicht passiert.

Und ich wäre der Liebe meines Lebens vielleicht nie begegnet, dachte Sabrina. Vielleicht wäre ich ja trotzdem mit Lukas zusammengekommen und alles wäre gut und friedlich und durchschnittlich schön. Ich würde mich vielleicht nur ab und zu fragen, ob nicht etwas fehlt. Aber weil ich es nie kennengelernt hätte, würde ich auch das schnell wieder vergessen. Ich würde weiter die Träume anderer träumen, und Lukas wäre ein anständiger Mann geblieben. Keiner würde ahnen, dass tief in ihm etwas war, für das er bereit gewesen war zu morden.

Sabrina fröstelte.

»Ist dir kalt?«, fragte ihre Mutter.

Aber sie kam nicht dazu, zu antworten. Ein Taxi quälte sich durch die enge Straße und hielt. Sabrinas Herz begann zu rasen, wie jedes Mal, wenn sie Kilian begegnete. Auch wenn sie seit diesen schrecklich-schönen Stunden auf der *Désirée* nie mehr allein gewesen waren – die Gefühle waren geblieben. Und sie wurden stärker und tiefer mit jedem Tag.

Er stieg aus, und es war um Franziska geschehen. Kilian war der personifizierte Schwiegermuttertraum mit genau jenem Hauch wilder Verwegenheit, der die Herzen jedes Alters brach. Er trug nachtblaue Röhrenjeans, dazu – Sabrina musste zweimal hinsehen – ein englisches Tweedsakko mit offenem Hemd, und hatte die Haare so weit gekürzt, dass sie ihm nur noch in wilden, ungezähmten Wellen in die Stirn fielen.

»Mjam«, flüsterte Beate.

Sabrina boxte sie in die Seite und konnte nur mühsam ein Kichern beherrschen.

Franziska stand auf. Kilian begrüßte sie mit einem strahlenden Lächeln. Er bewegte sich immer noch vorsichtig und sehr bedacht. Kein Wunder, denn er war dem Tod nur um Haaresbreite entgangen und erst seit ein paar Tagen aus dem Krankenhaus entlassen. Die Kugel hatte schwere innere Blutungen hervorgerufen, und wenn die Hilfe nicht so schnell gekommen wäre … Sabrina wagte nicht weiterzudenken. Die Ärzte hatten Kilian operiert, und dann war es ziemlich schnell bergauf gegangen.

Franziska bugsierte Kilian zum Tisch und eilte ins Haus, um Kaffee zu holen.

»Sie mag dich«, flüsterte Sabrina mit leuchtenden Augen.

»Natürlich«, gab er zurück. »Sie ist eine kluge Frau und weiß, dass sie mich die nächsten fünfzig Jahre ertragen muss.«

Beate prustete. Aber an ihre Art hatte Kilian sich mittlerweile gewöhnt. Im Gegensatz zu Lukas hatte Beate an ihm nicht das Geringste auszusetzen.

»Wie geht es dir?«, fragte Sabrina.

»Alles bestens. Die Désirée ist auch wieder freigegeben, also kann ich nächste Woche los.«

Sabrina sah ihn verblüfft an. »Was heißt das?«

»Ich fahre nach Rotterdam. Vielleicht hast du Lust, mitzukommen?«

»Aber ...«

Davon war nie die Rede gewesen. Sie hatte instinktiv geglaubt, Kilians Vagabundenleben sei zu Ende. Mit einem Mal wurde ihr klar, wie wenig sie sich eigentlich kannten. Beate schaute von einem zum anderen, nahm sich ein Muffin und biss hinein.

»Es ist eine schöne Strecke. Nur zwei Tage, und du bist wieder zurück und kannst in deinen Weinberg.«

Mit einer Grimasse deutete Sabrina auf ihr Gipsbein.

»Ach, das geht schon. Ich schnalle dich oben an Deck fest. Da kann nichts passieren.«

Beate verschluckte sich an ihrem Muffin. Sie hustete zum Gotterbarmen. Franziska kam zurück und stellte eine Kanne Kaffee auf den Tisch. Kilian lächelte sie an.

»Ich wollte Sabrina fragen, ob sie mit nach Rotterdam kommt.«

Eine kleine Falte bildete sich auf Franziskas Stirn. Sabrina hätte sich am liebsten in Luft aufgelöst. Das war immerhin der Antrittsbesuch ihres Liebsten. Rotterdam und die weite Welt war nicht das Thema, das hier auf den Kaffeetisch gehörte.

»Und was willst du da?« Die Freundlichkeit in Franziskas Stimme war verschwunden.

»Rübenschnitzel«, antwortete Kilian und grinste, als er die allgemeine Verwirrung in den Gesichtern bemerkte. »Nicht gerade das, was den Beginn einer steilen Schifferkarriere markiert, aber solange ich das Rolldeck noch nicht repariert habe, macht Kleinvieh auch Mist.«



»Du hast einen Auftrag?«

Kilian nickte. »Und auf dem Rückweg Kies. Es ist meine erste Tour. Und es würde mir viel bedeuten, wenn du mit dabei wärst.«

Sabrinas Augen leuchteten und auch Franziska entspannte sich sichtlich.

»Wenn das so ist … und das mit deinem Bein geht?«

»Danke!«, rief Sabrina überglücklich. »Wann geht es los?«

»Nächste Woche.«

Der Nachmittag verging wie im Flug. Michael kam auch noch dazu, und Sabrina war einfach nur glücklich. Es war fast wie eine große Familie. Als Kilian sich verabschiedete, eroberte er Franziskas Herz endgültig, indem er Sabrina fragte, wann er denn einmal mit auf den Weinberg dürfte.

»Sobald ich wieder klettern kann«, antwortete Sabrina. »Der Arzt sagt, in zwei Wochen kann der Gips ab.«

Sie griff zu ihren Krücken und humpelte mit ihm zum Hoftor. Beate und Michael halfen Franziska, den Tisch abzuräumen. Kilian schlug den Weg zu Salinger ein. Zurück wollte er die Fähre nach Vallendar nehmen, wo die *Désirée* wieder vor Anker lag.

»Ich bringe dich noch runter«, sagte sie.

»Wird dir das auch nicht zu viel?«

Sie schüttelte den Kopf. Aber sie war froh, als sie das Rheinufer erreichten und sie sich auf die Bank neben der niedrigen Mauer setzen konnte.

Kilian nahm neben ihr Platz und legte den Arm um sie. »Es wird Zeit«, sagte er.

Mit großen Augen schaute Sabrina ihn an. »Wofür?«

»Dass wir endlich mal allein miteinander sind, ohne dass die Polizei mir auf den Fersen ist.«

Er küsste sie, sanft und zärtlich, und dieser Kuss war ein Versprechen, vor dem sie nicht davonlaufen wollte. Sie sehnte sich nach ihm genauso wie er sich nach ihr.

Kilian sah hoch zu den Weinbergen und den steilen Uferfelsen. »Es wird ein guter Jahrgang.«

»Woher weißt du das?«

»Weil es unser erster ist.« Er lächelte. »Der Fluss und der Berg, beide gehören zusammen, so unterschiedlich sie auch sind. Sie sind wie du und ich. Gib es nicht auf. Ich werde immer wieder zurückkehren. Ich brauche eine Heimat. Ich brauche dich. Ich liebe dich.«

Sabrina wusste, dass ihr nie wieder jemand etwas so Schönes sagen würde. Sein Kuss schmeckte salzig wie das Meer und süß wie reife Trauben.

Nachdem er gegangen war, winkte sie ihm lange nach und folgte dem Dampfer mit ihren Blicken, bis er hinter der Biegung des Flusses verschwunden war. Sie schloss die Augen und spürte den sanften Wind auf ihrem Gesicht. Jemand setzte sich neben sie. Ich bin angekommen, dachte Sabrina. Und das, ohne fortzugehen. Ich weiß, dass du das anders siehst, Amelie. Aber genauso verschieden wie die Menschen sind, sind auch ihre Träume.

Mit einem Lächeln stand Sabrina auf und humpelte zurück. Auf der leeren Bank lag eine Lilie.

# NACHWORT

Andernach und Leutesdorf – zwei Städte am Rhein, in die ich mich bei meiner Recherche auf Anhieb verliebt habe. Und deshalb ist es mir wichtig, an dieser Stelle eines vorwegzunehmen: Alle Personen und Ereignisse in diesem Buch sind frei erfunden. Schwarze Liegeplätze, tote Flüsse, schreckliche Morde sucht man hier vergebens. Glücklicherweise! Trotzdem waren gerade diese romantischen Winkel und Gassen, die wilden, schroffen Berge, der tiefe Fluss und nicht zuletzt die geheimnisvolle Werth wunderbare Schauplätze, wie gemacht für eine Geschichte um Liebe, Freundschaft, Sehnsucht und Tod.

Ich danke Migo Saul, dem Ranger des Naturschutzgebietes Namedyer Werth, der mir nicht nur den Geysir, sondern auch die Edmundshütte, den Hafen und vieles mehr gezeigt hat. Ihm verdanke ich auch die Bekanntschaft mit dem Winzer Gotthard Emmerich und seiner Tochter Gabi, die mir nicht nur den Wein, sondern auch die Bedeutung einer Steilhanglage und einiges mehr nahegebracht haben. Respekt!

Stefan Eichelsbacher ist Hafenmeister in Andernach und gab geduldig Auskunft über die Geschichte und Logistik eines solchen Unternehmens. Mit der *Theodela* fuhr ich dann dreimal von Duisburg nach Rotterdam. Kapitän Stefan Carion, seine Frau Vicky und die zauberhafte Tochter Laetitia sind mir in dieser Zeit sehr ans Herz gewachsen. Die Einfahrt in den Beatrixhafen, die Nächte auf der Brücke, das Be- und Entladen in den Häfen und die vielen Stunden, in denen mir Stefan geduldig erklärte, was es heißt, Binnenschiffer zu sein, werde ich nie vergessen.

Waltraud Bündgen von der Rheinland-Pfalz Tourismus GmbH war von Anfang an begeistert, einen Krimi über den

Rhein und die Sehnsucht zu schreiben. Sie öffnete so viele Türen, und ihr ist es zu verdanken, dass ich mein Herz ausgerechnet an diese beiden Städte verloren habe. Juliane Frank von Andernach.net GmbH sorgte dafür, dass ich mich wie zu Hause fühlen durfte. Inklusive einer beeindruckenden Stadtführung durch Herrn Braun!

Auf der Suche nach meiner Geschichte begleitete mich Anke Veil. Sie kennt meine Bücher, auch wenn sie erst einmal nur drei Zeilen auf einer Papierserviette sind, und sie begleitet mich immer wieder auf dem langen Weg von einer Idee zu einem fertigen Roman. Dass wir dieses Mal so viel Spaß an »Heimatkunde« hatten, war dem Rhein, dem Wein, den Brennnesseln, den Dampfern und nicht zuletzt ihrer wunderbaren Neugier zu verdanken, mit der sie sich auf dieses Abenteuer eingelassen hat.

Danke an Jaqueline Roussetty für die vielen Gespräche und die Hilfe, wenn man im Dschungel einer Geschichte manchmal die richtige Liane nicht sieht. Und an alle, die mir trotzdem zugehört haben, auch wenn ich über nichts anderes als »Lilienblut« reden konnte …

Zuletzt ein ganz besonderer Dank an Random House und Susanne Krebs für dieses Buch. Es hat so viel Spaß gemacht, es zu schreiben! Die Begeisterung und das Engagement für dieses Projekt haben mich überwältigt.

»Lilienblut« widme ich meiner Mutter Loni Herrmann, die es leider nicht mehr lesen kann. Sie hat seine Entstehung noch mit großer Freude mitverfolgt und sitzt auch jetzt gerade, in diesem Moment, neben mir.

Berlin, im Januar 2010